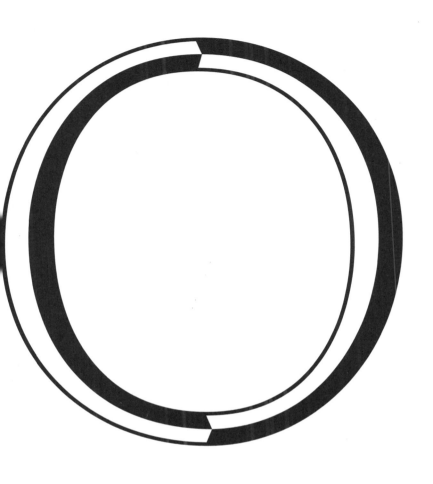

DIE ABENTEUER DES ODYSSEUS
by AUGUSTE LECHNER

DIE ABENTEUER DES ODYSSEUS

오디세우스의 방랑과 모험

호메로스 원작
아우구스테 레허너 풀어지음
김은애 옮김

문학과지성사

오디세이아

오디세이아

오디세우스의 방랑과 모험

제1판 제1쇄   2017년 7월 15일
제1판 제6쇄   2024년 3월 29일

원작자   호메로스
풀어지은이   아우구스테 레히너
옮긴이   김은애
펴낸이   이광호
펴낸곳   ㈜**문학과지성사**
등록번호   제1993-000098호
주소   04034 서울 마포구 잔다리로7길 18 (서교동 377-20)
전화   02) 338-7224
팩스   02) 323-4180(편집)   02) 338-7221(영업)
전자우편   moonji@moonji.com
홈페이지   www.moonji.com

ISBN 978-89-320-3022-7 04850
ISBN 978-89-320-3020-3 04850 (세트)

이 도서의 국립중앙도서관 출판예정도서목록(CIP)은 서지정보유통지원시스템 홈페이지
(http://seoji.nl.go.kr)와 국가자료공동목록시스템(http://www.nl.go.kr/kolisnet)에서
이용하실 수 있습니다.(CIP제어번호: CIP2017016947)

차례

일러두기

1. 이 책은 호메로스Homeros의 서사시 『오디세이아Odysseia』를 지은이가 산문 형식으로 평역한 것을 우리말로 옮긴 것이다.

2. 인명, 지명 등 그리스어 고유명사의 표기는 국립국어원 외래어 표기법에 따랐다(예: 오뒷세우스 → 오디세우스, 나우시카아 → 나우시카). 단, 이미 우리말에서 널리 통용되어 관용적으로 쓰이는 용어들은 관행대로 표기하였다(예: 트로이아 → 트로이, 테바이 → 테베). 원어 확인이 되지 않거나 용례를 확인하기 어려운 경우에는 천병희 교수가 번역한 『오뒷세이아』(숲, 2015)의 표기를 참고하였다.

3. 원어 병기 시 그리스어는 영어 알파벳으로 바꾸어 표기하였다.

4. 이해를 돕기 위해 주요 인물 소개 및 인물 관계도 등을 이 책에 추가하였다.

5. 이 책의 각주는 지은이가 단 것이며, 옮긴이 주는 '(옮긴이)'로 표시하였다.

1

트로이는 마지막 전투에서 패했다. 드디어 전쟁은 모두 끝이 났다.

그 전쟁은 한 여자 때문에 일어났다. 트로이의 왕인 프리아모스의 아들 파리스가 아름다운 헬레네를 유혹해서 트로이로 데려간 것이 전쟁의 발단이었다. 헬레네의 남편 메넬라오스는 라케다이몬*의 왕으로, 그는 빼앗긴 아내를 되찾기 위해 헬레네의 아버지인 틴다레오스와 함께 온 아카이아**의 장수들을 전쟁에 불러 모았다. 아카이아의 장수들은 여자를 유괴한 무뢰한을 응징하고 부유한 도시인 트로이를 치기 위해 기

---

* 스파르타.
** 그리스.

꺼이 전쟁에 참가했다. 트로이는 오래전부터 그리스인들에게 눈엣가시같이 못마땅한 나라였기 때문이다.

아카이아의 모든 장수들은 언젠가 틴다레오스에게 했던 맹세*를 지키기 위해 온 육지와 섬에서 병사들을 이끌고 트로이를 향해 출정했다. 메넬라오스의 형 아가멤논, '말을 길들이는 자'라는 별명을 가진 필로스의 네스토르, 이타케 섬의 왕으로 지혜롭고 용감하며 지략에 뛰어난 오디세우스, 미르미돈인들의 통치자인 아킬레우스와 그의 친구 파트로클로스, 그리고 다른 많은 유명한 장수들이 전쟁에 참가했다.

아카이아 병사들은 트로이 성을 9년 동안 포위하고 있었다. 10년째 되는 해에 드디어 지략과 무력을 총동원하여 트로이 성을 함락하는 데 성공했다. 그리하여 프리아모스의 자랑스러운 요새와 화려한 도시에 남은 것이라곤 연기가 피어오르는 폐허와 무너진 성벽, 약탈로 인해 텅 빈 궁전, 잿더미로 변한 신전들뿐이었다.

트로이의 남자들은 모두 전쟁에서 죽거나 포로로 붙잡혀 갔다. 여자들도 함선에 실려 다른 전리품들과 함께 노예의 신

---

* (옮긴이) 헬레네에게 구혼했던 많은 아카이아의 장수들은 그녀의 아버지 틴다레오스에게 만약 헬레네에게 나쁜 일이 생기면 그녀를 돕기 위해 모두가 힘을 합하겠노라고 맹세했었다.

분으로 아카이아의 여러 도시와 궁전으로 팔려갔다.

그러나 그리스인들 역시 승리를 마냥 기뻐하기에는 너무도 잃은 것이 많았다. 전쟁에 참가했던 유명한 장수들 대부분이 트로이 성벽 앞에서 죽임을 당했다. 전 그리스군의 자랑이며 결투에서 절대로 지는 법이 없었던 아킬레우스도 죽고, 그의 절친한 친구 파트로클로스도 헥토르의 손에 죽임을 당했다. 아카이아인들 가운데 가장 용모가 뛰어나며 누구보다 용맹스러운 장수였던 아이아스 역시 자신의 칼로 스스로 목숨을 끊었다.

몇 날 며칠이고 모든 병사들이 위대한 장수들의 죽음을 슬퍼하며 울었고, 그들의 시신을 화장하여 장사지낸 뒤 무덤 위에 거대한 비석을 세웠다.

마지막까지 살아남은 병사들은 마침내 함선에 몸을 싣고 고향을 향해 떠날 채비를 했다. 바로 그때 여러 장수들 사이에서 다툼이 일어나기 시작했다. 그 다툼은 아카이아인들에게 화가 난 여러 신들이 뒤에서 계획하고 조종하는 것이었다. 아카이아인들이 전쟁을 치르는 동안, 너무도 못된 짓을 많이 저질러서 신들의 미움을 샀기 때문이다. 전쟁은 인간의 증오와 잔인함, 탐욕이 초래한 끔찍한 불행이 아닐 수 없다. 인간들이 서로를 향해 무기를 겨누기 시작하면 으레 생기는 일들이었다.

그런 까닭에 제우스와 팔라스 아테나는 아카이아인들이 고향으로 돌아가는 길에 혹독한 시련을 겪게 하리라고 결심했다.

아테나는 맨 먼저 아트레우스의 두 아들인 아가멤논과 메넬라오스 사이에 불화가 생기도록 손을 썼다.

두 형제는 어느 날 저녁, 평소와는 달리 해가 서쪽으로 뉘엿뉘엿 저물어갈 무렵이 되어서야 병사들을 회의에 집합시켰다. 병사들은 전쟁에서 거둔 승리를 축하하느라 마신 포도주에 취한 채 모여들었다. 메넬라오스가 맨 먼저 말하기 시작했다.

"우리는 이제 집으로 돌아가려고 한다! 그동안 너무 오랜 세월을 낯선 땅에서 머물렀고, 너무 많은 고통을 견뎌내야 했다. 그러니 가능한 한 빨리 함선을 끌어내어 항해할 준비를 하라!"

그런데 아가멤논은 그의 동생 메넬라오스의 말이 못마땅했다. 아가멤논은 신들께서 그들이 저지른 못된 짓에 대해 아직도 노여움을 풀지 않고 있다는 사실이 마음에 늘 걸렸고, 그래서 군대를 이끌고 거친 바다를 향해 위험한 항해를 시작하기 전에 먼저 풍성한 제물을 바쳐 신들께 용서를 빌고 싶었다. 그러나 가련한 아가멤논은 그런 헤카톰베*도 아무런 소용이 없으며, 이미 자신에게 끔찍한 불행이 운명 지어져 있다는 사실을 전혀 짐작조차 못 하고 있었다!

"안 된다!" 아가멤논이 다급하게 소리쳤다. "우리는 내가 준비한 제물을 모두 바칠 때까지 이곳에 계속 머물러 있을 것이다!"

메넬라오스는 그에 반대했고 곧 두 형제 간에 격렬한 싸움이 일어났다. 그리고 그 싸움은 마치 타오르는 불길이 사방으로 번져가듯 병사들에게로 번져갔다. 곧 병사들 사이에서 거친 고함 소리가 터져 나왔다. 어떤 병사들은 메넬라오스의 말에 동의했고, 또 다른 병사들은 아가멤논의 말이 옳다고 주장했다. 그들은 서로의 얼굴에 대고 소리소리 지르고 허공에 주먹질을 해댔으며, 심지어 옆구리에 차고 있던 칼집에 손을 대는 병사까지 있었다.

그럭저럭하는 사이에 벌써 밤이 되었고 병사들은 슬슬 싸움에 지쳐갔다. 그러나 잠을 자기 위해 자리에 눕는 사람은 아

---

* (옮긴이) 헤카톰베는 원래 '백 마리 황소의 제물'이라는 뜻이지만, 호메로스의 작품에서는 그 수와 짐승의 종류에 상관없이 '풍성한 제물'이라는 뜻으로 쓰인다.

무도 없었다. 병사들은 여기저기 모닥불가에 흩어져 앉아 서로를 매서운 눈으로 노려보거나, 서로에게 복수할 생각에 골몰했다. 몇몇 장수들은 병사들과 멀리 떨어진 곳에 삼삼오오 무리를 지어 앉아서 비밀스러운 회의를 하기도 했다.

아침이 되어 장밋빛 손가락을 가진 새벽의 여신 에오스가 하늘 높이 솟아오르자, 병사들은 하나둘씩 함선을 바다 위로 끌어내기 시작했다. 돛대를 세우고 돛을 달았으며 노와 그 밖의 모든 필요한 장비들을 준비한 뒤 전리품도 모두 함선에 실었다. 병사들은 침울한 표정으로 말 한마디 없이 묵묵히 일만 했다. 그들의 마음속에 뭔가 알 수 없는 두려움이 엄습하고 있었다. 마치 그들 앞에 끔찍한 불행이 도사리고 있는 것 같은 느낌이었다.

장수들도 지금 벌어지고 있는 일이 전혀 마음에 들지 않았다. 같은 종족끼리의 불화는 병사들에게 있어서 언제나 최대의 적이었기 때문이다. 네스토르와 메넬라오스, 오디세우스 그리고 다른 몇몇 장수들은 병사들이 서로를 향해 무기를 꺼내드는 불상사가 일어나기 전에, 서둘러 그곳을 떠날 결심을 했다.

병사들은 열을 지어 노를 잡고 앉았고, 곧 선체는 회색빛 바닷물을 가르며 천천히 앞으로 나아가기 시작했다. 튼실한 널빤지로 만들어진 높고 검은 선체가 바다 위에 우뚝 솟았고, 커다란 노가 부드럽게 올라갔다 내려갔다를 반복했다. 바람도 알맞게 불어 돛을 풍성하게 부풀렸다.

장수들은 뱃머리에 모여 앉아 앞으로 항해해 나갈 항로에 대해서 의논했다. 그사이 오디세우스는 아무 말 없이 얼굴을 찡그린 채로 방향키에 몸을 기대고 서 있었다. 그는 스스로가 못마땅했다. 어째서 절친한 친구인 아가멤논을 혼자 내버려 두고 도망치듯 떠나왔단 말인가? 그들은 함께 싸웠으며 모든 고통을 함께 나누었다. 그러니 고향에 돌아가는 것도 함께해야 했다! 게다가 다른 장수들이 정한 항로도 영 그의 마음에 들지 않았다. 지름길이기는 했지만, 그만큼 다른 항로보다 위험한 물길이었다. 오디세우스는 바다의 지배자인 포세이돈이 친절하게 그들과 동행해줄지, 아니면 물고기떼가 넘실대는 바다 밑 협곡 속으로 그들을 잔인하게 빠뜨려버릴지 확신할 수가 없었다.

그래서 장수들 사이에서 또다시 불화가 일어났다. 배가 아직 트로이 앞바다에 있는 작은 섬 테네도스를 돌아 지나가기 전이었다. 결국 오디세우스는 그의 함선들과 그를 따르는 병사들을 이끌고 방향을 돌려 다시 트로이로 되돌아왔다.

그러나 오디세우스와 아가멤논이 함께 고향으로 돌아갈 수 있는 운명은 아니었다.

아가멤논과 오디세우스가 함선 가득 값진 전리품들을 싣고 두번째로 트로이를 떠나 항해를 시작했을 때, 갑자기 파도가 높아지며 폭풍우가 치기 시작했다. 먹장구름이 무겁고 낮게 내려앉았고 짙은 회색 안개가 함선을 뒤덮었다. 아침이 아니라 밤이 된 것 같았다.

해안을 벗어나 넓은 바다로 나오자마자 매서운 회오리바람이 불어닥쳤다. 거센 바람은 함선들을 사방으로 흩어놓았고, 아카이아 병사들은 서로의 배를 시야에서 놓치고 말았다.

오디세우스는 자신의 함선들이 거대한 검은 그림자처럼 안개 속에서 아래위로 흔들리는 모습을 보았다. 폭풍우는 함선들을 휘감아 계속 어디론가 끌고 갔지만, 어느 누구도 배가 어느 방향으로 가고 있는지 알 수 없었다.

마침내 사나운 폭풍우가 어느 정도 가라앉았다. 먹장구름도 사라지고 함선들이 안개 속에서 하나둘씩 모습을 드러냈다. 파도가 여전히 거칠게 출렁이며 선체에 부딪쳐 흰 거품을 토해냈지만, 그래도 조금씩 주변의 모습이 보이기 시작했다.

오디세우스는 주변을 둘러보았다. 다행히 그의 함선 중에서는 없어진 배가 단 한 척도 없었고 모두 다 무사했다. 그러나 다른 아카이아 장수들의 함선은 흔적도 없이 사라져 하나도 보이지 않았다.

오디세우스는 깊은 한숨을 내쉬었다. 신들께서 그와 그의 부하들을 모두 살려주셨으니, 이제 어디든 육지에 닿는 대로 풍성한 제물을 바치겠다고 결심했다. 분명 아가멤논의 함선들도 폭풍우를 무사히 이겨냈을 것이다. 그들은 하는 수 없이 각자 따로 떨어져서 고향으로 돌아가야만 했다. 불사의 신들께서 그렇게 정하셨다면, 그에 따르는 수밖에 다른 방도가 없었다.

오디세우스는 이런저런 생각에 잠긴 채 눈앞의 안개가 점점 옅어지는 것을 보았다. 바로 그때 평평한 육지가 나타났다. 함선들은 끼익 소리를 내며 해변의 모래사장 위로 올라섰고, 아카이아 병사들은 무장을 한 뒤 육지로 뛰어내렸다. 작지만 단단해 보이는 도시의 성벽이 눈에 띄었다. 오디세우스는 깜짝 놀랐다. 자신도 알고 있는 도시였다! 아아, 신들께서는 아카이아인들에게 친절을 베푸실 의향이 없는 모양이었다. 그 도시는 키코네스인들이 살고 있는 이스마로스라는 곳

이었고, 키코네스인들은 트로이인들과 혈맹을 맺은 사람들이
었다. 그것은 곧 아카이아인들에게 새로운 전투를 의미했다.

그러나 아카이아인들은 이번에도 운이 좋았다. 키코네스인
들은 선제공격을 시도하지 않았으며, 도시 안에는 병사들도
그다지 많지 않았다. 따라서 전투는 그리 오래 걸리지 않았다.
아카이아인들의 공격에 맞섰던 적은 수의 키코네스 병사들은
이내 흩어져버렸고, 다행히 죽지 않고 살아남은 병사들은 육
지 깊숙한 곳으로 도망쳤다. 아카이아 병사들은 승리의 환호
성을 지르며 닥치는 대로 전리품을 챙겼다. 다시 배로 돌아가
서 즉시 그곳을 떠나려고 하는 병사는 한 사람도 없었다.

너무나 쉽게 얻은 승리에 오디세우스는 뭔가 석연치 않은
느낌이 들었다.

"빨리 이곳을 떠나기로 하자!" 오디세우스는 병사들에게
경고하며 말했다. "곧 뭔가 나쁜 일이 벌어질 것 같은 불길한
예감이 드는구나!"

그러나 병사들은 그저 웃기만 했다. 그들은 키코네스인들
의 집 안 창고에 들어가 그곳에서 엄청나게 큰 항아리에 달고
독한 포도주를 가득 담아 가지고 나왔고, 성벽 앞 풀밭에서
풀을 뜯고 있던 염소와 소 들을 마구 잡았다. 그러고는 밤새

도록 그것을 먹고 마시며 즐겼다.

다음 날 아침 그들은 자기들이 한 짓에 대한 끔찍한 벌을 받았다.

육지 깊숙한 곳으로 도망쳤던 키코네스 병사들이 그곳에 사는 다른 혈맹 종족들을 모두 불러 모아 아카이아인들을 공격해 온 것이다.

마치 봄날에 꽃과 잎사귀가 한꺼번에 앞다투어 피어나듯, 많은 적들이 갑자기 사방에서 공격해 왔다. 걸어오거나 혹은 전차를 타고 순식간에 달려온 키코네스 병사들은, 전날 마신 포도주에서 덜 깨어나 아직도 몽롱한 상태인 아카이아인들의 머리 위로 수도 없이 창을 날렸다. 이스마로스의 해안에서 격렬한 전투가 벌어졌다. 아카이아인들은 월등히 많은 수의 적군을 상대로 용감하게 싸웠다. 저녁 무렵이 되어 쟁기질하는 농부가 소의 몸에서 쟁기를 풀어낼 시간이 되자, 병사들은 하는 수 없이 전투를 중단해야만 했다.

아카이아인들은 함선으로 도망쳤다. 나중에 확인해본 결과, 모두 합해 여섯 명의 병사가 보이지 않았다. 그들은 키코네스인들의 손에 죽임을 당해 바닷가에 쓰러져 있었다.

살아남은 병사들은 슬픈 마음으로 그곳을 떠났다. 노를 바닷물에 담그기 전에 그들은 큰 소리로 바닷가를 향해 죽은 동료 병사들의 이름을 세 번씩 외쳤다.

함선들이 다시 항해를 시작했다. 그러나 신들은 여전히 노여움을 풀지 않았다. 이번에는 제우스가 매서운 북풍을 보냈다. 북쪽에서 폭풍우가 몰아치면서 검은 먹구름이 몰려왔다. 사방이 밤처럼 캄캄해졌고, 하늘과 바다는 구분이 안 될 정도로 시커멓게 한 덩어리가 되어갔다. 무시무시한 어둠 속에서 배들은 방향을 잃고 이리저리 흔들렸다. 돛대가 휘어지면서 돛이 찢어져 여기저기 너덜거리자, 병사들은 서둘러 남은 돛을 거두었다.

병사들은 사력을 다해 노를 젓기 시작했다. 노는 끊임없이 바닷물을 헤쳤다. 잠시도 쉬지 않고 끊임없이. 끝이 없는 영원 같던 시간이 지나고, 마침내 배 밑바닥이 육지에 가 닿는 것이 느껴졌다. 곧 배들이 모래사장 위에 멈춰 섰다.

병사들은 육지로 내려섰다. 그들이 도달한 곳이 어디인지는 상관없었다. 병사들 모두가 죽을 만큼 피곤했기 때문이다. 땅 위에 내려서자마자 그들은 그대로 그 자리에 쓰러져 곧장 잠이 들어버렸다.

병사들은 이틀 밤낮을 꼬박 낯선 해변에 누워 아무 의지도 기력도 없이 계속해서 잠만 잤다.

사흘째 되는 날 아침, 동쪽 하늘 위로 새벽 여명이 밝아왔을 때에야 병사들은 다시 기력을 차리고 실낱같은 희망을 품을 수 있었다. 그들은 부러진 돛대를 다시 세우고 돛을 올렸다. 부드러운 바람이 불어와 배들은 바다 위를 순조롭게 항해할 수 있게 되었고, 병사들이 방향을 잡는 대로 순순히 움직여주었다. 병사들은 다시 행복한 귀향을 꿈꾸며 지나간 불행을 잠시나마 잊을 수 있었다.

오디세우스도 점점 마음이 놓이기 시작했다. 그동안의 모든 고생도 이제는 끝날 때가 된 것 같았다.

이타케에 점점 가까워질수록 오디세우스는 고향 생각이 간절해졌다. 그가 고향을 떠나 그곳 소식을 전혀 접할 수 없을 만큼 머나먼 낯선 땅에 머무는 동안, 그곳에서는 대체 무슨 일이 일어났을지 궁금해졌다.

그는 페넬로페를 생각했다. 아름답고 현명한 아내 페넬로페는 10년이란 세월 동안 그가 돌아오길 기다려야 했다. 그리고 갓 태어나 얼굴도 얼마 보지 못하고 헤어진 어린 아들을 생각했다. 지금쯤이면 많이 컸을 것이다. 어쩌면 벌써 달리기, 높이뛰기, 원반던지기 등의 놀이를 시작했을지도 모른다.

어린 소년에게 꼭 맞게 가볍게 만들어진 원반으로 던지기 연습을 하고 있으리라.

오디세우스는 미소 지었다. 그렇다, 그의 귀향은 정말로 행복한 귀향이 될 것이다.

그러나 바로 그 순간 어떤 엄청난 힘이 함선을 앞으로 나가지 못하게 붙잡기라도 하는 듯, 배가 부르르 떨리는 것이 느껴졌다. 그러더니 결국 멈춰 서는 것 같았다. 조금 전까지만해도 산들산들 불어오는 바람을 받아 한껏 부풀어 있던 돛이 철퍼덕 소리를 내며 아래로 축 처졌다.

그와 동시에 배가 옆으로 천천히 돌기 시작했다. 깜짝 놀란 오디세우스가 방향키를 잡고 있는 병사를 쳐다보니, 그는 이미 온몸을 방향키 위에 던지고는 있는 힘을 다해 방향을 잡느라 얼굴이 시뻘게져 있었다. 그러나 아무 소용이 없었다. 뭔가 다른 힘이 더 강하게 작용하고 있었다.

오디세우스는 이를 악물었다. 그 힘이 무엇인지 잘 알고 있었기 때문이다.

함선들은 지금 막 끔찍한 폭풍우가 행패를 부리기로 유명한 말레아의 협곡을 지나고 있는 길이었다. 게다가 바다 밑 깊은 곳에서는 엄청나게 센 급류가 흘렀고, 배가 그 급류에 휘말리기라도 하면 물살은 배를 끝도 없이 넓은 망망대해로 밀쳐내곤 했다.

또다시 행복한 귀향이 그들에게서 등을 돌리고 멀리 달아나려고 하는 순간이었다!

갑판 위 여기저기에서 당황한 병사들이 이리저리 뛰어다녔다. 그리고 끔찍한 물살에서 벗어나기 위해 사력을 다해 노를 저었으나, 아무 소용이 없었다.

갑자기 공기를 가르며 쉭쉭거리는 소리와 웅웅거리는 울림이 들려오더니, 곧 북풍이 정통으로 돛을 향해 날아와 꽂혔다. 돛대가 우지끈 소리를 내며 부러졌다.

미쳐 날뛰는 말처럼 함선들이 앞을 향해 돌진하기 시작했다. 그런데 그 방향은 육지와 이타케가 있는 북쪽이 아니었다. 북풍과 급류는 함선들을 고향과는 정반대인 남쪽으로 몰아가고 있었다. 키테라 섬을 지나 한참을 가더니 왼쪽으로 작은 섬들이 보이기 시작했고, 그 섬들도 이내 시야에서 사라졌다. 병사들은 눈앞에서 사라져가는 섬들을 너무도 안타까운 눈길로 쳐다볼 뿐, 할 수 있는 일이라곤 아무것도 없었다.

무엇 하나 보이지 않는 쓸쓸하고 황량한 망망대해뿐이었다. 낮이고 밤이고 사방에 보이는 것은 물, 바닷물밖에 없었다. 그들을 몰아가던 급류도 사라졌다. 가끔 불던 폭풍우도 완전히 잦아들었다. 병사들은 피곤에 지쳐 아무 말 없이 노를 저을 뿐이었다. 어디선가 바람이라도 불어와 함선을 몰고 가면, 그 바람의 방향에 하염없이 배를 내맡기는 수밖에 없었다. 그들이 북쪽으로 방향을 잡아 항해하려고 애쓰는 순간, 어김없이 거센 폭풍우가 밀어닥치며 더 멀리 반대 방향으로 배를 몰고 갔기 때문이다.

그렇게 병사들은 아흐레를 정처 없이 항해했다. 이제는 그들이 항해하고 있는 곳이 어디쯤인지도 더 이상 알 길이 없었다. 배 안에는 물도 이미 다 동났고, 싣고 왔던 식량도 거의 바닥이 났다.

열흘째 되는 날 아침, 드디어 안개를 가르고 멀리 육지가 보였다. 병사들은 전속력을 다해서 육지를 향해 노를 저었고, 육지에 배를 댄 후 그곳이 도대체 어떤 곳인지 알아보러 정찰에 나섰다.

그들이 도착한 해안은 병사들 중 어느 누구도 듣지도 보지도 못한, 완전히 낯선 곳이었다. 사람이 살고 있는 흔적도 없고, 살아 움직이는 짐승이라고는 하나도 눈에 띄지 않았다. 그저 잡초와 덤불만이 무성하게 자라 땅을 뒤덮고 있었다. 병사들은 작은 시냇물을 발견하고, 그곳에서 물을 길어다 마지막 남은 식량을 모두 먹어치웠다. 그러고 나자 오디세우스가 두 명의 병사를 불러 명령했다.

"육지 쪽으로 들어가서 이곳에 어떤 사람들이 살고 있는지 정찰하도록 하라. 그들이 무엇을 먹고 사는지, 착한 사람들인지 아니면 못된 사람들인지 등을 알아 오너라. 그러나 너무 오래 지체하지는 마라. 우리는 곧 다시 이곳을 떠나 항해를 계속해야 할 테니 말이다!"

두 병사는 곧 길을 떠났다. 그들이 수풀 사이로 사라져 보이지 않게 되자, 오디세우스는 또다시 세번째 병사에게 손짓해 곁으로 오라고 했다.

"너는 저 둘의 뒤를 쫓도록 하라. 네가 보기에 뭔가 위험해 보이는 일이나 혹은 네 마음에 들지 않는 뭔가 불미스러운 일이 생기면, 곧 있는 힘을 다해 이곳으로 돌아와서 내게 모든 것을 보고하도록 하라!"

세번째 병사까지 정찰을 떠나고 나자, 남은 병사들은 모두 모래사장 위에 온몸을 쭉 뻗고 누워 잠을 잤다.

그러나 오디세우스만은 잠들지 못하고 깨어서 기다렸다. 사방은 조용하고 평화로워 보였지만, 뭔가 불길한 예감이 들어 마음을 놓을 수 없었기 때문이다. 가끔씩 어디에선가 꽃향기 같은, 이루 말할 수 없이 달콤한 향내가 바람에 실려 왔다. 오디세우스가 알지 못하는 향기였다.

하늘은 파랗고 파도는 부드럽게 모래사장에 밀려왔다.

태양이 점점 더 높이 솟아오르고 시간은 흘러갔지만, 정찰을 떠난 병사들은 여전히 돌아오지 않고 있었다.

정오쯤 되었을 때 오디세우스는 잠들어 있던 병사들 중 몇몇을 깨웠다. 그들은 칼을 들고 조심스레 앞서간 정찰병들의 자취를 더듬어 나아갔다. 언제라도 싸움에 임할 수 있게 마음의 준비를 단단히 했다.

그러나 전투는 일어나지 않았다. 사라진 병사들을 찾는 데도 그다지 오랜 시간이 걸리지 않았다. 그리 빽빽하지 않은 수풀을 헤치고 지나가자 곧 넓은 풀밭이 나왔다. 그 풀밭 위에 한 무리의 낯선 남자들이 무장도 하지 않고 매우 평화로운 모습으로 둘러앉아 있었고, 그 한가운데에 사라진 두 정찰병과 세번째 병사까지 함께 앉아 있었다.

그 기이한 모습을 보고 놀란 병사들이 천천히 다가갔다. 낯선 남자들은 병사들을 다정한 눈길로 쳐다봤다. 아카이아 병사들이 칼을 시퍼렇게 빼 들고 다가가는데도 전혀 놀라거나 당황하는 기색이 없었다. 그들의 표정이 어찌나 행복하고 만족스러워 보이던지, 오디세우스조차 그들이 부러울 정도였다. 그러나 정찰을 하라고 보낸 세 명의 병사들까지도 그들과 똑같은 표정으로 오디세우스를 쳐다보며 미소 짓는 모습을 보자, 오디세우스는 갑자기 화가 치밀어 올랐다.

큰 소리로 그 병사들을 야단치려고 하는 순간, 오디세우스의 눈에 뭔가 이상한 것이 보였다. 거의 대부분의 남자들이 저마다 신기한 과일을 손에 들고 있었다. 오디세우스가 처음 보는 과일이었다. 남자들은 가끔씩 그 과일을 입으로 가져가 한 입씩 베어 먹고 있었다.

그런데…… 세상에 맙소사! 오디세우스가 보낸 병사들 역시 그 자리에 앉아 똑같은 과일을 먹고 있었으며, 과일을 먹는 그들의 표정은 이 세상에 그보다 더 맛있는 것은 없다는 듯한 표정이었다! 한데 이상하게도 그 세 병사들은 오디세우스나 다른 동료 병사들을 까맣게 잊은 것 같아 보였다. 그들은 그렇게 무심한 표정으로 동료들을 쳐다보고 있었다. 도대체 그들에게 무슨 일이 생긴 것일까?

불현듯 오디세우스는 이 모든 상황을 이해할 수 있을 것 같았다. 그들은 지금 로토파고이라는 섬에 와 있었다. 로토파고

이 섬의 사람들은 로토스 열매를 먹었다! 오디세우스는 그 열매에 대한 이야기를 자주 들어왔다. 다디단 로토스 열매를 먹은 사람은 누구나 고향과 친구들, 자기가 해야 할 일들을 까맣게 잊어버리게 되며, 계속 그 섬에 머물면서 로토스 열매를 먹는 것 외에는 아무것도 바라지 않게 된다고 했다.

그랬다. 그것이 원인이었다. 정찰을 하라고 보낸 병사들은 그 열매를 먹었고, 그 때문에 자기들이 정찰을 하러 그곳에 왔다는 사실조차도 까맣게 잊어버렸던 것이다. 세번째 병사도 마찬가지였다. 뭔가 석연치 않은 것을 보거든 곧장 오디세우스에게 돌아와 보고하라는 명령조차 잊어버리고 만 것이다.

"돌아가자!" 오디세우스는 세 병사들에게 엄한 목소리로 명령을 내리며 칼을 다시 칼집에 집어넣었다. "다른 병사들까지 로토스 열매를 먹고 고향으로 돌아갈 생각을 잊어버리기 전에, 우리는 되도록 빨리 이곳을 떠날 것이다!"

그러나 세 병사들은 돌아가려고 하지 않았다. 그들은 오디세우스에게 제발 자기들만은 그 섬에 그냥 머물게 해달라고 간청했다.

그러자 오디세우스는 다른 병사들에게 눈짓하여 울부짖는 세 병사들을 함선이 정박해 있는 곳으로 끌고 가라고 명령했다. 병사들은 그들이 도망쳐서 로토파고이 섬으로 되돌아가지 못하도록 노 젓는 의자에 밧줄로 꽁꽁 묶어놓았다.

함선이 다시 넓은 바다를 향해 항해를 시작하고 나서야, 비로소 오디세우스는 안도의 한숨을 내쉬었다. 그들은 다시 한 번 위험한 순간을 모면했던 것이다.

그러나 이타케는 아직도 멀리 있었고, 신들께서는 여전히 아카이아인들에 대한 화를 풀지 않았다.

돛은 힘없이 축 늘어져 있었고, 병사들은 쉼 없이 노를 저어 끝없이 펼쳐진 회색빛 바다를 헤쳐 나갔다. 오디세우스는 자신을 따르는 병사들을 모두 무사히 고향으로 데려갈 수 있을지 매우 걱정스러워졌다.

배에는 더 이상 병사들이 먹을 고기가 없었으며, 약간의 빵을 구울 수 있는 보릿가루만이 조금 남아 있을 뿐이었다. 가죽 부대에 포도주가 있긴 했지만, 식수는 얼마 안 있어 곧 바닥날 것 같았다. 조만간 그들을 후하게 맞아줄 친절한 사람들이 사는 육지를 발견하지 못한다면, 병사들은 배 위에서 허기와 갈증으로 죽어갈 수밖에 없는 상황이었다.

다행히 다음 날 밤, 그들은 육지가 있는 어느 해변을 아주 가까이 지나가게 되었다. 병사들은 해변을 따라 한동안 노를 저어 갈 뿐, 배를 정박할 엄두를 내지 못했다. 달이 뜨지 않는 캄캄한 그믐밤인 데다가 별들마저 먹구름 속으로 모습을 감추었기 때문이다. 그러다가 갑자기 한쪽 옆으로 평평한 섬들이 보이기 시작했다. 바닷물이 육지로 밀려 들어와 널찍한 만(灣)을 이루면서 만들어진 섬들이었다. 완만한 모래사장과 잔잔한 파도가 자연적으로 항구를 형성했고, 따라서 병사들이 특별히 애를 쓰지 않아도 배들은 저절로 해변에 가서 안전하게 정박했다. 그동안 많은 우여곡절을 겪은 병사들에게는 배를 쉽게 정박할 수 있는 것이 커다란 행운으로 여겨졌다. 병사들은 즐거운 마음으로 육지에 내려섰다. 아침이 밝는 대로 자기들이 도대체 어떤 섬에 도착했는지 정찰하기로 하고, 일단은 피곤한 몸을 누이며 잠을 청했다.

그러나 다음 날 아침, 그들 앞에 행운이 아니라 큰 불행이 기다리고 있다는 것을 알게 되기까지는 그다지 오랜 시간이 걸리지 않았다. 그들이 정박한 곳 건너편으로 보이는 육지에 바로 키클롭스족이 살고 있었던 것이다.

키클롭스족은 눈이 하나밖에 없는 거인족이었다. 그들은 난폭하고 잔인하기가 이루 말할 수 없었고, 사람과 비슷하다기보다는 사나운 괴물에 가까웠다. 게다가 사람을 잡아먹는 종족이라는 끔찍한 소문도 있었다. 그들은 법이라든가 예의 범절 같은 것을 지킬 줄 몰랐으며, 신들을 두려워하기는커녕 오히려 조롱하고 경멸했다. 키클롭스들은 각자 자기 아내와 아이들을 거느리고 산꼭대기에 있는 동굴을 하나씩 차지해 살고 있었고, 서로 다른 키클롭스에게는 털끝만큼도 관심이 없었다. 그들은 밭을 갈지도 보리나 밀의 씨를 뿌리지도 않았으며, 포도나무를 기르지도 않았다.

그들은 바다 건너 다른 나라로 가기 위해 배를 만들지도 않았다. 작은 뗏목으로도 충분한, 손을 뻗으면 닿을 것처럼 바로 건너편에 있는 숲이 무성하게 우거진 섬들로도 가지 않는 종족이었다. 키클롭스들이 살고 있는 육지에서 만을 사이에 두고 있는 섬들에는, 아카이아인들이 정박하기 전까지 그 어떤 인간도 발을 들여놓은 적이 없었다. 수많은 야생 염소들만이 살고 있을 뿐이었다.

다음 날 아침 아카이아 병사들은 눈뜨자마자 우선 자신들이 도착한 섬을 샅샅이 둘러보기로 했다. 곧 그들은 수정처럼 맑은 물이 솟아나는 샘을 하나 발견했다. 그리고 계속해서 숲으로 들어가자, 음매 하고 소리 지르며 도망가는 한 떼의 야생 염소도 보았다. 아카이아 병사들은 너무 기뻐 큰 소리로 환호성을 지르며 함선으로 돌아가 활과 화살, 그리고 가벼운 사냥 창 들을 들고 나와 통통하게 살이 오른 염소떼들을 수도 없이 쏘아 넘어뜨렸다. 곧 식량으로 쓸 수 있는 고기가 사방에 넘쳐났다. 열두 척의 함선에 염소를 각각 아홉 마리씩 비상식량으로 나누어 실었고, 남은 고기들은 해변에서 바로 구웠다. 가죽 부대에는 아직 포도주가 넉넉히 남아 있었으므로 그들은 풍성하고 즐거운 식사를 할 수 있었다. 식사는 해가 질 무렵까지 계속되었다.

그러나 이따금씩 그들은 먹고 마시는 동작을 멈추고 커다랗던 웃음소리도 뚝 그치고서 만의 저 건너편, 산세가 험한 육지 쪽에서 들려오는 이상한 소리에 귀를 기울여야 했다. 그곳에서는 뭔가 난폭하게 울부짖는 듯한 소름 끼치는 소리가 들려왔는데, 사람이 내는 소리 같지는 않았다. 그 소리를 들은 병사들은 등골이 오싹해지면서 전율에 휩싸였다.

"젠장! 저 끔찍한 소리를 들으니 피가 거꾸로 솟는 것 같군!" 병사들은 이렇게 투덜거리며, 그럴수록 더 자주 포도주 잔으로 손을 뻗었다.

그러나 오디세우스는 이미 오래전부터 포도주 마시는 것을 그만두었다. 그는 아무 말 없이 자리에 앉아, 저 건너편 숲이 울창하게 우거진 산꼭대기에서 연기가 피어오르는 것을 지켜보고 있었다. 소와 양, 염소 들이 울부짖는 소리가 계속해서 들려왔고, 그 사이사이로 그의 마음을 말할 수 없이 불안하게 만드는 끔찍한 고함 소리가 간간이 들려왔다.

밤이 되자 사방이 다시 고요해졌다. 염소 고기를 배불리 먹고 포도주에 취한 아카이아 병사들은 하나둘씩 자리에 눕기 시작했다.

'저 건너편에 도대체 누가 사는지 알아봐야겠다.' 오디세우스는 담요 속에서 몸을 웅크리며 생각했다. '내일 아침 날이 밝는 대로 가봐야지……'

첫새벽의 여명이 떠오르기 시작했을 때 오디세우스는 병사들을 불러 모았다.

"잘 들어라!" 오디세우스가 말했다. "저 건너편에 있는 땅은 아무래도 기이한 곳인 것 같다. 너희들도 들었다시피 저곳에 사는 인간들이 끔찍한 소리를 질러대지 않았느냐. 나는 저들에게 무슨 특별한 사정이라도 있는지 알아봐야겠다! 그래서 너희들과 함께 저 건너편으로 노를 저어 가서 구석구석 샅샅이 살펴볼 작정이다. 나머지 병사들은 그동안 함선을 지키며 여기 항구에 머물러 있도록 하라!"

함선에 머물게 된 아카이아 병사들은 모두 오디세우스의
명령에 만족해했고, 그중 몇몇은 오디세우스를 따라 모험을
떠나는 대신 안전한 항구에 머물러 있게 된 것이 다행이라며
자기들끼리 몰래 수군거리기까지 했다. 저 건너편에 어떤 끔
찍하고 난폭한 종족이 살고 있는지는 신들이나 상관할 일이
지, 그들과는 아무 관계도 없는 일 아닌가!

남아 있는 병사들은 넓은 만을 건너 물살을 헤치고 건너편
해안을 향해 천천히 방향을 돌리고 있는 오디세우스가 탄 배
를 조금은 호기심 어린 눈길로 쳐다보았다. 그러나 그곳으로
가는 병사들이 부럽다는 생각은 눈곱만치도 들지 않았다.

오디세우스가 탄 배의 검은 선체는 바다 위로 우뚝 솟아올
랐다. 배의 옆 부분은 완만한 곡선을 그리며 불룩하게 튀어나
왔고, 앞부분과 맨 끝부분은 날렵하게 좁아지며 약간 위로 치
켜 올라간 모양을 하고 있었다. 오디세우스의 배는 그렇게 멋
지고 튼튼하게 만들어진 배였다. 일렬로 줄지어 길게 늘어뜨
려진 노가 올라갔다 내려갔다를 규칙적으로 반복했다.

배에 타고 있는 병사들은 자신들의 통치자인 오디세우스와
함께 이미 수많은 전투에서 싸움을 했던 병사들이었다. 그들
이 지니고 있는 무기는 강력했으므로 그 어떤 적 앞에서도 두

려움에 떨 필요가 없었다. 그러니 저 건너편 섬에 사는 종족들이 아무리 무시무시한 소리를 지른다고 한들, 섬을 정찰하지 않을 이유가 어디에 있단 말인가?

오디세우스는 배 앞부분의 갑판에 서 있었다. 그는 두 눈을 크게 뜨고, 그들 앞으로 점점 가까이 다가오는 미지의 땅을 세심하게 둘러보았다. 빽빽한 숲이 산과 언덕을 뒤덮고 있었고 산 아래에는 너른 들판이 시원하게 펼쳐져 있었다. 좀더 가까이 가자 들판 위에서 여러 무리의 양떼가 풀을 뜯고 있는 모습이 보였다. 바위로 된 산등성이에는 여기저기 동굴이 흩어져 있었다.

배가 육지 가까이 다가가자, 바로 맞은편 해변에서 그리 멀지 않은 곳에 여러 개의 바위가 뒤엉켜 하나의 커다란 울타리를 이루고 있는 것이 보였다. 바위들 사이로 갈라진 틈이 하나 있었는데, 그 길을 따라가면 안으로 더 깊숙이 들어갈 수 있을 것 같았다. 갈라진 틈 양쪽으로 서 있는 바위들은 가장자리가 연기로 검게 그을려 있었고, 그 앞에는 월계수가 자라고 있었다. 바윗덩이들과 거친 솜씨로 벤 나뭇등걸로 둘러싸인 거대한 울타리는 마치 밤에 양을 몰아넣는 우리 역할을 하는 것처럼 보였다. 그러나 지금은 이글거리는 태양 아래 울타리 안이 텅 비어 있었고, 아무리 둘러봐도 살아 움직이는 것이라고는 하나도 보이지 않았다.

그러는 사이 배는 해안에 가 닿았고, 병사들은 배를 해안가의 움푹하게 들어간 바위 절벽 안에다 정박했다. 섬 안쪽에서 배가 서 있는 모습이 보이지 않게 하기 위해서였다. 배를 정박한 병사들은 곧 모두 섬 안으로 들어가기 위해 무장을 하고 무기를 손에 들었다. 바로 그때 오디세우스가 말했다.

"아니다. 모두 다 같이 갈 것이 아니라, 열두 명의 병사들만 나와 함께 섬으로 들어가게 될 것이다! 나머지는 배에 남아서 우리가 돌아올 때까지 기다리도록 하라!" 그러고 나서 그는 병사들 중 가장 믿음직스럽고 용감한 병사 열둘을 골라, 그들과 함께 섬 안쪽으로 들어갔다.

열두 명의 병사들은 각자 칼 한 자루씩만 들고 나섰고, 오디세우스는 칼 외에도 빵과 고기가 든 자루를 어깨에 메고 언젠가 이스마로스에서 아폴론 신을 모시는 사제에게 선물로 받은 붉은 포도주가 가득 담긴 가죽 부대도 잊지 않고 챙겼다. 그 포도주는 오디세우스가 사제의 목숨을 구해준 대가로 받은 것으로, 이 세상의 그 어떤 포도주보다 맛이 달고 진했다. 오디세우스는 그 포도주가 어쩌면 적절한 순간에 아주 유용하게 쓰일지도 모른다고 생각했다.

이제 오디세우스와 병사들은 사방을 둘러보면서 조심스레 바위 울타리 쪽을 향해 발걸음을 옮기기 시작했다. 바위 울타리 뒤편으로는 경사가 매우 급하며 나무가 빽빽하게 자란 언덕이 우뚝 솟아 있었다. 거대한 바위 울타리 입구는 열려 있었다. 입구 바로 옆에는 어마어마하게 크고 무거운 돌판이 기대어져 있었다. 밤에 울타리 입구를 막는 데 쓰이는 돌판처럼 보였다. 만약…… 그렇다, 만약 이 돌판을 들어 올릴 수 있는 인간이 저 안에 살고 있다면, 그는 정말로 엄청난 힘을 가진 인간이리라. 병사들은 벌어진 입을 다물지 못하고 거대한 돌판을 이리저리 훑어보았다.

병사들은 아무도 없는 우리 안으로 조심스레 들어갔다. 우리 안은 다시 작은 울타리들로 이리저리 칸이 나뉘어 있었다. 짐승의 종류에 따라 나눠서 가둘 목적인 모양이었다.

마침내 병사들은 바위 울타리 맞은편에 다다랐고, 머뭇거리며 그 자리에 멈춰 섰다. 거기에는 높다랗고 좁게 벌어진 시커먼 바위틈이 입을 벌리고 있었다. 그 틈을 통해 온갖 냄새가 풍겨져 나왔다. 연기 냄새 같기도 했고 짐승의 냄새 같기도 했고 거름이나 치즈 냄새 같기도 했다. 그러나 그 안에는 아무도 없었다. 인간도 짐승도 보이지 않았다.

오디세우스는 바위틈 앞에 서서 연기에 검게 그을린 바위 동굴의 입구를 골똘히 쳐다보았다. 그 옆에도 역시 입구를 막는 목적으로 쓰이는 듯한 커다란 바윗덩이가 있었다. 그 바윗덩이는 마치 누군가가 방금 전에 옆으로 밀쳐놓은 것 같아 보였다. 그렇다, 바윗덩이는 벌어진 바위틈을 막기에 딱 알맞은 크기였다. 만약 밖에서 그 바윗덩이로 입구를 막아버린다면, 안에 있는 사람은 누구도 밖으로 나올 수가 없었다.

오디세우스는 이를 악물었다. 그 모든 위험에도 그는 동굴 안으로 들어가 보고 싶었다! 어쩌면 그리 쉽게 목숨을 잃을 만한 위험한 상황이 생기지 않을지도 모르고, 자신과 병사들을 잘 지켜낼 자신도 있었다.

마침내 오디세우스는 칼을 빼 든 다음 동굴 입구로 발을 내디뎠다. 안으로 들어서자 곧 널찍한 동굴이 그들 앞에 펼쳐졌다. 동굴 벽 사방으로 다시 좁은 동굴들의 입구가 나 있었고, 거기에서 낮게 앵앵거리는 양과 염소의 울음소리가 들려왔다. 산 안쪽으로 파인 동굴이라 대낮에도 밤같이 어둠침침했고, 가늘게 갈라진 바위틈을 통해 간신히 몇 가닥의 햇살만 비쳐들 뿐이었다. 그럼에도 병사들은 곧 동굴 안 여기저기에

양 우리와 염소 우리가 여러 개 있으며, 각각 새끼 양과 새끼 염소 들로 꽉 차 있다는 것을 알아차릴 수 있었다. 새끼 양과 새끼 염소 들은 각각 크기별로 구별되어 서로 다른 우리에 갇혀 있었다.

가장 중앙에 있는 제일 큰 동굴에는 나무 양동이들이 벽을 따라 죽 늘어서 있었는데, 그 안에는 우유가 가득했다. 또한 땔감으로 쓸 장작더미가 엄청난 높이로 쌓아 올려져 있었고, 온갖 종류의 기구들이 여기저기 놓여 있거나 벽에 기대어 세워져 있었다. 그것들은 모두 인간의 손으로 사용하기에는 어마어마하게 큰 것들이었다. 동굴 벽 위쪽으로는 사방에 나무를 엮어서 짠 격자 선반이 붙어 있었는데, 그 위에 치즈를 일렬로 얹어 건조시키고 있었다. 동굴 맨 뒤쪽에는 불 꺼진 아궁이가 있었고, 바로 그 옆에 지푸라기와 짐승 가죽으로 만든 엄청나게 큰 잠자리가 마련되어 있었다.

"정말이지 어마어마하게 큰 집이로군!" 오디세우스를 뒤따르던 병사들 중 한 명이 외쳤다. 그러나 그렇게 외치는 병사의 목소리에서 즐거운 기색이라고는 조금도 찾아볼 수 없었다. "여기 사는 인간이 누구인지는 모르겠지만, 만약 엄청나게 큰 덩치에다가 낯선 사람에게 불친절하기까지 하다면 난 차라리 그 인간을 안 만나고 되돌아가는 편이 낫다고 생각하네!"

그러자 다른 병사가 대꾸했다. "맞아. 내 생각에도 우리가 각자 여기 있는 치즈 몇 덩어리와 양과 염소 한두 마리씩을 데리고 배로 돌아가, 있는 힘을 다해 재빨리 노를 저어서 어서 이 섬을 떠나는 편이 제일 좋을 것 같아!"

"우와, 여기 있는 이 몽둥이 좀 보게!" 세번째 병사가 소리쳤다. 몽둥이는 침상 옆에 세워져 있었다. 올리브나무를 통째로 잘라서 손으로 잡기 좋게 다듬은 것이었다. 그런데…… 세상에 맙소사! 그 거대한 몽둥이를 마음대로 휘두르려면 도대체 얼마나 손이 커야 한단 말인가!

오디세우스는 병사들이 나누는 대화를 듣고 아무런 대꾸도 하지 않았다. 지금 눈에 보이는 모든 것들이 무엇을 뜻하는지 알 것도 같았으나, 오디세우스는 그것을 믿고 싶지 않았다.

"만일 이곳에 키클롭스들이 사는 게 확실하다 할지라도, 정말로 그들이 소문대로 그렇게 잔인한 괴물인지 내 두 눈으로 직접 확인하기 전에는 절대로 이곳을 떠나지 않겠다! 키클롭스들이 내가 아는 다른 인간들과 달리 낯선 손님을 친절하게 대접해야 한다는 법을 따르지 않는 종족이라면, 그들은 정말 이상한 종족임이 틀림없다!"

병사들은 한시라도 빨리 이 이상한 동굴과 섬을 떠나자고 졸라댔지만, 허사였다. 오디세우스는 병사들의 말을 듣지 않았다.

그러나 잠시 후 오디세우스는 병사들의 말을 듣지 않은 것을 몹시 후회해야 했다.

그는 지금 자신이 폴리페모스의 동굴에 들어와 있다는 사실을 까맣게 모르고 있었던 것이다. 만일 그가 어떤 키클롭스의 동굴에 와 있는지 미리 알아채기만 했어도, 오디세우스는 그 모든 모험심에도 불구하고 병사들의 간청을 들어주었을 것이다. 폴리페모스는 키클롭스족 중에서도 가장 힘이 세며 극악무도함에 있어서는 아무도 따라올 자가 없는 괴물이었다.

어느 정도 시간이 흐르고 동굴 구석구석을 모두 살핀 오디세우스와 병사들은 점점 배가 고파왔다. 그래서 그들은 동굴 안에다 불을 지피고, 먼저 신들께 제물을 바친 다음 선반 위에 있던 치즈로 식사를 시작했다. 치즈는 맛이 썩 좋은 편이었다.

배불리 먹고 난 병사들은 그 자리에 둘러앉아 동굴 주인이 돌아오기를 기다렸다. 그러나 주인을 기다리는 병사들의 마음은 불편하기만 했다. 뭔가 자꾸만 불안한 생각이 들었다.

한참을 있으려니 멀리서 가축떼 소리가 가느다랗게 들리는 것 같았다. 염소와 양 들이 우는 소리였다. 곧이어 동굴 바깥에 바위 울타리로 된 우리 안으로 염소와 양 들이 몰려들기 시작했다. 우리 안으로 들어갈 때는 염소와 양 들이 서로 뒤엉켜 우르르 들어오더니, 곧 자기 잠자리를 찾아 자리를 잡았다.

동굴 안에 있던 병사들은 숨을 죽이고 동굴 입구를 통해 바깥을 내다보았다.

그러다 갑자기 앞이 캄캄해졌다. 동굴 입구가 컴컴해지더니 누군가가 좁은 벽 사이로 걸어 들어오기 시작했다. 어마어마하게 큰 체구에 마치 걸어 다니는 바윗덩어리처럼 형체가 불분명한 괴물 같았다. 그 괴물이 걸음을 한 발짝씩 내디딜 때마다 바닥이 쿵쿵 울리고 땅이 흔들렸다.

병사들은 자기도 모르게 어느새 동굴의 가장 구석진 자리를 찾아 몸을 숨겼다.

드디어 폴리페모스가 동굴 안으로 들어섰다. 그의 어깨 위에는 엄청나게 큰 장작더미 한 다발이 얹혀 있었다. 폴리페모스는 장작더미를 쿵 소리 나게 바닥에 내동댕이치듯 내려놓았다. 그의 뒤를 바짝 따라서 젖을 짜야 하는 암염소와 암양 들이 동굴로 들어왔다. 숫염소와 숫양 들은 바깥에 있는 우리에 그대로 남아 있었다.

병사들은 싸리나무 다발이 잔뜩 쌓여 있는 바로 뒤쪽에 몸을 숨기고 있었으므로 괴물 폴리페모스의 눈에 금방 띄지 않았다. 폴리페모스는 천천히 동굴 입구로 다시 가더니, 옆에 놓여 있던 바윗덩어리를 들어 입구를 막았다. 그렇다, 이제 오디세우스와 병사들은 완전히 동굴 안에 갇힌 신세가 되었고, 어느 누구도 그곳을 살아서 빠져나갈 수 없을지도 몰랐다. 폴리페모스만이 그 문을 다시 열 수 있었다. 그러나 그 괴물이 낯선 손님에게 친절을 베풀리라고는 아예 꿈도 꿀 수 없을 것 같았다.

폴리페모스는 정말 끔찍하게 생긴 괴물이었다. 인간이 아니라 머리끝에서 발끝까지 덤불이 무성하게 자란 거대한 산처럼 보였다. 얼굴은 수염과 털로 온통 뒤덮여 있었으며 이마 한가운데 눈이 하나 박혀 있었다.

그럼에도 폴리페모스가 하는 행동은 평범한 인간이 하는 것과 비슷했다. 염소와 양의 젖을 짜고 새끼 염소와 새끼 양들을 어미가 누워 있는 곳으로 데려다 젖을 물리기도 했다. 염소와 양의 젖에서 짜낸 우유는 양동이와 단지에 가득가득 담아두었고, 치즈를 만들기 위해 응고된 우유를 엄청나게 큰 손으로 비벼 덩어리로 뭉쳐서 벽에 붙어 있는 나무 선반 위에 올려놓고 건조시켰다.

마지막으로 싸리나무를 아궁이에 넣고 불을 붙였다.

바로 그 순간 폴리페모스가 병사들을 발견했다. 깜짝 놀란 폴리페모스는 한순간 말을 잃고 그 자리에 굳은 듯 서 있었다. 그러더니 천천히 발걸음을 옮겨 아궁이를 돌아 병사들이 있는 곳으로 다가갔다.

"하, 요것들 좀 봐라!" 폴리페모스가 소름 끼치는 목소리로 외치는 바람에, 병사들은 심장이 멎어버릴 것만 같았다. "너희들은 누구이며 어떻게 이곳까지 들어왔느냐? 네놈들, 혹시 바다를 종횡무진 누비고 다니며 해안가에서 약탈을 일삼는 해적들이냐? 아니면 외국으로 물건을 팔러 다니는 장사치들이냐? 이도 저도 아니면 대체 여긴 무슨 일로 온 거냐?"

그때 오디세우스가 한 걸음 앞으로 나아갔다. 잔뜩 긴장한 그의 얼굴은 딱딱하게 굳어 있었다. 자신과 병사들이 지금 목숨을 잃을지도 모르는 위험에 처했다는 것을 잘 알고 있었기 때문이다. 병사들을 구하기 위해서라면 무슨 짓이라도 해야만 했다. 이렇게 동굴에 갇히게 된 것이 모두 자기 탓이란 생각에 그는 마음이 아팠다.

"우리는 아카이아인들이오." 오디세우스가 입을 열었다. 그의 목소리는 언제나처럼 우렁찼다. "트로이 전쟁을 끝내고 고향으로 돌아가는 길이었는데, 폭풍우를 잘못 만나 이곳까지 오게 되었소. 우리는 총사령관인 아가멤논과 함께 강력한 도시 트로이를 함락시켰소. 그건 우리 아카이아인들의 크나큰 자랑거리가 아닐 수 없소. 하지만 지금은 당신께 우리가 간청을 드리는 바이오. 부디 우리를 손님으로 맞아 친절을 베풀어주시오. 멀리서 찾아온 낯선 손님에게 친절을 베푸는 것은 신들께서도 명하신 일이며, 만일 도움을 청하는 자에게 오히려 해악을 끼쳤다가는 신들께서 직접 복수해주실 것이오!"

거인 폴리페모스는 경멸에 찬 웃음을 한바탕 퍼부었다. 그의 웃음소리에 온 산이 쩌렁쩌렁 울릴 정도였다.

"너는 바보거나 아니면 아주 먼 곳에서 온 것이 틀림없는 모양이로구나. 우리 키클롭스족은 너희 인간들이 섬기는 신들에게 전혀 관심이 없다는 사실을 모르고 있는 걸 보니 말이다! 제우스가 두려워서 내 맘에 전혀 들지도 않는 너나 너희 동료들에게 내가 친절을 베풀 거란 생각은 아예 하지도 마라! 자, 이제 내게 말해다오." 폴리페모스는 매우 기대된다는 듯한 표정으로 오디세우스를 향해 몸을 숙이며 말했다. "네가 타고 온 배가 어디쯤 정박해 있느냐? 여기에서 가까운 해안에다 정박해놓았느냐? 난 그것이 정말 알고 싶구나!"

오디세우스는 속으로 깜짝 놀랐다. 이 끔찍한 괴물이 남은 병사들이 머물고 있는 배의 위치를 절대로 알아서는 안 되었다. 그것은 곧 그들 모두의 죽음을 의미했기 때문이다!

"내겐 더 이상 배가 없소이다!" 오디세우스는 재빨리 대답했다. "우리가 타고 온 배는 폭풍우를 맞아 당신들 섬의 바위 절벽에 부딪치는 바람에 산산조각 나 부서져버렸소. 여기 있는 우리만이 간신히 목숨을 구할 수 있었을 뿐이오!"

폴리페모스는 아무런 대꾸도 하지 않았다. 그러나 바로 다음 순간, 오디세우스는 깜짝 놀라 흠칫하며 뒷걸음질 쳤다. 폴리페모스의 거대한 손이 번개처럼 빠른 속도로 오디세우스 앞을 획 하고 지나가더니, 뒤에 서 있던 병사들 중 두 명을 낚아채서 공중으로 번쩍 들어 올렸다가 동굴 벽을 향해 힘차게 내던졌던 것이다. 오디세우스와 다른 병사들은 공포에 질려 할 말을 잃고 그 자리에 뻣뻣하게 굳은 채로 서 있었다. 곧이어 오디세우스가 분노의 고함을 지르며 칼을 빼 들었다. 그러나 그는 곧 칼을 든 팔을 힘없이 아래로 내려뜨렸다. 그가 아무리 분노에 못 이겨 칼을 휘두른다 한들, 기껏 해야 거인 폴리페모스에게 아주 작은 상처나 입힐 수 있을 뿐이다. 지금과 같은 상황에서 그것이 무슨 도움이 될 수 있단 말인가? 불쌍한 두 병사들의 목숨을 구하지 못했고, 자신을 비롯한 나머지 병사들도 이제 곧 모두 다 죽을 수밖에 없는 이 절박한 상황에서!

괴물 폴리페모스는 벽에 던졌던 두 명의 병사를 게걸스럽게 뜯어 먹기 시작했다. 마치 굶주린 사자가 포획한 먹이를 뜯어 먹는 모습과 다를 바 없었다. 그런 끔찍한 상황을 앞에 두고 병사들은 모두 두 손으로 얼굴을 가린 채 절망적인 심정으로 신들의 이름을 외쳐 부를 뿐이었다.

너무도 배불리 먹은 나머지, 잠자리를 찾아가서 눕기도 귀찮아진 괴물 폴리페모스는 가축들이 있는 바닥 한가운데 그대로 벌렁 누워 곧장 잠이 들어버렸다.

그러나 병사들은 밤새도록 한잠도 잘 수 없었다. 동굴 한쪽 구석에 다닥다닥 붙어 앉아 아무 말 없이 각자 자기 앞을 뚫어져라 응시할 뿐이었다. 혹은 가끔씩 갑자기 생각났다는 듯이 다른 병사의 얼굴을 쳐다보며, 다음 차례는 도대체 누가될까를 묻곤 했다. 병사들은 모두 전투에 능한 용맹스러운 사나이들이었다. 그러나 지금 그들이 처한 상황은 손에 칼을 빼 들고 고상한 적을 상대로 싸움을 해왔던 이제까지의 전투와는 사뭇 달랐다. 여기서는 용기도 강인함도 아무런 도움이 되지 못했다. 어쩌면…… 그렇다, 어쩌면 그 무엇도 아무 도움이 안 될지도 몰랐다.

동굴 안이 점점 시커먼 어둠 속으로 잠겼다.

오디세우스는 돌덩이 위에 홀로 떨어져 앉아 있었다. 머리를 양손으로 받치고 복수를 생각하느라 여념이 없었다. 그의 삶에서 이토록 비참했던 적은 한 번도 없었다. 고통과 후회가 끝도 없이 밀려와 너무나 괴로웠고, 내부에서 끓어오르는 분노가 어찌나 컸던지 곧 그 분노에 숨이 막혀 질식해버릴 것만 같았다.

오, 이놈의 키클롭스란 종족은 사람들이 말하는 것보다 훨씬 더 잔인했다! 사람을 잡아먹는 끔찍한 식인 괴물들이었다!

밤새 오디세우스는 세 차례나 자리에서 일어나, 칼을 빼 들고 잠든 거인에게로 살금살금 다가갔다. 괴물 폴리페모스는 죽어야 한다! 그렇지 않으면 병사들이 모두 죽는다!

오디세우스는 거인의 급소를 칼로 찔러 단박에 죽게 할 수도 있었다. 간과 횡격막이 서로 만나는 지점을 정확하게 찌르기만 하면, 폴리페모스의 생명은 그 육신을 떠날 것이고 잔인하기 짝이 없던 그의 영혼도 하데스를 향해 곧장 내려가게 될 것이다!

그러나 매번 오디세우스는 그냥 다시 제자리로 돌아왔다. 폴리페모스가 죽는다 한들 그들의 목숨을 구할 수는 없어 보였다. 동굴 입구를 막고 있는 커다란 바윗덩이를 옆으로 밀어내는 일은, 폴리페모스 말고는 그 누구도 할 수 없었기 때문이다.

오디세우스는 다시 자리에 앉아 생각하고 또 생각했다. 그렇다, 힘으로는 절대로 동굴을 빠져나갈 수 없다. 오로지 영리한 꾀만이 그들을 구할 수 있다. 그러나 도대체 어떤 꾀를 써야 한단 말인가?

새벽 여명이 동굴의 바위틈으로 조금씩 비쳐들 무렵까지도 오디세우스에게는 그곳을 탈출할 좋은 방법이 떠오르지 않았다.

곧 폴리페모스가 잠에서 깨어나더니 전날 저녁에 했던 일을 다시 한 번 반복했다. 그러고는 남은 병사들 중 또 두 명을 골라 잡아먹었다.

그러고 나서 아주 손쉽게 동굴 입구의 바윗덩이를 들어 옆으로 치워놓고는 염소떼와 양떼를 바깥으로 내보냈다. 그는 동굴 안에 머물러 있는 오디세우스와 병사들에게는 눈길 한 번 주지 않은 채, 가축들이 모두 바깥으로 나가자 자신도 동굴 바깥으로 나가더니 이번에는 바깥쪽에서 다시 바윗덩이를 들어 올려 입구를 막아버렸다. 동굴 밖에서 폴리페모스가 날카로운 휘파람을 불어 가축들을 모두 불러 모은 다음, 풀을 뜯게 하기 위해서 멀리 산 위에 있는 목초지로 길을 떠나는 소리가 들려왔다.

"자, 이리로 모두 모여라. 이곳을 빠져나갈 방법을 강구하자!" 사방이 고요해졌을 때 오디세우스가 말했다. "아직은 모든 것이 끝난 게 아니다. 우리가 아직 이렇게 살아 있지 않느냐!" 이렇게 말하면서 오디세우스는 기대에 찬 눈으로 병사들을 둘러보았지만, 병사들은 모두 어깨를 으쓱하거나 고개를 가로저을 뿐이었다.

"모든 아카이아인들 가운데 가장 영리하고 꾀가 많기로 소문난 당신조차 방법을 모르는데, 우리가 어찌 이곳을 빠져나갈 방법을 생각해낼 수 있단 말입니까!" 병사들이 기가 죽어 말했다.

"날 믿어다오, 뭔가 좋은 방도가 반드시……" 오디세우스는 다시 한 번 간절하게 병사들을 설득하기 시작했다. 그러다 갑자기 말을 멈췄다. 그의 눈길은 동굴 벽에 세워놓은 거인 폴리페모스의 몽둥이에 가닿았다. 그 몽둥이는 초록색 올리브나무로 만든 것으로 크기가 돛대만 했다.

오디세우스는 자리에서 벌떡 일어났다. "친구들이여!" 그는 거친 숨을 몰아쉬며 다급하게 말했다. "여기를 빠져나갈 방도가 생각났다! 마음에 썩 들지는 않지만 다른 방도는 없으며, 괴물 키클롭스 또한 그동안 나쁜 짓을 충분히 많이 했다!"

말을 마친 오디세우스는 거인의 도끼를 집어 들었다. 양손을 모두 사용해도 도낏자루를 간신히 움켜쥘 수 있을 정도였다. 그는 그 도끼를 들어 올리브나무 몽둥이에서 양팔을 옆으로 벌린 길이로 나무를 잘라냈다. 잘라낸 나무의 한쪽 끝을 뾰족하게 날을 세워 깎은 다음, 병사들로 하여금 매끄럽게 손질하라고 시켰다. 그러고는 다시 불에다가 한동안 굴리며 그슬려, 초록의 올리브나무를 바짝 마르고 단단해지게 만들었다. 마침내 오디세우스는 훌륭하게 완성된 거대한 나무창을 퇴비용으로 쓸 짚단 아래에 잘 숨겨두었다.

다시 오디세우스가 병사들 앞에 우뚝 섰을 때, 그의 얼굴은 어두웠고 딱딱하게 굳어 있었다.

"잘 들어라!" 오디세우스가 말을 했다. "우리는 저 괴물을 죽일 수가 없다. 저 괴물이 죽게 되면 우리는 두 번 다시 이 동굴을 살아서 나갈 수가 없기 때문이다. 바깥에서 기다리는 병사들이 찾으러 올 수야 있겠지만, 그들은 절대로 우리를 발견하지 못할 것이다. 우리가 이렇게 거대한 바위산 속 깊숙한 동굴에 갇혀 있으리라고는 상상도 하지 못할 테니 말이다. 게다가 그들이 우리를 찾기도 전에 다른 키클롭스들이 그들을 모두 잡아먹어 버릴 것이 분명하다! 이제 남은 방법은 단 한 가지밖에 없다. 저 괴물이 우리를 못 보고 지나쳐서 동굴 입구의 돌만 다시 치워준다면, 우리는 저 괴물에게서 벗어날 수 있을 것이다. 내 말뜻을 알아듣겠느냐?"

병사들은 오디세우스가 하는 말을 귀 기울여 듣다가, 뾰족하게 날이 선 나무창을 생각해내고는 등골이 오싹해지는 것을 느꼈다. 지금 오디세우스가 하는 말뜻과 그가 하고자 하는 일이 무엇인지 알아들었기 때문이다.

그러나 그들은 그렇게 하는 것만이 자신들이 살 수 있는 유일한 방법임을 깨달았다.

"신들이시여, 우리에게 용기를 주소서!" 병사들 중 한 명이 낮은 목소리로 중얼거렸다. 나머지 병사들은 아무 말 없이 고개를 끄덕이기만 했다. 트로이를 함락했던 용맹스러운 병사들에게 정녕 더 나은 방법은 없단 말인가! 그러나 그것 말고는 다른 방법을 찾을 수가 없었다.

병사들은 초조한 심정으로 폴리페모스가 다시 동굴로 돌아오기만을 기다렸다. 이 모든 끔찍한 상황이 빨리 지나가기만을 간절히 바랄 뿐이었다.

곧 해가 뉘엿뉘엿 지기 시작했고, 폴리페모스가 동굴로 돌아오는 소리가 들렸다. 그는 동굴 입구의 바윗덩이를 들어 올려 문을 연 다음, 입구에 서서 가축들을 동굴로 몰아넣었다. 언제나처럼 숫염소와 숫양 들은 동굴 바깥에 있는 우리에서 잠을 자려고 했다. 그러나 그날 저녁 폴리페모스는 평소와는 달리 숫염소와 숫양 들까지도 동굴 안으로 몰아넣었다. 누군가 또 낯선 자들이 나타나서 밤사이에 그의 토실토실하고 튼튼한 가축들을 모두 훔쳐가 버릴까 봐 겁이 났기 때문이다.

마지막 숫양까지 모두 동굴 안으로 들어왔을 때, 폴리페모스는 바윗덩이로 동굴 입구를 막은 다음 안으로 들어와 평소와 똑같은 일들을 했다.

그리고 해야 할 일을 모두 마치고 난 뒤 그는 세번째로 병사들 중 두 명을 잡아먹었다.

남은 병사들은 그의 그런 흉악무도하고 못된 짓을 막을 수가 없었다. 그러나 이번이 반드시 마지막이 되어야 한다고 생각하며, 저마다 이를 악물었다.

오디세우스가 천천히 몸을 일으켰다. 그는 허리에 차고 있던 가죽 부대를 풀어, 거기에 담아 온 포도주를 나무 사발에 가득 따랐다. 그것을 가지고 폴리페모스에게 다가갔다.

"자, 마시오, 키클롭스여!" 오디세우스의 목소리는 분노를 억누르느라 낮게 가라앉아 있었다. "우리에게 좀더 친절하게 대해달라고 부탁하기 위해 이렇게 포도주를 한잔 가지고 왔소. 그런데 당신은 우리를 너무 끔찍하게 대하시는구려!"

폴리페모스는 포도주가 담긴 사발을 받아 들고는 벌컥벌컥 단숨에 다 마셔버렸다. 곧 그의 외눈이 번쩍이기 시작했다.

"아니, 낯선 곳에서 온 자여, 이게 도대체 무슨 술이냐?" 그는 신나서 외쳤다. "좀더 다오. 이 술맛은 마치 신들이 먹고 마신다는 넥타르와 암브로시아의 맛 같구나!"

오디세우스는 두번째로 사발에 포도주를 가득 따라주었다. 세번째 잔도 곧바로 이어졌다. 오디세우스는 가슴속에 이글거리는 분노를 차가운 이성으로 애써 누르며, 잔인한 괴물 폴리페모스가 그 욕심 사나운 목구멍 안으로 포도주를 털어 넣는 모습을 가만히 지켜보았다.

포도주는 맛이 달고 독했으며 아주 오래된 것이라 조금만 마셔도 금방 취기가 돌았다. 거인 폴리페모스는 곧 정신이 몽롱해졌다.

"네 이름을 말해다오, 낯선 곳에서 온 자여!" 폴리페모스는 거칠고 굵은 목소리로 외치듯 말했다. "이 포도주를 내게 대접한 대가로 나도 너에게 마음에 드는 선물을 하나 하고 싶구나!"

오디세우스는 고개를 들어 기형으로 생긴 괴물의 외눈박이 머리통을 올려다봤다. 높이 솟은 그의 머리는 중심을 잃고 이리저리 흔들리고 있었다. 오디세우스의 크나큰 장점 중의 하나인 조심스러움이 경고등을 밝히며 발동했다. 오디세우스는 자기가 이타케의 왕이란 사실을 키클롭스 같은 괴물에게 절대로 말해줄 생각이 없었다!

"내 이름은 '아무도 아닌 자'요!" 오디세우스가 재빨리 꾀를 내어 대답했다. "우리 아버지와 어머니께서도 나를 '아무도 아닌 자'라고 불렀고 내 동료들 역시 나를 '아무도 아닌 자'

라고 부르고 있소!"

"그러냐, 그럼 내 말을 잘 들어보거라, '아무도 아닌 자'야!" 폴리페모스가 술 취한 목소리로 말했다. "내 너를 네 동료들 중에서 제일 나중에 잡아먹으마! 이게 바로 네게 주는 선물이다!"

말을 마친 거인은 곧바로 잠자리로 가서 쓰러지더니, 코를 크게 골며 이내 깊은 잠에 빠져들었다.

오디세우스는 폴리페모스가 깊은 잠에 빠져들었는지 확신할 수 있을 때까지 잠시 기다렸다. 그러고는 퇴비용으로 쌓아둔 짚단 아래에 잘 감춰놓은 나무창을 꺼내 들고 병사들에게 신호를 보냈다.

오디세우스와 병사들은 나무창을 들고 발소리를 죽여가며 살금살금 거인의 잠자리로 다가갔다. 오디세우스는 나무창을 거인의 감긴 외눈을 향해 정확히 겨누었고, 창으로 힘껏 찔렀다.

폴리페모스는 머리카락이 전부 쭈뼛쭈뼛 일어설 것만 같은 무시무시한 괴성을 지르며 자리에서 벌떡 일어났다. 병사들은 모두 삽시간에 사방으로 흩어져 동굴의 가장 구석진 곳을 찾아 잽싸게 몸을 숨겼다.

폴리페모스는 외눈에 박힌 나무창을 뽑아서 멀리 던져버리고는, 고래고래 고함을 지르며 동굴 안을 헤집고 돌아다녔다. 그는 두 팔을 번개처럼 빠른 속도로 휘저으며 병사들을 잡으려고 애썼다.

그러나 폴리페모스는 더 이상 앞을 볼 수 없었으므로, 병사들은 그의 손아귀에 잡히지 않고 요리조리 잘 피해 다닐 수 있었다. 외눈이 멀어버린 폴리페모스의 손에 잡히는 것이라고는 자기가 키우는 양이나 염소의 북슬북슬한 털뿐이었다.

더 이상 병사들을 잡을 수 없다는 것을 깨달은 폴리페모스는 다른 키클롭스들에게 도움을 청하기 위해 큰 소리로 고함을 지르기 시작했다. 그가 질러대는 엄청난 고함이 동굴 틈을 비집고 나가 온 산으로 울려 퍼졌다.

폴리페모스의 고함을 들은 다른 키클롭스들이 사방에서 달려와 그의 굳게 닫힌 동굴 앞에 모여 서성이다가, 동굴 입구를 향해 외쳤다. "왜 그렇게 소리를 질러서 잠든 우리를 깨우는 거야, 폴리페모스? 강도가 들어서 자네 양들을 모두 훔쳐가기라도 했나? 아니면 누군가가 못된 꾀를 쓰거나 강한 힘을 써서 자네를 죽이려고 하는가?"

"바로 '아무도 아닌 자'가 그렇게 하려고 했네!" 폴리페모스가 소리쳤다. "'아무도 아닌 자'가 여기 있다네! '아무도 아닌 자'가 날 죽이려고 한단 말일세!"

"허, 참! '아무도 아닌 자'가 자네를 괴롭힌다면, 자네는 그 괴로움을 그냥 당하는 수밖에 없겠네! 그건 분명 제우스 신이 주는 고통일 테고, 거기에는 약도 없으니 말이야. 혹시 자네 아버지인 바다의 신 포세이돈께 부탁한다면 또 모를까. 자네 아버지라면 자네를 도울 수 있을는지도 모르겠구먼!"

이렇게 말한 키클롭스들은 모두 제각기 자기 동굴로 돌아가 버렸고, 그 모든 것을 가슴 졸이며 듣고 있던 병사들은 안도의 한숨을 크게 내쉬었다. 그러나 누구보다도 기뻤던 사람은 바로 오디세우스였다. 그가 머리를 써서 이름을 바꿔 말한 것이 키클롭스들을 성공적으로 따돌리는 데 결정적인 역할을 했기 때문이다.

밤이 지나가고 동쪽 하늘에서 새벽의 여신 에오스가 하늘 높이 떠오르며 그녀의 장밋빛 햇살 한 가닥을 동굴 안으로 비추었다. 가축들이 잠에서 깨어났고, 폴리페모스 역시 끙끙거리는 신음 소리를 내며 자리에서 일어났다. 그는 더듬더듬 동굴의 좁은 통로를 걸어 나가 입구를 막고 있던 바윗덩이를 들어 옆으로 치웠다. 그러고는 동굴 문 옆에 바짝 붙어 앉아 두 팔을 쫙 펴고 문을 막았다. 자기가 모르는 새 병사들이 동굴을 빠져나가는 것을 막기 위해서였다.

오디세우스는 그 모습을 보고 굳은 표정으로 그럴 줄 알았다는 듯이 고개를 끄덕였다. 그렇다, 바로 그 점을 오디세우스도 두려워했던 것이다! 그러나 아무리 그렇게 한다 한들 괴물 폴리페모스에게 도움 될 것은 아무것도 없었다. 병사들은 어떻게 해서든 동굴을 빠져나갈 것이다!

오디세우스는 밤사이에 기발한 계획을 하나 세워두었고, 이제 병사들은 그 계획을 실행에 옮기느라 분주하게 움직였다.

병사들은 거인의 잠자리에서 가느다란 버들가지를 뽑아내, 그것으로 잘 구부러지면서도 튼튼한 밧줄을 꼬았다. 다음으로 그들은 양떼 중에서 가장 털이 수북하고 힘이 좋은 숫양들을 가려내어 세 마리씩 나란히 묶었다. 숫양들이 걸어나갈 때 세 마리가 나란히 걷게 하기 위해서였다. 그러고는 가운데 서 있는 숫양의 배 부위에다 오디세우스가 병사들의 몸을 하나씩 단단히 매달았다. 버들가지로 꼰 밧줄은 두툼한 양의 털가죽 속에 푹 파묻혔고, 따라서 손으로 아무리 양의 등을 쓰다듬어도 몸에 밧줄이 묶여 있는 것을 알아차릴 수 없었다. 게다가 양쪽으로 다른 숫양이 나란히 걷고 있으니, 제아무리 눈치가 빠른 폴리페모스라도 가운데에서 걸어가고 있는 숫양의 몸에 사람이 묶여 있다는 것을 눈치채지는 못할 것이다.

어느새 날이 훤하게 밝았고 숫양과 숫염소 들은 앞을 다투어 동굴 밖으로 나가려고 했다. 항상 그 시간이면 가축들은 언제나 먼 산으로 풀을 뜯으러 나가곤 했기 때문이다. 그러나 암염소와 암양 들은 동굴에 그대로 남아 주인이 젖을 짜주기만을 기다리며 앵앵 울고 있었다. 젖이 불을 대로 불어서 곧 터질 듯했기 때문이다.

폴리페모스는 자기 앞을 지나가는 숫양과 숫염소의 등을 어루만지며, 자기 손을 스쳐가는 가축들의 북슬북슬한 털을 더듬었다. 낯선 침입자 중 어느 누구도 그를 피해 밖으로 빠져나갈 수 있는 자는 없었다. 자, 이제 침입자들은 폴리페모스에게 한 못된 짓에 대한 대가를 톡톡히 치러야만 하는 순간을 맞이하게 된 것이다!

폴리페모스는 자기가 키우는 가축들이 적들을 하나씩 몸에 매달고서 바로 자기 앞을 지나 동굴 밖으로 빠져나갔다는 사실과, 그로써 복수할 기회를 영영 놓쳐버렸다는 사실을 까맣게 모르고 있었다!

이제 동굴 안에는 오디세우스만이 젖을 짜달라고 앵앵 우는 암염소와 암양 들 사이에 남게 되었다. 오디세우스가 동굴을 빠져나가는 데 성공할 수 있을지는 오로지 신들만 알고 계실 뿐이었다. 동굴에는 이제 더 이상 그를 도울 병사들이 아무도 없었기 때문이다.

그러나 오디세우스는 이 경우를 대비해 숫양들 중에서도 가장 튼튼한 놈을 골라 맨 뒤로 빼돌려 따로 묶어두었다. 그렇지 않았더라면 그 숫양은 평소처럼 맨 먼저 동굴을 나갔을 터였다. 오디세우스가 따로 매어둔 숫양은 정말로 덩치가 엄청나게 컸다. 다른 모든 양들보다도 훨씬 더 컸으며, 북슬북슬한 검은 털은 가슴과 배 아래까지 길게 늘어질 정도로 빽빽하고 풍성하게 온몸을 뒤덮고 있었다. 바로 이 숫양만이 오디세우스를 구할 수 있었다!

오디세우스는 묶어두었던 숫양을 풀어주고는 얼른 양의 목덜미를 움켜쥐고 등에 올라탔다. 그런 다음 아주 능숙한 솜씨로 몸을 움직여 양의 배 부위로 내려와, 양손으로 두꺼운 양 가죽을 단단히 움켜쥐었다. 숫양의 배에 매달린 오디세우스는 양다리로 숫양의 몸통을 휘감아 조이며, 동굴 밖으로 나갈 때까지 제발 자신의 두 팔에 버틸 수 있는 힘을 달라고 신들께 간절히 기도를 올렸다.

숫양은 어기적거리며 동굴 입구를 향해 걸음을 옮겼다. 성가신 짐이 자기 배에 매달려 있는 것이 몹시 불쾌하다는 듯 머리를 흔들며 짜증스러운 소리로 매애매애 울어댔다.

그러더니 폴리페모스 앞에 다다랐을 때, 하필 바로 그 자리에 딱 멈춰 서는 것이 아닌가! 폴리페모스는 숫양의 등을 쓰다듬어보고는 그 크기를 통해 곧바로 그 양이 어떤 양인지를 알아보았다.

"네가 웬일이냐, 내 착한 숫양아?" 그는 놀라서 물었다. "너는 항상 무리들 중 가장 앞장서서 동굴 밖을 나가지 않았더냐? 그런데 오늘은 네가 제일 마지막으로 나가는구나! 혹시 어디가 아픈 거냐, 아니면 네 주인의 눈이 멀게 된 것을 슬퍼하는 거냐? 오, 네가 나처럼 생각과 말을 할 수 있는 짐승이라면 얼마나 좋겠느냐? 그러면 너는 내게 그 망할 놈의 '아무도 아닌 자'가 병사들과 함께 어디쯤 숨어 있는지를 말해줄 수 있을 것 아니냐! 그놈이 날 피해 어느 구석으로 도망을 치든 말이야. 그러면 난 그놈을 정말 쉽게 잡을 수 있을 텐데. 그놈을 잡기만 하면, 내 그놈에게 끔찍한 복수를 해서 이 눈을 잃어버린 것에 대한 고통을 조금이나마 잊어보련만!"

그 말을 들은 오디세우스의 이마에서 식은땀이 흘러내렸

다. 오디세우스는 숨을 쉴 엄두조차 내지 못했고, 너무 힘이 들어 눈앞이 핑핑 돌기 시작했다. 동시에 두 팔에서 점점 힘이 빠져나가 더 이상 버틸 수 없을 것만 같았다. 숫양이 아주 조금만 더 지체했더라면, 오디세우스는 양의 배에서 떨어졌을 것이다. 그랬다가는……

그러나 바로 그 순간, 천만다행으로 숫양이 다시 움직이기 시작했고, 오디세우스는 너무 기쁜 나머지 하마터면 큰 소리로 한숨을 내쉴 뻔했다.

동굴 입구를 벗어나기가 무섭게 오디세우스는 양의 몸에서 떨어져 나와, 병사들이 있는 곳을 향해 전력으로 질주해 간신히 목숨을 구했다. 그러나 다시 서둘러야 했다. 사방에서 셋씩 묶여 있던 숫양들이 자기들을 옭아매고 있는 밧줄에서 놓여나고자 점점 거칠어지고 있었기 때문이다.

"또 다른 불행이 닥치기 전에 어서 전속력을 다해 우리 배가 있는 곳으로 가자!" 오디세우스의 말이 끝나자마자 병사들은 숫양떼를 몰고 해안을 향해 달리기 시작했다. 배가 정박해 있는 절벽에 다다르니, 배에 남아서 기다리던 병사들이 너무나 기쁘게 맞아주었다.

그러나 조금 후 병사들 사이에서 큰 소리로 울부짖는 소리가 들려오기 시작했다. 함께 갔던 병사들 중 여섯 명이 키클롭스에게 목숨을 잃었다는 소식을 들었기 때문이다.

오디세우스는 엄한 목소리로 슬퍼하는 것을 금했다.

"지금은 슬퍼할 때가 아니다! 가축들을 배에 싣는 대로 곧장 노를 젓기 시작해라! 이 섬에는 한시도 더 머무르고 싶지 않으니 말이다!"

그들이 탄 배가 큰 소리로 내지르는 사람의 목소리가 들릴 만큼 해안에서 멀어졌을 때, 오디세우스는 저 건너 산 위에 거인 키클롭스가 자기 동굴을 발아래 두고 앉아 있는 모습을 보았다. 그 모습을 보자 갑자기 오디세우스의 마음속에 그동안 일어났던 끔찍한 일들에 대한 분노가 다시금 거센 파도처럼 한꺼번에 밀려왔다.

오디세우스는 노 젓는 병사들에게 잠시 멈추라고 명령했다. 그런 다음 맨 뒤쪽으로 가서 큰 소리로 외치기 시작했다.

"내 말이 들리느냐, 키클롭스? 이 포악하고 잔인무도한 괴물 놈아, 너는 네 집을 찾아간 내 부하들을 그 집 안에서 잡아먹어 버렸다! 이미 오래전부터 받았어야 마땅한 신들의 벌을 넌 지금 받고 있는 것이다!"

오디세우스의 목소리를 알아들은 거인은 화가 머리끝까지

치밀어 올라 마구 소리를 지르며 그 자리에서 벌떡 일어났다. 그러고는 산꼭대기에 있는 바위를 손에 잡히는 대로 들어 올려, 목소리가 들려오는 쪽을 향해 마구 던지기 시작했다.

바윗덩이는 배를 조금 앞질러 뱃머리 바로 앞쪽을 스칠 듯 지나 바다에 풍덩 떨어졌다. 파도가 심하게 일었고, 그 바람에 오디세우스의 배는 키클롭스가 사는 섬 쪽 해안으로 뒷걸음치듯 밀려났다. 깜짝 놀란 병사들은 서둘러 긴 노를 저어, 다시 배가 넓은 바다 쪽을 향하게 했다.

배는 다시 키클롭스가 사는 섬에서 멀리 떨어져, 나머지 함선들이 정박해 있는 작은 섬의 항구를 향해 항해하기 시작했다. 그런데 오디세우스가 또다시 병사들에게 노 젓는 것을 멈추라고 명령했다. 키클롭스를 향한 분노를 아직도 완전히 삭이지 못했던 것이다. 키클롭스에 대한 공포로 몸을 가누지 못하고 떨고 있던 병사들은 그런 오디세우스를 보고 깜짝 놀라, 그를 빙 둘러싸고는 말리기 시작했다. 제발 계속 항해나 하자고, 이제 더 이상 괴물의 화를 돋우지 말아달라고 간청했다.

"어째서 저 괴물을 자꾸만 자극하는 겁니까? 좀 전에도 하마터면 저 괴물이 던지는 바윗덩이에 우리 배가 맞을 뻔하지 않았습니까? 그랬더라면 우리는 지금쯤 모두 죽었을 겁니다.

저렇게 계속 미친 듯이 바위를 던져대니, 언젠가는 날아오는 바윗덩이에 배가 산산조각 나고야 말 것입니다!"

그러나 오디세우스는 병사들의 간청을 들은 척도 하지 않고 계속해서 키클롭스를 향해 소리 질렀다.

"잘 들어라, 키클롭스! 누군가가 네게 와서 도대체 누가 네 눈을 멀게 만들었느냐고 묻거든 이렇게 대답해주어라! 바로 이타케에서 온 라에르테스의 아들 오디세우스가 그랬노라고 말이다!"

"세상에, 맙소사!" 폴리페모스가 울분을 터뜨렸다. "옛날에 한 예언자가 내게 말해준 신탁이 이렇게 해서 이루어지는구나! 그 예언자가 말하기를, 언젠가 오디세우스라는 자가 나타나서 내 눈을 멀게 할 것이라고 했지. 그런데 나는 바보같이 네놈이 그 오디세우스일 거라는 생각은 꿈에도 못 했다! 난 언제나 나와 힘이나 몸집을 견줄 수 있을 만큼 위풍당당하고 덩치가 큰 거인이 찾아올 거라고 생각했기 때문이야! 그런데 네가 온 거다. 너같이 조그맣고 보잘것없는 놈이 와서 날 포도주로 취하게 만들고 잔꾀로 속인 거야. 자, 이제 다시 와보거라, 오디세우스! 이리 오라니까! 내가 네게 마음에 드는 선물을 줄 거라고 말했지? 네가 절대로 잊을 수 없는 선물을 주마.

내 아버지인 포세이돈께 부탁해 잠시도 쉼 없이 너와 바다 끝까지 동행하도록 하겠다! 그러니 네가 날 이겼다고 너무 일찍 기뻐하지 마라. 포세이돈께서는 원하시기만 하면 내 눈까지도 다시 낫게 해주실 수 있는 분이다!"

그 말을 들은 오디세우스는 크게 비웃었다.

"네 눈은 제아무리 포세이돈이라고 해도 낫게 할 수 없다! 내가 그렇다고 하면 확실히 그런 것이야. 게다가 난 너의 눈뿐만 아니라 그 포악하고 못된 영혼까지도 가차 없이 하데스로 보내버릴 수 있다!"

그러자 폴리페모스가 하늘을 향해 두 팔을 들어 올리며 말했다. "지축을 뒤흔드는 능력의 소유자이신 포세이돈이여, 제 말을 들으소서! 당신이 진정 제 아버지시라면 라에르테스의 아들 오디세우스가 고향으로 돌아가는 길을 막아주소서! 그는 제게 너무도 못된 짓을 했습니다! 그럼에도 불구하고 만약 다른 신들께서 오디세우스로 하여금 이타케의 모래사장을 다시 볼 수 있게 해주기로 이미 결정하셨다면, 적어도 아주 오랜 세월이 흐른 뒤에야 동료들도 모두 잃고 배도 없이 낯선 배에 실려 불행하고 비참하게 고향으로 돌아가게 해주십시오! 그리고 그동안 그의 고향 집에서는 수많은 재앙이 일어나게 해주십시오."

말을 마친 폴리페모스는 다시 한 번 옆에 있는 바윗덩이를 들어 오디세우스가 탄 배를 향해 내던졌다. 이번에는 바윗덩이가 배의 약간 뒤쪽으로 떨어졌다. 텀벙 소리를 내며 큰 파도가 일어나 배를 먼바다 쪽으로 떠밀었고, 곧 다른 동료 병사들이 가슴 졸이며 기다리고 있는 작은 섬 쪽으로 밀려가게 해주었다.

섬에 있던 병사들은 그동안 일어났던 일들에 대한 이야기를 듣고 깜짝 놀라며, 낯선 손님에게 끔찍한 대접을 하는 이 못된 나라를 한시라도 빨리 떠나는 것이 상책이라고 입을 모아 말했다.

그들은 폴리페모스에게서 빼앗아온 숫양과 숫염소 들을 똑같은 숫자로 나누어 각각의 배에 실었다. 오디세우스를 실어 날랐던 가장 덩치가 큰 검은 숫양은 오디세우스에게 선물하기로 했다. 오디세우스는 그 숫양을 데리고 모래사장으로 나가서 제우스에게 제물로 바쳤다.

그러나 제우스는 오디세우스가 바치는 제물을 받지 않고 물리쳤다. 아카이아 병사들의 운명은 이미 정해져 있었기 때문이다.

다음 날 아침 배들은 작은 섬을 떠나 넓은 바다로 항해해 나갔다.

포세이돈의 쓸쓸한 회색빛 영토는 끝도 없이 펼쳐졌다.

포세이돈은 자기 아들 폴리페모스의 기도를 이미 들은 터였다. 그리고 그의 기도를 들어주기로 결심했다.

그것은 오디세우스와 그의 병사들에게 크나큰 불행을 의미했다.

2

오디세우스 일행은 황량한 바다 위를 며칠이고 항해했다. 그들이 탄 배는 검고 높은 선체에, 멋들어지게 휘어져 올라간 뱃머리를 하고 빛나는 돛을 단 열두 척의 근사한 배였다. 배 뒤편에서 알맞은 바람까지 불어주어 병사들은 노를 저을 필요가 없었다. 병사들의 기분은 날아갈 듯 가벼웠으며 행복한 귀향이 그리 멀지 않은 듯했다.

수평선 위로 한동안 육지가 보이지 않았다. 그러던 어느 날 그들 앞에 작은 섬 하나가 나타났다. 매끈하고 가파른 바위가 섬 전체를 성벽처럼 빙 둘러싸고 있었다. 오디세우스 일행은 해안을 따라 배를 몰았다. 어딘가에 정박해 마실 물을 길어 와야 했기 때문이다. 한참을 가다 보니 성벽처럼 둘러선 바위가 뚝 끊기고, 그 사이로 한 도시가 자리 잡고 있는 것이 보였다. 그곳에는 바람을 다스리는 지배자이자 신들의 친구인 아이올로스의 호화로운 저택이 있었다. 제우스가 그에게 바람을 다스리는 능력을 선물로 주었던 것이다. 아이올로스는 바람을 거친 폭풍우로 만들 수도, 아주 부드럽고 잔잔한 미풍으로도 만들 수 있었다. 말하자면 그는 바람을 자유자재로 다룰 수 있는 능력을 가지고 있었다. 그는 아들과 딸이 각각 여섯 명씩 있었는데, 모두가 그의 저택에서 사이좋게 함께 살고 있었다.

아이올로스와 그의 부인은 아카이아 병사들을 친절하게 맞아주었다. 아이올로스가 사는 섬으로 낯선 사람이 찾아오는 일은 매우 드물었기 때문이다. 그들은 아카이아 병사들에게 자기 저택에 머물면서 그동안 겪은 일들을 모두 자세히 이야기해달라고 청했다.

식탁에는 맛있는 음식들이 끊임없이 올라왔고, 병사들은 그것들을 먹고 마시며 즐거운 시간을 보냈다. 그들은 트로이에서 있었던 일이며, 그 후에 항해하면서 겪었던 일 등을 모두 소상히 이야기해주었다.

손님들에게 친절을 베푸는 주인인 아이올로스와 그의 아내가 아카이아 병사들로부터 그동안의 일들을 모두 상세히 듣고 났을 때는, 어느새 한 달이라는 시간이 훌쩍 지나가 있었다.

그때 오디세우스가 아이올로스에게 말했다. "이제 저희들이 계속해서 항해할 수 있게 도와주십시오. 너무 오랫동안 낯선 곳에 머물러 있어서, 이제는 정말 고향으로 돌아가야 할 시간인 것 같습니다!"

아이올로스 역시 그의 말에 동의했다. 그들이 서로 이별을 고할 때, 아이올로스는 오디세우스에게 아홉 살 난 황소 가죽으로 만든 부대를 하나 주었다. 가죽 부대의 입구는 은으로 만든 끈으로 단단히 묶여 있었다.

"이 안에 윙윙 우는 못된 바람을 잡아두었네." 아이올로스는 진지하게 말했다. "이 바람이 가죽 부대 바깥으로 빠져나가 도망가지 않도록 조심하게. 바람이란 것이 내 손아귀를 벗어나면 곧바로 거칠어지고 제멋대로 구는 경향이 있거든. 자네들이 가는 길에는 내가 부드러운 서풍을 보내주겠네. 그 바람이 자네들을 안전하게 고향으로 데려다줄 걸세!"

아이올로스가 말했다. 그러나 아카이아 병사들의 어리석음으로 인해 모든 것이 뒤죽박죽되고야 만다.

오디세우스 일행은 부드러운 서풍을 타고 아흐레 동안 밤낮없이 항해해 이타케에 점점 더 가까이 다가가고 있었다.

열흘째 되는 날 저 멀리 안개 속에서 고향의 해안이 나타나기 시작했고, 병사들 눈에는 벌써 해변의 모래사장에 피워놓은 화톳불도 보였다.

그렇다, 이제 얼마 안 있어 이타케에 당도할 것이고 신들께서도 아카이아인들에게 더 이상 화를 내지 않기로 결심한 듯 보였다.

한편 오디세우스는 지난 아흐레 동안 밤낮을 쉬지 않고 배의 방향키를 손에서 놓지 않고 있었다. 좀더 빨리, 좀더 안전하게 고향으로 돌아가고 싶은 마음에서였다.

그런데 갑자기 그에게 엄청난 피곤이 밀려왔다. 서 있는 와중에도 눈이 저절로 감겼다. 오디세우스는 하는 수 없이 방향키를 담당하는 병사를 손짓해 불러 그에게 방향키를 넘기며, 배들이 이타케에 닿기 전에 그를 꼭 깨우라고 명령했다. 그러고는 갑판으로 가서 외투로 몸을 감싸고 판자 위에 누워 잠이 들었다.

그사이 병사들은 배 아래 깊숙한 곳에 놓아둔 가죽 부대를 미심쩍은 눈초리로 바라보았다. 때때로 인간들이 그러하듯이 병사들 역시 그 가죽 부대를 보고는 부러움과 호기심에 어쩔 줄을 몰랐다.

"도대체 오디세우스가 아이올로스로부터 어떤 값진 선물을 받았는지 정말 궁금하구나! 우리가 어디를 가든지, 오디세우스만이 항상 제일 많은 존경과 명예로운 대접을 받으며 누구나 그에게만 선물을 하지. 그는 벌써 트로이에서도 누구보다 많은 전리품을 챙겼는데, 우리는 거의 빈손으로 그곳을 떠나오지 않았나. 자, 같이 가서 보세. 저 가죽 부대 안에 금과 은이 가득 들어 있는지 한번 보잔 말일세!"

병사들은 저마다 한마디씩 했다. 그리고…… 그들은 말한 바를 급기야 행동으로 옮기고야 말았다. 그들은 가죽 부대가 있는 곳으로 살금살금 다가가서 은으로 만든 끈을 풀었다.

그러자 갑자기 가죽 부대에서 쉭쉭거리고, 윙윙거리고, 쏴쏴거리는 소리가 한꺼번에 들려왔고 깜짝 놀란 병사들은 그 자리에서 뒤로 나자빠졌다.

가죽 부대 안에 들어 있던 온갖 바람이 부대를 빠져나와 배 위로 올라가더니 바다 멀리로 달아나 버렸다. 그러고는 곧바로 바다에 거센 파도를 일으키기 시작했다. 바람은 다시 아카이아인들의 배들이 줄지어 항해하는 사이로 몰려오더니 그곳에서 소용돌이를 일으켰다. 배들은 소용돌이 바람을 타고 멀리멀리, 그들이 오랜 시간 항해해 왔던 그곳으로 다시 돌아가고 있었다.

이타케의 해변은 마치 꿈속의 한 장면이었던 듯 눈앞에서 깨끗이 사라지고 말았다.

오디세우스는 놀라서 잠에서 깨어났고, 윙윙거리고 쏴쏴거리는 바람 소리를 듣자마자 무슨 일이 벌어졌는지 짐작할 수 있었다. 그러나 그가 할 수 있는 일은 아무것도 없었다. 바다에 뛰어들어 미친 듯이 몰아치는 파도를 뚫고 이타케까지 헤엄쳐 갈 수도 없는 노릇이었다. 이타케는 점점 더 멀어져만 갔고, 아카이아 병사들이 탄 배는 사나운 말처럼 바다 위를 달려 아이올로스가 살고 있는 섬 쪽으로 되돌아가고 있었다.

그들은 다시 한 번 아이올로스의 섬에 도착해 해안에 배를 정박했다. 오디세우스가 두 명의 병사들을 데리고 아이올로스의 저택으로 들어갔다.

아이올로스는 마침 부인과 열두 명의 자식들과 함께 식사를 하던 참이었다. 온 가족이 모두 깜짝 놀라 오디세우스 일행을 쳐다봤다. 그들은 이미 오래전에 고향에 도착해 있어야 할 사람들이었기 때문이다.

오디세우스 일행은 공손한 자세로 문 옆에 자리를 잡고 앉아 식사가 끝나기를 기다렸다. 그러자 아이올로스가 천천히 자리에서 일어나 문 쪽으로 걸어왔다.

"어떻게 여기로 다시 오게 되었나, 오디세우스?" 이렇게 묻는 아이올로스의 얼굴에서 이전같이 친절한 기색은 찾아볼 수 없었다. "도대체 어떤 못된 신이 자네 길을 훼방 놓은 것인가? 자네가 안전하게 고향에 당도할 수 있도록 내 모든 필요한 조치를 취해주지 않았는가?"

"물론 그렇게 해주셨습니다." 오디세우스가 침통하게 말했다. "그런데 제가 깊은 잠에 빠져 있는 사이, 그만 제 부하들이 해서는 안 될 일을 저지르고야 말았습니다. 제발 간청드리건대 다시 한 번만 더 도와주십시오! 당신은 그럴 능력이 있다는 것을 잘 알고 있습니다!" 그러나 아이올로스는 냉정하게 고개를 가로저었다. "여기서 썩 꺼지게, 이 못된 사람!" 그는 너무도 매섭게 말했다. "불사의 신들께 미움을 받고 있는 자를 돕는 일은 내가 할 일이 아닐세. 그러니 어서 서둘러 여길 떠나게. 자네는 신들의 분노를 산 자가 틀림없네. 그렇지 않고서야 여기에 이렇게 다시 올 리가 없네!"

오디세우스와 병사들은 슬픈 마음으로 발길을 돌렸다. 배로 돌아간 그들은 곧바로 다시 열심히 노를 젓기 시작했다. 이제는 바다 위로 바람 한 점 불지 않았기 때문이다.

엿새 동안 그렇게 노를 저어야만 했다. 바닷물은 기름처럼 매끄럽고 잔잔했지만, 회색으로 뒤덮인 안개는 걷힐 줄을 몰랐고 햇빛은 두터운 구름을 뚫고 나올 기미를 보이지 않았다. 그런 까닭에 아카이아 병사들은 이미 오래전부터 자신들이 어디를 항해하고 있는지, 배가 동서남북 중 어느 방향으로 나아가고 있는지조차 알 수 없었다.

이레째 되는 날 드디어 병사들은 어느 해안에 도착할 수 있었다. 그 해안에는 가파른 절벽이 우뚝 솟아 있었는데, 마치 험한 산맥을 바라보는 듯한 착각을 일으켰다. 그 바로 옆에 항구가 있었다. 오디세우스는 참으로 기이한 항구라고 생각했다. 왜냐하면 세로로 깎아 세운 듯한 높은 절벽이 항구를 빙 둘러싸고 있었고, 그 가파른 절벽 사이 벌어진 틈에 항구로 들어가는 좁은 입구가 있었기 때문이다. 항구에는 배가 단 한 척도 정박해 있지 않았다. 그것 역시 오디세우스에게 기이하게 여겨졌고, 전체적으로 어딘가 마음에 들지 않는 섬이란 생각이 들었다. 오디세우스는 항구 안으로 배를 몰고 들어가고 싶지 않았다. 병사들에게 항구에 정박하지 말고 계속 항해하자고 하고 싶은 마음이 굴뚝같았다.

그러나 그럴 수가 없었다. 병사들은 그를 비웃을 것이다. 병사들이 왜 항구가 마음에 들지 않느냐고 물으면 딱히 대답할 말도 떠오르지 않았다. 그러는 사이 아카이아 병사들의 배는 하나둘씩 좁은 입구를 통해 이미 항구로 들어서고 있었다. 병사들은 오랜 항해 끝에 그렇게도 안전하게 배를 정박할 수 있는 항구를 발견한 것이 기쁘기만 했다. 아아, 이보다 더 편안하게 배를 델 수 있는 항구는 그 어디에도 없을 것이다! 항구의 물길은 깊었고, 깊은 만큼 고요했다. 게다가 바람 한 점 불지 않아 바위로 둘러싸인 포구에는 파도도 거의 없었고, 심지어 배를 일렬로 정박할 수도 있었다.

곧 열한 척의 배가 선체에 선체를 맞대고 바위 절벽으로 둘러싸인 항구 안의 한쪽 구석에 나란히 열을 지어 서게 되었다.

오디세우스가 탄 배만이 좁은 입구를 통해 항구 안으로 들어가지 않고, 입구를 그대로 지나쳐 바위 절벽 바깥쪽에 정박했다. 오디세우스가 그렇게 하라고 명령했기 때문이다. 그런 다음 오디세우스는 육지로 정찰병을 보내, 도대체 어떤 종족이 그곳에 살고 있는지 알아 오게 했다.

세 명의 병사들이 곧 육지로 올라가 도시의 성벽에 도달했다. 성문 옆에는 커다란 바위에서 샘물이 세차게 흘러나오고 있었다.

바로 그곳에서 성문 바깥으로 물을 길으러 나온 한 처녀를 만날 수 있었다.

그런데, 세상에 맙소사! 그 처녀의 덩치가 어찌나 크고 우람하던지 병사들은 깜짝 놀라 말문이 막힐 지경이었다. 처녀의 모습을 본 병사들은 키클롭스가 떠올라 가슴이 철렁 내려앉았다. 그러나 다행히 그 처녀는 어느 모로 보나 키클롭스처럼 끔찍한 구석은 없어 보였다. 마음을 가다듬은 병사들은 처녀에게 다가가서 자기들이 도착한 곳이 어떤 나라이며, 어떤 사람들이 사는지 물어보았다.

처녀가 대답하기를, 그곳은 라이스트리고네스 종족이 사는 곳이며 그들을 다스리는 왕은 안티파테스라고 했다. 또 왕은 저 위의 성에 살고 있으며 자기는 그의 딸이라고도 했다.

병사들은 곧 성으로 올라가서 궁전 안으로 발을 들여놓았다. 그러자 왕비가 나와 그들을 맞아주었는데, 그녀는 우물가에서 만났던 공주보다도 덩치가 훨씬 더 컸다.

겁이 잔뜩 난 병사들이 무시무시한 왕비의 모습을 슬그머니 살피며, 저마다 되도록 빨리 안전한 배가 있는 곳으로 다시 돌아가는 편이 낫겠다고 생각했다. 잠시 후, 덩치가 어마어마한 안티파테스 왕도 모습을 드러냈다.

왕은 아무 말 없이 화가 잔뜩 난 표정으로 병사들을 훑어보더니, 갑자기 가장 가까이에 서 있던 병사 한 명을 낚아채듯 들어 올려서는 짐 꾸러미를 옆구리에 꿰차듯이 병사를 꿰차고 바깥으로 나가버렸다. 그 불쌍한 병사를 데려다가 왕이 무엇을 했는지는 아무도 알 수 없었다.

눈앞에서 순식간에 벌어진 일에 깜짝 놀란 나머지 두 병사는 한동안 그 자리에 마치 돌처럼 굳어 있었다. 그러다가 몸을 홱 돌려 궁전의 홀을 지나 성에서 나온 뒤, 배가 정박해 있는 곳으로 있는 힘을 다해 달리기 시작했다.

사력을 다해 달리는 그들 뒤로 전투 개시를 알리는 왕의 무시무시한 고함 소리가 궁전을 넘어 도시 전체에 울려 퍼졌다.

배에서 대기하고 있던 병사들도 그 소리를 듣긴 했지만, 끝이 길게 울리는 그 고함 소리가 무엇을 의미하는지는 아무도 알지 못했다. 병사들은 모두 배의 갑판 위로 올라와 서성이며 불안한 표정으로 서로를 쳐다보기만 할 뿐이었다.

저 멀리 성벽 너머로 뭔가 심상치 않은 소리가 들려왔다. 사람들의 거친 고함 소리가 사방에서 점점 가까이 다가왔고, 돌덩이들이 덜그럭거리는 소리도 들렸다. 그러더니…… 아카이아 병사들의 눈이 갑자기 쟁반만큼 커졌다. 눈 깜짝할 사이에 성벽 위로 거인 같은 사내들이 줄지어 나타난 것이다. 그들은 모두 양손에 바윗덩이를 들고 있었고, 항구에 정박해 있는 함선을 향해 그것들을 던지기 시작했다.

바윗덩이에 맞은 배들이 여기저기 부서지는 소리가 들렸다. 돛대는 성냥개비마냥 부러졌다. 병사들은 소리를 지르며 목숨이라도 구해보려고 이리저리 피했지만, 아무런 소용이 없었다. 용케 바위를 피한 병사들은 거칠게 튀어 오르는 파도에 휩쓸려 바닷속으로 빠져 죽었다.

우박처럼 쏟아지는 돌덩이들은 멈출 줄을 몰랐다. 성벽 주변으로 끝도 없이 쏟아져 나온 라이스트리고네스인들이 성벽 위에서 돌을 던지는 동료들에게 바윗덩이를 계속 날라다 주었기 때문이다.

항구에 정박해 있던 열한 척의 배들은 그렇게 해서 하나하나 바다 밑 심연 속으로 부서지며 침몰해갔다.

아카이아 병사들이 전멸할 위기에 처한 것을 본 오디세우스는 허리춤에서 칼을 빼 들고는 자신이 탄 마지막 배의 닻줄을 내리쳐 끊었다. "노를 저어라!" 그는 다급하게 소리쳤다. "지금 당장 하데스로 내려가고 싶지 않거든 있는 힘을 다해 노를 저어라!"

병사들은 떨리는 손으로 서둘러 노를 잡고 정신없이 젓기
시작했다. 배가 없었던 라이스트리고네스인들은 도망가는 마
지막 함선을 쫓을 수가 없었다. 그렇게 해서 그들은 다행스럽
게도 간신히 목숨만은 구할 수가 있었다.

이제 오디세우스가 탄 배는 홀로 거친 바다 위를 달리며 외
로운 항해를 시작했다. 항해는 밤낮없이 계속되었다. 병사들
은 쉼 없이 노를 저었고, 몸과 마음은 지칠 대로 지쳐 있었다.
그렇지만 바람 한 점 불지 않아 노 젓기를 그만둘 수도 없는
노릇이었다.

어느덧 배는 또다시 이름 모를 육지의 해안에 다다르게 되
었다. 병사들은 차라리 그냥 지나쳐가는 것이 더 낫지 않겠느
냐며 서로 의논했다.

"저기도 우리 목숨을 노리는 또 다른 무서운 종족이 살고
있을지 누가 알겠어?" 병사들은 이제 완전히 용기를 잃고 소
심하게 말했다.

그러나 병사들 모두 오랜 항해에 지쳐 있었던 데다 배 안에
는 더 이상 식량이 남아 있지 않았던 까닭에, 결국 그들은 위
험을 무릅쓰고 평평한 포구를 찾아 배를 정박했다. 육지로 올

라선 병사들은 그곳에 온몸을 쭉 뻗고 누워 슬픔과 피곤함을 베개 삼아 꼬박 이틀 밤낮을 계속 잠만 잤다. 아무리 지치고 힘든 병사들이라 해도 자신들이 당도한 곳이 마술을 부리는 요부妖婦 키르케가 사는 아이아이아 섬이라는 사실을 알았더라면, 그길로 뱃머리를 돌려 멀리 도망갔을 것임은 두말할 나위도 없었다.

사흘째 되는 날 오디세우스는 긴 잠에서 깨어났다. "한탄하고 눈물 흘려봐야 지금 이 상황에서 도움 될 것은 아무것도 없다." 오디세우스는 스스로에게 이렇게 말한 후 칼과 사냥창을 챙겨 들고 섬 안쪽으로 걸어 들어갔다. 걸어가면서 오디세우스는 차라리 이 섬이 무인도라면 좋겠다고 생각했다. 그러면 병사들과 함께 이 섬에서 며칠 쉬면서 들짐승을 사냥한다고 해도 위협할 자가 아무도 없을 테니 말이다.

오디세우스는 한참을 걸어 햇빛이 듬성듬성 스며드는 숲과 높이 자란 풀들이 무성한 들판을 지나, 바위가 많은 언덕에 다다랐다. 그는 그 위에 올라가 주변을 살펴보았다.

둘러보니 그들이 당도한 곳은 상당히 작은 섬이란 것을 알 수 있었다. 섬 둘레를 벗어나 눈길이 닿는 곳은 어디나 끝도 없는 수평선뿐이었다.

그런데 자세히 살펴보니 그것이 전부가 아니었다. 숲 건너편으로 섬의 한복판에서 연기가 솟아오르는 것이 보였다. 순간 밀려오는 실망감에 오디세우스의 마음은 무겁게 짓눌렸다. 저 솟아오르는 연기는 분명 병사들에게 편안한 휴식을 가져다주지는 못할 것이기 때문이었다!

연기가 나는 곳에 도대체 누가 살고 있는지 알아보기 위해 오디세우스는 언덕을 내려왔다.

바로 그 순간 나무 덤불 사이에서 사슴 한 마리가 뛰어나오더니 오디세우스 옆을 스쳐 지나갔다. 오디세우스는 재빠른 동작으로 창을 던져 사슴의 목을 맞혔다. 사슴은 곧 그 자리에 쓰러져 숨을 거두었다.

'신들께서 우리에게 위로의 선물을 보내신 거로구나.' 오디세우스는 이렇게 생각하며, 흡족한 마음으로 훌륭한 먹을거리를 바라보았다. '이 사슴을 가지고 가서 우선 병사들을 배불리 먹여야겠다. 그동안의 고생과 가슴 아픈 일들에 대한 좋은 위로가 될 거야. 더구나 내가 혼자서 저 연기 나는 곳으로 간다면, 어쩌면 영영 병사들이 있는 곳으로 돌아가지 못하는 일이 벌어질 수도 있을 것이다. 그러니 우선 식사를 한 뒤에 몇몇 병사들과 함께 저곳을 정찰하러 가는 편이 좋을 것 같구나.'

오디세우스는 버들가지를 꺾어 밧줄을 엮은 다음, 그 밧줄로 사슴의 발을 묶어 목뒤에 둘러메고 해변에 있는 병사들에게로 갔다. 병사들이 서 있는 모래사장에 사슴을 내려놓으며 오디세우스는 자랑스럽게 말했다.

"친구들이여, 이것을 보라! 이렇게 먹을 것과 마실 것이 있는 한, 아직은 우리가 하데스로 내려갈 때가 아니다! 자, 다 같이 이리로 모여 흥겨운 식사를 준비하도록 하자!"

그동안의 힘들었던 항해에도 불구하고, 병사들은 새로운 힘을 얻어 즐거운 마음으로 불을 지피고 식사 준비를 시작했다. 사슴의 살을 발라 연한 살코기를 불에 굽고 배에서 포도주가 담긴 가죽 부대도 가져왔다. 맘껏 먹고 마시고 나자 그들은 한동안 뼈에 사무친 근심 걱정을 거의 잊을 수 있었다.

다음 날 아침 오디세우스는 병사들을 다시 불러 모아 연설을 시작했다. "병사들이여, 내 말을 잘 들어라! 우리는 이제 앞으로 어떻게 해야 할지 의논을 해야 한다. 우리는 지금 우리가 어디쯤 있는지, 고향으로 돌아가기 위해서 어느 방향으로 항해를 계속해야 할지도 모르는 상황이다. 내가 어제 정찰해본 바로는 저 숲 건너편 이 섬의 중앙 부분에서 연기가 솟아오르는 것을 확인했다. 어쩌면 그곳에 우리가 궁금해하는 것을 물어볼 만한 친절한 사람이 살고 있을지도 모른다!"

그러나 오디세우스의 말을 들은 병사들은 깜짝 놀라며 흥분하여 웅성거리기 시작했다. 여기저기서 불평불만의 소리가 들려왔다. 그랬다. 키클롭스들이 사는 육지에서도, 라이스트리고네스족들이 사는 곳에서도 연기가 솟아올랐었다. 이제 세번째로 위험을 무릅쓰고 목숨을 내놓는 일은 생각하고 싶지도 않았다.

"그렇게 해야만 한다!" 오디세우스는 단호하게 말했다. "이렇게 끝도 없이 바다 위를 계속 헤매 다닐 수는 없다! 정 그렇다면 제비를 뽑아 연기가 나는 쪽으로 갈 사람과 배에 남을 사람을 나누기로 하자!"

오디세우스는 친척인 에우릴로코스를 불렀다. "자네가 병사 스물두 명을 맡고 나 역시 스물두 명을 맡아 우리 둘이서 제비를 뽑도록 하세. 우리 중에 해당하는 제비를 뽑는 사람이 먼저 스물두 명의 병사들을 이끌고 정찰을 떠나기로 하지. 만약 먼저 간 병사들이 돌아오지 않는다면 나머지 병사들이 후발대로 뒤따라가서 먼저 간 병사들을 구해내거나, 혹시라도 그들이 죽임을 당하기라도 한다면 그에 상응하는 복수를 해주기로 하세!"

그들은 제비를 투구에 담아 잘 섞은 다음, 각각 제비를 뽑았다. 에우릴로코스가 먼저 떠나야 하는 제비를 뽑았다.

그리하여 에우릴로코스는 착잡한 심정으로 그를 따르게 된 스물두 명의 병사들과 길을 떠났다. 에우릴로코스는 자신의 임무가 전혀 마음에 들지 않았고, 몸조심해야겠다는 결심을 남몰래 했다.

에우릴로코스 일행은 한참을 걸어 낮은 덤불과 풀밭, 숲을 지나 마침내 넓고 환한 들판에 도달했다. 그곳에는 잘 다듬어 깎은 돌로 만들어진 화려한 집 한 채가 서 있었고, 그 집 안에서 달콤하게 노래를 부르는 여자의 목소리가 들려왔다. 병사들은 집 가까이로 다가가려다 깜짝 놀라며 가던 걸음을 멈췄다. 사방의 풀숲에서 갑자기 온갖 종류의 사나운 맹수들이 고개를 들며 몸을 일으켰기 때문이다. 몸이 바짝 마른 야생 늑대며, 갈기가 무성한 사자 같은 맹수들이었다.

병사들이 칼집에서 칼을 빼 들어야 할지 아니면 그 자리에서 그대로 줄행랑을 쳐야 할지 몰라 주춤거리는 사이, 사나운 짐승들이 꼬리를 살랑살랑 흔들며 다가왔다. 맹수들은 마치 주인에게 아양을 떠는 강아지처럼 병사들에게 달려들거나, 그 자리에서 높이 뛰어오르며 병사들을 반겼다.

병사들은 자신들의 눈을 의심했다. 눈앞에서 벌어지는 맹수들의 야릇한 행동을 도대체 어떻게 받아들여야 할지 몰라 어리둥절해했다.

그 와중에 남달리 용기 있고 호기심 많은 병사 하나가 재빠르게 몸을 옆으로 피해, 집이 있는 쪽으로 살금살금 기어가 문틈으로 안을 들여다봤다.

곧 그는 다른 병사들이 있는 곳으로 다시 돌아왔다. "여보게들." 그는 들뜬 목소리로 자기가 본 바를 설명했다. "저 안에 아주 아리따운 여인이 살고 있네. 그 모습이 어찌나 아름답던지, 여신인지 아니면 사람인지도 잘 모를 정도라네. 지금 베틀 주변을 걸어 다니며 노래를 부르고 있는데, 근사한 양탄자를 짜고 있는 것 같았다네! 자, 어서 와보게! 저 여인을 만나보세! 끔찍한 거인이나 흉측한 괴물이 아닌, 아름답고 상냥한 여인을 만나게 된 것이 우리에게 커다란 행운이 아니고 무엇이겠나!"

그러나 그것은 그들에게 결코 행운이 아니었다. 그 여인은 바로 태양의 신 헬리오스의 딸이자 마음대로 마술을 부리는 요부 키르케였던 것이다. 키르케는 온갖 종류의 마법과, 병을 낫게도 하고 죽음을 맞게도 하는 땅 위의 모든 약초와 독초들을 잘 알고 있었다.

병사들이 문 앞으로 다가와 자기를 부르는 소리를 들은 키르
케는 곧장 베틀에서 손을 놓고 문으로 가서 병사들을 맞았다.

키르케는 병사들에게 따뜻한 미소를 보내며 집 안으로 들
어오라고 청했다. 그러자 병사들의 긴장된 마음은 봄날 눈 녹
듯이 한꺼번에 풀어지고 말았다.

병사들은 정신이 혼미해진 상태로 집 안에 들어섰다. 뭔가
불길한 낌새를 느낀 에우릴로코스만이 집 밖에 머물러 있다
가, 열린 문 뒤로 얼른 몸을 숨겼다. 나머지 병사들이 모두 집
안으로 들어가고 문이 닫히자, 에우릴로코스는 밖에서 병사
들이 다시 나오기를 기다렸다.

병사들을 집 안으로 불러들인 키르케는 모두에게 큰 식탁
에 둘러앉으라고 권했다. 자기 자리를 찾아 식탁에 둘러앉
은 병사들이 과연 어떤 음식이 나올까 잔뜩 기대하고 있는 사
이, 키르케는 잘게 썬 치즈와 보릿가루, 꿀, 포도주를 섞은 음
료를 만들었다. 그리고 그 안에 이 세상에서 오로지 그녀만이
효능을 알고 있는 여러 가지 약초즙을 섞어 넣었다.

키르케가 만들어 내온 음료는 맛이 묘했다. 달콤하기도 하
고 향기롭기도 했다. 손님으로 초대받은 병사들은 자기 앞에

놓인 음료를 모두 남김없이 허겁지겁 들이켰다.

키르케는 멋들어진 조각으로 장식된 화려한 의자에 앉아 음료를 들이키는 병사들을 지켜보았다. 그녀는 계속 미소를 짓고 있었지만, 어딘지 모르게 소름이 끼쳤다.

드디어 키르케가 자리에서 일어났다. 손에는 어느새 마술 지팡이 같은 막대기가 들려 있었고, 키르케는 병사들 사이를 날렵하게 지나가며 그 막대기로 그들의 몸을 하나하나 건드렸다.

그러자 곧 병사들의 몸이 기괴하게 변하기 시작했다. 우선 머리가 울퉁불퉁하게 부풀어 오르더니 입이 있던 자리에 긴 주둥이가 생겨났다. 귀는 점점 커져서 옆으로 길게 늘어졌고 입고 있던 옷은 온데간데없이 사라지고 온몸에 짧고 빳빳한 털이 솟아났다. 병사들은 순식간에 인간의 모습을 잃고 네발 달린 짐승으로 변해버렸다. 게다가 꿀꿀거리는 소리까지 내게 되었다. 그렇다, 그들은 모두 돼지로 변해버린 것이다! 그러나 정신만은 모두 인간인 상태로 머물러 있어서, 서로의 변한 모습을 보며 한없는 슬픔에 빠져들었다. 병사들은 자신들이 당한 불행에 대해 큰 소리로 울부짖고 싶었다. 그럴수록 돼지 울음소리만 나올 뿐, 사람의 말은 할 수가 없었다.

"자, 이제 밖으로 나가거라!" 키르케가 냉정하게 명령하며, 병사들을 모두 집 밖으로 쫓아내 마당 건너편에 있는 돼지우리로 몰아넣었다. 키르케는 돼지우리에 갇힌 병사들에게 도토리와 너도밤나무 열매, 야생 버찌 등 돼지가 먹이로 먹는 열매들을 아무렇게나 던져주고는, 그들을 비참하고 지저분한 곳에 내버려 둔 채 나가버렸다.

밖에서 기다리던 에우릴로코스는 점점 더 불안한 생각이 들었다. 한동안 그는 집 안에서 새어 나오는 병사들의 즐겁게 떠드는 목소리를 들을 수 있었다. 그러다가 어느 순간 그 목소리는 뚝 그치고 말았다.

잠시 후 그는 여자가 집 안에서 한 떼의 돼지를 몰고 나오더니 마당을 지나 돼지우리로 들어가는 모습을 보았다. 여자는 혼자 다시 집 안으로 들어가 버렸고, 그 후로는 어떤 소리도 집 안에서 흘러나오지 않았다. 에우릴로코스는 기다리고 또 기다렸지만, 병사들은 연기처럼 사라지고 집 안에는 무서운 정적만이 흐르고 있었다.

점점 더 이상한 예감에 사로잡힌 에우릴로코스는 더 이상 참고 기다릴 수만은 없었다. 그는 배가 있는 곳을 향해 달리기 시작했다. 목덜미에 못된 마귀라도 붙어서 쫓아오는 양, 한

순간도 쉬지 않고 달리고 또 달렸다. 배가 있는 곳에 도착했을 때, 그는 거의 정신을 잃고 숨이 넘어갈 듯 헐떡였다.

오디세우스는 그런 그의 모습을 보며 이맛살을 찌푸렸다. "도대체 자네 꼴이 이게 뭔가? 그리고 다른 병사들은 모두 어디에 있는 건가?" 에우릴로코스는 한참이 지나고 나서야 오디세우스의 질문에 대답을 할 수 있었다.

가까스로 정신을 차린 에우릴로코스가 더듬거리며 그간 있었던 일을 말했다.

그의 말이 미처 다 끝나기도 전에 오디세우스는 자리를 박차고 벌떡 일어서며 칼을 옆구리에 찼다. "지금 당장 날 그 집으로 데려다주게!" 오디세우스는 엄한 표정으로 말했다. "그곳에서 도대체 무슨 일이 벌어진 것인지, 내 눈으로 직접 확인해야겠네!"

"싫소!" 당황한 에우릴로코스가 소리쳤다. "제발 부탁이니 나더러 그 집에 다시 가라고 하지 마시오! 단언하건대, 당신도 그 집에 가면 병사들을 구해내기는커녕 두 번 다시는 그곳에서 빠져나올 수 없을 거요! 이대로 배에 몸을 싣고 되도록 빨리 이곳을 벗어나도록 합시다. 아직 그럴 수 있는 시간이 남아 있소!"

"정 그렇다면 다른 병사들과 여기 머물러 있도록 하게!" 오디세우스는 못마땅하다는 듯 말했다. 말을 마치기가 무섭게 그는 성큼성큼 걸음을 옮겨 섬 안으로 들어갔다.

그러나 제아무리 키르케를 찾아 그렇게 용감하게 떠났다 한들 불사의 신들 중 한 분이 오디세우스를 불쌍히 여겨 도와주지 않았더라면, 그 역시 다른 병사들과 마찬가지로 불행한 처지에서 헤어나지 못했을 것이다.

오디세우스가 숲을 벗어날 때쯤 황금 지팡이를 든 전령의 신 헤르메스가 그의 앞에 나타났다. 그는 젊고 아름다운 청년의 모습으로 변장해 오디세우스에게 다정한 목소리로 인사를 건넸다. 헤르메스는 곧 진지한 목소리로 말하기 시작했다.

"불행한 자여, 어찌하여 이렇게 혼자 겁도 없이 낯선 땅을 헤매고 있는 것이냐?" 이렇게 묻는 헤르메스의 목소리에 오디세우스를 꾸짖는 듯한 근엄한 분위기가 배어 있었다. "그대는 그대 앞에 놓인 위험이 얼마나 큰지 상상도 못 하는 것 같구나. 그대의 부하들은 지금 마법을 부리는 요정인 키르케에게 붙잡혀 있다. 키르케는 병사들을 모조리 돼지로 만들어 돼지우리에 가둬두었다. 혹시 지금 그 병사들을 구하러 가는 길인가? 그렇다면 그대는 어쩔 수 없이 그들과 같은 운명이 되어 다시는 돌아올 수 없을 것이다! 오직 나만이 그대를 도울 수 있다!"

말을 마친 헤르메스는 땅 위로 몸을 굽히더니, 바로 그의 발밑에서 자라고 있던 키 작은 약초를 하나 뽑아 들었다. 그 약초의 뿌리는 검은색이었고 위쪽에는 새하얀 우유빛 꽃이 피어 있었다. 헤르메스는 그 약초를 오디세우스에게 내밀었다. "이 몰리라고 하는 약초를 몸에 지니고 있으면, 그 어떤 마법사도 그대에게 마법을 걸 수 없을 것이다." 헤르메스가 말했다. "자, 이제 키르케의 집으로 가서 아무 걱정하지 말고 그녀를 따라 집 안으로 들어가라! 그녀는 그대에게 음료를 한잔 대접할 것이다. 그 음료에는 치명적이고 못된 약초즙이 섞여 있다. 그러나 그대에게는 약효를 발휘할 수 없다! 그녀가 막대기를 들어 그대의 몸을 건드리려는 순간, 허리춤에 찬 칼을 빼 들고 그녀를 죽이겠다고 협박하라. 그러면 그녀는 그대에게 목숨만은 살려달라고 애원하며, 앞으로는 자신을 찾아온 손님들에게 친절을 베풀겠노라고 맹세할 것이다. 바로 그때 그대는 동료들에게 걸어놓은 마법을 풀어달라고 요구하면 된다. 마지막으로 그대에게 앞으로 그 어떤 못된 짓도 하지 않겠다고, 여러 신들의 이름을 걸고 성스럽게 맹세하라고 요구하는 것도 잊지 마라."

말을 마친 전령의 신 헤르메스는 올림포스 산으로 되돌아 갔다.

오디세우스는 헤르메스가 준 약초를 잘 숨기고는, 키르케의 집을 향해 서둘러 발걸음을 옮겼다.

오디세우스가 자기 집으로 들어오는 소리를 들은 키르케는 문까지 나와 친절하게 인사를 건네며 그를 넓은 홀로 안내해서 은으로 멋지게 장식된 의자에 앉혔다. 오디세우스는 의자에 앉아 미심쩍은 눈초리로 키르케가 음료를 만들어 금잔에 따르는 모습을 지켜보았다. 곧 키르케는 음료가 든 잔을 들고 와 웃으면서 오디세우스 앞에 내어놓았다. 마음 같아서는 그것을 당장 키르케의 발 앞에 쏟아붓고 싶었지만, 오디세우스는 꾹 참고 헤르메스가 일러준 대로 행동하기로 마음먹었다. 그렇게 하지 않으면 자신을 위해서나 동료 병사들을 위해서나 이로울 것이 없었기 때문이다.

음료를 마시는 동안 오디세우스는 등골이 오싹해지는 것을 느꼈다. 그것을 다 마시고 난 뒤 그는 혹시 자기 코가 돼지 코로 변한 것은 아닌지, 온몸에서 털이 돋아나고 있는 것은 아닌지, 손발이 돼지 발로 변한 것은 아닌지, 곁눈질로 자기 몸을 구석구석 살폈다.

그러나 아무런 변화도 없었다.

키르케는 손에 막대기를 들고서 오디세우스 앞으로 다가갔다. 그녀의 웃는 표정이 너무나도 소름 끼쳤다. "자, 이제 너도 그만 네 동료들이 있는 돼지우리로 가버리거라!" 이렇게 말하면서 키르케는 막대기를 높이 쳐들었다.

바로 그 순간 오디세우스는 옆구리에 차고 있던 칼집에서 칼을 빼 들었다.

깜짝 놀란 키르케가 소리를 지르며 칼을 피해 옆으로 비켜섰다. 그녀의 두 눈은 분노로 이글거렸으나 곧 분노는 두려움으로 바뀌었다.

"네가…… 네가 내 마법을 피하다니……" 키르케는 믿을 수 없다는 듯이 말했다. "이제껏 어떤 인간도 내 마법을 피하지는 못했다! 그런데 넌 내가 만들어준 마법의 약을 마시고도 칼을 빼 들고 나를 위협하기까지 하다니! 넌 도대체 누구이며 무슨 일을 꾀하고 있는 것이냐?"

이렇게 말하는 키르케의 눈동자가 갑자기 한곳에 가 멈추는 듯싶더니, 곧 그동안 까맣게 잊고 있었던 어떤 생각 하나가 그제야 떠올랐다는 듯한 표정을 지었다.

"그렇군요…… 당신이 바로 오디세우스군요!" 키르케는 호기심에 가득 차서 오디세우스를 이리저리 훑어보았다. "아주 오래전에 헤르메스가 내게 이르기를, 언젠가 오디세우스란 자가 검은 배를 타고 트로이를 떠나 수많은 날들을 거친 바다와 낯선 고장들을 헤매 다닌 끝에 이곳으로 올 거라고 말했지요. 자, 이제 그만 칼을 거두고 내 환영을 받으세요! 당신은 나의 손님이고 날 믿어도 좋아요."

그러나 오디세우스는 싸늘한 웃음을 지으며 냉정하게 말했다.

"내가 어떻게 당신을 믿을 수 있단 말이오? 당신이 못된 마법을 부려 내 동료들을 모두 돼지로 만들어버린 사실을 내가 모를 줄 아시오? 전능하신 신들의 이름을 걸고, 나와 내 동료들에게 두 번 다시 나쁜 짓을 하지 않겠다는 굳은 맹세를 하기 전에는 당신을 절대로 믿지 않을 거요!"

그러자 키르케는 신들의 이름을 걸고 맹세했고, 그것을 본 오디세우스는 그제야 키르케가 맹세를 깨지 않으리라는 것을 믿을 수 있었다.

곧 키르케는 시녀들을 불러 식탁을 장식하라고 명령했다. 자줏빛 천을 의자 위에 씌우고 은접시를 식탁에 갖다 놓았다.

황금 바구니, 그릇, 술잔 들이 식탁 위에 놓였고 은항아리에 포도주가 가득 담겨 나왔다. 한 시녀가 빛나는 청동으로 된 커다란 삼발이 아래 불을 지펴서 물을 끓이기 시작했다. 물이 끓자 시녀는 오디세우스를 욕실로 데려가 뜨거운 물과 찬물을 적당히 섞어 알맞은 온도로 목욕물을 준비한 다음, 오디세우스의 어깨와 머리 위에 부으며 몸을 씻겨주었다. 그러자 그동안의 피로가 씻은 듯이 사라지고 다시 새로운 힘과 용기가 솟아올랐다. 시녀는 마지막으로 향기로운 기름과 고급 아마포로 된 속옷, 모직으로 만든 겉옷 등을 가져와 오디세우스의 몸에 향유를 바르고 옷을 차례대로 입힌 다음, 다시 식탁이 있는 곳으로 데리고 나왔다.

그사이 키르케는 빵과 고기, 그리고 다른 많은 값진 음식들을 풍성하게 차려놓고 목욕을 마친 오디세우스에게 어서 식탁에 앉아 먹고 마실 것을 청했다. 그러나 그는 거들떠보지도 않은 채 화려하게 장식된 의자에 그저 아무 말 없이 어두운 낯빛으로 앉아 있기만 했다.

"무슨 걱정거리라도 있으신가요?" 키르케는 이렇게 물으며, 옆에 있던 시녀에게 손짓해 은으로 된 물그릇을 오디세우스에게 가져다주라고 명령했다. 식사를 하기 전에 손을 씻기 위한 물이었다.

 "어째서 이 좋은 음식들을 먹고 마시길 꺼리시는 것입니까?" 키르케가 다시 한 번 물었다. "더 이상 날 무서워하지 않아도 된다는 것을 잘 아실 텐데요. 자, 어서 이 음식들을 드시고 그동안의 힘들었던 일들은 잊어버리세요!"

 "그럴 수 없소." 마침내 오디세우스가 말문을 열었다. "당신이 내 동료들에게 걸어놓은 마법을 풀어서 그들이 다시 원래 모습으로 되돌아가기 전에는, 당신의 친절을 받아들일 수 없소!"

 그 말을 들은 키르케는 한순간 머뭇거렸다. 그러나 곧 자리에서 일어나 아무 말 없이 홀을 나갔다. 오디세우스는 창문을 통해 키르케가 마당을 가로질러 걸어가는 모습을 보았다. 잠시 후 그녀는 한 무리의 돼지떼를 몰고 다시 홀 안으로 들어왔다.

 키르케가 데리고 들어온 돼지들이 일렬로 죽 늘어선 모습을 보자, 오디세우스의 마음속에 분노와 고통이 밀려왔다. 그의 두 눈에서 눈물이 솟구쳐 올랐다.

 키르케는 재빠른 동작으로 돼지 한 마리 한 마리에게 마법의 약을 발라주었다. 그러자 돼지들의 모습이 변하기 시작했다. 온몸에서 털이 떨어져 나가고 흉측한 짐승의 머리가 인간의 얼굴로 되돌아왔다. 짧고 굵은 네발은 손과 발로 바뀌었고, 곧 병사들은 온전한 인간의 모습으로 그 자리에 우뚝 섰다. 그런 그들의 모습은 이전보다도 더욱 늠름해 보였다. 사람의 모습을 되찾은 병사들은 저마다 환호성을 지르며 오디세우스에게 달려들어 그를 끌어안고 그동안 겪어야 했던 온갖 수모와 고통, 분노에서 벗어난 것을 기뻐했다.

키르케는 그런 그들의 모습을 바라보다 더 이상 기다릴 수 없다는 듯이 초조하게 말을 꺼냈다. 그녀의 마음속에 뭔가 다른 속셈이 있었기 때문이다.

"라에르테스의 아들 오디세우스여, 함선이 정박해 있는 해변으로 가서 그곳에 남아 있는 다른 병사들을 이리로 데려오는 게 어떻겠습니까? 배에 있는 장비들과 당신들이 소유하고 있는 보물들은 바위 동굴 안에다 잘 숨겨두시고 말이에요. 바닷가보다는 그곳이 훨씬 더 안전할 것 같거든요."

그렇다, 키르케는 오디세우스를 다시 먼 곳으로 떠나보내고 싶지 않았던 것이다. 키르케는 오디세우스가 용감하고 똑똑한 장수라는 것을 잘 알고 있었고, 그런 그가 너무도 마음에 들었다.

키르케의 말을 들은 오디세우스는 서둘러 해변으로 갔다. 그녀의 말이 옳은 것 같았기 때문이다. 배에 남아 기다리는 병사들은 분명 엄청나게 걱정하고 있을 터였다!

곧 오디세우스를 본 병사들은 안도의 한숨을 내쉬며 그에게로 달려갔다. 그리고 키르케의 집으로 간 병사들에게 대체 무슨 불행한 일이 닥쳤느냐고 물었다.

오디세우스가 웃으며 대답했다. "나와 함께 가자. 그러면 너희들 눈으로 직접 볼 수 있을 것이다. 그들은 지금 키르케의 멋진 집에서 즐겁게 먹고 마시며 흥겨운 시간을 보내고 있다!"

오디세우스는 그동안 있었던 일을 병사들에게 이야기해주었다. "그러나 이제는 걱정할 필요가 없다! 키르케는 내 앞에서 더 이상 우리에게 못된 짓을 하지 않기로 신들의 이름을 걸고 맹세했기 때문이다. 자, 그러니 이제 배에 있는 모든 장비들을 저 위에 있는 바위 동굴로 가져가 숨겨두고, 나와 함께 서둘러 키르케의 집으로 가자!"

병사들은 곧 부지런히 움직이기 시작했다. 그러나 에우릴로코스만은 손가락 하나 까딱하지 않았다. "너희들, 지금 제정신이냐?" 에우릴로코스는 분노에 차서 병사들에게 외쳤다.

"어찌하여 또다시 새로운 불행을 향해 달려들려고 하는 것이냐? 저 용기백배한 오디세우스가 너희들로 하여금 키클롭스의 동굴로 함께 갈 것을 강요하고, 그런 그의 바보 같은 처사 때문에 우리 병사들이 죽음으로 그 대가를 치러야 했던 것을 벌써 잊었느냐? 내 장담하건대, 키르케는 마법으로 우리 모두를 돼지나 늑대 혹은 사자로 만들어서 그녀의 집을 지키게 할 것이 분명하다!"

이 말을 들은 오디세우스는 화가 머리끝까지 치밀어 올라 자기도 모르게 칼자루를 불끈 움켜쥐었다. 비록 에우릴로코스가 그의 친척이기는 했지만, 병사들을 부추겨 지휘자에게 반항하도록 선동한다면 그는 마땅히 그 죗값을 치러야만 했다!

그러나 그 순간 병사들이 다가와 차분하게 말하며 오디세우스를 달랬다. "당신께서 명령만 하신다면, 우리는 에우릴로코스를 배에 남겨두고 당신을 따라가겠습니다. 우리를 키르케의 집으로 데려가 주십시오. 우리도 거기 있는 동료들을 빨리 만나보고 싶습니다!"

그리하여 병사들은 모두 오디세우스를 따라 키르케의 집을 향해 떠났다. 에우릴로코스만이 계속 고집을 부리며 혼자 배에 남았다. 그러나 잠시 후 에우릴로코스도 머뭇머뭇 일행을 따라나서기 시작했다. 그 역시 결국은 오디세우스의 화를 돋우는 행동은 하고 싶지 않았기 때문이다.

곧 병사들은 키르케의 집에 당도했다. 키르케가 병사들을 따뜻하게 맞아주며 어찌나 융숭하게 대접했던지, 마침내 병사들은 그녀를 진심으로 좋아하게 되었다.

그렇게 수많은 날들이 흘렀으나 병사들은 세월이 가는 것조차 느끼지 못했다. 오디세우스만이 가끔 '고향 이타케로 돌아가고 싶다!'라는 생각을 할 뿐이었다.

그러나 곧 오디세우스마저도 고향으로 돌아갈 생각을 잊게 되었다.

이타케는 그 어느 때보다도 멀게만 느껴졌고, 오디세우스는 이타케가 어디쯤 있는지조차 알 수 없었다. 그러니 그곳으로 가는 길을 어찌 알 수 있단 말인가?

게다가 키르케는 부지런히 병사들 사이를 오가며 시중을 들었고, 그런 가운데 그녀의 미소 짓는 모습은 더없이 아름답게만 느껴졌다.

그렇게 1년이라는 세월이 흘렀다. 그러나 병사들 중 어느 누구도 세월의 흐름을 의식하는 사람은 없었다. 그러던 어느 날, 병사들은 다시 하루하루가 길게만 느껴지고 초조한 마음이 들기 시작했다. 병사들이 오디세우스에게 물었다. "언제쯤 다시 우리의 고향 이타케를 향해 떠나실 생각이십니까?"

이 말을 들은 오디세우스는 마치 긴 잠에서 화들짝 깨어난 듯한 느낌이 들었다. 그리고 곧 그렇게 오랫동안 고향과 가족을 까맣게 잊고 살아온 것에 대한 커다란 자책감이 들었다.

한숨을 크게 쉬고 난 오디세우스는 자리에서 벌떡 일어났다. "친구들이여, 이제 그만 고향으로 돌아가자!" 오디세우스는 굳게 결심한 듯 말했다. "이제 바닷가로 내려가서 동굴에 숨겨둔 장비들을 모두 배로 옮기도록 하라! 그사이 나는 키르케와 얘기를 좀 해야겠다."

키르케는 언제나처럼 다정하게 오디세우스를 맞아주었다. "이제 당신이 우리를 놓아주어야 할 때가 온 것 같소!" 오디세우스가 재빨리 말했다. 이 말을 하는 오디세우스의 마음도 편치는 않았기 때문이다.

오디세우스의 말을 들은 키르케의 낯빛이 순간 어둡게 변했다. 한동안 그녀는 꼼짝도 하지 않고 그 자리에 앉아 있었다. 그러더니 자리에서 일어나 아무 말 없이 오디세우스에게서 몇 걸음을 떼어놓았다.

"당신이 정 이곳을 떠나길 원하신다면, 당신께 머물러달라고 강요할 수는 없어요." 한참을 머뭇거리던 키르케가 드디어 말문을 열었다. 그녀의 목소리에 깊은 슬픔이 배어 있었다. "왜냐하면 당신과 당신의 병사들에게 그 어떤 고통도 주지 않겠노라고 신들께 맹세했기 때문이에요. 그 맹세를 전 지켜야만 해요. 그렇게 이타케가 그리우시면 이타케를 향해 떠나세요. 그것이 당신의 운명이라면 말이에요." 키르케는 풀이 죽은 목소리로 말했다.

그러다 갑자기 그녀가 오디세우스를 향해 몸을 돌렸다. "하지만 당신은 어느 방향으로 항해해야 하는지도 모르고 바닷길이 어디로 나 있는지도 모르잖아요. 이 섬은 인간들이 살고 있는 육지에서 너무도 멀리 떨어진 곳이에요. 다른 배들은 이곳으로 오는 법이 절대로 없지요. 당신이 여기서 벗어날 수 있는 뱃길은 딱 하나밖에 없어요. 또다시 길을 잃고 바다 위를 정처 없이 헤매지 않기 위해서는 말이에요! 그것은 바로 당신이 하데스로 직접 내려가는 거예요! 그곳에 가서 수많은 죽은 영혼들 가운데 눈먼 예언자 테이레시아스의 영혼을 찾아내야만 해요. 그는 끔찍한 페르세포네가 죽은 자들 가운데 살아 있는 인간의 이성을 빼앗아가지 않은 유일한 사람이에요. 그를 제외한 저 아래 지하 세계에 있는 다른 모든 영혼들은 그저 너울대는 그림자에 지나지 않아요."

오디세우스는 키르케가 하는 말을 두려운 마음으로 모두 귀담아들었다. "살아 있는 내가 어떻게 죽은 자들의 세계로 내려갈 수 있단 말이오?" 오디세우스는 한숨을 내쉬며 말했다. "그 어떤 인간도 산 채로 배를 타고 하데스의 나라로 들어간 경우는 없었소! 게다가 어느 누가 내게 그리로 가는 길을 안내할 수 있단 말이오?"

"그건 걱정하지 마세요!" 키르케가 말했다. "돛대를 똑바로 세우고 돛을 편 다음, 방향키를 건드리지 말고 북풍이 부는 대로 그저 배가 흘러가도록 내버려 두세요. 그러면 배는 오케아노스의 경계선에 다다를 거예요. 거기에 이르면 황량한 해변이 나오고 페르세포네의 숲이 펼쳐져 있어요. 그 숲엔 검고 키가 큰 포플러와 열매를 맺지 못하는 오리나무, 버드나무가 자라고 있어요. 그곳에 배를 세우고 하데스의 궁전을 찾아 들어가세요. 하데스에 들어가면 한 바위에 다다르게 되는데, 그곳은 죽음의 나라를 흐르는 강인 코키토스와 피리플레게톤이 아케론 강으로 흘러들어 가는 지점이에요. 그 바위 가까이로 다가가 바위 끝자락에 구덩이를 파세요. 손끝에서 팔꿈치에 이르는 길이 정도의 정사각형 모양 구덩이를 판 뒤,

그 주변에 죽은 자들을 위한 제주祭酒를 뿌리세요. 꿀과 포도주, 물을 섞어 흰 보릿가루와 함께 뿌리시면 돼요. 그런 다음 죽은 자들의 영혼 앞에 맹세를 하세요. 고향 이타케로 돌아가면 그들 모두를 위해 어린 소를 제물로 바치겠다고 말이에요. 테이레시아스의 영혼을 위해서는 따로 양 한 마리를 바치겠다고 맹세하는 것도 잊지 마세요.

맹세가 끝나면 얼룩이 하나도 없는 새까만 숫양 한 마리와 암양 한 마리를 죽여 그 피를 구덩이 안으로 흘러들어 가게 하세요. 그러면 곧 죽은 자들의 영혼이 그 피를 마시려고 사방에서 나타나 구덩이를 향해 달려들기 시작할 거예요. 왜냐하면 그들이 그 피를 마시면 아주 잠깐이기는 하지만 살아 있는 인간의 이성을 되찾을 수 있기 때문이죠. 하지만 테이레시아스의 영혼을 만나서 그와 얘기를 나누기 전까지는 절대로 그들이 그 피를 마시도록 허락하면 안 돼요.

테이레시아스는 곧 당신 앞에 나타나 신들께서 당신에게 귀향을 허락하셨는지, 만약 그렇다면 끝도 없이 넓은 바다에서 어떤 뱃길을 선택해야 할지, 또 당신 고향에서는 어떤 운명이 당신을 기다리고 있는지 등을 상세히 설명해줄 거예요."

오디세우스는 그녀의 말대로 모든 일을 제대로 해낼 수 있을지 걱정스러운 마음이 들었다.

배가 하데스를 향해 떠날 준비를 마쳤을 때 그들은 작별을 했다.

키르케는 문 앞에 서 있었다. 그녀는 반짝이는 옷을 입고 그 위에 화려한 허리띠를 두르고 있었다. 머리에는 은빛 베일을 쓰고 있었는데, 그런 그녀의 모습이 병사들에게는 그 어느 때보다도 아름다워 보였다. 그녀는 너무도 슬픈 표정을 짓고 있었다.

한편 오디세우스는 병사들과 함께 바닷가로 내려가는 동안, 자신이 해야 할 수많은 일들을 다시 한 번 조심스레 떠올려보았다. '숫양과 암양의 피…… 그런데 두 마리 모두 얼룩이 없는 검은색이어야 한다고 했지……' 그 순간 오디세우스에게 퍼뜩 드는 생각이 있었다. 그렇다, 그에게는 숫양도 암양도 없었다. 도대체 어디에서 그 양들을 구한단 말인가?

그러나 그들이 배에 도착했을 때, 배에는 이미 숫양 한 마리와 암양 한 마리가 매어져 있었다. 두 마리 모두 얼룩 하나 없는 새카만 털을 가지고 있었다. 키르케가 아무도 몰래 양들을 구해다 준 것이었다.

키르케는 병사들의 눈에 띄지 않고 그들 옆을 스쳐 지나가고 있었다. 인간의 눈에 띄지 않고 마음대로 오갈 수 있는 능력을 불사의 신들이라면 누구나 가지고 있었다.

"이번만큼은 병사들 중 어느 누구도 목숨을 잃지 않았구나. 천만다행이다." 오디세우스는 병사들을 둘러보며 혼잣말을 했다. 그러나 그것은 오디세우스의 착각이었다.

한 사람이 빠졌다. 바로 엘페노르였다.

엘페노르는 가장 나이가 어린 병사였다. 그는 특별히 전투에 능하지도, 머리가 뛰어나게 영리하지도 못했다.

그는 키르케의 집에서 먹고 마실 때 포도주를 너무 많이 마셨다. 포도주에 취한 엘페노르는 시원한 곳을 찾다가 키르케의 집 지붕 위로 올라갔다. 그리고 그곳에서 깊은 잠에 빠졌다. 어느 누구도 그가 사라진 것을 눈치채지 못했다. 한참이 지난 뒤에야 그는 다른 병사들이 다시 항해를 시작하려고 소동을 피우는 소리에 깜짝 놀라 잠에서 깨어났다. 포도주의 취기가 가시지 않은 데다 잠에서 덜 깬 탓에 엘페노르는 넓은 계단으로 내려오는 것을 깜빡 잊고, 자리에서 벌떡 일어나 곧장 지붕 위를 가로질러 달리다 그대로 떨어지고 말았다. 팔과 목이 부러진 채 그의 영혼은 그 자리에서 곧장 하데스의 나라로 내려가야만 했다.

한편 병사들이 배에 타기 전에 오디세우스는 다시 한 번 그들을 불러 모았다. 앞으로 겪을 일들에 대해 병사들에게 솔직하게 말해야 한다는 사실이 너무도 힘들게 느껴졌다.

"친구들이여." 오디세우스는 말문을 열었다. "그대들은 지금 우리가 고향으로 돌아가는 길이라고 생각하고 있을 것이다! 그러나 그것은 사실이 아니다. 우리는 지금 하데스의 나라로 내려가서 예언자 테이레시아스를 만나야 한다. 그에게 우리의 여정과 앞으로의 운명에 대해 물어보아야 하기 때문이다. 그렇지 않으면 우리는 또다시 길을 잃고 헤매게 될 것이며 고향은 살아생전 두 번 다시 보지 못하게 될 것이다!"

이 말을 들은 병사들은 그 자리에 주저앉아 먼지 구덩이 위를 뒹굴며 머리를 쥐어뜯고서 큰 소리로 통곡하기 시작했다. 살아 있는 인간이라면 도저히 들어갈 수 없는 죽음의 세계로 가야 한다는 사실이 너무도 끔찍하게 여겨졌기 때문이다.

그러나 한편으로 그들은 그들의 운명이 일단 그렇게 정해진 것이라면, 울고불고하며 통곡해봐야 아무런 소용이 없다는 사실도 잘 알고 있었다. 그런 까닭에 병사들은 순순히 배를 바다에 띄우고 돛대를 높이 세운 다음 돛을 활짝 폈다. 그러고 나서 모두 아무 말 없이 침통한 심정으로 갑판 위에 자리를 잡고 앉았다. 곧 강한 북풍이 일기 시작하더니 끊임없이 빠른 속도로 배를 앞으로 밀고 나갔다. 하루를 꼬박 그렇게 사나운 바다 위를 달렸다. 해가 서쪽으로 질 무렵 병사들은 오케아노스의 끝자락에 다다랐다. 눈앞에 펼쳐진 해변에는 킴메리오이족들이 살고 있는 도시가 음산한 그림자를 드리우고 있었다. 빛나는 태양의 신 헬리오스가 단 한 번도 찾아주는 법이 없는 땅이었다. 그래서 그곳에는 언제나 안개와 끔찍한 밤만이 있을 뿐이었다.

병사들은 그곳에 배를 정박하고 두 마리의 양을 데리고서 페르세포네의 숲으로 들어갔다. 한참을 가자 과연 키르케가 말한 바위가 나왔다.

오디세우스는 칼을 꺼내 들고 구덩이를 팠다. 병사들은 죽음의 나라를 다스리는 신들의 이름을 부르며 구덩이 주변에 죽은 자들의 영혼을 달래는 제주를 뿌렸다. 꿀과 포도주, 물을 섞은 것을 흰 보릿가루와 함께 흩뿌렸다.

"제가 만약 고향 이타케에 무사히 도착하게 되면 가지고 있는 가축들 중 가장 훌륭한 어린 소 한 마리를 제물로 바칠 것이며, 테이레시아스의 영혼을 위해서는 양 한 마리를 따로 바치겠습니다." 오디세우스는 이 말로 신들께 올리는 기도를 마쳤다. 그러고 나서 양들의 목을 쳐 솟아나는 피를 구덩이를 향해 흘려보냈다.

곧 사방에서 죽은 이들의 무시무시한 그림자가 솟구쳐 오르더니 큰 소리로 울부짖으며 달려들었다. 전쟁에서 죽은 병사들, 여인네들, 노인들, 어린아이들의 영혼이었다.

너무나 놀란 병사들은 심장이 멎는 것만 같았다. "오, 신들이시여, 이런 끔찍한 일이 있다니요!" 오디세우스는 앙다문 이 사이로 탄식을 내뱉으며 서둘러 칼을 빼 들고 구덩이를 막았다. 벌써 죽은 자들의 영혼이 시시각각으로 구덩이에 달려들어 몸을 숙이고 피를 마시려고 아우성치기 시작했던 것이다. 모든 것이 키르케가 경고한 대로였다.

죽은 영혼들은 울부짖으며 구덩이에서 물러났다. 단 한 사람의 영혼만이 구덩이 건너편에 서서 슬픈 표정으로 이쪽을 건너다보고 있었다.

그 영혼을 본 오디세우스는 깜짝 놀라 그 자리에서 펄쩍 뛰었다. "엘페노르!" 오디세우스가 소리쳤다. "네가 어찌하여 이곳에 내려와 저 끔찍한 죽은 자들의 영혼 사이에 섞여 있는 것이냐? 배를 타고 온 우리보다 더 빠른 걸음으로 이곳에 왔단 말이냐?"

그러자 엘페노르는 훌쩍이며 자기가 포도주를 너무 많이 마신 탓에 지붕에서 떨어져 황당한 죽음을 당했으며, 자신의 시신은 누구 하나 울어주지도 않고 땅속에 묻히지도 못한 채 아직도 키르케의 집에 누워 있노라고 말했다. "그래서 이렇게 간청드립니다." 엘페노르는 계속 울면서 말했다. "날 그대로 버려두지 마시고, 키르케가 살고 있는 아이아이아 섬으로 다시 가시거든 내 시신을 무기와 함께 모두 태워주십시오. 그리고 바닷가에 무덤을 만들어 그 위에 내가 살아생전 손에 잡고 저었던 노를 꽂아주십시오. 그리하여 후세 사람들이 그곳을 지나갈 때면 불행한 나의 죽음을 기억할 수 있게 해주십시오!"

동정심 많은 오디세우스는 엘페노르에게 그가 원하는 모든 것을 해주겠노라고 약속했다. 그제야 엘페노르는 안심했다는 듯이 다른 죽은 영혼들이 있는 곳으로 물러섰다.

그다음으로 한 여자의 영혼이 소리 없이 구덩이를 향해 다가왔다. 그녀는 오디세우스 쪽은 쳐다보지도 않고 구덩이 안에 있는 양의 피를 마시려고 했다. 순간 오디세우스가 칼로 그녀를 막았다.

그러자 여자의 영혼은 슬픈 표정으로 몸을 돌렸다.

오디세우스는 물러서는 여자의 영혼을 가만히 바라보다가, 그 그림자 같은 형상에서 보이는 어딘지 모르게 낯익은 자태에 두 눈이 번쩍 뜨였다. 곧 가슴이 찢어질 듯한 고통을 느꼈다. 여자의 영혼은 바로 오디세우스의 어머니의 것이었기 때문이다.

오디세우스는 어머니를 부르려고 했다. 그러나 그 순간 테베 출신의 눈먼 예언자 테이레시아스의 영혼이 심연으로부터 솟구쳐 올라왔다.

그는 오디세우스 앞에 모습을 드러내고 곧장 말을 걸어왔다. "불행한 분이시여, 어찌하여 산 자의 몸으로 태양 빛을 등지고 이곳 죽은 자들의 세계에 와 계신 것입니까? 무슨 까닭인지는 모르겠지만, 그 칼을 이제 그만 거두시고 나로 하여금 구덩이 안의 피를 마실 수 있게 해주십시오. 고귀하신 오디세우스여, 그렇게 해주신다면 내 당신과 당신 병사들의 운명을 예언해드리리다!" 오디세우스는 그의 말을 따랐다. 백발의 노인 테이레시아스는 구덩이 안으로 몸을 숙여 그곳에 있는 피를 마셨다. 그런 다음 진지한 표정으로 오랫동안 오디세우스 쪽을 쳐다봤다.

"당신은 무사히 고향으로 돌아갈 수 있기를 간절히 바라시는군요." 마침내 테이레시아스가 입을 열었다. "그러나 신들 중 한 분께서 당신의 귀향을 막고 계십니다. 바로 포세이돈이 십니다. 포세이돈께서는 당신이 그의 아들 폴리페모스의 눈을 멀게 한 것에 대해서 아직도 화가 나 계시기 때문입니다. 그럼에도 불구하고 만일 당신이 당신 자신과 동료들의 욕망을 다스리는 일에 성공하기만 한다면, 수많은 역경을 겪은 뒤에 어쩌면 고향으로 돌아갈 수 있을지도 모릅니다. 즉 당신들은 많은 위험이 도사리고 있는 길고 긴 항해 끝에 트리나키아라는 섬에 당도하게 될 것인데, 그 섬은 태양의 신 헬리오스의 성스러운 소와 양이 있는 곳입니다. 그런데 헬리오스는 당신들의 일거수일투족을 모두 내려다보고 계십니다. 만약 그 가축들에게 일절 손을 대지 않는다면, 당신들은 언젠가는 이타케를 다시 볼 수 있을 것입니다. 그러나 만일 그 가축을 약탈하고 죽이는 날에는 당신의 동료들과 함선이 무사하지 못할 것입니다. 어쩌면 당신 혼자만은 재앙을 피해 달아날 수 있을지도 모르겠습니다! 그러나 그렇게 되면 당신은 아주 오랜 세월이 흐른 뒤에야 동료 병사들을 모두 잃은 채로 혈혈단신 홀로 낯선 배에 실려 비로소 고향으로 돌아가게 될 것입니다. 게다가 그사이 당신 고향에서는 온갖 불행한 일들이 벌어지고 있을 것입니다. 오만불손한 사내들이 당신의 아내에게 구혼을 하며 당신의 가산을 탕진하고 있을 것입니다. 그러니 당신이 고향에 돌아간다고 해도 평안과 행복을 되찾기 위해서는 또 한 번 힘든 싸움을 해야만 할 것입니다. 자, 이상이 당신의 운명을 점치는 저의 예언이었습니다."

"고맙소, 테이레시아스!" 오디세우스가 말했다. "신들께서 정해주신 운명이라면 난 모든 것을 받아들일 준비가 되어 있소! 그런데 마지막으로 청이 하나 더 있소, 테이레시아스. 내가 보기에 저 건너편에 내 어머니의 그림자가 있는 것 같은데, 어찌 된 일인지 어머니는 날 쳐다보지도 않으시고 내게 한마디 말도 건네지 않으시는구려. 마치 날 전혀 알아보지 못하는 것처럼 말이오. 그러니 내가 어떻게 해야 어머니께서 날 알아보실 수 있는지 말해주시오!"

"그 까닭을 말씀드리지요." 테이레시아스가 대답했다. "당신이 구덩이의 피를 마시도록 허락한 영혼은 당신을 알아보고 당신과 대화를 나눌 수 있지만, 당신이 피를 마시지 못하게 막은 영혼들은 아무 말 없이 어둠 속으로 숨어버리게 되어 있기 때문입니다."

말을 마친 테이레시아스는 다시 하데스의 집이 있는 심연

속으로 내려가 버렸다.

오디세우스는 이제 그의 어머니가 다시 나타나 구덩이 가까이로 와서 피를 마실 때까지 기다렸다. 그는 어머니를 만나면 물어보고 싶은 것들이 너무도 많았다.

곧 어머니의 영혼이 스르르 다가오더니 재빠른 동작으로 구덩이 위에 몸을 숙이고 피를 마셨다. 구덩이에서 다시 몸을 일으킨 영혼은 곧 오디세우스를 알아보았다. "오, 내 아들아!" 그녀는 매우 슬픈 목소리로 말했다. "네가 어찌하여 산 사람의 몸으로 이곳 그림자들의 나라에까지 내려오게 되었느냐? 오케아노스의 험한 물길을 헤치고 달릴 수 있는 튼튼한 배가 아니고서는 산 사람의 몸으로 이곳까지 올 수 있는 방법은 없었을 텐데! 말해보거라, 혹시 아직까지도 병사들을 이끌고 항해하는 중이더냐? 트로이를 떠난 이후로 여전히 낯선 해변을 떠돌며 바다 위에서 길을 잃고 헤매는 중인 것이냐? 아직도 이타케로 돌아가지 못하고 네 아내와 아들도 만나보지 못한 것이냐?"

"그렇습니다, 어머니." 오디세우스가 대답했다. "아가멤논과 함께 트로이를 떠난 이후로 아직까지도 고향이 있는 아카이아로 돌아가지 못하고 있습니다. 제 아내 페넬로페와 아들 그리고 아버지의 안부조차 들어보지 못했습니다! 어머니, 그들 모두의 안부를 제게 들려주십시오! 또한 어머니께서 어떻게 돌아가시게 되었는지도 말씀해주십시오. 제가 고향을 떠날 때까지만 해도 어머니께서는 건강하셨지 않습니까? 병으로 돌아가신 것입니까, 아니면 아르테미스 여신께서 절대로 빗나가는 법이 없는 화살을 실수로 어머니를 향해 쏘아 맞힌 것입니까? 아버지와 텔레마코스는 아직 살아 있습니까? 페넬로페는 여전히 집안일을 잘 꾸려 나가고 있습니까? 이타케의 백성들은 아직도 저를 왕으로 여기고 있습니까, 아니면 제가 영영 고향으로 돌아오지 못할 거라고 생각하고 고귀한 아카이아 출신의 다른 사람을 왕으로 추대했습니까? 어쩌면 제 아내도 제가 살아 돌아오지 못할 거라 생각해서 이미 다른 사람에게 시집을 가버렸을지도 모르겠군요. 어머니, 제게 모든 진실을 말씀해주십시오!"

"아들아, 아무 걱정 할 필요 없다!" 오디세우스의 어머니는 그를 위로했다. "여전히 페넬로페는 정절을 지키며 우리 집안을 잘 돌보고 있고, 너의 왕권은 다행히 다른 사람에게 넘어가지 않고 네 아들에게 이어질 예정이다. 그러나 네 아버지는 더 이상 공적인 장소에 모습을 드러내지 않으신단다.

연세가 많아 거동이 불편하신 데다, 너에 대한 근심 걱정으로 흥겨운 축제를 벌이거나 사람들과 모여 즐거운 시간을 갖는 것에 전혀 관심을 가질 수 없게 되셨기 때문이지. 네 아버지는 하인들과 함께 성 밖의 농가에서 지내고 계신다. 겨울엔 모닥불가에서, 여름이면 포도밭의 바짝 마른 짚단과 나뭇잎 위에서 잠을 주무신단다. 또한 더 이상 부왕의 화려한 의복도 마다하시고 하인들이 입는 누추한 옷을 입고 지내신단다. 그 모든 것이 네가 살았는지 죽었는지, 너의 운명을 전혀 모르고 있는 게 너무도 마음 아프고 걱정스럽기 때문이지. 그리고 내가 죽게 된 것은 아르테미스 여신께서 절대로 빗나가는 법이 없는 화살을 내게 쏘았기 때문도 아니요, 오랜 병마에 시달렸기 때문도 아니다. 아들아, 너에 대한 걱정과 불안이 내 기력을 모두 쇠진시켰고 끝내는 목숨까지 앗아갔기 때문이란다."

그 말을 들은 오디세우스는 가슴이 찢어질 듯 아팠고 어머니가 너무도 가여운 생각이 들었다. 그는 재빨리 어머니 가까이로 다가가 다정하게 안으려고 했다. 그러나 어머니는 그의 두 팔에서 벗어나 마치 검은 그림자나 혹은 꿈속의 환상처럼 스르르 사라져버렸다. 그의 팔은 그저 허공을 휘저을 뿐이었다. 오디세우스는 세 번이나 연거푸 어머니를 안으려고 시도

했으나, 그때마다 어머니의 영혼은 오디세우스의 품을 벗어났다. 그러자 오디세우스의 마음에 고통과 서운함이 한없이 밀려왔다. "어머니, 어찌하여 저를 외면하십니까? 아니면 혹시 지금 어머니의 그 모습은 페르세포네가 제게 괴로움을 주기 위해 보낸 한낱 거짓 환상에 불과한 것입니까?" 오디세우스가 물었다.

"오, 내 사랑하는 아들아!" 그러자 오디세우스의 어머니가 눈물을 흘리며 대답했다. "살아 있는 자 가운데 가장 불행한 내 아들아! 아니다, 난 거짓 환상이 아니다! 이것은 살아 있는 인간이 죽었을 때 어쩔 수 없이 받아들여야만 하는 운명이란다. 즉, 사람이 한번 죽어 영혼이 그 육신을 떠나게 되면 육체의 살과 피, 뼈는 모두 활활 타오르는 불길에 사라지게 된단다. 육체를 잃은 영혼은 깊디깊은 지하 세계로 흘러들어 가 살아 있는 인간의 손으로는 더 이상 가서 닿을 수도, 만질 수도 없게 되는 것이지. 자, 이제 어서 서둘러 빛이 있는 인간 세상으로 올라가거라, 아들아!"

어머니의 모습은 어느새 사라지고 없었다. 오디세우스가 눈치챌 틈도 없이 순식간에 일어난 일이었다. 그는 동료 병사들이 있는 곳으로 다가갔다. 주변에 있던 병사들은 두 눈을 크게 뜨고 얼굴이 하얗게 질려서 아무 말도 못 하고 서 있었다.

병사들은 오디세우스가 너무도 가여웠다. 그러나 그는 용기를 잃지 않고 의연하게 병사들을 향해 말했다. "병사들이여, 어서 서둘러 이곳을 빠져나가도록 하자!"

바로 그 순간 한 무리의 여자들이 구덩이 쪽으로 달려들기 시작했다. 그 모습을 본 오디세우스는 갑자기 그 여자들이 누구이며, 구덩이의 피를 마신 뒤에 무슨 말을 할는지 궁금해졌다.

맨 처음으로 구덩이의 피를 마신 여자는 포세이돈의 연인이었던 티로였다. 그녀는 포세이돈과의 사이에서 아들을 많이 낳은 것을 뽐내며 자랑을 늘어놓았다.

티로의 뒤를 이어 안티오페가 왔는데, 그녀가 낳은 쌍둥이 아들인 암피온과 제토스는 일곱 개의 성문이 있는 도시 테베를 건설한 자들이었다.

암피트리온의 아내이자 사자를 몰고 다니는 영웅인 헤라클레스의 어머니 알크메네도 모습을 드러냈다.

비참한 운명을 타고난 왕 오이디푸스의 어머니인 불운의 여인 이오카스테는 한참을 머뭇거리다 피를 마셨다. 그러나 피를 마신 뒤에도 말은 거의 한마디도 하지 못했다. 아들의 만행이 어쩌나 끔찍했던지, 가슴에 맺힌 슬픔과 분노가 아직도 가라앉지 않았기 때문이다.

이번에는 이피메데이아가 고개를 빳빳이 들고 유유히 걸어 왔다. 그녀는 살아생전 불사의 신들을 그다지 존경하지 않았다. 그녀의 두 아들인 오토스와 에피알테스는 살아 있는 인간들 가운데 오리온 이후 가장 강하고 아름다운 청년들이었다. 그들은 어린 소년 시절부터 신들에게 위협적인 존재였다. 만약 그대로 청년으로 성장했더라면 언젠가 높은 올림포스 위에 오사 산을 쌓고, 그 위에 빽빽한 숲이 우거진 펠리온의 봉우리를 쌓아, 그 봉우리를 타고 하늘로 곧장 올라가려고 했을 것이다. 그런 까닭에 아폴론은 그들의 뺨에 첫 수염이 돋아나기도 전에 빠른 화살을 쏘아 두 소년을 모두 죽여버렸다.

다음으로 크레타의 왕 미노스의 딸인 아름다운 아리아드네가 구덩이로 다가와 우아한 자태로 피를 마셨다. 그녀는 테세우스가 자신을 아테네로 데려가려고 했던 사실과, 그것에 반대한 아르테미스가 채 피워보지도 못한 자신의 청춘을 꺾고 매정하게 죽음의 나라로 보내버린 일들을 말해주었다.

그 밖에도 다른 유명한 장수들의 아내들, 어머니들, 딸들이 구덩이로 와서 피를 마셨다.

그러다가 갑자기 깊은 심연으로부터 페르세포네가 그녀들을 부르는 목소리가 들려오더니, 죽은 여자들의 영혼이 순식간에 사방으로 흩어져 어둠 속으로 도망가버렸다.

깜짝 놀란 오디세우스와 병사들은 갑자기 삭막하게 텅 비어버린 주위를 둘러보았다. "참으로 이상한 일이로군!" 병사들 중 하나가 소리쳤다. "우리는 그저 죽은 영혼들의 말을 들어보려 한 것뿐이었는데……" 말을 하던 병사가 갑자기 중간에 말을 뚝 그쳐버렸다. 고요하던 가운데 또다시 뭔가 웅성거리는 소리가 들려왔기 때문이다. 병사들은 숨을 멈추고 무슨 일이 일어날지 긴장하며 기다렸다.

곧 멀리에서 그들 앞으로 그림자처럼 생긴 형상들이 몰려들어 삭막하게 텅 비었던 주변을 가득 채웠다.

이번에는 전쟁에서 죽은 병사들의 영혼이었다. 처음에는 모두 비슷비슷해 보였으나 시간이 지날수록 누가 누군지 구별할 수 있을 정도로 그림자의 형상이 또렷해졌다. 여러 병사들의 영혼 앞으로 왕의 위엄을 지닌 영웅의 영혼 하나가 불쑥 튀어나왔다. 그는 왕의 위엄을 지니긴 했지만, 몸에 입은 상처와 가슴에 품은 분노로 한껏 기가 꺾여 있었다.

영웅의 모습을 알아본 오디세우스의 병사들은 경악을 금치 못하고 큰 소리로 비명을 질렀다. 그 영혼은 바로 트로이 전쟁에서 그들의 총사령관이었던 아르고스의 왕 아가멤논이었기 때문이다.

누구보다도 제일 많이 놀란 사람은 오디세우스였다. 그는 자기 눈을 의심할 정도였다.

"아가멤논!" 오디세우스는 말을 더듬었다. "당신은…… 정녕 아가멤논…… 아트레우스의 아들 아가멤논이 맞습니까?" 왕의 모습을 한 그림자는 구덩이로 몸을 숙여 피를 마셨다. 피를 마시고 난 아가멤논은 두 팔을 벌려 오디세우스를 향해 뻗었다. 그의 두 눈에서 눈물이 솟구쳐 올랐다. 그러나 두 장수는 서로를 끌어안을 수 없었다. 살아 있는 인간과 죽은 영혼 사이의 숙명이었다.

"말씀해주십시오." 오디세우스가 다시 말했다. "우리가 트로이 앞바다에서 광풍을 만나 서로 사방으로 뿔뿔이 흩어진 후에 어떻게 죽음을 맞게 되신 겁니까? 포세이돈이 바다 위에서 당신을 죽인 것입니까, 아니면 어느 육지에서 당신이 그곳의 가축을 도살하고 여자들을 약탈해 그 지방 사내들에게 죽임을 당한 것입니까? 그것도 아니면 어느 성을 차지하기 위해 전투를 벌이다 목숨을 잃은 것입니까?"

아가멤논은 비참한 표정으로 고개를 저었다. "아니오. 당신이 말한 그런 이유로 내가 죽음을 맞게 된 것이 아니오! 실은 내가 고향으로 돌아갔을 때, 그사이 내 아내 클리타임네스트라를 자기 여자로 만들고 그것도 모자라 내 왕권까지 탈취한 아이기스토스가 날 죽인 거요. 내가 아무것도 모르고 그저 기쁨에 들떠 고향의 해안으로 다가가는 동안, 배신자 아이기스토스와 못된 요부 클리타임네스트라는 이미 나의 죽음을 결정하고 실행할 준비를 하고 있었던 것이오!"

"세상에!" 아가멤논의 말을 들은 오디세우스는 너무 놀라 탄식을 내뱉었다. "정말이지, 제우스께서는 아트레우스의 아들들에게 못된 여자들만 골라서 보내신 모양이군요! 헬레네 때문에 수많은 병사들이 트로이 성문 앞에서 죽임을 당했는가 하면, 클리타임네스트라는 겁도 없이 눈 하나 깜짝하지 않고 자기 남편을 죽였으니 말입니다!"

"어느 누구도 자기 부인을 믿어서는 안 되오!" 아가멤논이 침통하게 말했다. "그러나 오디세우스, 당신만은 안심해도 좋을 것이오. 당신의 아내 페넬로페는 마음이 올곧고 영특한 여자니 말이오. 언젠가 당신이 고향으로 돌아가게 되면 페넬로페는 당신의 아들과 함께 당신을 기다리고 있을 거요. 내

아내 클리타임네스트라는 내가 오레스테스의 얼굴도 볼 수 없게 만들었소. 지금쯤 제법 커서 소년이 되었을 텐데 말이오." 아가멤논은 계속 말했다. "내게 말해주시오. 당신, 내 아들 오레스테스에 대해 뭐 들은 바가 없소? 그 애는 아직 살아 있는 것이 분명하오. 아직은 이곳 그림자들의 세계에서 그 애를 보지 못했으니까. 어쩌면 내 동생 메넬라오스가 그 애를 스파르타에 있는 자기 집으로 데려갔는지도 모르겠소! 아니면 오르코메노스나 필로스 같은 도시로 가서 살고 있을지도 모르지!"

"전 오레스테스에 관해서는 아무런 소식도 듣지 못했습니다." 오디세우스가 무거운 마음으로 대답했다. "트로이를 떠나온 후로 저는 아직껏 아카이아의 해변을 밟아보지도 못했기 때문입니다."

오디세우스의 대답을 들은 아가멤논의 그림자가 슬픈 표정으로 그 자리를 떠났다. 아가멤논과 함께 나타났던 병사들이 그를 따랐다.

다음으로 펠레우스의 아들 아킬레우스의 영혼이 어둠 속에서 모습을 나타냈다. "오디세우스!" 구덩이의 피를 마신 아킬레우스가 말을 하기 시작했다. "당신은 어찌하여 산 사람의 몸으로 죽은 자들의 영혼이 하릴없이 떠돌아다니는 이 어둠의 세계로 내려올 생각을 하셨습니까? 이보다 더 큰 만용은 내 일찍이 들어본 적이 없소이다!"

"내가 원해서 이곳까지 내려오게 된 것이 아니오." 오디세우스가 대답했다. "테이레시아스를 만나 내가 귀향할 수 있을지, 앞으로의 내 운명은 어찌 될 것인지 등을 물어봐야만 했기 때문입니다. 실은 전쟁이 끝나고 트로이를 떠난 이후로 우리는 고향에 돌아가지 못하고 가련한 신세가 되어 바다 위를 헤매고 있는 중이오! 아킬레우스, 그러나 당신만은 모든 사내들의 귀감이 되어 당신을 향한 칭송과 존경이 끊이지 않고 있소! 당신이 살아 있었을 때 아카이아 병사들은 당신을 마치 신처럼 숭배했지요. 그리고 지금 이렇게 그림자들의 나라에서까지 당신은 죽은 병사들의 존경을 받는 막강한 통치자가 되었구려!"

"내가 죽음의 나라에서까지 존경을 받는다고 해서 날 위로할 생각일랑 마시오!" 아킬레우스는 흥분해서 말했다. "당신께 솔직하게 말하건대, 난 이렇게 지하 세계에서 죽은 자들의 왕 노릇을 하는 것보다 차라리 비참한 노예의 몸으로 힘든 노역에 시달릴지언정 산 사람의 세상에서 태양 빛을 보는 것이 훨씬 더 좋소! 그건 그렇고, 이제 저 위의 산 사람들의 소식을 좀 전해주시오! 내 아들 네오프톨레모스에 대해서 뭔가 들은 바가 없소? 그 애는 지금쯤 어른이 다 되어 장수들의 회의에도 참석할 것이고 칼을 쓰는 일에도 능숙할 텐데 말이오. 또한 내 아버님이신 펠레우스 왕에 대한 소식도 전해주시오. 그분께서는 아직도 미르미돈의 왕으로 존경받고 계십니까? 아니면 연세가 많으신 데다가 내가 옆에서 돌봐드리지 못해 주변 사람들로부터 천대받고 계신 건 아니오?"

오디세우스는 한숨이 절로 나왔다. 고향 땅을 밟아보지도 못하고 바다 위를 헤매기만 한 오디세우스가 그런 소식들을 도대체 어디에서 들을 수 있단 말인가? 그럼에도 아킬레우스를 비롯한 많은 죽은 병사들이 산 사람들의 소식을 너무나 애타게 듣고 싶어 하는 모습을 보니, 오디세우스는 마음이 편치 않았다.

"펠레우스 왕에 대해서는 나 역시 들은 바가 아무것도 없소." 오디세우스는 할 수 있는 한 정성껏 대답했다. "하지만 당신 아들에 대해서는 많은 것들을 말씀드릴 수 있습니다. 당신이 세상을 떠나고 난 뒤, 당시 스키로스에 머물고 있던 네오프톨레모스를 내가 직접 배에 태워 트로이로 데리고 가서 우리 병사들과 함께 트로이 병사들을 상대로 전투에 임하게 했습니다. 당신의 아들은 가장 용맹스러운 장수들 중 하나였지요. 목마가 트로이 성 안으로 들어갔을 때, 네오프톨레모스 역시 최고의 장수들과 함께 목마 안에 몸을 숨기고 있었습니다. 목마 안에서 난 당신의 아들이 용기백배하여 서둘러 바깥으로 뛰쳐나가려고 하는 걸 막기 위해 무진 애를 써야만 했소. 목마 바깥에 있는 우리 병사들이 트로이 성문 주변에서 총공격을 위한 모든 준비를 마칠 때까지 참을성 있게 기다려야 했기 때문이오. 결국 트로이 성은 무너졌고 네오프톨레모스는 다른 장수들과 마찬가지로 수많은 값진 전리품을 챙겨 고향으로 돌아갔소. 몸에 상처 하나 입지 않고 모든 사람들의 존경을 받으며 말이오. 그렇게 명예롭게 고향으로 돌아간 장수는 우리 중에 몇 되지 않는답니다!"

오디세우스의 말을 모두 듣고 난 아킬레우스는 기쁜 마음으로 그 자리를 떠나, 죽음의 나라에서만 피는 창백한 꽃들이 만발한 아스포델로스 들판으로 성큼성큼 걸어 내려갔다.

다른 죽은 영혼들도 여럿 몰려와 구덩이의 피를 마신 뒤 오디세우스에게 많은 질문을 던졌다. 그러나 오디세우스는 그들의 질문에 대해 그다지 아는 바가 없었고, 제대로 대답을 해주지 못하자 영혼들은 슬픈 마음으로 그 자리를 떠났다.

마지막으로 덩치가 크고 위엄이 넘치는 장수 하나가 구덩이 가까이로 다가왔다. 그의 태도에서 어딘지 모르게 자만심이 엿보였고 잘생긴 얼굴에는 분노의 흔적이 남아 있었다.

"아이아스 장수시다!" 오디세우스의 병사들이 소리쳤다. 아이아스는 아카이아의 병사들 중 아킬레우스 다음으로 가장 용맹하고 전투에 능한 장수였다.

오디세우스는 그가 나타났을 때부터 이미 그가 누구인지 첫눈에 알아보았다. 트로이에서 전투가 한창일 때 오디세우스와 아이아스는 죽은 아킬레우스의 유명하고 값진 무장을 두고 싸움을 벌인 적이 있었다. 결국 아킬레우스의 무장은 오디세우스의 차지가 되었고, 아이아스는 참을 수 없는 모욕과 분노로 스스로 자기 칼 위에 몸을 던져 목숨을 끊고 말았다. 그리하여 그의 영혼은 하데스의 나라로 떨어지게 된 것이다.

구덩이의 피를 마신 아이아스는 고개를 높이 쳐들었다. 오디세우스를 쳐다보는 그의 두 눈에서 이글거리며 불똥이 튀었다.

오디세우스가 재빨리 말했다. "아직도 아킬레우스의 무장 때문에 내게 화가 나 있소? 그 무장은 신들께서 우리에게 내

128

린 저주라는 걸 모르시오? 아킬레우스도 그 무장을 지니고 있다가 목숨을 잃었고, 당신 역시 그 무장 때문에 스스로 목숨을 끊지 않았소! 자, 이제 내 곁으로 가까이 와서 내 말을 들어보시오. 내가 그 무장을 차지하게 된 것이 내 잘못은 아니잖소!"

그러나 아이아스는 아무 대꾸도 하지 않았다. 그는 어두운 낯빛을 풀지 않은 채 그 자리에서 몸을 홱 돌려 죽은 영혼들이 와글와글 모여 있는 곳으로 사라져버렸다.

마침내 병사들이 오디세우스에게 재촉하기 시작했다.

에우릴로코스가 오디세우스의 팔을 붙잡고 흔들었다. "난 이제 이곳에 한시도 더 머물고 싶지 않습니다!" 그가 단호한 목소리로 말했다. "정말이지 이젠 지긋지긋하단 말입니다, 아시겠어요? 여기저기서 검은 그림자들이 스르륵 지나다니고, 쉭쉭 소리를 내고, 한쪽 구석에서는 훌쩍거리며 우는 소리가 들리고, 또 저쪽에서는 한숨짓는 소리가 들리고, 어디로 눈길을 돌리든지 죽은 영혼들이 둥둥 떠다니는 것만 보이는 것을 더 이상은 참을 수가 없어요! 눈앞이 빙글빙글 돌며 어지러워 곧 쓰러질 것만 같단 말입니다! 아직도 죽은 영혼들을 더 보고 싶으시다면, 이제부터는 여기에 혼자 남아 실컷 보십시오! 우리는 배가 있는 곳으로 가서 전속력을 다해 오케아노스를 건너왔던 길을 되돌아갈 것입니다. 이 음침하고 스산한 밤의 세계를 벗어나 다시 태양 빛을 볼 수만 있다면, 정말 그럴 수만 있다면 내 평생 그보다 더 기쁜 일은 없을 것입니다!"

"예, 저희도 모두 그렇습니다!" 다른 병사들도 따라서 술렁이기 시작했다. "어서 서둘러 여기를 떠나자! 어차피 훗날 죽어서 이곳에 오게 되면, 싫어도 실컷 있을 수 있을 테니 말이야!" 병사들은 이렇게 서로에게 말을 건네고는, 서둘러 왔던 길을 더듬어 되돌아갈 채비를 했다.

오디세우스는 천천히 병사들을 따라 발걸음을 옮기기 시작했다. 마음 같아서는 지하 세계에 더 오래 머물면서 먼저 세상을 떠난 유명한 장수들을 만나보고 그들의 운명에 대해 함께 이야기를 나누고 싶었지만, 혼자서 그럴 수는 없는 상황이었다.

병사들이 지나가는 왼편으로 문이 하나 열리더니 그 문으로 어두컴컴한 홀이 보였다. 홀 안에는 한 남자가 황금 지팡이를 손에 들고, 자신이 앉아 있는 자리 주변으로 몰려드는 죽은 영혼들을 심판하고 있었다. 그는 죽음의 나라의 심판관인 미노스였다. 미노스는 살아 있을 적에 크레타 섬을 다스리던 왕이었다.

조금 더 가자 병사들 앞에 아스포델로스 들판이 펼쳐졌다. 그곳에서는 거인 하나가 손에 청동으로 된 방망이를 들고 한 떼의 들짐승을 몰고 가는 모습이 보였다. 그는 바로 엄청난 몸집과 힘을 가진 사냥꾼 오리온이었다. 한때 그는 자신의 사냥 기술을 뽐내며 사냥의 여신 아르테미스에게 시합을 벌이자고 만용을 부린 적이 있었다. 그에 대한 벌로 아르테미스는 오리온에게 절대로 빗나가는 법이 없는 화살을 쏘았고, 결국 오리온은 아르테미스가 쏜 화살에 목숨을 잃고 말았다.

한참을 더 가다 보니 이번에는 길에서 옆으로 약간 벗어난 곳에 연못이 하나 보였다. 그 연못 안에는 나이 지긋한 한 남자가 서 있었는데 연못 물은 남자의 턱 바로 아래까지 차 있었다. 남자는 갈증에 시달리며 계속 입맛을 다셨지만, 정작 연못 물은 한 방울도 마실 수가 없었다. 남자가 물을 마시려고 고개를 숙이기만 하면, 연못 물은 순식간에 말라버려 그의 발밑에는 바짝 마른 검은 땅만이 펼쳐졌기 때문이다. 또한 그의 머리 위에는 탐스러운 과일들이 주렁주렁 달린 나뭇가지들이 늘어져 있었다. 사과, 배, 무화과 그리고 과즙이 풍성한 초록색 올리브 등이었다. 남자가 손을 뻗어 과일을 따려고만 하면 어디선가 바람이 불어왔고, 과일이 매달린 나뭇가지는 바람에 날려 손이 닿을 수 없는 높이로 올라가 버리곤 했다. 그 노인은 바로 탄탈로스였다. 탄탈로스는 신들이 정말로 모르는 것이 없는 전지전능한 존재들인지 시험해보려고 끔찍한 짓을 저지른 사람이었다. 그 대가로 영원히 신들의 저주를 받게 되었고, 그의 후손들까지도 모두 죗값을 치러야만 했다. 아트레우스의 아들들인 아가멤논과 메넬라오스가 바로 그 탄탈로스의 후예들이었다.

아카이아의 병사들은 고개를 돌려 탄탈로스를 외면하며 그의 옆을 서둘러 지나갔다. 탄탈로스가 당하는 고통을 바라보는 것도 끔찍하려니와, 그렇다고 해서 그를 도울 수 있는 능력이 있는 것도 아니었기 때문이다.

조금 더 가다 보니 이제는 어느 산을 지나가게 되었는데, 그곳에서 병사들은 시시포스를 만났다. 시시포스는 커다란 바위를 힘들여 굴려가며 산등성이를 올라가고 있었다. 산꼭대기에 거의 다 다다른 그의 온몸은 땀에 흠뻑 젖어 있었고, 두 팔과 두 다리는 바윗덩이를 받쳐 올리느라 버둥거렸다. 그러다가 조금만 더 밀어 올리면 곧 바위가 정상에 올라선다고 생각하는 순간, 못된 바위는 시시포스의 손에서 미끄러져 나와 다시 산등성이를 타고 굴러 산 아래 풀밭 위로 쿵 하고 떨어지곤 했다. 그러면 시시포스는 절망감에 한숨을 크게 내쉬고는 또다시 새롭게 바위를 굴려 산으로 올라가는 헛수고를 반복했다. 그는 생전에 뭐든 계획하는 일은 꼭 이루어야 하는 성미를 가진 데다, 그러기 위해 잔꾀를 많이 부렸다. 일례로 그는 부자 도시인 코린토스를 세웠는데 그 도시에는 물이 없었다. 그러던 중 강의 신 아소포스의 딸을 제우스가 꾀어낸 사실을 알아낸 시시포스는 아소포스에게 도망간 딸의 은신처를 발설하는 대가로 물이 풍성하게 솟아나는 샘을 선물 받았다. 그 일로 잔뜩 화가 난 제우스는 타나토스, 즉 죽음의 신을 시시포스에게 보냈다. 그러나 시시포스는 타나토스와 겨루어 이겼고 그를 잡아 꽁꽁 묶어두었다. 그 후로 세상에는 더 이상 죽는 사람이 없어지게 되었다. 그러던 어느 날 전쟁의 신 아레스가 타나토스를 다시 풀어주어 결국은 시시포스도 하데스의 나라로 내려갈 수밖에 없게 되었다. 그러나 시시포스는 하데스에서 죽음의 신에게마저 간계를 써서 자기편으로 만들어 다시 인간 세상으로 돌아갈 수 있었으며, 아주 많은 세월이 흘러 백발노인이 되어서야 죽음을 맞이했다. 그 일로 결국 시시포스는 신들의 분노를 피할 수 없었고, 끝없는 벌을 받게 된 것이었다.

오디세우스와 아카이아의 병사들은 마침내 죽음의 나라의 경계선에 다다랐다. 그곳에서 병사들은 예전의 용맹했던 영웅 헤라클레스를 만났다. 그러나 그들은 그것이 헤라클레스의 환영에 불과하다는 것을 잘 알고 있었다. 왜냐하면 헤라클레스는 제우스의 아들이자, 신들에게 넥타르와 암브로시아를 대접하는 아름다운 여신 헤베의 남편으로 불사의 신들과 함께 올림포스에서 살고 있었기 때문이다.

병사들은 호기심에 가득 차서 유명한 영웅 헤라클레스의 그림자를 유심히 쳐다보았다. 헤라클레스의 용감무쌍한 모험에 대해서는 옛날부터 전해오는 노래를 통해 익히 잘 알고 있던 터였다. 헤라클레스의 그림자 주변으로 수많은 죽은 사람들의 영혼이 소리를 지르며 무리 지어 둥둥 떠다니고 있었다. 그 모습은 마치 무언가에 쫓겨 이리저리 떼를 지어 날아다니는 새들 같아 보였다. 헤라클레스는 밤처럼 음침하고 비통한 표정으로 무리들 가운데 서서 사방을 거칠게 둘러보았다. 그의 손에는 활이 들려 있었는데, 활시위는 이미 팽팽하게 당겨져 있었고 그 위에 화살이 얹혀 있었다. 마치 그를 단숨에 때려눕혀 목숨을 앗아가려고 달려드는 거대한 괴물이라도 겨냥하는 듯한 자세였다. 병사들은 왜 헤라클레스가 그런 행동을 하는지 잘 알고 있었다. 헤라클레스는 살아생전 그의 사촌 형인 에우리스테우스의 종노릇을 해야 했던 적이 있었다. 에우리스테우스는 페르세우스의 후손을 다스리던 왕으로, 힘과 용기에 있어서는 헤라클레스보다 훨씬 약한 사람이었다. 그러나 힘이 센 헤라클레스에 대한 질투심으로 인해 그에게 위험천만한 모험들을 하도록 시켰다. 그리하여 헤라클레스는 어떤 무기로도 상처 입지 않는 사나운 네메아의 사자를 맨손으로 때려잡았으며, 그 사자의 머리뼈를 투구 대신 머리에 쓰고 사자 가죽으로는 겉옷을 만들어 입고 다녔다. 그 외에도 레르네의 늪에 서식하며 수없이 많은 머리를 달고 있는 거대한 뱀인 히드라를 죽이기도 했다. 또한 디오메데스의 사람을 잡아먹는 말들을 잡기도 하는 등 수많은 끔찍한 괴물들로부터 세상을 구해냈다. 헤라클레스는 사촌 형의 마지막 명령으로 죽음의 나라를 지키고 있는 머리가 셋 달린 개인 케르베로스를 잡아서 에우리스테우스 앞에 끌어다 놓았다가, 다시 지하 세계로 되돌려주기도 했다.

그런데 바로 지금 그 헤라클레스의 그림자가 오디세우스

일행을 만나게 된 것이다. 그는 오디세우스에게 곧바로 말을 걸어왔다. "불행한 자여, 그대에게도 내가 저 위의 태양 아래서 살 때처럼 못된 악령이 붙어 뒤를 따르고 있는 것 같소! 나는 나보다 못한 인간을 위해 종노릇을 하면서 그를 위해 위험천만한 모험들을 해야만 했소. 나는 그의 명령을 모두 실행에 옮겼다오. 끔찍한 케르베로스까지도 하데스의 집에서 끌어내야만 했소. 물론 헤르메스와 눈이 밝은 여신 아테나의 도움을 받기는 했지만 말이오."

그들은 헤라클레스가 좀더 많은 이야기들을 들려주리라 잔뜩 기대하며 그의 말에 귀를 기울였다. 그러나 바로 그 순간 새로운 죽은 자들의 무리가 나타나 끔찍한 비명을 질러대며 떼를 지어 헤라클레스를 향해 달려들었다. 그 모습을 보자 용감한 오디세우스마저도 두려움을 느낄 정도였다. '페르세포네가 그 모습을 쳐다보기만 해도 온몸이 돌로 변해버리는 무시무시한 괴물인 고르고를 내게도 올려 보낼지 누가 안단 말인가.' 오디세우스는 등골이 오싹해지는 공포를 느꼈다. 그래서 그는 병사들에게 가능한 한 빨리 배가 있는 곳으로 갈 것을 명령했다.

마침내 배가 있는 곳에 도착한 병사들은 즉시 노를 저어 오케아노스를 건넜다. 그러자 알맞은 바람이 불어와 돛을 부풀렸고, 배는 빠른 속도로 키르케가 기다리고 있는 아이아이아 섬을 향해 달려갔다.

그들이 아이아이아 섬의 해안에 도착했을 때는 태양이 이미 서쪽으로 기울고 있었다. 피곤에 지친 병사들은 배에서 내려 모래사장에 온몸을 쭉 뻗고는, 죽음의 나라로부터 목숨을 잃지 않고 무사히 이승으로 되돌아온 것에 기뻐하며 깊은 단잠에 빠져들었다.

3

아침이 되자 오디세우스는 즉시 몇 명의 병사들을 키르케의 집으로 보냈다. 엘페노르의 시신을 거두기 위해서였다. 병사들은 죽은 동료에 대한 예우를 갖추어 애도의 눈물을 흘린 뒤 바닷가에 장작더미를 쌓아 엘페노르의 시신을 그의 무기와 함께 태웠다. 그러고 나서 타고 남은 유골 위에 봉분을 쌓은 다음, 그 위에 묘비를 세우고 땅에는 엘페노르가 평소에 젓던 노를 꽂았다. 모든 것이 오디세우스가 죽은 엘페노르에게 약속한 대로였다.

그사이 키르케 역시 병사들이 돌아온 것을 알고 바닷가로 내려왔다. 시녀들이 빵과 고기를 가득 담은 바구니와 포도주가 든 도자기 항아리를 들고 그 뒤를 따랐다.

키르케는 병사들을 동정심이 가득한 눈으로 쳐다보았다. "당신들은 살아 있는 사람의 몸으로 벌써 하데스의 나라에 한 번 내려갔으니, 다른 사람들이 평생에 단 한 번만 가면 되는 험한 길을 두 번씩이나 가게 되었군요. 힘든 길을 다녀오셨으니 오늘은 하루 종일 편히 쉬면서 흥겨운 식사를 즐기도록 하세요. 헬리오스의 밝은 빛을 다시 한 번 볼 수 있는 것은 커다란 행운이 아닐 수 없잖아요. 하지만 내일 새벽의 여신 에오스가 하늘 높이 솟아오르는 대로 여러분은 즉시 이곳을 떠나 다시 항해 길에 오르셔야 해요! 당신들이 또다시 무지와 어리석음으로 인해 스스로를 불행에 빠뜨리지 않도록, 제가 할 수 있는 한 최선을 다해 당신들을 돕겠어요."

말을 마친 키르케는 시녀들에게 손짓해, 가지고 온 빵과 고기를 병사들에게 나눠주고 술잔 가득 포도주를 따라주라고 했다. 그녀는 오디세우스와 함께 병사들에게서 조금 떨어진 바위 위에 자리를 잡고 앉았다. 그녀는 매우 진지한 목소리로 말했다. "당신이 죽음의 나라에서 누구를 만나고 어떤 일을 겪었는지 제게 소상히 말씀해주세요."

오디세우스는 하데스에서 있었던 일들을 설명하기 시작했다.

오디세우스가 말을 모두 마치자, 키르케는 오랫동안 아무 말 없이 오디세우스를 쳐다보았다.

"모든 일을 성공적으로 마치셨군요. 바라건대 신들께서 자비를 베푸시어 앞으로는 당신에게 더 이상 큰 위험이 닥치지 않았으면 좋겠어요. 그러나 아마도 당신은 몇몇 위험을 더 겪으셔야 할 거예요. 왜냐하면 이타케는 아직도 멀리 있고, 포세이돈은 당신을 향한 분노를 조금도 누그러뜨리지 않았기 때문이지요. 지금부터 제가 하는 말을 귀 기울여 들으시고, 부디 말씀드린 바를 정확히 지키도록 해주세요!

이 섬을 떠나 항해를 시작하게 되면, 제가 곧 항해하기에 적당한 좋은 바람을 보내드리겠어요. 그 바람은 당신들이 탄 배를 빠른 속도로 앞으로 나아가게 해줄 것이며, 그 방향이야말로 당신들이 가야 할 옳은 방향이 될 거예요. 그렇게 계속 가다 보면 당신들은 곧 세이렌들의 섬에 당도할 거예요. 그 섬을 지나가는 사람들은 세이렌들이 얼마나 무서운 존재인지도 모르고 그들이 부르는 마법의 노래에 홀려 영영 되돌아올 수 없는 길로 접어들고 말지요. 세이렌들이 사는 섬의 해변에는 수많은 남자들의 뼈가 하얗게 바래 널브러져 있고, 죽은 지 얼마 안 된 시신들은 이제 막 부패가 시작되어 뼈에 붙은 피부가 쭈글쭈글 주름진 채로 이글거리는 태양 아래서 말라 비틀어지고 있답니다. 세이렌의 섬이 멀리 바다 위로 둥실 떠오르는 모습이 보이자마자, 당신은 꿀이 가득한 벌집에서 나온 부드러운 밀랍으로 모든 병사들의 귀를 틀어막으세요. 그전에 병사들에게 명령해서 당신을 돛대에 단단히 묶고 손과 발 역시 튼튼한 밧줄로 꽁꽁 묶어두라고 이르세요. 그렇게 하면 당신은 마음 놓고 세이렌의 노랫소리를 들으실 수 있을 거예요." 키르케가 미소를 지으며 말을 계속했다. "물론 세이렌의 노랫소리를 들은 당신은 병사들에게 명령해 당신의 몸을 밧줄에서 풀어주고 배를 섬 가까이로 몰아가도록 강요하겠지만, 당신의 병사들은 아무것도 듣지 못할 것이며 배의 방향키를 잡은 병사는 계속해서 배를 몰아 섬을 지나쳐가게 될 것입니다.

그곳을 벗어나면 한층 거세진 물살을 헤쳐 나가며 항해를 계속하게 될 텐데, 그 지점에 이르러서는 제 조언이 그다지 큰 도움이 되지 않을 거예요. 왜냐하면 당신은 두 갈래로 갈라진 물길을 만나게 될 것이고, 그곳에서 오른쪽 물길을 택할지 아니면 왼쪽 물길을 택할지는 당신 스스로가 결정하셔야 하기 때문이지요.

오른편 물길을 택하면 그곳에는 매끈하게 갈아놓은 대리석처럼 반들반들한 바위가 높은 절벽을 이루며 불쑥 솟아 있을 거예요. 신들께서 '떠도는 절벽'이라고 이름 붙인 절벽이랍니다. 그곳에 이르면 파도가 엄청난 힘으로 절벽에 부딪쳤다가 하늘 위로 높이 솟구치고는 다시 바다 위로 부서져 내리지요. 어떤 새도 그 근처를 날아다닐 수 없을 정도예요. 지금껏 그 어떤 선원도 절벽에 배를 부딪치지 않고 그곳을 무사히 지나간 적이 없어요. 누군가가 그곳을 지나가려고 시도하기만 하면 파도는 곧 미친 듯이 회오리바람을 일으키며 솟아올라 배를 산산조각 내고, 배에 탄 선원들을 모두 송장으로 만들어버리기 때문이에요. 지금까지 단 한 척의 배만이 그 죽음의 절벽을 통과해서 지나갈 수 있었어요." 키르케가 계속해서 말했다. "이아손이 몰았던 '아르고'라는 배였지요. 그 후로 모든 사람들의 칭송을 받았던 배랍니다. 하지만 그 배 역시 이아손을 어여삐 여겨 온갖 도움을 아끼지 않았던 헤라 여신이 없었더라면, 절벽에 부딪쳐 산산조각 나고 말았을 거예요.

고귀하신 오디세우스여, 그러나 만약 당신이 오른편 물길이 아닌 왼편 물길을 택하신다면 곧 바다 위로 두 개의 절벽이 불쑥 솟아오르는 모습을 보실 수 있을 거예요. 두 개의 절벽 중 하나는 꼭대기가 하늘에 가서 닿을 정도로 높고 그 둘레에는 항상 음침한 회색 구름이 드리워져서 걷힐 날이 없답니다. 어느 누구도 그 절벽을 오를 수는 없지요. 절벽의 바위가 마치 잘 깎아놓은 조각처럼 매끄럽고 가파르기 때문이지요. 그런 까닭에 인간의 손이나 발로는 그 어느 부분도 잡거나 디디지 못해요. 그 절벽의 중간쯤에 동굴이 하나 있는데, 거기가 바로 끔찍한 괴물인 스킬라가 살고 있는 곳이에요. 스킬라의 목소리는 갓 태어난 강아지가 낑낑거리는 것처럼 연약하게 들리지만 그 모습만큼은 어찌나 무시무시하고 거대한지, 누구라도 그를 한번 쳐다본 사람은 공포에 질려 몸속의 혈관을 흐르는 피가 당장 굳어버릴 정도랍니다.

괴물 스킬라는 무시무시한 갈퀴가 달린 열두 개의 발을 가졌고, 뱀처럼 길고 제멋대로 움직일 수 있는 목이 여섯 개나 되지요. 각각의 목 위에는 흉측하게 생긴 머리가 하나씩 달려 있는데, 입속에는 날카로운 이빨이 세 줄로 겹겹이 나 있어요.

몸뚱이를 반쯤은 동굴 안에 숨기고 누워 있지만 사방으로 향한 여섯 개의 머리는 한순간도 쉬지 않고 주변을 감시하고 있다가, 쩍 벌어진 커다란 입으로 가까이 지나가는 돌고래나 물개 등 큰 바다짐승들을 잡아먹곤 한답니다. 당신들이 그곳

을 아무런 사고 없이 지나갈 수 있으리라고 생각한다면 큰 오
산이에요. 스킬라는 적어도 당신들 중 여섯 명의 병사들을 잡
아먹을 테니까요. 자, 이제 결정은 당신이 내리셔야 해요! 제
생각에는 그래도 여섯 명의 병사들을 잃고 그곳을 지나가는
편이, 당신들 모두가 무서운 파도와 절벽에 부딪쳐 한꺼번에
목숨을 잃는 것보다는 나을 것 같군요. 어쨌든 당신들이 스킬
라를 피해 그곳을 무사히 지나가려면, 오른편에 있는 낮은 절
벽 앞을 반드시 노를 저어 지나가야 할 거예요. 거기에는 잎
이 무성하게 우거진 가지를 아래로 척 늘어뜨리고 있는 커다
란 무화과나무가 한 그루 서 있는데, 바로 그 나무 아래 어둡
고 그늘진 곳에 카립디스라는 괴물이 몸을 숨기고 있답니다.
카립디스는 커다란 입을 벌려 하루에 세 번은 물을 빨아들이
고, 세 번은 다시 그 물을 내뱉고 있지요. 하지만 카립디스가
물을 빨아들일 때는 절대로 그곳을 지나가지 마세요! 그때 그
곳을 지나간다면 포세이돈이라 할지라도 당신들을 죽음에서
구해내지 못할 거예요! 자, 이제 어떤 물길을 선택하는 것이
당신들에게 적은 불행을 안겨줄는지는 당신 스스로가 판단하
시길 바라요. 그러나 어느 물길을 택하더라도 끔찍한 불행을
당하지 않고 무사히 지나갈 수는 없답니다.”

오디세우스는 아무 말 없이 그 자리에 앉아서 한동안 머리를 양손으로 괴고 침통한 표정으로 물끄러미 허공을 바라보았다. 그러다 갑자기 자리에서 벌떡 일어났다. "카립디스를 무사히 피하는 동시에 내가 가진 훌륭한 무기들로 스킬라의 만행을 막아보도록 하겠소. 성공할지, 못할지 두고 보시오!" 오디세우스가 만용을 부리며 말했다.

그 모습을 본 키르케는 오디세우스가 가엾다는 듯 머리를 가로저었다. "지금껏 해온 모험과 전투만으로는 만족할 수 없으신가요? 제 말을 들으세요, 모든 것이 다 소용없을 거예요! 스킬라는 죽음의 신도 이길 수 없는 존재입니다. 불사의 운명을 타고났기 때문이지요. 안 돼요, 고귀하신 오디세우스여, 당신들이 해야 할 일은 단 한 가지뿐이에요. 그저 할 수 있는 한 온 힘을 다해 재빨리 노를 젓는 것이지요. 그리고 그 어떤 끔찍한 일이 바로 옆에서 벌어진다 해도, 한순간도 한눈을 팔아서는 안 돼요! 겁이 난다고 해서, 혹은 괴물 스킬라와 싸우고 싶은 욕망으로 잠시라도 머뭇거렸다가는 스킬라의 머리가 또다시 당신들을 향해 달려들어 배에 타고 있던 다른 여섯 명의 병사들을 잡아갈 거예요!"

"그렇다면 그 괴물이 내 병사들을 잡아먹는 모습을 그저 무기력하게 바라보기만 해야 한단 말이오?" 오디세우스는 이를 갈며 소리쳤다.

키르케는 아무런 대답도 할 수 없었다. 여섯 명의 병사들이 희생을 당하는 것 외에 다른 방도가 없다는 것을 잘 알고 있었기 때문이다. "후에, 다행히 목숨을 건진 나머지 병사들이 운 좋게도 스킬라의 마수를 벗어나게 되면," 키르케는 한참이 지난 후에야 조심스레 다시 말문을 열었다. "아주 많은 시간이 흐른 뒤에 당신들은 트리나키아 섬에 당도하게 될 거예요. 그 섬은 태양의 신 헬리오스의 가축들이 풀을 뜯고 있는 곳이지요. 일곱 무리의 소떼와 일곱 무리의 양떼가 있을 거예요. 그 가축들의 수는 늘지도 줄지도 않고 항상 같은 수를 유지하는데, 가끔씩 헬리오스가 마차를 타고 하늘에서 섬으로 내려와 그 가축들을 보면서 흡족해하곤 한답니다. 람페티아와 파에투사라는 두 명의 아리따운 요정이 소떼와 양떼를 돌보고 있지요. 그 짐승들을 건드리지 않고 그대로 둔다면, 당신들은 그동안의 역경을 뒤로하고 고향 이타케를 다시 볼 수 있을 거예요. 그러나 만약 그 가축들 중 한 마리라도 죽인다면, 내 진정으로 예언하건대 당신들과 당신들이 타고 있는 배에 크나큰 화가 미칠 거예요! 당신은 가까스로 당신 목숨만

구할 수 있을 뿐이며, 배와 동료 병사들을 모두 잃고 여러 해가 지난 뒤에야 비로소 낯선 사람의 배에 실려 고향으로 돌아가게 될 거예요."

오디세우스는 등골이 서늘해졌다. 또다시 불길한 예언을 들어야 하다니! '병사들에게 더 이상의 불행이 닥치지 않도록 내가 할 수 있는 일이 있다면 뭐든지 하리라!' 오디세우스는 마음속으로 결심하며, 그를 엄습해오는 불안감을 떨쳐버리려고 애썼다.

키르케가 자리에서 일어났다. "저기 동쪽 하늘에 새벽의 여신 에오스가 높이 솟아오르는 모습이 보이지요? 이제 밤이 모두 지나갔어요. 우리는 이쯤에서 작별 인사를 나누어야 할 것 같군요. 어서 가서 아직도 깊은 잠에 빠져 있는 병사들을 깨우세요."

오디세우스가 무슨 말을 하기도 전에, 키르케는 이미 모습을 감추고 어디론가 사라져버렸다. 그 자리를 벗어난 키르케는 뒤도 한번 돌아보지 않고 빠른 걸음으로 숲속으로 들어갔다.

오디세우스는 키르케의 반짝이는 옷자락이 수풀 사이로 언뜻언뜻 보이다가 마침내 사라질 때까지 오래도록 그녀의 뒷

모습에서 눈길을 떼지 못했다. 그렇다, 키르케와의 만남은 그 것으로 완전히 끝이 났고, 그는 또다시 전처럼 황량한 바다 위를 끝없이 항해해야만 했다.

오디세우스는 천천히 걸음을 옮겨 아직도 잠들어 있는 병 사들 쪽으로 갔다. '우리가 앞으로 겪을 일들에 대한 키르케 의 예언을 병사들에게 미리 말하는 것이 좋을 것인가.' 오디 세우스는 고민하기 시작했다. '만약 그들에게 아무런 예고도 하지 않는다면, 끔찍한 불행이 너무도 갑작스레 닥쳐와 아무 것도 모르고 있던 병사들은 훨씬 더 우왕좌왕하게 될 것이다. 반면 병사들이 우리 앞에 놓인 그 모든 불행에 대해 미리 듣 게 되면, 분명 용기를 잃고 두 번 다시 항해 길에 오르지 않으 려 할 것이다. 그러나 지금으로서는 키르케의 섬에서 벗어나 는 길은 항해에 오르는 것밖에 없지 않은가!'

오디세우스는 어떻게 해야 할지 마음의 갈피를 잡지 못하 고 고민하다가, 결국은 스킬라와 카립디스에 대해서는 병사 들에게 아무런 언급도 하지 않기로 결심했다. 대신 세이렌에 대해서는 미리 경고해주기로 했다. 세이렌을 만나는 것은 오 디세우스가 생각하기에 그다지 위험하게 느껴지지 않았기 때 문이다.

오디세우스는 큰 소리로 잠들어 있던 병사들을 깨웠다. 잠에서 깨어난 병사들은 오디세우스의 명령을 듣고 곧 고향으로 돌아갈 수 있다는 희망에 부풀어 기쁜 마음을 감추지 못했다. 항해를 위한 준비는 그리 오래 걸리지 않았다. 갑판 위로 돛대가 높이 솟았고 그 위에 돛이 활짝 펴져 팽팽하게 부풀어 올랐다. 모든 장비는 말끔하게 정리 정돈되어 필요한 자리에 비치되었다. 병사들이 노 젓는 의자 위에 자리를 잡고 앉았고 마지막으로 바위에 배를 묶어두었던 밧줄도 풀어냈다.

오디세우스가 손을 높이 들었다. 그러자 배 양쪽으로 드리워진 스무 개의 노가 규칙적으로 물살을 가르기 시작했다. 방향키를 조종하는 병사는 배를 넓은 바다로 몰아갔고, 해안은 점점 멀어졌다. 그러나 잠시 후 그는 더 이상 일부러 방향키를 조종할 필요가 없다는 것을 깨달았다. 배 뒤편에서 강한 바람이 쉭쉭 소리를 내며 불어와 돛에 한껏 부딪쳤고, 배는 쏜살같이 앞으로 달려 나갔기 때문이다. 노를 젓던 병사들은 즐거운 마음으로 노를 거두었다. 아아, 이제부터 고향을 향한 항해는 순탄하게 진행될 모양이었다!

그리하여 병사들은 또다시 회색빛 망망대해에서 외로운 항해를 시작했다. 키르케의 섬도 언제 거기 있었나 싶게 시야에서 사라져갔다. 이제 눈앞에 보이는 것이라고는 바닷물과 하늘뿐이었다. 배는 마치 흰 날개를 단 거대한 새처럼 바다 위를 미끄러져 갔다.

잠시 후 오디세우스가 자리에서 일어났다. 그렇다, 드디어 진실을 말할 시간이 다가온 것이다!

그는 배의 구석구석을 돌아다니며 병사들을 불러 모았다. "친구들이여, 내 말을 잘 들어보기 바란다!" 오디세우스가 말을 꺼냈다. "어젯밤에 키르케가 내게 고향 이타케로 돌아가기 위해서 택해야 할 물길에 대해 말해주었다. 우리가 가게 될 길은 많은 위험이 도사리고 있는 험난한 길이 될 것이다. 이미 테이레시아스도 예언했던 바다.

먼저 우리는 세이렌들이 사는 섬을 지나가게 될 것이다. 세이렌들이 불러대는 마법의 노래를 들은 사람은 누구든 두 번 다시 고향으로 돌아갈 수 없다고 한다. 그러나 나는 세이렌의 노랫소리를 한번 들어볼 계획이며, 그럼에도 고향으로 돌아가고자 한다. 그러니 자네들은 내가 지금 명령하는 바를 정확히 따라주기 바란다! 우리가 세이렌들의 섬에 가까이 다가가게 되면, 난 자네들의 귀를 모두 밀랍으로 막아버릴 것이다. 그러면 자네들은 내가 똑바로 서 있는 상태에서 튼튼한 밧줄로 나를 돛대에 꽁꽁 묶고, 손과 발 역시 꼼짝 못 하게 묶도록 하라. 내가 만약 자네들에게 나를 풀어달라고 간청하거나 심지어 협박을 할지라도 절대로 풀어주지 말 것이며, 그럴수록 더 세게 묶도록 하라!" 오디세우스의 설명을 들은 병사들은 그들 앞에 놓인 모험이 신기하고 재미있을 것 같다며 웃기까지 했다. 그리고 오디세우스가 내린 명령을 모두 틀림없이 지키겠노라고 약속했다.

항해를 계속한 지 얼마 지나지 않아, 저 멀리 회색빛 바다 위로 평평한 초록 해안이 보이기 시작했다. 그러자 어디선가 강한 바람이 불어와 배를 섬 쪽으로 몰고 갔다.

그사이 오디세우스는 밀랍 덩어리를 칼로 잘게 잘라 태양열로 녹인 다음, 말랑말랑해질 때까지 손으로 주물렀다. 밀랍이 적당히 말랑말랑해졌을 때, 오디세우스는 그것으로 병사들의 귀를 차례차례 정성 들여 막았다. 밀랍으로 귀를 막는 일이 끝나자, 병사들은 세이렌들의 노랫소리가 들릴 정도로 배가 섬 가까이 다가가기 전에 서둘러 오디세우스를 돛대에 묶었다.

갑자기 바람이 순식간에 잦아들었다. 바다는 잔잔하고 고요했으며, 좀 전만 해도 잔뜩 부풀었던 돛은 아래로 축 늘어졌다. 배가 그 자리에 우뚝 멈춰 섰다. 병사들은 믿을 수 없다는 듯이 고개를 설레설레 저으며, 앞다투어 노 젓는 의자로 달려가서 자리를 잡고 앉았다. 병사들은 노 젓기를 시작하기 전에 재빨리 고개를 들어 일단 섬 주변을 살폈다. 해안 가까이에 아름다운 꽃들이 만발한 들판이 펼쳐져 있었고, 그 위에 두 여자가 마치 여신과도 같은 우아한 자태로 앉아 있었다. 그 매혹적인 모습에 반한 병사들은 두 눈을 크게 뜨고 감탄을 연발했다.

그런데…… 저기 해안가에…… 저 모래사장 위에 흩어져 있는 것들은 도대체 뭘까? 그것은 바로 해골들, 누렇게 빛이 바랜 뼈다귀들, 미처 다 썩지 않은 피부가 말라붙어, 이글거리는 태양에 검게 타들어 가고 있는 유골들이었다.

더 이상 머뭇거리지 말고 사력을 다해 한시라도 빨리 이곳을 벗어나는 것이 상책이다! 병사들은 이렇게 생각하며 서둘러 노를 젓기 시작했다.

오디세우스는 돛대에 꼿꼿하게 기대서서 옴짝달싹하지 못했다. 병사들이 그를 돛대에 꽁꽁 묶어놓았기 때문이다.

오로지 머리만 앞으로 쑥 내민 채 오디세우스는 섬 쪽에서 나는 소리에 귀를 기울였다. 뭐라 형용할 수 없이 달콤하고,

사람의 마음을 홀리는 듯한 노랫소리가 바다 건너에서 들려왔다. 세이렌들의 노래였다. 그것을 들은 오디세우스의 가슴은 찢어질 듯 아팠고 두 눈에서 눈물이 솟구쳤다. 한갓 노랫소리가 그렇게도 엄청난 마법의 힘을 발휘할 수 있다는 것이 신기했다. 오디세우스는…… 오디세우스는 그 섬으로 다가가고 싶었다!

들판에 앉아 있던 두 여자가 어느새 바닷가 쪽으로 바짝 다가와 있었다. 두 여자는 오디세우스를 향해 손짓했다. 조금 뒤에는 큰 소리로 외치기까지 했다. "오디세우스!" 그러고는 계속해서 달콤한 목소리로 노래했다. "이리 오세요, 누구도 꺾을 수 없는 용감하신 장군님! 당신은 아카이아의 영광이자 자랑이랍니다. 이리 가까이 오세요! 뱃머리를 섬 쪽으로 돌려 우리의 노래를 계속 들어주세요. 지금껏 그 어떤 배도 우리 섬에 닻을 내리지 않고 그냥 지나쳐간 적은 없답니다! 이리 오세요, 지략이 뛰어나신 오디세우스여! 우리는 그 어떤 인간들보다 많은 것을 알고 있답니다. 그동안 트로이에서 벌어진 일들을 모두 알고 있어요. 그리고 그 밖의 세상사도 훤히 알고 있고요! 용맹하신 영웅이시여, 이곳에 들러 잠시만 쉬었다 가세요. 그러면 당신은 지금보다 더 행복하고 더 현명해져서 이곳을 떠나실 수 있게 된답니다!"

달콤한 목소리는 계속해서 오디세우스를 유혹했다. 오디세우스는 배의 방향키를 잡고 있는 병사에게 소리쳤다. "섬쪽으로 뱃머리를 돌려라!" 그가 명령했지만, 방향키를 조종하는 병사는 그의 목소리를 들을 수가 없었다. 배는 계속해서 앞으로 전진했고, 점차 세이렌의 섬에서 멀어져 갔다.

또다시 오디세우스가 눈썹을 찡그리며 신호를 보냈지만, 허사였다. 머리로 계속해서 초록빛 해안을 가리키며 그쪽으로 뱃머리를 돌리라고 소리쳤지만, 아무 소용이 없었다. 그의 얼굴은 이제 분노로 붉으락푸르락했고 두 눈에서는 번개 같은 빛줄기가 번득였다. 커다란 목소리로 으르렁거리며 계속 명령을 내렸지만, 어느 누구도 그의 명령에 귀 기울이는 사람이 없었다. 병사들의 귀가 모두 밀랍으로 꽉 막혀 있었기 때문이다. 화가 머리끝까지 치민 오디세우스는 이제 온몸을 꽁꽁 묶은 밧줄을 스스로 끊어보려 안간힘을 쓰며 몸부림쳤다. 그 모습을 본 에우릴로코스와 페리메데스는 자리에서 일어나 오디세우스에게 다가가서는 천연덕스럽게 더 굵은 밧줄로 그를 더 세게 묶었다. 분노에 찬 오디세우스는 마치 그들을 맨손으로라도 때려잡을 기세로 노려보았지만, 그들은 아랑곳하지 않았다.

다른 병사들은 계속 노를 저었다. 땀이 등줄기를 타고 흘러내렸다. 그들은 곧 세이렌의 섬을 완전히 벗어났다. 세이렌의 노랫소리는 점점 작아지더니, 마침내 전혀 들리지 않게 되었다. 노래의 영향권에서 완전히 벗어나 안전한 거리에 다다르자, 병사들은 귀를 막았던 밀랍을 벗겨내고 돛대에 묶여 있던 오디세우스도 풀어주었다. 밧줄에서 풀려난 오디세우스는 부끄러운 마음에 어쩔 줄을 몰랐다. 만약 키르케가 제때 조언을 해주지 않았더라면, 병사들은 하마터면 헤어 나올 수 없는 크나큰 위험에 빠지게 되었을 터였다. 오디세우스는 아무리 마법의 힘을 가진 유혹이었다지만, 저항 한번 못 하고 쉽게 유혹에 빠져들고 만 스스로가 부끄러웠다.

그 후로 오디세우스 일행은 한동안 항해를 계속했다. 여전히 바람은 제대로 불어주지 않았고, 노 젓기에 지치고 지친 병사들에게는 더 이상 항해할 여력이 남아 있지 않았다.

오디세우스는 갑판 위에 서서 사방을 꼼꼼히 둘러보았다. 키르케가 말해준 것들이 모두 사실이라면, 이제 곧 스킬라와 카립디스가 살고 있는 절벽이 나타날 것이다. 그러나 병사들은 앞으로 어떤 일들이 닥칠지 전혀 짐작조차 못 하고 있었

155

다. 오디세우스는 병사들에게 그 사실을 어떻게 말해야 좋을 지 난감하기만 했다.

무거운 마음으로 망설이고 있는 사이, 갑자기 바다 건너 멀 리에서 연기가 피어오르는 모습이 보였다. 그것은 마치 활활 타오르는 화톳불 한가운데 얹어진 거대한 항아리에서 뭔가가 펄펄 끓을 때 수증기가 피어오르는 것 같은 모습이었다. 곧 멀리에서 파도가 암벽에 부딪쳐 부서질 때 나는 것 같은 소리 도 귓가에 들려왔다. 잠시 후 눈앞에 두 개의 암벽이 나타났 다. 하나는 높고 가파른 절벽이었고, 다른 하나는 키가 낮긴 했지만 거대한 바위들이 벽처럼 둘러쳐진 암벽이었다.

병사들의 귀에도 파도가 부서지는 소리가 들려오자, 그들 은 노 젓기를 멈추고 암벽 사이에서 무럭무럭 피어올라 하늘 높이 치솟는 새하얀 연기구름을 넋을 놓고 쳐다보았다.

"저기 좀 보게! 저게 뭘까? 또 무슨 끔찍한 불행이 우리를 기다리고 있는 걸까?" 병사들은 불안한 마음을 감추지 못하 고 우왕좌왕 허둥대며 소리치기 시작했다.

바로 그때 오디세우스가 재빨리 배 위를 왔다 갔다 하며, 병사들을 하나씩 붙잡고 차분한 목소리로 그들을 안심시키 려 애썼다. "친구들이여, 우리는 그동안 온갖 위험을 이겨내는 데에 익숙해지지 않았는가! 지금 우리 앞에 다가오는 위험도 지난날 키클롭스의 동굴에서 겪었던 불행에 비하면 분명 아무것도 아닐 것이다! 그 험악한 괴물도 나의 지략으로 물리치지 않았느냐! 신들께서 우리를 도와주시기만 한다면, 이번에도 얼마든지 안전하게 위험에서 벗어날 수 있을 것이다! 날 믿고 그저 내가 자네들에게 명령하는 바를 잘 이행해주기 바란다! 자리를 벗어나지 말고 온 힘을 다해 노 젓는 일에만 열중하도록 하라! 바로 옆에서 그 어떤 끔찍한 일이 벌어진다고 해도 절대로 돌아보지 말고 노를 저어라! 그리고 자네, 방향키를 조종하는 자네에게는 내 특별히 명령하건대, 만일 흰 연기가 하늘을 향해 피어오르는 모습이 보이거든 그곳으로부터 최대한 거리를 두고 배를 몰아가도록 하라! 배를 되도록 높은 절벽 쪽으로 몰 것이며, 자네도 모르는 사이에 배가 선로를 벗어나 옆으로 비켜 나가지 않게 온 신경을 집중하라. 만일 옆으로 빗나갔다가는 우리 모두 죽음을 면치 못할 것이다!"

두려움에 어찌할 바를 몰랐던 병사들은 기꺼이 오디세우스가 내리는 명령에 따를 것을 약속했다. 그들은 열심히 노를 저었다. 그렇게 해야 그들 앞에 놓인 끔찍한 불행을 조금이라도 빨리 벗어날 수 있을 것 같았기 때문이다.

오디세우스는 남몰래 높은 암벽에 똬리를 틀고 살고 있을 무시무시한 스킬라를 생각했다. 그는 도저히 스킬라에 대해서 병사들에게 미리 말해줄 용기가 나지 않았다. 그 얘기를 들으면 병사들은 분명 노를 내팽개치고 모두 배 밑으로 기어들어가 몸을 숨길 것이며, 그렇게 되면 배는 온전히 출렁이는 파도에만 몸을 맡기고 이리저리 절벽 사이를 방황하다가 마침내 카립디스의 입속으로 들어갈 것이 분명했기 때문이다!

결국 오디세우스는 아무 말도 하지 않기로 했다. 그는 서둘러 배 밑으로 내려가 온몸을 무장했다. 무장을 마치고 두 개의 긴 창을 챙겨든 오디세우스는 곧바로 배의 앞머리에 있는 갑판으로 올라갔다. '여기에 서 있어야 내가 맨 처음으로 스킬라를 볼 수 있을 것이다.' 그는 속으로 생각했다. '내 비록 이대로 저승길로 내려갈지라도, 하늘에 맹세코 그 괴물과 결투를 벌이고야 말겠다!'

그러나 모든 일이 그의 생각과는 다르게 전개되었다.

배는 어느새 암벽 가까이에 다가가 있었다. 절벽에 부딪쳐 부서지는 파도 소리가 마치 쩡쩡 울리는 천둥처럼 크게 들렸고, 그럴 때마다 지축이 흔들리는 것 같았다.

잔뜩 겁에 질린 병사들은 열심히 노를 저어 두 절벽 사이로

난 좁은 길을 향해 배를 몰아갔다. 오른편에서는 카립디스가 이제 막 흉측하게 후루룩 소리를 내며 바닷물을 들이마시고 있었다. 바닷물이 흘러들어 가는 카립디스의 목구멍은 큰 물줄기를 빨아들이는 거대한 깔때기 같아 보였다. 바닷물은 무서운 속도로 동그란 원을 그리며 소용돌이쳤고, 깜짝 놀란 눈으로 그 모습을 바라보던 병사들이 어지럼증을 느낄 정도였다. 순식간에 바닷물이 모두 카립디스의 목구멍으로 흘러들어 가버리고 나자, 바닥에는 모래와 검게 반짝이는 자갈들만이 모습을 드러냈다.

방향키를 조종하는 병사가 재빨리 왼편에 있는 암벽을 향해 배를 돌렸다. 카립디스가 있는 오른편 바다의 소용돌이 속으로 휘말려 들어가는 것을 막기 위해서였다. 왼편의 높고 매끄러운 암벽을 따라 항해를 계속하려는 순간, 갑자기 햇빛이 사라지고 사방이 어두컴컴해졌다. 시커먼 수증기가 왼쪽 암벽을 스산하게 휘감고 있었는데, 그 연기는 암벽 높은 곳에나 있는 동굴을 교묘하게 가리고 있었다.

병사들이 모두 하얗게 질린 얼굴로 카립디스가 바닷물을 집어삼키는 광경을 계속 지켜보고 있는 사이, 수증기를 뚫고 검은 번개와도 같은 뭔가가 병사들 위를 번쩍하고 스쳐 지나갔다.

높은 암벽의 동굴에서 뱀의 머리같이 징그러운 괴물의 목 여섯 개가 튀어나왔는데, 그 위에는 각각 여섯 개의 흉측한 머리가 얹혀 있었고 입안에는 날카로운 이빨이 세 줄로 나 있었다.

여섯 개의 머리를 가진 괴물 스킬라가 병사들을 공격하자 병사들은 처절한 비명을 내질렀다. 비명 소리를 들은 오디세우스가 급히 달려왔으나 손쓸 틈도 없이 때는 이미 늦었다. 괴물은 여섯 명의 병사들을 물어 공중으로 높이 솟아오르더니, 곧장 동굴 안으로 모습을 숨기고 말았다.

너무도 끔찍한 광경에 탄식하며 오디세우스는 끓어오르는 분노를 삭일 수 없어 괴로워했다. 그렇다, 키르케가 한 말은 모두 사실이었다. 스킬라에게는 그 어떤 무기도 소용이 없었다! 서둘러 그 자리를 벗어나는 것만이 스스로를 구할 수 있는 유일한 길이었다. 오디세우스는 배 위를 한번 둘러보았다. 그는 병사들에게 힘껏 노를 저으라고 명령할 필요가 없었다. 병사들이 모두 자리에 앉아 가쁜 숨을 몰아쉬며 열심히 노를 저었기 때문이다. 그들의 얼굴은 공포에 질려 있었고, 노는 엄청난 속도로 쉴 새 없이 올라갔다 내려갔다를 반복했다.

배는 어느새 카립디스의 후루룩거리는 커다란 입과 스킬라의 바위를 지나 좁은 협곡을 벗어나고 있었다. 드디어 병사들은 넓은 바다로 나왔고, 그들 앞에는 다시 끝없는 회색빛 물결만이 출렁이고 있었다. 그제야 병사들은 자신들이 커다란 불행에서 벗어났다는 것을 비로소 실감할 수 있었다. 그들은 고개를 들어 아직도 공포가 채 가시지 않은 눈으로 주변을 둘러보았고, 저 멀리서 들려오는 파도가 바위에 부딪쳐 부서지는 소리에 가만히 귀를 기울였다. 그렇다, 그들은 다시 한 번 죽을 고비를 넘긴 것이다! 그러나 결국 여섯 명의 동료들이 희생당해야 했다. 병사들은 그동안 꾹 참아내야만 했던 공포와 목숨을 건 노 젓기에 지칠 대로 지쳐 있었다.

이타케는 아직도 멀기만 했고, 바다를 다스리는 신께서는 여전히 오디세우스에게 화가 나 있었다.

외롭게 항해를 하는 오디세우스의 배와 이타케의 해변 사이 어디쯤엔가 태양의 신 헬리오스가 키우는 소떼와 양떼가 풀을 뜯는 트리나키아 섬이 있었다.

어느 날 해가 뉘엿뉘엿 질 무렵, 저 멀리 바다 위로 초록빛 해변이 나타났다. 오디세우스는 테이레시아스와 키르케의 예언을 떠올리며 불안하고 불길한 예감을 감추지 못했다. "차라리 저 섬을 그냥 지나쳐 계속해서 항해했으면 좋겠다." 오디세우스는 혼자서 중얼거렸다.

그러나 아무것도 모르는 병사들은 수풀이 무성한 아름다운 해변을 발견하자 기쁨의 환호성을 질렀고, 저렇게 아름다운 섬이라면 분명 아무런 위험도 없을 것이라며 희망에 부풀었다.

오디세우스는 배를 정박하려는 병사들을 말렸다. "친구들이여! 자네들이 지금껏 많은 고통을 겪어 지칠 대로 지쳐 있다는 것을 나도 잘 알고 있네." 오디세우스가 근심에 가득 찬 목소리로 말했다. "그래서 나 역시 자네들을 푹 쉬게 해주고 싶다네. 그럼에도 내 자네들에게 간곡히 부탁하건대, 저 섬을 그냥 지나쳐갔으면 좋겠네. 테베의 예언자 테이레시아스와 키르케가 예언하기를, 저 섬에 정박하면 끔찍한 불행이 우리를 기다리고 있다고 했기 때문이네. 게다가 그 불행은 우리 스스로의 잘못으로 일어날 불행이라고 했네!"

그러자 곧 화가 난 병사들의 불평불만이 사방에서 터져 나왔고, 에우릴로코스는 심지어 자리에서 벌떡 일어나 성난 멧돼지처럼 오디세우스에게 달려들었다. "내 생각에 당신은 온몸뚱이가 무쇠로 만들어진 게 아닌가 싶소, 오디세우스여! 당신이 절대로 피곤해지는 법이 없다고 해서, 우리가 저 아름다운 해변에서 먹고 마시며 휴식을 취하는 것까지 막을 수는 없다고 생각하오. 이제 곧 밤이 되어 어쩌면 사나운 폭풍우가 불어닥칠지도 모르는데, 우리는 무슨 일이 있어도 저 섬으로 가야겠소. 밤에 만나는 폭풍우가 얼마나 끔찍한지 당신도 잘 알고 있지 않소. 만약 사나운 태풍이라도 불어 배를 산산조각 내려 한다면, 우리는 이 망망대해에서 어둠을 뚫고 어디로 피신해야 한단 말이오? 그건 절대로 안 될 말이오. 우린 기필코 저 섬에 배를 정박하고 풍성한 저녁 식사를 한 다음, 내일 아침이 올 때까지 해변에서 편히 잠을 잘 것이오. 그러고 나서 곧바로 항해를 계속하면 될 것 아니오!"

모든 병사들이 그의 말에 동의하는 동시에 오디세우스를 향해서는 못마땅한 눈길을 보냈다.

그 순간 오디세우스는 다시 한 번 못된 운명의 여신이 병사들을 붙잡고 놓아주지 않는다는 것을 깨달았다. 오디세우스는 걱정과 분노를 억누르며 병사들에게 말했다. "자네들 모두가 내 말에 반대하고, 난 혼자이니 당연히 나 하나를 꺾는 게 쉬울 것이라 생각되네! 그래, 자네들 마음대로 하게나! 하지만 단 한 가지만은 맹세해야 하네. 무슨 일이 있어도 태양의 신 헬리오스의 가축들을 건드리지 않겠다고. 단 한 마리의 소도, 단 한 마리의 양도 죽여서는 안 되며 그저 키르케가 넉 넉하게 마련해준 음식들을 먹고 마시는 것에 만족해야 할 걸세."

병사들은 모두 신의 이름을 걸고 오디세우스의 말에 따를 것을 맹세했다. 그러고는 즐거운 마음으로 해변을 향해 배를 몰아 작은 강이 바다로 흘러들어 가는 곳에 위치한 아담한 포구에 배를 정박했다. 곧 모래사장 위에 모닥불이 피어올랐고 병사들은 배에서 고기와 빵, 치즈를 가져왔다. 물론 포도주가 담긴 가죽 부대도 잊지 않았다. 잠시 후 풍성한 저녁 식사가 마련되었다.

식사를 마친 병사들은 그들의 풍습대로 죽은 여섯 명의 동료 병사들을 위해 제사를 올렸다. 그런 다음 모닥불가에 동그랗게 모여 온몸을 쭉 뻗고 누워 잠을 청했다.

밤하늘의 별들이 모두 서쪽으로 기우는 새벽이 오고 밤새 보초를 서는 보초병들이 세번째로 교대할 무렵, 병사들은 시끄러운 소리에 단잠에서 깨어나고 말았다. 갑자기 폭풍우가 휘몰아쳤던 것이다. 검은 구름이 하늘을 뒤덮었고, 파도는 거칠게 해변에서 부서졌으며, 정박해놓은 배는 마치 작은 나룻배처럼 이리저리 파도에 휩쓸렸다.

여전히 잠에 취해 있던 병사들은 허겁지겁 해변의 바위틈에 난 커다란 동굴을 찾아 피신했다. 마침내 아침이 되자 병사들은 배를 동굴 안으로 끌어다 바위에 단단히 묶어두었다. 바깥에는 여전히 거친 폭풍우가 몰아쳤고 하늘에서는 소나기까지 내렸다. 바다는 미친 듯이 날뛰었다. 그러나 동굴 안은 따뜻하고 안전했으며 배 안에는 비상식량도 넉넉했다. "며칠 정도 더 폭풍우가 몰아친다고 해도 그다지 큰 문제는 없을 것 같다." 오디세우스가 병사들에게 말했다. "배 안에 있는 비상식량은 너희들이 원하는 만큼 실컷 먹어도 좋다. 그러나 섬의 가축들만은 무슨 일이 있어도 건드리지 마라. 만약 손끝 하나라도 대었다가는 그에 대한 벌을 단단히 받게 될 것이다!"

병사들은 두번째로 오디세우스에게 맹세했고, 얼마간은 맹세를 잘 지켰다.

그러나 날이 갈수록 폭풍우는 점점 더 거세지기만 했고, 남쪽에서 불어오는 태풍은 잦아들 줄 몰랐다. 어느 누구도 배를 동굴 밖으로 끌어낼 엄두를 내지 못했다.

한 달 내내 그렇게 시간이 흘러갔다. 배 안에 있던 비상식량은 점차 바닥을 드러내더니, 마침내 완전히 동이 나고 말았다.

의기소침해진 병사들은 먹을 것을 찾으러 여기저기 섬을

뒤지기 시작했다. 들짐승이라고는 단 한 마리도 눈에 띄지 않은 탓에, 결국 끝을 구부린 갈고리로 날아다니는 새와 바닷물고기를 잡아야만 했다.

한편 풀밭과 가축우리에는 태양의 신이 키우는 살진 소들과 토실토실한 양들이 떼를 지어 있었고, 그것을 바라보는 병사들의 입에는 군침이 돌았다.

먹을 것이 없어 허기가 진 병사들이 바닷가에서 물고기 잔챙이들을 잡으려고 애를 쓸 때면, 언제나 풀밭에서 소와 양들이 우는 소리가 들려와 귓전을 때렸다.

병사들은 갈수록 불평불만을 늘어놓게 되었다. 오디세우스는 병사들이 자기를 향해 몰래 눈을 흘기는 것을 잘 알고 있었고, 삼삼오오 짝을 지어 뒤에서 수군거리며 하는 욕을 모두 듣고 있었다.

오디세우스의 염려는 날이 갈수록 커져갔지만, 그럴수록 거센 태풍 역시 잦아들 줄을 몰랐다.

그러던 어느 날 오디세우스는 홀로 섬 안쪽으로 들어갔다. 그와 병사들에게 이제 제발 고향으로 돌아가는 길을 열어달라고 신들께 간절히 기도드리기 위해서였다. 그는 강물에 손을 정갈하게 씻은 다음, 기도를 올리기 시작했다. 그러나 그동안 허기와 걱정에 지쳐 있던 오디세우스는 곧 그 자리에서 잠이 들고 말았다.

그사이 동굴에 있던 에우릴로코스는 병사들을 불러 모았다. "불행에 빠져 있는 여러 동지들이여, 내 말을 잘 들어보게! 언젠가는 죽을 수밖에 없는 우리 불쌍한 인간들에게는 모든 종류의 죽음이 다 똑같이 끔찍하게 느껴지는 법이지만, 그래도 난 그중에서 제일 비참하고 끔찍한 죽음은 굶어 죽는 것이라 생각하네! 나는 여기서 굶주리면서 지내는 것에 이제 너무나 지쳤네! 우리 배 속에서는 마치 굶주린 늑대의 배처럼 꼬르륵 소리가 그치질 않는데, 눈앞에서는 살진 소와 양들이 여기저기 흩어져 한가로이 풀을 뜯고 있지 않은가! 우리 그러지 말고 저 가축들 중에 몇 마리만 잡아서 오랜만에 실컷 먹어보세! 물론 저 가축들은 헬리오스 신의 것이고, 그분 앞에서는 그 어떤 인간의 행위도 감출 수가 없다는 것을 잘 알고 있네. 하지만 우리는 어차피 먹기 전에 짐승의 가장 좋은 부위인 허리 살을 신들께 먼저 바칠 게 아닌가. 그게 우리의 풍습이니 말일세. 그리고 나중에 이타케로 돌아가게 되면, 여기서 지은 죄를 속죄하는 뜻으로 태양의 신을 위해 가장 훌륭한 신전을 짓도록 하세. 만약 태양의 신께서 몹시 화가 나서 우리가 고향으로 돌아가는 것을 방해하고 결국 바다 위에서 생을 마치게 하기로 결정하신다면, 솔직히 말하건대 난 여기 이 삭막한 섬에서 천천히 굶어 죽느니 차라리 짠 바닷물을 들이키며 빨리 죽는 편을 택하고 말겠네!"

에우릴로코스가 말을 마치기가 무섭게, 병사들은 커다란 환호성을 지르며 모두 그의 말에 동의했다. 그러고는 곧 제일 가까이 있는 풀밭으로 달려갔다. 그곳에서는 한 떼의 소들이 한가로이 풀을 뜯고 있었다. 병사들은 소들을 에워싸고 신들의 이름을 부르며 어린 떡갈나무 잎사귀를 사방에 뿌렸다. 의식을 제대로 치를 수 있는 보리가 더 이상 남아 있지 않았기 때문이다. 그런 다음 그들은 가장 살진 소 한 마리를 잡아서 재빠른 동작으로 죽여 가죽을 벗기고 살을 부위별로 잘랐다. 곧 모래사장에 불을 지피고 거기에다가 우선 신들께 바칠 제물의 가장 좋은 부위를 태워 올렸다. 그들은 내장을 불에 굽고 물을 뿌렸는데, 가죽 부대에 단 한 방울의 포도주도 남아 있지 않았기 때문이다. 마지막으로 그들은 내장을 맛보았다. 그렇게 해서 예로부터 전해져 내려오는 전통과 관습에 맞춰 모든 준비가 끝났을 때, 병사들은 남은 고기들을 커다란 덩어리로 잘라 꼬챙이에 끼워서 불 위에 얹고 열심히 돌리기 시작했다. 고기를 굽는 병사들의 두 눈이 번득였다. 고기가 구워지는 동안 맛있는 냄새가 콧속으로 솔솔 들어왔고, 연신 입안에 고이는 침을 삼켜야만 했다. 그렇게 병사들은 조금 후에 있을 식사 시간을 간절히 기다렸다.

그와 같은 시각, 오디세우스는 잠에서 깨어났다. 단잠을 자고 난 오디세우스는 한결 상쾌해져서 희망이 솟아올랐고, 즉시 상심에 빠진 병사들에게 돌아가 다시 한 번 상냥하게 말을 건네며 조금만 더 참아달라고 부탁하리라 마음먹었다. 끔찍한 폭풍우는 그 기세가 많이 꺾인 듯했고, 이제 얼마 지나지 않아 끝이 날 것처럼 보였다.

오디세우스는 서둘러 해변을 향해 걸음을 옮겼다. 그러다 갑자기 온몸이 돌처럼 굳어버린 듯 그 자리에 우뚝 멈춰 섰다. 뭔가 야릇한 냄새가 그의 코를 찔렀기 때문이다. 뭐라 형용할 수 없이 향기로운 냄새였다. 세상에…… 그것은 바로 그들 모두를 파멸로 몰고 갈 고기 굽는 냄새였다!

오디세우스는 있는 힘을 다해 달리기 시작했다. 그러나 아무 소용이 없었다. 불행은 이미 그들 가까이로 바짝 다가와 있었다.

"오, 신들이시여!" 오디세우스가 탄식했다. "어찌하여 저에게 저주받을 잠을 보내셨나이까! 병사들이 이제 돌이키지 못할 큰 죄를 범하였으니, 그것은 곧 우리 모두의 멸망을 뜻하는 것입니다!" 오디세우스의 불길한 예감은 빗나가지 않았다. 바로 그 순간 소떼를 돌보는 요정인 람페티아가 올림포스로 올라가 태양의 신에게 그의 섬에서 일어난 일들을 낱낱이 고해바쳤기 때문이다.

헬리오스는 분노에 치를 떨며 자리에서 벌떡 일어났다. "나의 아버지 제우스시여!" 헬리오스가 소리쳤다. "저들의 죄에 마땅한 벌을 내려주소서! 내 소를 잡아먹은 오디세우스의 병사들에게 큰 벌을 내리소서! 내가 하늘 위로 높이 솟아오를 때마다 내 가축들은 나의 눈을 즐겁게 해주었습니다! 아버지께서 저들의 죄를 벌하지 않으신다면, 저는 하데스의 나라로 내려가 이제부터는 죽은 자들에게 햇빛을 비춰주도록 하겠습니다!"

크로노스의 아들 제우스는 인자한 얼굴로 고개를 가로저었다. "그럴 것 없다, 얘야. 너는 계속해서 신들과 땅 위의 인간들에게 햇빛을 비춰주도록 하라! 내 널 위해 죄지은 자들을 벌하도록 하마. 저들은 죄를 지은 대가로 나의 번개를 맞을 것이다!"

이렇게 끔찍한 운명이 결정되는 순간에도 아카이아 병사들은 아무것도 모르고 트리나키아 섬의 해변에 둘러앉아 즐겁게 먹고 마시기만 할 뿐이었다.

오디세우스가 병사들을 나무란다고 한들, 이제 와서 무슨 소용이 있단 말인가? 그런다고 해서 병사들이 죽인 소들이 되살아날 리 만무했다.

곧 성난 신들이 보내는 무시무시한 표적이 여기저기서 나타나기 시작했다. 벗겨놓은 소가죽이 슬금슬금 기어 다니는가 하면, 꼬챙이에 끼워져 있던 살코기가 소리를 질러댔다. 그 소리는 마치 소 울음소리 같았다.

그 모습을 본 병사들은 너무도 놀랐다. 그러나 놀란 것은 잠깐이었을 뿐, 곧 병사들은 자신들이 저지른 일은 어쩔 수 없이 일어난 것이고, 조금만 지나면 모든 것이 제대로 되돌아올 것이라 생각했다. 자신들이 신들께 풍성한 제사를 지냈으므로 신들께서도 곧 노여움을 풀 것이라 믿었다. 병사들은 아랑곳하지 않고 유쾌한 마음으로 계속해서 잡은 짐승들의 고기를 먹었다. 신기하게도 더 이상의 벌이 내려지지 않은 채 무사히 며칠이 흘렀다. 병사들은 인간이면 누구나 그러하듯이 점차로 자기 잘못을 잊어버렸고, 마침내 아무런 걱정도 하지 않게 되었다.

이레째 되는 날 드디어 남쪽에서 불어오던 폭풍우가 잠잠하게 가라앉았다. 병사들은 서둘러 배를 바다에 띄우고 장비를 챙겨 다시 항해할 준비를 했다. 바람도 적당하게 불어와 배는 곧 돛을 한껏 부풀려 넓은 바다 위로 물살을 헤치며 나아갔다.

하늘은 파랬고 바다 위에는 잔잔한 물결만이 일 뿐이어서, 파도에서 일어나는 하얀 거품은 검은 배의 몸체를 마치 혀로 핥듯이 부드럽게 스쳐 지나갔다.

그러다 갑자기 하늘이 더 이상 파란빛을 내보이지 않았다. 파란빛은커녕 어느새 시커먼 구름이 잔뜩 몰려와 배 위로 낮게 드리워졌다. 믿을 수 없었던 것은, 병사들 중 어느 누구도 구름이 몰려오는 모습을 본 사람이 없었다는 것이다! 검은 구름은 무서운 속도로 퍼져나갔다. 배 주변의 바닷물도 순식간에 시커멓게 변했다. 바람이 흐느껴 우는 듯한 소리를 내며 윙윙 불어대다가, 갑자기 강한 힘으로 폭풍우가 배에 밀어닥쳤다. 그 바람에 앞으로 나아가던 배는 그 자리에 우뚝 멈춰섰고, 이내 뱃머리가 하늘 높이 솟아올라 배가 수직으로 바다 위에 꽂혀 있는 형상이 되고 말았다. 배 앞부분에서 돛대를 받치고 있던 두 줄의 굵은 밧줄이 마치 가느다란 실처럼 툭 끊겨 나갔다. 돛대는 부러졌고, 돛대에 매달려 있던 돛과 밧줄이 한꺼번에 갑판 위로 후두둑 떨어져 내렸다. 부서져 내린 돛대의 파편이 방향키를 조종하는 병사의 정수리를 정통으로 후려쳤고, 병사는 그 자리에서 고꾸라지며 바닷속으로 떨어졌다.

먹장구름을 뚫고 번갯불 하나가 번쩍하더니 쉭쉭 소리를 내며 곧장 배 한가운데에 내리꽂혔다. 우르릉 꽝꽝 내리치는 번개를 맞아 우지끈 부서지는 소리와 병사들의 비명 소리가 뒤섞였고, 연기와 유황 냄새가 사방에 가득했다. 배는 마치 죽어가는 짐승이 마지막 몸부림을 치듯이 이리저리 요동쳤다. 번개를 맞지 않고 다행히 목숨을 건진 병사들은 사력을 다해 어디든 붙잡을 곳을 찾았지만, 누구도 안전한 곳을 발견하지 못했다. 폭풍우에 성난 파도가 갑판 위까지 뛰어올라 거센 힘으로 갑판 위를 싹 쓸어버렸기 때문이다. 하늘에서 검은 점으로 낱낱이 흩어지는 까마귀떼처럼 파도에 휩쓸린 병사들은 바다 위에서 그렇게 떠돌다가, 하나둘씩 소용돌이치는 바닷물 속으로 가라앉았다.

오디세우스는 부서져 내리는 배 위에서 이리저리 비틀거렸다. 중심을 잡지 못하고 그 자리에 쓰러지면서 온 힘을 다해 양손으로 어딘가를 꽉 부여잡고 버텼다. 곧 파도가 산처럼 밀려와 그를 덮쳤고, 하마터면 바닷속으로 빠질 뻔했다. 그러나 오디세우스는 그런 상황에서도 정신을 바짝 차리고, 파도가 밀려간 틈을 타 한숨 돌리며 재빨리 주변을 살펴보았다. 부서진 배에서 떨어져 나온 넓은 나무판들이 바다 위에 여기저기 떠다니는 것이 보였다. 오디세우스는 깜짝 놀랐다. 그 넓은 나무판들은 배의 벽에서 떨어져 나온 것으로, 이제는 선체까지 부서져 나가기 시작했다는 증거였다. 그런데도 폭풍우는 기세가 꺾일 줄 몰랐고, 휘몰아치는 파도는 공놀이라도 하듯 배를 이리저리 휘둘러댔다.

오디세우스가 딛고 있는 발밑의 갑판에서 이상한 소리가 나더니, 갑판이 수상쩍게 흔들리기 시작했다. 갑자기 엄청난 충격과 함께 갑판이 두 동강 나면서 오디세우스는 그길로 물속에 빠져버렸다. 손과 발을 휘저어 헤엄을 쳐서 옆에 둥둥 떠다니는 나무판 중 하나를 붙잡으려고 애썼다. 그러나 오디세우스가 손을 뻗을 때마다 파도가 밀려와 나무판들은 더욱더 멀리 밀려날 뿐이었다.

그런 와중에, 오디세우스 바로 옆으로 배의 용골龍骨 부분에서 떨어져 나온 커다란 나무가 떠내려왔다. 나무 중앙에는 부러진 돛대가 여전히 꽂혀 있었다. 마치 한 마리의 물고기처럼 오디세우스는 사력을 다해 그리로 헤엄쳐 가서, 헐떡이는 숨을 몰아쉬며 나무 위로 기어 올라갔다. 그러나 그와 동시에 꽂혀 있던 돛대가 용골의 나무판에서 빠져나오더니 파도에 실려 멀리 떠내려가고 말았다.

오디세우스는 너무나 화가 나서 큰 소리로 저주의 말을 퍼부었다. 돛대가 있어야 했다! 돛대에는 아직도 가죽으로 된 긴 밧줄이 감겨 있었고, 그것이 있어야 돛대와 용골의 나무판들을 엮어 뗏목을 만들 수 있었다. 오디세우스는 온 힘을 다해 떠내려간 돛대를 잡기 위해 헤엄쳤다. 바로 그 순간 물 밑에서 그의 발끝에 뭔가 걸리는 듯한 느낌이 들었다. 서둘러 손을 뻗어보니 그것은 돛대에 감겨 있던 밧줄의 한쪽 끝이었다. 신들께서 다시 한 번 오디세우스에게 은총을 베푸신 것일까?

별다른 어려움 없이 오디세우스는 밧줄을 당겨 부러진 돛대를 끌어다 용골의 나무판에 묶었다. 그러고는 빠르고 능숙한 솜씨로 주변의 널빤지들을 모아 밧줄로 엮었다. 그렇다! 사람들이 오디세우스를 머리가 비상한 재주꾼이라고 부르는 데는 그럴 만한 이유가 있었다!

이제 오디세우스는 직접 만든 뗏목에 몸을 싣고, 서쪽에서 불어오는 바람과 바다의 물결을 따라 정처 없이 앞으로 나아갔다. 그러나 자신이 지금 어디를 향해 가고 있는지는 도무지 짐작조차 할 수가 없었다.

밤이 될 무렵 갑자기 바람의 방향이 바뀌었다. 서쪽에서 불어오던 바람이 멎고, 이제는 남쪽에서 바람이 불어왔다. 그 사실을 깨달은 오디세우스는 심장이 멎을 것처럼 깜짝 놀랐다. 남풍을 받아 계속 간다면, 곧장 스킬라와 카립디스가 있는 곳으로 되돌아가는 셈이었기 때문이다!

"오, 불쌍한 내 신세여!" 오디세우스는 절망적인 심정으로 외쳤다. "이번에 그 괴물들을 다시 만난다면 두 번 다시 그들의 손아귀에서 벗어나지 못할 것이다!" 하늘 위로 첫새벽의 붉은 여명이 퍼져나갈 무렵, 오디세우스의 눈에 벌써 두 개의 절벽과 그 사이로 난 좁은 협곡, 그리고 무화과나무까지 보이기 시작했다. 곧이어 바로 그 시각 즈음하여 어김없이 바닷물을 집어삼키는 카립디스가 몸을 숨기고 있는 바위에서 쩡쩡 울리는 소리가 들려왔다.

"오, 불쌍한 내 신세여!" 공포에 질린 오디세우스는 다시 한 번 한탄 섞인 고함을 내지르며, 두 손을 노 삼아 바닷물을 열심히 휘저어 뗏목의 방향을 바꿔보려고 애썼다. 그러나 그가 아무리 애를 쓴다고 한들, 거세게 불어오는 폭풍우와 밀어닥치는 물살을 어찌 혼자 힘으로 거스를 수 있단 말인가? 뗏목은 거침없이 협곡을 향해 돌진했고, 곧 오른쪽과 왼쪽 양편에 우뚝 솟은 높은 절벽이 모습을 드러냈다.

오디세우스는 두려운 마음을 억누르며 스킬라가 살고 있는 동굴을 올려다보았다. 동굴 입구는 검은 연기로 뒤덮여 있었고 그 안에서는 아무런 기척도 없었다. 오디세우스는 자신이 있는 곳까지 괴물이 다가와 덮치기에는 너무 거리가 멀어서, 그저 아무 일도 벌어지지 않고 그곳을 무사히 지나갔으면 하는 마음이 간절했다.

바로 그 순간, 카립디스가 일으키는 소용돌이가 오디세우스의 뗏목을 빨아들이는 것이 느껴졌다. 그렇다, 이제 그것으로 오디세우스의 운명도 끝이 날 수밖에 없었다! 빨리, 점점 더 빠른 속도로 뗏목은 카립디스의 후루룩거리는 목구멍을 향해 돌진했다. 바위에서 쩡쩡 울려 나오던 소리는 급기야 무시무시한 천둥소리로 변해 있었다.

뗏목이 이제 막 무화과나무의 늘어진 가지 밑을 지나 카립디스의 깔때기처럼 생긴 목구멍으로 들어가려는 찰나였다.

카립디스의 목구멍에서 바닷물이 소용돌이치고 뗏목이 그 안으로 빨려 들어가려던 순간, 오디세우스는 아래로 늘어진 무화과나무의 가지를 붙잡고 온 힘을 다해 거기에 매달렸다. 그의 발밑에 있던 뗏목은 이미 카립디스의 목구멍 속으로 사라진 뒤였다.

오디세우스는 무화과나무 가지에 박쥐처럼 매달려 있었다. 발이 허공에 떠 있는 바람에 뭔가 디딜 것이 없어 더 이상 나뭇가지 위로 기어 올라가지도 못하는 형국이었다. 카립디스가 물을 뱉어내어 뗏목이 다시 바깥으로 나올 때까지 그대로 매달린 상태로 기다릴 수 있는 힘이 남아 있을지, 오디세우스 스스로도 자신할 수가 없었다. 다행히 끝까지 잘 버티기만 하면 카립디스가 뱉어내는 바닷물은 발밑까지 차오를 것이고, 제대로 조준을 잘해서 무화과나무 가지에서 곧장 아래로 떨어지면 다시 바깥으로 나온 뗏목 위로 정확히 내려설 수 있을 것이다! 그러나 만약 성공하지 못한다면 세상의 어느 누구도 이타케의 왕 오디세우스를 두 번 다시는 이승에서 만나볼 수 없을 것이다!

시간이 정지한 것만 같았다. 오디세우스는 점점 견딜 수 없을 정도로 지쳐갔다. 나뭇가지를 붙들고 있는 두 팔은 이미 오래전부터 아무런 감각도 느끼지 못하고 마비된 듯했다. 그러나 그럴수록 이를 악물고 무화과나무 가지를 더 세게 움켜쥐었다. 마침내 저 아래에서 부글부글 흰 거품과 연기가 피어오르더니 하늘을 향해 무럭무럭 퍼져나가기 시작했다. 이내 절벽의 꼭대기까지 흰 연기로 뒤덮였다.

오디세우스는 그가 매달려 있는 무화과나무 바로 아래로 뗏목이 다시 떠내려오는 것을 보았다. 그는 조금의 망설임도 없이 나뭇가지를 잡고 있던 손을 놓아 곧장 아래로 떨어졌다. 너무나 다행스럽게도 발밑에서 튼튼한 뗏목이 자신을 받치고 있는 것이 느껴졌다. 떨어지는 순간에 뗏목이 이리저리로 심하게 흔들리기는 했지만, 그래도 정확히 뗏목 위로 안전하게 떨어진 것이다. 곧 바람이 뒤에서 불어와 뗏목은 협곡을 벗어나 저 멀리 넓은 바다로 다시 나아갈 수 있었다.

그렇다. 다시 한 번 오디세우스는 구사일생으로 죽음의 그늘에서 벗어난 것이다! 그러나 이제 어떻게 해야 하는가? 오디세우스는 넓디넓은 바다를 뗏목 하나에 의지해 정처 없이 떠돌아다녀야 하는 신세가 되고 말았다. 굶어 죽을 수도 있고 거센 파도가 뗏목을 집어삼킬 수도 있으며, 어쩌면 무시무시한 해일에 휘말리거나 바위에 부딪쳐 뗏목이 산산조각으로 부서질 수도 있었다.

오디세우스는 정신이 혼미해진 상태에서 침침하고 흐릿해진 시력을 간신히 모아, 파도가 출렁이는 끝도 없이 펼쳐진 바다를 바라보았다. 바람과 거센 물살에 실려 뗏목은 빠른 속도로 앞으로 나아가고 있었다. 오디세우스는 뗏목에 몸을 싣고 하염없이 둥둥 떠내려가면서, 도대체 앞으로 또 어떤 일이 자신을 기다리고 있을까 하고 생각했다. 그것 말고는 뗏목 위에서 할 수 있는 일이란 더 이상 아무것도 없었다. '가까이에 육지가 나타난다고 해도 난 그저 뗏목이 가는 대로 몸을 맡기고 있을 수밖에 없겠구나. 지금 내겐 뗏목의 방향을 틀 수 있는 노 하나도 없으니……' 오디세우스는 서글픈 심정이 되었다. '신들께서 다시 한 번 은총을 베풀어주시지 않는다면 나는 내 고향 이타케도, 사랑하는 가족들도 살아생전 두 번 다시는 볼 수 없을 것이다!'

저녁이 되어갈 무렵, 저 멀리에서 섬 하나가 나타났다. 섬은 뗏목이 흘러가는 바로 그 방향에 있었다. 오디세우스는 희망과 두려움을 동시에 느꼈다. 가까이 다가가서 보니 섬의 크기는 너무도 작았다. 어쩌면 뗏목이 섬에 가 닿지도 못하고 그대로 지나칠 수도 있었다. '만약 그렇게 된다면 바닷물에 뛰어들어 섬의 해안으로 헤엄이라도 쳐서 가고야 말겠다.' 오디세우스는 이렇게 다짐하며, 시시각각으로 다가오는 해안을 잔뜩 긴장한 채 바라보았다.

그러나 바닷물에 뛰어들어 헤엄을 칠 필요는 없었다. 뗏목이 곧장 섬을 향해 흘러갔기 때문이다. 뗏목은 곧 평평한 모래사장 위로 부드럽고 매끄럽게 올라가더니 조용히 그 자리에 멈춰 섰다.

오디세우스는 한동안 꼼짝도 하지 않고 뗏목 위에 그대로 앉아 있었다. 너무나 순조롭게 해안에 다다른 것이 믿을 수 없을 만큼 신기하게 느껴졌다. 곧 엄청난 불안이 엄습했다. 그동안 너무도 끔찍한 일을 많이 당한 터라 더더욱 불안했다. 여기서 또 무슨 일을 당하게 될지 그 누가 알겠는가!

오디세우스는 사방을 둘러보았다. 세상에, 섬은 너무도 아름다웠다! 그 앞에 초록의 들판이 펼쳐져 있었고, 들판에는 토끼풀과 그 밖의 이름 모를 수많은 꽃들이 여기저기 무리를 지어 만발해 있었다. 들판가에는 빽빽한 나무들로 이루어진 숲이 둘러서 있었다. 숲에는 포플러, 오리나무, 실측백나무 등이 자라고 있었다. 숲 한가운데에는 문이 여러 개 달린 커다란 동굴이 우뚝 솟아 있었는데, 그 모습이 마치 궁궐 같았다. 동굴에서는 연기가 모락모락 피어오르고 있었고 삼나무 타는 향기가 바람결에 실려 왔다.

섬에 있는 모든 것이 아름답고 평화로워 보였다. 오디세우스는 마침내 용기를 내어 뗏목에서 내려와 섬 안쪽으로 걸어 들어갔다. 가던 길을 잠시 멈춰 서서 입고 있는 옷을 내려다 보니 영 마음에 들지 않았다. 옷은 너덜너덜해진 데다가 때와 엉겨 붙은 진흙으로 뻣뻣하게 굳어 있었다. "이 섬에서 친절한 사람들을 만나 새 속옷과 윗도리를 얻어 입고, 거기다가 먹을 것까지 대접받는다면 더 바랄 것이 없겠구나. 배가 고파 창자가 뒤틀릴 지경이야." 오디세우스는 이렇게 혼잣말을 하고는 계속 앞으로 걸어갔다. 그러면서도 주변을 둘러보며 경계를 늦추지 않았다.

조금 가다 보니 네 개의 샘물이 나왔다. 네 개의 샘물은 서로 가까이에 다닥다닥 붙어 바닥에서 물을 뿜어내고 있었는데, 그 물줄기들은 동서남북 네 방향으로 흘러 나갔다.

숲에는 또한 금색 눈동자를 가진 부엉이, 매, 바다까마귀 등 여러 종류의 새들이 살고 있었다. 동굴 둘레에는 무성한 포도 덩굴이 이리저리 뒤엉켜 덮여 있었고, 짙은 색으로 잘 익은 포도송이가 주렁주렁 달려 있었다.

오디세우스는 그 자리에 멈춰 서서 몸을 옆으로 숨기고는, 불빛이 새어 나오는 문을 통해 동굴 안쪽의 동정을 살폈다.

문 바로 앞쪽에 높고 둥근 천장이 달린 커다란 공간이 있었다. 그곳에는 금과 은으로 멋지게 장식된 탁자와 의자 들이 놓여 있고, 번쩍이는 청동 삼발이가 모닥불 위에 얹혀 있었다. 사방 벽에는 자줏빛 양탄자들이 걸려 있었다.

동굴 문 맞은편의 황금 의자에는 한 여인이 앉아 있었다. 그녀를 바라본 오디세우스는 숨이 멎을 뻔했다. 여인은 폭이 넓은 반짝이는 옷을 입고서 금발의 머리카락을 어깨 위로 드리운 채, 불빛에 반사되어 반짝반짝 빛을 발하고 있었다.

'저 여인은 여신임에 틀림없다!' 오디세우스는 생각했다. '인간이라면 저렇게 아름다울 리가 없어!'

오디세우스의 짐작은 틀리지 않았다. 그녀는 어깨로 하늘을 떠받치고 있는 신 아틀라스의 딸 칼립소였다.

칼립소는 오디세우스가 섬에 첫발을 내딛기도 전에 벌써 그의 모습을 낱낱이 보고 있었다.

그녀는 베를 짜느라 손에 들고 있던 황금 실타래를 한쪽 옆으로 내려놓고 자리에서 일어났다. 그녀의 얼굴에 뭐라 형용할 수 없는 우아함이 가득한 엷은 미소가 떠올랐다.

"이리 가까이 오시지요, 낯선 손님이여!" 칼립소는 상냥한 목소리로 말했다.

오디세우스는 자신이 숨어서 지켜보고 있는 것을 여인에게 들킨 것이 민망해 어깨를 한번 으쓱했다. 곧 그는 동굴의 그늘에서 벗어나 문지방 앞에 우뚝 섰다.

"당신이 여신이거나 인간이거나 그 어느 쪽에 속한 분이시든, 제게 은총을 베풀어주시기를 간청드립니다. 저는 이곳에 도움을 요청하러 왔습니다." 오디세우스는 진지하고도 정중하게 말했다.

칼립소는 오디세우스를 찬찬히 들여다보았다. 그녀는 그 낯선 침입자가 누구인지 이미 알고 있었고, 그의 운명이 앞으로 어떻게 전개될는지도 알고 있었다. 불사의 신들은 많은 것을 미리 알고 있었다. 칼립소가 오디세우스를 쳐다보고 있는 동안, 그녀의 아름다운 얼굴에서 차츰 웃음기가 가셨다. 마침내 그녀는 흠칫 놀라는 기색을 감추지 못했다. 그녀의 두 눈동자에 그 어디에서도 위안을 찾을 길이 없어 보이는 깊은 슬픔의 빛이 떠올랐다.

오디세우스는 그런 칼립소의 모습에 깜짝 놀라 그녀를 쳐다보았다. 그러나 그녀가 어찌나 빨리 안색을 바꾸었던지, 오디세우스는 그가 잘못 본 것이라고 생각했다.

"어서 이리 들어와 저의 환영을 받으세요!" 칼립소는 위엄 있게 말했다. 이어서 칼립소가 손뼉을 치자 시녀들이 들어왔고, 그녀는 손님을 위해 목욕물을 준비하고 새 옷을 가져오라고 명했다.

그런 다음 칼립소는 오디세우스에게 눈길 한 번 주지 않고 곧 그 자리를 벗어났다. 그녀는 마음이 무척 아팠는데, 이전에는 단 한 번도 느껴보지 못한 감정이었다.

오디세우스가 목욕을 마친 뒤 온몸에 향유를 바르고 새 옷으로 갈아입고 나자, 시녀들은 그를 홀로 다시 데려다주었다. 칼립소가 은으로 만든 의자 위에 앉아 있었다. 그녀의 옷은 달빛처럼 반짝였고, 그런 그녀가 오디세우스의 눈에는 이전보다 훨씬 아름답게 보였다. "이리로 앉으세요!" 칼립소가 말했다. "먼저 함께 식사를 한 뒤, 당신께서 원하신다면 그동안 겪은 일을 내게 이야기해주세요."

오디세우스는 다행스러운 생각에 한숨이 다 나올 정도였다. 그는 너무 배가 고프다 못해, 눈앞에서 불똥이 번쩍번쩍 튀고 검은 동그라미가 뱅뱅 원을 그리며 돌 지경이었기 때문

185

이다.

시녀들이 풍성한 식사를 내왔다. 오디세우스는 곧 칼립소가 그렇게도 맛있는 음식에 전혀 손도 대지 않는다는 사실을 깨달았다. 아주 가끔씩 자기 앞에 놓인 금그릇에 담긴 것을 조금 먹거나, 금잔에서 뭔가를 조금씩 홀짝거리며 마실 뿐이었다. 불사의 신들은 인간이 먹는 보통 음식 대신에, 신들의 음료인 넥타르를 마시고 신들의 음식인 암브로시아를 먹으며 살았던 것이다.

그렇다. 오디세우스는 요정 칼립소가 살고 있는 섬에 당도했으며, 그가 다시 섬을 떠날 때까지는 7년이라는 세월이 흘러야 했다.

물론 그 섬에서의 생활은 더할 나위 없이 아름다웠다. 뭐든 오디세우스가 마음속으로 바라기만 하면, 입 밖으로 채 꺼내기도 전에 모두 이루어졌다. 불사의 신인 칼립소는 엄청난 능력을 가지고 있었기 때문이다. 그럼에도 불구하고 오디세우스는 하루하루 시간이 갈수록 고향 이타케로 돌아가, 아내 페넬로페와 어린 아들을 다시 만나볼 수 있는 날만을 손꼽아 기다렸다. 그러나 도대체 어떻게 해야 그 섬을 떠나 다시 항해 길에 오를 수 있단 말인가?

오디세우스는 자주 모래사장으로 나가 쓸쓸한 바다를 하염없이 바라보며 혹시라도 배가 한 척 섬으로 다가오진 않을까, 그 배가 자기를 멀리로 데려가 주진 않을까 고대했다.

어느 날 칼립소가 그에게 다가와 "어째서 당신은 그토록 슬픈 얼굴을 하시는 거죠?"라고 물었다.

오디세우스는 고개를 돌려 칼립소를 쳐다보았다. 그녀의 모습이 어찌나 아름답던지, 눈이 부셔서 똑바로 쳐다볼 수 없을 정도였다.

"내 고향 이타케로 돌아가고 싶소!" 오디세우스가 대답했다. 그의 목소리는 낮게 가라앉아 있었다. 그 말을 들은 칼립소는 아무런 대답도 없이 그 자리를 떠났다.

칼립소는 너무도 슬펐다. 그녀는 오디세우스를 사랑하고 있었기 때문이다. 그러나 오디세우스는 칼립소를 떠나, 그의 아내에게로 돌아가기를 간절히 원하고 있었다.

자존심 강한 아틀라스의 딸 칼립소는 그 사실을 참아내기가 힘겨웠다.

어느 날 칼립소가 오디세우스에게 물었다. "당신이 원하는 것은 뭐든 다 들어드리기 위해 내가 이토록 애를 쓰고 있다는 걸 모르시나요? 그리고 내가 페넬로페나 그 어떤 죽을 수밖에 없는 인간들보다 더 아름답지 않은가요?"

"이 세상의 어떤 여인도 당신보다 아름답지는 않소." 오디
세우스가 침울하게 대답했다. "그러나 내 고향 이타케에서
페넬로페와 텔레마코스가 날 기다리고 있소!"

칼립소는 오디세우스를 누구에게도 빼앗기고 싶지 않았다.
그래서 그녀는 중대한 결심을 했다. 바로 오디세우스를 남편
으로 맞아들이려는 것이었다. 칼립소는 그것이 매우 위험한
일임을 잘 알고 있었다. 올림포스의 전능하신 신들께서는 불
사의 신이 죽을 수밖에 없는 인간들과 결혼하는 것을 매우 못
마땅하게 생각했기 때문이다.

자존심 강한 요정 칼립소는 오디세우스가 그녀의 제안을
받아들일지에 대해서는 조금도 의심하지 않았다. 죽을 수밖
에 없는 인간들 중 불사의 여신과의 결혼을 통해, 자신도 영원
한 생명을 얻는 것을 마다할 자가 도대체 어디 있단 말인가!

'오디세우스가 바닷가에서 돌아오는 대로 그에게 이 사실
을 말해줘야겠다!' 이렇게 결심한 칼립소는 시녀들을 불러 몸
단장을 했다.

그러나 모든 일이 그녀의 생각과는 다르게 전개되었다.

바로 그날, 올림포스의 신들께서 마침내 오디세우스가 고

향으로 돌아갈 수 있도록 결정하셨기 때문이다!

전능하신 신들께서 모두 높은 올림포스에 모였다. 크로노스의 아들 제우스는 아무 말 없이 침통한 표정으로 땅 위를 내려다보고 있었다. 그의 머리는 구름으로 가득 둘러싸여 있었고, 그의 거대한 이마는 불쾌함으로 잔뜩 그늘져 있었다. 그는 인간이란 어떤 족속들인가에 대해 골똘히 생각하는 중이었는데, 도대체가 기이하고 이해할 수 없는 존재가 바로 인간이라는 생각이 들었던 것이다. 인간은 착하지도 그렇다고 현명하지도 않으며, 자기 실수로 인해서 수많은 불행에 빠져드는 꼴이 마치 그물에 걸린 물고기가 그물에서 빠져나오려고 몸부림치는 것과 다를 바 없었다.

팔라스 아테나가 신과 인간 들의 아버지인 제우스를 오래 전부터 지켜보고 있었다. 그녀는 제우스에게 하고픈 간청이 하나 있었고, 그 간청이야말로 제우스가 꼭 들어주어야 하는 것이었다.

아테나는 그 자리에 모여 있는 다른 신들을 죽 둘러보았다. 바다의 지배자 포세이돈만 빼고 모두 모여 있었다. 포세이돈은 그 시각, 가장 변방에서 두 종족으로 나뉘어 살고 있는 아이티오페스인들의 나라에 가 있었다. 한 종족은 태양이 뜨는 것에 찬성하고, 다른 한 종족은 태양이 지는 것에 찬성하는 종족이었다. 바로 그들이 포세이돈을 위해 성대한 제물로 백 마리의 숫양과 황소를 바쳤는데, 포세이돈은 그 앞에 차려진 풍성한 식탁을 마주하고 앉아 즐기고 있었다.

팔라스 아테나는 지금이야말로 좋은 기회라고 생각했다. 만약 포세이돈이 그 자리에 있었더라면, 그녀의 간청은 절대로 받아들여지지 않았을 것이기 때문이다.

아테나가 재빨리 자리에서 일어나 제우스를 향해 말을 꺼내려던 찰나였다. 바로 그 순간 크로노스의 아들 제우스의 목소리가 마치 쩡쩡 울리는 천둥처럼 들려오기 시작했다. "저 죽을 수밖에 없는 인간들은 신들을 향해 끊임없이 원망의 탄식을 쏟아놓는구나! 마치 자기들이 당하는 불행이 모두 우리 신들 때문인 것처럼 말이야! 저 바보 같은 인간들은 자신이 저지른 실수와 못된 짓들 때문에 불행에 빠진다는 것을 모르고 있어! 아이기스토스가 아가멤논의 아내를 자기 여자로 만든 다음, 그 여자와 공모하여 트로이에서 돌아온 아가멤논을 죽인 것은 인간 자신의 잘못이 아니고 뭐란 말인가? 우리 신들은 그 일을 막아보고자 헤르메스를 사신으로 보내 아이기스토스에게 끔찍한 불행을 미리 경고했지만, 아무런 소용이 없었다. 아이기스토스는 헤르메스의 예언을 하나도 믿으려 하지 않았거든. 그는 귀 기울여 들으려고도 하지 않았어! 결국 아가멤논의 아들 오레스테스가 아버지의 원수를 갚기 위해 그를 죽였고, 그것으로 자신이 저지른 모든 잘못에 대한 죄과를 한꺼번에 치른 셈이 되고 말았지!"

"그 배반자는 자기가 파놓은 함정에 스스로 빠져들고 만 거죠." 팔라스 아테나가 말했다. "아이기스토스 같은 악한 인간들은 모두 그와 같은 벌을 받아야만 해요! 그러나 나의 아버지이자 세상의 주인이시여, 어찌하여 타인에게 아무런 잘못도 저지르지 않은 올곧은 영웅 오디세우스 같은 사람이 저토록 큰 불행에 빠져 있는 것을 그냥 내버려 두시는 것입니까? 그는 이미 자기에게 주어진 고난을 모두 겪었음에도, 어째서 고향으로 돌려보내지 않으시는지요? 그가 벌써 7년째 칼립소의 섬에 붙들려 지내면서, 밤낮으로 한결같이 이타케의 언덕 위로 연기가 솟아오르는 모습을 다시 보고 싶어 한다는 것을 아버지께서도 잘 알고 계시지 않습니까!

혹시 오디세우스가 아카이아 병사들과 함께 트로이 성 앞에 주둔해 있는 동안, 아버지께 충분한 제물을 바치지 않았기 때문에 그리하시는 것입니까? 오디세우스는 이타케의 왕들

191

중 가장 공평하고 자비로운 왕이 아니었습니까? 그런데 어째서 아버지께서는 그런 그에게 이토록 화를 풀지 않으시는 것입니까?"

제우스는 머리를 가로저었다. "내 딸아, 도대체 지금 무슨 얘기를 하는 거냐? 내가 어떻게 오디세우스처럼 신들에 대한 경외심을 잃지 않고 우리에게 계속 풍성한 제물을 바치며, 게다가 모든 인간들 중 가장 현명한 이에게 화를 낼 수 있단 말이냐! 이 모든 것은 포세이돈이 오디세우스를 따라다니며 그에게 복수해서이기 때문이란다. 오디세우스가 포세이돈의 아들 폴리페모스의 눈을 멀게 만들지 않았느냐. 땅을 뒤흔드는 신 포세이돈이 제아무리 화가 나도 오디세우스를 죽일 수는 없으니, 그의 귀향을 방해해서 최대한 늦추려고 하는 것이다. 포세이돈은 그 일이 있은 후부터 줄곧 오디세우스와 그의 병사들을 끝도 없이 거친 바다로 내몰고, 거친 종족들이 사는 낯선 땅에서 헤매게 만들었으며, 끔찍한 죽음으로 여러 번 그들을 위협했지. 또한 폭풍우와 저 심연에서 살고 있는 괴물들을 불러들여 오디세우스와 그의 병사들을 덮치게 하기도 했고. 포세이돈은 이제 마지막으로 오디세우스를 칼립소가 살고 있는 섬의 해안으로 내몬 것이야. 칼립소는 오디세우스를 보자마자 사랑에 빠졌고, 그를 남편으로 맞고 싶어 인간이 살고 있는 곳에서 아주 멀리 떨어져 있는 자신의 섬에 그를 붙잡아 두고 있지. 칼립소의 섬은 넓고 거친 바다 위에서도 그 어떤 배도 지나갈 수 없는 외진 곳에 위치하고 있단다. 오디세우스에게는 지금 그를 도와 섬을 벗어나게 해줄 동료도 한 명 없고, 그를 싣고 고향 이타케로 데려다줄 배도 한 척 없는 형편이다. 포세이돈이 그에게서 모든 것을 빼앗아가 버렸기 때문이지! 그러나 이제 포세이돈도 그쯤 했으면 충분하다는 생각이 드는구나!

우리는 이제 모두 모여 머리를 맞대고 어떻게 해야 오디세우스가 고향으로 돌아가 아내 페넬로페와, 또 그가 트로이로 떠날 당시 갓 태어났던 아들 텔레마코스를 만나게 해줄 수 있을까를 의논해볼 참이다."

"옳으신 말씀이십니다." 아테나가 말했다. 그녀의 두 눈에 분노의 빛이 번쩍 떠올랐다. "이제야말로 이타케의 왕 오디세우스를 고향으로 돌려보내, 그의 왕궁에서 벌어지고 있는 혼란을 바로잡을 때입니다. 이미 오래전부터 그의 왕궁에서는 페넬로페를 아내로 맞으려는 한 무리의 구혼자들이 흥청망청 먹고 마시며, 오디세우스의 가산을 탕진하고 있습니다.

그들은 오디세우스가 낯선 땅에서 죽은 지 오래라고 주장하며, 페넬로페에게 자기들 중 한 사람을 남편으로 택하라고 협박하고 있지요. 페넬로페 왕비는 여자이기 때문에 혼자서 그들을 물리칠 힘이 없습니다. 그저 남편인 오디세우스가 언제라도 고향으로 돌아와 주기만을 남몰래 바랄 뿐이지요. 페넬로페는 꾀를 써서 구혼자들을 따돌리며 하루하루를 이어가고 있습니다. 텔레마코스는 그동안 의젓한 소년으로 자랐지만, 그의 분노 역시 구혼자들의 놀림감밖에는 되질 않습니다."

제우스는 올림포스의 사신인 헤르메스를 손짓하여 불렀다. "이제 일어나야만 하는 일들이 일어날 때가 된 것 같구나! 너는 지금 속히 칼립소의 섬으로 내려가서, 그녀에게 우리의 결정을 알려주도록 하라. 칼립소는 당장 오디세우스를 자유롭게 풀어주어, 그가 그 섬을 한시라도 빨리 떠날 수 있게 도와주어야 한다고 전하거라! 칼립소는 영리하고 막강한 힘을 지닌 데다 능력이 많은 요정이다. 게다가 오디세우스 역시 지략에 뛰어난 장수라는 별명을 공짜로 얻은 것이 아니다. 그러니 칼립소가 조금만 도와준다면, 오디세우스에게 자기가 타고 항해할 뗏목을 만드는 일쯤은 어린아이 장난보다도 쉬운 일일 것이야. 그 뗏목을 타고 오디세우스는 바다를 건너 파이아케스인들이 살고 있는 스케리아 섬에 당도하게 될 것이다. 칼립소의 섬을 떠난 지 스무 날이 되면, 그는 그 섬 안으로 들어가게 될 것이다. 파이아케스인들은 오디세우스를 신과 같이 경배할 것이며, 그에게 많은 선물을 하고 그를 자기들의 배에 태워 이타케까지 무사히 데려다줄 것이다. 그것은 신들이 파이아케스인들에게 은총으로 내린 소중한 풍습이란다. 그들은 자기들을 찾아온 손님을 언제나 바다 건너 그들의 고향까지 무사히 데려다주는 아름다운 풍습을 가지고 있지. 이는 제아무리 포세이돈이라도 막을 수 없는 그들만의 능력이란다!"

"정말 고맙습니다, 나의 아버지이자 주인이시여!" 팔라스 아테나가 말했다. 그러나 아테나는 걱정스러운 마음으로 포세이돈을 생각했다. 스무 날 동안이나 오디세우스는 누구의 도움도 받지 못하고, 혼자서 뗏목에만 몸을 의지한 채 끝없는 망망대해를 항해해야 한다! 그를 그토록 미워하는 지축을 뒤흔드는 신 포세이돈이 그런 그를 발견하는 날에는 그야말로 끝장이었다!

아테나는 이런저런 걱정 끝에 다시 스스로가 자랑스러운 듯 고개를 번쩍 쳐들었다. 이제 그녀는 죽을 수밖에 없는 인간들 가운데 그녀가 가장 사랑하고 아끼는 한 장수를 위해 그에게 닥칠 온갖 고난을 어떤 일이 있어도 막아주기로 결심했다! 게다가 여러 신들의 결정이라면, 포세이돈 역시 그에 반대하여 오디세우스를 파멸시키지는 못할 터였다.

순간, 이상한 예감에 사로잡힌 칼립소는 사방을 둘러보았다. 그녀는 깜짝 놀랐다. 동굴 문 앞에 올림포스의 사신 헤르메스가 우뚝 서 있었기 때문이다. 칼립소는 그를 단번에 알아보았다. 불사의 신들은 서로를 너무나 잘 알고 있었다. 그녀는 헤르메스가 신고 있는 빛나는 샌들을 보았다. 그것은 그로 하여금 육지와 바다 위를 바람처럼 휙휙 날아다니게 만들어주는 것이었다. 또한 헤르메스의 손에 들린 금빛 지팡이도 보았다. 헤르메스는 그 지팡이로 인간의 눈을 살짝 건드려 깜박깜박 졸다가 결국 눈을 감고 깊은 잠에 빠져들게도 하지만, 동시에 번쩍 깨어나게도 했다. 그것은 순전히 헤르메스의 마음에 달린 것이었다.

칼립소는 재빨리 헤르메스에게 다가갔다. "금빛 지팡이를 손에 든 신 헤르메스여." 그녀는 침착하게 말했다. "여기까지 어인 행차시옵니까? 그전에는 단 한 번도 절 찾아와 주신 적이 없지 않습니까! 분명 크로노스의 아들이신 제우스의 명령을 받아 이곳까지 내려오셨을 테죠, 맞지요? 자, 이리 가까이

오세요. 당신께 융숭한 손님 대접을 해드린 다음, 전하는 소식을 듣도록 하겠습니다!"

칼립소는 헤르메스를 은으로 장식된 의자에 앉힌 다음, 그 앞에 암브로시아가 가득 든 그릇을 놓고 그 옆에는 붉은색 넥타르가 담긴 술잔을 놓았다. 그러고 나서 그녀는 불길한 예감으로 가득한 마음을 애써 누그러뜨리며 초조하게 헤르메스가 전하는 말을 기다렸다.

"내가 여기까지 무슨 일로 왔는지 물었느냐?" 신들의 사신 헤르메스는 암브로시아와 넥타르를 먹고 마신 다음, 말을 꺼냈다. "칼립소야, 너는 이미 그 대답을 네 입으로 말했다. 그래, 네 말대로 제우스께서 네게 전할 말씀이 있으셔서 날 네게로 보내신 것이다. 난 정말이지 황량하고 산이 많은 땅을 지나 어디에서도 신에게 제물을 바칠 인간의 그림자 하나 볼 수 없는 저 쓸쓸하기 그지없는 바다를 건너, 이렇게 먼 길을 오는 것을 별로 좋아하지 않는단다. 하지만 너도 잘 알고 있다시피 크로노스의 아들 제우스께서 한번 마음먹은 일은 그 누구도 거역할 수 없지. 칼립소야, 너 역시 그분의 뜻을 따르지 않을 수 없다는 말이다! 그러니 잘 듣거라. 제우스께서 네게 명령하시기를, 벌써 7년이나 이 섬에서 머물고 있는 이타케의 왕 오디세우스를 지금 당장 떠나보내라고 하신다. 그가 고향에 돌아가는 것은 이미 정해져 있는 일이란다!"

칼립소는 꼼짝 않고 그 자리에 그대로 앉아 있었다. 그렇다, 드디어 오디세우스와의 이별의 순간이 온 것이다! 헤르메스가 그녀의 집에 발을 들여놓는 순간부터 칼립소는 그것을 알고 있었다! 그녀의 두 눈은 마치 눈물방울이라도 맺힌 듯한 줄기 영롱한 빛을 발했다. 그러나 아틀라스의 자존심 강한 딸 칼립소는 스스로를 억제했다.

그녀는 분노와 고통에 몸을 떨었다. "당신네 신들은 정말로 냉정하십니다!" 칼립소가 소리쳤다. "당신들은 단 한 번도 우리로 하여금 죽을 수밖에 없는 인간을 마음 놓고 사랑하도록 허락하신 적이 없습니다. 에오스가 인간들 중 가장 아름다운 청년 오리온을 사랑했을 때도, 아르테미스께서 그녀의 절대로 빗나가는 법이 없는 화살을 쏘아 오리온을 죽여버렸지요. 그리고 금발이 아름다운 데메테르가 이아시온을 남편으로 맞아들였을 때도 제우스께서 직접 번개를 내려 그를 죽여버렸습니다. 그리고 제게는 폭풍우와 높은 파도가 내 섬으로 실어다 준 오디세우스를 다시 놓아주라고 명령하십니다. 저는 거의 거지꼴이 되어서 굶어 죽기 직전의 상태로 절 찾아온 오디세우스를 친절하게 맞아들였어요. 저는 그가 인간들 중에서 몇 안 되는 훌륭한 장수라는 사실을 이내 깨달았지요. 아무리 그렇다 한들, 제가 어떻게 크로노스의 아들인 제우스의 명령에 거역할 수 있겠어요? 오디세우스가 이 섬을 떠나 다시 항해 길에 오를 수 있게 도와주어야겠지요! 그러나 지금 제겐 배도 한 척 없고 오디세우스를 돕도록 그에게 딸려 보낼 병사도 하나 없어요! 그러니 내가 무슨 수로 그를 멀리 떠나보낼 수 있단 말입니까?"

헤르메스가 그 말을 듣고 웃었다. "너는 분명히 해결책을 찾을 수 있을 것이다, 칼립소야. 게다가 오디세우스 역시 똑똑하고 지략에 뛰어난 인물이니, 이곳에서 벗어나기 위해 자기가 할 수 있는 모든 일을 다 하게 될 거다. 내 너에게 충고하건대, 크로노스의 아들 제우스의 뜻을 거역할 생각일랑 아예 하지 말거라. 그분의 진노를 사면 너에게 큰 화가 미칠 것이야. 너도 그것을 잘 알고 있지 않느냐!"

말을 마친 신들의 사신 헤르메스는 서둘러 자리를 떠나 올림포스로 되돌아갔다.

칼립소는 그길로 해변으로 내려갔다. 해변에서는 오디세우스가 우울한 생각에 잠겨 먼바다 쪽을 하염없이 바라보고 있었다. 오디세우스는 혹시나 배가 지나가지 않을까 하는 희망을 이제 완전히 버리기로 했다.

뒤쪽에서 가벼운 발걸음 소리가 들리자, 오디세우스는 뒤를 돌아보았다. 그 소리는 그가 너무 잘 알고 있는 소리였다. 오, 얼마나 오랜 세월 동안 들어온 발걸음 소리던가!

칼립소를 쳐다볼 때마다 오디세우스는 그녀가 얼마나 아름다운 여인인지를 생각하지 않을 수 없었다. 사랑스러운 얼굴에 탐스러운 금발, 반짝이는 옷 속에 감춰진 날씬한 몸매, 걸음을 내디딜 때의 당당하고도 우아한 자태까지 그녀의 모든 면이 너무도 아름다웠다.

그런데 그런 칼립소의 모습에서 평소와는 다른, 뭔가 이상한 분위기가 느껴졌다. 칼립소는 오디세우스 가까이로 다가와 아무 말 없이 그의 옆 모래사장 위에 자리를 잡고 앉았다.

한참을 아무 말 없이 그대로 앉아 있던 그녀가 드디어 말문을 열었는데, 그 목소리에는 형용할 수 없는 슬픔이 배어 있었다. "당신은 이제 더 이상 슬퍼하지 않으셔도 돼요, 오디세우스!" 칼립소가 말했다. "이제 그만 당신을 보내드리겠어요. 당신의 고향 이타케로 돌아가실 수 있게 말이에요."

오디세우스가 믿을 수 없다는 듯이 칼립소를 쳐다보았다.

"당신, 슬픔에 젖어 있는 날 놀릴 작정이시오? 이 섬에는 배도 한 척 없는데, 내가 어떻게 이 섬을 떠나 저 넓은 망망대해로 나갈 수 있단 말이오?"

"뗏목을 만들면 되잖아요." 칼립소가 대답했다.

그 말을 들은 오디세우스는 너무도 화가 난 나머지 헛웃음이 나왔다. "내 생각에, 당신은 아무래도 내가 빨리 죽기를 바라는 것 같소. 튼튼한 함선도 파도에 휩쓸려 바다 밑 저 깊은 심연 속으로 가라앉기 일쑤인 무시무시한 망망대해를, 나더러 한갓 추풍낙엽 같은 뗏목을 타고 항해하라고 하다니 말이오. 당신에게 분명히 말해두지만, 난 절대로 뗏목에 내 몸을 의지하지는 않을 것이오!" 그러다 오디세우스가 하던 말을 갑자기 멈췄다. "아니면……" 문득 키르케와의 일이 생각난 오디세우스는 조심스레 말을 꺼냈다. "혹시…… 당신이 신들의 이름을 걸고 내 앞에서 맹세를 한다면 또 모를까. 당신, 절대로 내게 해를 끼치지 않겠다고 맹세할 수 있겠소?"

"그건 내가 굳이 맹세를 하지 않아도 당신이 더 잘 알고 있을 텐데요." 칼립소가 슬픈 목소리로 말했다. "어찌 되었건! 그래요, 당신 앞에서 하늘과 땅과 지옥의 스틱스 강을 걸고 맹세하지요. 앞으로 당신에게 어떤 조언이라도 할 때는, 마치 내가 당신과 같은 어려움에 처했다고 가정하고 당신에게 도움이 되는 말만을 하겠다고 말이에요!"

"고맙소!" 오디세우스가 안심하며 대답했다. 실로 오랜만에 그의 마음속에 실낱같은 희망의 불씨가 피어오르기 시작했다.

"참, 당신에게 감춰서는 안 되는 사실이 하나 더 있어요." 칼립소가 잠시 머뭇거리며 말했다. "당신이 겪어야 할 고난이 아직 모두 다 끝난 게 아니에요! 만약 당신이 고향 땅을 밟기 전에 겪어야 할 고난에 대해 미리 알게 된다면, 어쩌면 당신은 여기를 떠나지 않고 나와 결혼해 살며 신들만이 가질 수 있는 영원한 생명과 젊음을 얻게 되길 바랄지도 몰라요!"

그러나 오디세우스는 고개를 가로저었다. "내가 사랑하는 모든 이들을 더 이상 만날 수 없게 된다면, 영원한 생명과 젊음이 다 무슨 소용이란 말이오? 지금껏 나는 수도 없이 많은 역경을 견뎌왔소. 만약 신들께서 아직도 내게 내리실 고난이 더 남아 있다면, 내 그 나머지도 모두 기꺼이 견뎌낼 작정이오!"

그제야 칼립소가 자리에서 일어났다. "그렇다면 당신에게 행운을 빌어드리는 수밖에 없겠군요!" 말을 마친 칼립소가 자기를 따라오라고 손짓했다.

칼립소는 오디세우스를 데리고 섬의 반대편 해안으로 갔다. 그곳에는 포플러, 오리나무, 전나무 등 키가 큰 나무들이 많이 있었다. 대부분이 오래되고 바짝 마른 나무들이어서 뗏목을 만들기에 안성맞춤이었다. 칼립소는 많은 나무들 중 어떤 나무가 배를 만들기에 가장 적합한 나무인지, 오디세우스에게 알려주었다. 그리고 뗏목을 만드는 데 필요한 연장들—청동으로 만든 양날 도끼와 자귀, 나사송곳과 끈, 나무못 등—을 가져다주었다. 그리하여 오디세우스는 자신을 싣고 바다를 건너 고향으로 데려다줄 뗏목을 만드는 일을 시작할 수 있었다.

그는 나무 밑둥치를 잘라 가지를 모두 쳐내고 껍질을 말끔히 벗겨낸 다음, 끈을 갖다 대고 도끼로 똑바로 잘랐다. 그동안 칼립소가 나사송곳을 가져오자, 그는 나무마다 구멍을 뚫어 그것들을 이어 붙인 뒤 나무못과 꺾쇠로 뗏목을 튼튼하게 만들었다. 그 위에 두꺼운 판자를 다시 덧대어 뗏목의 바닥을 완성했다. 돛을 매달 돛대를 만들어 바닥에 붙여 세우고, 버드나무 줄기를 굵게 꼬아 만든 밧줄로 뗏목의 둘레를 둘렀다. 거세게 부딪치는 파도에 대비하기 위해서였다. 마지막으로 나무를 깎아 뗏목의 방향을 조종할 수 있는 노를 하나 만들었다. 칼립소가 돛으로 쓸 아마천을 가져다주었다. 오디세우스는 천을 적당히 잘라 돛대에 매달고 밧줄로 고정시킨 다음, 뗏목에 달린 손잡이를 끌어당기고 밀어가며 뗏목을 바닷물에 띄웠다. 나무를 잘라 뗏목을 만들기 시작한 지 나흘이 채 되지 않은 날이었다.

닷샛날 아침, 오디세우스는 드디어 칼립소의 섬을 떠날 채비를 모두 끝냈다. 칼립소는 하나에는 물이 가득 담겨 있고, 다른 하나에는 포도주를 가득 담은 두 개의 가죽 부대를 뗏목에 실어주었다. 그리고 또 다른 커다란 가죽 자루에는 온갖 종류의 먹을 것을 넣어 실어주었다.

바람이 적당히 불어왔고, 뗏목은 그 바람을 충분히 견딜 만큼 튼튼해 보였다. 오디세우스는 마침내 즐거운 마음으로 넓은 바다를 향해 항해를 시작했다.

칼립소는 뗏목이 잘 보이는 절벽에 서서, 뗏목이 점점 작아지다가 끝내는 사라질 때까지 지켜보았다. 뗏목은 마치 바다 위를 날아 저 멀리 흰 점이 되어 사라져가는 한 마리 물새처럼 보였다.

한참을 그렇게 서 있던 칼립소는 다시 그녀의 외로운 성으로 발걸음을 돌렸다. 그녀에게서 오디세우스를 빼앗아간 올림포스의 신들을 향한 이루 말할 수 없는 분노를 느꼈으나, 사실 오디세우스는 단 한 번도 그녀의 진정한 소유였던 적이 없었다.

4

같은 시각, 칼립소의 섬에서 여러 날을 여행해야 닿을 수 있을 정도로 멀리 떨어진 곳에서 팔라스 아테나가 이타케를 향해 가고 있었다.

아테나는 헤르메스가 칼립소에게 신들의 명령을 전해준 것이며, 오디세우스가 뗏목을 만든 일이며, 그 뗏목을 타고 칼립소의 섬을 떠난 일 등을 모두 주의 깊게 지켜보았다.

제아무리 포세이돈이 반대하고 싫어한다고 해도, 이제 곧 오디세우스는 고향에 당도할 운명이었다.

'지금이야말로 텔레마코스로 하여금 그의 마음속 깊숙이 자리 잡고 있는 아버지에 대한 기억을 불러일으킬 때다. 20년이란 세월은 인간들에게 결코 짧은 시간이 아니며, 더욱이 오디세우스가 트로이로 원정을 떠날 당시 텔레마코스는 아주 어린 아기에 불과했다. 그랬던 텔레마코스가 이제 청년으로 성장했다. 그러나 그는 아직도 내면적으로 덜 성숙했으며, 자기가 얼마만큼의 용기를 지니고 있는지도 시험해보지 못했다. 그런 까닭에 그는 어머니의 구혼자들이 자기 집에서 온갖 못된 짓을 저질러도, 어쩔 수 없이 참고 견딜 수밖에 없었다. 이제 그런 상황도 끝이 나야만 한다! 나는 텔레마코스를 필로스에 있는 네스토르와 스파르타에 있는 메넬라오스에게 보낼 것이다. 그곳에 가서 텔레마코스는 전장에서 돌아오지 않는 아버지에 대한 소식을 수소문하여 알아보게 될 것이다. 그러면 네스토르와 메넬라오스는 텔레마코스에게 아버지가 행한 위대한 업적들에 대해 설명해줄 것이고, 심성이 올곧은 텔레마코스는 그런 이야기를 듣고 아버지와 비슷한 사람이 되기 위해 이전보다 더욱 열심히 노력할 것이다.'

이런 생각을 하면서 팔라스 아테나는 이타케의 시내로 향했다. 가는 길에 아테나는 타포스의 왕 멘테스로 변장을 했다. 멘테스는 오디세우스의 오랜 친구일뿐더러, 그 무렵 그의 배가 이타케의 항구에 정박해 있었던 터라 멘테스의 모습으로 변장하는 게 여러모로 좋을 것 같았기 때문이다. 인간들을 만나야 할 일이 있을 때마다 인간의 모습으로 변해 그들 앞에 나타나는 것은, 신들이 자신의 신분을 들키지 않기 위해 즐겨 쓰는 수법이었다.

이타케는 무역을 하기 위해 낯선 사람들이 많이 오가는 섬이었고, 따라서 멘테스로 변장한 아테나가 오디세우스의 성으로 가기 위해 도시를 활보하고 다녀도 아무도 수상쩍게 생각하지 않았다.

성문 앞에 당도한 아테나는 그 자리에 잠시 멈춰 서서 청동 창에 몸을 기댄 채 성안의 뜰을 들여다봤다.

그 안에는 과연 많은 사내들이 모여서 시끄럽게 떠들며 앉아 있었다. 어떤 이들은 각종 놀이에 열중하고 있었고, 또 어떤 이들은 짐승 가죽을 깔고 삼삼오오 모여 앉아 하릴없이 게으름을 피우고 있었다. 그들은 자기들이 그 성의 주인이라도 되는 양, 이따금 시종들을 불러 이런저런 명령을 내리며 마음대로 부렸다.

아테나 여신은 불쾌한 마음에 이맛살을 찌푸렸다. 그랬다. 그 구혼자들은 오디세우스가 살아 있다는 사실도 까맣게 모른 채 그의 아내인 페넬로페에게 자기와 결혼해달라고 떼를 쓰며 구혼을 하고 있었다! 그러나 그들이 그렇게 못된 짓을 일삼으며 남의 가산을 탕진하는 일도, 앞으로 그리 오래 계속하지는 못할 것이다!

시끄럽게 떠드는 무리로부터 약간 떨어진 곳에 텔레마코스가 혼자 앉아 있었다. 팔라스 아테나는 젊은 청년으로 자라난 텔레마코스 쪽으로 재빨리 눈길을 돌렸다. 텔레마코스는 분노에 가득 찬 눈길로 불청객들이 저지르는 만행을 쳐다보고 있었다. 그러나 구혼자들 중 어느 누구도 그런 텔레마코스에게 전혀 관심을 두지 않았다. 그들은 마치 텔레마코스가 그 자리에 없는 것처럼 무시하며 멋대로 행동했다.

텔레마코스는 성문 앞에 낯선 사람이 서 있는 것을 발견하고는 그 자리에서 벌떡 일어섰다. 그 낯선 사람은 한눈에 보기에도 고귀한 신분을 가진 사람처럼 보였고, 그런 귀한 손님을 계속 문밖에 세워두는 것은 왕궁의 예법이 아니라고 생각했다.

텔레마코스는 빠른 걸음으로 궁전의 뜰을 가로질러 성문 쪽으로 갔다. "어서 오십시오." 텔레마코스는 친절한 목소리로 인사를 건네며 아테나 여신에게서 창을 받아 들었다. "안으로 들어오시지요. 일단 음식과 술을 배불리 드시고 난 뒤, 무슨 일로 이곳까지 오셨는지 말씀해주시기 바랍니다!"

말을 마친 텔레마코스는 앞장서서 식당으로 갔다. 그곳에서 그는 무기를 세워놓는 틀에 아테나의 창을 얹어두었다. 그곳에는 오디세우스 소유의 다른 무기들이 아직도 많이 있었다. 텔레마코스는 아름답게 장식된 의자를 하나 가져와 다른 식탁에서 조금 떨어진 곳에 자리를 마련했다. 구혼자들이 들어와 바로 옆에서 떠들썩한 술자리라도 벌이면, 행여 시끄러운 소란으로 인해 새로 오신 손님에게 방해가 될까 봐 걱정스러웠기 때문이다. 게다가 텔레마코스가 보기에 손님은 멀리서 온 사람인 것 같았고, 그에게 물어보면 혹시라도 아버지에 대한 소식을 들을 수 있지 않을까 하는 생각도 들었다. 이전에도 낯선 손님들이 왕궁을 찾아오거나 혹은 먼 곳에서 온 배가 항구에 정박하면, 텔레마코스는 언제나 아버지 소식을 맨 먼저 물어보곤 했었다. 그러나 이제까지 오디세우스가 살아 있는지 아니면 죽었는지 말해줄 수 있는 나그네는 단 한 명도 없었다. 그곳을 찾아오는 낯선 사람들은 모두 오디세우스의 이름과 그의 행적에 대해서는 잘 알고 있었지만, 그가 트로이를 떠난 후의 소식을 아는 사람은 아무도 없었다.

그때 나이가 지긋한 시녀장인 에우리클레이아가 식당으로 들어왔다. 그 뒤로 많은 시녀들이 구혼자들에게 대접할 풍성한 음식을 들고 죽 따라 들어왔다. 구혼자들이 매일매일 시녀들에게 많은 음식을 차려 오라고 명령했기 때문이다. 에우리클레이아는 음식이 차려지는 모습을 주의 깊게 살펴보았다. 구혼자들이 주인도 없는 집에서 주인 행세를 하며 버릇없이 굴고 시녀들을 마음대로 부려먹어 마음속으로는 그들을 멀리 쫓아버리고 싶은 생각이 굴뚝같았지만, 다른 한편으로는 오디세우스가 집에 없다는 이유로 집안 살림이 엉망이고 손님 대접도 소홀히 한다는 말을 누구한테서도 듣고 싶지 않았다.

에우리클레이아는 시녀들에게 이미 반짝반짝하게 닦아놓은 식탁을 행주로 다시 한 번 꼼꼼하게 닦으라고 명령했다. 다른 시종들에게는 물과 포도주를 섞어놓고, 미리 꼬챙이에 끼워 구워놓은 엄청난 양의 고기를 꼬챙이에서 빼내 접시에 잘 나눠 담으라고 시켰다. 그 고기는 구혼자들이 목동에게 명령하여 오디세우스 소유의 가축을 끌고 오게 한 뒤 그중 가장 살진 소와 돼지, 염소 들만을 골라 마구 도살한 것이었다. 그들은 남의 재산을 아낄 줄 모르고 마치 제 것인 양 마음대로 써버리는 파렴치한들이었다.

식당을 둘러보던 에우리클레이아는 텔레마코스가 기둥 옆에서 낯선 손님과 마주 앉아 있는 모습을 발견했다. 그녀는 즉시 시녀를 불러 금주전자에 물을 가득 담아 은대야와 함께 가져오라고 명령했다. 텔레마코스와 손님이 식사를 하기 전에 손을 씻을 수 있게 하기 위해서였다.

에우리클레이아는 곧 가장 정성 들여 만든 음식을 내왔다. 나이 어린 주인과 한눈에 보기에도 귀한 신분인 듯한, 기품이 넘치는 손님을 대접하기 위해서였다. 고기를 써는 일을 담당하는 시종이 온갖 종류의 고기를 값비싼 그릇에 담아 내왔고, 식사 시중을 담당하는 시종이 금잔에 포도주를 따랐다. 바로 그 순간 식당 문이 활짝 열리더니, 구혼자들이 시끌벅적하게 떠들면서 몰려와서는 저마다 음식이 차려진 식탁에 자리를 잡고 앉았다. 곧 넓은 식당 안이 구혼자들로 꽉 찼다. 그들은 와자지껄하게 웃고 떠들며 앞에 차려놓은 먹음직스러운 음식들을 향해 게걸스럽고 분주하게 손을 뻗었다. 그들은 음식을 먹으며 거친 목소리로 포도주를 더 가져오라고 명령했고, 그 밖에도 어찌나 이것저것 많이 시키는지 시종들이 아무리 종종걸음을 치며 재빨리 움직여도 그 명령들을 모두 소화해내기가 힘들 정도였다.

에우리클레이아는 화가 나서 혼잣말로 몇 마디 욕설을 내뱉었다. 그 모습을 조용히 지켜보던 텔레마코스가 분노를 삭이며 손님을 향해 낮은 목소리로 말했다. "제 말을 나쁘게 받아들이지 않으셨으면 좋겠습니다. 저 인간들의 행동을 좀 보십시오. 저들은 우리의 재산을 탕진하고 있습니다! 아무래도 제 아버지의 시신이 이미 오래전부터 어느 낯선 해안에서 썩어가고 있거나, 아니면 파도에 휩쓸려 이리저리 떠다니고 있는 것이 분명한 것 같습니다. 그렇지 않고서야 저들이 저렇게 겁도 없이 무례한 행동을 저지르지는 못할 것입니다. 하지만 신들께 맹세코, 만약 아버지께서 살아서 돌아오시기만 한다면, 저렇게 옷만 화려하고 번지르르하게 입었을 뿐인 파렴치한들은 저마다 앞다퉈 달아나기에 바쁠 것입니다! 아버지 가까이에 있다가는 죽음을 면치 못할 테니까요. 그나저나 이제 저로 하여금 당신의 이름과 당신이 어디서 오셨는지 묻게 허락해주십시오! 당신께서는 제 아버지의 친구분이십니까? 아니면 이곳 이타케에 처음 오신 겁니까?"

팔라스 아테나는 얼굴에 미소를 띠었다. 아테나는 타포스의 왕으로 변장을 하고 온 터라 계속 그인 척 이야기를 꾸며내기로 마음먹었다. "나는 타포스의 왕 멘테스라고 하네." 아테나가 말했다. "자네 아버님과는 오랜 친구 사이지. 내가 타고 온 배는 이곳 성에서 멀리 떨어진 네이온 산 끝자락에 있는 포구에 정박해 있네. 키프로스 섬으로 가는 길이었는데, 그곳에 있는 테메세라는 도시에서 철과 청동을 바꾸려던 참이었지. 그런데 이리로 오는 도중, 곳곳에서 사람들이 오디세우스가 고향으로 돌아갔다고 말하는 것을 들었네. 한데 이제 보니 그것은 사실이 아니었구먼! 또 어떤 사람은 그가 이미 오래전에 저세상 사람이 되었다고 말하기도 했지. 그렇지만 나는 그가 죽었다고는 절대로 생각하지 않네. 아마도 신들께서 아직까지 그가 고향으로 돌아오는 것을 막고 계시는 것 같으이!" 아테나 여신은 다시 한 번 미소를 지었다. 텔레마코스는 고귀한 기품을 지닌 타포스 왕의 빛나는 눈동자를 감탄하며 바라보았다. 아테나가 계속 말했다. "내 말을 명심해서 잘 듣게, 젊은 친구. 나는 예언자는 아니지만, 자네도 잘 알다시피 신들께서는 가끔씩 우리 같은 평범한 인간의 마음속에도 앞날에 대한 예감을 선사해줄 때가 있는 법이지. 그리고 그 예감은 대부분 언젠가는 사실로 드러나게 된다네! 그런데 지금 내 예감으로는 자네 아버님께서 이제 곧 고향으로 돌아오실 것 같네! 그렇게 되면 모든 것이 다 잘될 거라는 느낌이 강하게 든단 말일세! 그건 그렇고, 도대체 지금 여기서 벌어지고 있는 이 난잡하고 떠들썩한 술자리는 다 뭔가? 결혼식 잔치라도 벌이고 있는 건가, 아니면 무슨 전투에서라도 이겨 승리의 축하연을 베풀고 있는 건가? 정신이 똑바로 박힌 사람이라면 불쾌해서 못 봐줄 정도로 자네 집을 이토록 쑥대밭으로 만드는 저 인간들의 오만불손한 술자리는 도대체 왜 벌어지고 있냔 말일세!"

"예, 손님께서 보시는 바와 같습니다." 텔레마코스는 비통한 목소리로 대답했다. "신들께서는 정말이지 너무나도 힘든 시련을 우리에게 내려주셨습니다! 제 아버지는 수년 전부터 흔적도 없이 사라지신 상태입니다. 제 생각에는 차라리 돌아가셨다는 소식을 듣는 것보다 지금이 훨씬 더 고통스러운 상황인 것 같습니다. 만약 전쟁에서 돌아가셨다면 우리는 그분의 장례를 성대하게 치러드리고 일가친척들 모두 무덤 앞에 엎드려 눈물이라도 흘려드렸을 것이며, 가수들은 그분의 공적을 노래로 기렸을 것입니다! 그런데 그게 아니라 그분은 흔적도 없이 사라지셨습니다. 마치 못된 새가 낚아채기라도 한 것처럼 말입니다! 게다가 그게 다가 아닙니다! 저기서 저렇게 시끄럽게 떠들며 술을 마셔대는 저 남자들은 모두 제 어머니께 구혼하려고 몰려온 자들입니다. 세상 사람들 모두가 말하듯이 어머니는 부유한 왕의 아내이자 아카이아 전체를 통틀어 손에 꼽히는 미인 중의 한 분이시고, 게다가 지혜로우시기 때문입니다. 그러나 어머니는 저 인간들 중 그 누구도 새 남편으로 맞이할 마음이 없으십니다. 아직까지도 아버지를 그리워하며 눈물을 흘리시는 한편, 언젠가 아버지가 집으로 돌아오실 것이라는 희망을 버리지 않고 계신답니다. 당연히 구혼자들은 아버지가 돌아가셨다고 주장합니다. 그리고 어머니가 자기들 중 한 사람을 남편으로 받아들이기 전까지는 이 집을 떠나지 않겠노라고 맹세까지 했습니다. 그래서 저렇게 저희 집에 머물면서 온갖 못된 짓을 일삼고 우리 가산을 탕진하고 있는 것입니다. 이런 상태가 앞으로도 계속된다면, 전 얼마 지나지 않아 돈 한 푼도 없는 거지 신세를 면치 못할 것입니다."

팔라스 아테나는 진지하게 말을 하는 젊은 텔레마코스를 동정 어린 눈으로 쳐다보았다. 곧 그녀는 텔레마코스가 앞으로 해야 할 일들에 대해 조언하기 시작했다.

"자네는 정말 자네 아버님의 체격과 용모를 쏙 빼닮았네." 아테나가 말했다. "자네를 만나는 사람들은 누구나 당장에 이렇게 말할 걸세. '저 청년은 오디세우스의 아들 텔레마코스가 틀림없어!' 그러면서 이렇게 덧붙일 걸세. '아버지를 닮아서 용기와 지략에 뛰어나고 전쟁에서 훌륭한 업적도 많이 남길 거야!' 그러나 자네는 아직도 어리네, 텔레마코스. 그러니 내가 지금 하는 말을 잘 듣고 따라야 하네! 자네 집에서 벌어지고 있는 구혼자들의 광포한 짓거리를 더 이상은 참지 말게! 자네 혼자서는 저자들을 모두 상대할 수 없으니, 내일 아침이 되거든 이 나라의 모든 귀족을 광장으로 불러 모으게! 이 나라는 자네의 나라고, 자네는 왕의 아들이라는 것을 잊지 말게. 그들이 모인 자리에서 저 구혼자들을 고발하고, 그들을 이 왕궁에서 쫓아낸다는 판결을 내리게! 분명 모두가 일치단결하여 자네 의견에 동의할 걸세. 그리고 만약 자네 어머니가 재혼을 할 의향이 있으시거든 친정으로 돌아간 뒤 그곳에서 하시라고 말씀드리게. 그것이 이 나라의 전통과 법도에 맞는 일이네. 자네의 외할아버지이신 이카리오스 님은 엄청난 부자시니 따님의 결혼식을 다시 한 번 성대하게 치러주실 걸세.

물론 나는 자네 어머니가 재혼할 생각이 전혀 없다는 것을 잘 알고 있네. 자네 어머니는 아직도 오디세우스가 고향으로 다시 돌아올 날만을 손꼽아 기다리고 있지 않은가. 자네 역시 아버지의 생사를 확인하고 싶은 마음이 간절할 테니 내 조언을 해주도록 하지. 배를 타고 필로스에 있는 네스토르를 찾아가게! 네스토르는 아카이아 병사들과 함께 트로이에서 끝까지 싸운 장수라네. 그러니 네스토르라면 자네 아버지 오디세우스가 전쟁이 끝난 후에 어느 방향으로 항해를 시작했는지, 항해 도중 어떤 일들을 겪었는지 자네에게 이야기해줄 수 있을지도 모르네. 그러나 만약 네스토르가 아무런 소식도 전해주지 못한다면, 그길로 다시 스파르타로 가서 헬레네의 남편인 메넬라오스를 만나보게. 메넬라오스는 트로이에서 떠나온 사람들 가운데 가장 마지막으로 고향에 도착한 장수이니, 다른 사람들은 모르는 소식을 알고 있을지도 모르네. 그들로부터 자네 아버지가 아직 살아 계신다는 소식을 듣거든 지금의 어려움을 조금만 더 참고 견디게. 그러나 만약 자네 아버지가 돌아가셨다는 소식을 듣게 되면, 속히 이타케로 돌아와 그를 위해 기념비를 세우고 풍성한 제물을 바쳐 제사를 올리도록 하게. 그것이 자네의 도리일세. 그리고 저 구혼자들이 못된 짓을 계속 일삼는다면, 자네는 저들을 계략을 써서 물리칠 것인지 혹은 힘으로 물리칠 것인지를 곰곰이 잘 따져봐야 할 것이네! 텔레마코스, 앞으로 그 어떤 일이 일어나더라도 자네는 더 이상 어린아이가 아니라는 사실을 명심하도록 하게! 자네의 일은 자네 스스로가 해결할 수 있어야 한다는 말일세!"

팔라스 아테나는 매우 진지한 표정으로 말을 마치고는 자리에서 일어났다. 텔레마코스가 재빨리 말했다. "고귀한 손님이시여, 벌써 가시렵니까? 간청드리건대, 조금만 더 머물러주십시오. 당신께서는 마치 아버지가 아들에게 조언하는 것처럼 그렇게 제게 말씀해주셨습니다. 이 은혜를 절대로 잊지 않겠습니다! 이제 따뜻한 물에 목욕이라도 하시고, 제가 드리는 귀한 선물도 받아주십시오. 당신께서는……"

"아닐세!" 아테나는 텔레마코스의 말을 가로막았다. 다시 한 번 그녀의 반짝이는 눈동자 위로 알 수 없는 미소가 떠올랐다. "귀한 선물은 이다음에 다시 와서 그때 받기로 하지!" 말을 마친 아테나는 그 자리를 떠났다.

텔레마코스는 아테나가 떠나고 없는 텅 빈 공간을 뚫어져라 쳐다보았다. 그 자리에는 방금 전까지 타포스의 왕 멘테스가 서 있었다. 그런데 그는…… 그는 문을 통해 밖으로 나간 것이 아니었다. 문은 꽉 닫힌 채 한 번도 열리지 않았기 때문이다!

"마치 새처럼 날아가 버린 게 틀림없어……" 뭐가 뭔지 도무지 정신을 차릴 수 없어 어리둥절해하며 혼잣말을 하는 텔레마코스의 머릿속에 갑자기 번쩍 떠오르는 생각이 하나 있었다. 그러나 그는 그것을 믿을 엄두조차 내지 못했다.

텔레마코스는 참으로 묘한 기분이 되어 한동안 그 자리에 꼼짝 않고 앉아 있었다. 그러다가 바깥에서 구혼자들이 가수 페미오스를 부르는 소리에 퍼뜩 정신을 차렸다.

페미오스는 불쾌한 표정으로 마지못해 구혼자들 앞으로 나갔다. 그는 전에 오디세우스 왕이 베푸는 연회에서 노래를 부르던 가수였다. 그런데 지금은 그가 경멸해 마지않는 구혼자들을 위해 노래를 불러야 했던 것이다!

아무런 감흥도 없이 페미오스는 노래를 시작했다.

그는 트로이를 떠나 고향으로 돌아가는 아카이아 병사들에 대한 노래를 불렀다. 팔라스 아테나가 아카이아 병사들에게 화가 나서 그들의 운명을 불행하게 바꾸어놓았다는 내용의 노래였다.

페미오스는 실력이 뛰어난 가수였다. 그의 목소리는 힘차게 울려 퍼지는 낮고 굵은 음정부터 부드럽고 가느다란 높은 음정까지 자유자재로 넘나들었다. 칠현금 줄을 타는 그의 손끝에서 뭐라 형용할 수 없는 아름다운 멜로디가 흘러나왔다.

홀 안이 물을 끼얹은 듯 조용해졌다. 구혼자들 가운데 가장 시끄럽게 떠들어대던 남자들까지도 결국 입을 꾹 다물었다.

바로 그 순간, 갑자기 왕비가 머무는 안채로 이어지는 계단 쪽 문이 활짝 열렸다. 그곳에는 두 명의 시녀를 거느린 이타케의 왕비 페넬로페가 우뚝 서 있었다.

마치 누군가가 한 실에 꿰어 잡아당기기라도 한 듯 모든 구혼자들이 일제히 페넬로페 쪽으로 고개를 돌렸다. 그러나 페넬로페는 그런 구혼자들이 눈에 들어오지도 않는다는 듯 완전히 무시하며, 그들 쪽으로는 눈길 한 번 주지 않았다. 그녀는 곧장 가수 페미오스를 쳐다봤다. 페넬로페의 아름다운 얼굴 위로 참을 수 없는 슬픔이 번졌다.

"페미오스." 페넬로페가 말했다. "너는 사람들의 마음을 즐겁게 해주는 노래를 많이 알고 있지 않느냐! 그런데 어째서 지금 내 마음을 이렇게 갈기갈기 찢어놓는 슬픈 노래를 부르는 것이냐? 내 남편 오디세우스가 그 불행한 전장에서 아직도 집으로 돌아오지 못하고 있다는 사실을 너도 잘 알고 있지 않느냐!"

텔레마코스가 재빨리 자리에서 일어나 페넬로페 옆으로 갔다. "어머니." 그의 음성에 공손함이 가득 담겨 있었다. "저 가수는 신들께서 그에게 명령한 바를 노래하고 있을 뿐입니다. 그냥 노래를 부르도록 허락해주십시오! 신들의 명령을 거역할 수는 없는 일 아닙니까! 다른 많은 병사들 역시 아버지와 같은 운명을 겪고 있고, 그들의 아내와 아들 들 역시 어머니와 저처럼 슬퍼하고 있습니다. 자, 이제 다시 처소로 돌아가시어 베틀 앞에 자리를 잡으시지요. 그리고 시녀들이 해야할 일을 잘하고 있는지, 집안일이 모두 제대로 돌아가고 있는지 살펴보시기 바랍니다. 그것이 안주인이 해야 할 의무라고 생각합니다! 이렇게 남자들이 모여 있는 곳에 나와 말씀하시는 것은 어머니께 어울리는 일이 아닙니다! 아버지께서 지금 이곳에 계시지 않으니, 그분을 대신해서 제가 이 집안의 가장 노릇을 해야 하기에 이런 말씀을 드리는 것입니다!"

페넬로페는 깜짝 놀라 아들의 얼굴을 쳐다보았다. 텔레마코스가 그렇게 어른스럽게 말하는 모습을 이제껏 한 번도 본 적이 없었다. 마냥 어린아이인 줄로만 알았던 아들이 순식간에 어른이 된 것 같았다. 텔레마코스는 그토록 진지하고 그토록 확신에 차서 말했던 것이다. 그의 얼굴 역시 오디세우스와 거의 흡사하게 변한 듯 보였다.

현명한 왕비 페넬로페는 텔레마코스의 말을 모두 기꺼운 마음으로 받아들였다. 그녀는 아들을 향해 살짝 미소 지어 보이고는 아무 말 없이 몸을 돌려 홀을 떠났다.

한동안 누구 하나 입을 여는 사람 없이 사방이 조용했다. 그러나 그것도 잠시, 또다시 시끄러워지기 시작하더니 전보다도 훨씬 더 소란스러워졌다. 구혼자들은 여기저기서 멋대로 소리를 질러대며 날뛰었고 서로에게 으르렁댔다. 저마다 왕비가 자기를 남편으로 선택할 것이라고 주장하는 모습이 이루 말할 수 없이 뻔뻔스러웠다.

텔레마코스는 분노에 몸을 떨며 그 모든 치욕스러운 말을 듣고 있어야만 했다. 그러나 더 이상은 참을 수가 없었다. 그는 더 이상 분노를 참지 않기로 마음먹었다! 텔레마코스는 재빨리 계단을 내려가 미친 듯이 날뛰는 구혼자들 한가운데로 갔다. "너희 구혼자들은 잘 들어라!" 그는 큰 목소리로 소리 질렀다. 깜짝 놀란 구혼자들이 떠들던 것을 멈추고 주변을 둘러보았다. 아하! 꼬마 텔레마코스가 갑자기 제정신이 아닌지 커다란 목소리로 소리를 지르고 있었다. 저 꼬마가 도대체 뭘 믿고 저렇게 겁 없이 말을 막 하는 걸까? 구혼자들은 의아해했다. "당신들에게 충고하건대, 이제 그 못된 짓을 그만두도록 하라!" 텔레마코스는 화난 목소리로 계속해서 소리쳤다. "그냥 가만히 앉아서 앞에 놓인 음식이나 조용히 먹는 것이 좋을 것이다. 아무래도 오늘 저녁이 이곳에서의 마지막 만찬이 될 듯싶기 때문이다! 내일이면 이 집에서 너희들이 누렸던 호의호식이 끝장날 거란 말이다! 내일 나는 이타케의 귀족들을 소집해 회의를 열 터인데, 그때 너희들을 공개적으로 고발하여 내 집을 떠나라는 판결을 내리도록 할 것이다! 판결이 내려지면 너희들은 이곳을 떠나 다른 곳으로 가서 다른 사람의 재산을 계속해서 탕진하든지, 아니면 너희가 소유하고 있는 가산을 탕진하든지 마음대로 하라! 만약 내가 이렇게 말했음에도 불구하고 이곳을 떠나지 않고 계속 남아 있겠다고 고집을 부린다면, 나는 신들께 간청드려 너희들이 그토록 오랜 세월 동안 못된 짓을 저질러온 바로 이 왕궁에서 그 모든 잘못에 대한 대가를 단단히 치르게 하고야 말 것이다!"

구혼자들은 어처구니없다는 표정으로 텔레마코스를 바라보았다. 어찌나 놀랐던지 입술만 잘근잘근 깨물 뿐 아무런 대꾸도 할 수 없었다.

이윽고 포도주를 많이 마셔 눈이 흐릿해지고 얼굴이 벌게진 안티노오스가 비틀거리며 텔레마코스를 향해 앞으로 나아갔다. "야아, 텔레마코스." 그는 비꼬는 투로 말했다. "신들께서 직접 네게 그렇게 말하라고 시킨 모양이로구나! 제우스께서 너보고 우리 이타케의 왕이라도 시켜준다고 하시던? 하긴 네 아버지가 왕이었으니 안 될 것도 없겠지!"

다른 구혼자들이 따라 웃었다. 안티노오스는 그다지 똑똑한 인물은 아니었으나, 비꼬는 것에서는 그 누구도 따라올 자가 없다는 것을 모두가 잘 알고 있었다. 안티노오스는 잔인한 성품을 가진 데다 거만하기까지 했으며, 그의 아버지가 이타케의 귀족들 중 가장 권력이 세다는 이유로 구혼자들의 대장 노릇을 자처하고 나섰다. 나머지 구혼자들은 그런 안티노오스가 못마땅하기 이를 데 없었지만, 아무런 저항도 못 하고 그저 꾹 참기만 했다. 그러면서 모두들 마음속으로는 현명한 페넬로페가 결코 안티노오스를 남편감으로 선택할 리 없으며, 그를 제외한 나머지 구혼자들 중 하나를 선택할 거라고 생각했다.

이제 모든 구혼자들이 호기심에 가득 차서 텔레마코스의 반응을 살폈다. 그들이 그토록 비웃었으니, 텔레마코스는 분명 엄청나게 화를 내며 덤벼들 것이라고 짐작했다.

그러나 텔레마코스는 모두의 예상과는 달리 매우 침착하게 대응했다. "네 말이 맞다, 안티노오스." 텔레마코스는 진지하게 말했다. "내가 이 이타케의 왕이 된다면, 그것은 내 아버님이 왕이기 때문이라는 너의 말은 틀리지 않다. 그러나 이

225

나라에는 많은 지도자들이 있고, 만약 아버님이 돌아가신 것이 사실이라면 여러 신들께서 누구를 다음 왕으로 결정하실지 나는 잘 모른다. 그러나 한 가지 사실만은 분명하다. 너희들이 받아들이든 받아들이지 않든, 여기는 내 집이고 내 집에서는 내가 명령권자라는 사실을 잊지 마라!"

안티노오스가 대꾸하기 위해 입을 막 여는 순간, 에우리마코스가 얼른 그를 막아섰다. 에우리마코스는 꾀가 많은 사람이었다. "물론이네, 텔레마코스!" 에우리마코스는 재빨리 그를 달래듯 말했다. "자네가 자네 집 안에서 명령권자임을 의심하는 사람은 아무도 없다네! 그건 그렇고, 내 자네에게 뭐 하나 물어봐도 되겠나?" 그가 음흉한 목소리로 물었다. "방금 전 자네와 한 식탁에 앉아 있던 그 낯선 손님은 대체 누군가? 그는 아무도 눈치채지 못하는 사이에 마치 바람처럼 사라져버렸더구면. 우리도 아주 고귀한 양반 같아 보이는 그 손님과 인사를 나누고 싶었는데 말일세! 어째서 그 손님은 우리에게 관심조차 없다는 듯이 그렇게 뚝 떨어진 자리에서 자네와 단둘이서만 얘기를 나누었나?" 에우리마코스는 질문을 하는 중에도 텔레마코스의 눈치를 계속 살폈다. "그 손님이 혹시 자네 아버지에 대한 소식이라도 전해주던가? 오디세우스가 곧 이타케로 돌아올 것이라는 소식을 전하러 온 것은 아닌가?" 그는 열심히 캐물었다.

텔레마코스는 질문을 쏟아놓는 에우리마코스의 눈을 똑바로 쳐다보았다. "에우리마코스, 너의 속마음을 알아채는 일은 그다지 어려운 일이 아닌 것 같구나." 텔레마코스가 경멸의 빛을 감추지 않으며 대답했다. "그 낯선 손님은 아버님의 소식에 대해서는 전혀 아는 바가 없었다. 그분은 타포스의 왕 멘테스라는 분이다." 그러나 텔레마코스는 말은 그렇게 했지만, 스스로도 자기가 하는 말을 믿지 않았다.

에우리마코스는 얼른 자기 자리로 물러났다. 기분이 이만저만 불쾌한 것이 아니었다. 꼬마인 줄로만 알았던 텔레마코스가 도대체 어느새 저렇게 영악해졌단 말인가?

마음이 언짢아진 에우리마코스는 동료들 틈에 섞여 포도주를 더 가져오라고 소리소리 질렀다. 그렇게 구혼자들은 밤이 늦도록 술을 마셔댔다. 가수들과 춤꾼들을 불러 밤새도록 노래와 춤을 시키고는, 자기들이 지겨워질 때쯤이 되어서야 그만 자러 가라고 집으로 돌려보냈다.

텔레마코스도 침실로 갔다. 나이가 지긋한 시녀장 에우리클레이아가 횃불을 들고 앞서가며, 텔레마코스가 가는 길을 밝게 비춰주었다. 그녀는 그 일을 단 한 번도 다른 시녀에게 맡기지 않고 자기가 직접 했다. 갓 태어났을 때부터 그녀가 시중을 들어온 어린 주인 텔레마코스를 몹시 아끼고 사랑했기 때문이다. 그녀는 텔레마코스가 벗어놓은 옷들을 조심스럽게 펴서 문 옆에 걸어두었다. 그러고 나서 침대 위에 모직 이불을 쫙 펼쳐놓았다. 텔레마코스의 잠자리 준비를 모두 마치고 난 에우리클레이아는 문 쪽으로 가서 은손잡이가 달린 문을 조심스럽게 닫고 침실을 나왔다.

텔레마코스는 그날 밤 잠을 이룰 수가 없었다. 다음 날 아침에 있을 원로들과의 회의에 대해, 또 먼 길을 떠나야 하는 여행에 대해 생각했다. 텔레마코스는 이제 갓 소년티를 벗은 젊은이였던 까닭에 그 모든 것이 부담스럽게 여겨졌다.

또한 뭔가 비밀을 간직한 듯한 낯선 손님에 대해서도 생각했다. 그토록 많은 용기와 지혜, 힘이 느껴졌던 그 낯선 손님의 빛나는 눈동자는 멘테스라는 한 인간이 가질 수 있는 것이 절대로 아니었다! 게다가 아무리 고귀한 타포스의 왕이라 할지라도 마치 하늘로 날아오르는 한 마리 새처럼 그렇게 사라지는 능력을 발휘할 수는 없었다.

텔레마코스는 낮에 있었던 모든 일에 대해 오랜 시간 곰곰이 생각해본 끝에, 팔라스 아테나 여신에게 풍성한 제물을 바치리라고 마음먹었다⋯⋯

다음 날 아침 일찍, 텔레마코스가 보낸 심부름꾼들이 온 도시를 돌아다니며 회의에 참가할 원로들을 광장으로 불러 모았다. 이타케의 시민들은 무슨 이유로 갑자기 귀족들을 회의에 소집하는지 전혀 알 수 없었기 때문에, 모두가 호기심에 가득 차서 귀를 쫑긋 세웠다. 물론 구혼자들은 왜 회의를 소집하는지 잘 알고 있었지만, 누구 하나 입을 여는 자 없이 침묵했다. 그들은 그저 어떻게 하면 텔레마코스를 쓰러뜨릴 수 있을 것인가에만 골몰했다.

태양이 높이 솟아오르자, 폭이 넓은 멋진 모직 망토를 어깨에 두르고 손에는 청동으로 된 창을 든 귀족들이 사방에서 모여들었다.

그들은 궁금증을 참지 못하고 서로에게 물었다. "도대체 누가 이 회의를 소집한 겁니까? 우리 섬의 공공의 복지를 위해 결정 내릴 사안이 있는 모양이지요? 아니면 혹시 우리 중에 누군가가 어려움에 처하기라도 한 걸까요? 그것도 아니면 혹시 다른 나라의 군대가 우리와 전쟁을 하기 위해 바다를 건너오고 있답니까? 오디세우스 왕께서 트로이로 원정을 떠난 뒤로, 이제껏 단 한 번도 회의가 소집된 적이 없지 않습니까!" 그들은 서로에게 말을 하며, 광장에 높은 단을 쌓아 마련한 회의장 위로 올라가 각자의 자리를 찾아 앉았다.

곧 원로들이 앉는 돌로 된 의자들이 모두 찼다. 다만 평소에 오디세우스가 앉았던, 한가운데 있는 왕의 자리만이 비어 있었다. 바로 그때 텔레마코스가 발이 빠르고 날렵한 개 두 마리를 데리고 계단을 올라왔다. 그의 하얀색 망토가 햇빛을 받아 반짝거렸다. 나이 든 귀족들이 놀란 눈으로 텔레마코스의 모습을 쳐다보았다. 세상에, 오디세우스의 어린 아들이 언제 저렇게 늠름한 청년으로 자랐단 말인가?

텔레마코스는 아무 말 없이 원로들 사이로 발걸음을 옮겼다. 원로들은 옆으로 비켜서서 텔레마코스에게 길을 터주었고, 그가 한가운데 놓인 아버지의 왕좌에 자리를 잡고 앉는 모습을 조용히 지켜보았다.

어느 누구도 이의를 제기하지 않았다. 텔레마코스는 왕의 아들인 데다가 나이는 어렸지만 온몸에 왕족의 위엄과 고귀함이 넘쳐흘렀다.

한쪽 구석에 무리 지어 앉아 있던 구혼자들만이 곁눈질로 서로에게 못마땅하다는 눈길을 보낼 뿐이었다. 그러나 그들 역시 원로들 앞에서 불평을 늘어놓을 용기는 내지 못했다.

광장에 모인 사람들 사이에 침묵이 흘렀다. 모두들 누군가가 먼저 말을 꺼내길 기다리고 있었다.

한참 뒤에 귀족들 중 가장 나이가 많은 사람이 자리에서 일어났다. "친구들이여, 우리는 오늘 누가 우리를 회의에 불러 모았으며 왜 이곳에 모였는지 전혀 알지 못하고 있소이다. 그러니 오늘 우리에게 심부름꾼을 보낸 자가 자진해서 말을 시작해주기 바라오!"

그러자 텔레마코스가 자리에서 일어났다. 엷은 홍조가 그의 뺨 위로 스쳐 지나갔다. 지금까지 한 번도 그렇게 많은 청중들 앞에서 연설을 한 적이 없었기 때문이다. 모든 사람들의 호기심에 찬 눈동자가 일제히 텔레마코스를 향했다. 옆에 서 있던 시종 하나가 텔레마코스의 손에 왕홀을 건네주었다. 그것을 받아든 텔레마코스가 귀족들이 둥그렇게 앉아 있는 한가운데로 나아갔다.

"이타케인들이여." 텔레마코스는 연설을 시작했다. "당신들을 회의에 불러 모은 사람은 바로 접니다. 그러나 우리 시민의 문제로 회의를 소집한 것은 아닙니다. 저의 개인적인 문제 때문에 회의를 소집했다고 불쾌하게 생각하지 않으시길 바랄 뿐입니다! 저희 집에 지금 두 가지 큰 재앙이 닥쳤습니다. 여러분도 잘 아시다시피 제 아버님은 트로이에서 전쟁이 끝난 뒤 아직 돌아오지 않고 계십니다. 아마도 신들께서 그렇게 운명 지으신 것 같으며, 따라서 우리는 그것을 받아들여야 할 것입니다. 그런데 아버님이 돌아오시지 않는 이래로 또 다른 불행이 저희 집에 일어나고 있습니다. 오늘 저는 그것을 여러분 앞에서 밝히고, 그 원인을 제공하는 자들을 공개적으로 고발하고자 합니다. 이미 여러 해 전부터 저희 집에는 한 무리의 구혼자들이 진을 치고서 낮이고 밤이고 마음대로 먹고 마시며 가산을 탕진하고 있습니다. 여러분께서도 모두 그 사실을 잘 알고 계시리라 생각됩니다! 저 구혼자들은 제 아버님이 아직 살아 계시는지도 모르는 상황에서 어머니께 구혼을 하고 있지요! 게다가 우리 소유의 재산을 그들 것인 양 마음대로 쓰고 있습니다. 소와 돼지를 닥치는 대로 도살하고 창고에 있는 식량이 곧 바닥날 정도로 먹어치우고 있지요! 그뿐 아니라 어머니가 자기들 중 한 사람을 남편으로 선택하기 전에는 절대로 저희 집을 떠나지 않기로 맹세를 한 터라, 하는 수 없이 제가 여러분께 도움을 청하는 것입니다. 여러분! 부디 저 구혼자들이 더 이상 못된 짓을 하지 못하게 막아주시고, 저희 집에서 이제 그만 떠나라는 명령을 내려주십시오. 저 혼자 힘으로는 저들이 하는 짓을 막을 수가 없습니다!"

텔레마코스가 말을 마쳤을 때 귀족들은 아무런 대꾸도 하지 않고 침묵을 지켰다. 당황한 표정으로 고개를 떨굴 뿐이었으며, 심지어는 불쾌한 기색마저 역력했다. 그들의 아들들 대부분이 구혼자 무리에 섞여 있었기 때문이다. 사정이 그러하니 텔레마코스의 고발이 그들에게 달갑게 받아들여질 리가 없었다.

구혼자 무리 중에서 안티노오스가 성난 황소처럼 고개를 빳빳하게 쳐들며 앞으로 뛰어나왔다. "뻔뻔스러운 애송이 같으니라고!" 그가 소리쳤다. "네가 지금 우리에게 모욕을 주기로 작정한 것이냐? 그렇다면 나 역시 네게 할 말이 있다. 이 모든 일은 네 어머니에게 책임이 있다는 걸 아느냐? 3년이 넘는 세월 동안 네 어머니는 우리를 온갖 간계로 네 집에 묶어두고서는 우리의 구혼을 승낙한다는 말도, 그렇다고 거절한다는 말도 하지 않고 있어! 오, 네 어머니는 참으로 영악한 여자야. 아마도 페넬로페 왕비는 후세에 많은 사람들로부터 정절을 지킨 위대한 여자라는 칭송을 받고 싶어서 그런 간계를 꾸몄겠지. 그러나 멍청하게도 한참 잘못 생각한 거야. 그래서 네 집에 이런 불행이 닥친 것이다! 잘 듣거라! 우리가 네 어머니에게 우리 중 한 사람을 남편감으로 선택하라고 요구했을 때, 네 어머니는 '구혼자 여러분, 저는 이 옷감을 다 짜기 전에는 재혼할 생각이 전혀 없답니다. 이 옷감은 내 남편의 아버님이신 위대한 영웅 라에르테스의 수의를 만들 옷감입니다. 라에르테스께서 돌아가시면 이 옷감으로 옷을 만들어 그분의 시신에 입힐 것입니다!'라고 말하며 우리 모두를 속였다. 그녀는 자기 방에 있는 커다란 베틀에 앉아 폭이 넓은 옷감을 짜기 시작했지. 그리고 바보 같은 우리는 순진하게도 네 어머니의 말만 믿고 옷감이 완성되기만을 기다렸다. 왕비는 낮이면 열심히 베틀에 앉아 옷감을 짰지만, 밤이 되어 횃불을 밝힐 시간이 되면 낮 동안 짰던 옷감을 몽땅 다시 풀어버리곤 했어! 그렇게 우리를 3년 동안이나 속여오다가, 마침내 시녀 하나가 그 모든 사실을 우리에게 알려주는 바람에 들통나고 말았지. 그러니 이제 네 어머니는 좋든 싫든 옷감 짜는 일을 끝내야만 한다. 또다시 못된 꾀를 써서 우리를 속일 생각일랑 아예 하지 않는 것이 좋을 거야. 꼬마야, 너에게 충고하건대, 네 어머니를 이제 그만 그녀의 아버지 이카리오스 님께 보내거라. 그분이 우리 중 한 사람을 선택해 딸의 재혼을 성사시키도록 말이야. 그렇지 않으면 우리는 네 어머니가 스스로 마음을 바꿀 때까지 계속해서 네 재산을 탕진할 작정이다!"

"나는 절대로 어머니를 내 집에서 내보내지 않을 것이다!" 텔레마코스가 화가 나서 대답했다. "만약 내가 어머니를 내보낸다면 사람들은 나를 나쁜 놈이라고 욕할 것이고, 신들께서도 내게 벌을 내리실 것이며, 아버님이 집으로 돌아오시는 날에는 화를 면치 못할 것이다!" 이렇게 말을 하며 텔레마코스는 빙 둘러앉아 있는 원로들의 얼굴을 쳐다보았다. 그러나 그들은 텔레마코스의 눈길을 피했다. 어떤 사람은 어쩔 수 없다는 듯이 어깨를 한번 으쓱해 보였고, 또 어떤 사람은 못마땅하다는 듯한 표정으로 텔레마코스를 노려보기도 했다. 그 순간 텔레마코스는 귀족들이 그의 편이 아니며, 절대로 곤경에 처한 그를 도와주지 않으리라는 사실을 깨달았다. 텔레마코스는 너무도 당황스러웠다.

"정 그렇게 하늘이 무섭지 않다면 계속 내 집에 머물면서 가산을 탕진하도록 하라! 그러나 언젠가는 너희들의 그런 못된 짓에 대한 대가를 톡톡히 치를 날이 올 것이다!" 텔레마코스는 말을 마친 뒤, 손에 들고 있던 왕홀을 바닥에 내던지고는 막 그 자리를 떠나려고 했다.

바로 그 순간 기이한 일이 벌어졌다.

저 멀리 산꼭대기에서 두 마리의 거대한 독수리가 홀연히 나타나더니 도시 위를 날아 광장 쪽으로 날아들었다. 광장 바로 위에 다다른 독수리들은 곧장 하강하여 모여 앉은 군중들 바로 위에서 커다랗게 원을 그리며 빙빙 돌기 시작했다. 독수리들은 다급하게 날갯짓을 하며 희번덕거리는 두 눈을 이리저리 굴렸고, 그와 동시에 날카로운 발톱으로 자기 가슴에 난 깃털을 쥐어뜯었다. 그러더니 오른쪽으로 방향을 돌려 다시 도시 위를 날아 멀리 사라져버렸다.

귀족들은 목을 움츠린 채로 그 자리에 서서 겁이 잔뜩 난 눈초리로 독수리가 멀어져 가는 모습을 지켜보았다.

"저게 도대체 무슨 뜻일까? 분명 신들이 내리는 신탁임이 틀림없어!" 사람들이 웅성거렸다.

그때 나이가 지긋한 예언자 할리테르세스가 앞으로 나왔다. 할리테르세스는 새의 날아가는 모습을 보고 미래의 일을 점치는 데 능했다.

"내 말을 잘 들으시오, 이타케인들이여!" 그가 엄숙하게 말했다. "그리고 왕비에게 구혼하고 있는 자네들은 특히 내 말을 명심해서 잘 듣게! 자네들 머리 위에 불행이 닥치려 하고 있네! 이제 곧 오디세우스가 이타케로 돌아올 것이며, 그렇게 되면 자네들은 그의 손에 죽임을 당해 영영 이 세상을 하직하게 될 걸세! 그러니 못된 짓을 당장에 그만두도록 하게! 자네들은 오디세우스가 트로이로 출정할 당시, 내가 그에게 했던 예언을 벌써 다 잊었나? 수많은 고난을 겪은 뒤에 병사들까지 모두 다 잃고, 고향을 떠난 지 20년 만에 가족들도 못 알아볼 만큼 낯선 모습으로 돌아올 거라고 예언한 것을 말일세. 이제 곧 그 모든 예언이 현실이 될 것이네!"

모두 깜짝 놀라 할 말을 잃었다. 에우리마코스만이 얼굴에 웃음을 지으려 애쓰며 말했다. "아이고, 이 노인네 양반아, 집에나 가시지그래!" 그는 할리테르세스를 향해 소리쳤다. "차라리 집에 가서 자네 자식들한테나 신의 계시에 따라 예언을 해주는 게 어떻겠나? 자식들이 불행을 당하지 않게 말이야! 저 태양 아래 날아다니는 새들이 한두 마리가 아니건만, 어찌하여 한갓 독수리가 날아다니는 모습을 보고 미래의 운명을 점칠 수 있단 말인가. 내 확실하게 말하지만, 오디세우스는 이미 죽은 지 오래네! 자네 역시 오디세우스와 함께 진작 저승길로 갔어야 했어. 그랬더라면 지금 여기서 미래에 대한 예언을 한답시고, 그렇게 많은 수다를 늘어놓진 않았을 텐데 말이야. 그 모든 것이 지금 화가 나서 길길이 날뛰는 저 나이 어린 텔레마코스로 하여금, 우리에게 더욱더 덤벼들게 만드는 빌미를 제공하기만 한단 말씀이야. 자네 혹시 텔레마코스로부터 두둑한 상이라도 받을 생각을 하고 있는 건 아니겠지? 그래 봐야 자네는 우리에게 그 대가를 단단히 치르게 될 걸세. 그것만큼은 자네에게 확실하게 약속하지! 그리고 자네, 텔레마코스, 안티노오스가 좀 전에 했던 말을 다시 한 번 반복해서 말할 테니 잘 듣게. 우리는 곧 자네 집으로 되돌아가 페넬로페가 마음을 바꾸기 전까지는 절대로 자네 집을 떠나지 않을 작정이네!"

"그 말은 이제 그만해도 충분히 알아들었다!" 텔레마코스가 대답을 하고는 에우리마코스로부터 등을 돌려 다른 구혼자들을 향해 말했다. "너희 구혼자들에게 한 가지 부탁이 있다! 내게 튼튼한 배 한 척과 스무 명의 선원들을 제공해주었으면 한다! 나는 필로스와 스파르타로 배를 타고 가서 아버지 소식을 알아볼 작정이다. 그래야 아버지의 운명이 어떻게 되었는지 확실하게 알 수 있기 때문이다. 이제부터 너희들끼리 상의한 뒤에, 내게 너희들의 결정을 알려다오!"

말을 마친 텔레마코스는 다시 왕좌로 가서 자리를 잡고 앉았다. 구혼자들은 그런 텔레마코스를 비웃었고, 그들 중 몇몇은 텔레마코스가 딱하다는 듯이 고개를 설레설레 흔들기도 했다. 그렇다, 배를 제공받을 수 있으리라는 기대 따위는 하지 않는 것이 나을 듯싶었다! 그런 와중에 자줏빛 망토를 걸친 한 남자가 갑자기 자리에서 일어나, 구혼자들이 둥그렇게 앉아 있는 한가운데로 걸어갔다. 그 남자가 멘토르라는 것을 알아챈 텔레마코스는 다시 실낱같은 희망을 품기 시작했다. 멘토르는 이타케에서도 지체 높은 귀족들 중 한 사람이자, 오디세우스가 트로이로 원정을 떠나기 전에 온 집안과 페넬로페 그리고 텔레마코스를 돌봐달라고 부탁했던 그의 가장 절친한 친구이기도 했다.

지혜가 가득 담긴 멘토르의 두 눈동자에는 못마땅한 기색이 역력했고, 평소에는 부드럽기 그지없는 목소리도 그 순간만큼은 냉랭한 한기가 느껴질 정도로 차가웠다. 그는 연설을 시작했다. "여러분, 내 말을 잘 들으시오! 이제 더 이상은 이 이타케에 훌륭한 왕이 나타나지 않기를 바라오! 앞으로 우리의 왕이 될 사람은 냉정하고 잔인하며, 자기 마음에 들지 않으면 당신들에게 난폭하게 날뛰며 보복하는 사람이길 바라오! 이것이 내가 당신들에게 바라는 바요! 당신들은 훌륭한 왕을 모실 자격이 없는 사람들이기 때문이오! 오디세우스는 이 나라를 마치 아버지가 자식들을 대하듯 그렇게 온화하면서도 공평하게 다스리고 법률과 풍습을 존중하지 않았소? 다른 왕이라면 그리하지 못했을 것이오. 그럼에도 불구하고 그를 생각하는 사람은 아무도 없구려! 나는 지금 구혼자들에 대해 이야기하고 있는 것이 아니오. 저들은 오디세우스의 왕궁에서 마치 도둑떼처럼 행동하는 대가로 최소한 자기 목숨을 내놓고 있는 자들이오. 오디세우스가 돌아오면, 저들은 분명 그의 손에 죽임을 당하고 말 것이기 때문이오! 그러나 그 모든 것을 그저 게으르게 지켜보고만 있는 당신들은 도대체 뭐하는 자들이란 말이오? 당신들은 그 수가 여럿이면서 저 몇 안 되는 못된 인간들조차 제대로 다스릴 줄 모르다니, 하늘을 우러러 부끄럽지도 않소? 당신들은 그저 팔짱 끼고 앉아서 저들의 극악무도한 악행에 대해 단 한마디도 하지 않고 있단 말이오!"

그러자 구혼자들이 마치 사나운 들개처럼 멘토르를 향해 으르렁거리며 달려들었다. "당신이 지금 감히 우리를 야단치는 겁니까? 우리를 다스려야 한다니, 그게 무슨 말이오? 세상에, 당신은 정말 바보 같은 말을 하고 있소. 설령 지금 오디세우스가 돌아온다고 한들, 페넬로페에게는 별로 이득이 될 게 없소. 왜냐하면 오디세우스가 돌아와 우리를 자기 집에서 쫓아내기 전에, 그가 우리 손에 먼저 죽임을 당할 것이기 때문이오! 자, 동지들이여, 이 회의를 어서 끝내도록 합시다! 여기 모인 다른 사람들도 모두 자기 생업으로 돌아가기만을 바라고 있을 뿐이오. 우리는 오디세우스의 집으로 돌아가서 어느 누구도 우리를 방해하지 못하게끔 합시다. 전보다도 더 신나게 먹고 마시며 놀아봅시다! 아, 저 꼬마 텔레마코스가 여행을 떠나겠다고 하면서 우리의 도움을 청했었나? 그의 여행은 멘토르와 할리테르세스가 알아서 준비해줄 것이오. 그들은 오래전부터 오디세우스와 친분이 두터운 사이니 말이오! 내 생각에 페넬로페의 저 어린 아들은 거친 바다로 항해를 떠나는 것보다 이타케의 집에 머물면서 아버지 소식이나 얌전히 기다리고 있는 편이 훨씬 나을 것 같기는 하오만!"

구혼자들은 이렇게 텔레마코스를 조롱하며 계단을 내려가 시끄럽게 웃고 떠들며, 곧장 오디세우스의 왕궁으로 다시 발길을 옮겼다. 다른 사람들 역시 사방으로 흩어져 자기 집으로 돌아갔다. 그들은 회의에서 어떤 결정도 내리지 않게 된 것을 마음속으로 은근히 기뻐했다.

텔레마코스는 분노로 온몸을 부들부들 떨며 청동으로 된 창의 자루를 꽉 움켜쥐었다. 자신을 조롱하는 구혼자들을 향해 창을 날릴 기세였다. 그러나 곧 다시 이성을 되찾았다. 순간의 분노를 이기지 못해 그들을 향해 창을 던지는 일은 모든 상황을 더 나쁘게 만들 뿐이었다!

텔레마코스는 두 마리의 개를 데리고 해변으로 내려갔다. 바닷물에 손을 씻은 뒤 깊은 시름에 잠겨 다시 한 번 팔라스 아테나에게 기도를 올렸다. "여신이시여, 당신께서 정말로 어제 저를 찾아오신 거라면 제 말씀을 들어주소서! 저는 당신이 해주신 조언을 따를 수 없게 되었습니다. 배를 구할 수가 없기 때문입니다! 구혼자들이 모든 것을 엉망으로 만들어버렸습니다!"

팔라스 아테나는 텔레마코스의 기도를 들었다. 그녀는 이미 멘토르가 회의에 참가하여 사람들 앞에서 했던 말을 흡족한 마음으로 모두 들었던 터라, 이번에는 오디세우스의 충직한 친구인 멘토르의 모습으로 텔레마코스 앞에 나타나 그를 돕기로 마음먹었다.

눈 깜짝할 사이에 아테나는 멘토르의 모습으로 변장해 깊은 시름에 잠겨 있는 젊은 텔레마코스 옆으로 다가갔다. 아테나는 멘토르의 목소리로 말했다. "구혼자들 때문에 더 이상 상심할 필요 없네! 그들이 하고 싶은 대로 행동하도록 내버려 두게. 그들의 멸망은 이미 정해졌기 때문이야! 배는 내가 구해주겠네. 그리고 함께 항해할 동료들도 보내주겠네. 내 자네에게 약속하지. 그리고 나 역시 자네의 여행에 동행할 생각이네. 자네는 용감한 오디세우스의 아들이야. 자네도 아버지처럼 모든 일을 훌륭하게 해낼 수 있을 거라고 믿네. 물론 세상의 모든 아들들이 아버지를 닮는 것은 아니네. 대부분의 아들들은 제 아비만 못하고, 정말로 몇 안 되는 소수만이 아버지보다 낫지. 그러나 자네는 달라. 자, 그러니 아무 걱정 말고 집으로 돌아가 먼저 구혼자들 앞에 모습을 드러내게. 그래야 그들이 아무런 의심도 하지 않을 테니 말이야. 나중에 아무도 모르게 홀을 빠져나와 물건을 넣어두는 창고로 가게. 거기에서 여행에 필요한 식량들을 챙기되, 무엇보다도 포도주와 보릿가루를 충분히 챙기게. 그리고 시녀들 중 어느 누구도 눈치 채지 못하도록 각별히 조심을 하게. 시녀들이란 수다스럽기 짝이 없는 데다가, 아마도 그들 중 대부분이 이미 구혼자들과 잠자리를 같이했을 테니 말일세. 심지어 자네 어머니에게도 자네의 여행에 대해 아무 말씀도 드리지 말게. 자네 어머니가 아신다면 걱정만 끼쳐드리는 결과가 될 걸세."

말을 마친 아테나는 그 자리를 떠났고, 텔레마코스 역시 왕궁을 향해 발길을 옮겼다. 텔레마코스가 몇 걸음 가다가 뒤를 돌아보니, 멘토르는 이미 자취도 없이 사라지고 난 뒤였다. 도대체 갑자기 어디로 사라진 것일까? 해변에는 드넓은 모래사장이 펼쳐져 있을 뿐 나무 한 그루, 풀 한 포기조차 없는데 말이다.

텔레마코스는 또다시 머릿속이 혼란스러워졌다. 그러나 마음은 한결 가벼워졌다. 궁전에 도착해 안뜰로 들어서자, 구혼자들이 염소를 잡아 열심히 가죽을 벗기고 살진 돼지를 꼬챙이에 끼워 불에 그슬리고 있었다. 또다시 풍성하고 흥겨운 술판을 벌이기 위한 준비가 한창이었다.

안티노오스가 텔레마코스를 금방 알아보고, 그에게 다가가 손을 내밀고 악수를 했다. "텔레마코스, 이제 그만 우리에게 품었던 화를 풀게!" 그는 웃으며 말했다. "자네가 세상 무서운 줄 모르고 정 그렇게 항해를 하기로 고집을 부린다면, 적어도 배를 구하는 일이나 노 저을 사람을 구하는 일은 친구들에게 맡겨두고 자네는 전처럼 우리와 함께 앉아서 먹고 마시도록 하세!"

텔레마코스는 슬그머니 안티노오스가 잡고 있던 손을 빼냈다. "싫다, 안티노오스! 나는 너희들과 함께 앉아서 식사를 하고 싶은 생각이 눈곱만큼도 없다! 내가 어린아이였을 때는 너희들에게 대항할 힘이 없어 하자는 대로 다 했지만, 이제 그런 시절은 모두 지나갔다! 나는 심지어 복수의 여신께 부탁해 나를 대신해 너희들에게 복수하도록 만들 수도 있다!"

여기저기서 박장대소하는 소리가 터져 나왔다.

"자네들 들었는가? 저 꼬마가 우리한테 으름장을 놓을 줄도 아는구먼! 저 녀석은 필로스나 스파르타에 가서 저 대신 복수해줄 굉장한 싸움꾼이라도 데려올 모양인가 봐! 우리 모두 몸조심하자고! 저 친구가 우리를 죽여버릴지도 모르니 말이야! 혹시 에피라로 가서 조금만 먹어도 죽게 되는 맹독을 구해올지 누가 알겠나! 그걸 우리가 마시는 포도주에 몰래 탈지도 모르지! 저 녀석이 저렇게 끔찍하게 화를 내니, 우리는 이제 모두 죽었구먼! 아이고, 이를 어쩌나!" 구혼자들은 이렇게 엄살을 떨며, 텔레마코스를 비웃고 소란을 피웠다.

텔레마코스는 그런 구혼자들을 보며 눈썹 하나 까딱하지 않았다. 그는 집 안으로 들어가, 나이 든 시녀장인 에우리클레이아를 불러 그녀와 함께 물건을 넣어두는 창고로 갔다.

지하 창고에는 사방에 값진 옷과 화려한 무늬의 옷감이 들어 있는 커다란 함이 쌓여 있었고, 도자기 단지 안에는 진기한 향유가 들어 있었다. 금과 동으로 만든 그릇들과 손잡이가 둘 달린 항아리가 길게 줄지어 늘어서 있었다. 항아리에는 포도주가 가득가득 들어 있었다. 지하 창고로 들어가는 입구는 두 짝으로 된 육중한 문으로 굳게 닫혀 있었는데, 에우리클레이아는 혹시 시종들 중 누구라도 창고 안으로 들어오는 사람이 없는지 조심스레 살폈다.

　나이 든 에우리클레이아는 앞서가는 텔레마코스의 뒤를 따라서 힘겹게 창고로 가는 계단을 하나씩 내려갔다. 그러면서 손에 든 횃불을 높이 들어, 그가 가는 길을 비춰주었다.

　"잘 들으세요, 유모!" 텔레마코스가 다정한 목소리로 에우리클레이아에게 말을 건넸다. "날 위해 포도주 열두 항아리를 준비해줘요. 유모가 그동안 아버지께 대접하기 위해 구혼자들의 눈을 피해 잘 보관해둔 맛 좋은 포도주 중에서도 최고의 것들로 담고 뚜껑을 잘 닫아두세요. 그리고 곱게 간 보릿가루도 스무 말 정도 튼튼한 자루에 담아주시고요. 그래서 그 모든 것들을 전부 한자리에 쌓아두세요. 그럼 내가 오늘 저녁에 어머니께서 잠자리에 들기 위해 안채로 들어가시고 난 뒤,

이곳으로 와서 유모가 준비해둔 식량들을 가져갈 테니까요. 나는 오늘이 다 가기 전에 필로스와 스파르타로 떠날 거예요!"

에우리클레이아는 그 말을 듣고 깜짝 놀란 나머지, 하마터면 손에 들고 있던 횃불을 떨어뜨릴 뻔했다. 곧 그녀의 두 눈에서 눈물이 솟구쳐 올랐다. "오, 왕자님!" 에우리클레이아는 흐느끼며 말했다. "도대체 왜 그런 생각을 하시게 된 거예요? 아버님께서 트로이로 원정을 떠나신 후로 아직껏 집에 돌아오지 못하고 계신 터에, 왕자님마저도 아버님과 똑같은 운명을 겪으시려는 것입니까? 왕비님이나 제 가슴에 이렇게 끝도 없는 근심을 주시면서까지 말입니다!"

텔레마코스는 부드러운 미소를 띠며 고개를 가로저었다. "아무 걱정 말아요, 유모! 신들께서 내 편에 서서 도와주고 계시니까요! 하지만 단 한 가지만은 유모가 내게 맹세를 해주었으면 해요. 내가 항해를 떠난 지 열이틀이 지나기 전이나 혹은 어머니께서 먼저 날 찾으시기 전까지는 아무 말씀도 드리지 않겠다고 말이에요! 그리고 오늘 저녁에는 시녀들도 내 가까이로 오지 못하게 막아주세요. 혹시라도 시녀들이 구혼자들에게 가서 쓸데없는 말을 전할까 봐 걱정이 되기 때문이에요. 내가 항해를 떠났다는 사실을 구혼자들이 알게 되면, 분명 배를 타고 쫓아와 아무도 몰래 나를 공격해서 죽이려고 할 거예요. 내가 며칠이고 그들의 눈에 띄지 않으면, 그들은 그저 내가 시골에 있는 농장에 내려갔을 거라고 생각하고 말 거예요."

그 시각 팔라스 아테나는 이타케의 거리를 빠른 걸음으로 지나가고 있었다. 그러나 그녀의 모습을 알아채는 사람은 아무도 없었다. 이번에는 텔레마코스의 모습으로 변장해 있었기 때문이다. 텔레마코스로 변한 아테나 여신은 길을 가다가 텔레마코스를 좋게 생각하는 젊은이를 만날 때마다 걸음을 멈추고 물었다. "친구여, 나와 함께 필로스와 스파르타로 여행할 생각 없나?"

"그거 좋은 생각이네요! 같이 못 갈 이유가 없지 않습니까?" 그들은 흔쾌히 대답했다. "즐거운 여행길이 될 것 같습니다!"

"고맙네! 그럼 날이 어두워지면 저 아래 항구에서 날 기다려주게!"

이렇게 함께 항해할 젊은이들이 대략 스무 명쯤 모였을 때, 아테나는 선박업자 노에몬에게로 갔다. "노에몬, 내게 빠른 배 한 척을 빌려줄 수 없겠소? 당신도 알다시피 난 아버지 소식을 알아보러 필로스와 스파르타로 떠나야 합니다! 열이틀만 지나면 빌려주신 배는 무사히 돌려받을 수 있을 겁니다!"

노에몬은 조금도 주저하지 않고 배를 빌려주겠다고 약속했다. 그는 오디세우스를 무척이나 존경하는 사람이었기 때문이다.

"당연히 빌려드려야지요." 노에몬이 말했다. "오디세우스 왕을 다시 만나 뵐 수 있게 된다면, 전 정말로 기쁠 것입니다!"

노에몬은 곧 빠른 배 한 척을 항구의 선착장에 준비해놓겠다고 약속했다.

이 모든 일들을 성공리에 마친 팔라스 아테나는 이번에는 왕궁을 향해 발걸음을 옮겼다. 궁전 안의 홀로 들어섰을 때, 그녀의 모습은 어느 누구의 눈에도 띄지 않았다. 구혼자들은 먹고 마시고 떠들며 여전히 자기 집으로 돌아갈 생각은 조금도 하지 않고 있었다. 그들과 떨어진 기둥 옆에 텔레마코스가 앉아 있었다.

아테나 여신이 소리 없이 구혼자들 옆을 미끄러지듯 지나갈 때마다, 구혼자들의 눈꺼풀 위로 솜털같이 부드러운 공기가 스쳐 지나갔다. 그러자 구혼자들은 갑자기 피곤해져서 손에 들고 있는 술잔조차도 더 이상 들고 있을 수가 없게 되었다. 그들은 술잔을 그 자리에 그대로 떨구고는 오로지 자러 가고 싶다는 생각에만 사로잡혔다. 한 사람씩 자리에서 일어나 문을 열고 밖으로 나가더니, 궁전 안뜰을 지나 어두운 거리를 비틀거리며 걸어서 모두들 자기 집으로 흩어졌다.

텔레마코스는 그 모든 일을 몹시 놀란 눈으로 지켜보고 있었다. 그러고는 이제 또 무슨 일이 생길지 숨을 죽이고 기다렸다.

바로 그 순간 궁전 밖에서 멘토르가 그를 부르는 소리가 들렸다. "이리 나와보게, 텔레마코스. 항구에 배가 준비되어 있고 노 저을 젊은이들도 벌써 모두 모여 자네를 기다리고 있네!"

그 소리를 들은 텔레마코스는 재빨리 망토를 걸치고 손에 창을 들고서 밖으로 뛰어나갔다. 텔레마코스는 떨리는 마음으로 어스름한 어둠에 싸여 궁전 문 옆쪽에 서 있는 형상을 흘끗 쳐다보았다. 그곳에 서 있는 형상이 정말로 멘토르일까, 아니면 혹시…… 어쩌면 멘토르가 아닐지도 모른다는 생각이 들었다.

팔라스 아테나는 텔레마코스의 생각을 읽고는 빙그레 미소 지었지만, 텔레마코스의 눈에 그녀의 미소가 보일 리 없었다. 그럼에도 그는 갑자기 모든 것이 잘되고 좋은 결과를 낳을 거라는 믿음이 신기할 만큼 무럭무럭 생겨나는 느낌이었다.

아테나와 텔레마코스는 빠른 걸음으로 항구를 향해 내려갔다. 항구에 도착하자 노 저을 젊은이들이 배 옆에 모여 있는 것이 보였다.

"모두들 나와 함께 우리 집으로 가세!" 텔레마코스가 젊은이들에게 외쳤다. "우리가 먹고 마실 식량들을 이곳으로 옮겨와야 하네. 그런데 한 가지 조심해야 할 것은, 마치 도둑처럼 조용조용 집으로 들어가야 한다네. 집 안의 어느 누구도 우리를 보는 사람이 없어야 하기 때문이지!"

그들은 모두 그 누구의 눈에도 띄지 않고 궁전에 도착해서 살금살금 지하 창고로 갔다. 에우리클레이아가 창고 앞 벽에 기대어 그들을 기다리고 있었다. 그녀가 들고 있던 횃불은 이미 다 타서 까맣게 꺼져 있었다. 에우리클레이아가 페넬로페 왕비는 위층 안채에서 잠들어 있고 다른 시녀들은 모두 가두어두었노라고, 아무 말 없이 한 아름씩 짐을 나르는 남자들을 궁전 문 앞까지 배웅하며 말했다. 문에 다다르자 에우리클레이아는 검은 그림자의 사내들 중 한 사람을 알아볼 때까지 서서 기다렸다. 그러고는 그에게 작별 인사를 건넨 뒤, 미어지는 듯한 가슴을 안고 다시 집 안으로 들어갔다.

멀리 항구에서는 선박업자 노에몬이 젊은이들을 기다리고 있었다. 자기가 만든 배가 바다를 항해하는 모습을 지켜보고 싶었기 때문이다. 그는 내심 텔레마코스를 비롯한 다른 젊은이들이 바다를 항해해본 경험이 없다는 점이 마음에 걸렸다.

젊은이들이 배로 다가오는 모습이 보였다. 그들은 아무 말도 하지 않고 저마다 무거운 짐을 등에 잔뜩 지고 왔다. 달이 밝은 밤이었기에, 노에몬은 젊은이들의 얼굴을 또렷이 구별할 수 있었다. 노에몬이 가까이 다가오는 사내들 중 한 남자의 얼굴을 알아보고는 비로소 안도의 한숨을 내쉬었다. 그렇다, 그는 자기가 만든 훌륭한 배가 항해를 잘 마칠 수 있을지에 대해 더 이상 걱정할 필요가 없었다. 멘토르가 함께 항해를 하기 때문이었다. 이타케 사람이라면 누구나 고귀한 멘토르가 얼마나 항해 경험이 많고 사려 깊은 사람인지 잘 알고 있었다!

선박업자 노에몬은 한동안 어둠에 휩싸인 성벽 위에 서서, 젊은이들이 궁전에서 지고 나온 식량을 배에 싣는 모습과 돛을 펴고 노 젓는 자리에 앉는 모습을 전부 끝까지 지켜보았다. 또한 멘토르가 배의 방향키를 잡는 모습과 텔레마코스가 배를 고정시키기 위해 항구의 기둥에 묶어놓았던 밧줄을 푸는 모습도 흡족한 마음으로 지켜보았다.

멘토르가 커다란 목소리로 명령을 내리자, 노들이 일제히 바닷물에 철썩하며 내려졌다. 이윽고 배가 천천히 방향을 틀어 넓은 바다를 향해 물살을 가르며 나아갔다. 아직은 돛이 아래로 축 처져 있었다. 그러나 배가 항구를 벗어나기가 무섭게 바람이 불어왔다. 노에몬은 등 뒤에서 불어오는 바람이 뺨을 스치고 지나가, 곧장 돛에 강한 힘으로 부딪치는 것을 생생하게 느꼈다. 돛은 거대한 새의 하얀 날개처럼 팽팽하게 부풀어 올랐다.

"남서풍이 마치 기다렸다는 듯이 알맞게 불어주는구나!" 노에몬은 이렇게 혼잣말을 하며 흡족한 마음으로 집을 향해 발걸음을 돌렸다. "바람이 지금처럼만 계속 불어준다면, 저들은 내일 아침 해가 뜰 무렵 벌써 필로스에 도착해 있을 거야."

5

밤사이 배는 활시위를 떠난 화살처럼 빠르게 파도 위를 미끄러져 갔다. 바람은 계속해서 노래하듯 윙윙 불어와 돛에 부딪쳤고 검은 하늘을 수놓은 별들은 수정처럼 반짝였다. 달이 서쪽으로 기울다 마침내 바닷속으로 모습을 감추더니, 이윽고 아침이 되어 장밋빛 여명이 밝아왔다. 그러자 배가 향하고 있는 저 멀리 앞쪽으로 필로스의 해안이 어렴풋이 모습을 드러냈다.

텔레마코스는 멘토르 옆에 서서 그를 몰래 흘끔흘끔 쳐다보았다. 이 사람이 정말로 자기가 어렸을 적부터 알고 지내던 바로 그 멘토르인가? 가끔은 정말 그런 것 같아 보였다. 그러나 또 가끔은 고귀한 멘토르의 얼굴이 문득 낯설고 기이하게 느껴지기도 했다. 어쩌다 멘토르의 밝은 두 눈에서 뿜어져 나오는 빛이 젊은 텔레마코스의 눈과 마주치기라도 하면, 텔레마코스는 등줄기가 서늘해질 정도로 이상한 전율을 느꼈다. 아니다, 저 사람은 멘토르가 아니다! 하지만 멘토르가 아니라면 도대체 누구란 말인가? 여신께서 인간 바로 옆에 서서 그를 도와주고 있는 것이라고 감히 믿어도 될까? 안 된다, 그건 너무 오만불손한 생각일 것이다.

팔라스 아테나는 텔레마코스의 그런 궁금증을 모르는 바가 아니었으나, 아직은 그에게 자신의 모습을 드러낼 때가 아니라고 생각했다. 그래서 그녀는 아무 말 없이 정면의 바다만을 응시했다.

반면 텔레마코스는 풀지 못할 수수께끼 같은, 알 수 없는 생각에 온통 사로잡혀 있었다. 그는 은빛 바다 위로 태양이 높이 솟아올라 찬란한 빛을 내뿜기 시작했다는 사실도, 낯선 해안에 배가 가까이 다가가고 있다는 사실도 알아채지 못했다. "이제 도착했다!" 큰 소리로 외치는 멘토르의 목소리를 듣고 나서야, 화들짝 놀라며 깊은 생각에서 간신히 헤어날 수 있었다.

배는 잔잔하기 그지없는 해변을 따라 천천히 움직이다가

모래가 많은 해안가에 살포시 멈춰 섰다.

젊은이들은 갑판 위에 서서 호기심에 가득 찬 눈길로 낯선 해안을 둘러보았다.

그들 앞으로 넓고 평평한 모래사장이 끝도 없이 펼쳐져 있었고, 그곳에는 뜻밖에도 한 무리의 사람들이 모여 있었다. 그들은 일렬로 줄을 맞춰 모래사장 위에 앉아 있었다. 그 둘레에 모닥불이 타고 있었고, 한쪽 옆에서는 젊은 남자들이 여러 마리의 검은 황소와 검은 염소를 잡고 있었다. 그들은 짐승들의 가죽을 벗기고 조각조각으로 나눈 후, 허리 살은 신들에 대한 존경의 의미로 태우는 동안 불에 구운 내장을 먹었다. 남은 고기는 꼬챙이에 끼워 구운 뒤 함께 나눠 먹었다.

이타케의 젊은이들은 한동안 제사를 올리느라 바삐 움직이는 사람들의 모습을 배 위에서 지켜보았다. 텔레마코스는 바닷가의 수많은 사람들 중에서 그가 만나려고 하는 네스토르가 도대체 누구인지 몹시 궁금했다.

"저들은 지금 포세이돈께 제물을 바치고 있는 중일세." 멘토르가 말했다. "저기 저 건너편에 하얗게 센 머리와 수염이 햇빛에 반짝이는 덩치 큰 노인이 보이는가? 저분이 바로 '말을 길들이는 자'라는 별명을 가진 네스토르일세! 이제 저 노인에게로 가서, 자네 아버지에 대한 소식을 공손히 물어보도록 하게. 네스토르는 자네에게 거짓말을 하지는 않을 걸세. 그러기에 그는 너무도 고귀한 성격을 가졌네."

그러나 텔레마코스는 제사를 올리는 사람들과 유명한 영웅 네스토르를 쳐다보기만 할 뿐, 선뜻 그들에게 다가설 용기가 나지 않았다.

"제가 어떻게 저 고귀하고도 나이가 지긋하신 장수께 뭔가를 물어볼 용기를 낼 수 있겠습니까? 어떤 말로 시작을 해야 할까요? 유창하게 말을 건네기에는 제 경험이 너무도 적습니다!"

"걱정하지 말게. 꼭 해야 할 말의 대부분은 자네 스스로 잘 생각해낼 수 있을 걸세!" 멘토르가 대답했다. "그리고 미처 다 하지 못한 말은 분명 신들께서 도와주실 것이네. 가세, 내 자네와 함께 가주지!"

텔레마코스가 먼 항해를 시작한 이유는 아버지 소식을 알아내기 위한 것이었으므로, 멘토르를 따라가지 않을 수 없는 상황이었다. 그들은 배에서 내렸고, 그사이 나머지 젊은이들은 배의 돛을 접고 바다에 닻을 내리는 일을 했다.

해변에 모여 있던 사람들은 이미 한참 전부터 배가 다가오는 모습을 지켜보고 있었다. 배가 해안에 도착하고 텔레마코스가 어떤 고귀한 신분의 동행인과 함께 걸어오는 모습을 보자, 네스토르는 옆에 앉아 있던 젊은 남자에게 몇 마디 말을 건넸다.

네스토르의 말을 들은 젊은 남자가 곧 자리에서 일어나 텔레마코스와 멘토르 앞으로 다가갔다.

"네스토르의 막내아들 페이시스트라토스라네." 멘토르가 낮은 목소리로 텔레마코스에게 속삭였다.

젊은이가 그들 앞에 멈춰 섰다. "이곳에 오신 것을 환영합니다!" 젊은이는 다정한 목소리로 말했다. "이리 가까이 와서 저희와 식사를 함께하시지요!"

그는 텔레마코스와 멘토르를 자기 아버지와 형들이 있는 곳으로 데리고 가서, 네스토르 옆에 짐승의 가죽을 펼쳐 마련한 자리에 앉으라고 권했다. 그러고 나서 그는 불에 구운 제물의 내장을 가져와 손님들에게 대접했다. 그것은 제사 풍습 중의 하나였다. 또한 황금 잔에다 포도주를 가득 따라서 나이가 많은 손님에게 먼저 건넸다.

"이 술을 바다의 지배자이신 포세이돈께 감사의 제물로 바친다는 의미로 바닥에 쏟아부으세요. 그리고 당신들과 우리에게 자비를 베풀어달라고 기도하십시오." 네스토르의 막내 아들이 멘토르를 향해 경건하게 말했다. "그런 다음 젊은 손 님께서도 똑같이 해주십시오."

멘토르의 모습으로 변장한 여신의 눈에 아무도 모르게 미 소가 떠올랐다가 이내 사라졌다. 그녀는 황금 잔을 받아 들고 매우 진지한 목소리로 포세이돈을 부르기 시작했다.

"땅을 뒤흔드는 능력을 가진 신이시여, 나의 기도를 들어 주소서! 네스토르와 그의 가족들, 그리고 그가 다스리는 나 라의 온 백성들에게 당신의 막강한 은총을 내려주소서! 또한 나와 텔레마코스에게도 은총을 내리시어, 당신이 지배하는 바다 위를 무사히 건너 행복한 귀향길에 오르도록 도와주소 서!"

아테나는 잔에 든 포도주의 일부를 바닥에 뿌린 다음, 남은 잔을 텔레마코스에게 건네주었다. 텔레마코스는 실망스러운 마음으로 아테나가 건네주는 잔을 받아 들었다. 이때까지 마 음속 깊이 남몰래 품어왔던 희망이 산산이 부서졌기 때문이 다. 텔레마코스가 보기에 고귀한 멘토르는 그저 평범한 인간 멘토르일 뿐, 더 이상 전능하신 여신이 아니었다! 만약 멘토르 가 팔라스 아테나였다면, 그녀는 분명 죽을 수밖에 없는 인간들이나 하는 것처럼 포세이돈을 향해 기도를 올리지는 않았을 것이다! 텔레마코스는 한편으로는 실망의 한숨을 내쉬면서도, 그래도 자기가 해야 할 의식은 끝까지 성실하게 마쳤다.

그러고 나자 어느 정도 마음이 가벼워지는 듯했다. 네스토르 역시 매우 친절하게 대해주었고, 사람들이 금접시에 담아 가져다준 음식은 너무도 맛있었다. 또한 시종들은 잔이 비기가 무섭게 포도주를 가득 따라주었고, 달콤하면서도 독한 술이 뜨겁게 목을 타고 넘어갔다.

멘토르와 텔레마코스가 음식과 술을 모두 먹고 마시기 전까지, 그들에게 성가신 질문을 하는 사람은 아무도 없었다.

식사가 모두 끝나자 네스토르가 먼저 입을 열었다. "자, 낯선 손님들이여, 이제 당신들이 누구이며 어디에서 왔는지, 그리고 무슨 일로 여기까지 오게 되었는지 말씀해주시오!"

그 말을 들은 텔레마코스가 즉시 자리에서 일어났다. 그의 마음속에 두려움은 사라지고 이제 용기가 충만했다. 어느 신께서 용기를 불어넣었거나, 아니면 포도주의 힘일는지도 몰랐다.

"고귀하신 네스토르여." 그는 연설을 시작했다. "우리는 이타케에서 온 사람들입니다. 저는 당신과 함께 트로이에서 전쟁을 치른 제 아버지의 소식을 듣기 위해 이곳까지 오게 되었습니다. 저는 오디세우스의 아들 텔레마코스입니다. 그리고 이분은……" 텔레마코스는 갑자기 이 대목에서 머뭇거리며 멘토르를 향해 뭔가 미심쩍은 눈길을 보냈다. 멘토르는 텔레마코스를 쳐다보며 다정하게 웃고 있었지만, 어딘가 그를 놀리는 듯한 표정 또한 숨기지 않았다. 적어도 텔레마코스의 눈에는 그렇게 보였다. "이분은 제 아버지의 친구이신 멘토르라는 분입니다." 텔레마코스는 마음을 굳힌 듯 단호하게 말했다. "왕이시여, 당신께 간청드립니다. 혹시 제 아버지에 대한 소식을 알고 계시거든, 아무리 끔찍한 것이라 할지라도 제게 모든 것을 숨김없이 말씀해주십시오. 불행한 소식일지언정 아무것도 모르고 있는 것보다는 훨씬 낫기 때문입니다. 아버지께 어떤 일이 벌어졌는지에 대해 저희에게 소식을 전해주는 사람은 오늘까지 아무도 없었습니다. 낯선 종족과 전투를 하다가 전사하셨는지, 아니면 배를 타고 항해하다가 다른 동료들과 함께 바다로 침몰하셨는지, 그것도 아니면 아직까지도 어느 낯선 땅을 헤매고 다니시는 건지 아무도 모릅니다. 트로이에 참전했던 다른 모든 장수들에 대해서는 그들이 고향으로 되돌아갔는지 아니면 전쟁에서 죽임을 당했는지 우리에게까지 그 소식이 전해져 왔건만, 유독 제 아버지의 운명은 신들께서 칠흑같이 깜깜한 어둠으로 가려놓으시어 도무지 알 수가 없습니다."

네스토르는 텔레마코스를 한동안 꼼꼼히 살펴보았다. 그의 앞에 서 있는 손님 텔레마코스의 모든 것이 마음에 들었다. 텔레마코스의 자연스러우면서도 공손함을 잃지 않는 태도 하며, 젊지만 진지한 얼굴 표정 하며, 연설을 하는 말투까지도 모두 마음에 들었다.

네스토르는 흡족한 마음으로 고개를 끄덕였다. "자네를 처음 본 순간 짐작을 하긴 했네." 그가 다정한 목소리로 말했다. "자네는 오디세우스를 참 많이 닮았구먼. 정말로 그의 아들임이 틀림없어. 자, 들어보게! 자네 아버지에 대해서 내가 알고 있는 것을 모두 다 말해주겠네! 우리는 10년 동안 트로이 성 앞에서 전쟁을 했네. 자네 아버지와 나는 어려운 순간이 닥칠 때마다, 믿음을 잃지 않고 서로를 돕는 훌륭한 동료였네. 장수들끼리 회의가 있을 때마다, 우리는 항상 의견이 같았고 전쟁이 끝났을 때도 함께 귀향길에 올랐지. 메넬라오스도 우리와 함께 고향으로 돌아가는 배에 탔는데, 그의 형인 아가멤논만은 다른 장수들과 심하게 다툰 까닭에 혼자 트로이에 남게 되었다네. 팔라스 아테나 여신께 제물을 바치기 전에는 고향으로 돌아갈 수 없다고 고집을 부렸기 때문이지. 아테나 여신의 미움을 받아 아트레우스의 두 아들들 사이에 불화가 생겼거든. 그러나 우리가 탄 배가 트로이의 앞바다에 있는 테네도스 섬을 돌아 지나갈 무렵, 자네 아버지는 아가멤논을 혼자 남겨두고 떠난 것을 후회하기 시작했네. 그래서 트로이로 되돌아가기로 결심했지. 바로 그때 우리는 처음으로 서로 다른 길을 가게 되었다네. 나를 비롯한 수많은 아카이아 병사들은 이제 그만 고향으로 돌아가기를 간절히 바랐기 때문이지. 오디세우스와 그를 따르는 병사들은 그 자리에서 뱃머리를 돌려 다시 트로이의 해안을 향해 되돌아갔네. 그것이 내가 자네 아버지를 마지막으로 본 것이라네. 그 후로 10년이라는 세월이 흘렀고 수많은 사람들이 이곳을 다녀갔지만, 그리고 그럴 때마다 나 역시 자네 아버지의 소식을 물어보았지만, 그의 운명에 대해서 확실하게 알고 있는 사람은 단 한 명도 없었어. 신들께서 나와 내 병사들에게만큼은 은총을 베푸시어 무사히 고향으로 돌아올 수 있었지. 그러나 메넬라오스에게는 신들께서 그때까지도 화를 푸시지 않은 것 같았네.

우리가 수니온의 언덕이 있는 육지를 지나갈 무렵, 메넬라오스가 탄 배의 방향키를 잡고 있던 병사가 갑작스레 죽음을 맞았네. 아카이아의 그 어떤 병사도 그처럼 노련하게 배를 운전하는 사람은 없었는데 말일세. 게다가 그는 메넬라오스의 총애를 받던 병사였네. 그래서 메넬라오스는 자기에게 속한 모든 배들에 명령을 내려, 그곳 해안에 배를 정박하고 예의를 갖추어 그 병사의 장례를 치르도록 했다네. 그런데 그들이 장례를 마치고 다시 항해를 계속하려고 했을 때, 무서운 폭풍우가 몰아닥치고 말았지. 그 폭풍우로 인해 몇 척의 배가 절벽에 부딪쳐 산산조각 나고, 간신히 폭풍우를 벗어난 나머지 배들은 크레타 섬으로 향했다네. 크레타 섬에는 고르티나와 파이스토스라는 도시가 있는데, 그 앞바다에는 엄청난 파도가 매끄러운 바위에 부딪쳐 하얗게 부서지고 있었지. 바로 그곳에서 나머지 배들이 모두 좌초하고 말았네. 배는 물 밑으로 가라앉았고, 병사들은 안간힘을 써 모래사장으로 기어 올라가 가까스로 목숨만은 구할 수가 있었지.

메넬라오스는 자기 병사들을 이끌고 그길로 이집트로 갔다네. 그곳에서 오랜 세월을 머물면서 많은 보물을 모았다고 하더구먼. 그러나 그런 보물도 그에게 그다지 큰 기쁨이 되지는 못했을 거야. 왜냐하면 그사이 고향 아르고스에서 교활하기 그지없는 배신자 아이기스토스의 손에 그의 형 아가멤논이 살해당하고 말았거든. 그 끔찍한 사건에 대한 소식은 자네가 사는 이타케에도 분명히 전해졌으리라 생각하네! 물론 그 사건이 일어난 지 8년째 되는 해, 아가멤논의 아들 오레스테스가 아테네에서 돌아와 아버지의 살해에 대한 복수로 아이기스토스를 죽였지. 바로 그다음 날 메넬라오스는 그동안 이집트에서 모은 보물들을 배에 가득 싣고 아르고스 앞바다에 정박하게 되었다네. 이것이 내가 자네에게 전해줄 수 있는 소식의 전부네.

내 자네에게 조언 하나 하지! 라케다이몬의 메넬라오스를 찾아가 보게! 그는 수많은 항해와 모험 끝에 트로이에서 제일 늦게 고향에 도착한 장수라네. 어쩌면 메넬라오스가 오디세우스의 소식을 알고 있을지도 몰라. 그는 우리와는 다른 말을 쓰는 먼 나라에도 갔었고, 철새들이 자기가 떠나온 고향으로 같은 해에는 되돌아갈 수 없을 정도로 멀리 떨어진 나라에도 갔었고, 또 우리가 단 한 번도 소식을 들어본 적 없는 먼 나라에도 갔었기 때문이네. 그곳에서 어쩌면 자네 아버지의 소식을 들었을지도 모르는 일 아닌가."

"그렇게 하겠습니다." 텔레마코스가 공손히 대답했다. "타포스의 왕이신 멘테스란 분도 제게 스파르타로 가보라는 조언을 해준 적이 있습니다. 그러나 어쩌면 그분은 멘테스가 아닐지도 모릅니다." 텔레마코스는 분명치 않다는 듯이 덧붙였다. 왜냐하면 그 고귀한 왕은 마지막 순간에 마치 한 마리 새처럼 사라졌기 때문이다. "어쨌거나 전 아버지가 살아 계시리라는 데 그다지 큰 희망을 품고 있지는 않습니다. 제 생각에 어딘가 낯선 땅에서 이미 오래전에 돌아가신 게 아닌가 싶습니다. 그래서 우리가 아무리 그분의 소식을 찾아다닌다 한들, 확실한 소식을 듣기는 거의 불가능하리라고 생각됩니다. 신들께서 그렇게 정해놓으셨기 때문이지요. 제가 바라는 바는 오로지 신들께서 예전에 오레스테스에게 내리셨던 만큼의 힘과 용기를 제게도 내려주셨으면 하는 것입니다. 그러면 전 제집에 진을 치고서 가산을 탕진하고, 그것도 모자라 저를 조롱하기까지 하는 구혼자들을 모두 물리칠 수 있을 것입니다." 텔레마코스는 침통하게 말을 마쳤다.

"나도 그 일에 대해 이미 소식을 들었네." 네스토르가 안타깝다는 듯이 대답했다. "그렇다고 해서 자네까지 희망을 잃어서는 안 되네! 예전에 팔라스 아테나께서 자네 아버지를 어여삐 여겨 많이 도와주셨던 것처럼, 여신께서는 분명 자네에게도 큰 도움이 되어주실 걸세. 그분이 도와주신다면, 심지어 구혼자들이 자네 어머니와 결혼하고 싶어 하는 마음을 싹 가시게 만들어주실지도 모르는 일 아닌가!"

"오, 네스토르 왕이여, 그런 일은 일어날 수 없다고 생각합니다." 텔레마코스가 소심하게 대답했다.

그러자 갑자기 그때까지 침묵을 지키고 있던 멘토르가 화를 벌컥 내며 소리쳤다.

"자네, 도대체 무슨 말을 그렇게 하는가?" 어찌나 엄하게 꾸짖으며 소리를 질렀던지, 텔레마코스는 깜짝 놀라 몸을 움츠렸다. "자네는 인간들이 간절히 원하면, 신들께서 언제나 도와주신다는 사실을 모르고 있단 말인가? 물론, 신들이 인간을 아무리 사랑한다 해도 단 한 가지만은 신들도 할 수 없는 일이 있긴 하네만. 그것은 인간의 죽음을 막는 것이라네. 그것만큼은 인간의 피할 수 없는 운명으로 이미 정해져 있기 때문이지."

그렇게 그들은 시간 가는 줄 모르고 함께 이런저런 이야기들을 나누었다. 네스토르는 텔레마코스에게 오디세우스에 대한 많은 이야기들—특히 그의 용맹함과 뛰어난 지략으로 아카이아 병사들에게 크게 보탬이 된 일들—을 들려주었다. 다른 아카이아 병사들이 어려움에 처해서 어찌할 바를 모를 때에도 오디세우스는 언제나 해결책을 찾아주었으며, 전쟁이 지리멸렬하게 계속 이어졌을 때 목마를 만들어 마침내 트로이를 멸망시킬 수 있었던 것도 바로 오디세우스가 세운 계략 덕분이었다고 말해주었다.

그러는 사이 제사를 위해 피웠던 모닥불이 천천히 꺼져갔다. 배불리 먹고 마신 데다 시간이 늦어 피곤해진 사람들이 하나둘씩 흩어져 시내에 있는 집으로 돌아가기 시작했다.

사람들이 모두 집으로 돌아가고 나자, 환하게 빛나던 태양마저 서쪽 바다를 향해 기울기 시작했다. 파랗던 하늘이 점점 은빛으로 변해가더니, 곧 망망대해 위로 한 줄기 석양이 길게 드리워졌다.

마침내 네스토르가 자리에서 일어났다. "이제 그만 왕궁으로 돌아갑시다." 그가 손님들에게 말했다. "당신들은 내일 아침 일찍 다시 항해를 떠나야 하니, 지금 곧 잠자리에 들어 푹 쉬는 것이 좋을 것 같소. 스파르타로 가는 길은 멀기 때문에, 아마도 이틀은 꼬박 달려야 닿을 수 있을 거요. 빨리 달리는 내 말들을 타고 가시오. 그리고 이곳의 모든 길을 잘 알고 있는 내 막내아들 페이시스트라토스가 당신들과 동행할 거요.

이곳은 바위가 많은 땅이어서 그의 인도 없이 당신들끼리 간다면 쉽게 길을 잃을 것이오.”

"저는 스파르타로 가지 않을 것입니다.” 멘토르의 갑작스러운 말에 텔레마코스는 적잖이 놀랐다. "저는 카우코네스인들이 사는 나라로 가봐야 합니다. 그곳 사람들이 제게 많은 빚을 지고 있기 때문입니다!”

멘토르의 모습을 한 아테나 여신의 밝은 두 눈이 번쩍하고 빛났다. 그 빛은 카우코네스인들의 불행을 예고하는 빛이었다. 교만한 카우코네스인들은 오래전부터 팔라스 아테나 여신에게 제물을 전혀 바치지 않고 있었기 때문이다.

순간 텔레마코스는 등줄기가 서늘해졌다. 또다시 멘토르의 낯익은 얼굴이 기이하고 낯설게 느껴졌다.

"자, 그럼 저희는 이만 배로 가서 잠을 자겠습니다.” 당황한 텔레마코스가 재빨리 말했다.

"내 절친한 친구 오디세우스의 아들이 내 나라에 왔는데 딱딱한 선실에서 잠을 자게 하다니, 신들께서 노여워할 일일세!” 네스토르가 말했다. "나와 함께 왕궁으로 가세. 왕궁에 잠자리를 마련해 손님을 대접해야 마땅하네!”

텔레마코스는 어찌해야 할지 몰라, 비밀스러운 동행자 멘토르의 얼굴을 쳐다볼 뿐이었다. 멘토르는 과연 네스토르의 제안을 받아들일 것인가, 아니면 거절할 것인가? 어째서 그는 저렇게 알 수 없는 표정으로 웃고만 있는 것일까?

"고귀한 네스토르여, 당신은 참으로 현명하고도 친절한 말씀을 하셨습니다!" 멘토르가 드디어 말문을 열었다. "텔레마코스는 당연히 당신과 함께 왕궁으로 가야 할 것입니다. 그러나 저는 배에서 오늘 밤을 보내겠습니다. 우리와 함께 온 젊은이들은 항해 경험이 적어 제 보살핌이 필요합니다."

말을 마친 멘토르는 서둘러 배를 향해 발걸음을 옮겼다.

그러고는…… 텔레마코스는 놀란 탄성을 지를 수밖에 없었다. 그는 자기 눈을 의심했다. 조금 전까지 그곳에 있던 멘토르가 갑자기 모습을 감추었기 때문이다. 마치 꿈속의 장면과도 같이 그렇게 연기처럼 사라진 것이다! 그런데 바로 그 자리에…… 조금 전까지 멘토르가 있던 곳에 커다란 독수리 한 마리가 앉아 있었다! 독수리는 날개를 활짝 펼치더니 퍼덕이는 날갯짓과 함께 공중으로 힘차게 날아올랐다.

백전노장 네스토르와 젊은 청년 텔레마코스는 한동안 할 말을 잊고 서로의 얼굴을 쳐다보기만 했다. 네스토르가 텔레마코스의 손을 잡으며 말했다.

"내 생각에 자네는 앞으로 더 이상 용기를 잃을 필요가 없을 것 같네." 네스토르가 감격스러운 목소리로 말했다. "신들께서 이렇게 젊은 시절부터 자네와 동행해주시니 말일세! 저분은 크로노스의 아들 제우스 신의 지혜로운 딸 팔라스 아테나 여신임이 틀림없네! 아테나 여신께서는 이미 오래전부터 자네 아버지를 항상 도와주셨지. 제발 나와 내 가족들에게도 저렇게 은총을 베풀어주셨으면 좋겠네! 내일 아침 해가 뜨자마자 금으로 뿔을 장식한 한 살 된 소를 아테나 여신께 제물로 바쳐야겠네!"

네스토르와 텔레마코스는 도시 안에 있는 왕궁으로 갔다. 네스토르의 아들들은 다른 사람들보다 먼저 왕궁으로 가서, 제사를 도운 필로스의 고귀한 귀족들을 왕궁에 초대하기 위해 만찬을 준비해놓고 있었다.

이제 사람들은 모두 둘러앉아 시녀들이 내오는 독한 포도주를 마셨다. 그 포도주는 항아리에 담아 밀봉하여 11년 동안 숙성시킨 것이었다. 그들은 포도주를 마시면서, 조금 전 해변에서 있었던 기적 같은 일들에 대해 많은 이야기를 나누었다. 필로스의 귀족들은 젊은 텔레마코스를 '신들의 사랑을 받는 자'라고 부르며, 내내 부러운 듯이 그를 쳐다보았다.

밤이 늦어 모두들 집으로 돌아가자, 네스토르와 그의 가족들도 모두 잠자리에 들었다. 텔레마코스 역시 페이시스트라토스의 거처 바로 옆에 마련된 잠자리에 자리를 잡고 누웠다.

그러나 잠이 오지 않았다.

다음 날 아침 첫 여명이 동쪽 하늘 위로 밝아오기 시작하자, 텔레마코스는 자리에서 일어났다. 정성껏 목욕을 한 뒤 온몸에 향유를 바르고 새로 마련된 옷을 입고 해변으로 내려갔다. 그곳에는 벌써 필로스의 백성들이 모두 모여 팔라스 아테나께 제사 드릴 준비를 끝내놓고 있었다.

네스토르의 아들들이 금으로 뿔을 장식한 어린 소 한 마리를 끌고 왔다. 제물을 태울 모닥불은 이미 활활 타오르고 있었다. 네스토르의 장남이 엄청난 힘으로 소의 목을 쳐서 정신을 잃게 만든 뒤, 막내아들인 페이시스트라토스가 칼로 목을 잘랐다. 다음으로 귀족들이 황금 잔에 들어 있는 보릿가루와 포도주를 소 위에 뿌렸다. 기름지고 가장 연한 부위는 존경의 뜻으로 여신께 바쳐졌다.

제물을 바치는 의식이 모든 절차와 풍습에 맞게 무사히 끝나자, 그들은 모두 왕궁의 뜰로 되돌아왔다. 그때 네스토르가 말했다.

"어서 훌륭한 말들을 데려다가 마차에 매도록 하라. 그리고 여행에 필요한 포도주와 식량을 준비하라. 준비가 끝나는 대로 텔레마코스와 페이시스트라토스는 라케다이몬을 향해 여행을 떠날 것이다."

모든 것이 네스토르가 명령한 대로 진행되었다. 말들에게 멍에를 씌우고, 커다란 바퀴가 달린 마차에 단단히 묶었다. 그 지방의 길을 훤히 꿰뚫고 있는 페이시스트라토스가 말의 고삐를 잡고 텔레마코스가 마차에 올라 그의 옆에 자리를 잡자, 말들은 이내 긴 갈기를 바람에 휘날리며 달려 곧 왕궁 문을 벗어나 밖으로 나갔다.

페이시스트라토스는 노련한 솜씨로 고삐와 채찍을 다루었고, 그에 화답하듯 말들은 번개 같은 속력으로 내달렸다. 말들은 하루를 꼬박 쉬지 않고 달렸지만, 조금도 지치지 않았다.

저녁이 되자 그들은 파라이라는 도시에 도착했고, 그곳에 있는 페이시스트라토스의 친척 집에서 그날 밤을 보냈다.

다음 날 아침 일찍 여행은 계속되었다. 오전에는 내내 산세가 험한 지역을 통과하더니, 오후가 되자 드디어 잘 익은 밀밭으로 뒤덮인 라케다이몬의 들판을 달리게 되었다.

사방이 어두컴컴해질 무렵, 그들은 마침내 거대한 도시 스파르타에 도착했다.

그들은 곧장 왕궁을 향해 달렸는데, 스파르타의 왕궁은 이전에 보았던 그 어떤 궁전보다 훨씬 크고 화려했다.

페이시스트라토스는 마차를 몰아 활짝 열려 있는 왕궁의 문을 통과해 뜰로 들어갔다. 그곳에서 그는 눈앞에 펼쳐진 광경을 보고 깜짝 놀라 마차를 세웠다. 왕궁의 홀로 통하는 문 역시 활짝 열려 있었는데, 환하게 불이 밝혀진 홀에서는 많은 사람들이 모여 앉아 성대한 만찬을 즐기고 있었다. 시종들이 은항아리에 담긴 포도주를 사람들에게 따라주는 한편, 시녀들은 고기와 여러 풍성한 음식들이 담긴 접시를 부지런히 나르고 있었다. 홀의 한복판에서 가수가 칠현금을 타며 크고 아름다운 목소리로 노래를 부르고 있었고, 한 무리의 날렵한 무희들이 그를 둘러싸고 원을 그리며 춤을 추고 있었다.

메넬라오스는 두 자녀의 혼례를 치르고 있었던 것이다. 아름다운 딸 헤르미오네는 아킬레우스의 아들인 네오프톨레모스에게 아내로 주었고, 아들 메가펜테스는 스파르타의 귀족 알렉토르의 딸과 연을 맺어주었다.

아트레우스 일가의 모든 친척들이 그 자리에 초대되었고, 다른 친구들과 손님들도 많았다.

결혼식에 초대된 사람들은 이미 모두 왕궁에 도착해 홀에 자리를 잡고 앉아 있었다. 메넬라오스의 시종장인 에테오네우스는 손님들의 숫자를 정확히 파악하고 있었다. 따라서 뒤늦게 낯선 손님 둘이 마차를 타고 왕궁 뜰에 도착하는 모습을 보고 그가 의아하게 생각하는 것은 당연했다. 시종장은 낯선 손님들을 미심쩍은 눈으로 훑어보았다.

'저들은 분명 결혼식에 초대된 사람들은 아니지만, 고귀한 신분임에는 틀림없는 것 같다.' 그는 생각했다. '게다가 멀리서 온 것이 분명해. 말들은 피곤해 보이고 마차는 뽀얀 먼지로 뒤덮여 있으니 말이야. 이곳에서 쉬기를 원할 것이 분명한데, 내가 저들을 결혼식이 진행되는 동안 홀 안으로 들어오게 해도 좋을지는 잘 모르겠는걸. 이미 이 홀은 손님들로 꽉 차서 더 이상 빈자리가 없으니 말이야. 주인님께 여쭤보는 게 상책일 것 같다!'

그는 서둘러 홀을 가로질러 손님과 시종 들 무리를 헤집고 메넬라오스 왕이 앉아 있는 곳으로 나아갔다.

"주인님." 시종장이 말했다. "저기 바깥에 두 명의 낯선 손님이 와서 왕궁 문 앞에 서 있습니다. 그들을 들어오라고 할까요, 아니면 내쫓을까요?"

메넬라오스는 시종장의 말을 듣고 깜짝 놀라며 그를 쳐다보았다.

"너는 평소에 그리 어리석은 사람이 아닌 줄 알았는데, 오늘은 어찌 된 일이냐, 에테오네우스?" 메넬라오스가 화난 목소리로 말했다. "지금 너는 마치 철딱서니 없는 어린아이처럼 말을 하고 있으니 말이다! 내가 언제 나를 찾아와 도움을 청하는 낯선 손님을 내쫓은 적이 단 한 번이라도 있었더냐? 그리고 우리가 여행길에서 친절한 사람을 만나 환대를 받으면, 우리 역시 한없이 기쁘지 않았더냐? 어서 시종들을 시켜 말을 마차에서 풀어 쉬게 하고, 손님들을 집 안으로 청하여 들이거라! 시녀들에게 일러 그분들을 목욕시켜드린 후에 깨끗한 옷을 내어드려 갈아입으시게 하고! 그런 다음 그 손님들을 내게 모시고 오너라!"

에테오네우스는 부끄러운 마음으로 자리에서 물러나, 주인 메넬라오스가 명령한 바를 서둘러 이행했다.

모든 것이 명령대로 행해진 뒤에, 곧 텔레마코스와 페이시스트라토스는 화려한 왕궁의 홀로 인도되어 왕 앞에 서게 되었다.

메넬라오스는 잠깐 동안 그들을 꼼꼼히 살펴보았다. 그러고는 그들에게 손을 내밀어 악수를 청했다. 메넬라오스는 사람에 대한 경험이 많은 장수였다. "내 집에 고귀한 신분의 손님들이 찾아오신 것 같소이다." 메넬라오스가 친절한 목소리로 말했다. "자, 이리 와서 우리와 함께 여기 있는 음식과 술을 드십시오! 충분히 먹고 마신 후에 그대들의 이름과 출신지를 묻고, 무슨 일로 이곳 라케다이몬까지 오게 되었는지 듣도록 하겠소!"

메넬라오스는 시종들에게 손짓했고, 시종들은 곧 의자를 두 개 가져와서 메넬라오스 옆에 놓았다. 가장자리가 멋지게 세공되고 그 위에 자줏빛 천을 씌운 의자였다.

두 젊은이는 처음에는 잔치를 벌이고 있는 낯선 사람들 무리에 섞여 앉는 것이 약간 수줍은 듯하더니, 이내 맛있는 음식과 달고 진한 포도주를 먹고 마시며 즐기기 시작했다. 그러면서 그들은 가끔씩 금과 은, 구리와 호박 등으로 장식된 화려한 궁전의 홀을 흘끔흘끔 둘러보며 감탄을 금치 못했다.

"세상에, 나는 이렇게 값진 장식이 많은 화려한 궁전은 이제껏 단 한 번도 본 적이 없소!" 텔레마코스는 페이시스트라토스에게 낮은 목소리로 속삭였다. "내 생각에 높은 올림포스 산 위에 있는 크로노스의 아들 제우스 신의 집도 이렇게 화려하지는 않을 것 같소! 메넬라오스야말로 세상에서 가장 행복한 왕이라고 할 수 있을 거요!"

메넬라오스 왕은 텔레마코스가 하는 말을 들었다. 그는 천천히 고개를 돌려 텔레마코스를 쳐다보았다. 그의 위풍당당한 얼굴 위에 어느새 슬픔이 가득 번져 있었다.

"이 세상의 어떤 인간도 제우스 신과 비교될 만한 사람은 아무도 없소!" 메넬라오스가 진지한 표정으로 말했다. "그리고 내가 세상에서 가장 행복한 왕이라고 했소? 그렇다면 내 당신들에게 해줄 이야기가 하나 있소이다! 당신들이 여기에서 보고 있는 이 모든 보물들, 그리고 이보다 훨씬 더 많은 양의 보물들을 난 낯선 이방의 땅에서 모았소. 키프로스, 포이니케, 리비아, 이집트 등 트로이를 떠나 고향으로 돌아오는 길에 표류하다 들른 그 모든 지역에서 보물을 모았다오. 그러나 내가 낯선 땅에서 보물을 모으는 사이, 고향에서는 내 사랑하는 형님이 못된 자의 손에 살해당하셨소. 또한 많은 병사들이 트로이에서 죽임을 당하거나 귀향길에 목숨을 잃었소. 오직 나 혼자만 목숨을 부지한 것이오! 나는 이 모든 보물 중 단지 일부만 소유한다 할지라도, 차라리 사랑하는 형님과 사랑하는 친구들을 잃지 않았더라면 더 행복했을 것 같소! 그런데 그렇게 죽어간 그들의 운명보다 더 비참한 운명에 처한 친구가 있소!" 메넬라오스는 침통한 표정으로 말을 계속했다. "내 사랑하는 친구 중 한 사람에게 신들께서 너무도 가혹한 운명을 내리고 계시단 말씀이오. 그는 바로 이타케의 왕인 오디세우스요. 그가 아직 살아서 낯선 이방인의 땅에서 온갖 고초를 겪고 있는지, 아니면 거친 바다의 깊은 파도 속으로 가라앉아 버렸는지, 혹은 돌아올 길이 없는 어느 외딴섬 해변에 내동댕이쳐졌는지에 대해 어느 누구도 알고 있는 사람이 없기 때문이오. 가엾은 페넬로페 왕비는 분명 깊은 시름에 잠겨 있을 것이며, 오디세우스의 아버님이신 연로하신 라에르테스께서도 마찬가지일 거요. 어린아이였던 텔레마코스도 지금쯤 어엿한 청년으로 성장했을 텐데, 그 역시 아직껏 아버지를 못 만나보고 있을 것이오!"

메넬라오스는 갑자기 깜짝 놀라며 하던 말을 멈추었다. 옆에 앉아 있던 젊은 손님이 별안간 입고 있던 망토 자락을 끌어다 얼굴을 가렸기 때문이다. 그런데 그의 얼굴이 어디서 많이 본 듯했다. 도대체 누구를 닮은 것일까?

메넬라오스가 이런저런 생각에 잠겨 있는 사이, 갑자기 홀 안의 좌중이 술렁거리기 시작했다. 안채로 이어지는 문이 열리더니 그 문을 통해 한 여인이 여러 명의 시녀들을 거느리고 나타났기 때문이다.

텔레마코스는 눈을 돌려 그 여인을 쳐다보았다. 순간 그는 슬픔마저도 잊히는 듯한 느낌이었다. 그는 그 여인이 헬레네라는 것을 한눈에 알아보았다. 바로 그녀 한 사람 때문에 트로이에서 전쟁이 일어났던 것이다! 헬레네의 아름다움과 그녀의 엄청난 운명에 대해서는 이미 온 아카이아 사람들이 잘 알고 있었다. 사람들은 그녀가 크로노스의 아들 제우스의 친딸이라고까지 말했다. 그렇지 않고서야 그녀가 소유한 불멸의 아름다움과 영원한 젊음은 가능할 리가 없었다.

텔레마코스가 보기에도 그 소문은 사실인 듯싶었다. 그는 마음속으로 감탄하며 그녀의 모습을 바라보았다. 헬레네는 이제 홀 아래로 내려와 이쪽을 향해 걸어오고 있었다. 날씬하고 우아한 자태가 마치 아르테미스 여신과 흡사했다. 그녀의 뒤를 따르는 시녀들 중 하나가 은으로 장식된 의자를 들고 있었다. 다른 시녀는 발밑에 놓을 발판을 들고 있었고, 또 다른 시녀는 자주색 모직 양탄자를 헬레네의 발아래에 펼쳐놓았다. 나머지 시녀는 은실을 꼬아 만든 바구니를 들고 있었는데, 그 안에는 보랏빛 실과 금으로 된 물렛가락 하나가 들어 있었다.

왕비는 남편인 메넬라오스 옆에 자리를 잡고 앉았다. 은근한 호기심을 품은 그녀의 눈길이 이전에 한 번도 본 적이 없는 낯선 두 젊은 손님에게로 향했다.

그들을 찬찬히 살피던 헬레네가 갑자기 깜짝 놀란 듯 몸을 움츠렸다. 그녀의 시선이 한순간 텔레마코스의 얼굴에 머물렀다가, 곧 몸을 돌려 메넬라오스에게 다급하게 물었다. "사랑하는 남편이시여, 말씀해주십시오. 도대체 제가 이전에 한 번도 만나본 적 없는 저 젊은 두 손님은 누구입니까? 저는 오디세우스 님이 당신 옆자리에 앉아 있는 것으로 착각했습니다. 저 젊은이는 그분과 너무도 닮은 것 같습니다."

메넬라오스가 깜짝 놀라며 말했다. "정말로 당신 말이 맞구려!" 그는 소리쳤다. "나 역시 이렇게 오디세우스를 닮은 사람을 만나본 적이 없소! 그래서 저 청년을 처음 본 순간부터 어디선가 본 듯한 얼굴이라는 생각을 계속했던 것이오! 저 눈은 오디세우스의 눈과 똑같이 닮았으며, 저 이마와 심지어 머리카락까지도 너무 흡사하오! 그리고 내가 방금 전 오디세우스에 대해 말했을 때, 저 청년은 흐르는 눈물을 감추려 얼굴을 가리기까지 했소!"

텔레마코스의 구릿빛 뺨 위로 홍조가 떠올랐다. 그렇다, 이
제는 이타케 왕의 아들답게 당당하게 일어서서 멋진 어조로
자기의 신분을 밝혀야 할 때가 온 것이다! 그러나 텔레마코스
는 너무도 유명한 장수와 너무도 아름다운 여인 앞에서 부끄
러운 마음이 들어 그만 말문이 막혀버렸다.

그것을 눈치챈 페이시스트라토스가 얼른 도와주었다.

"맞습니다." 페이시스트라토스는 용기를 내어 솔직하게
대답했다. "여기 있는 이 사람이 바로 고귀하신 오디세우스
의 아들 텔레마코스입니다! 그리고 제 아버지는 필로스의 왕
네스토르이십니다. 그분께서는 제게 스파르타로 여행하는 텔
레마코스와 동행하라고 명하셨지요. 텔레마코스는 사라진 부
친의 소식을 여쭤보기 위해 이곳까지 오게 되었습니다."

"오, 그렇다면 자네는 내 환영을 두 배로 받아야 하네, 텔
레마코스!" 메넬라오스는 텔레마코스를 꼭 끌어안았다. "자
네가 원하는 만큼 여기 머물도록 하게. 자네는 내 친아들이나
다름없는 사람일세. 내가 자네를 위해 할 수 있는 일이 있다
면 뭐든지 다 하겠네. 그렇게 하는 것이 자네 아버지가 나와
내 아내 때문에 겪어야만 했던 그 모든 고통에 대해 조금이라
도 갚는 길이 될 테니 말일세." 메넬라오스는 고통스러운 목

소리로 말했다.

한동안 어느 누구도 한마디 말도 하지 못했다. 모두가 과거에 일어났던 불행한 일들을 회상하며 슬픔에 젖어들었다.

그러나 천성이 밝고 낙천적인 성격인 페이시스트라토스는 그렇게 침울한 분위기를 오래 견디지 못했다. 그는 왕과 왕비 앞에서 나이 어린 그가 침묵을 깨고 말을 꺼내는 것이 불손해 보일지도 모른다는 걱정이 들긴 했지만, 그럼에도 용기를 내어 말했다.

"물론 우리는 머리를 쥐어뜯고 울부짖으며 죽은 자들을 애도하고 그들에게 존경의 뜻을 표함이 마땅할 것입니다! 그러나 언제까지나 끝없이 슬퍼하기만 하는 것은 우리 모두에게 그다지 큰 도움이 되지 못한다고 생각합니다! 끔찍한 불행이 닥친 날들이 저물고 나면 새로운 아침이 밝아오는 법이며, 그렇게 다가오는 새날에는 좋은 일들도 분명 있을 것입니다. 제 말씀이 너무 외람되었다면 용서해주십시오!"

슬픔에 잠겨 있던 메넬라오스는 깜짝 놀라 고개를 들어 젊은 페이시스트라토스를 바라보았다. 그런 그의 얼굴에 미소가 번졌다. "자네는 자네 나이에 어울리지 않는 현명함을 가졌구먼. 그 현명함은 분명 자네 아버지로부터 받은 것이라 생각되네! 자네 말이 백번 옳은 것 같네, 아들이여! 자, 이제 우리 모두 즐거운 마음으로 식사를 마치도록 하세. 그리고 편한 맘으로 잠자리에 드세. 텔레마코스, 내일 아침이 되면 자네에게 오디세우스에 대해 내가 알고 있는 모든 것을 말해주겠네. 난 쓸데없는 희망으로 자네의 마음을 현혹시킬 생각이 조금도 없네만, 내 생각에 자네 아버지는 아직 살아 계신 것이 분명한 것 같네!"

그 말이 텔레마코스의 마음에 다소 위로가 되긴 했지만, 그래도 슬픔이 모두 사라지지는 않았다. 그런 텔레마코스의 모습을 본 헬레네에게 좋은 생각이 하나 떠올랐다. 그녀는 시종에게 명하여 은항아리에 포도주를 담아오라고 시켰다. 그러고는 품에 지니고 있던 호박으로 만든 아주 작은 병 하나를 꺼내, 그곳에 들어 있던 맑은 액체 몇 방울을 포도주에 떨어뜨렸다. 그 약은 예전에 이집트에 머물 때 한 여인으로부터 받은 것이었다.

"이 약을 마시면 그날의 슬픔이 사라지고, 더 이상은 뺨 위로 애통의 눈물이 흐르지 않게 된답니다. 온갖 슬픔과 걱정을 잊어버리는 대신, 마치 커다란 행복이 찾아온 것처럼 기쁜 마음으로 잠들 수 있게 되지요!" 이는 검은 눈동자의 이집트 여인이 헬레네에게 약을 건네며 했던 말이었다. 이집트에는 여러 가지 기적을 행하는 신기한 약초가 많이 있다는 것을 헬레네는 잘 알고 있었다. 그 약초들은 어떤 목적으로 사용되느냐에 따라 유용한 약이 될 수도, 끔찍한 독이 될 수도 있었다. 이집트 사람들은 그런 약초를 다루는 비밀스러운 기술들을 많이 알고 있었다.

헬레네는 포도주에 약을 섞은 뒤 시종에게 명하여, 그것을 메넬라오스와 두 젊은 손님의 잔에 가득 채우게 했다.

그러고는 다시 남편 메넬라오스 옆에 자리를 잡고 앉아, 보랏빛 실과 물렛가락을 집어 들며 이렇게 말했다.

"이제부터 제가 여러분께 이야기를 하나 해드리지요. 제가 트로이에 머물면서 날이면 날마다 고향 라케다이몬으로 돌아갈 날을 손꼽아 기다리던 시절의 이야기예요. 그때 트로이에서 길을 지나다가 한 남자를 만나게 되었지요. 그 남자는 누더기를 걸치고, 살갗은 채찍을 맞은 듯 시뻘건 상처로 온통 뒤덮여 있답니다. 길거리를 헤매 다니는 거지거나 혹은 도망쳐 나온 노예쯤으로 보였어요. 그러나 그의 얼굴을 쳐다보았을 때 전 너무 놀라 할 말을 잃었답니다. 그는 바로 오디세우스였어요! 전 그가 오디세우스란 것을 한눈에 알아봤지만, 그에게 아무런 말도 하지 않았어요. 그저 절 따라 집으로 같이 가면 선물을 주겠다고만 했지요. 그는 아무 말 없이 제가 하자는 대로 순순히 따라왔어요. 시녀들에게 명하여 그를 목욕시키고 새 옷으로 갈아입힌 다음, 제게 데려오라고 했어요. 우리가 단둘이 남게 되었을 때 전 그에게 물었어요. 어떻게 감히 적들이 우글거리는 트로이 성 안으로까지 들어올 용기를 내었느냐고요. 처음에는 극구 부인하더니 더 이상 숨길 도리가 없다는 것을 깨닫자, 오디세우스는 제게 진실을 털어놓았어요. 물론 그 전에 저더러 그가 다시 트로이 성을 빠져나가 무사히 아카이아 진영으로 되돌아가기 전까지는 어느 누구에게도 그 모든 사실을 말하지 않겠다는 맹세를 하게 했지요. 제가 맹세를 하자 오디세우스는 그제야 어떻게 해서 자기가 아무에게도 들키지 않게 변장을 하고 성문을 통과할 수 있었는지, 거지 행색으로 집집마다 돌아다니며 성안의 병사들 수나 군사적인 방어 상황 등을 알아내게 되었는지를 자세히 말해주었어요. 그가 다시 거지 차림으로 제 거처를 나가려고 했을 때, 전 혹시라도 사람들이 그를 알아보고 붙잡으면 어떻게 하느냐고 걱정했지요. 그랬더니 그는 그저 아무 말 없이 웃기만 하더군요. 그렇게 오디세우스는 제 처소를 떠났고,

무사히 트로이 성을 빠져나가 아카이아 진영으로 갔어요. 어느 누구도 오디세우스가 트로이 성 안에 들어왔었다는 사실을 눈치채지 못했어요."

"그렇소. 그건 모두 사실이오!" 메넬라오스가 기억을 더듬으며 말했다. "무슨 일이든 지략과 용기가 필요한 곳에는 언제나 오디세우스가 있었소! 트로이 성을 정찰하고 돌아온 오디세우스는 우리 모두를 불러 모아놓고 자신의 계획을 밝혔소. '우리는 지금부터 거대한 목마를 만들어야 합니다. 목마의 빈 배 속에 쉰 명의 무장한 병사들이 들어갈 수 있을 정도로 넉넉한 크기여야 합니다.' 그러고는 계속 말했소. '나는 아카이아의 가장 용맹스러운 병사들과 함께 직접 그 목마의 배 안으로 들어갈 것이오. 나머지 병사들은 모든 장막을 철수하고 함선으로 돌아가, 마치 우리가 전쟁을 중단하고 이제 그만 고향으로 돌아가려는 것처럼 넓은 바다를 향해 뱃머리를 돌려야 합니다. 내 사촌인 시논만은 트로이 해변에 남겨둘 것입니다. 트로이 병사들은 그를 붙잡을 것이고 그에게 어떻게 된 일이냐고 물을 것입니다. 그러면 시논은 아카이아 병사들이 고향으로 모두 돌아갔으며, 목마는 아카이아 병사들이 지은 죄에 대한 속죄의 의미로 팔라스 아테나 여신께 바치는 제물이라고 대답할 것입니다. 실제로 아카이아 병사들은 예전에 트로이에서 아테나 여신의 신상을 훔친 죄를 범한 적이 있기 때문에, 그들은 시논의 말을 쉽게 믿을 것입니다. 게다가 시논은 나 오디세우스가 그를 제물로 바치려고 해서 가까스로 아카이아 진영을 도망쳐 혼자 트로이에 남아 숨어 있게 되었노라고 말할 테니, 누구도 그를 의심할 자는 없을 테지요. 또한 시논은 만약 트로이인들이 목마를 부수면 커다란 재앙이 트로이에 미칠 것이며, 반대로 목마를 트로이 성 안으로 들여놓게 되면 자자손손 큰 복을 누리게 될 것이라고 계속 거짓말을 할 것입니다. 트로이인들은 우리가 후퇴했다는 사실만으로도 기쁜 나머지 시논의 말을 전부 믿을 것이며, 분명 우리가 숨어 있는 목마를 트로이 성 안으로 들여놓을 것입니다. 밤이 되어 사방이 어두워지면, 함선에 타고 있던 병사들은 모두 배를 다시 트로이로 돌려 총공격을 개시하면 됩니다. 그 사이 목마 안에 있던 우리가 트로이 성문을 안에서 활짝 열어놓을 것이고, 그렇게 되면 이 전쟁은 마침내 끝이 나게 될 것입니다.' 오디세우스는 그의 계획을 우리에게 소상히 말했고, 그대로 모든 일이 진행되었소.

밤늦은 시각, 아직 우리 병사들이 바닷가에서 트로이 성을 향해 총공격을 시작하기 전에, 우리 쉰 명의 병사들은 거대한 목마의 배 속에 숨죽이고 앉아 기다리고 있었소. 이미 트로이인들이 무진 애를 써서 목마를 성안으로 끌고 들어와, 도시 중앙에 있는 광장 한가운데에 세워놓은 뒤였지. 바로 그때 당신이 목마로 왔던 거요, 헬레네. 당신은 우리가 숨어 있는 목마 주위를 세 번 돌면서, 손으로 목마의 몸통을 두드리며 낮은 목소리로 우리 이름을 불렀소. 당신은 목마 안에 무엇이 들어 있는지 알고 있었기 때문이오. 당신의 목소리를 듣는 순간, 난 반가움을 이기지 못해 그 자리에서 벌떡 일어났소. 그리고 당신이 부르는 소리에 대답을 하려고 했소. 그 순간 오디세우스가 힘으로 나를 다시 제자리에 끌어다 앉히고는 손으로 내 입을 틀어막았소. 어찌나 세게 입을 막았던지, 난 단 한마디도 입 밖으로 내뱉지 못했소. 그때 오디세우스가 그렇게 조심스럽게 행동하지 않았더라면, 우리 모두는 아마도 목숨을 건지지 못했을 것이오. 만약 바깥에서 누구 한 사람이라도 우리 목소리를 들었더라면, 그것으로 끝장이었을 테니까." 이상의 긴 이야기를 끝낸 메넬라오스는 마지막으로 텔레마코스를 바라보며 덧붙였다. "자, 어떤가, 잘 들었는가? 온 아카이아를 통틀어 자네 아버지 오디세우스만큼 현명한 장수는 아무도 없을 걸세, 텔레마코스!"

그사이 홀 안에 있던 손님들이 하나둘씩 자리에서 일어나 집으로 돌아가기 시작했다. 이미 밤이 깊었기 때문이다. 가수들과 춤꾼들도 모두 돌아갔다. 시종들이 궁전 안에 밝혀놓았던 등불을 끄자, 검은 연기가 번쩍이는 벽을 타고 천장으로 올라갔다. 홀 안에는 송진 타는 냄새가 진동했다.

이제 궁전 안이 조용해졌다. 텔레마코스도 그날 밤만은 사랑채에 마련된 침실에서 페이시스트라토스 옆에 누워 그동안의 슬픔을 잊고 잠을 청할 수 있었다.

다음 날 새벽 여명이 하늘을 밝히기 시작할 무렵, 메넬라오스는 잠자리에서 일어나 옷을 차려입고 손님들이 잠들어 있는 사랑채로 갔다.

텔레마코스가 잠에서 깨어나 왕을 맞이하기 위해 자리에서 벌떡 일어났다. 그는 메넬라오스가 들려줄 아버지 오디세우스의 소식이 궁금해서 정신을 바짝 차리고 귀를 기울였다.

메넬라오스는 텔레마코스의 침대 가장자리에 앉아, 그에게 옆으로 와서 앉으라고 손짓했다.

"나는 어젯밤 내내 많은 생각을 했네." 메넬라오스가 말문을 열었다. "지나간 일들을 모두 똑똑히 기억하여 자네에게 조금이라도 많은 이야기를 들려주기 위해서 말이야! 자, 잘 들어보게! 우리가 이집트에서 모은 온갖 보물들을 함선에 가득 싣고 마침내 그곳을 떠나, 고향을 향해 하루를 꼬박 항해한 뒤 파로스라는 섬의 어느 항구에 정박하게 되었네. 그런데 그곳 포구에 배를 정박하자마자 갑자기 심상치 않은 바람이 불어오기 시작했지. 그로부터 스무 날 동안 꼬박 쉬지 않고 폭풍우가 몰아쳤고, 배는 더 이상 바다로 나가지 못하고 묶여 있는 신세가 되고 말았네. 우리 배에 마실 물은 넉넉했지만, 식량은 곧 바닥이 나고 말았어. 병사들은 투덜거리며 물고기를 낚기 시작했고 새도 사냥했지. 그러나 병사들의 심기는 날이 갈수록 불평불만으로 가득 차게 되었고, 바람은 잦아들 기미가 전혀 보이지 않았네.

어느 날 아침, 나는 어찌할 바를 모르고 바닷가에 서서 요동치는 바다만 물끄러미 쳐다보고 있었네. 그런데 바다에서 뭔가 움직이는 것이 보이더군. 그러더니 그것이 물 밖으로 불쑥 올라왔는데, 가만히 살펴보니 그것은 아름다운 여인의 머리였어. 곱슬곱슬한 금발이 하얀 파도를 타고 넘실거리고 있었네. 나는 그때까지만 해도 그 여인이 그 근방의 바다를 다스리는 신 프로테우스의 딸 에이도테아라는 걸 몰랐다네. 그녀는 호기심에 가득 찬 눈으로 날 살펴보더니 말을 걸어오더군. '당신은 왜 그렇게 무료하고 힘없이 거기 서 계신 건가요? 마치 이 외딴섬에서 오랜 세월을 보낸 것 같은 표정을 하고 계시는군요. 내가 보기에 당신의 병사들도 더 이상 이곳에 머무르고 싶지 않은 것 같아요.'

'그럼 당신은 내가 여기 있고 싶어서 있는 줄 알았소?' 나는 화가 나서 물었다네. '아무래도 난 신들 중 한 분의 미움을 받은 것이 틀림없소. 그분이 나를 벌주시려고, 이렇게 아무도 살지 않는 외딴섬에 여러 날을 묶어두는 것 같단 말이오! 보아하니 당신도 신들 중 한 분 같은데, 그렇다면 내가 어떻게 해야 여기서 벗어날 수 있는지 어서 말해주시오!'

그러자 그녀는 젖은 금발을 살래살래 흔들었네. '아니요, 난 그런 것은 몰라요! 하지만 당신께 충고는 해드릴 수 있어요. 이 근방의 바다는 강력하신 프로테우스께서 다스리고 계세요. 제 아버지이시기도 하죠. 만약 당신이 그분을 꽉 붙잡아 놓고 도대체 어떤 신께서 당신에게 화가 났고 어떻게 해야 그 신과 화해를 할 수 있는지, 또 이곳을 벗어나 다시 저 망망대해를 건너 고향으로 돌아가려면 어떻게 해야 하는지를 물으면 그분은 분명 말씀해주실 거예요. 그뿐만 아니라 당신이 고향으로 돌아가지 못하고 타지에서 떠돌아다니는 사이, 당신 고향에서 어떤 일이 벌어졌는지도 친절하게 알려주실 거예요.'

'그건 고향으로 돌아가면 자연히 알게 될 것이오!' 나는 또다시 화가 나서 말했네. '그렇다면 이제 내가 어떻게 해야 그 강력한 바다의 노인을 붙잡을 수 있는지 말해주시오! 죽을 수밖에 없는 인간의 몸으로 불사의 신을 붙잡는 것은 분명 쉬운 일이 아닐 테니 말이오!'

'쉽지는 않지만, 불가능한 일도 아니에요!' 그러면서 그녀는 내게 방법을 일러주었네. '잘 들어보세요! 태양의 신 헬리오스가 그의 마차를 하늘의 정수리를 향해 몰아갈 때쯤 되면, 프로테우스께서는 잿빛 바다에서 몸을 일으켜 물 밖으로 나온답니다. 그를 둘러싸고 물개떼가 함께 나올 거예요. 물개들은 바닷가 모래사장으로 나와 그곳에 몸을 눕힐 텐데, 그때 그 물개들에게서 나는 악취가 보통이 아니랍니다! 당신의 코에 그 짐승들의 악취가 향기롭게 느껴질 리는 만무하겠지만, 그래도 꾹 참고 그 물개들 사이로 숨어들어 가야만 해요. 그런데 혼자 가지 말고 당신 병사들 중 세 명을 골라 그들과 함께 가세요. 내 충고를 하나라도 지키지 않으면, 당신은 절대로 이

293

섬에서 벗어날 수가 없답니다.

　프로테우스는 언제나 하는 버릇처럼 맨 먼저 물개떼 주변을 한 바퀴 돌며 그 수를 셀 거예요. 한 마리도 빠짐없이 숫자가 모두 맞으면, 그는 물개들 사이에 자리를 잡고 누워 낮잠을 잘 거예요. 마치 양 치는 목동이 양떼 사이에 누워 낮잠을 자듯이 말이에요. 그분이 깊이 잠든 것을 확인하면, 당신들은 그를 동시에 덮쳐서 꼼짝 못 하게 있는 힘을 다해 꽉 붙잡으세요. 붙들린 프로테우스는 모든 간계를 동원하여 당신들 손아귀에서 벗어나려고 안간힘을 쓸 거예요. 끔찍한 동물로 모습을 바꾸기도 하고, 나무로 변장하기도 하고, 심지어는 물이나 불로 변할지도 몰라요. 그래도 당신들은 그를 절대로 놓아주어서는 안 돼요! 마침내 그가 진짜 모습으로 돌아오게 되면, 그는 당신에게 원하는 바가 도대체 뭐냐고 물을 거예요. 그때라면 당신은 그를 안심하고 믿어도 좋아요. 그는 더 이상 다른 모습으로 변장하며 당신을 속이려 들지 않을 거예요. 자, 이제 병사들에게로 가서 그들 중 세 명을 모아 다시 이곳으로 오세요!'

　그녀는 말을 마치고는 뭔가 바쁜 일이 있다는 듯 다시 바닷속으로 깊이 잠수해 들어갔네.

나는 서둘러 병사들이 있는 곳으로 가서 그들 중 가장 용감하고 힘이 센 병사 셋을 골라, 방금 전 바다의 요정 에이도테아가 내게 말해준 것들을 그대로 전해주었네. 그들은 조금도 주저하지 않고 나를 돕겠다고 대답하더군. 그 무료하기 짝이 없는 무인도에 하루라도 더 머무는 것은, 그 어떤 다른 험한 일을 하는 것보다 더 끔찍한 일이었기 때문이지.

우리 네 사람이 다시 바닷가로 갔을 때 요정은 벌써 그 자리에 와 있었네. 그녀는 방금 잡아서 벗겨낸 물개 가죽 네 개를 우리에게 내밀었네. 그 가죽에서 나는 악취란 정말 참을 수가 없을 정도였다네. 그러나 어쩌겠나? 우리는 어쩔 수 없이 나란히 모래사장 위에 몸을 눕혔고, 에이도테아는 들고 있던 물개 가죽으로 우리를 하나하나 꼼꼼하게 덮어주었네. 조금의 빈틈도 없이 감싸서, 곁에서 보기에는 정말로 네 마리의 물개가 모래사장에 누워 잠을 자고 있는 것처럼 보이게 말일세.

그러고 나서 요정은 우리 곁을 떠났네. 물개 가죽 속에 몸을 숨기고 있던 우리는 한참을 기다려야 했는데, 그 안에서 조금도 움직여서는 안 되었지. 태양은 하늘 위로 점점 더 높이 솟아올랐고, 축축한 물개 가죽 위로 햇볕이 어찌나 뜨겁게 내리쬐던지 가죽 위에서 김이 모락모락 피어오를 정도였네.

그건 정말 너무나도 끔찍한 숨바꼭질이 아닐 수 없었네! 물개 가죽에서 나는 악취와 뜨거운 햇볕 때문에 우리는 금방이라도 숨이 넘어갈 것만 같았다네. 다행히 에이도테아가 우리가 겪는 고충을 알았는지, 잠시 후에 우리를 다시 찾아와서는 각자의 코밑에 암브로시아를 조금씩 발라주더군. 신들의 음식인 암브로시아의 향기로운 냄새가 끔찍한 악취를 얼마간 가시게 해주었지.

그러는 사이 정오가 되었고, 우리는 물개 가죽에 난 눈구멍을 통해 잔잔하던 바닷물이 슬슬 소용돌이치는 것을 보았네. 둥글둥글한 머리에 기름지고 통통하게 살이 오른 반짝이는 등을 가진 물개떼가 사방에서 수면 위로 떠오르더니 뭍을 향해 헤엄쳐 올라오더군. 철퍼덕 소리를 내며 지느러미 모양의 발로 무거운 몸을 밀어가며 엉금엉금 땅 위로 기어 올라온 물개들은 한 마리씩 열을 지어 모래사장 위에 몸을 눕혔네.

그들 뒤로 마침내 바다의 노인 프로테우스가 물살을 가르고 모습을 드러냈다네. 그는 절대로 친절한 신처럼 보이지 않았네. 그의 모습은 정말이지 우리 마음에 전혀 들지 않았지. 작은 눈은 잔인한 인상을 주었고, 머리카락과 수염에는 바다 밑의 해초며 진흙 같은 것들이 덕지덕지 묻어서 물이 뚝뚝 떨어지고 있었네. 몸에 걸린 해초는 마치 가느다란 초록색 뱀이 붙어 있는 것처럼 보였고, 떡 벌어진 어깨와 팔 위에는 온갖 종류의 바다 생물들이 벌벌 기어 다니고 있었네.

물으로 올라온 프로테우스는 우리 양옆에 자리를 잡고 누운 물개떼 주변을 돌아다니며 숫자를 세기 시작했네. 그가 뭐라고 혼잣말로 중얼거리며 우리 옆을 지나갔을 때는 숨을 멈춰야만 했지. 다행히 프로테우스는 우리가 숨어 있는 것을 발견하지 못했고, 물개의 숫자가 틀림없이 맞다는 것을 확인하고는 만족한 표정으로 우리 옆에 누워 낮잠을 청하더군.

얼마 지나지 않아 그는 드르렁거리며 코를 골기 시작했고, 그가 깊이 잠든 것을 확인한 나는 옆에 있는 병사들을 쿡쿡 찔러 신호를 보냈네. 우리는 모두 뒤집어쓰고 있던 가죽을 동시에 벗어 던지며 자리에서 벌떡 일어나 잠든 신을 향해 달려들었네.

깜짝 놀란 바다의 노인은 분노의 괴성을 지르며 자리에서 일어나, 우리를 떨쳐내려고 몸부림쳤네. 그러나 우리는 그의 팔다리를 붙들고 늘어지며, 있는 힘을 다해 꽉 잡고서 절대로 놓지 않았지. 우리 넷은 모두 건장한 체격이었던 까닭에 바다의 노인이 제아무리 몸부림쳐도 우리를 떼어낼 수 없었네.

그러던 그가 갑자기 조용해지더구먼. 순간 우리는 드디어 그를 붙잡는 데 성공했다고 믿었지. 그런데 그게 아니었어. 바로 그때 그가 엄청난 마법을 부리기 시작했거든. 어찌나 끔 찍했던지 우리는 눈도 귀도 다 멀어버리는 줄 알았다네.

그 노인네는 우리가 두 팔로 꽉 잡고 있었음에도 불구하고 무언가로 변장을 했는데, 그게 도대체 어떻게 가능할 수 있었 는지 지금도 알 수가 없다네! 갑자기 눈 깜짝할 사이에 우리 는 좀 전의 노인네 대신, 엄청나게 몸집이 큰 사자 한 마리를 붙잡고 있다는 것을 깨달았네. 사자는 우리 눈앞에서 날카로 운 이빨을 드러내며 입을 한껏 벌리고 으르렁거리고 있었지. 깜짝 놀란 우리는 공포에 질려 하마터면 잡고 있던 손을 놓을 뻔했지 뭔가! 하지만 곧 요정의 말을 기억해내고는 더욱더 힘 을 주어 사자를 꽉 붙잡았다네. 그랬더니 이번에는 사자가 표 범으로 모습을 바꾸어 우리를 향해 캭 하고 겁을 주는 동시에 온몸을 비틀었네. 표범은 그 특유의 유연함으로 우리 팔을 벗 어나려고 버둥거렸지만, 그것도 아무런 소용이 없었네. 그러 자 표범은 다시 회색과 파란색이 뒤섞인 용으로 변하더군. 용 은 입으로 쉭쉭 쇳소리를 내며 우리에게 겁을 주려고 달려들 었네. 우리는 두려움에 이가 덜덜 떨릴 정도였지만, 용을 꽉 잡고 있던 팔만은 절대 풀지 않았네. 다시 성난 멧돼지로 변신해보았지만, 바다의 신 프로테우스는 결국 우리를 자신의 몸에서 떨쳐내는 데 성공하지 못했다네.

그러자 이번에는 나무로 변했지. 그래도 우리는 꿋꿋하게 나뭇가지를 붙잡고 매달렸네. 그다음으로는 투명해서 눈에 잘 보이지도 않고 순식간에 팔을 빠져나가 멀리 흘러가 버릴 수도 있는 물로 변했는데, 그 바람에 하마터면 그를 놓칠 뻔했네. 그러나 우리는 재빨리 물길을 막아버리는 데 성공해, 간신히 그를 놓치지 않을 수 있었지. 마지막으로 그는 불기둥으로 변해 우리 앞에서 하늘을 향해 솟구쳐 올랐지만, 그래도 우리는 단 한 걸음도 뒤로 물러나지 않았네.

그러자 마침내 늙은 프로테우스는 더 이상 마법을 부리는 것을 포기하고 말았네. 곧 그는 맨 처음 보았던 그의 진짜 모습으로 돌아와 나를 불만에 가득 찬 눈초리로 노려보며 이렇게 물었네. '도대체 어떤 신이 네게 이런 수를 써서 날 붙잡으라고 가르쳐주었는지 알고 싶구나! 그래, 아트레우스의 아들이여, 내게 원하는 것이 도대체 무엇이냐?'

그때 내가 재빨리 대답했지. '무슨 까닭으로 신들께서 제게 화가 나시어 우리 모두를 이 외딴섬에 묶어두고 계신지, 그리

고 그런 신들의 마음을 풀어드리려면 제가 어떻게 해야 하는지를 말씀해주십시오!'

그러자 프로테우스가 짓궂게 웃으며 대답했네. '그런 거라면 너에게 얼마든지 말해줄 수 있지! 너는 이집트 땅을 출발하기 전에 제우스와 그 밖의 여러 신들께 제사를 올리고 풍성한 제물을 바쳤느냐? 한번 말해보거라! 아니지? 넌 제사를 드리지 않았어! 너는 그저 보물을 모으는 데만 정신이 팔려서, 신들께 그에 대한 감사의 제물을 바치는 일은 까맣게 잊어버렸단 말이다! 자, 지금 이 길로 이집트로 되돌아가라. 가서 올림포스의 신들께 헤카톰베를 바치거라! 그런 다음에야 비로소 고향으로 돌아갈 수 있느니라!'

그 말을 듣는 순간 우리 모두의 마음속에는 뼈아픈 후회가 밀려와 가슴이 찢어지는 듯한 고통을 느꼈네. 신들의 뜻을 어기고서는 우리 인간들이 할 수 있는 일이란 정말 아무것도 없다는 것을 다시 한 번 확인했지.

나는 침통한 심정으로 계속해서 물었네. '당신께서 지금 말씀해주신 대로 하겠습니다! 이제 한 가지만 더 말씀해주십시오. 우리와 함께 트로이에서 전쟁에 참가했던 다른 아카이아 장수들은 모두 무사히 고향으로 돌아갔습니까?'

'모두 다는 아니다.' 프로테우스는 무뚝뚝하게 대답했네. '장수들 중 둘은 항해를 마치고 무사히 고향에 도착하기는 했지만, 고향 땅에 발을 들여놓기가 무섭게 죽임을 당하고 말았다. 세번째 장수는 아직도 낯선 곳을 헤매 다니고 있는 중이고.'

'지금 당신께서 말씀하신 세 장수는 도대체 누구입니까?' 나는 불안이 엄습했지만, 계속해서 캐묻지 않을 수가 없었네.

'첫번째 장수는 바로 너희들이 '작은 아이아스'라고 부르는 로크리스의 아이아스다. 그는 고향으로 돌아가던 중 배가 그만 암초에 부딪혀 좌초되고 말았어. 그런데 포세이돈께서 배를 잃고 바다에 떠다니는 그를 불쌍히 여겨 높은 파도를 보내 기라이의 높은 바위 위에 데려다 놓으셨지. 그랬더니 아이아스는 그 은혜도 모르고 신들께서 아무리 자기를 괴롭히려고 해도, 자기는 험한 바다의 위험에서조차 벗어날 수 있는 존재라며 떠벌리기 시작한 거야. 포세이돈께서 그런 아이아스의 허무맹랑한 허풍을 듣고는 너무 화가 난 나머지, 그 유명한 삼지창을 들어 그가 앉아 있는 기라이의 바위를 향해 힘껏 던지셨다네. 그 바람에 바위는 두 쪽으로 갈라졌고, 한쪽은 물 위에 그대로 있었지만 나머지 한쪽은 바다의 심연으로 가라

301

앉아 버렸지. 바로 그 가라앉은 바위에 아이아스가 앉아 있었다네. 아이아스는 그길로 바닷속에 다시 빠져버렸고, 그의 영혼은 곧장 하데스를 향해 내려가고 말았던 거야.'

프로테우스는 그 대목에서 말을 잠시 멈추더니, 갑자기 나를 동정심 가득한 눈으로 쳐다보았네. '두번째 장수는,' 그는 다시 목소리를 가다듬어 천천히 말을 하기 시작했네. '두번째 장수는 바로 네 형 아가멤논이다!' 그 말을 들은 내가 경악과 슬픔을 이기지 못해 어찌할 바를 모르고 괴로워하면서도 계속 듣기를 원하자, 그는 아가멤논이 고향에 도착한 후에 어떻게 죽임을 당하게 되었는지 상세히 설명해주었네.

형 아가멤논의 죽음에 대한 이야기를 들은 나는 한참을 아무 말도 못 하고 있었네. 그러나 다시 기운을 차리고 용기를 내어 그에게 계속 물어보았지. 아카이아의 장수들 중 아직도 고향으로 돌아가지 못하고 낯선 땅을 헤매고 있는 이가 도대체 누구냐고 말일세.

'세번째 장수는 바로 이타케의 왕 오디세우스다.' 프로테우스가 대답했네. '나는 오디세우스를 칼립소의 섬에서 본 적이 있다. 그 섬은 망망대해 위에, 인간이 살고 있는 육지에서도 제일 멀리 떨어진 곳에 위치한 섬이다. 요정 칼립소는 그

섬에 오디세우스를 잡아두었고 그에게는 고향으로 돌아갈 배도, 함께 노를 저어 갈 동료도 하나 없었다.'

이상이 바다의 노인이 내게 해준 말의 전부네, 텔레마코스. 난 프로테우스가 거짓말을 했다고는 생각하지 않네. 그러니까 자네는 자네 아버지가 살아 있다는 것을 믿어도 좋아. 그리고 만약 신들께서 그렇게 정해놓으신 것이 틀림없다면, 자네는 언젠가는 아버지를 다시 만나볼 수 있을 걸세!" 마침내 메넬라오스가 말을 마쳤다.

메넬라오스의 말을 들은 텔레마코스는 너무도 기뻤다. 그의 얼굴에 발그레한 홍조가 번졌다.

"너무나 감사드립니다, 메넬라오스 왕이시여!" 텔레마코스는 활짝 웃으며 말했다. "이제야 저도 감히 희망을 가질 수 있게 되었습니다. 아버지께서 살아 계신 것이 분명하다면 언젠가 집으로 돌아오실 것이고, 그렇게 되면 어머니께서도 더 이상 슬픔의 눈물을 흘리실 필요가 없을 것입니다. 그리고 저희 집에서 먹고 마시며 진을 치고 있는 구혼자들은 끔찍한 최후를 맞게 될 것입니다!"

메넬라오스는 어린아이처럼 기뻐서 어쩔 줄 몰라 하는 텔레마코스를 보며 얼굴에 인자한 미소를 지었다. "그렇게만 된다면 마음이 올곧은 사람들은 누구나 그 소식을 듣고 기뻐할 걸세. 자네 집에서 못된 짓을 일삼는 구혼자들에 대한 소문은 이미 오래전부터 아카이아 전역에 자자하게 퍼졌다네. 자, 이제 자네는 기뻐할 일만 남았으니, 얼마 동안 페이시스트라토스와 함께 내 집에 손님으로 머물면서 맘 편히 지내도록 하게!"

"아닙니다, 고귀하신 메넬라오스여." 텔레마코스는 정중하고도 단호하게 거절했다. "저는 여기서 조금도 더 지체할 수가 없습니다. 필로스에서 동료들이 기다리고 있는 데다가 제가 타고 온 배도 제 것이 아니라 노에몬의 것입니다. 또한 이타케에선 어머니께서 제 걱정을 하며 상심해 계실 것입니다. 우리가 곧 다시 떠날 수 있게 허락해주십시오!"

"정 사정이 그러하다면 자네를 붙잡을 수야 없지!" 메넬라오스 왕이 대답했다. "내 자네에게 튼튼한 말 세 필과 멋진 마차를 선물하겠네. 고향으로 돌아가거든 그것들을 타면서 내 생각을 해주게!"

그러나 텔레마코스는 싱긋 웃으며 머리를 가로저었다.

"왕이시여, 말과 마차가 제게 무슨 소용이 있겠습니까? 이타케 섬에는 말이 빨리 달릴 수 있을 만큼 평평한 길이 하나도 없습니다. 온통 목초지로 뒤덮인 이타케의 땅은 염소와 양에게나 어울리는 곳이랍니다! 어쨌든 마음 써주셔서 감사합니다. 꼭 제게 선물을 주고 싶으시다면, 뭔가 실용적이고도 값진 보물 같은 것을 해주십시오. 그것을 항상 옆에 두고 보면서 당신을 생각할 수 있게 말입니다!"

그 말을 들은 메넬라오스는 웃지 않을 수가 없었다.

"자네 말을 듣고 있자니, 정말로 영락없는 내 친구 오디세우스의 아들이라는 생각이 드는구먼! 그렇다면 내 기꺼이 자네에게 값진 은항아리를 선물하도록 하지! 그 항아리는 헤파이스토스 신께서 직접 만드신 것이라네! 자, 이제 그만 신들께 제사를 드리러 가세. 그러고 나서 함께 풍성한 식사를 하자고. 그사이 노예들에게 명하여 자네가 타고 온 말과 마차를 준비시켜놓겠네!"

모든 것이 계획대로 진행되었고, 곧 네스토르의 화려한 마차는 다시 메넬라오스의 왕궁을 벗어나 필로스로 향하는 길 위를 전력 질주하기 시작했다.

같은 시각, 이타케에서는 구혼자들이 오디세우스의 왕궁 뜰에 모여 갖가지 놀이를 즐기고 있었다. 원반던지기, 멀리 세워둔 목표물을 향해 창던지기, 달리기와 높이뛰기 등을 했다.

그러나 구혼자들 중 안티노오스와 에우리마코스만은 놀이에 참가하지 않고, 잔뜩 찌푸린 얼굴로 궁전의 담에 기대어 앉아 있었다. 그들은 언제나 놀이에는 관심이 없었고, 서로 만나기만 하면 도대체 페넬로페가 누구를 남편으로 지목할 것인가에 대해 언쟁을 벌였다. 서로 아름다운 신부와 엄청난 재물이 자기 것이 될 거라고 주장하며 티격태격했다.

바로 그 순간 노에몬이 왕궁의 문을 통해 뜰 안으로 들어왔다. 그는 마치 누구를 찾기라도 하듯 여기저기를 두리번거렸다. 그러다가 담 밑에 앉아 있는 두 사람을 발견하고는 그들에게 다가가 인사를 한 뒤, 안티노오스에게 말을 걸었다. 노에몬과 안티노오스는 오래전부터 서로 잘 알고 지내는 사이였다.

"고귀하신 안티노오스여, 도대체 언제쯤이면 텔레마코스가 필로스와 라케다이몬에서 돌아오는지 말씀해주실 수 있습니까? 그에게 내가 가지고 있는 배 중에서 가장 빠르고 튼튼한 배를 빌려주었는데, 지금 내가 아주 급히 엘리스로 떠나야 하는 터라……"

노에몬은 너무도 깜짝 놀라 더 이상 말을 잇지 못했다. 그의 말을 듣던 안티노오스와 에우리마코스가 불같이 화를 내며 자리에서 벌떡 일어섰기 때문이다. 안티노오스의 얼굴은 붉으락푸르락했으며, 에우리마코스는 뭔가에 머리라도 얻어 맞은 듯 두 눈을 부릅뜨고 입을 멍하니 벌리고 서 있었다. 잠시 세 사람 중 어느 누구도 말을 꺼내는 사람이 없었다.

곧 안티노오스가 성난 황소처럼 고개를 빳빳이 쳐들며 달려들었다. "자네 지금 뭐라고 했나, 노에몬?" 그는 말을 씹듯이 한 마디 한 마디 천천히 내뱉었다. "난 지금 자네가 무슨 말을 하는지 도통 알아들을 수가 없네! 방금 자네가 정말로 텔레마코스가 필로스와 라케다이몬으로 떠났다고 말했나?"

"예……" 놀란 노에몬이 어찌할 바를 몰라 하며 간신히 대답했다.

"그렇다면 어디 한번 말해보게." 안티노오스의 목소리는 분노를 못 이기고 갈라지기 시작했다. "그가 도대체 언제 이타케를 떠났으며, 누가 그와 동행했는지 말해보란 말일세! 그리고 자네는 그에게 배를 강제로 빼앗겼는가, 아니면 자네가 자청하여 배를 내주었는가?"

"그가 내게 배를 빌려달라고 부탁했고, 나 역시 흔쾌히 내어주었습니다!" 노에몬이 솔직하게 대답했다. "시름에 빠져 있는 그의 모습을 보는 것이 마음 아팠기 때문입니다. 그리고 누가 그와 동행했는지 물으셨습니까? 바로 신분이 높은 이타케의 젊은이 스무 명과 그들을 이끄는 고귀하신 멘토르가 그와 동행했습니다!" 노에몬은 잠시 하던 말을 멈추고, 뭔가 이해가 잘 가지 않는다는 듯이 미간을 찌푸리며 자기 앞을 물끄러미 바라보았다. "그렇습니다, 내가 이 두 눈으로 똑똑히 보았습니다. 멘토르가 그 배에 타서 직접 배의 방향키를 잡고 조종하며 항구를 떠나는 모습을 분명히 보았단 말씀입니다. 그런데 참으로 이상한 것은 어제 아침 일찍 이 도시에서 멘토르를 만났다는 사실입니다. 배는 아직 돌아오지도 않았는데 말입니다! 이게 도대체 어찌 된 일인지 이해가 가십니까?"

그러나 안티노오스와 에우리마코스는 노에몬의 말을 더 이상 듣고 있지 않았다. 그들은 노에몬이 전하는 말을 하나도 듣지 않고, 여전히 놀이에만 빠져 있는 다른 구혼자들에게 달려갔다.

"이제 그 어린애 같은 유치한 장난은 제발 좀 그만두게!" 안티노오스가 화가 나서 소리 질렀다. 분노에 찬 그의 두 눈이 금방이라도 튀어나올 듯이 충혈되었다. "우리가 여기 이렇게 앉아 어린애 같은 장난에 몰두하고 배를 채우는 데나 신경 쓰는 사이, 텔레마코스는 우리 모두를 파멸시킬 계획을 세

308

우고 있단 말일세! 오디세우스의 소식을 알아보기 위해서 몰래 이곳을 빠져나가, 필로스와 라케다이몬으로 떠난 것이 사실이라고 하니 말이야! 그가 정말로 오디세우스의 소식을 알아내어 이곳 이타케로 다시 돌아올지 누가 알겠는가! 그가 이 일을 성공하게 두어서는 절대로 안 되네! 서둘러 배를 마련해 무장하고 사모스의 해협으로 나가세. 그곳은 험한 바위들이 늘어서 있는 좁은 협곡이니, 우리는 거기 숨어서 텔레마코스가 돌아오기를 기다렸다가 공격해야 하네! 그가 이타케 땅을 밟기도 전에 불귀의 객이 되어 하데스를 떠돌아다니도록 말일세!"

구혼자들은 모두 안티노오스의 말에 큰 소리로 찬성했고, 못된 계획을 즉시 실행에 옮기기 위해 그 자리를 떠났다.

그런데 그렇게 분노에 찬 구혼자들이 눈치채지 못하는 사이, 궁전 문 뒤에서 시종 메돈이 그들이 하는 말을 모두 엿들었다. 그의 얼굴이 백지장처럼 하얗게 질렸다. 신들께서 그 가여운 시종에게 그다지 큰 용기를 내려주시지 않았던 까닭에, 그는 이제껏 단 한 번도 구혼자들의 명령에 거역해본 적이 없었다. 그러나 지금은 사정이 달랐다. 그가 존경하는 주인인 오디세우스의 아들이 목숨을 잃을 위험에 처하게 된 것이다. 안 된다, 그것만은 그대로 두고 볼 수가 없었다. 이번만큼은 침묵하고 있으면 안 된다!

메돈은 서둘러 발걸음을 옮겨 궁전의 홀을 지나 안채로 이어지는 계단으로 올라갔다. 가는 길에 안채에서 나오는 몇몇 시녀들과 부딪치기도 했지만, 아랑곳하지 않고 있는 힘을 다해 왕비가 있는 방으로 뛰어 들어갔다. 그는 곧 왕비의 발 앞에 엎드렸다. 깜짝 놀란 페넬로페는 손에 들고 있던 물렛가락을 바닥에 떨어뜨렸다.

"메돈, 무슨 일이냐." 페넬로페는 꾸짖는 듯한 음성으로 물었다. "네가 이렇게 서둘러 내 방으로 뛰어 들어오다니, 혹시 그 잘난 구혼자들이 시녀들에게 명령을 내릴 여유조차 없어 널 이곳으로 보냈더란 말이냐? 그게 아니면 그 애들이 자기들 말을 듣지 않을 것 같다고 하더냐? 그들은 이제껏 이 집 안에서 자기들이 주인인 양 모든 시녀들을 마음대로 부려먹지 않았더냐!"

"오, 왕비님, 그건 지금 그다지 중요한 일이 아닙니다!" 메돈이 다급하게 대답했다. "구혼자들이 텔레마코스 왕자님을 죽이려고 하고 있습니다! 제가 그 모든 계획을 직접 들었습니다. 그들은 왕자님께서 필로스를 떠나 이곳 이타케로 배를 타

310

고 돌아오는 길목인 사모스의 협곡에 잠복해 있다가, 배를 덮칠 계획을 세우고 있습니다!"

페넬로페는 메돈의 얼굴을 뚫어져라 쳐다보았다. 그가 도대체 무슨 말을 하는지 전혀 이해할 수가 없었다. 그녀의 아름다운 두 뺨에서 천천히 핏기가 가셨다.

"필로스에서 돌아오는 길이라니?" 페넬로페는 당황해서 물었다. "내 아들이…… 텔레마코스가 필로스로 떠났단 말이냐? 메돈, 그 애가 왜 그런 일을 했다더냐?"

"그건 저도 잘 모르겠습니다, 왕비님." 메돈이 침통한 목소리로 대답했다. "안티노오스가 하는 말로는 왕자님께서 아버님의 소식을 알아보러 그곳으로 떠났다고 합니다."

메돈의 대답을 들은 페넬로페는 걱정과 슬픔을 이기지 못하고 구슬피 울기 시작했다. 남편 오디세우스는 오래전에 바다를 건너 떠난 뒤로 돌아오지 않고 있었다. 그런데 이제 아들 텔레마코스마저 잃어야 한단 말인가?

에우리클레이아와 다른 시녀들이 깜짝 놀라 왕비의 방으로 뛰어 들어왔다. "아아, 어째서 너희들은 내게 단 한마디도 하지 않았단 말이냐? 너희들은 분명 내 아들이 여행을 떠나려고 했다는 사실을 알고 있었을 것 아니냐!" 왕비는 울면서 시

311

녀들을 질책했다.

그러나 시녀들은 무슨 영문인지 몰라 어리둥절해하며 고개를 가로저을 뿐이었다. 그들은 텔레마코스의 여행에 대해 전혀 아는 바가 없노라고 말했다. 텔레마코스가 며칠 눈에 띄지 않은 것은 사실이지만, 그들은 그가 시골에 사는 할아버지 라에르테스의 집에 가 있거나 아니면 그동안 자주 드나들었던 돼지치기 에우마이오스의 농가에 갔을 거라고 생각했던 것이다.

바로 그때 에우리클레이아가 왕비 앞으로 나왔다. 그녀의 주름진 얼굴 위로 눈물이 하염없이 흘러내리고 있었다.

"왕비님, 저를 처벌해주시옵소서!" 그녀가 말했다. "저를 죽이시든지 살리시든지 당신의 뜻에 모두 맡기겠나이다! 저는 왕자님이 필로스로 떠나시는 것을 알고 있었습니다. 그러나 왕자님께서 제게 떠난 지 열이틀이 지나기 전이나 왕비님께서 직접 이 사실을 알아내시기 전까지는 아무에게도 말하지 말라고 당부하셨고, 저 또한 그렇게 하겠노라고 맹세했습니다."

"그렇다면 이제 우리는 어떻게 해야 저 구혼자들의 음모를 막을 수 있을지, 그에 대해 의논하는 것밖에는 달리 할 수 있는 일이 없을 것 같구나! 우리는 텔레마코스를 위험에서 구해내야만 한다!" 현명한 페넬로페는 체념한 듯 말했다.

그러나 아무리 궁리해도 대책이 서질 않았다. 여자들은 그런 일에 그다지 경험이 많지 않았기 때문이다. 마침내 페넬로페가 다시 말문을 열었다.

"라에르테스 님께 시종을 보내, 어떻게 해야 할지 여쭙거라. 물론 지금은 연세가 많고 기력이 많이 떨어지셨지만 그분의 현명함은 누구도 따를 자가 없고, 남자들끼리 하는 회의에서 그분이 내놓는 의견은 아직도 큰 도움이 되고 있다. 어쩌면 자신의 유일한 손자를 해쳐 대를 끊어놓으려고 하는 구혼자들에게 맞설 사람들을 모으실 수 있을 것이야!"

그럭저럭 밤이 되어가고 있었다. 구혼자들은 밤의 어둠을 틈타 아무도 모르게 배에 올라타고는 넓은 바다를 향해 노를 저어 갔다. 그들이 도착한 사모스의 협곡에는 아주 작은 바위섬이 하나 있었다. 그 바위섬에는 배를 간신히 숨길 정도로 좁은 포구가 하나 있었는데, 그들은 그곳에 닻을 내리고 텔레마코스를 기다렸다.

그러나 텔레마코스가 그곳을 지나갈 때까지는 아직도 시간이 한참 남아 있었다.

바로 그 시각에 텔레마코스는 페이시스트라토스와 함께 필로스를 향해 마차를 달리고 있었다. 텔레마코스는 마음이 조급했다. 그는 지난밤에 기이한 꿈을 꾸었는데, 그 꿈이 도대체 무엇을 뜻하는지 알 길이 없었다. 그래서 그는 그것을 골똘히 생각하느라 달리는 내내 아무 말이 없었다. 꿈에 팔라스 아테나로 보이는 여신이 그의 침실에 찾아와 그에게 매우 진지한 어조로 말을 했던 것이다.

"텔레마코스, 어서 서둘러 집으로 돌아가거라." 그녀가 말했다. "어서 집으로 돌아가지 않으면, 곧 지금까지보다 더 큰 불행이 또다시 네 집에 닥칠지도 모르기 때문이다. 이미 네어미의 아버지와 오빠들이 네 어미를 에우리마코스와 재혼시키기로 결정을 내린 상태다. 그들은 에우리마코스가 구혼자들 중에서 가장 똑똑하고 부자라고 생각하기 때문이야. 그러나 사실은 에우리마코스 역시 다른 구혼자들과 마찬가지로 심성이 고약하고 음흉하기가 이를 데 없는 사람이다. 겉으로는 안 그런 척 말을 번지르르하게 하지만, 마음속으로는 안티노오스만큼이나 널 죽이지 못해 안달이 나 있는 사람이란 말이다. 이제부터 내가 하는 말을 잘 듣고 미리 조심을 하거라! 구혼자들은 지금 사모스의 협곡에 있는 바위섬 뒤에 배를 숨기고, 네가 그곳을 지나가기만을 기다리고 있다! 그러니 그

314

길로 항해하지 말고 반대 방향으로 섬을 멀리 돌아 이타케를 향해 가거라. 이타케에 도착하면 배가 항구로 들어가기 전 섬 초입에서 너는 먼저 내리거라. 배는 다른 젊은이들을 시켜 항구에 정박하게 하고, 너는 왕궁이 있는 시내로 들어가지 말고 그길로 곧장 걸어서 돼지치기 에우마이오스의 농가로 가거라. 너도 잘 알다시피 에우마이오스는 네 아비와 너에게 언제나 충직한 사람이었다. 그의 농가에서 그날 밤을 보내고, 다음 날 아침 일찍 그를 왕궁으로 보내 페넬로페에게 네가 무사히 고향으로 돌아왔다는 소식을 전하도록 시키거라." 말을 마친 아테나 여신은 다시 텔레마코스의 눈앞에서 모습을 감추고 연기처럼 사라졌다.

마차를 타고 달리는 내내 텔레마코스는 지난밤 꿈에 대해 곰곰이 떠올려봤다. 생각 끝에 그는 꿈이 뜻하는 바가 무엇인지 다 알 수는 없지만, 어쨌든 여신이 일러준 대로 행하리라고 결심했다.

그들이 탄 마차가 아침 여명에 부옇게 보이는 필로스를 향해 가까이 다가가고 있을 무렵, 텔레마코스는 페이시스트라토스에게 말했다.

"친구여, 내 말을 잘 들어보게! 나는 자네와 함께 자네 아버님의 왕궁으로 들어가지 않는 편이 좋을 것 같네. 고귀하신 네스토르께서는 나를 어여삐 여기시어 왕궁에 좀더 오래 머무르라고 청하실 것이 분명한데, 난 아무래도 서둘러 이타케로 가야 할 것 같네!"

그 말을 들은 페이시스트라토스는 잘 알겠다는 듯이 고개를 끄덕이며, 그 자리에서 말을 돌려 텔레마코스의 배가 정박해 있는 해변을 향해 곧장 달려 내려갔다.

"자네 말이 옳아." 페이시스트라토스는 웃으며 말했다. "아버진 자네를 그리 빨리 놓아주시지 않을 거야. 그러니 이 길로 곧장 배가 있는 곳으로 가는 것이 나을 거라 생각하네. 물론 자네 없이 나 혼자 궁전으로 돌아가면 분명 아버지께 크게 꾸지람을 듣기야 할 테지만 말일세!"

페이시스트라토스는 텔레마코스가 메넬라오스와 헬레네에게서 선물로 받은 값진 보물들을 배에 싣는 것을 도와주었다. 그사이 이타케의 젊은이들은 배가 다시 항해를 시작할 수 있도록 준비했다.

모든 준비가 끝나자 텔레마코스는 밝은 성격의 페이시스트라토스와 작별을 나누었다.

"고맙네!" 텔레마코스가 말했다. "자네는 이번 여행길에서 내게 정말 유쾌한 길동무가 되어주었네. 앞으로도 우리 계속 절친한 친구로 지내세!"

페이시스트라토스는 텔레마코스의 어깨에 다정하게 손을 얹으며 말했다. "그래, 그러세! 자, 이제 서둘러 배에 오르게. 지금 바람이 아주 적당히 불어주고 있어. 내가 집에 도착할 때쯤이면 자네들은 바다 저 멀리까지 나가 있어야 하네. 그렇지 않으면 분명 아버지께서 직접 이곳으로 내려오셔서 자네를 억지로 끌고 갈 걸세!" 유쾌한 농담으로 작별 인사를 마친 페이시스트라토스는 날렵한 동작으로 다시 마차에 올라 시내 쪽으로 내달렸다.

그러나 갑판 위에 오른 텔레마코스는 곧바로 출발하지 않고, 커다란 잔에 포도주를 가득 따라 팔라스 아테나 여신께 감사의 제물을 올리는 것을 잊지 않았다.

배가 막 바다를 향해 출발하려는 순간, 텔레마코스는 저 아래 배 옆에 서 있는 한 남자를 보았다. 낯선 남자는 먼 곳에서부터 헤매다 온 것 같은 행색을 하고 있었다. 옷과 머리카락, 수염은 뽀얀 먼지로 뒤덮여 있었고, 두 눈은 퀭하게 들어가 있었으며, 어두운 그늘이 진 얼굴에는 슬픔과 피로의 기색이 역력했다.

그는 텔레마코스가 갑판 위에서 아테나 여신께 기도를 올리며 제사를 드리는 내내, 아무 말 없이 그 모습을 올려다보고 있었다. 제사가 끝나자 그 낯선 남자가 텔레마코스를 향해 물었다.

"당신은 누구이며 어디서 온 사람인지 내게 말해줄 수 있겠소?"

텔레마코스는 그 남자의 목소리를 듣고 깜짝 놀랐다. 어딘지 모르게 공포에 질려 있는 것 같았기 때문이다.

"나는 이타케에서 온 오디세우스의 아들이오." 텔레마코스는 다정한 목소리로 대답했다.

낯선 남자는 그제야 안도의 한숨을 내쉬었다.

"부탁드리건대, 당신 배에 함께 타고 갈 수 있게 허락해주시오!" 그는 무언가에 쫓기듯 다급하게 말하며, 겁에 질린 눈으로 주변을 휘휘 둘러보았다. "내게 은신처를 제공해준다면 그에 대한 보상은 신들께서 충분히 해주실 것이오!"

"어서 이리로 올라오십시오!" 텔레마코스가 말했다. "제우스께서 우리에게 가르치시기를, 간청하는 사람의 부탁은 절대로 거절하지 말라고 하셨소!"

그 말을 들은 낯선 남자는 서둘러 배 위로 올라갔다. "고맙소!" 텔레마코스 앞까지 온 그 남자는 중얼거리듯이 낮은 목소리로 말을 하며 이마에 흐르는 땀을 닦았다. 그러고는 자기에 대해 말을 하기 시작했다. "내 고향에서는 사람들이 나를 예언자 테오클리메노스라고 부른답니다. 신들께서 내게 그분들의 계시를 알아보는 능력을 주셨기 때문이오! 그런데 불행하게도 난 내 고향 아르고스에서 권력이 센 어떤 사람과 결투를 벌인 끝에 그 사람을 그만 죽이고 말았소. 그래서 날 잡으러 쫓아오는 사람들을 피해 이렇게 도망 다니고 있는 거요. 당신이 날 구해준다면, 내 당신에게 그 은혜를 갚을 수 있는 날이 반드시 올 겁니다!"

"그렇다면 우리와 함께 이타케로 갑시다!" 텔레마코스는 이렇게 말하고 배를 즉시 출발시켰다.

이타케의 젊은이들은 배가 육지를 떠나 좀더 깊은 바다로 나갈 수 있도록 긴 막대기로 바닥을 밀어 배를 움직였다. 배가 깊은 바다로 밀려 나아가자, 그들은 서둘러 자리에 앉아 노를 젓기 시작했다. 곧 알맞은 바람이 불어와 돛에 부딪치며 늘어져 있던 돛을 한껏 부풀리기 시작했다. 마치 힘차게 날아가는 거대한 새처럼 배는 넓은 바다 위를 빠른 속도로 미끄러져 갔다. 텔레마코스는 방향키를 잡으며 지난밤에 꾸었던 꿈을 다시 한 번 떠올렸다. 그리고 그를 죽이기 위해 숨어서 기다리고 있을 구혼자들에 대해서도 생각했다.

그러나 그런 것들은 이제 하나도 두렵지 않았다. 그저 앞으로 이타케에서 벌어질 일에 대해 생각할 때마다 떠오르는 기이한 예감만이 그의 마음에서 내내 떠나지 않을 뿐이었다.

이타케에서 이러한 일들이 벌어지고 있는 사이, 오디세우스는 뗏목 하나에 의지해 열이레 동안 끝없는 망망대해를 항해했다. 이번만큼은 신들께서 그에게 자비를 베푸시는 듯했다. 바다는 잔잔했고 바람은 계속해서 뗏목을 빠른 속도로 나아가게 해주었다. 오디세우스는 낮에는 태양을 기준 삼아 길의 방향을 잡았고, 밤에는 별자리를 보며 길을 가늠했다. 플레이아데스와 늦은 밤이 되어야 지는 목동자리, 오리온 주변을 돌면서 결코 바다로 사라지는 법이 없는 큰곰자리 등이 그것이었다.

고독한 선장 오디세우스는 이렇게 밤낮을 쉬지 않고 항해했고, 단 한 순간도 그의 눈꺼풀에 잠이 쏟아지는 일은 없었다.

항해를 시작한 지 열여드레째 되는 날, 비로소 저 멀리 바위가 많은 해안이 나타났다.

오디세우스는 그곳이 파이아케스인들이 살고 있는 스케리아 섬이라는 것을 알지 못했다. 또한 그곳이 바로 신들의 결정에 따라, 그의 오랜 방황과 고통이 끝나게 될 곳이란 사실도 전혀 짐작하지 못했다.

오디세우스는 그저 다시 육지를 보게 되었다는 사실만으로도 너무나 기쁠 따름이었다. 그는 거의 비어버린 가죽 부대에 시원한 물이라도 가득 채우기 위해 뗏목을 몰아 해변으로 다가가기로 결심했다. 게다가 혹시 섬에 살고 있는 사람들이 친절하다면, 약간의 빵과 생선을 얻을 수 있을지도 모르는 일이었다.

'사람들을 만나면 이타케가 이 섬에서 얼마나 멀리 떨어져 있는지 물어봐야겠다.' 오디세우스는 생각했다. 고향 생각을 하자 갑자기 울컥 그리움이 사무쳐 눈물이 나올 뻔했다. '그래, 이타케가 이제 그리 멀지는 않을 것이다! 아마도 하루나 이틀 정도만 더 항해하면 이타케의 네이온 산의 봉우리가 바다 위로 불쑥 솟아오른 모습을 볼 수 있을 것이다. 그리고 해변에 피워놓은 화톳불도 볼 수 있을 것이다. 섬에 도착해 시

내로 들어가면 곧 내 집과 다른 집들도 구별할 수 있을 것이다. 그러면……'

오디세우스가 행복한 상상에 빠져 있던 바로 그때, 포세이돈이 그를 발견했다.

지축을 뒤흔드는 신 포세이돈은 지금 막 아이티오페스인의 나라에서 돌아오는 길로, 멀리 솔리모이족의 산 위에서 광활한 바다 위를 한번 죽 둘러보던 참이었다.

갑자기 포세이돈의 얼굴빛이 어두워지더니 두 눈이 분노로 이글이글 타올랐다.

"저것 좀 보게! 저기 파도를 헤치고 바다 위를 떠가는 자는 분명 오디세우스렷다!" 포세이돈은 쩡쩡 울리는 목소리로 소리쳤다. "그러니까 내가 올림포스를 떠나 아이티오페스인의 나라에 가 있는 동안, 다른 신들이 내 의견은 묻지도 않고 그의 귀향을 결정해버린 것이로구나! 오디세우스는 벌써 정해진 운명에 따라 그동안의 고통이 끝나게 될, 파이아케스인들이 사는 땅에 매우 가까이 다가와 있다. 하지만 벌써부터 귀향의 기쁨에 들뜨기에는 시기상조야. 오디세우스는 아직 내 손아귀를 벗어나지 못했다. 그는 내가 주는 고난을 좀더 겪어야 한다!"

광분한 포세이돈은 삼지창을 바다에 넣고 휘저어 세찬 파도를 일으켰다. 또한 사방팔방에서 바람을 한군데로 몰아 거친 소용돌이를 일으켰다. 구름은 검은 용처럼 하늘 위를 몰려다녔고, 이내 밤이 내려앉으며 하늘과 바다를 캄캄하게 덮어씌웠다.

갑작스러운 변화에 너무도 깜짝 놀란 오디세우스는 심장이 멈추는 것 같았고 다리가 후들후들 떨려왔다.

"아…… 이건 또 무슨 일인가!" 그는 혼잣말로 중얼거렸다. "아직도 무슨 엄청난 고난이 내게 남아 있는 것일까? 칼립소가 내게 예언한 것들이 모두 사실로 이뤄지려는 모양이로구나! 너무나 두렵다. 칼립소는 내가 고향 땅을 밟게 되기까지, 아직도 바다에서 겪어야 할 내 몫의 고통이 많다고 말했었지. 저기 먹구름이 얼마나 사나운 모양으로 뭉치고 있는지, 또 사방에서 얼마나 사납게 바람이 소용돌이를 일으키며 불어오는지! 파도는 산처럼 높이 솟아오르며 밀어닥치는구나! 아, 이럴 수가! 그래, 파멸이 오려거든 어서 오려무나! 오, 차라리 그때 트로이인들이 빗발치듯 던지는 창에 맞아 그 자리에서 죽었더라면! 그래서 죽은 아킬레우스 곁에 나 또한 함께 쓰러질 수 있었더라면! 그랬더라면 사람들은 명예롭게 내 장례를 치렀을 것이고, 아카이아인들은 나의 공적을 오래도록 노래했을 텐데! 전쟁에서 간신히 살아남은 나는 결국 여기서 이렇게 비참하고도 굴욕적인 죽음을 맞이하게 되는구나!"

산더미 같은 파도가 오디세우스 바로 앞에서 우뚝 솟아오르더니 뗏목 위로 곧장 내리꽂혔다. 그러자 뗏목의 뱃머리가 수면에서 공중으로 높이 솟아오르며, 뗏목은 바다에 거의 수직으로 서게 되었다. 오디세우스는 뗏목의 방향키를 손에서 놓쳤고, 또다시 밀어닥친 파도가 이번에는 오디세우스를 덮쳐와 그를 저 멀리 광포한 파도 속으로 내동댕이쳤다. 곧이어 뗏목의 돛대가 우지끈 소리를 내며 부러져 바다로 가라앉은 동시에, 돛을 감고 있던 밧줄과 돛이 풀리면서 공중으로 멀리 날아가 버렸다.

물에 빠진 오디세우스는 죽지 않으려고 필사적으로 허우적거렸다. 그러나 한참을 물 위로 떠오르지 못하고 파도와 싸워야 했다. 거친 파도가 계속해서 그를 덮쳤고, 입고 있던 모직 옷은 바닷물을 흠뻑 빨아들여 엄청난 무게로 그를 물 밑으로 끌어당겼다.

그러다가 마침내 그는 수면 위로 떠오르는 데 성공했다. 물 위로 간신히 머리를 내민 오디세우스는 어쩔 수 없이 삼켜야 했던 소금기 많은 바닷물을 다시 뱉어냈다. 한참을 그렇게 물을 뱉어낸 그는 이번에는 머리를 흔들었다. 흠뻑 젖은 머리카락에서 바닷물이 줄줄 흘러내렸다. 오디세우스는 사방을 둘러보며 뗏목을 찾았다. 뗏목은 이미 상당한 거리를 두고 멀리 떨어져서 파도에 이리저리 흔들리고 있었다.

오디세우스는 사력을 다해 헤엄쳐 가서 뗏목의 가장자리를 잡고 매달렸다. 그러고는 다시 뗏목 위로 풀쩍 뛰어 올라탔다.

그렇게 오디세우스는 다시 한 번 간신히 목숨을 구했다. 그런데 이번에는 거센 바람이 키도 없는 뗏목을 가지고 장난을 치기 시작했다. 어찌나 바람이 세게 불었던지, 오디세우스는 아무것도 들을 수도 볼 수도 없었다. 온몸의 감각이 마비될 듯한 위험이 느껴졌다. 오디세우스는 또다시 이것이 마지막 순간이 될지도 모른다고 생각했다.

그런데 바로 그 순간 바다 깊은 곳에 살고 있는 요정 레우코테아가 곤경에 빠진 오디세우스를 보았다. 그녀는 빠른 속도로 물 위로 올라와 그의 옆으로 다가갔다.

"가엾은 오디세우스여, 어째서 포세이돈 님은 당신에게 이토록 화를 내시는 걸까요?" 레우코테아는 동정심에 가득 차서 말했다. "하지만 아무 걱정 마세요! 포세이돈께서 당신을 죽이지는 못하실 테니까요! 지금부터 내가 하는 말을 잘 듣고 그대로만 하세요! 우선 지금 입고 있는 옷을 모두 벗어버리세요. 그렇게 두꺼운 옷을 입고서는 제대로 헤엄을 칠 수 없잖아요! 옷을 모두 벗었으면 이 끈을 당신 가슴에 묶으세요. 그런 다음 아무 걱정 말고 다시 물속으로 들어가 헤엄치세요. 뗏목은 바람에 실려 떠내려가는 대로 그냥 내버려 두세요. 뗏목을 잃어버리는 것에 마음 쓰지 말고 당신은 그저 열심히 헤엄쳐서 파이아케스인들이 사는 땅에 다다르도록 하세요. 그곳에 가야만 목숨을 구할 수 있어요! 당신은 절대로 바다 밑으로 가라앉지 않을 거예요. 내가 드린 이 끈이 당신을 지켜드릴 테니까요. 단, 당신의 손이 뭍에 닿자마자 얼굴을 돌린 채 그 끈을 다시 바다로 던지셔야 해요!" 말을 마친 레우코테아는 다시 바다 깊은 곳으로 모습을 감추었다.

그러나 곤경에 처한 오디세우스의 마음속에는 점점 신과 인간에 대한 커다란 불신이 자리 잡기 시작했다. "오, 이제 어떻게 해야 한담!" 아무도 믿을 수 없게 된 오디세우스는 혼잣말로 한탄을 했다. 오디세우스를 실은 뗏목은 파도에 밀려 마치 성난 숫염소처럼 아래위로 날뛰었다. "아마도 신들 중 하나가 또다시 나를 파멸로 몰아넣으려고 수를 쓰는 것 같다.

이렇게 파도가 험한 바다 한가운데에 있는 나더러 뗏목에서 내려오라니 말이야. 난 절대로 저 여신의 말을 듣지 않을 테다! 뗏목이 부서지지 않고 멀쩡하게 있는 한, 뗏목 위에 꼭 붙어 있을 거란 말이다! 만약 파도가 이 뗏목을 박살 내면, 그때 가서 헤엄치면 될 것 아닌가! 그렇게 하는 것이 최선의 해결책일 것이다!"

어디선가 산더미 같은 파도가 그를 향해 밀려왔다. 한순간 파도는 거대한 벽처럼 오디세우스 바로 앞에 수직으로 우뚝 섰다. 그러더니 그 거대한 파도의 벽이 오디세우스 쪽으로 기울며 사정없이 허물어졌다.

우지끈 소리와 함께 뗏목은 산산조각 났고, 굵고 튼튼한 각목들은 바람에 흩날리는 종잇장처럼 사방으로 흩어졌다. 오디세우스는 마치 겁 많은 말 위에 올라타 있는 사람처럼 뗏목에서 떨어져 나온 널빤지 위에 몸을 의지하여 웅크리고 있었다. 그는 두 다리 사이에 널빤지를 꽉 끼운 채로 얼른 입고 있던 옷을 벗어 던지고 레우코테아가 준 끈을 서둘러 가슴에 묶었다. 그러고는 바닷물 속으로 미끄러져 들어가, 있는 힘을 다해 검은 구름 사이로 언뜻언뜻 보이는 스케리아 섬의 바위투성이 해안을 향해 헤엄치기 시작했다.

사력을 다해 헤엄치고 있는 오디세우스 옆으로 포세이돈이 희고 긴 갈기를 흩날리는 말 두 필이 끄는 마차를 몰고 나타났다. 포세이돈은 오디세우스를 따라 바다 위를 질주하며, 그에게 잔인한 미소를 보냈다.

"그래, 그렇게 계속 헤엄치거라!" 포세이돈이 소리쳤다. "이틀 뒤면 너는 신들이 특별히 사랑하는 파이아케스인들이 살고 있는 섬에 도달할 것이다! 그때까지 난 네게 또 무슨 고난을 줄지 궁리하고 있으마!"

말을 마친 포세이돈은 그제야 마차의 방향을 돌려, 그의 궁전이 있는 아이가이를 향해서 가버렸다.

오디세우스는 꼬박 이틀 밤낮을 거친 파도를 헤치며 쉬지 않고 헤엄쳤다. 때때로 너무 힘이 든 나머지, 이제 그만 목숨을 건 싸움을 포기하고 싶은 생각이 간절했다. 그러나 그럴 때마다 아내 페넬로페와 아들을 생각했다. 아니다, 포기하면 안 된다, 나는 끝끝내 이타케로 돌아가고야 말 것이다! 오디세우스는 이렇게 거듭 결심하며 이를 악물었고, 물속으로 가라앉지 않기 위해 악착같이 버텼다. 가끔은 밀려오는 파도가 그를 편하게 앞으로 나아가게 해주는 듯싶었다. 그러나 곧 다시 거꾸로 몰아치는 파도에 밀려 좀 전보다도 더 뒤로 밀려나

곤 했다. 오디세우스는 더 이상 그런 상황을 버텨낼 힘이 없었다······

팔라스 아테나는 오디세우스의 귀향길을 처음부터 주의 깊게 지켜보고 있었다. 그녀는 그동안 크로노스의 아들 제우스의 의지를 바꿀 수도, 포세이돈의 분노 앞에서 오디세우스를 보호해줄 수도 없었다. 그러나 그녀에게는 오디세우스의 고달픈 운명을 조금이나마 편하게 해줄 정도의 능력은 있었으므로, 그것을 당장 실행에 옮겼다.

아테나는 곧 사방에서 난폭하게 몰아치는 폭풍우를 잠재우고 북풍만 계속 불게 손을 썼다. 북풍은 파도 위로 매끄럽게 불어와 오디세우스를 앞으로 나아가게 해주었다. 오디세우스는 빠른 속도로 해안을 향해 헤엄쳐 가고 있는 스스로를 발견하고는 기쁨에 들떠 어쩔 줄을 몰랐다.

헤엄을 치기 시작한 지 사흘째 되는 날 아침, 오디세우스는 파도가 바위에 부딪쳐 부서지는 소리를 들었고 하얀 물보라가 안개처럼 하늘로 올라가는 모습을 보았다.

바로 그 순간 오디세우스는 다시 한 번 절망에 빠졌다.

"아, 이럴 수가!" 그는 또다시 한탄했다. "저 앞에 있는 해안은 온통 가파른 바위투성이로구나. 밀려드는 파도가 나를 저 바위에 부딪치게 만들 것이 뻔할 텐데! 어떻게 해야 안전하게 육지에 다다를 수 있을까? 육지로 오를 수 있는 평평한 장소를 찾을 때까지, 이 험한 해안을 따라 계속 헤엄쳐야 할 것 같구나!"

그러나 바로 그 순간 엄청난 파도가 오디세우스를 향해 밀어닥쳤고, 그를 가파른 암벽으로 내동댕이쳤다! 천만다행으로 암벽 가장자리를 재빨리 손으로 잡아챈 오디세우스는 가쁜 숨을 몰아쉬며 한동안 바위 끝에 매달려 있었다. 그사이 발밑에서는 그를 실어온 거센 파도가 바다 쪽으로 뒷걸음질쳤다.

위기를 넘긴 오디세우스는 바위를 타고 위로 올라가려고 했다. 그런데 이번에는 바위를 움켜쥐고 있던 팔이 마비된 것 같았다. 다시 한 번 거센 파도가 절벽을 향해 밀어닥치며 엄청난 힘으로 바위를 후려쳤다. 오디세우스는 바위를 움켜잡은 양손의 피부가 찢겨 나가 살점이 그 위에 달라붙을 정도로 바위에 필사적으로 매달렸건만, 또다시 파도에 휩쓸리고 말았다.

그러나 오디세우스는 바닷속 깊은 곳으로 그를 끌고 들어가려고 하는 파도의 소용돌이에서 다시 한 번 극적으로 벗어날 수 있었다.

그는 손으로 노를 저어 절벽을 따라 옆으로 살살 헤엄쳤고, 갈라진 암벽들을 지나서 마침내 뭍으로 올라갈 수 있을 정도로 평평한 해안에 이르렀다. 그곳은 강이 바다로 흘러들어 가는 지점이었는데, 물살이 거의 느껴지지 않을 만큼 잔잔하게 흐르고 있었다. 그것을 본 오디세우스는 그제야 안도의 한숨을 내쉬었다.

오디세우스는 마지막 힘을 모아 강을 거슬러 헤엄쳐 나갔고, 마침내 뭍으로 기어 올라갔다. 그곳에서 오디세우스는 바닥에 쓰러져 그만 정신을 잃고 말았다.

다시 정신이 돌아온 오디세우스는 한동안 그대로 꼼짝 않고 누워 있었다. 이리저리 흔들리는 널빤지와 사납기 짝이 없는 파도 대신 등 밑으로 딱딱한 땅이 느껴지는 것에 그는 뭐라 형용할 수 없는 무한한 행복을 느꼈다.

맨 먼저 오디세우스는 레우코테아가 준 끈을 가슴에서 풀어내어 고개를 돌린 채 강물을 향해 던졌다. 강물은 곧 그 끈을 바다로 싣고 갔다.

그러자 저 멀리서 바다 요정의 곱슬곱슬한 머리가 파도를 헤치고 불쑥 바다 위로 올라와서는, 파도를 타고 그녀 쪽으로 흘러오는 끈을 얼른 손으로 집어 갔다.

한편 오디세우스는 이제 또 무슨 끔찍한 일이 벌어질지 몰라 걱정이 앞서기 시작했다. 그는 그렇게 벌거벗은 채 상처투성이인 온몸으로 낯선 바닷가에 누워 있었다. 입안에는 바다의 짠맛이 가득했고, 그 때문에 계속 헛구역질이 났다. 알몸을 덕지덕지 뒤덮은 진흙은 쨍쨍 내리쬐는 햇볕에 서서히 마르기 시작하면서 딱딱한 껍질처럼 변해갔다. 그런 상황에서 이제는 몸을 일으킬 기운조차 없는 스스로가 오디세우스는 너무도 비참하게 느껴졌다.

해가 지자 바다 쪽에서 차가운 바람이 불어오기 시작했고, 오디세우스는 한기에 몸을 떨었다.

'여기에 계속 이렇게 있으면 안 된다.' 오디세우스는 생각했다. '차가운 밤공기에 얼어 죽을지도 모른다. 나는 지금 그 정도로 약해져 있다!'

그는 주변을 둘러보았다. 강가에 작은 풀밭이 펼쳐져 있고, 그 뒤편으로 완만하게 경사진 언덕이 있었다. 언덕은 울창한 숲으로 뒤덮여 있었는데, 숲에는 오래된 활엽수가 가지를 늘어뜨리고 있었고 바닥에는 온갖 종류의 덤불이 우거져 있었다. 그 숲으로 들어가면 안전하게 몸을 숨기고, 무엇보다 편안하게 잠을 잘 수 있는 장소를 발견할 수 있을 것 같았다.

오디세우스는 마치 노인네처럼 가까스로 몸을 일으켜, 온 갖 데가 쑤시는 아픈 몸을 이끌고 풀밭을 가로질러 숲을 향해 걸어갔다. 숲에 다다르자 곧 마주 선 두 그루의 나무 줄기가 서로 엉켜 그 아래에 자연적으로 움푹 들어간 아늑한 공간을 만들고 있는 것을 발견했다. 그 위로 잎사귀가 촘촘한 나뭇가 지들이 어찌나 빽빽하게 얽혀 있는지, 바람도 햇빛도 비도 들 이치지 않을 것 같았다. 게다가 바닥에는 가지에서 떨어진 나 뭇잎들이 수북이 쌓여 있었다.

오디세우스에게는 훌륭한 은신처였다. 그는 서로 얽혀 있는 두 그루의 나무줄기 아래 아늑한 공간으로 기어 들어가 몸을 눕히고는, 양손으로 낙엽을 긁어모아 이불처럼 몸을 덮었다.

곧 몸이 따뜻해져 왔고 오랜만에 느껴보는 땅의 향기에 취 해 감격스러운 마음으로 눈을 감았다. 그러고는 이내 잠이 들 었다.

오디세우스는 자기가 파이아케스인들이 사는 도시에서 그 다지 멀지 않은 곳까지 와 있다는 사실을 전혀 눈치채지 못 했다.

또한 그는 밤이 지나고 아침이 다가올 무렵, 팔라스 아테나가 찾아와 피곤에 지친 자신의 눈꺼풀을 부드럽게 쓰다듬어 주었다는 사실도 알지 못했다. 오디세우스는 바다를 벗어나 포세이돈의 영향권 바깥에 놓이게 되면서, 비로소 재충전을 위한 깊고도 단 잠을 잘 수 있었다. 오디세우스는 그렇게 재충전한 힘을 곧 요긴하게 쓰게 되리라.

아테나 여신은 죽을 수밖에 없는 인간들 가운데 자신이 가장 사랑하는 오디세우스의 빠른 귀향을 성사시켜주기로 결심했고, 그녀의 계획은 곧 실행에 옮겨졌다.

아테나 여신은 도시로 들어가서 누구의 눈에도 띄지 않고 닫힌 성문을 통과하여 알키노오스 왕이 살고 있는 왕궁으로 들어갔다. 전능한 신들이라면 그런 일쯤은 아무것도 아니었다. 그러고는 곧장 알키노오스의 딸 나우시카가 잠들어 있는 침실로 갔다. 침실 앞 문지방에 두 명의 시녀가 잠들어 있었다. 팔라스 아테나는 한 줄기 가벼운 바람처럼, 잠든 시녀들 곁을 스쳐 지나서 닫힌 문과 기둥 사이를 통과해 침실 안으로 들어갔다.

다음 순간 아테나는 나우시카 공주의 친구로 변장했다.

"아유, 나우시카." 그녀는 말했다. "난 정말 널 보면 놀라지 않을 수가 없어! 어쩌면 그다지도 태평스러울 수가 있는

지! 넌 곧 결혼식을 올려야 하는데, 네 아름다운 옷들은 더러워진 채로 침실 여기저기에 널려 있구나. 게다가 네 아버지와 오빠들의 그 많은 겉옷과 망토 들 또한 더러워졌네. 이렇게 옷들이 더러워서야 알키노오스 왕께서 어떻게 귀족들과의 회의에 참석하고, 오빠들은 또 어떻게 무도회에 나갈 수 있겠니? 사람들은 분명 남자들이나 신부 들러리들이 네 결혼식 때 깨끗한 예복을 입지 않았다고 널 욕할 거야! 그러니 이제 그만 일어나렴! 우리 같이 강으로 가서 빨래를 하자!"

친구의 목소리를 듣고 설핏 잠에서 깨어난 나우시카가 졸린 눈을 억지로 떠 사방을 둘러보았다. 그러나 거기에는 아무도 없었다! 나우시카는 친구의 모습을 분명히 보았음에도 불구하고, 그것이 꿈이라고밖에 생각할 수 없었다. 그녀는 곰곰이 생각해보았다. 꿈에 나타난 친구의 말은 사실이었다. 빨래를 모아두는 방에는 지저분한 겉옷과 망토 들, 이불이 산더미처럼 쌓여 있었다! 그런데 꿈에서 친구가 말한 결혼식이나 신부 들러리 같은 말들은 도대체 무엇을 의미하는 걸까?

나우시카는 감탄의 탄성을 질렀다. 그렇다, 그것 역시 사실이었다! 이미 오래전부터 파이아케스의 많은 젊은 귀족들이 그녀에게 구혼을 하고 있던 터였다. 아버지가 자신을 누구에게 아내로 내어줄 것인가? 그녀도 그것이 무척이나 궁금했다! 그러나 그에 대해 묻는 것은 얌전한 공주에게는 어울리지 않는 일이었다. 나우시카는 재빠른 동작으로 자리에서 일어나 옷을 입고 밖으로 나갔다. 홀에는 이미 그녀의 어머니인 아레테 왕비가 많은 시녀들이 둘러앉은 가운데 부지런히 물레를 돌리면서 정교한 보라색 털실을 잣고 있었다.

바로 그때 멋지게 주름 잡힌 하얀색 망토를 어깨 위에 걸치고서 알키노오스 왕이 홀에 들어섰다. 그는 귀족들과 회의를 하러 광장으로 나가는 길이었다.

"아버지, 제게 두 마리의 노새가 끄는 마차를 내어주세요. 강가에 나가야 하거든요." 나우시카가 왕에게 부탁했다. "아버지와 어머니, 그리고 오빠들의 지저분한 옷을 빨아야 해요. 또 제 옷과 제 친구들의 옷도 빨아야 하고요. 어쩌면 우리는 곧 깨끗한 새 옷이 필요하게 될지도 모르겠어요. 아마도 그럴 것 같아요……" 나우시카는 말끝을 흐렸다. 그녀의 하얀 얼굴에 발그레하게 홍조가 번졌다. "그러니까…… 제 생각에는…… 우리가 많은 손님을 모셔야 하는 큰 잔치를 베풀게 될지도 모른다는 말씀이에요……"

알키노오스가 웃으면서 딸을 쳐다보았다. 딸의 속마음을

헤아리는 것은 그다지 어렵지 않았다.

"높은 바퀴가 달린 마차들 중에 하나를 골라 타고 가거라. 시종들이 마차 앞에 노새를 매어줄 거다." 알키노오스는 이렇게 말하며 다정스레 딸의 뺨을 쓰다듬었다. "네 말이 옳다. 우리는 곧 잔치를 벌이게 될 거다!"

그러나 알키노오스는 회의가 개최될 광장을 향해 걸어가면서, 잔치를 벌이려면 한참을 더 기다려야 하리라고 생각했다. 왜냐하면 자신의 외동딸에게 구혼을 해오는 젊은 귀족들 중에서 딸의 짝으로 적당한 사윗감을 아직 정하지 못했기 때문이다.

한편 나우시카는 함께 강으로 빨래를 하러 갈 친구들과 시녀들을 불러 모았다. 그들은 방에서 지저분한 옷들을 가지고 나와 높은 바퀴와 넓은 짐칸이 달린 마차에 실었다. 왕비는 고기와 각종 음식으로 가득 찬 바구니와 포도주가 가득 담긴 가죽 부대, 그리고 향기로운 향유가 담긴 항아리를 챙겨와 마차에 실어주었다.

모든 준비가 끝나자 나우시카는 마차에 올라 노새의 고삐를 쥐었다. 그녀는 시녀들이 따라오기 쉽게 노새를 천천히 몰았다. 자기는 마차를 타고 편하게 가는데 다른 사람들은 힘들게 뛰어가야 하는 것은 부당하다고 생각했기 때문이다.

나우시카 일행은 곧 시내를 벗어나 오른쪽으로 키가 큰 포플러나무들이 늘어선 아테나 여신의 작은 숲이 있고, 왼쪽으로는 모래사장이 길게 펼쳐지며 그 앞으로 끝없는 바다가 보이는 길을 지나갔다. 잠시 후에 그들은 완만한 경사를 따라 언덕을 이루며 우거진 숲에 이르렀고, 마침내 빨래터가 있는 강가에 자리한 작은 풀밭에 다다랐다.

시녀들은 노새가 풀밭에서 자유로이 풀을 뜯을 수 있게 마차에 묶어놓았던 줄을 풀어준 다음, 곧바로 열심히 빨래를 하기 시작했다.

그들은 서로서로 경쟁하듯 빨래를 했기 때문에 그 많던 빨랫감을 모두 깨끗하게 빠는 데는 그리 오랜 시간이 걸리지 않았다. 그런 다음 말끔하게 빤 빨래를, 파도에 깨끗하게 씻긴 조약돌이 깔려 있는 해변에 열을 맞추어 늘어놓았다. 빨래를 잘 말려야 했기 때문이다.

빨래를 마친 처녀들은 강에서 목욕을 한 뒤, 싸 온 음식을 먹기 위해 강가에 모여 앉았다.

식사를 마치고도 왕궁으로 돌아가기에는 아직 일러서 나우시카가 제안을 하나 했다. "우리 잠깐 공놀이를 하자! 그러는 동안 두꺼운 옷까지 다 마를 거야."

처녀들 중 한 명이 마차로 달려가 공을 가져왔고, 곧 풀밭에서 아름다운 처녀들의 품위 있는 공놀이가 시작되었다. 그 동안에도 가까운 숲속의 두 그루 나무 아래에서는 오디세우스가 계속 잠들어 있었다.

팔라스 아테나는 오디세우스를 그만 잠에서 깨울 때가 왔다고 생각했다. 그래야만 오디세우스는 스스로를 구할 수 있는 절호의 기회를 놓치지 않을 것이다!

아테나는 서둘러 나우시카가 시녀들 중 한 명에게 던진 공이 한쪽으로 빗나가게끔 손을 썼고, 그 바람에 공은 바다 쪽으로 날아가 물속에 풍덩 빠져버렸다.

그것을 본 시녀들이 크게 소리를 지르는 바람에, 깜짝 놀란 오디세우스가 눈을 떴다.

그는 자리에서 벌떡 일어나, 가까이에서 나는 소리에 귀를 기울였다.

"이게 무슨 소리일까? 이건 젊은 처녀들의 밝은 목소리 같은데! 어떤 엉뚱한 요정이 또 나를 바보 취급하려는 걸까! 아니면 내가 마침내 평범한 인간들이 사는 세상에 도착한 것일까? 어쨌든 나가서 직접 내 눈으로 확인해봐야겠다!"

그러나 말이 쉽지, 정작 나가기는 어려웠다. 진흙이 덕지덕지 묻고 더러운 오물이 말라붙어 뻣뻣해진 머리카락과 수염에다가 벌거벗기까지 한 몸으로 어떻게 사람들 앞에 모습을 나타낼 수 있단 말인가. 게다가 그 사람들이 젊은 처녀들이라면 더욱더 안 될 일이었다!

그렇다고 달리 방도가 있는가? 어차피 오디세우스에게는 벗은 몸을 가릴 수 있는 그 무엇도 없었다. 지금 처해 있는 엄청난 곤궁에서 벗어나려면, 어떻든 사람들 앞으로 나갈 수밖에 없었다.

그래서 그는 두 그루의 나무에서 잎이 무성하게 난 가지를 꺾어 대충 알몸을 가린 뒤, 단호한 걸음으로 자신을 숨겨주었던 숲을 벗어나 밖으로 나갔다.

오디세우스는 풀밭에서 공놀이를 하는 한 무리의 처녀들을 보고, 하마터면 걸음을 되돌려 다시 숲으로 돌아갈 뻔했다.

그러나 이미 때는 늦었다. 처녀들이 먼저 오디세우스를 발견하고 깜짝 놀라 큰 소리로 비명을 지르면서, 언덕 뒤쪽이나 수풀 속에 몸을 숨기기 위해 사방으로 흩어졌던 것이다.

오로지 나우시카만이 그대로 서 있었다. 그녀는 다른 처녀들과는 달리 겁이 별로 없었고, 또 낯선 사람이 아무리 섬뜩한 괴물처럼 보일지언정 그 모습을 보고 도망을 가는 것은 자존심이 허락지 않았기 때문이다.

오디세우스와 나우시카는 잠시 동안 아무 말 없이 서로를 쳐다보기만 했다.

오디세우스는 얼른 나우시카 앞으로 가서 무릎을 꿇는 것이 좋을지, 아니면 멀리서 그녀에게 도와달라고 소리치는 것이 좋을지에 대해 생각했다. 결국 그는 그녀를 놀라게 하지 않기 위해 지금 있는 곳에 그대로 서 있기로 결심했다.

'저 처녀는 귀족 태생이로구나.' 경험이 많은 오디세우스는 한눈에 나우시카의 출신을 알아보았다. '현명하게 말을 잘하기만 하면, 틀림없이 저 처녀에게 도움을 청하는 내 노력이 헛되지 않을 것이다.'

오디세우스는 누구보다도 말을 솜씨 있게 잘하기로 유명한 장수였기에, 나우시카를 설득하는 데 그다지 큰 어려움이 없었다.

"아름다운 여인이시여." 그는 간청을 올리는 사람에게 어울릴 법한 공손한 말투로 말문을 열었다. "저는 당신이 누구인지 알지 못합니다. 여신들 중 한 분인지, 아니면 죽을 수밖에 없는 인간인지 그것조차 모릅니다! 하지만 곤경에 처한 절

도와주시길 간청드리는 바입니다! 저는 20여 일 동안 저 망망대해를 정처 없이 떠다니다가 마침내 어제 험한 파도에 휩쓸려 이 섬의 해안에 내동댕이쳐지듯 도달하게 되었습니다. 당신이 제가 여기서 만난 첫번째 사람입니다. 그렇게 날씬하고 우아한 자태를 보니, 당신은 아마도 아르테미스 여신이 아닌가 싶군요! 저는 예전에 한번 델로스의 아폴론 신전 앞에 심어진 어린 종려나무를 본 적이 있습니다. 그 나무의 모습이 어찌나 아름답던지, 저는 오래도록 그 나무 앞에 서서 감탄하며 쳐다보았습니다. 당신은 그 종려나무를 꼭 닮으셨군요. 그 당시 감탄하며 나무를 쳐다보았던 것처럼, 전 지금 당신을 그렇게 감탄하며 바라보고 있습니다! 다만 저는 당신께 가까이 다가설 엄두를 내지 못하고 있을 뿐입니다! 만약 당신께서 이 땅에 살고 있는 종족 중의 한 분이시라면 감히 간청드립니다. 제게 이곳 사람들이 살고 있는 곳으로 가는 길을 알려주십시오. 그리고 제 벗은 몸을 가릴 수 있는 옷감을 조금만 나누어주십시오! 당신이 제게 도움을 베풀어주신다면, 그 대가로 신들께서 당신에게 은총을 내려주실 것이며 당신의 모든 소원을 들어주실 것입니다!"

나우시카는 오디세우스가 하는 말을 한마디도 놓치지 않고

귀 기울여 들었다. 아니다, 저렇게 말을 훌륭하게 할 줄 아는 사람인 걸 보면 저 남자는 절대로 태생이 미천한 사람이 아니다! 이렇게 생각한 나우시카는 친절한 목소리로 진지하게 대답했다. "낯선 손님이시여, 당신은 정말로 엄청난 고난을 겪으셨군요! 그래요, 신들께서 운명 지으신 거라면 우리 인간들은 아무리 힘든 일일지언정 묵묵히 받아들일 수밖에 없지요! 그렇다 할지라도 당신이 제게 청하신 부탁은 기꺼이 들어드리고 싶어요." 나우시카는 잠시 쉬었다 계속해서 말을 이었다. "당신이 지금 계신 곳은 파이아케스인들이 살고 있는 땅이에요. 그리고 저는 파이아케스인들을 다스리는 알키노오스 왕의 딸 나우시카고요." 말을 마친 나우시카는 몸을 돌려 뒤편을 향해 손뼉을 쳤다. 그러자 언덕 뒤와 수풀 사이에 숨어 있던, 곱슬곱슬한 머리의 겁먹은 얼굴들이 하나둘씩 삐죽이 모습을 드러내기 시작했다. 처녀들은 사방을 흘끔흘끔 둘러본 후에야, 숨어 있던 곳에서 나와 머뭇머뭇 나우시카 가까이로 다가왔다. 그러나 앞에 서 있는 끔찍한 모습의 남자가 혹시 못된 악마가 사람의 탈을 쓰고 있는 것은 아닌가 하는 의심은 여전히 버리지 못했다.

"이리 와, 얘들아!" 나우시카가 처녀들을 불렀다. "무서워

할 필요 없어! 이분은 나쁜 사람이 아니라 길을 잃은 불쌍한 분이야. 우리가 돌봐드려야 해. 우리를 찾아오는 낯선 사람이나 불쌍한 사람은 제우스께서 보내시는 거야. 저분에게 먹을 것과 함께 우리가 직접 짠 의복과 망토를 하나씩 드리도록 하자!"

나우시카는 그사이 가까이로 다가온 오디세우스를 쳐다보았다. 다른 처녀들은 여전히 겁에 잔뜩 질린 눈으로 그를 바라보았다. 오디세우스를 쳐다보던 나우시카가 갑자기 웃음을 터뜨렸다.

"당신은 일단 빨리 강에 들어가서 목욕을 하는 게 좋을 것 같아요!" 나우시카가 말했다. "시녀들이 당신을 바람이 불지 않는 아늑한 장소로 데려다줄 거예요!"

시녀들은 나우시카의 명령을 따랐다. 여전히 겁이 나기는 했지만, 시간이 지날수록 그녀들 역시 오디세우스를 호기심 어린 눈으로 바라보았다.

오디세우스는 시녀들이 자기에게 호기심을 갖기 시작했다는 것을 눈치챘다. 시녀들과 함께 저 아래 강물이 있는 곳으로 내려갔을 때, 오디세우스는 시녀들에게 말했다.

"자, 이제 그대들은 저쪽으로 가 있는 게 좋을 것 같소. 나는 당신들이 보는 앞에서 목욕을 하고 싶지 않소!"

오디세우스의 목소리는 단호했다. 그 소리에 놀란 시녀들은 음식 바구니와 향유가 든 항아리를 풀밭 위에 내려놓고 그 옆에는 입을 옷을 놔두고서, 서둘러 그 자리를 도망치듯 떠나갔다.

오디세우스가 강에서 목욕을 하는 사이, 시녀들은 널어놓은 빨래를 걷어 예쁘게 주름을 잡아 개고 마차에 실은 뒤, 노새도 끌어다가 마차 앞에 묶었다. 이제 그만 왕궁으로 돌아가야 할 시간이 되었기 때문이다.

바로 그때 강에서 목욕을 마친 후 몸에 향유를 바르고 근사한 식사로 원기를 되찾은 오디세우스가 모습을 드러냈다. 그는 하얀색 의복 위에 보라색 망토를 걸치고 있었다.

그런 오디세우스의 모습을 본 처녀들은 깜짝 놀라 할 말을 잃었다. 좀 전까지만 해도 똑바로 쳐다보기 힘들 정도로 끔찍한 모습이었던 괴물 같은 사람은 어디론가 사라지고, 너무나 위풍당당하고 멋진 남자가 그들 앞에 서 있었기 때문이다.

나우시카는 마음속으로 감탄하며 오래도록 오디세우스의 모습을 쳐다보았다. 그러고는 작은 목소리로 혼잣말을 했다.

"정말이지, 장래의 내 남편감은 저 낯선 남자 같은 이였으면 참 좋겠다!"

오디세우스가 나우시카 앞으로 다가와 마주 섰을 때, 그녀는 알키노오스 왕의 딸로서 품위를 지키며 점잖게 말했다.

"지금부터 제가 하는 말을 잘 들으세요! 저는 당신을 아버지가 계신 왕궁으로 데리고 갈 거예요. 우리가 가는 길이 숲과 들로 이어지는 동안에는 우리와 함께 가셔도 좋아요. 하지만 도시가 가까워지면 당신은 뒤로 물러서세요. 남을 헐뜯기 좋아하며 다른 사람에 대해 나쁜 소문을 퍼뜨리기 좋아하는 이들이 내가 낯선 남자와 함께 가는 것을 보면 분명 나에 대해 나쁘게 말할 테니까요! '어머나, 나우시카가 데리고 가는 저 남자는 도대체 누구일까?' 이렇게 그들은 말할 거예요. '나우시카는 아마도 저 외지에서 온 낯선 남자를 남편으로 맞아들이려고 하는 것 같아. 이때까지 그녀에게 구혼했던 파이아케스 남자들은 모두 경멸하고 쳐다보지도 않았잖아.' 저는 이 나라 백성들이 저를 두고 그런 잡담을 하는 것을 피하고 싶어요. 하지만 당신은 아무 걱정 마세요. 당신이 우리 일행과 떨어져 혼자서 가야 하는 길을 제가 지금부터 자세히 설명해드릴 테니까요. 맨 먼저 당신은 항구 쪽으로 가게 될 거예요. 거기서부터 나 있는 길은 딱 하나예요. 그 좁은 길을 따라가다

347

보면, 양쪽으로 배들이 사슬에 묶여 정박해 있는 모습이 보일 거예요. 그 길을 지나가면 당신은 포세이돈 신전이 있는 광장에 이르게 될 거고요. 신전 주변에는 엄청나게 큰 바위를 깎아서 만든 돌덩이들이 사방에 박혀 있어요. 그 돌덩이들은 바로 배를 만들기 위한 도구들을 만드는 데 쓰이는 것이랍니다. 당신이 알아두셔야 할 점은, 우리 파이아케스인들은 활이나 화살 혹은 그 밖의 다른 사람을 죽이는 데 쓰이는 무기 같은 것들에는 전혀 관심이 없다는 거예요. 정말이에요. 파이아케스인들이 즐기는 일은 무기를 만드는 일 따위가 아니라, 바다 위를 빠른 속도로 멋지게 달리는 배를 만들어서 그 배를 타고 넓은 바다를 항해하는 거랍니다.

어쨌든 제가 안내한 길을 따라 광장에 도착하면, 제 아버지의 왕궁은 쉽게 찾으실 수 있을 거예요. 이 도시에 있는 그 어떤 집보다 크고 화려하기 때문이지요. 왕궁 안으로 들어서면 조금도 주저하지 마시고 안뜰을 지나서 곧장 큰 홀로 들어오세요. 거기 제 아버지이신 알키노오스 왕과 어머니가 계실 거예요. 제 어머닌 자기를 찾아와 도움을 청하는 사람들을 단한 번도 외면한 적이 없는 마음씨 고운 분이세요. 그러니 그분 앞에 가서 무릎을 꿇고 당신 가족들이 있는 고향으로 돌아갈 수 있게 도와달라고 간청드리세요. 당신은 분명 어머니의 마음을 움직이는 데 성공하실 수 있을 거예요. 당신의 고향이 이곳에서 얼마나 멀리 떨어져 있는지는 모르겠지만, 아무리 멀다 할지라도 그분께서 당신을 도와주신다면 곧 다시 고향 땅을 밟으실 수 있을 거예요."

나우시카는 이렇게 말하고 나서 마차에 올라타, 다른 이들이 잘 따라올 수 있도록 노새를 천천히 몰았다.

나우시카 일행이 아테나 여신의 작은 숲에 도달했을 때, 나우시카는 오디세우스에게 더 이상 따라오지 말라고 부탁했다.

"저기 있는 정원으로 가서 앉아 계세요!" 나우시카가 말했다. "저 정원은 제 아버지 소유예요. 거기서 우리가 궁전에 다다를 즈음이 될 때까지 기다리세요. 그때쯤 되면 우리 뒤를 따라서 궁전으로 오세요!"

그리하여 오디세우스는 어둠이 내리는 저녁, 나우시카가 일러준 정원에 홀로 앉아 있게 되었다. 낯선 나라, 낯선 정원에서 혼자 앉아 기다리는 동안 오디세우스의 마음속에 온갖 서글픈 생각들이 떠올랐다. 그는 이제 아무것도 가진 것이 없었고, 지금 입고 있는 옷조차 자신의 것이 아니었다. 또한 파이아케스인들이 그를 어떻게 받아들일지도 알 수 없는 노릇이었다. 물론 왕의 딸은 지금껏 그에게 친절하게 대해주었으나, 어쩌면 남자들의 마음은 다를지도 몰랐다. 길 잃은 낯선 이방인 하나 때문에 도처에 위험이 도사리고 있는 바다로 항해를 감행하지는 않을 터였다. 게다가 만에 하나 파이아케스 사람들이 오디세우스를 위해 함께 고향으로 가준다고 할지라도, 고향에 돌아가서 또 무슨 일을 겪게 될지 누가 안단 말인가? 20년이란 세월은 정말로 많은 일들이 일어날 수 있는 긴 세월이 아니던가! 어쩌면 페넬로페는 벌써 다른 남편을 얻었을지도 모르고, 이타케의 귀족들 중 하나가 오디세우스를 대신해 왕이 되었을지도 모를 일이었다. 텔레마코스는 또 어떤가? 그는 자기 아버지 얼굴도 기억하지 못할 텐데, 기억도 못하는 아버지를 위해서 무슨 일을 할 수 있겠는가? 그렇다, 그들은 이미 오래전에 오디세우스를 잊었을 것이고, 이제 와서 고향으로 돌아간다고 한들 그는 남은 가족들에게 방해만 될 것이 분명했다. 어쩌면 그들은 오디세우스를 죽일지도 모른다. 마치 아가멤논이 가족에게 살해당한 것처럼……

이런저런 생각에 잠겨 있던 오디세우스는 그런 못난 생각을 하고 있는 스스로에게 화가 나, 앉은 자리에서 벌떡 일어섰다. "아니, 내가 벌써 넋두리나 일삼는 불쌍한 노인네가 되어버렸단 말인가?" 오디세우스는 절망적인 생각을 털어버리며 혼잣말을 했다. "물론 나는 지금껏 많은 고난을 참고 견뎌야만 했다. 하지만 여전히 이렇게 건강하게 살아 있지 않은가. 파이아케스인들의 도움을 받을 수 있도록 팔라스 아테나 여신께서 내게 은총을 베풀어주실 것이 분명한데, 이렇게 절망할 필요는 없을 것이다. 게다가 이 고난에 종지부를 찍기 위해서 내 스스로도 힘을 보태면 될 것 아닌가! 자, 이제 쓸데없는 생각일랑 그만하고 시내로 들어가야 할 시간이 된 것 같다. 다만 내가 왕궁에 도착해서 왕을 직접 만나 뵙기 전까지, 도중에 파이아케스의 남자들만은 마주치지 않았으면 좋겠다. 그들은 낯선 이방인인 나를 보면 가만두지 않을 것이 분명하다. 의심스러운 눈초리로 이것저것 궁금한 것들을 물어보며 나를 심문하려 들 테고, 또 내가 도시에 발을 들여놓는 것을 허락하지 않을 것이다."

그러나 그런 걱정은 할 필요가 없었다. 팔라스 아테나 여신께서 미리 손을 써두었기 때문이다. 여신은 짙은 안개를 바다로부터 끌어와 낯선 방랑자인 오디세우스를 감쌌다. 따라서 어느 누구도 그가 이방인이라는 것을 알아채지 못했다.

오디세우스는 시내로 들어가는 성벽 앞에서 물동이를 이고 있는 처녀를 만났다.

"제게 왕궁으로 가는 길을 가르쳐줄 수 있습니까?" 오디세
우스가 그녀에게 물었다.

처녀는 오디세우스에게 살짝 웃어 보였는데, 그녀의 밝은
두 눈은 전에 어디선가 본 것처럼 낯익었다.

"절 따라오세요!"

처녀는 이렇게 말하고 앞장서서 성문을 통해 걸어 들어갔
다. 성문 안으로 들어가자 많은 사람들이 그들 옆을 스쳐 지
나갔지만, 어느 누구도 오디세우스에게 신경 쓰지 않았다.

"저 사람들은 마치 나를 전혀 보지 못하는 것 같구나!"

오디세우스는 기이하게 생각하며 말했다. 지나가는 사람
들의 눈에 정말로 오디세우스가 보이지 않는다는 사실과, 그
것은 모두 팔라스 아테나 여신께서 누구의 눈에도 띄지 않고
왕궁에 무사히 도착할 수 있게 미리 손을 써두었기 때문이라
는 사실을 오디세우스가 알 리 없었다.

이윽고 오디세우스를 이끌던 처녀가 걸음을 멈추었다.

"여기가 바로 왕이 살고 계신 왕궁이에요."

처녀가 말했고, 오디세우스는 놀란 눈으로 왕궁을 바라보
았다. 높이 솟아오른 빛나는 성벽 한복판에 은기둥과 청동 문

설주로 장식된 황금 정문이 있었다. 정문 양옆에는 금과 은으로 만든 엄청나게 큰 개의 동상이 서 있었는데, 마치 정문 앞에서 보초를 서고 있는 것처럼 보였다.

"겁내지 마세요." 처녀가 말했다. 다시 한 번 처녀는 두 눈을 밝게 빛내며 오디세우스를 쳐다보았고, 그는 그런 그녀의 눈길에서 마침내 그녀가 누구인지 알 것도 같은 기이한 느낌을 받았다. "용기 있는 자가 겁 많은 자보다 모든 일에서 더 많은 성공을 거두는 법이에요. 그러니 아무 걱정 말고 자신 있게 왕궁 안으로 들어가 왕비 앞에 무릎을 꿇고 도와달라고 간청드리세요. 아레테 왕비가 당신에게 호의를 갖기만 하면, 당신은 고향의 들판을 곧 다시 볼 수 있으리라는 희망을 가져도 좋을 거예요!"

그러고는 눈 깜짝할 사이에 처녀는 모습을 감추었고, 어느새 성문 앞에는 오디세우스만 홀로 덩그러니 남아 있었다. 오디세우스가 아무리 사방을 휘휘 둘러보며 열심히 처녀의 모습을 찾아도, 그녀는 이미 온데간데없이 연기처럼 사라져버린 뒤였다.

하는 수 없이 오디세우스는 숨을 한 번 깊게 들이쉬며 정신을 가다듬고는, 결심한 듯 단호한 걸음으로 황금 정문을 향해 걸어갔다.

궁전의 홀로 들어가는 입구에서 오디세우스는 다시 한 번 깜짝 놀라 그 자리에 멈춰 섰다. 이제껏 수많은 나라와 도시를 보아왔지만, 그 어디에서도 이처럼 화려한 궁전을 본 적이 없었기 때문이다.

번쩍이는 홀을 둘러싸고 있는 벽 앞에 금과 은으로 정교하게 만들어진 소년 형상의 동상들이 저마다 손에 횃불이 들려진 채 줄지어 서 있었다. 높은 천장 아래는 푸르게 반짝이는 돌림띠가 둘러쳐져 있었고, 홀 안에 있는 의자들은 저마다 호화롭게 수 놓인 천으로 장식되어 있었다. 파이아케스 남자들이 배 만드는 기술과 항해에 있어서 세상 누구보다도 훌륭한 솜씨를 자랑하듯이, 파이아케스 여자들은 멋진 옷감을 짜는 것으로 유명했다.

홀 안의 식탁에는 많은 사람들이 둘러앉아 있었다. 식탁 위에는 값진 그릇에 온갖 음식들이 풍성하게 담겨 있었고, 황금 술잔에는 향기로운 포도주가 가득 차 있었다.

오디세우스는 화롯불 옆 멋지게 장식된 높은 의자에 앉아 있는 왕과 왕비를 발견하고는 서둘러 홀 안으로 걸어 들어갔다. 여전히 어느 누구도 오디세우스에게 눈길을 주지 않았다. 그러나 그가 왕비 앞으로 성큼성큼 다가가 선 순간, 갑자기 홀 안이 찬물을 끼얹은 듯 일시에 조용해졌다. 파이아케스인들은 오디세우스를 뚫어져라 쳐다보았다. 저런 낯선 방랑객이 어떻게 궁전 안까지 들어올 수 있었을까? 모여 앉은 사람들의 얼굴이 딱딱하게 굳어지는 동시에 오디세우스를 거부하는 표정이 역력했다. 파이아케스인들은 자신들의 풍요로운 땅에 초대받지 않은 낯선 사람이 불쑥 나타나면, 언제나 불안하고 미심쩍은 마음이 먼저 생기는 종족이었기 때문이다.

오디세우스는 왕비 앞에 무릎을 꿇었다. "먼저 왕비님의 만수무강을 비옵나이다. 그리고 여기 계신 모든 분들께도 건강과 행운이 있으시길 빕니다!" 그의 목소리가 홀 안의 정적을 뚫고 크게 울렸다. 비록 무릎을 꿇고 있기는 했지만, 그의 당당하고 확신에 찬 태도는 감춰지지 않았다.

오디세우스가 입고 있던 보라색 망토가 멋진 주름을 만들며 어깨에서부터 바닥으로 흘러내리듯 걸쳐져 있었다. 아레테 왕비는 자기가 너무도 잘 알고 있는 그 보라색 망토를 오디세우스가 입고 있는 것을 보고 깜짝 놀라 눈썹을 치켜세웠다. 그러나 그녀는 오디세우스가 먼저 입을 열 때까지 아무런 말도 하지 않았다.

"저는 바다 위를 정처 없이 떠돌다가 낯선 이방인의 몸으로 당신들이 살고 있는 이 해안까지 오게 되었습니다." 오디세우스가 말문을 열었다. "저는 여러분의 보호와 도움이 필요합니다! 제가 조상들의 땅으로 돌아갈 수 있게 도와주십시오. 아주 오래전 그곳을 떠나온 이후로 지금껏 돌아가지 못하고 가족들도 만나보지 못하고 있습니다."

말을 모두 마친 오디세우스는 자리에서 일어나 뒤로 물러서서 화롯불 옆에 있는 돌로 된 의자에 공손히 걸터앉았다. 그러고는 사람들이 그를 위해 어떤 결정을 내릴지 조용히 기다렸다.

잠시 동안 홀 안에 있는 어느 누구도 말문을 열지 않았다. 오디세우스의 말을 들은 남자들은 아무 말 없이 서로의 얼굴을 쳐다보기만 할 뿐이었다. 그런 그들의 모습에서 오디세우스는 그들이 자기를 의심하고 있다는 것을 알아차렸다. 그들은 오디세우스를 자기들이 가지고 있는 보물이 얼마만큼이나 되는지 알아보기 위해 어느 해적단이 보낸 첩자쯤으로 여기는 듯한 눈치였다. 부자들의 고충이란 바로 그런 것이다. 자기들이 소유한 보물을 잃게 될까 봐 끊임없이 낯선 자를 의심하고 불안에 떨어야 하는 것이다.

마침내 한 사람이 일어났다. 그는 그 자리에 있는 남자들 중 가장 나이가 많은 사람이었다. 그리고 그의 나이는 그로 하여금 많은 경험에서 우러나온 온화한 성격과 현명함을 갖추게 만들었다.

"아니, 알키노오스 왕이시여." 그는 짐짓 나무라는 듯한 말투로 말했다. "왕께서는 저 이방인을 저렇게 난처한 상황에 계속 내버려 둘 작정이십니까? 제가 보기에 그것은 부당한 처사라고 생각됩니다! 왕께서도 보시다시피 우리는 모두 당신의 결정을 기다리고 있습니다. 어서 저 낯선 손님을 정식으로 초대하시어 우리와 함께 식탁에 둘러앉아 식사를 할 수 있게 허락해주시지요. 신분이 천한 사람 같아 보이지는 않습니다."

사실 알키노오스 왕도 그렇게 생각하던 중이었다. 그리고 아레테 왕비 역시 그 이방인을 호의적으로 생각하고 있다는 것을 알아챘다. 그래서 그는 오디세우스에게 가까이 가서 손을 내밀며 식탁에 앉아 함께 식사를 하자고 청했다. 곧 알키노오스가 가장 사랑하는 아들인 용감한 라오다마스가 아버지 바로 옆에 있던 자기 자리를 오디세우스에게 내어주었다. 왕이 손짓을 하자 곧 시종이 다가와 오디세우스에게 포도주를 따라주었고, 시녀들은 풍성한 음식을 내왔다.

오디세우스는 우선 앞에 놓인 음식과 술을 먹고 마시며 파이아케스 사람들이 하는 말을 귀 기울여 경청했다. 그들이 자기를 고향으로 돌아갈 수 있게 도와줄지, 아니면 오히려 나쁜 마음을 먹고 해를 끼치려 할지 알고 싶었기 때문이다.

그러나 그들은 그에 대해서는 일언반구도 없이 계속해서 다른 일들에 대한 이야기만 나누었고, 그저 가끔씩 오디세우스를 향해 탐색하는 듯한 시선을 던질 뿐이었다.

오디세우스가 배불리 먹고 마셨다는 것을 알아챈 알키노오스가 말했다.

"우리는 이제 그만 자러 가는 것이 좋겠소. 내일 아침 우리가 당신을 위해 무엇을 해주면 좋을지 상의하도록 합시다!"

그러자 홀 안에 있던 사람들이 모두 자리에서 일어나 집으로 돌아갔고, 시녀들이 자리를 정리하기 시작했다.

마침내 알키노오스 왕과 왕비, 그리고 오디세우스만이 화롯불가에 남아 있게 되었다. 아레테 왕비는 깊은 생각에 잠겨 오디세우스를 찬찬히 바라보았다. 무언가 참으로 이상한 생각이 들었기 때문이다. 오디세우스가 지금 입고 있는 망토와 의복은 그녀가 직접 짠 것이었다. 왕비는 자기가 정성 들여

짠 옷감을 한눈에 알아볼 수 있었다. 그런데 어떻게 그 옷을 오디세우스가 입고 있을 수 있단 말인가?

왕비는 기필코 그 연유를 알아내고 싶었다!

"낯선 손님이시여." 아레테 왕비는 조심스럽게 말문을 열었다. "당신은 좀 전에 거친 파도가 당신을 우연히 우리 해변으로 데려다주었노라고 말씀하셨지요? 그런데 도대체 누가 그 옷을 당신에게 주었나요?"

"오, 왕비님이시여." 오디세우스는 슬픈 목소리로 대답했다. "제가 이곳으로 오게 되기까지는 정말로 나쁜 일들이 무수히 많았습니다. 그 일들을 모두 이야기하자면 오늘 밤을 꼬박 새워도 모자랄 것입니다. 또한 지금은 밤이 깊었기 때문에 많은 것을 말씀드릴 수는 없을 것 같습니다. 하지만 왕비님께서 질문하신 것에 대해서는 기꺼이 대답을 해드리지요! 지금 제가 입고 있는 이 망토와 의복은 왕비님의 따님께서 제게 빌려주신 것입니다! 공주님께서는 시녀들을 이끌고 빨래를 하러 강가로 나왔다가, 옷도 없이 벌거벗은 채 배고픔으로 거의 죽을 지경이었던 저와 마주쳤습니다. 그래서 제게 옷뿐 아니라 먹을 것도 주셨지요. 신들께서 그렇게 착한 따님을 선물로 주셨으니, 당신들은 정말 행복한 분들이십니다! 공주님은 어린 나이에 비해 너무도 큰 분별력을 가지셨습니다. 그 나이의 젊은 사람들에게 그만한 분별력을 기대하기란 쉬운 일이 아닌데 말입니다. 젊은 사람들은 대개가 사려 깊지 못합니다. 그러나 공주님은 저를 돕기 위해 무엇이 가장 시급한지 잘 알고 있었습니다. 공주님은 먼저 제게 강에서 목욕을 하라고 한 후, 시녀들에게 명하여 몸에 바를 향유와 옷을 가져다주게 했습니다. 또한 싸 온 음식 가운데 고기와 빵 그리고 포도주를 제게 주라고 명령했지요."

"그러나 나우시카가 한 가지만은 생각이 모자랐던 것 같소." 알키노오스 왕이 말했다. "그 애는 시녀들의 호위 아래 당신을 직접 우리에게 데리고 왔어야 했소. 그런데 그렇게 하지 않고 당신을 아는 사람이 하나도 없는 이곳으로 혼자서 찾아오게 만들지 않았소."

"그에 대해 공주님은 아무런 잘못이 없습니다. 공주님을 나무라지 마십시오!" 오디세우스가 얼른 나우시카를 두둔하며 말했다. "공주님께서는 다른 사람들의 험담을 피하고 싶었을 뿐입니다. 그리고 제 입장에서는 알키노오스 왕, 당신의 진노도 피하고 싶었고요." 오디세우스는 장난스레 웃으면서 덧붙였다.

"아니, 나는 그렇게 무턱대고 화를 내는 사람이 아니오. 남자라면 스스로를 자제할 줄 알아야 하고 중용을 지켜야 한다는 것쯤은 나도 잘 알고 있소!" 알키노오스 왕은 낯선 손님인 오디세우스가 점점 더 마음에 들었다. "자, 이제 내 말을 잘 들어보시오! 만약 당신이 우리와 함께 살기로 마음먹는다면, 내 당신에게 이곳에서 살 집과 충분한 재물을 드리겠소. 그러나 부득불 당신이 이곳을 떠나겠다고 고집한다면, 내일 당장 당신을 안전하게 고향으로 데려다줄 배를 준비해드리리다! 파이아케스인들이 모는 배는 언제나 무사히 목적지에 도착하는 것으로 유명하오. 이는 우리와 친척이신 신들께서 우리에게 내려준 커다란 능력이라오!"

알키노오스 왕의 말을 들은 오디세우스는 마음속에 큰 기쁨이 밀려왔다. 그렇다, 이제 그동안의 모든 고통은 끝이 나고 행복한 귀향이 정말로 가까이 온 듯했다. 모든 것이 다 잘될 것이다!

시녀들이 와서 손님을 위한 잠자리가 준비되었노라고 알렸고, 그러자 시종 하나가 내실로 이어지는 금으로 된 문을 열었다.

알키노오스가 다시 한 번 오디세우스에게로 다가와 매우

진지한 표정으로 말을 건넸다. "당신이 파이아케스인들이 모는 배에 타고 있는 동안에는 더 이상의 재앙은 만나지 않을 것이오. 그러나 고향의 해안에 발을 들여놓은 뒤에 당신은 또다시 운명의 여신이 당신에게 내리는 고난을 견뎌내야만 할 것이오!" 말을 마친 알키노오스 왕은 왕비와 함께 궁전의 내실 쪽으로 들어가 버렸다.

오디세우스는 한동안 조용히 그 자리에 서서 자기 앞을 물끄러미 내려다보았다. 좀 전에 알키노오스 왕이 했던 말이 일종의 협박처럼 들리지 않는가? 고향에서 새로운 고난이 그를 기다리고 있다고?

그러나 곧 오디세우스는 불안을 떨쳐버리며 스스로에게 다짐하듯 말했다. "내가 이타케로 돌아가기만 한다면, 그때는 모든 것이 내 의지대로 될 것이다." 그는 잠시 생각에 잠겼다가 한마디 더 덧붙여 말했다. "그리고 물론 신들의 의지대로도 될 것이다." 오디세우스는 자기가 혹시 지나치게 자신만만해하는 것은 아닐까 걱정이 되었기 때문이다.

그사이에도 팔라스 아테나는 그녀가 가장 사랑하는 영웅을 잊지 않고 있었다.

다음 날 아침 일찍, 시내에 사는 파이아케스인들이 아직 모두 자고 있을 때 아테나 여신은 시종으로 변장하고는 거리를 돌아다니면서 광장에서 집회가 있다며 잠든 남자들을 깨웠다.

아테나가 질러대는 목소리가 집집마다 어찌나 크고 맑게 울렸던지, 제아무리 늦잠을 자는 잠꾸러기라 해도 더 이상 잠자리에서 늑장을 부릴 수가 없었다.

"파이아케스인들이여, 어서 서둘러 광장으로 모이세요!" 그녀가 소리쳤다. "오랫동안 바다를 헤매 다니다가 가까스로 벗어나, 바로 어제 알키노오스 왕을 찾아온 낯선 이방인의 간청을 들어보세요! 왕께서 어떤 결정을 내리셨는지도 들어보세요!"

아테나 여신이 이렇게 하는 것은 모두 오디세우스의 귀향을 서두르기 위해서였다. 더 이상 꾸물거릴 시간이 없었기 때문이다.

파이아케스인들은 이렇게 서둘러 회의를 소집하는 일이 평소에는 한 번도 없었던 까닭에 무슨 일인지 의아해하면서도, 모두가 지체하지 않고 곧장 집을 나와 무리 지어 광장으로 몰려들었다.

수많은 군중들이 광장에 모여 혼잡스럽게 술렁이는 분위기가 마치 폭풍에 부서지는 파도처럼 어수선했다. 그러다가 갑자기 사방이 조용해졌다. 알키노오스 왕과 그를 찾아온 낯선 손님이 계단 위로 올라왔기 때문이다.

사람들은 모두 목을 길게 빼고는 그들을 쳐다보았다. 세상에, 바다를 헤매다 왔다는 이방인은 결코 불쌍한 조난자처럼 보이지 않았고, 오히려 가수들의 노래로만 전해지던 용맹스러운 영웅처럼 보였다. 저 사람은 도대체 누구일까? 그러나 그가 누구인지 아는 사람은 아무도 없었다.

알키노오스 왕이 연설을 시작했다.

"파이아케스인들이여! 내 말을 잘 들으시오! 여기 있는 이 낯선 손님은 어제 나를 찾아 내 집으로 온 사람이오. 난 아직 그의 이름과 출생지를 알지 못하오. 그러나 그는 우리에게 고향으로 돌아갈 배와 함께 항해할 능력 있는 선원을 부탁했소! 우리는 낯선 손님이 찾아와 도움을 청할 때면, 언제나 그들의 청을 거절하지 않고 들어주었다는 것을 그대들은 잘 알 것이오! 그러니 이번에도 역시 이 손님의 여행을 위해 우리가 가지고 있는 배들 중에서 가장 빠른 배 한 척과 쉰두 명의 노 젓는 젊은이를 준비시키도록 하시오! 젊은이들은 곧 항해를 시작할 수 있게 노, 돛, 돛대 등 항해에 필요한 모든 장비를 준비하여 수심이 깊은 바다에 배를 띄우시오. 지금 내가 말한 모

364

든 일들이 끝나거든 내 집으로 오시오. 그러나 나이 든 남자들은 지금 나를 따라 왕궁으로 함께 가도 좋소. 우리는 신들께 제사를 올리고 낯선 손님에게 예의를 갖추기 위해 성대한 만찬을 베풀 것이오. 만찬이 끝나면 그에게 그의 이름과 그의 혈족이 살고 있는 나라에 대해 물어보도록 합시다. 그러면 분명 우리에게 자신이 지금껏 겪은 모험과 방랑에 대해, 그리고 어떻게 해서 이곳까지 오게 되었는지에 대해 자세히 이야기해줄 것이오. 나는 또한 눈먼 가수인 데모도코스를 만찬 장소로 부르겠소. 만찬을 나누는 동안 데모도코스는 우리를 위해 신과 영웅 들에 대한 멋진 노래를 불러줄 것이오."

이렇게 해서 알키노오스 왕이 베푸는 성대한 향연이 시작되었다. 그는 열두 마리의 양과 여덟 마리의 돼지, 그리고 두 마리의 소를 잡아 궁전 안뜰에 커다란 불을 지피고 그 위에 얹어 굽도록 시켰다. 궁전 안에 있는 홀에 자리를 잡지 못한 사람은 바깥에 천막을 쳐서 마련한 야외 연회장에서 대접을 받았다.

시종 하나가 눈먼 가수인 데모도코스를 조심스럽게 홀 안으로 데리고 들어왔다. 시종은 그를 기둥 옆에 마련해놓은 자리로 안내해 앉힌 뒤, 칠현금을 머리 위로 둘러 어깨에 걸쳐주고는 그가 악기를 제대로 찾아서 손에 잡을 수 있게 도와주었다. 그리고 데모도코스가 마실 잔과 먹을 음식이 담긴 그릇은 언제라도 손을 뻗으면 닿을 수 있게 그의 바로 앞에 놓인 은탁자 위에 잘 차려두었다. 그것은 알키노오스 왕이 유명한 눈먼 가수에게 깍듯이 예의를 갖추도록 특별히 지시한 것이었다.

신들은 데모도코스에게 좋은 운명과 나쁜 운명을 동시에 내려주었다. 즉, 신들은 데모도코스에게서 시력을 앗아갔으나 대신 그에게 죽을 수밖에 없는 인간이 낼 수 있는 가장 아름다운 목소리를 주었다.

데모도코스는 우선 앞에 놓인 음식과 술을 조금 먹고 마신 다음, 자리에서 일어나 칠현금을 타며 노래를 부르기 시작했다.

그는 당시 온 아카이아와 바다에 떠 있는 모든 섬들에까지 널리 퍼져 있던 유명한 노래를 불렀다. 그것은 펠레우스의 아들인 아킬레우스와 오디세우스 사이에 벌어진 굉장한 싸움에 관한 노래였다. 그곳에 있는 모든 사람들이 이 험악한 내용의 노래를 잘 알고 있었다. 단지 오디세우스만이 그 노래를 몰랐다.

데모도코스가 처음 노래를 시작할 무렵, 오디세우스는 자신의 귀를 파고드는 노랫말이 무엇을 뜻하는지 몰라 어리둥절해하며 고개를 번쩍 들어 가수 쪽을 바라봤다. 그러나 곧 그는 눈먼 가수가 부르는 노래의 내용이 무엇인지 알아차렸다. 검게 그을린 그의 얼굴이 백지장처럼 창백해졌다. 까마득히 잊었던 기억들이 엄청난 힘으로 그를 사로잡았다. 오디세우스는 의자의 팔걸이를 양손으로 꽉 움켜잡았는데, 어찌나 세게 잡았던지 은손잡이가 부서져 나갈 정도였다. 그러나 오디세우스는 손잡이가 부서지는 것도 알지 못했다. 그는 홀린 듯 가수의 노래에 귀를 기울였다. 그랬다, 가수가 노래하는 내용은 모두 사실이었다. 그 옛날, 그런 일들이 있었다!

가수가 노래를 끝내자 연회장이 떠나갈 듯 우레와 같은 박수갈채가 터져 나왔다. 오직 오디세우스만이 자리에 가만히 앉아 보라색 망토로 얼굴을 가리고 있었다. 흐르는 눈물을 다른 사람에게 보이지 않기 위해서였다.

데모도코스는 새로운 노래를 부르기 시작했다. 이번에는 아카이아인들이 트로이에서 겪어야 했던 고난과 불행, 그리고 그들이 트로이를 떠나 비참한 귀향길에 오른 사연을 노래했다.

알키노오스 왕은 낯선 손님의 기이하고도 부자연스러운 거동을 눈치채고는 짐짓 놀랐다. 가수의 노래가 마음에 들지 않아서일까? 그게 아니라면 도대체 무엇 때문에 저렇게 슬픈 표정을 짓는 것일까? 혹시 트로이에서 그의 형제나 친구 중의 하나가 목숨을 잃었나? 알키노오스 왕은 손님이 즐거워하는 모습을 보고 싶었는데, 오히려 갈수록 슬픈 표정을 짓기만 하자 못내 안타까운 마음이 들었다. 그래서 데모도코스의 노래가 모두 끝나고 관중들의 박수갈채가 가라앉았을 때, 왕이 서둘러 말했다.

"우리는 성대한 만찬으로 새로운 기운을 얻었고, 또한 훌륭한 가수의 노래를 듣고 흥겨움에 흠뻑 젖기도 했소! 이제 그만 광장으로 나가서 운동 시합을 열어 젊은이들이 서로의 힘을 겨루는 모습을 구경하는 게 어떻겠소? 우리를 찾아온 손님께서 고향으로 돌아가면, 우리 젊은이들의 힘과 기술을 칭찬하며 널리 알려줄 것이오!"

곧 수많은 사람들이 줄지어 광장으로 몰려들었고, 여러 가지 운동 시합을 하기 위해 둘러쳐 놓은 울타리 주변에 길게 늘어섰다. 곧 경기가 시작되었다. 파이아케스인들은 달리기와 높이뛰기에 능했으며 원반던지기 또한 잘했다. 그러나 레슬링이나 권투 같은 격투 종목에는 약했으며 무기를 가지고 싸우는 경기는 아예 하지 않았다.

경기가 잠시 중단되고 젊은이들이 휴식을 취하고 있을 때 알키노오스 왕의 아들인 라오다마스가 동료들에게 말했다.

"친구들이여, 저기 앉아서 구경만 하고 있는 손님에게 우리와 함께 경기를 하지 않겠느냐고 물어보는 것이 어떻겠나? 그는 약한 사람처럼 보이지 않을뿐더러 지긋한 나이 또한 경기를 하는 데에 그다지 방해가 될 것 같지 않으니 말이야!"

젊은이들은 모두 라오다마스가 하는 말에 신이 나서 찬성하며, 그들과 조금 떨어진 곳에 앉아 마지못한 표정으로 전혀 흥겹지 않다는 듯 경기를 보고 있던 오디세우스에게로 갔다. 오디세우스는 좀 전에 들은 가수의 노래 때문에 옛 기억들이 떠올라 한없이 슬퍼졌고, 경기를 관람하기보다는 그저 당장 배가 있는 곳으로 가서 고향을 향해 떠나고 싶은 마음뿐이었다. 그러나 그렇다고 해서 파이아케스인들의 호의를 무시하며 그들의 마음을 상하게 하고 싶지도 않았다.

"낯선 손님이시여." 라오다마스가 들뜬 목소리로 오디세우스에게 말을 걸었다. "혹시 우리와 함께 경기를 하지 않으시겠습니까? 제 생각에 당신은 분명 이 경기들에 대한 경험이 풍부하실 것 같습니다!"

그러나 오디세우스는 정중히 거절하며 머리를 가로저었다. "난 지금 머릿속이 다른 생각들로 꽉 차서 마음이 너무 어지럽소!" 그는 소심하게 말했다. "이제껏 너무 많은 끔찍한 일들을 겪어서 그런지, 지금은 그저 고향으로 돌아가고 싶을 뿐이오!"

"아이고, 이 낯선 양반아." 젊은이들 중 한 사람이 큰 소리로 비웃으며 끼어들었다. "당신은 전혀 영웅처럼 보이지 않는군요! 내 눈에 당신은 배를 타고 이 나라 저 나라를 돌아다니며 물건을 팔아 이득을 챙기려는 한갓 장사꾼처럼 보인단 말입니다!"

"방금 그 말은 사람을 잘못 보아도 한참 잘못 보고서 한 말이오!" 오디세우스는 젊은이의 말에 격분해 자리에서 벌떡 일어서며 말했다. "신들께서는 당신에게 당당한 겉모습은 주었지만, 총명한 머리는 주지 않으신 것 같소. 그렇지 않고서야 그렇게 한심한 말을 내뱉을 리 없을 테니 말이오! 나에 대해서 당신이 알고 있는 것이 뭐가 있소? 이보시오, 젊은이, 내가 그동안 엄청난 전쟁과 험한 바다에서 무슨 일들을 겪었는지 전부 말한다면, 당신은 깜짝 놀라 입도 제대로 다물지 못할 것이오! 그동안 고생을 너무 많이 해서 지금은 그때만큼 힘이 남아 있지 않지만, 그래도 이 정도의 경기쯤은 얼마든지 이길 수 있소!"

오디세우스는 망토를 입은 채로 옆에 쌓여 있던 돌로 된 원반들 중 하나를 들어 올렸다. 그 원반은 파이아케스 사람들이 지금껏 사용해오던 그 어떤 원반보다 크고 무거운 것이었다.

오디세우스는 오른손에 원반을 들고서, 엄청난 힘으로 크게 원을 그리며 팔을 돌리다가 힘껏 앞으로 내던졌다. 원반이 쉭쉭 소리를 내며 공기를 가르고 공중을 향해 날아갔다. 경기장 옆 울타리에 서 있던 사람들이 머리를 움츠렸다. 세상에나, 그렇게 엄청난 힘으로 원반을 던진 사람은 이제껏 아무도 없었다!

오디세우스가 던진 원반은, 아연실색하여 파랗게 질린 구경꾼들의 머리를 훌쩍 지나 좀 전에 파이아케스 사람들이 던진 다른 원반들이 놓여 있는 곳에서 한참 멀리 떨어진 곳까지 날아갔다.

오디세우스는 너무 놀라 아무 말도 하지 못하고 서 있는 젊은이들 쪽을 돌아다보았다.

"어떻소?" 오디세우스가 물었다. "나와 원반던지기 실력을 겨루고 싶은 사람이 또 있소? 아니면 레슬링이나 권투 시합을 해보는 건 어떻겠소? 어떤 경기라도 좋소. 모두 다 상대해주리다! 단, 라오다마스와는 겨루고 싶지 않소. 그는 나를 손님으로 친절하게 맞아주신 이 나라 왕의 아들이기 때문이오!"

이제 낯선 이방인인 오디세우스와 경기를 통해 힘을 겨루어보려고 하는 사람은 더 이상 아무도 없었다.

그 모습을 지켜본 알키노오스 왕은 마음속으로 남몰래 옅은 실망감을 맛보아야 했다. 낯선 손님은 파이아케스인들이 비겁하고 나약한 종족이라고 생각할 것이 분명했기 때문이다! 그러나 파이아케스인들은 힘을 겨루는 경기에는 약하지만, 다른 많은 장점들을 가지고 있는 종족이었다. 바로 그 사실을 낯선 이방인에게 알려주고 싶었다. 그래야 그가 후에 고향으로 돌아가서나 혹은 다른 나라에 갔을 때 파이아케스 종족에 대해 나쁜 소문을 퍼뜨리지 않을 것이기 때문이었다.

"낯선 손님이시여, 잘하셨소!" 현명한 알키노오스 왕은 이런저런 생각 끝에 말문을 열었다. "저기 있는 저 젊은이가 당신을 화나게 했고, 당신은 그의 말이 틀렸다는 것을 우리에게 증명해 보이고 싶었을 거요. 그리고 그런 당신의 의도는 성공을 거두었고, 우리 모두는 당신의 강한 힘에 놀랐소! 우리 중 어느 누구도 당신의 힘에 필적하지 못할 것이오. 권투나 레슬 링을 한다고 해도 당신을 이길 자는 우리 중 아무도 없을 것 이오. 또한 당신은 분명 사람을 죽일 수도 있는 화살을 날려 보내는 활쏘기에 있어서도 우리보다 훨씬 능할 것이며, 아무 리 멀리 있는 적이라도 그의 목숨을 한 방에 날려버릴 수 있 는 창던지기 역시 엄청난 힘을 발휘해 잘할 것이오. 그러나 우리는 싸움에 능한 병사들이 아니오. 제우스께서는 우리 종 족에게 다른 능력을 주셨소. 어쩌면 우리 파이아케스인들은 달리기와 높이뛰기에 있어서는 당신을 이길 수 있을지도 모 르겠소. 왜냐하면 우리 종족은 태생이 가볍고 민첩한 사람들 이기 때문이오. 우리 나라에 세상에서 가장 솜씨가 뛰어난 젊 은 춤꾼들이 많은 것도 바로 그 까닭이오. 그에 대해서는 잠 시 후에 당신도 직접 확인할 수 있을 거요! 그뿐만 아니라 우 리는 노래와 현악기 연주, 따뜻한 목욕, 깨끗한 옷이나 성대 한 만찬 등 인간이 살아가는 데 상당한 활력을 주는 다른 많 은 것들을 사랑하는 종족이오. 그런데 또 이것이 전부가 아 니오! 당신은 분명 우리의 배를 보았을 거요. 그리고 그 배들 을 만드는 장소도 보았을 거요! 당신이 고향으로 돌아가게 되 면, 파이아케스의 젊은이들이 직접 만들고 손수 항해하는 배를 타고 바다를 건넌다는 것이 무엇을 의미하는지 곧 알게 될 것이오. 우리는 항해의 전문가들이오. 바다를 항해하는 것은 우리 파이아케스인들의 가장 큰 기쁨이기도 하오! 자, 그러면 내가 지금까지 공연한 허풍을 떤 것이 아니라는 것을 보여드리기 위해 가수와 무용수들을 이리로 불러오도록 하겠소!"

곧 가수 데모도코스와 춤을 보여줄 젊은이들이 왔다.

오디세우스는 그동안의 마음의 고통과 고향에 대한 그리움을 어느 정도 잊을 수 있을 것 같은 느낌을 받았다. 그렇게 멋지고 아름다운 공연을 일찍이 본 적이 없었기 때문이다. 춤을 추는 무용수들의 발은 땅에 거의 닿지 않는 것처럼 보였다. 날씬한 몸으로 가볍게 움직이는 그들의 동작 하나하나에 흥겨움이 배어 있었고, 온몸에 향유를 발라 매끄러워 보이는 피부는 금빛 갈색으로 반짝반짝 빛을 발했다. 그들은 뭐라 이루 형용할 수 없는 기품 있는 동작으로 가수의 노래에 맞춰 윤무를 추었는데, 몸을 구부렸다 펴기도 하고 아래로 웅크렸다가 다시 빠른 동작으로 공중을 향해 높이 뛰어오르기도 했다. 동작을 취할 때마다 날씬하고 유연한 몸매에서 강한 힘이 뿜어져 나오는 것을 느낄 수 있었다.

"알키노오스 왕이시여, 당신께서 무용수들을 칭찬하신 것은 정말로 모두가 사실이었군요!" 춤이 끝나자 오디세우스가 감탄하며 말했다. "제가 이제껏 보아왔던 수많은 도시와 나라의 어느 누구도 당신 나라의 무용수들처럼 춤을 추는 사람은 없었습니다!"

오디세우스의 칭찬을 들은 알키노오스 왕은 너무나 기쁜 나머지, 그의 옆에 서 있던 파이아케스의 귀족들에게 말했다.

"이 낯선 손님은 참으로 총명한 사람인 것 같소이다! 그를 위해 다시 한 번 풍성한 향연을 베풀도록 합시다! 당신들은 모두 합해 열두 명이고, 거기에 나까지 합하면 전부 열세 명이오. 우리 모두 낯선 손님에게 각자 금 1탈란톤과 의복 한 벌, 그리고 망토 하나씩을 드립시다! 오늘 저녁 향연을 베풀기 전에 선물들이 모두 왕궁으로 도착할 수 있게 지금 당장 시종들을 각자의 집으로 보내도록 하시오!"

좀 전에 오디세우스를 비웃으며 무례한 말을 했던 젊은 파이아케스인이 오디세우스 앞으로 다가왔다. "당신에게 신의 축복이 있기를 빕니다, 낯선 손님이시여!" 그는 진지한 표정으로 말했다. "내가 했던 부당한 말들은 모두 바람에 흘려보내어 잊으시길 바랍니다! 그리고 그에 대해 용서를 구하는 의미로 이 칼을 드리고 싶습니다. 부디 거절하지 마시고 받아주십시오! 이 칼은 매우 귀한 것입니다. 칼날은 청동으로 만들어졌고, 손잡이는 은으로 장식되어 있으며, 칼집은 상아로 만든 것입니다! 이 칼이 당신에게 유용하게 쓰이기를 바랍니다!"

"고맙소, 친구여." 오디세우스가 대답했다. "그리고 앞으로는 그대가 이 칼을 필요로 하는 일이 절대로 없었으면 하오. 이것이 내가 그대를 위해 바라는 바요."

한편 그사이 왕궁에서는 시종들이 성대한 만찬을 부지런히 준비했고, 파이아케스의 고귀한 신분을 가진 귀족들이 모두 초대되었다.

귀족들이 보낸 시종들이 하나둘씩 속속 오디세우스에게 줄 선물을 가지고 왕궁으로 들어왔고, 왕비는 손님을 위해 미리 마련해놓은 큰 상자 속에 그 선물들을 하나도 빠짐없이 차곡차곡 넣어두라고 시켰다.

아레테 왕비는 이미 오래전부터 이 낯선 손님이 도대체 누구인지 알고 싶었다. 이제 저녁이 되었으니 만찬이 끝나고 나면 알키노오스 왕이 분명 그의 이름과 출신을 물을 것이다!

왕비는 시녀장에게 명하여 커다란 청동 주전자에 물을 가득 담아 삼발이에 얹어 불 위에 올려놓으라고 시켰다. 낯선 손님이 식사를 하기 전에 목욕을 할 수 있도록 물을 따뜻하게 데워놓기 위해서였다.

나이가 지긋한 시녀장이 오디세우스에게 따뜻한 물이 가득 든 욕조로 안내하며 목욕을 하라고 권하자, 그는 웃으며 말했다.

"이렇게 따뜻한 물에 목욕을 할 수 있게 되어 얼마나 기쁜지 모르겠소! 칼립소의 섬을 떠난 이후로, 어느 누구도 내게 이렇게 과분한 시중을 들며 몸을 단장하게 도와준 사람이 없었소!"

한참이 지난 후에 오디세우스는 피로가 풀려 상쾌해진 몸으로 욕조에서 나왔다. 그러자 시녀들이 와서 그의 몸에 향유를 발라주고 깨끗한 의복으로 갈아입혀 주었다. 오디세우스는 곧 만찬이 열리는 홀 안으로 들어섰다.

홀의 문 앞에서 오디세우스는 나우시카를 만났다.

"당신을 멀리 당신 고향으로 데려다줄 배가 저 아래 항구에 정박해 있는 것을 보았어요." 나우시카가 말했다. "그래서 여기서 당신이 오시기를 기다리고 있었지요. 안녕히 가시라는 작별 인사를 전하고 싶어서요. 고향에 돌아가시거든 가끔은 저를 기억해주세요!"

"내게 목숨이 붙어 있는 한, 언제나 당신을 여신처럼 존경하며 살겠소!" 오디세우스는 조금의 망설임도 없이 대답했다. "당신은 내 생명의 은인이오! 신들께서 그 은혜를 대신 갚아주시길 기원하겠소!"

오디세우스의 대답을 듣고 난 나우시카는 못내 아쉬운 마음에 머뭇머뭇하며 그 자리를 떠났다. 그녀는 낯선 손님인 오디세우스가 평생 파이아케스인들의 나라에 머물러 있기를 남몰래 간절히 바랐던 것이다. 그러나 알키노오스 왕의 자존심 강한 딸 나우시카는 어느 누구에게도 그 말을 하지는 않았다.

이제 홀 안으로 들어선 오디세우스는 왕 바로 옆에 자리를 잡고 앉았다. 풍성한 만찬이 시작되었고, 시종들이 포도주를 날라 왔으며 시녀들은 음식이 가득 담긴 그릇을 들고 식탁 사이를 부지런히 오갔다.

오디세우스는 그리 멀지 않은 곳의 기둥에 기대앉아 있는 데모도코스를 발견했다. 그러자 갑자기 훌륭한 가수의 목소리를 빌려, 아카이아 병사들이 트로이 성을 함락하기 위해서 전쟁을 벌였던 그 시절의 노래를 다시 한 번 듣고 싶은 생각이 너무도 간절해졌다.

오디세우스는 마침 고기가 한가득 든 그릇을 들고 바로 옆을 지나가던 시녀를 손짓해서 불렀다. 그는 그릇에 담긴 고기 중에서 가장 맛있어 보이고 크기가 큰 덩어리를 골라 접시에 담아서는 눈먼 가수에게 가져다주라고 했다.

"데모도코스, 나는 당신의 노래 솜씨를 칭찬하고 싶소!" 오디세우스가 가수를 향해 소리쳤다. "당신은 마치 직접 전쟁에 참가하기라도 한 것처럼 아카이아 병사들의 운명을 노래했소! 이제 다른 노래를 하나만 더 불러주었으면 하오! 난공불락의 트로이를 마침내 멸망하게 만들었던 목마에 대한 전설을 아시오? 무사 여신께서 당신에게 그 노래도 가르쳐주셨다면 어서 시작해보시오!"

곧 데모도코스는 노래를 시작했다. 그는 아카이아의 병사들이 현명한 오디세우스의 계략에 따라 거대한 목마를 만들었던 일이며, 영웅 오디세우스가 다른 용감한 장수들과 함께 그 목마 안에 몸을 숨겼던 일, 그리고 나머지 병사들이 막사를 모두 불태우고 트로이를 떠나 도망친 것처럼 꾸몄던 일들을 빠짐없이 노래했다. 그는 계속해서 오디세우스의 책략에 속아 넘어간 트로이 사람들이 목마를 성안으로 끌고 들어간 것도 노래했다. 밤이 되어 어둠이 내리자 목마의 불룩한 배 안에 숨어 있던 장수들이 바깥으로 나와 그사이 다른 곳에 숨어 있다 몰래 다시 트로이로 되돌아온 아카이아 병사들에게 성문을 활짝 열어주었고, 그렇게 해서 마침내 트로이가 함락되었다는 것도 노래했다.

파이아케스인들은 숨을 죽이고 데모도코스의 노래를 들었다. 오디세우스는 다시 한 번 자기 자리에 조용히 앉아 흐르는 눈물을 사람들에게 보이지 않기 위해서 망토로 얼굴을 가렸다. 트로이 전쟁에 대한 생생한 기억이 새삼 그의 마음을 뒤흔든 데다가, 노래를 부르는 데모도코스의 목소리 또한 듣는 이의 심금을 울릴 정도로 훌륭했기 때문이다.

데모도코스가 노래를 끝내고 홀 안을 뒤흔드는 열광적인 박수 소리도 모두 가라앉자, 알키노오스 왕은 지금이야말로 자기를 찾아온 낯선 손님의 이름과 출신을 물을 적절한 때라는 생각이 들었다.

"낯선 손님이여, 나는 우리의 가수가 부른 노래가 당신을 슬프게 만드는 것을 보았소." 알키노오스 왕이 조심스레 말문을 열었다. "아마도 그 끔찍했던 전쟁이 당신의 가까운 친척들을 죽게 만들었거나 혹은 당신 집안을 몰살시켰거나, 그도 아니면 당신에게 또 다른 어떤 불행을 가져다준 것이 아닌가 싶소. 당신이 괜찮다면 우리에게 그 일에 대해 말씀해주시오! 그리고 당신의 이름과 당신이 태어난 나라도 말씀해주시오. 당신이 어디에서 왔는지를 알아야 우리가 배로 당신을 데려다줄 곳을 알 수 있을 것 아니오. 항해를 하는 우리 나라의 남자들은 모든 바닷길과 모든 나라의 해안을 샅샅이 꿰뚫고 있소. 그곳이 가까이 있든, 아무리 멀리 있든 말이오. 뱃머리가 파도를 가르며 앞으로 나아가는 동안, 당신은 그저 조용히 잠만 자고 있으면 되오. 잠에서 깨어나면 당신은 벌써 당신의 고향에 가 있을 것이오! 파이아케스의 배는 이제껏 단 한 번도 파도에 밀려 가라앉은 적이 없고, 절벽에 부딪쳐 부서진 적도 없소! 다만⋯⋯"

거침없이 말을 이어가던 알키노오스는 잠시 깊은 생각에 잠기더니 말을 멈추었다. 그러고는 이내 계속해서 말했다. "다만 내 아버지께서 가끔 오래전부터 내려오는 예언을 말씀하시기는 했소. 언젠가는 포세이돈께서 우리에게 화를 내실거라고 말이오. 우리는 다른 여러 신들의 가호로, 고향으로 돌아가고자 하는 자는 누구든지 그분의 방해를 받지 않고 안전하게 바다를 건너 고향으로 데려다주는 능력을 가졌기 때문이오. 그래서 언젠가는 우리가 또다시 한 방랑자를 고향으로 안전하게 데려다줄 터인데, 그 때문에 화가 난 포세이돈께서 우리의 배 한 척을 저 넓은 바다 한가운데에서 높은 파도를 일으켜 부서지게 만들고, 우리 섬은 가파른 절벽으로 에워싸게 만들어놓을 것이라고 하셨소. 그러나 지축을 뒤흔드는 신 포세이돈께서 정 그렇게 하기를 원하신다면 어쩔 수 없지 않겠소. 우리로서는 그저 모든 것을 운명으로 받아들일 수밖에 없을 거라 생각하오! 그건 그렇고, 이제 당신이 말할 차례요. 당신은 누구이며 어떤 못된 운명이 당신으로 하여금 우리 섬까지 오게 만들었는지 말씀해주시오!"

그러자 마침내 오디세우스가 슬픔을 떨쳐버리기라도 하듯 단호하게 자리에서 일어났다. "어디서부터 시작하면 좋을까요?" 그는 혼잣말처럼 물었다. "제가 트로이를 떠나온 이래로 너무나 많은 일들이 있었습니다. 그 얘기를 다 하자면 아마도 우리는 오늘 밤 잠을 잘 시간이 거의 없을 것입니다. 그래도 여러분께 모두 다 말씀드리기로 하지요! 제가 바로 이타케의 왕이자 라에르테스의 아들 오디세우스입니다. 이타케는 아카이아에서도 가장 멀리 떨어진 북쪽 바다에 위치한 척박하고 바위가 많은 섬입니다. 그러나 나는 그 섬을 이 세상의 그 어느 기름진 옥토를 가진 화려한 나라보다 더 사랑합니다. 왜냐하면 그곳은 내 고향이기 때문입니다."

여기까지 말한 오디세우스는 더 이상 말을 이을 수가 없었다. 깜짝 놀란 파이아케스인들이 큰 소리를 지르며 웅성거렸고, 그 바람에 그의 말소리가 묻혀버렸기 때문이다. 파이아케스의 남자들은 오디세우스를 마치 처음 보는 사람처럼 쳐다보았다. 이 낯선 이방인이 아카이아의 유명한 영웅들 중 하나인 오디세우스였다니! 오디세우스의 용맹스러운 활약에 대해서 들어보지 못한 사람은 그 자리에 아무도 없었다.

아레테 왕비만이 겉으로 거의 표시가 나지 않을 정도로 약간 놀란 듯 고개를 높이 들어 오디세우스를 쳐다볼 뿐이었다. 그래, 역시 그랬구나! 그녀는 뭔가 남다른 데가 있어 보이는 낯선 손님에게 분명히 특별한 사정이 있을 거라고 어렴풋이 짐작하고 있었던 것이다.

알키노오스 왕은 귀족들로 하여금 저 유명한 손님인 오디세우스에게 값진 선물들을 더 많이 갖다 주라고 명령하리라 결심했다. '그렇게 해야 파이아케스인들이 더 많은 명예를 얻을 수 있기 때문이다.' 그는 혼자서 재빨리 계산해보았다. '그런 다음 파이아케스인들 모두에게 세를 거두어 몇몇 귀족들이 그 선물에 쓴 비용을 충당하면 될 것이다. 그렇게 값비싼 선물을 한 개인이 하게 되면, 그는 사정이 매우 어렵게 되기

때문이다.'

이제 홀 안이 다시 조용해졌고, 모두가 기대에 찬 표정으로 오디세우스의 말을 기다렸다.

그러자 오디세우스가 다시 말하기 시작했다.

그사이 시간이 어떻게 흘러갔는지, 아무도 시간의 흐름을 의식하는 사람이 없었다. 화롯불의 아궁이에서 나무토막이 타닥거리며 타는 소리 외에는 아무 소리도 들리지 않았다. 소년 형상의 금동상들 손에 들려진 횃불도 모두 타서 꺼져버렸다. 그러나 누구 하나 시종을 불러 새로 불을 붙이라고 하는 사람이 없었다. 홀 안은 점점 더 어두워졌고, 남아 있는 불빛은 오디세우스의 말을 열심히 경청하는 사람들의 얼굴을 붉게 비춰주었다. 그들은 위대한 영웅이 그동안 겪어온 그 모든 끔찍한 모험들을 두렵고도 즐거운 마음으로 들었다. 폴리페모스와 라이스트리고네스족 이야기, 키르케와 스킬라 그리고 카립디스에 관한 이야기, 마지막으로 아름다운 요정 칼립소 이야기까지 모두 들었다.

오디세우스가 겪은 모든 모험과 방랑이 파이아케스인들이 사는 스케리아의 해안에서 끝이 난 이야기까지 마치자, 바깥에서 날이 훤하게 밝아왔다.

몸은 피곤했지만 놀라운 이야기에 빠져들어 너무도 황홀해진 파이아케스인들은 남은 시간 동안 조금이나마 잠을 자기 위해 모두들 자기 집으로 되돌아갔다.

왕과 왕비도 자러 갔지만, 오디세우스만은 잠을 이룰 수가 없었다. 그는 홀에 혼자 앉아서 아침이 완전히 밝아오기를 기다렸……

마침내 태양이 하늘 높이 떠올랐고, 오디세우스의 항해를 위한 준비도 모두 끝이 났다. 안전한 귀향을 기원하는 뜻에서 신들께 제사를 올린 뒤, 사람들은 귀한 손님인 오디세우스에게 줄 선물을 배로 가져왔다. 부자인 파이아케스의 귀족들은 온갖 값비싼 보물들을 보내왔다. 금그릇과 금잔 들, 청동 삼발이들, 은항아리들, 금과 호박으로 만든 장신구 등이 배에 실렸다. 왕비는 시녀들을 시켜 옷이 가득 든 큰 상자와 빵, 고기, 포도주 등을 배에 실었다. 그리고 갑판 위에 모직 이불과 베개, 리넨 천 등으로 편안한 잠자리를 만들도록 시켰다.

모든 준비가 끝나자, 오디세우스는 파이아케스인들과 작별 인사를 나눈 뒤 배에 올랐다.

구멍이 뚫린 커다란 돌로 된 말뚝에 배를 묶어놓은 밧줄이 풀렸고, 쉰두 개의 노가 바닷물 속에 잠겼다. 그러자 뱃머리가 높이 솟아올랐고, 하얀 거품을 토해내는 거대한 파도가 출렁하며 일었다. 마침내 배는 항구를 떠나 넓게 펼쳐진 바다를 향해 나아가기 시작했다.

'공중을 나는 새들 중에서 가장 빠르다고 하는 매조차도 우리를 따라오지 못하겠구나.' 오디세우스는 감탄하며 마음속으로 생각했다. '그런데 세상에, 왜 이렇게 피곤한 걸까. 잠시 눈을 좀 붙여야겠다!' 그는 갑판 위에 마련된 잠자리에 누워 이불을 덮고 눈을 감았다. 조금만 자고 일어나서 뱃머리에 우뚝 서 있으리라. 이타케의 해변이 바다 위로 떠오르는 모습을 멀리서부터 볼 수 있도록! 이제 이타케가 그리 멀지 않았다…… 그래, 아주 가까이에 있을 것이다…… 이타케는 아주 가까운 곳에 있다……

마침내 오디세우스는 깊은 잠에 빠져들었다……

그는 밤새도록 잤다. 그사이 배는 쉼 없이 바다 위를 빠른 속도로 지나갔다. 아침이 가까워졌음을 알리는 밝은 샛별들이 하늘에 높이 떠 반짝반짝 빛날 때도, 오디세우스는 여전히 잠들어 있었다. 그래서 그는 새벽 여명이 밝아올 무렵, 이타케의 해안이 멀리서 나타나기 시작한 것도, 그 해안을 향해 배가 조용히 물살을 가르며 다가가는 것도 까맣게 몰랐다.

해변에는 두 개의 커다란 바위가 넓은 바다와 경계를 이루며 만들어진 자그마한 항구가 아늑하게 자리 잡고 있었다. 항구는 폭풍이나 높은 파도로부터 공격받을 염려도 없었고, 배를 정박하기 위해 닻을 내릴 필요도, 밧줄을 기둥에 묶어둘 필요도 없었다.

파이아케스인들은 그 항구를 잘 알고 있었고, 따라서 날렵하게 지어진 선박을 솜씨 있게 몰아 항구로 들어가는 입구를 통과해 들어갔다. 배는 가볍게 흔들리며 평평한 모래사장 위로 사뿐히 가서 닿았다. 그러고는 조용히 멈춰 섰다.

그러나 오디세우스는 계속 잠들어 있었다.

파이아케스인들은 아무 말 없이 민첩한 동작으로 오디세우스의 모든 물건들을 육지로 나르기 시작했다. 항구의 끝자락쯤에 가지를 아래로 길게 늘어뜨린 거대하고 오래된 올리브나무 한 그루가 서 있었다. 파이아케스인들은 그 올리브나무 아래 오디세우스가 받은 보물들을 숨겼다. 오디세우스가 잠들어 있는 동안, 지나가던 누군가가 와서 빼앗아가지 못하게 하기 위해서였다.

마지막으로 그들은 잠자는 오디세우스를 이불, 베개와 함께 조심스레 배에서 내려, 섬 안쪽으로 이어지는 길에서 약간 떨어진 풀밭 위에 데려다 놓았다.

그 와중에도 오디세우스는 눈을 뜨지 않고 계속 잠들어 있었다. 파이아케스의 젊은이들은 하는 수 없이 오디세우스에게 작별 인사도 건네지 못하고, 곧바로 배에 올라 뱃머리를 다시 넓은 바다 쪽으로 돌려 집으로 향했다……

한편 올림포스의 산꼭대기에서는 제우스가 신들이 내린 결정이 땅 위에서 실현되어, 오디세우스가 예정된 시간에 고향 해안에 도착하는 모습을 지켜보고 있었다.

포세이돈 역시 그 모든 것을 지켜보고 있었다. 그는 이미 오래전부터 쉼 없이 이타케를 향해 점점 다가가는 파이아케스인들의 멋지고 빠른 배를 시기하는 눈길로 쳐다보고 있었다. 파이아케스인들은 포세이돈의 후손임에도 불구하고 포세이돈에게는 눈엣가시 같은 존재들이었다! 그들은 포세이돈의 영역인 바다 위를 아무런 두려움 없이 종횡무진 항해하고 다녔다. 포세이돈이 그들에게 아무런 해도 끼칠 수 없다는 것을 잘 알고 있었기 때문이다. 그리고 이제는 기어이 포세이돈이 그렇게도 미워하는 오디세우스까지 아무 탈 없이 고향에 데려다주었던 것이다!

"저것 좀 보십시오, 한갓 죽을 수밖에 없는 인간들이 나를 얼마나 무시하고 있는지 안 보이십니까?" 포세이돈은 크로노스의 아들 제우스에게 분통을 터뜨리며 말했다. "나도 물론 오디세우스가 당장에 죽기를 바랐던 건 아닙니다. 하지만 좀더 바다 위를 떠다니면서 지금보다 더 많은 고통을 당하기를 바랐단 말입니다! 그런데 저 오만한 파이아케스인들이 다른 신들이 자기들을 보호해주고 있다는 것만 믿고 자기들 마음대로 행동하는 바람에, 오디세우스가 내 손아귀를 벗어나고 말았습니다. 파이아케스인들은 고향으로 돌아가고자 하는 사람이 있다면, 누구든 내 의견은 묻지도 않고 안전하게 데려다준단 말입니다! 모든 신과 인간의 아버지시여, 저 아래를 좀 내려다보십시오! 파이아케스인들이 얼마나 많은 보물을 오디세우스에게 가져다주었는지 좀 보시란 말입니다! 오디세우스가 트로이에서 가지고 나온 전리품들을 제가 모두 바다 밑으로 가라앉게 만들었는데, 이제는 그것이 아무런 소용이 없게 되어버렸습니다. 지금 오디세우스는 오히려 전보다 훨씬 더 많은 보물을 가지게 되었습니다. 파이아케스인들이 수많은 보물을 그에게 선물했기 때문입니다! 하지만 이제 파이아케스인들의 분수를 넘어서는 오만한 행동도 끝을 낼 때가 되었습니다! 저는 지금 자기 집으로 돌아가고 있는 저 파이아케스인들의 배를 바다 위에서 산산조각으로 부숴버리고, 그들의 섬을 험하고 가파른 절벽으로 둘러싸 버릴 것입니다. 그렇게 되면 저 파이아케스인들도 더 이상 고향으로 돌아가기 원하는 자들을 안전하게 데려다주는 일 따위는 하지 않게 될 것입니다!"

"그건 너무 심한 처사라고 생각하오!" 크로노스의 아들 제우스는 화가 잔뜩 난 포세이돈을 달래려고 애썼다. "정 그렇게 복수하기를 원한다면, 저 배를 바로 그들 눈앞에서 돌로 만들어버리면 될 것 아닌가. 그렇게 하는 것만으로도 이제껏 그들이 행한 오만한 행동에 대해 충분히 경고가 될 수 있을 걸세. 그들의 도시를 험한 절벽으로 둘러싸는 일만은 하지 않는 것이 좋을 것 같네!"

제우스의 말을 들은 포세이돈은 곧 그대로 실행에 옮기기 위해 서둘러 스케리아 섬을 향해 떠났다.

그는 스케리아 섬 해안 가까이에 있는 절벽 위에서 배가 오기를 기다렸다.

곧 오디세우스를 실어다 주었던 빠른 배가 해안을 향해 다가왔다. 그러나 그 배는 포세이돈이 있는 절벽을 무사히 지나가지 못했다.

포세이돈이 손을 뻗어 배를 힘껏 내리쳤다. 그러자 배는 해안을 바로 눈앞에 둔 바다 위에서 하늘을 향해 수직으로 우뚝 솟아오르더니, 그 상태로 멈춰버렸다. 그러고는 돌로 변하기 시작했다. 배 위에 있던 모든 것들도 함께 돌로 변했고, 바다 밑으로는 돌로 된 뿌리가 뻗어 내렸다.

한편 바닷가에서는 파이아케스인들이 좀 전까지만 해도 배가 해안을 향해 서서히 들어오고 있는 모습을 지켜보고 있었다. 그런데 갑자기 뭔가 엄청난 힘이 앞으로 나아가고 있는 배를 잡아채는 것처럼 보였다.

"저게 도대체 어떻게 된 일이지?" 파이아케스인들은 눈앞에 펼쳐지는 광경을 보며 깜짝 놀라 서로에게 물었다. "도대체 누가 저 배를 절벽 앞바다에 꽁꽁 묶어둔 걸까? 조금만 더 오면 해안인데, 어째서 더 이상 이쪽으로 올 생각을 하지 않고 저렇게 바다 한가운데에서 꼼짝 않고 서 있는 것일까?"

"아아…… 이럴 수가!" 알키노오스 왕이 깜짝 놀라 소리쳤다. "오래전 내려졌던 신탁이 이제 이루어지려는 모양이로구나. 우리가 그동안 많은 사람들을 안전하게 데려다준 일로 말미암아, 언젠가 포세이돈께서 우리에게 큰 화를 내리실 거라고 아버지께서 자주 말씀하셨다. 그래서 어느 날 누군가를 고향으로 데려다주고 돌아오는 배를 산산조각 내고, 우리가 살고 있는 이 섬을 높은 절벽으로 둘러칠 것이라고 말이다. 그 첫번째 신탁이 이루어진 것이다! 어서 서둘러 열두 마리의 황소를 잡아 포세이돈께 제사를 올리도록 하자. 어쩌면 그분께서 우리를 불쌍히 여기시어 두번째 신탁은 이루어지지 않게 해주실지도 모른다!"

7

오디세우스는 깜짝 놀라 잠에서 깨어났다. 어리둥절해진 그는 잠시 자리에 그대로 앉아서 주위를 둘러보았다. 내가 지금 어디에 있는 거지? 잠깐 눈을 붙이기 위해 파이아케스인들의 배 위에 누워 있지 않았었나? 그런데 지금 그가 있는 곳은 갑판이 아니었다! 그는 풀밭에 누워 있었다. 바로 옆에는 아주 오래된 올리브나무 가지들이 아래로 길게 늘어져 있었으며, 또 그 옆으로 수풀이 무성한 오솔길이 나 있고 저 건너편에는 뾰족한 바위가 솟아 있었다. 주변에는 동굴의 입구만 희미하게 보일 뿐, 다른 것들은 하나도 보이지 않았다. 짙은 잿빛 안개가 사방에 거미줄처럼 빽빽하게 둘러쳐져 있었기 때문이다. 멀리서 들려오는 단조로운 파도 소리만이 그가 바닷가에 있다는 것을 알려주었다. 그런데 도대체 파이아케스인들은 모두 어디로 가버린 것일까? 또 배는 어디에 있는 것일까?

곧 오디세우스의 마음속에 의심의 싹이 자라나기 시작했다. "아아, 이럴 수가!" 그는 혼잣말을 했다. "파이아케스인들이 나를 배신하고 어느 낯선 해안가에 버리고 가버렸구나! 이곳은 내가 전혀 와본 적이 없는 낯선 곳이다! 아마도 그들은 내 보물까지 모두 훔쳐서 떠났을 것이다!"

그러나 주위를 둘러보니, 보물들은 모두 올리브나무 밑둥치에 고스란히 놓여 있었고 한 가지도 빠진 것이 없었다.

오디세우스는 자리에서 일어나 옆으로 난 오솔길이 도대체 어디로 이어지는지 알아보기 위해 얼마간 길을 따라 조심스레 걸어가 보았다. 그러나 그는 여전히 그곳이 어디쯤인지 알 수가 없었다. 20년이란 긴 세월 동안 많은 것이 변한 데다, 짙게 드리워진 안개가 주변 경관을 낯설어 보이게 했기 때문이다.

길을 가던 오디세우스는 갑자기 깜짝 놀라 뒷걸음질 쳤다. 오솔길이 구부러지는 길모퉁이에서 마치 땅에서 솟아나기라도 한 것처럼 한 소년이 불쑥 나타났기 때문이다. 소년은 양치는 목동처럼 보였는데, 어깨 위에는 망토를 걸치고 발에는 샌들을 신고 있었다. 그리고 한 손에는 투창을 들고 있었다.

오디세우스는 그곳이 어디인지 물어볼 사람을 만났다는 사실에 기뻤다.

'하지만 나 스스로 내가 누구라는 것을 말하지 않도록 조심해야겠군.' 그는 생각했다. '누가 되었건, 아무에게도 내 신분을 밝히지 않을 것이다. 나는 아직 이곳에 누가 사는지도 모르고, 또 어떤 사람이 나에게 나쁜 마음을 먹고 해코지할지도 모르기 때문이다!'

오디세우스가 이런저런 생각에 잠겨 있는 동안, 소년은 말없이 그를 쳐다보고만 있었다. 그는 마치 오디세우스가 먼저 자기에게 말 걸어주기를 기다리는 것처럼 보였다.

그것을 눈치챈 오디세우스가 서둘러 먼저 인사를 건넸다.

"반갑구나! 난 여기가 처음이라 이 나라와 이곳에 사는 사람들에 대해서는 아무것도 아는 게 없단다! 여기가 섬이냐, 아니면 바다로 불쑥 튀어나온 커다란 육지의 끝자락이냐? 또 이곳에 사는 사람들은 어떤 사람들이냐?"

소년의 밝은 눈동자에서 친절하긴 하지만, 약간은 놀리는 듯한 웃음이 배어 나왔다.

"예? 얼마나 멀리서 오셨기에 그런 것도 모르세요? 이타케는 작고 결코 부유하지도 않지만, 그 이름만은 도처에 알려져 있답니다. 사람들이 저 멀리 떨어진 트로이 성 앞에서도 이타케의 이름이 불린다고 말하는 걸 제가 들었지요!"

소년의 말을 들은 오디세우스는 너무나 감격했다. 이제 그는 마침내 고향으로 돌아왔고, 비록 아직은 이곳이 낯설어 보일지언정 이타케가 분명했다! 오디세우스는 너무도 기쁜 나머지 하마터면 자신이 누구인지 말할 뻔했다. 그러나 곧 그는 스스로에게 조심할 것을 다시 한 번 상기시켰다. 아가멤논은 고향에 돌아가자마자 죽임을 당하지 않았던가! 소년에게 계속 다음 질문을 하기 위해서는 뭔가 자신에 대해서 말해야 했기 때문에, 오디세우스는 재빨리 거짓과 진실이 오묘하게 뒤섞인 사연을 머릿속에서 지어내기 시작했다.

"그래, 그래." 그는 말했다. "내가 크레타에 있을 때 이타케에 대한 이야기를 들은 적이 있었지! 난 크레타 출신이란다. 그런데 그 섬에서 도망쳐 나와야만 했지. 트로이 전쟁에서 얻은 전리품들을 어떤 남자가 모두 훔쳐가려고 해서, 내가 그 남자를 때려죽였기 때문이야. 사람을 죽인 난 보물들을 가지고 항구로 달려갔는데, 마침 포이니케인들의 배가 막 출항하려는 참이었어. 선원들에게 많은 금을 준 대가로 그들은 날 배에 태워주었단다. 그런데 폭풍이 밀어닥쳐 하는 수 없이 우리는 여기까지 오게 되었고, 잠깐 잠을 자며 휴식을 취하려고 뭍으로 올라왔지. 그런데 잠에서 깨어나 보니 다른 사람들이 나와 내 보물들을 모두 여기에 남겨두고 자기들끼리 떠나버리고 말았단다."

오디세우스가 열심히 지어낸 사연을 말하는 동안, 소년은 내내 미소 지으며 그의 말을 들었다. 이야기가 끝나자 소년은 큰 소리로 웃기 시작했고, 깜짝 놀란 오디세우스가 소년을 쳐다보자 재빨리 손으로 그의 눈꺼풀을 쓰다듬었다.

오디세우스는 감았던 눈을 다시 크게 떴다. 그러자 소년은 온데간데없이 사라지고 한 성숙하고 아름다운 여인이 그 앞에 서 있었다.

"진실로, 어느 누구도 너의 그 조심성과 총명함을 능가하지 못할 것 같구나, 라에르테스의 아들 오디세우스여."

여인은 재미있다는 듯 말했다.

오디세우스는 깜짝 놀라 움찔했다. 갑자기 어디서 그녀가 나타난 것일까? 그리고 그녀는 도대체 누구이기에 자신의 이름을 알고 있는 것일까?

"하지만 너는 이번만큼은 그다지 똑똑하지 못했다." 여인은 계속 말을 이었다. "내가 너를 이미 수많은 위험에서 도왔는데도 넌 나를 알아보지 못했으니까. 내가 누군지 알아보았더라면 너는 분명 팔라스 아테나를 상대로 꾸며낸 거짓 이야기를 말하려 들지는 않았을 테니 말이다!" 그녀는 웃으며 덧붙였다.

그 말을 들은 오디세우스는 갑자기 그동안 눈앞에 드리워져 있던 막이 말끔히 거두어지는 듯한 느낌을 받았다.

"용서해주소서, 여신이시여!" 오디세우스는 부끄러움에 어쩔 줄 몰라 하며 말했다. "당신께서는 너무나 다양한 모습으로 인간들 앞에 나타나시기 때문에, 당신을 언제나 제대로 알아보는 것은 인간들에게는 참으로 어려운 일입니다. 게다가 저는 트로이를 떠난 이후로는 한 번도 당신을 보지 못했습니다. 저는 고난을 당할 때마다 여러 번 당신이 나타나셔서 절 구해주시기를 바랐습니다. 그러나 저는 그 모든 재난을 혼자 힘으로 견뎌내야 했습니다. 파이아케스인들의 섬에 도착해서야 비로소 당신이 나타나 훌륭한 조언으로 저를 왕궁으로 안내해주신다는 것을 눈치챌 수 있었습니다. 부탁하건대, 이제 더 이상 저를 놀리지 마시고 여기가 정말 이타케인지 말씀해주십시오!"

"난 그동안 너를 구한다고 내 아버지의 형제인 포세이돈과 싸울 수는 없었다!" 여신은 진지하게 말했다. "하지만 네가 여전히 내 말을 믿지 못하고 의심하니 잘 보거라!"

여신은 손을 들어 올렸다. 그러자 안개가 흩어졌고, 오디세우스의 눈앞에 낯익은 항구의 모습이 펼쳐졌다. 오래된 올리브나무, 물의 요정들인 나이아데스의 동굴, 그 동굴 안에 있는 요정들이 쓰는 돌로 된 베틀, 돌로 된 높은 항아리 그리고 벌떼들의 보금자리가 된 손잡이가 둘 달린 단지까지 그대로 놓여 있었다.

"내가 너를 찾아온 것은 지금 너희 집에서 벌어지고 있는 일들을 어떻게 해결해야 할지 함께 의논하기 위해서다." 팔라스 아테나는 다시 말했다. "벌써 3년 전부터 너희 집에서 진을 치고 지내면서 페넬로페를 괴롭히고 텔레마코스의 목숨을 노리는 것도 모자라, 네 재산을 모두 탕진하고 있는 구혼자들을 어떻게 벌주어야 할지 함께 궁리해보도록 하자. 하지만 우선 네가 이 자리를 떠나면 네 보물을 누군가가 훔쳐갈 위험이 있으니, 아무도 네 보물을 가져가지 못하게 동굴에 잘 숨겨두어야겠다."

오디세우스는 그것들을 모두 동굴로 날랐고, 아테나 여신은 커다란 바위를 굴려 동굴 입구를 막아놓았다.

그런 다음 그들은 올리브나무 아래 함께 앉았고, 팔라스 아테나가 다시 말하기 시작했다.

"내가 너를 먼저 도시에서 멀리 떨어진 이곳으로 오도록 손을 썼던 것이다. 만약 네가 너희 집으로 곧장 갔더라면, 아마도 구혼자들이 너를 위해 끔찍한 환영식을 열어주었을 것이다."

"정말로 그랬을 것입니다!" 오디세우스는 상상만으로도 끔찍해하며 대답했다. "저에게 만약 아가멤논과 같은 운명이 주어졌더라면, 저도 그들의 손에 죽임을 당했을 것입니다!"

"아무리 그렇더라도 이제 넌 되도록 서둘러 네 궁전으로 돌아가야만 한다." 아테나가 계속 말했다. "먼저 아무도 널 알아보지 못하게 변장시켜야겠다. 변장을 하면 위대한 영웅 오디세우스의 모습은 거의 남아 있지 않을 거다! 내가 너의 그 매끄러운 피부는 주름투성이로, 온몸의 단단한 근육은 쇠약하게 만들 것이기 때문이야. 너의 빛나는 두 눈동자는 짓무르고 흐려져서 퀭하게 움푹 들어간 눈자위 안에서 멍하게 보일 것이고, 갈색의 곱슬머리는 잿빛의 윤기 없는 머리가 되어 네 얼굴을 뒤덮을 것이다. 너는 또한 더럽고 너덜너덜하게 해진 겉옷을 입게 될 것이다. 옆구리에는 거지들이 가지고 다니는, 누더기를 기워서 만든 망태기를 끈으로 매달고 다니게 될 것이다."

모든 설명을 마친 아테나 여신은 손에 들고 있던 막대기로 오디세우스를 부드럽게 건드렸고, 그러자 곧 위대한 영웅 오디세우스 대신 웬 보잘것없는 불쌍한 거지 노인이 풀밭에 앉아 짓무른 눈으로 멍하게 앞을 응시하며 주름진 손으로는 넝마를 쓰다듬고 있었다.

팔라스 아테나는 그런 오디세우스의 모습을 만족스럽게 살펴보았다. "그래, 정말 아무도 너를 못 알아볼 것이다. 네 아내 페넬로페조차도 말이다. 이제 너는 사람들 눈에 띌 염려 없이 재치 있는 질문들로 사람들의 생각을 알아낼 수 있을 것이다. 그 점에 있어서는 네가 뛰어난 전문가지! 자, 이제 서둘러 돼지치기 에우마이오스에게로 가거라! 거기서 네 아들 텔레마코스가 돌아올 때까지 기다리도록 해라. 그 애는 내가 너에 대한 소식을 알아보라고 필로스와 스파르타로 보냈었다."

그 말을 들은 오디세우스는 놀라서 아테나 여신을 쳐다보았다. "제가 집으로 돌아오리란 것을 알고 계셨으면서 왜 그렇게 하셨습니까? 그렇게 어리고 경험도 없는 아이가 저와 같은 그런 위험을 꼭 겪어야 했습니까?"

아테나 여신은 오디세우스를 달래듯 인자한 표정으로 고개를 저었다. "텔레마코스는 걱정하지 말거라! 내가 직접 멘토르로 변장해 그 여행에 동행했고, 내일 밤이면 그 아이도 무사히 이곳으로 도착할 것이다. 몇몇 구혼자들이 사모스의 협곡에 숨어서 그를 기다리고 있기는 하다만. 하지만 내 약속하마. 그들이 네 아들에게 손끝 하나 대기도 전에 바다 밑의 대지가 그들을 삼켜버릴 것이다. 자, 그러니 이제 어서 가거라, 여기 네 지팡이다. 네 늙은 다리가 너를 받들지 못할 때 네게 큰 도움이 될 것이다."

아테나 여신은 조용히 웃으며 떠났고, 오디세우스는 아테나가 떠나버린 텅 빈 자리를 물끄러미 바라보았다.

그렇게 해서 그는 좋든 싫든 길을 떠나야만 했다. 한참 동안 바위가 많은 오솔길을 따라가다가 숲으로 뒤덮인 언덕을 지나, 마른 풀이 듬성듬성 자라고 있는 풀밭 위로 올라갔다. 거기에는 많은 염소와 양 들이 한가로이 풀을 뜯고 있었다. 마침내 그는 바위로 된 넓은 분지에 도착했다. 바로 그곳에 돼지치기 에우마이오스의 농가가 있었다.

오디세우스는 그 자리에 멈춰 서서 오랜만에 자신의 소유지를 죽 한번 훑어보았다. 모든 것이 제대로 돌아가는 듯 좋아 보였다. 울타리는 새로 둘러져 있었고, 말뚝들은 나란히 촘촘하게 땅속에 박혀 있었으며, 그 위로는 아무나 마음대로 넘나들지 못하도록 가시덤불을 엮어 얹어두었다. 그런데 그 가운데 서 있는 집은 오디세우스가 처음 보는 것이었다. 예전에는 그저 조그마한 통나무 오두막이 하나 있었을 뿐이었다. 오디세우스가 오랜 세월 낯선 나라들을 헤매고 다니는 동안, 아마도 에우마이오스가 돌로 된 튼튼한 집을 지어놓은 것이리라.

그 집에는 밤에 가축들을 몰아넣을 수 있는 열두 개의 우리가 붙어 있었다. 각각의 우리마다 쉰 마리의 짐승을 가둘 수 있게 만든 너른 공간이었다. 또한 울타리를 넓게 둘러서 막아놓은 우리도 있었는데, 그곳은 번잡스럽게 이리저리 날뛰며 돌아다니는 새끼 돼지들을 낮 동안 가두어두는 곳이었다. 그 옆의 또 다른 울타리 안에는 새끼를 밴 어미 돼지들이 모여 있었다. 마지막으로 농가에서 가장 멀리 떨어진 곳에는 한쪽이 바위로 막혀 있고 특별히 튼튼하게 만든 울타리로 나머지 둘레를 둘러막은 우리가 있었는데, 그 안에는 힘이 세고 거친 수퇘지들이 있었다.

'착하고 믿음직한 에우마이오스!' 오디세우스는 생각했다.

'그는 마치 내가 그동안 계속 이곳에 있었던 것처럼 내 재산을 돌봐주었구나. 그러나 그가 예전에 그랬던 것처럼, 지금도 여전히 나에게 충직하게 복종하는지 어떻게 알 수 있겠는가? 어쩌면 내가 다시 돌아오지 않을 거라 생각해서, 이미 구혼자들과 한패가 되었을지도 모르는 일이지 않은가! 내 이제 곧 그것을 알아봐야겠다!'

오디세우스는 농가의 문을 향해 다가갔다. 돼지치기 에우마이오스가 집 안으로 들어가는 문지방 위에 걸터앉아 있었다. 그는 자기가 신을 샌들을 만들기 위해 지금 막 가죽 한 조각을 길쭉하게 자르는 중이었다. 다른 돼지치기들은 보이지 않았고, 다만 담장 아래 큰 개 네 마리가 엎드려 자고 있었다.

오디세우스는 감격에 겨워 에우마이오스를 바라보았다. 오디세우스와 에우마이오스는 둘 다 어린 시절부터 서로를 잘 알고 있었다. 오디세우스의 아버지 라에르테스는 에우마이오스가 어렸을 때 포이니케 상인들로부터 노예로 샀고, 이 총명하고 진지한 눈을 가진 어린 이방인은 곧 온갖 잡다한 일들을 성실하고 유능하게 해냈다.

오디세우스는 그를 무척이나 좋아했고, 그 역시 젊은 주인을 위해서라면 자신의 팔다리를 모두 절단한다고 해도 그것을 감수할 만큼 충성을 바쳤다. 에우마이오스가 충분히 나이가 들자 그에게 많은 돼지떼와 다른 돼지치기들을 돌보는 일이 맡겨졌다.

오디세우스가 문설주 뒤에 몸을 숨기고 에우마이오스를 쳐다보고 있는 동안, 안에서 자고 있던 개들이 갑자기 머리를 번쩍 쳐들었다. 낯선 이방인의 냄새를 맡은 것이다.

다음 순간, 개들이 사납게 짖으며 문 쪽으로 달려들었다.

오디세우스는 이를 꽉 깨물었다. 그는 그런 종류의 개들을 잘 알고 있었다! 그 개들은 늑대처럼 사나웠으며 피에 굶주려 있었다. 오디세우스는 재빨리 손에 들고 있던 지팡이를 땅바닥으로 내던지고 꼼짝 않고 그 자리에 서 있었다. 개들을 자극하지 않기 위해서였다.

어느새 개들은 오디세우스 곁에 아주 가까이 다가와 있었다. 개들의 헐떡이는 혀와 번뜩이는 눈동자가 똑똑히 보일 정도였다.

그러나 개들이 오디세우스에게 달려들기 바로 직전, 돼지치기 에우마이오스의 성난 목소리가 들려왔다. 곧 에우마이오스가 농장 안뜰을 가로질러 문이 있는 곳으로 단숨에 달려왔다. 그 바람에 무릎에 놓고 일을 하던 가죽 조각들이 사방으로 흩어졌다. 그는 개들을 향해 더 이상 짖지 말라고 소리를 지르며 돌을 던졌고, 그러자 개들이 으르렁거리며 뒤로 물러났다. 에우마이오스는 숨을 헐떡이면서 오디세우스 앞으로 다가와 미간에 주름이 잡히도록 눈살을 찌푸리며 그를 훑어보았다.

"이보시오, 노인장. 하마터면 개들이 당신을 갈기갈기 찢을 뻔했소!" 에우마이오스가 말했다. "그렇지 않아도 내게는 걱정과 근심이 산더미처럼 쌓여 있는데, 저 개들까지 내게 근심거리를 만들어줄 뻔했단 말이오! 불쌍한 우리 주인님께서는 어쩌면 먹을 빵 한 조각도 없이 낯선 곳 어딘가를 이리저리 방황하실지도 모르는데, 나는 여기 이렇게 편안히 앉아서 저 비열한 구혼자들을 위해 돼지를 살찌우고 있다오. 물론, 만약 그분이 아직까지 살아 계신다면 말이오." 그는 슬픈 목소리로 덧붙였다. "그건 그렇고, 어쨌든 안으로 들어오시오, 낯선 노인장. 우선 음식을 좀 먹고 마신 후에 내게 이야기해주시오. 당신은 누구이며 어디에서 왔는지를 말이오!"

그는 오디세우스를 집 안으로 데리고 들어가, 자기가 자는 잠자리 위에 두껍고 털이 많은 염소 가죽을 덮어놓고 앉기를 권했다.

"이렇게 친절히 맞아주다니, 신들께서 당신이 가장 바라는 것을 이루어주시길 빌겠소!" 오디세우스는 구걸하는 거지에게 어울릴 법한 겸손한 목소리로 낮게 중얼거렸다.

"내 비록 아주 보잘것없는 것으로 걸인들을 겨우 돕는 처지이기는 하나 이 세상에서 가장 가난한 사람이라 할지라도 그를 무시하지는 않소!" 에우마이오스가 친절히 대답했다. "그리고 만약 신들께서 내가 가장 바라는 소원을 이루어주시고자 한다면, 오늘이라도 당장 우리 주인님을 집으로 돌아오게 해주셔야 할 것이오! 하지만 그런 일은 일어나지 않을 거요. 오늘도, 또 앞으로도 말이오!"

에우마이오스의 말을 듣고 나자, 오디세우스는 커다란 기쁨으로 가슴이 벅차올랐다. 그러나 그는 여전히 조심스럽게 말을 아꼈다.

돼지치기는 곧 새끼 돼지들을 가두어놓은 우리로 가서, 그중 두 마리를 꺼내 잡은 다음 꼬챙이에 꽂아 구웠다. 새끼 돼지 고기가 적당히 익자, 그는 그것을 나무 그릇에 담아 오디세우스 앞에 놓아주었고 나무 잔에 포도주도 따라놓았다.

"우리는 이렇게 새끼 돼지 고기에 만족해야 한다오." 에우마이오스가 격분해서 말했다. "살진 돼지들은 모두 구혼자들이 먹어치우기 때문이오! 내가 정말로 이해할 수 없는 것은 어떻게 그들이 감히 왕비님께 구혼을 하며, 우리 주인님의 재산을 탕진할 수가 있느냐는 것이오! 그들은 분명 주인님께서 영영 돌아오시지 못한다는 확실한 기별이라도 받았음에 틀림 없소!"

"당신이 계속해서 말하는 그 주인님이 도대체 누구인지 내게 말해주지 않겠소?" 오디세우스가 물었다. "나는 지금껏 세상의 여러 나라를 돌아다녔소. 혹시 내가 그를 우연히 만났을지도 모르잖소!"

"당신 지금 내게 무슨 꾸며낸 얘기라도 하려나 본데 헛수고하지 마시오, 노인장!" 에우마이오스가 화를 내며 오디세우스에게 소리쳤다. "우리 주인님은 바로 20년 전에 소식이 끊긴 오디세우스 님이오. 오랫동안 우리는 어떤 낯선 사람이라도 와서 우리에게 그분의 안부를 전해주길 간절히 바라왔소. 하지만 여기 오는 떠돌이들은 모두가 서로 다른 곳에서 오디세우스 님을 본 적이 있다고 말하는 게 아니겠소. 알고 보니 그게 바로 그런 떠돌이들의 관습이었던 것이오. 즉 누군가가 그들에게 의복이나 망토를 주겠다고 약속만 하면, 그가 기뻐할 만한 이야기는 뭐든 자기들 마음대로 지어내어 말하

는 것이었소. 내 당신에게 말하건대, 앞으로는 페넬로페 왕비
님이나 텔레마코스 님이나 나나 그런 소식은 절대로 믿지 않
을 것이오. 우리가 들은 얘기들이 사실인지 아닌지 알아볼 때
마다 모두가 새빨간 거짓말들뿐이었기 때문이오!"

그 말을 들은 오디세우스는 재빨리 생각해보았다. 지금 그
의 신분을 밝혀야 할까? 아니다, 에우마이오스는 너무도 기쁜
나머지 혹은 실수로라도 부주의하게 비밀을 발설할 것이다.

충직한 하인이 너무 마음 아파하는 것이 보기 안쓰러워 오
디세우스는 그를 위로하며 말했다.

"들어보시오, 친구 양반! 내가 지금 당신에게 하는 말은 단
지 말로만 끝나는 것이 아니라 맹세코 사실로 드러날 것이오.
당신의 주인은 반드시 돌아올 것이오. 저 달이 다 차기 전에
그는 분명 집으로 돌아올 거란 말이오!" 오디세우스는 갑자
기 재미있는 생각이 떠올랐다는 듯이 웃었다. "만약 내가 말
한 것이 사실로 드러나면, 당신은 오디세우스 님이 집으로 돌
아오시는 날에 내게 겉옷과 망토를 선물해주시오!"

"당신은 절대 옷을 얻지 못할 것이오!" 에우마이오스가 계
속 고집을 부리며 말했다. "왜인고 하니, 우리 주인님께서는
결코 돌아오시지 않을 것이기 때문이오. 게다가 필로스로 떠

나신 텔레마코스 왕자님마저도 다시 볼 수 있을는지 누가 알겠소! 내 생각에는 신들께서 왕자님의 이성을 흐리게 하신 게 틀림없소. 지금 저 구혼자들이 왕자님을 죽이기 위해 숨어서 기다리고 있단 말이오! 하지만 우리 이제 그런 슬픈 일들일랑 더 이상 얘기하지 맙시다. 누구에게도 도움이 되지 않고, 오히려 걱정만 커지게 만들 뿐이오! 그러니 이제 당신에 대한 이야기나 한번 해보시구려!"

그러자 오디세우스는 다시 한 번 머릿속으로 진실과 허구가 교묘하게 뒤섞인 이야기를 재빨리 꾸며내어 말하기 시작했다.

"나는 크레타 출신이오. 내 아버지는 고귀한 신분의 귀족이었지만, 내 어머니는 팔려온 노예였소. 그런데도 아버지는 나를 아버지와 같은 고귀한 신분의 정실부인이 낳은 아들들과 똑같이 사랑하셨소. 하지만 아버지가 돌아가시자 형들은 나를 내쫓았고, 그래서 난 우리 나라의 병사들과 함께 수많은 전쟁에 참가하게 되었소. 트로이 전쟁에도 참가하여 유명한 아카이아 장수들 편에 서서 싸웠소. 나는 그 전쟁에서 많은 전리품을 얻었고 점점 부자가 되었소. 바로 그때 이집트로 가는 항해에 마음이 끌려 많은 동료들과 아홉 척의 배를 나누어 타고 그곳으로 떠나게 되었소. 다행히도 이집트를 흐르는 큰 강 하구에 무사히 도착했고 그곳에 닻을 내렸소. 나는 동료들에게 배 근처에서만 머물 것과 어떤 못된 짓도 저지르지 말 것을 부탁했소. 그러나 그들은 내 말을 듣지 않고 육지로 들어가 이리저리 몰려다니며 사람들이 사는 집을 약탈하고, 경작지를 황폐하게 만들었으며, 부녀자들을 욕보이고, 그들에게 저항하는 남자들을 때려죽였소. 그리고 바로 다음 날 우리는 그에 대한 끔찍한 보복을 당하게 되었소. 단단히 해코지를 당한 백성들이 사방에 호소하기 시작했고, 그 소식은 곧 그 나라 왕의 귀에까지 들어가게 된 것이오. 그날 밤 당장 왕은 성안의 수많은 병사들을 모았고, 다음 날 아침 새벽의 여명이 하늘로 번져가기 시작할 무렵 성문을 활짝 열어젖혔소. 우리는 미처 전투를 치를 준비도 하지 못했는데 우리 배 앞의 넓은 들판은 이미 이집트 병사들과 말들, 그리고 전차들로 온통 뒤덮여 있었소. 상대의 병력이 그토록 우세한데 오합지졸에 불과한 우리가 도대체 무엇을 할 수 있었겠소? 눈 깜짝할 사이에 내 동료들은 대부분 죽임을 당했고, 다행히 목숨을 건진 몇몇 병사들은 포로로 잡혀 끌려갔소. 그리고 그들은 나중에 엄청나게 힘든 일을 하는 노예로 모두 팔려가고 말았소. 전투에 한창 열중하던 나는 어느새 혼자 남았다는 것을 알았소! 그 순간 나는 머리에 쓰고 있던 투구를 벗어 던지고 손에 들고 있던 방패와 창도 바닥에 던져버리고, 마침 들판을 가로지르며 종횡무진 달리고 있던 왕의 전차를 향해 뛰어갔소. 내가 그의 앞에 넙죽 엎드려 자비를 구하자 왕은 급히 고삐를 당겨 달리는 말을 세웠소. 그러자 왕의 병사들이 나를 죽이려고 창을 높이 쳐들고 달려들었소. 그런데 왕은 내 목숨을 살려주더니, 내게 그의 전차에 타라고 명하는 것이 아니겠소. 그러고는 나를 데리고 함께 그의 집으로 갔소. 거기서 난 7년을 지냈고 다시 부를 얻는 데 성공했소. 그때 포이니케에서 온 한 남자가 술수를 써서 자기 고향에 같이 가자고 나를 꼬드겼소. 불행하게도 난 그를 따라가고 말았소. 얼마 후 그는 나를 리비아로 가는 여행에 데려가려고 했소. 그가 나를 낯선 나라에 노예로 팔아넘기려는 계획을 남몰래 세우고 있다는 것을 알았기 때문에 거절하려 했소. 하지만 그는 나를 억지로 배에 태웠소. 그러나 그것이 그에게 아무런 이득을 가져다주지는 못했소! 우리가 넓은 바다로 나가자마자 폭풍이 일고 검은 구름이 하늘을 뒤덮었소. 곧이어 바다 위로 번개가 내리치고 천둥이 계속 쳐 우르릉 쾅쾅 천지가 진동했소. 그러더니 마침내 날카로운 번개 하나가 배 한가운데에 내리꽂혔소! 사방은 유황 냄새로 가득했고, 사람들이 질러대는 비명 소리는 엄청난 천둥소리에 묻혀버렸소! 배는 수직으로 솟아올랐다가 다음 순간 돛대가 옆으로 기울면서 바닷속으로 휩쓸려 들어갔고, 그 바람에 배는 그만 전복되고 말았소. 갑판에 있던 우리는 거센 파도에 휩쓸려 바다에 빠지게 되었고, 거친 바닷속으로 가라앉는 배 주위를 마치 한 떼의 까마귀들처럼 둥둥 떠다녔소. 바다 위를 떠다니던 사람들이 한 명씩 차례로 시커먼 바닷속으로 가라앉았지만, 나는 다행히 목숨을 건질 수가 있었소. 갑자기 부서진 돛대가 내 두 손 사이에 잡히는 느낌이 들어 바로 그 위로 뛰어올랐기 때문이오. 그렇게 아흐레 동안 속수무책으로 바다 위를 떠다녔소. 열흘째 되던 날 밤에 나는 파도에 밀려 테스프로티아의 땅에 도달하게 되었소. 그곳 왕인 페이돈의 아들이 반쯤 죽은 나를 발견하고는 자기 아버지 집으로 데려갔소. 그에게서 나는 오디세우스가 고향으로 돌아가는 길에 잠깐 들렀고, 신탁을 묻기 위해 다시 도도나로 갔다는 소식을 듣게 되었소. 왕은 나에게 오디세우스가 다시 그곳으로 돌아올 때까지 왕에게 맡긴 보물도 보여주었소.

　나는 그곳에서 그를 기다리고 싶었지만, 왕은 곧 출항하려는 배 한 척과 함께 나를 밀 경작지인 둘리키온으로 보냈소. 그렇게 해달라고 내가 부탁했기 때문이오. 왕은 내게 새 옷과 많은 보물을 선물로 주었는데, 그게 나의 불운이었소. 나와 함께 간 사람들은 둘리키온이 아닌 이타케를 향해 항해했소. 해안이 가까워져 오자 그들은 나를 밧줄로 묶고 내가 가진 모든 것을 가져갔소. 그들은 심지어 내가 입고 있던 의복과 망토까지도 내 몸에서 벗겨내고는, 대신 넝마 몇 개를 던져주었다오. 그들은 그렇게 나를 묶어놓은 채 자기들끼리 식사를 하고 잠깐 잠을 자기 위해 섬 안으로 들어갔소. 그사이 나는 나를 묶어놓은 밧줄을 푸는 데 성공했소. 나는 재빨리 넝마를 벗어 둘둘 말아서 머리에 꽉 묶었소. 그런 다음 노에 몸을 싣고 해안을 따라 조금 헤엄쳐 간 후 옷을 입기 위해 수풀 속으로 기어 들어갔소. 그러나 그때 벌써 그들은 내가 도망친 것을 알아챘고, 나는 그들이 숨을 헐떡이고 욕을 하면서 나를 찾는 소리를 들었소. 나는 그들이 나를 발견할까 봐 두려워 감히 움직이지도 못했소. 그러나 잠시 후 다행스럽게도 그들은 나를 찾는 것을 포기하고 배에 올라 그곳을 떠나버렸소. 그래서 나는 섬 안쪽으로 걸어 들어왔고, 신들께서 내가 당신의 집을 발견하게 하신 것이오."

에우마이오스는 오디세우스의 말을 매우 주의 깊게 들었다. 그는 낯선 나라들과 바다에서 일어나는 모험에 대한 이야기들을 무척 좋아했기 때문이다. 그러나 정작 그에게로 오는 낯선 사람은 극히 드물었다.

　"아주 훌륭한 이야기였소, 노인장." 오디세우스가 이야기를 모두 마쳤을 때, 에우마이오스는 만족스러운 듯 깊게 숨을 한 번 내쉬며 말했다. "하지만 한 가지만은 분명 사실이 아니오. 그것은 바로 오디세우스 님에 대한 대목이오! 왜 쓸데없이 거짓말을 하시오? 그렇다고 해서 내가 당신에게 결코 더 나은 대접을 하지는 않을 것이오! 내가 당신을 손님으로 대접하는 것은 동정심에서이고, 또 제우스께서 그렇게 명하셨기 때문이오!"

　"그러니까 당신은 당신 주인이 돌아올 것이라는 내 말을 믿지 못하겠다는 거요?" 오디세우스가 물었다. "자, 그러면 우리 내기를 하나 합시다. 만약 당신 주인이 저 보름달이 다 차기 전에 돌아온다면, 당신은 내게 겉옷과 망토를 주시오! 내가 거짓말을 한 것이라면, 당신은 당신 일꾼들을 시켜서 나를 저기 저 바위 위에서 낭떠러지 아래로 밀어 떨어뜨려도 좋소!"

에우마이오스는 설레설레 고개를 가로저으며 오디세우스를 바라보았다. 도대체 모를 일이었다. 자기가 왜 이런 지저분하고 늙은 이방인에게 애정 같은 것을 느끼는지, 아마도 신들만이 아실 것이었다.

"정말이지 당신이 하는 생각이란 기막힌 것들뿐인 것 같소!" 에우마이오스가 투덜거리며 말했다. "나더러 당신을 내 집에 받아들여 손님으로 친절히 대접한 후에 당신의 생명을 앗아가란 말이오? 그러면 사람들이 나보고 훌륭한 덕을 행했다고 칭찬할 것 같소? 분명히 말하지만, 당신은 이 내기에서 절대로 이길 수 없소! 그러니 이쯤에서 그 얘기는 더 이상 하지 말기로 합시다. 일꾼들이 돼지를 몰고 돌아오는 소리가 들리는군요. 저녁 식사를 준비할 시간이오!" 그는 장작을 패고 화덕에 불을 피우며 손도끼와 칼, 고기 굽는 꼬챙이를 준비하는 등 갖가지 일을 하기 시작했다.

그사이 밖에서는 젊은 돼지치기들이 꿀꿀거리며 시끄럽게 울어대는 가축떼를 우리 안으로 몰았다. 그런 다음 그들은 집 안으로 들어와 투창을 구석에 세워놓고 겉옷을 기둥에 걸며, 낯선 손님을 호기심에 가득 찬 눈으로 쳐다보았다.

"잘 듣거라!" 에우마이오스가 말했다. "우리는 오늘 우리를 찾아오신 손님에 대한 존경의 뜻으로 평소에는 저 구혼자들이나 먹는 좋은 고기를 먹을 것이다. 살진 돼지 한 마리를 잡아오너라!"

그 말에 돼지치기들은 기꺼운 마음으로 두말없이 따랐다. 그들은 달려 나가서 곧 살이 통통하게 오른 다섯 살짜리 수돼지 한 마리를 데리고 들어왔다. 돼지치기들이 돼지를 꽉 붙잡고 있는 동안 에우마이오스는 돼지의 털을 한 움큼 잘라내어 불에 던지며, 신들께 오디세우스의 귀향을 빌었다. 그러고 나서 그들은 돼지를 잡아 불에 그슬렸다. 에우마이오스가 능숙한 도끼질로 돼지를 조각내자, 돼지치기들은 그 조각들을 꼬챙이에 꽂아 조심스레 불 위에 얹어 돌리며 굽기 시작했다.

곧 구운 고기와 뜨거운 기름의 고소한 향이 오두막에 가득 퍼졌다. 에우마이오스는 가장 좋은 부위를 신들께 제물로 바치기 위해 불에 던졌고, 남은 부위는 모두에게 공평하게 나누어주었다. 그중에서도 등 쪽의 가장 좋은 부위는 손님 앞에 있는 접시에 놓았다.

그들이 먹고 마시며 이런저런 이야기들을 즐겁게 주고받는 사이, 어느새 밤이 되었다. 폭풍우가 몰아치고 달도 뜨지 않는 밤이었다. 바람이 윙윙거리며 오두막 주위에 세차게 불어댔고, 거센 빗물이 문과 담장을 두드렸으며, 젖은 나무들이 가지를 땅 위로 길게 늘어뜨렸다. 습하고 차가운 공기가 틈새를 비집고 집 안으로 들어왔다. 돼지치기들은 이런 밤에는 일찍 잠자리에 드는 것이 최고라고 생각하며, 외투로 몸을 감싸고는 지푸라기와 짐승의 털가죽으로 만든 잠자리에 누웠다.

오디세우스는 몸을 감쌀 외투가 없어서 온몸이 떨려왔다. 그러나 에우마이오스나 돼지치기들에게 옷 한 벌만 빌려달라고 부탁하고 싶지는 않았기 때문에 머리를 써서 이야기를 하나 지어냈다.

그는 노인네들이 가끔 어린아이처럼 행동할 때 그러는 것처럼 킥킥거리며 말했다.

"포도주를 많이 마셔서 그런지 내가 말이 좀 많아지는 것 같소! 여러분께 재미있는 이야기를 하나 해드리지요. 트로이를 포위하고 있던 어느 날, 우리는 매복을 하게 되었소. 오디세우스와 메넬라오스, 그리고 내가 몇 명의 병사들과 함께 있었소. 추운 밤이었고 우리는 습지와 갈대숲에 몸을 숨기고 있었소. 그런데 마침 눈이 내려 투구와 방패에 쌓이면서 온몸이 얼어붙을 정도였소. 다른 사람들은 따뜻한 양털로 된 망토를 덮고 있었지만, 나는 부주의하게도 그만 망토를 배에 두고 왔지 뭐요. 그래서 겉옷에 허리띠만 하고 있을 수밖에 없었고, 추위는 뼛속까지 스며들었소. 세번째 야간 보초를 설 때쯤, 나는 더 이상 참지 못하고 옆에 누워 있는 오디세우스를 쿡쿡 찌르며 말했소. '이제 조금만 지나면 저는 더 이상 이 세상 사람이 아닐 겁니다.' 나는 이를 덜덜 떨며 말했소. '따뜻한 망토가 없어 곧 얼어 죽을 것이기 때문입니다.' 오디세우스는 잠시 아무 말이 없었소. 그러더니 그는 곧 우리 뒤편에 누워 있던 병사들을 향해 몸을 돌렸소. '너희들 중 한 명이 빨리 배로 가서 아가멤논에게 그의 군사들 중 한 부대를 우리에게 더 보내달라고 부탁해야겠다. 우리는 나머지 부대와 너무 멀리 떨어져 있어서, 만약 전투가 벌어지면 수적으로 열세에 몰릴 위험이 있기 때문이다.' 그러자 곧바로 젊은 병사 하나가 자리에서 벌떡 일어나 외투를 벗어 던지고 해안을 향해 달려 내려갔소. 보시오, 그것은 정말 훌륭한 방법이 아닐 수 없었소. 그 젊은 병사는 달리기 때문에 춥지 않았고, 나는 그의 외투를 덮을 수 있어서 그 덕분에 더 이상 춥지 않았소!"

에우마이오스는 이미 오래전에 잠자리에서 일어나 오디세우스가 하는 말을 열심히 듣고 있었다. 수염이 덥수룩한 그의 얼굴 위로 옅은 미소가 번졌다.

"맞소, 그게 바로 우리 주인님이 잘 쓰시는 방법이오!" 에우마이오스가 말했다. "주인님은 언제나 다른 사람에게 피해를 주지 않으면서도 또 다른 사람을 도울 수 있는 방법을 잘 알고 계셨소. 이제야 나는 당신이 오디세우스 님을 정말로 만나본 적이 있다는 말을 믿을 수 있을 것 같소. 그런데 지금 당신이 아무 이유도 없이 그런 이야기를 한 것은 아닐 거라 생각하오!"

그는 자리에서 일어나 외투가 젖었을 때 갈아입으려고 두었던 여분의 외투를 가져와서, 오디세우스 위에 덮어주었다.

"물론 이건 선물로 주는 것은 아니오." 그는 덧붙였다. "우리는 각자 꼭 필요한 만큼의 옷만 갖고 있기 때문이라오. 하지만 기다려보시오. 텔레마코스 왕자님이 돌아오시면 곧 당신은 겉옷과 외투를 갖게 될 것이오!"

곧 오두막 안이 조용해졌다. 돼지치기들은 모두 잠이 들었다. 그러나 에우마이오스는 외투를 걸치고 그 위에 양가죽을 하나 더 뒤집어쓰고는 투창을 손에 들고서, 모든 것이 다 제대로 되어 있는지 다시 한 번 확인하기 위해 밖으로 나갔다.

오디세우스는 그런 모습을 기쁜 마음으로 바라보았다.

'내게 에우마이오스같이 믿음직한 사람들만 있다면, 아무 걱정 없이 집으로 돌아갈 수 있을 것이다.' 이렇게 생각하면서 오디세우스는 잠이 들었다.

다음 날 날이 밝자 오디세우스는 지루한 시간도 보낼 겸, 다른 사람들이 밥만 축내는 쓸모없는 사람이라고 자기를 뒤에서 몰래 욕하지 않게끔 농장과 돼지우리에서 할 수 있는 잡다한 일들을 했다. 그러면서 그는 저녁이 되기만을 초조하게 기다렸다. 팔라스 아테나 여신의 말씀에 따르면, 바로 그날 밤 텔레마코스가 필로스에서 돌아오기로 되어 있었기 때문이다.

저녁 식사 후 그는 에우마이오스에게 다음 날 시내 쪽으로 가고 싶다고 말을 한번 건네보았다.

"에우마이오스, 난 더 이상 당신에게 짐이 되고 싶지 않소. 많은 사람들이 사는 도시로 가면, 틀림없이 어딘가 나에게 빵 한 조각이나 보리죽 한 그릇이라도 줄 누군가가 있을 것이오. 그리고 당신의 주인이라는 오디세우스의 집도 한번 찾아가 보고 싶소." 오디세우스는 잠시 하던 말을 멈추고는 한동안 앞을 물끄러미 바라보았다. "어쩌면," 오디세우스는 말을 계속했는데, 그때 그의 목소리가 갑자기 커지면서 격렬해졌다. "어쩌면, 나도 왕비님께 구혼하는 자들에게 봉사를 해야 할지도 모르겠소. 그러면 그들이 오디세우스의 재산을 축내어 내게 밥이라도 한 상 차려줄지 누가 알겠소. 당신들은 내가 갖가지 일에 능숙하다는 것을 잘 알 것이오. 나는 불을 피우고 장작을 패며, 고기를 썰어 굽고 포도주를 섞어 따르는 일 등 하층민이 신분이 높은 귀족들과 부자들에게 하는 일은 뭐든 다 할 수 있소." 오디세우스가 말을 마쳤다. 그런데 그의 목소리가 어쩌나 화난 것처럼 들렸던지, 다른 사람들이 모두 놀라서 그를 쳐다보았다.

"그런 생각일랑 아예 하지도 마시오, 친구!" 에우마이오스가 얼굴에 동정 어린 미소를 띠며 말했다. "그 구혼자들에게 봉사하는 하인들은 당신과는 생긴 것부터 다르오! 그들은 머리에 기름을 바르고 얼굴에는 윤기가 잘잘 흐르며 옷도 좋은 것을 입었소! 아니오, 아니오, 당신은 그저 여기서 우리와 함께 조용히 있으시오. 구혼자들은 분명 당신을 조롱할 것이고, 어쩌면 학대할지도 모르오. 그들은 폭력적이고 사악한 사람들이기 때문이오. 그러니 차라리 여기서 텔레마코스 님을 기다리시오. 그분이라면 분명 당신을 돌봐주실 것이오!"

"정 당신이 날 여기 머물도록 붙잡으신다면, 내 기꺼이 그렇게 하리다." 오디세우스는 에우마이오스의 말에 순순히 따르겠다는 듯이 대답했는데, 그의 얼굴에는 흐뭇한 웃음을 참으려 애쓰는 빛이 역력했다. "그건 그렇고, 내게 당신의 주인인 오디세우스에 대해 좀더 이야기해주지 않겠소? 그의 부모님은 살아 계시오? 아니면 이미 하데스의 집에 계시오?"

"그분의 아버님이신 라에르테스 님은 아직 살아 계시기는 하지만, 아들이 행방불명된 데다가 그 때문에 부인마저 상심에 빠져 돌아가신 후로는 웃을 일 하나 없는 쓸쓸한 노후를 보내고 계십니다. 한 가지 말씀드리고 싶은 것은 라에르테스 님의 부인께서는 내게 친어머니같이 좋은 분이셨다는 것이오! 그분은 나를 그분의 자녀들과 같이 키우셨고 그들보다 조금도 덜 사랑하지 않으셨소. 그분이 돌아가신 후 나를 그렇게 알뜰하게 보살펴주는 사람은 더 이상 없소. 페넬로페 님 역시 마음씨 곱고 친절한 분이지만, 구혼자들이 그분 집에 진을 치고 지내면서 모욕을 일삼은 이후로 거의 방에서 나오지도 않고 계시오. 가끔씩 사람들이 왕비님과 직접 무언가에 대해 이야기하거나 조언을 구하고 싶어 하지만, 그럴 수가 없게 되어 버렸소. 하지만 사정이 그렇다 해도 나는 아무것도 불평할 수 없소! 내게는 이렇게 먹고살 만한 일이 있고, 심지어 가끔은 가난한 사람들에게 무언가를 나누어줄 수도 있는 형편이니 말이오."

"그렇다면 당신은 어린아이였을 적에 라에르테스 님의 집으로 온 거요?" 오디세우스는 충직한 돼지치기로부터 좀더 많은 이야기를 들어보기 위해 넌지시 물었다.

에우마이오스는 자세를 편하게 고쳐 앉으며 말했다.

"말하자면 사연이 참으로 길지요!" 그는 자기에 대한 이야기를 시작했다. "그러나 아직은 초저녁이고 너무 오래 자는 것도 건강에 좋지 않으니 긴 이야기라도 어디 한번 시작해봅시다. 포도주라도 약간 더 마시면서 이미 오래전에 지나간 괴로운 기억들을 떠올려가며 즐겨보도록 합시다. 자, 들어보시오! 해가 저무는 쪽 바다에 섬이 하나 있소. 그 섬은 시리아라고 하는데, 아마 당신도 알 것이오. 그 섬에는 부유한 도시가 둘 있는데, 그곳은 예전에 내 아버지께서 다스리시던 곳이오. 내가 어린아이였을 때, 우리 집에는 포이니케 출신의 시녀가 한 명 살고 있었소. 그녀는 성실해 보였고 우리 부모님께 헌신적이어서, 어머니는 그녀에게 나를 돌보게 하셨소.

그러던 어느 날 포이니케 상인들이 우리 섬에 와서 자기들이 가지고 온 여러 가지 물건을 팔기 시작했소. 그들은 우연히 강가에서 빨래를 하던 우리 집 시녀를 마주쳤는데, 그녀가 자신들과 같은 고향 출신이라는 것을 한눈에 알아보았소. 그들이 시녀와 이야기하는 동안 나는 바로 그 옆에 서 있었고, 누구도 내게 눈길을 주는 사람이 없었다오. 그래서 나는 검은 수염의 이방인들을 신기하게 바라보며 그들이 나누는 이야기를 듣고 있었소. 그게 당시에는 내게 무엇을 의미하는지도 모르면서 말이오.

'여기 어떻게 오게 되었느냐?' 그들이 시녀에게 물어보았소.

'내가 예전에 시돈 근처에 있는 우리 부모님 밭에서 혼자 일하고 있는데, 낯선 남자들이 나를 납치해서 이곳으로 끌고 왔고 이 도시의 왕이 나를 샀어요.' 시녀가 말했소.

'포이니케로 다시 되돌아가고 싶으냐?' 그들은 계속 물었소.

'네!' 시녀가 대답했소. '그리고 제가 이 아이를 같이 데려갈 수 있을지도 몰라요. 이 아이는 우리 주인의 아들이랍니다. 이 아이를 팔면 당신들은 많은 돈을 받을 수 있을 거예요.'

'그거 괜찮은 생각이로군!' 그들이 말했소. '우리는 지금부터 한동안 섬 안의 도시들을 이리저리 돌아다니며 장사를 할 것이다. 그 일을 다 마치면 우리 중 하나가 구실을 대고 네 주인 집에 들어가서 네게 신호를 줄 것이다. 그러면 너는 다른 사람들이 안심하고 있는 틈을 타서 몰래 우리 배가 있는 곳으로 오너라!'

그러고는 그들이 말한 대로 모든 일이 이루어지고 말았소! 그로부터 얼마간이 지난 어느 날, 한 낯선 사람이 우리 집에 나타났고 어머니와 다른 여자들에게 금과 호박으로 만든 값비싼 장신구들을 보여주며 사라고 했소. 여자들이 홀에서 물건값을 깎으며 흥정을 하는 동안 시녀는 문가에 서 있었소. 그때 그 낯선 사람이 그녀에게 빠르게 눈으로 신호를 보냈소. 그녀는 밖으로 나갔고 나는 그녀를 따라 나갔는데, 아무도 그에 대해 이상하게 생각하는 사람이 없었소. 그녀는 내 손을 잡고 서둘러 집 밖으로 나와서 좁은 골목길을 지나 항구로 내려갔소. 그곳에는 이미 출항 준비를 마친 포이니케인들의 배가 있었소. 우리는 배에 올라탔고, 뒤따라 어머니에게 목걸이를 판 남자가 서둘러 달려왔소. 그러자 배는 곧 항구를 출발했고, 바람이 충분히 불어주어 빠른 속도로 넓은 바다를 향해 나아갔소. 우리는 엿새를 쉬지 않고 항해했소. 가끔씩 나는 시녀에게 우리가 이제 곧 집으로 돌아가게 되는 거냐고 물었소. 하지만 시녀는 그럴 때마다 기분 나쁜 목소리로 내게 조용히 하라고 했소. 그런데 항해를 시작한 지 이레째 되던 날, 갑자기 그녀가 죽었소. 그냥 아무 일 없이 서 있던 자리에서 쓰러지더니 그길로 죽어버린 거요. 선원들은 시녀의 시신을 바다에 던졌소. 나는 혼자가 되었고 외로움과 무서움에 울었소. 그러나 그들은 이타케에 정박할 때까지 내게 전혀 신경 쓰지 않았소. 거기서 그들은 나를 라에르테스 님께 팔았고, 그렇게 해서 내가 여기까지 온 것이라오!"

"당신은 참으로 일찍부터 끔찍한 일들을 겪었구려!" 오디세우스가 말했다. "하지만 신들께서 당신을 좋은 분의 집으로 인도하셨으니, 결국 당신에게 자비를 베푸신 셈이오!"

그들은 한동안 더 이야기를 나누다가, 이윽고 에우마이오스가 먼저 잠이 들었다.

그러나 오디세우스는 밤이 지나는 동안 바깥에서 개들이 짖지는 않는지 혹은 사람의 발자국 소리가 들리진 않는지 귀를 기울였다. 곧 텔레마코스가 이곳으로 올 것이기 때문이었다. '나는 잠들지 않고 텔레마코스를 기다리리라.' 오디세우스는 생각했다. 그러나 그 역시 부지중에 잠이 들어버렸다……

아침의 붉은 첫 여명이 하늘 위로 번지기 시작할 무렵, 텔레마코스는 꿈에서 팔라스 아테나가 그에게 명한 대로 섬의 끝자락을 향해 배를 몰았다. 그는 바닷가에 배를 정박한 다음, 동료들 중 가장 믿음직한 페이라이오스에게 방향키를 맡기며 말했다.

"난 돼지치기들과 밭을 둘러봐야 하기 때문에 여기서 내려 뭍으로 올라갈 걸세. 자네들은 도시 쪽으로 배를 더 몰고 가서 항구에 배를 대고 노에몬에게 우리의 귀향을 알리게. 내일이면 나는 다시 집으로 가 있을 테니, 거기서 우리 즐거운 마음으로 함께 식사를 하세!"

바로 그때 예언자 테오클리메노스가 그에게 다가왔다.

"그러면 저는 어디로 가야 합니까, 텔레마코스여? 제가 당신의 어머님을 찾아가서 궁전 안에 제 은신처를 마련해달라고 청해도 되겠습니까?"

"그렇게 하라고 하고 싶소만……" 텔레마코스는 망설이며 말했다. "어머니께서 구혼자들 앞에 나타나는 것을 좋아하지 않으시기 때문에 당신을 만나지 못할까 봐 두렵소. 그러나 내가 직접 당신을 보살펴드릴 수 있을 때까지 페이라이오스가 당신을 그의 집으로 데려가 재워줄 거요. 구혼자들에게 재앙의 날이 닥치기 전에는 내가 궁전의 주인이 아니기 때문이오." 텔레마코스가 괴로운 표정으로 덧붙였다.

바로 그 순간, 그의 오른쪽에서 검은 그림자가 허공을 가르며 솟아올랐다. 소리 없는 날갯짓과 함께 매 한 마리가 스쳐

428

지나갔는데, 발톱으로 비둘기 한 마리를 꽉 움켜잡고 있었다. 매는 공중에서 비둘기를 갈기갈기 찢었고, 깃털이 땅으로 우수수 떨어졌다.

테오클리메노스는 신들이 보내는 징표를 주의 깊게 관찰했다. "당신과 당신 가족들에게 행운이 있을 것이오, 텔레마코스!" 그가 말했다. "매가 비둘기를 죽인 것과 같이 당신들은 구혼자들을 처단하게 될 것이오!"

그것은 텔레마코스에게 큰 위로가 되는 소식이 아닐 수 없었다. 그는 발에 샌들을 묶어 신고, 손에 투창을 들고는 기쁜 마음으로 물가로 뛰어내렸다.

잠시 후 텔레마코스는 바로 이틀 전에 오디세우스가 걸어갔던 그 오솔길로 접어들었고, 곧장 돼지치기의 집으로 올라갔다.

에우마이오스가 잠에서 깨어났을 때는 바깥이 아직 환하게 밝기 전이었다. 그는 돼지치기들을 깨우고 아침 식사를 준비했다. 식사를 마친 뒤 돼지치기들 중 세 명은 돼지들을 우리에서 내몰아 풀밭으로 몰고 나갔고, 네번째 돼지치기는 살진 수퇘지 한 마리를 몰고 시내 쪽으로 가기 위해 길을 떠났다.

"저것 좀 보시오." 에우마이오스와 오디세우스가 다시 단

둘이 오두막에 남게 되었을 때, 에우마이오스가 오디세우스에게 말했다. "보란 말이오! 저렇게 구혼자들이 주인님의 재산을 탕진하고 있소. 매일 살진 돼지 한 마리에 염소 한두 마리, 가끔은 어린 소 한 마리씩 먹어치우고 있단 말이오! 그리고 포도주 또한 엄청나게 마셔대고 있소! 그런데 지금 뭐 하시오?"

오디세우스는 벌떡 일어나서 문 쪽을 바라보았다.

"누군가가 왔소!" 오디세우스가 말했다. 그의 목소리는 낮게 가라앉아 있었다. "개들이 잘 알고 있는 사람인 것 같소. 개들이 문으로 달려가 반기며 꼬리를 흔들고 낑낑거리지 않소!"

에우마이오스는 때마침 항아리에서 포도주를 한 잔 퍼내고 있는 중이었다. 그러면서 시선은 농장 뜰을 향했는데, 농장은 아직 새벽의 회색빛 어둠이 채 가시지 않은 상태였다. 그래서 그는 지금 막 문으로 들어오는 텔레마코스를 곧바로 알아보지 못했다. 그러나 다음 순간, 그는 잔과 항아리를 바닥에 떨어뜨리고 텔레마코스에게로 달려갔다.

"돌아오셨습니까, 왕자님?" 그는 소리치며 아비가 아들을 다시 찾은 것처럼 텔레마코스를 얼싸안았다. "저는 왕자님께

430

서 말도 없이 필로스로 가서서, 왕자님의 아버님처럼 왕자님도 두 번 다시 못 뵐지도 모른다고 생각했답니다! 어서 안으로 들어오시지요. 왕자님은 오랫동안 이곳을 찾아주지 않으셨지요! 분명 왕자님도 왕궁에서 구혼자들과 어울려 즐겁게 지내는 것이 훨씬 더 좋으셨던가 봅니다." 그는 짐짓 조롱하듯 덧붙였다.

그 말을 들은 젊은 텔레마코스의 얼굴빛이 이내 어두워졌다.

"지금 우리 집 사정이 어떠한지 자네에게 듣기 위해 맨 먼저 이리로 왔다네!"

그러나 텔레마코스는 그 자리에 낯선 사람이 있다는 것을 알고는 하던 말을 중단했다.

오디세우스는 텔레마코스에게 자리를 마련해주기 위해 곧바로 일어났다. 아무 말도 입 밖으로 나오지 않았다. 감격에 목이 메어 말을 할 수가 없었기 때문이다! 그러니까 이 청년이 바로 자신의 아들 텔레마코스였던 것이다! 오디세우스가 텔레마코스를 마지막으로 본 것은, 그가 어려서 엄마 팔에 안겨 있을 때였다!

"그냥 그대로 계십시오, 낯선 손님이여!" 텔레마코스가 부드러운 동작으로 오디세우스를 자리에 도로 앉혔다. "이곳은 우리 모두를 위한 자리입니다!" 그러고 나서 자신은 에우마이오스가 지푸라기 더미 위에 짐승 털가죽 몇 장을 얹어서 만든 자리에 가서 앉았다.

곧 에우마이오스가 어제 먹다 남은 음식과 고기, 빵과 포도주를 서둘러 가져왔고, 그 둘에게 음식을 권했다. 그들이 식사를 하는 동안, 에우마이오스는 그간 이타케에서 무슨 일들이 일어났는지 소상히 말했다. 그러나 오디세우스는 입을 열지 않았다.

"할아범, 자네를 찾아오신 이 손님은 누구신가?" 한참 후에 텔레마코스가 물었다. 과묵한 이방인이 약간 이상해 보였기 때문이다.

"이분은 크레타 출신으로 그동안 여러 나라들을 떠돌며 많은 도시들을 보았다고 합니다." 에우마이오스가 대답했다. "이분은 얼마 전에 테스프로티아의 도둑들에게서 간신히 벗어나 저희 오두막으로 왔습니다. 그리고 왕자님의 보호와 도움을 필요로 하고 있습니다."

"이분을 돕는 것은 내게는 어려운 일일세!" 텔레마코스는 낙심하며 말했다. "이분을 우리 집으로 데려가면 구혼자들이 놀리지는 않을까, 나는 끊임없이 걱정해야 하네. 그리고 만약 그들이 이분을 조롱하면 그것은 내게도 모욕이 될 것이고. 그럼에도 불구하고 내게는 그들을 막을 힘이 없다네. 하지만 자네에게 너무 큰 부담이 되지 않도록 내가 자네의 손님에게 새 옷과 음식을 보내주겠네."

바로 그때 오디세우스가 자리에서 벌떡 일어났다. 그의 흐릿했던 눈은 이제 분노로 이글이글 불타고 있었다.

"내 한마디 해도 되겠소, 젊은 친구?" 오디세우스가 말했다. "내가 보기에 그 구혼자라는 사람들의 오만불손함은 하늘을 찌르는 것 같소! 어떻게 감히 그들은 당신을 당신의 집에서 그렇게도 무시할 수 있단 말이오? 도대체 이타케에는 그들에게 대항해 당신 편에 서서 도와줄 사람이 아무도 없단 말이오?"

오디세우스는 잠시 말을 멈추고 침묵했다. 분노에 찬 냉소가 그의 주름진 얼굴 위로 스쳐 지나갔다.

"정말로," 오디세우스는 다시 말을 이었다. "만약 내가 오디세우스이고 내게 집으로 돌아가는 것이 허락되기만 한다면, 난 당장에 그런 행패를 끝장내겠소! 어찌 되었건 당신은 아직 희망을 버릴 필요가 없소. 분명 당신의 아버님은 살아 계실 것이고, 언젠가는 반드시 돌아오실 것이오. 혹시 당신은 내 말을 믿지 않는 거요?" 이렇게 말하는 오디세우스는 차마 텔레마코스의 얼굴을 똑바로 쳐다볼 수가 없었다. 자기 아들에게조차 속마음을 털어놓지 못하고 그렇게 애매모호한 말만 하는 스스로가 부끄러웠기 때문이다. 그렇다고 해서 텔레마코스에게 사실대로 말할 수도 없었다. 너덜너덜한 넝마를 걸친 늙은 거지가 자신의 그 유명한 아버지라는 것을 텔레마코스가 절대로 믿을 리 없었기 때문이다.

텔레마코스는 이 기이한 이방인을 주의 깊게 살펴보았다. 그리고 그에게서 왠지 모를 신뢰감을 느끼고는 이렇게 말했다.

"당신을 믿고 싶습니다. 실은 제가 필로스와 스파르타로 떠날 때부터 제 기대는 점점 커져갔습니다. 또한 제 어머니도 여전히 희망을 버리지 않고 계십니다. 그러나 어머닌 도대체 뭘 어떻게 해야 좋을지 모르고 계시지요. 아버지를 기다리기 위해 집에 머물러 계신다면, 구혼자들 역시 우리 집에 머물며 재산을 계속 탕진할 것입니다. 그러나 어머닌 아버지가 살아 계시리라는 실낱같은 희망이 조금이라도 남아 있는 한, 다른 어떤 배우자도 결코 원치 않으실 것입니다. 그래서 지금 그렇게 심한 마음고생을 하며 괴로워하고 계신 것이지요." 페넬로페 이야기를 하던 텔레마코스는 갑자기 어머니가 그 모든 괴로움에 더해 아들에 대한 걱정으로 노심초사하고 있을 것이라는 데에 생각이 미쳤다. 그는 얼른 에우마이오스에게 몸을 돌리며 말했다.

"부탁 하나 하겠네, 할아범. 지금 곧 시내로 가서 어머니께 내가 필로스에서 돌아왔다고 전해주게. 하지만 조심하게. 어머니 외에 다른 어떤 누구도 내가 돌아왔다는 사실을 알아서는 안 되네. 너무 많은 사람들이 내 불행을 꾀하고 있기 때문일세. 그러나 시녀장인 에우리클레이아에게만큼은 내가 돌아왔다는 소식을 알려주고, 그 소식을 되도록 빨리 아무도 모르게 내 할아버지 라에르테스께 전해드리라고 일러주게. 아들에 이어 손자도 죽었을지 모른다는 두려움에 불필요한 고통을 당하시지 않게 말이야. 할아버지께서는 아버지 때문에 이미 너무 많이 슬퍼하셨네."

오디세우스는 텔레마코스의 말을 듣고 감격했다. 그렇다, 텔레마코스는 더 이상 바랄 나위 없이 영리하고 사려 깊게 성장했던 것이다!

텔레마코스의 명령을 받은 에우마이오스는 재빨리 샌들 끈을 조이고 투창을 들고 이타케 시내를 향해 길을 떠났……

팔라스 아테나는 에우마이오스가 집을 떠나는 것을 확인하고는 곧장 그의 농가로 갔다.

오디세우스는 문설주에 기대어, 오두막 안에서 자고 있는 텔레마코스와 20년 동안 한결같이 자신을 기다린 페넬로페를 생각했다. 그는 또한 구혼자들과 눈앞에 임박한 그들과의 싸움에 대해서도 생각했다.

갑자기 그는 이상한 기운을 느꼈다. 도대체 개들이 왜 저러는 것일까? 개들은 서로 몸이 맞부딪칠 정도로 다닥다닥 붙어서는 한꺼번에 농장 문 쪽으로 슬금슬금 기어가고 있었다. 머리는 하늘 높이 쳐들고 쿵쿵 냄새를 맡고 있었는데, 큰 소리로 짖는 대신 뭔가에 두려움을 느낀 듯 한 마리씩 낑낑거렸다. 그러더니 마치 누군가에게 비밀스러운 명령을 받은 것처럼, 몸은 바닥에 바짝 붙이고 꼬리는 뒷다리 사이에 감추고는 낮은 소리로 낑낑거리며 뒷걸음질 쳤다. 그렇게 담장이 있는 곳까지 물러난 개들은 거기서 웅크리고 앉아 더 이상 꼼짝도 하지 않았다.

그 순간 팔라스 아테나가 문 앞에 서 있는 것이 보였다. 이번에도 여신은 아름다운 여인의 모습을 하고 나타났다. 여신은 오디세우스에게 신호를 보냈고, 그는 서둘러 여신에게로 갔다.

"너의 방랑은 이제 모두 끝났다, 라에르테스의 아들 오디세우스여." 오디세우스가 아테나 여신 앞에 가서 서자 그녀가 말했다. "하지만 너와 텔레마코스에게는 아직 구혼자들과의 싸움이 남아 있다. 이제 너희가 어떻게 하면 모든 일들을 가장 훌륭하게 끝마칠 수 있을지, 네 아들과 상의하도록 해라. 그리고 너희 둘이서 너무 많은 사람들을 상대로 싸운다고 걱정하지 마라. 때가 되면 내가 너희 편에 서서 도울 것이다! 네 아들이 너를 사기꾼으로 여기지 않게 내가 잠시 동안만 너를 원래 모습으로 돌려놓겠다."

아테나 여신은 오디세우스를 지팡이로 한 번 가볍게 건드리고는 이내 사라져버렸다. 곧 오디세우스의 모습이 변하기 시작했다. 너덜너덜한 넝마 대신 제대로 된 겉옷과 자줏빛 망토가 그의 몸을 감쌌다. 듬성듬성한 잿빛 머리카락과 성기게 자란 수염은 숱이 많은 갈색 머리카락과 촘촘한 수염이 되었고, 주름은 펴졌으며, 눈은 예전처럼 빛나기 시작했다. 구부러진 어깨도 곧게 세워져서 오디세우스는 전보다 더 크고 더 위엄 있는 모습으로 오두막으로 되돌아갔다.

오디세우스가 안으로 들어서자, 잠에서 깬 텔레마코스는 깜짝 놀라며 어리둥절한 눈으로 그를 빤히 쳐다보았다.

"당신은 좀 전에 그 이방인이 맞습니까?" 그는 못 믿겠다는 듯이 물었다. "아까와는 완전히 다른 사람처럼 보입니다. 옷도 다르고 훨씬 더 젊어지신 것 같습니다! 당신께서는…… 그렇게 마음대로 모습을 바꿀 수 있는 것을 보니…… 혹시 신들 중 한 분이 아니십니까? 그렇다면 당신께 제물을 바치겠습니다. 그리고……"

"아니다, 내 아들아." 오디세우스가 텔레마코스의 말을 막았다. 그런 그의 목소리는 떨렸고 두 눈에서는 아무리 참으려고 해도 눈물이 솟구쳐 올랐다. "아니다, 텔레마코스야, 내가 어찌 신들과 비교될 수 있겠느냐? 나는 네 아버지다."

말을 마친 오디세우스는 텔레마코스를 얼싸안기 위해 다가갔지만, 텔레마코스는 뒤로 물러나며 피했다.

"당신은 나의 아버지 오디세우스가 아닙니다." 텔레마코스가 화를 내며 말했다. "당신은 분명 나를 놀리려는 못된 마귀가 틀림없소! 죽을 수밖에 없는 인간들은 절대로 자신의 모습을 자기 힘으로 변하게 할 수 없는 법입니다. 그런데 당신은 조금 전까지는 가난한 노인이었다가 지금은 올림포스의 신들 중 한 분처럼 보이는군요!"

오디세우스는 텔레마코스가 그렇게도 자신을 믿지 못하는

것에 그저 웃을 수밖에 없었다.

"내가 이렇게 모습을 바꾼 것에 대해 그렇게까지 깜짝 놀랄 필요 없다. 이것이 원래 내 모습인데, 때때로 팔라스 아테나께서 아무도 나를 알아보지 못하게 하려고 늙은 거지로 변하게 하시는 거란다. 신들께서는 그런 것쯤은 쉽게 하실 수 있기 때문이지! 그러니 이제 넌 내가 20년에 걸친 오랜 방랑 후에 마침내 집으로 돌아온 네 아버지라는 것을 믿어야 한다."

그러자 텔레마코스는 불현듯 오디세우스의 말이 모두 사실이라는 생각이 들었다. 그는 오디세우스를 얼싸안았고, 그것으로 모든 고난이 끝난 것처럼 보였다.

그러나 그는 곧 사정이 여의치 않다는 것을 알게 되었다. 오디세우스는 그동안 자기가 어떻게 이타케에 도착하게 되었는지 텔레마코스에게 간추려 이야기했고, 마지막으로 매우 진지하게 덧붙였다.

"팔라스 아테나께서 내게 이곳으로 와서 널 기다리라고 명령하셨단다. 그렇게 해서 내가 널 다시 만나게 된 거다. 이제 우리는 구혼자들을 집에서 몰아내고, 그들이 그동안 행한 극악무도한 짓들에 대해 어떤 벌을 내릴지 상의해야 한다. 말해보거라. 그들의 수가 굉장히 많으냐, 아니면 우리 둘이서도 충분히 이길 수 있겠느냐?"

"오, 안 됩니다, 아버지." 텔레마코스가 놀라서 말했다. "그들은 상당히 많습니다! 여러 섬에서 모여든 자들인 데다 대부분이 하인들까지 데리고 왔습니다. 물론 저는 아버지의 명성과 지혜에 대해 사람들이 하는 이야기를 항상 들어왔습니다만, 우리에게 동지가 없다면 아무리 아버지라고 해도 이 싸움은 희망 없는 헛수고가 될 뿐입니다!"

오디세우스는 고개를 저었다. "팔라스 아테나께서 우리 편이 되어주실 것이다! 여신께서 도와주신다면 수많은 전우들보다 더 든든한 도움이 될 것이다. 그러니 이제부터 잘 들어라. 내 계획을 말해주겠다! 너는 지금 곧 시내로 가서 구혼자들의 의심을 사지 않도록 예전처럼 궁전 홀에 있는 구혼자들과 어울려라. 나는 나중에 에우마이오스와 함께 네 뒤를 따르겠다. 나는 다시 거지의 모습으로 변해 있을 테니 아무도 나를 알아보는 사람은 없을 것이다. 그래야 안심하고 구혼자들 사이를 돌아다니면서 그들의 생각을 알아볼 수 있을 것이다. 그리고 너는 어떤 일이 있어도 내 정체에 대해 말해서는 안 된다! 그들이 만약 나를 조롱하더라도 너는 그에 대해 아무 말도 하지 말거나, 그저 부드러운 말로 타이르기만 해라. 심지어 나를 학대하더라도 그대로 내버려 두거라. 그렇다고 감히 나를 죽이지는 못할 것이다! 그러다가 그들이 집으로 돌아가고 나면, 홀 안에서 네 눈에 띄는 무기란 무기는 모조리 창고로 날라다 감추고 창고의 문을 잠가버리거라. 구혼자들이 나중에 그것들을 어쨌느냐고 묻거든, 무기들이 계속 연기에 그을려 검고 볼품없어질까 봐 잘 치워두었노라고 대답하거라. 또 자주 그러듯이, 포도주를 많이 마셔 서로 언쟁이 벌어지면 사내들은 자기도 모르게 무기를 잡게 되고, 그렇게 되면 혹시 서로에게 상처를 입힐까 봐 걱정이 되어 무기들을 다른 곳에 옮겨놓았노라고 말하거라. 쇳덩이라는 것은 언제라도 남자들을 유혹할 위험이 있는 물건이니, 아예 근처에 아무런 무기도 두지 않고 지내는 것이 좋겠다고. 지금 내가 일러준 것들을 그들에게 말한다면, 그들은 네 말을 믿을 것이다. 그들은 불행이 이미 자신들의 머리 위까지 와 있다는 것을 짐작도 못 하고 있을 테니 말이다. 그러나 아들아, 한 가지만은 절대로 잊지 말아야 한다. 어느 누구도 내가 돌아왔다는 사실을 알아서는 안 된다! 네 어머니나 네 할아버지 라에르테스께도 말해서는 안 되고 에우마이오스도 마찬가지다. 그들이 혹여라도 너무나 기쁜 나머지 그 사실을 발설한다면, 그것은 너와 나에게 죽음을 의미한다. 구혼자들이 그 사실을 알고 싸움을 준비하거나, 우리를 교활하게 죽일 계획을 세울 테니 말이다. 에우마이오스가 다시 돌아왔을 때 혹시 나를 알아보진 않을까에 대해서는 아무 걱정 하지 마라. 왜냐하면 그 전에 팔라스 아테나 여신이 나를 다시 불쌍한 노인의 모습으로 만들어놓으실 테니 말이다." 오디세우스는 웃으며 말했다.

그들은 그렇게 돼지치기의 오두막에서 오랫동안 구혼자들을 응징할 계획을 세웠고, 그사이 에우마이오스는 빠른 속도로 왕궁이 있는 저 아래 도시로 접어들고 있었다. 항구를 지나갈 무렵, 때마침 그곳에는 텔레마코스와 그의 동지들을 필로스에서 싣고 온 배가 정박하고 있었다.

그곳에서 에우마이오스는 텔레마코스의 젊은 동료들이 배의 주인인 노에몬에게 심부름꾼을 보냈고, 더 이상 아들에 대한 걱정을 하지 않게끔 페넬로페에게도 심부름꾼을 보냈다는 소식을 들었다. 그 소식을 들은 에우마이오스는 큰 걸음으로 더욱더 속력을 내어 달리기 시작했다. 그러나 심부름꾼 역시 젊고 빠른 다리를 갖고 있어서 그들은 곧 궁전 문 앞에서 맞닥뜨리게 되었다.

그래서 에우마이오스에게는 매우 유감스럽게도 그 둘이서 함께 왕비를 만나러 가는 일이 벌어졌다.

"왕비님, 텔레마코스 님께서 무사히 돌아오셨습니다!"

그들은 마치 일부러 입을 맞추어 연습이라도 한 것처럼 동시에 같은 말을 하고는 둘 다 화가 나서 서로를 노려보았다. 두 사람 모두 이 기쁜 소식을 왕비에게 가장 먼저 전하고 싶었기 때문이다.

텔레마코스가 돌아왔다는 소식을 듣고 기뻐서 자리에서 벌떡 일어나는 왕비의 모습을 보자마자, 에우마이오스는 심부름 삯을 받을 생각도 하지 않고 그대로 몸을 돌려 문으로 성큼성큼 걸어 나왔다. 그는 구혼자들이 궁전 안에서 행패를 부리기 시작한 후로 그곳에 필요 이상으로 오래 머무르려 하지 않았다.

에우마이오스는 그 시간에 의외로 텅 비어 있는 홀을 통과해서 궁전 뜰로 나갔다. 그곳에는 몇몇 구혼자들이 모여 서서, 저 아래 항구에서 텔레마코스의 동료들이 지금 막 페이라이오스의 집으로 가져가기 위해 배에서 선물들을 내리는 모습을 놀란 얼굴로 내려다보고 있었다.

에우마이오스는 혼자 슬며시 웃었다. 오호라, 고귀하신 구혼자들께서 텔레마코스 왕자님이 그들이 쳐놓은 덫에 걸리지 않으셨다는 것을 벌써 눈치채셨나 보군! 이제 그들은 사모스의 협곡에서 먹잇감을 기다리다가 아무 소득도 없이 허탕 치고 돌아올 친구들을 기다리기만 하면 되겠군.

유쾌해진 에우마이오스는 도시 끝자락에 있는 언덕 위로 올라가 한동안 가쁜 숨을 몰아쉬며 숨을 돌린 다음, 저 건너편의 바다를 한번 죽 훑어보았다. 그러자 멀리서 배 한 척이 빠른 속도로 해안을 향해 다가오는 것이 보였다. 배 위에는 여러 명의 남자들이 앉아 있었고, 그들이 들고 있는 무기와 투구가 태양 빛에 반사되어 반짝이고 있었다.

"정말로 그들이 저기 오고 있군!" 에우마이오스는 이렇게 중얼거렸고, 그런 그의 두 눈에는 즐거운 빛이 가득했다. "내가 지금 본 것을 이야기하면 텔레마코스 왕자님은 웃으시겠지!"

그는 빠른 걸음으로 언덕 위를 계속 걸어가기 시작했다.

한편 궁전 안뜰에서는 남아 있던 구혼자들이 이제 어떻게 해야 할지 상의하고 있었다. "우리의 손아귀를 벗어나다니, 텔레마코스는 정말 운이 좋았소." 그들은 언짢다는 듯 서로에게 말했다. "정작 그가 어디로 갔는지 찾을 수는 없지만, 그의 동료들이 필로스와 스파르타에서 가져온 듯한 값비싼 보물들을 지금 막 배에서 내렸소! 그런데 우리 배는 아직도 저 멀리 사모스의 해협에서 이미 도착해버린 배를 기다리고 있지 않소! 얼른 그들에게 소식을 보내 다시 돌아오라고 합시다. 텔레마코스가 바다 위에서 우리 손을 벗어났으니, 이제 우리는 그를 이곳 궁전 안이나 도시 밖의 외딴곳에서 몰래 죽여야만 하오!"

그런데 구혼자들 중 하나인 암피노모스가 갑자기 커다란 목소리로 웃기 시작했고, 그 웃음소리가 어찌나 컸던지 모두가 놀란 눈으로 그를 쳐다보았다. "내 생각에는 여러분이 배에 소식을 보내는 일에 더 이상 신경 쓸 필요가 없을 것 같소!" 그는 이렇게 말하며, 손가락으로 멀리 바다 위를 가리켰다. "보시오, 저기 사냥꾼들이 짐승 한 마리 잡지 못하고 빈손으로 돌아오고 있소! 이미 항구 쪽으로 노를 젓고 있지 않소!"

배가 들어오는 것을 본 구혼자들은 서둘러 해안으로 내려갔고, 때마침 배는 다른 구혼자들을 싣고 항구로 들어와 정박했다.

가장 먼저 뭍으로 뛰어내린 사람은 안티노오스였다. "죽음을 앞두고 있는 그 애송이를 신들께서 직접 보호하고 계신 것 같소!" 그는 화를 내며 투덜거렸다. "여명이 밝아오는 이른 아침부터 어둠이 내리는 늦은 저녁까지, 우리는 절벽 위에 앉아서 눈을 크게 뜨고 보초를 섰소! 또한 밤새 내내 그 해협을 왔다 갔다 건너다녔소. 계속해서 왔다 갔다, 마치 바보처럼 말이오! 그러나 그 녀석은 오지 않았소! 그리고 지금 그 배는 벌써 이곳 항구에 와 있소이다! 하지만 이제는 이런 숨바꼭질 놀음도 끝장이오!" 구혼자들은 안티노오스를 둘러싸고 탐욕스럽게 귀를 기울였고, 그는 계속 말을 이었다. "텔레마코스는 죽어야만 하오. 그가 살아 있는 한, 우리는 우리가 목적한 바를 이룰 수 없을 것이오. 여러분도 그가 벌써 영리하고 용감하게 행동하기 시작했다는 것을 직접 보지 않았소. 백성들 또한 더 이상 우리를 좋게 생각하지 않고 왕궁에서 흥청거리는 것에 대해 불평불만을 늘어놓고 있소. 이제 텔레마코스는 사람들을 불러 모아 회의를 열고, 우리가 자기 목숨을 노렸다고 공개적으로 고발할 것이 분명하오. 그러면 우리를 향한 백성들의 분노가 더욱더 커질 것이고, 마침내 그들은 우리를 이곳에서 몰아내고야 말 것이오. 그러니 우리는 그가 우리에게 더 큰 해를 끼치기 전에 먼저 그를 죽여야만 하오." 그는 악의에 찬 표정으로 말을 마쳤다.

바로 그때 암피노모스가 손을 들었다. 그는 구혼자들 가운데서는 다른 이들보다 약간 더 사려 깊었고, 신들의 분노를 조금 더 두려워할 줄 아는 사람이었다.

"친구들이여, 내 생각에는 말이오." 암피노모스는 조심스럽게 말을 꺼냈다. "크로노스의 아들이신 제우스의 결정을 알아보기 전에는 텔레마코스를 죽이지 않는 것이 좋겠소. 신들께서 우리의 행동을 말리신다면, 나는 절대로 아무 일도 하지 않을 것이오. 그러나 만약 신들께서 그렇게 하도록 허락하신다면, 꼭 그래야만 한다면 나는 내 이 두 손으로 직접 텔레마코스를 죽일 것이오."

그의 말은 다른 구혼자들에게도 훌륭한 제안처럼 들렸다. 모두 암피노모스의 말에 동의했고, 그들은 만족스러워하며 다시 성대한 만찬을 벌이기 위해 궁전으로 갔다.

궁전 홀에 자리를 잡자마자 그들은 다시 한 번 깜짝 놀라지 않을 수 없었다. 여자들의 방이 있는 안채로 통하는 문이 열리더니, 페넬로페가 수많은 시녀들을 거느리고 홀 안으로 들어섰기 때문이다.

잠깐 동안 페넬로페는 아무 말 없이 문턱에 서 있었다. 구혼자들은 일제히 그녀를 뚫어져라 쳐다보았다. 오랜만에 그들 앞에 모습을 드러낸 페넬로페가 전보다 훨씬 더 아름다워 보였기 때문이다.

페넬로페는 그들 중 어느 누구에게도 신경을 쓰지 않았다. 그녀의 눈길은 오로지 안티노오스만을 찾았다. 마침내 안티노오스를 발견한 그녀는 빠른 걸음으로 홀로 내려가 그의 앞에 섰다.

"안티노오스." 페넬로페가 안티노오스의 이름을 불렀는데, 차갑고 경멸이 가득한 목소리에 안티노오스의 붉은 목덜미가 더욱더 검붉게 변했다. "안티노오스, 어째서 당신은 텔레마코스의 목숨을 노리는 거죠? 당신은 예전에 오디세우스가 당신의 아버지를 백성들의 분노로부터 구해준 일을 잊었나요? 당신은 그분에게 은혜를 갚기는커녕, 오히려 그분의 아들을 죽이려 하고 있어요. 게다가 감히 그분의 아내에게 구혼을 하며, 그분의 재산을 탕진하고 있단 말입니다! 당신을 아카이아의 귀족이라고 말하는 사람들은 정말이지 모두가 새빨간 거짓말쟁이들입니다!"

페넬로페의 꾸짖음을 들은 안티노오스는 부끄러움에 할 말을 찾지 못했다. 바로 그때 에우리마코스가 그들 앞으로 뛰어

나왔다.

"오, 왕비님." 에우리마코스가 나긋나긋하게 말했다. "왜 그런 쓸데없는 걱정을 하고 계십니까? 우리 중 어느 누구도 텔레마코스의 털끝 하나 해치지 않을 것입니다! 그리고 혹시 다른 사람이 텔레마코스를 조금이라도 괴롭힌다면, 제 이 창을 곧 그 악한 놈의 피로 붉게 물들일 것입니다. 제 말을 믿으셔도 좋습니다! 물론……" 그는 하던 말을 멈추고, 눈꺼풀을 아래로 깔아 눈동자를 다른 사람들이 볼 수 없게 감추었다. "물론 신들께서 텔레마코스의 죽음을 이미 정해놓으셨다면, 그건 어쩔 수 없는 일입니다만……" 에우리마코스는 짐짓 거짓으로 꾸며낸 슬픈 표정을 지으며 말을 마쳤다.

페넬로페는 그런 그에게 눈길 한 번 보내지 않았다. 그녀는 몸을 돌려 계단을 오른 후 여자들의 방이 있는 안채로 다시 들어갔다.

방에 홀로 있게 된 그녀는 자신이 모든 악의 한가운데 홀로 있다는 두려움과 고독감에 한참을 울었다.

한편 돼지치기의 오두막에서 잠을 잔 텔레마코스는 다음
날 아침 일찍 자리에서 일어났다.

"나는 이제 그만 시내로 가보겠네, 에우마이오스. 어머니
께서 당신의 눈으로 나를 직접 보셔야 비로소 마음이 놓이실
테니 말이야. 자네는 나중에 반드시 저 낯선 방랑자를 데리고
궁전으로 와야 하네. 사람들이 많은 곳으로 가야 음식을 충분
히 구걸할 수 있을 테니 말일세."

이렇게 말하면서 텔레마코스는 아무도 모르게 비밀스러운
웃음을 아버지 오디세우스에게 보냈다. 오디세우스는 그때까
지도 돼지치기의 외투를 덮고 짚 더미 위에 누워 있었다.

"예, 예. 그렇게 하지요!" 오디세우스는 서둘러 대답하며

마치 몸이 쑤시는 약한 노인처럼 신음 소리를 내며 자리에서 일어났다. 그러고는 누더기를 제대로 고쳐 입었다. "저는 더 이상 여러분에게 짐이 되고 싶지 않습니다! 해가 뜨는 대로 시내로 길을 떠나도록 합시다, 에우마이오스. 해가 뜨기도 전에 밖으로 나가는 것은 감히 생각할 수가 없었소. 이 다 떨어진 누더기는 새벽의 한기로부터 나를 지켜줄 수 없기 때문이오! 새벽의 찬 공기는 나이 든 노인네들에게는 굉장히 위험하단 말이오!"

텔레마코스는 재빨리 몸을 돌려 입술을 깨물며 웃음을 참았다. 그는 창을 들고 먼저 오두막을 떠나 시내로 가는 오솔길로 접어들었다.

텔레마코스는 이제까지 자신의 짧은 삶에서 그때처럼 기쁜 순간은 없었던 것 같았다. 눈앞에 다가온 구혼자들과의 전투조차도 더 이상 두렵지 않았다. 그렇다, 이제 모든 것이 좋은 결말을 맺을 것이다. 드디어 아버지가 이곳으로 돌아오시지 않았는가!

텔레마코스는 가벼운 발걸음으로 헤르메스 언덕을 한걸음에 달려 내려가 소녀들이 물을 긷고 있는 샘을 지나갔다. 소녀들은 깜짝 놀란 눈으로 텔레마코스를 쳐다봤다. 오, 도대체 텔레마코스에게 무슨 좋은 일이 생겼기에 마치 불사의 신처럼 저리도 밝고 환한 모습으로 길을 가는 것일까?

텔레마코스는 어느새 도시를 둘러싼 성벽 문을 통과해 시내로 들어갔고, 좁은 골목길을 통해 서둘러 궁전으로 향했다. 궁전 뜰과 홀은 아직 조용했다. 단지 몇몇 시녀들이 홀에서 바닥을 쓸고 식탁과 의자를 닦고 있었다. 구혼자들은 회의를 하기 위해 모두 광장에 모여 있는 것 같았다.

텔레마코스는 홀 안의 벽에 투창을 기대어놓고 옆문을 통해 여자들의 방이 있는 안채로 갔다.

복도에서 텔레마코스는 에우리클레이아와 마주쳤다. 그녀는 가죽 더미 한 아름을 홀 쪽으로 운반하는 중이었다. 텔레마코스의 얼굴을 알아본 그녀는 너무도 기쁜 나머지 크게 소리를 질렀다. 그러고는 들고 있던 가죽 더미를 바닥에 내팽개치고, 쇠약한 다리가 움직일 수 있는 한 가장 빠른 걸음으로 그를 향해 달려갔다.

"오, 왕자님, 이제 돌아오셨습니까?" 그녀는 소리치며 텔레마코스의 어깨와 뺨에 입을 맞추었다. "어서 오세요, 한시도 지체하지 말고 어머님께 바로 가셔야 해요!"

페넬로페는 벌써 방문 앞에 나와 서 있었다. 텔레마코스는 서둘러 그녀에게 다가갔다.

"텔레마코스, 내 아들아." 페넬로페는 아들을 다정히 안으며 말했다. "나는 네가 그렇게 아무도 몰래 고향을 떠난 뒤, 구혼자들이 너를 해치려고 바다에 매복하고 있다는 소식을 듣고는 네 걱정에 한없이 고통스러웠단다! 그런데 네가 무사히 돌아와 지금 이렇게 내 앞에 서 있으니, 네게 다행스러운 귀향을 허락하신 신들께 제물을 바쳐야겠다!"

"네, 그렇게 하세요, 어머니." 텔레마코스가 동정 어린 눈으로 페넬로페의 뺨을 어루만지며 다정하게 대답했다. "이제 더 이상 울지 마세요! 따뜻하게 목욕을 하신 뒤에 아름다운 새 옷으로 갈아입으세요! 저는 지금 서둘러 광장으로 가서, 저와 함께 필로스에서 온 손님 한 분을 모시고 오겠어요. 그 손님을 친절하게 맞아주세요. 그분은 신의 계시를 풀이할 수 있는 능력을 가진 분이세요! 제가 다시 돌아오면 그동안 필로스와 스파르타에서 겪은 일들을 어머니께 자세히 말씀드릴게요!"

텔레마코스는 페넬로페가 무언가를 더 묻기도 전에 이미 그 자리를 떠나고 없었다.

궁전을 나온 텔레마코스는 서둘러 광장으로 갔다. 거기에는 이미 많은 남자들이 모여 있었고, 그 무리들 한가운데에 구혼자들이 있었다.

구혼자들은 텔레마코스를 보자마자 소란스럽게 수선을 피우더니, 그에게 다가와서는 짐짓 거짓 친절을 내보이며 그를 빙 둘러쌌다. 그러나 텔레마코스는 자신을 둘러싼 구혼자들을 한쪽으로 밀쳐내고, 마침 테오클리메노스와 함께 광장을 향해 계단을 올라오고 있던 페이라이오스에게 다가갔다.

"자네가 필로스와 스파르타에서 선물로 받아온 모든 보물들이 다 내 집에 보관되어 있네." 페이라이오스가 텔레마코스를 보고는 반갑게 인사하며 말했다. "그것들을 가지러 시녀들을 보내게!"

그러자 텔레마코스가 머리를 가로저으며 말했다.

"그 보물들은 자네 집에다 좀더 보관해두도록 하게. 앞으로 무슨 일이 일어날지 아직 확실하지 않기 때문일세. 저 구혼자들이 날 죽이게 되면 그 보물들은 모두 자네가 가지게. 반대로 만약 내가 구혼자들을 물리치게 된다면, 그때 보물을 가지러 가도 늦지 않을 걸세!" 텔레마코스는 이번에는 테오클리메노스를 향해 말했다. "자, 따라오시죠. 우리 궁전으로 갑시다. 제 어머니가 기다리고 계십니다!"

그들은 왕궁에 도착해 홀 안으로 들어섰다. 페넬로페는 기둥 옆에 있는 값비싼 의자에 앉아 물레를 돌리고 있었고, 그녀의 손가락 사이로 섬세하고도 하얀 실이 자아져 나왔다.

페넬로페는 예언자에게 친절하게 인사했다. 그리고 낯선 손님이 왕궁을 찾아오면 언제나 그랬듯, 혹시 그가 오디세우스의 소식을 가져왔는지를 물었다. 이미 오디세우스의 운명에 대한 확실한 소식을 듣게 되리라는 희망은 버린 지 오래였다. 그럼에도 불구하고 페넬로페는 낯선 손님들이 찾아올 때마다 그의 소식을 묻는 버릇을 버리지 못했다. 그러나 이번에는 우선 텔레마코스가 여행에서 들은 오디세우스 소식부터 먼저 들어보아야 했다.

테오클리메노스가 음식과 포도주를 먹고 마시기를 모두 끝내고, 마침내 텔레마코스가 이야기를 시작할 때까지 페넬로페는 안절부절못하고 조바심을 내며 기다렸다.

그녀는 텔레마코스가 하는 말을 숨죽이며 귀 기울여 경청했고, 어느새 물레를 돌리는 일도 그만두고 손을 놓고 있었다. 텔레마코스는 바다의 노인이 칼립소의 섬에서 오디세우스를 우연히 봤다는 이야기를 페넬로페에게 전해주었다. 오디세우스는 고향으로 타고 갈 배도, 함께 항해할 동료도 하나 없이 혼자서 불행에 빠져 섬에 앉아 있더라고 했다.

텔레마코스가 하는 말을 듣고 있던 페넬로페의 두 눈에 눈물이 가득 고여 넘쳐흘렀고, 그녀는 그 소식이 좋은 소식인지 나쁜 소식인지 도대체 분간할 수가 없었다.

그러자 지금까지 겸손하게 침묵하고 있던 테오클리메노스가 자리에서 일어났다.

"왕비님이시여." 그는 진지하게 말했다. "바다의 노인이 전한 말은 모두 사실입니다. 그러나 그가 말한 것이 전부는 아닙니다. 왜냐하면 그 후로 뭔가 또 다른 일이 일어났기 때문입니다! 왕비님의 부군이신 오디세우스께서는 지금 이곳 이타케에 와 계십니다! 아직은 몰래 사람들의 심중을 알아보고, 구혼자들이 하는 짓을 지켜보기 위해 자신의 모습을 감추고 변장해 다니시는 중입니다. 그러나 그분께서는 그사이에 이미 구혼자들에게 내릴 벌을 준비해두었고, 곧 그들에게 큰 재앙이 닥칠 것입니다. 이 모든 것을 저는 텔레마코스와 함께 배를 타고 이곳으로 오는 동안, 새들이 날아다니는 모습을 보고 미리 점칠 수 있었습니다!"

예언자 테오클리메노스가 이야기를 마쳤을 때 홀 안에는 한동안 침묵이 흘렀다. 텔레마코스는 혹시라도 그 모든 사실을 자기가 이미 알고 있다는 것을 누군가가 알아채지는 않을까 걱정이 되어 눈꺼풀을 아래로 내리고 눈동자를 감추었다. 그러고는 바짝 긴장하며 어머니의 반응을 기다렸다. 어머니는 그의 예언에 대해 도대체 뭐라고 말씀하실까? 테오클리메노스가 방금 한 말을 믿으실까, 아니면 믿지 않으실까? '어머니가 저렇게 아무것도 모르시게 그냥 놔두는 것은 정말 잔인한 일이다.' 텔레마코스는 동정심에 가득 차서 생각했다. '그러나 아버지가 옳다. 어머니는 너무도 기쁜 나머지 이 커다란 비밀을 자칫 시녀들에게 말씀하실지도 모르고, 그렇게 되면 구혼자들이 알게 되는 것은 시간문제다.'

마침내 페넬로페가 고개를 들어 테오클리메노스를 주의 깊게 바라보았다. 아니다, 이 사람은 단지 그녀의 마음에 들기 위해 마치 동화를 지어내듯 그렇게 꾸며낸 이야기를 가볍게 할 사람으로 보이지는 않는다! 그러나 페넬로페는 그동안 수많은 방랑자들과 지나가는 나그네들로부터 그와 비슷한 얘기들을 너무나 많이 들었고, 결국 그 이야기들은 언제나 거짓으로 밝혀지곤 했었다.

그래서 페넬로페에게는 어디서 온 소식이든, 누가 전하는 소식이든 간에 자신이 접하는 소식에 대해 모두 의심하는 버룻이 생기고 말았다.

"나 역시도 당신의 말이 진실이길 바랍니다." 페넬로페는 슬픈 목소리로 말했다. "그러면 당신은 충분한 보상을 받을 테지요! 하지만 안타깝게도 나는 당신의 말을 믿을 수가 없군요!"

말을 마친 페넬로페는 재빨리 자리에서 일어나 홀을 떠났다. 바로 그 순간에 정원의 이중문이 활짝 열리면서, 구혼자들이 고함을 지르고 큰 웃음소리를 내며 왁자지껄 홀 안으로 들이닥쳤기 때문이다……

한편 그 시각 오디세우스와 에우마이오스는 농가의 오두막을 떠나 시내로 가고 있었다.

오디세우스는 온몸에 누더기를 걸치고 어깨는 구부정하게 굽힌 채 약간 비틀거리는 걸음으로 돼지치기 옆에서 걸어갔다. 어깨에는 여기저기 누덕누덕 기운 망태기가 걸려 있었고, 손에는 에우마이오스가 걱정이 되어 그에게 건네준 실팍한 지팡이 하나가 들려 있었다.

에우마이오스는 가파르고 바닥이 온통 돌투성이인 길에 들어서면, 옆에서 힘들게 걸어가는 약한 동행인을 부축하며 도와주었다. 그러면서도 그 노인이 자기 주인이라고는 꿈에도 상상하지 못했다.

그들이 시내로 들어가는 입구에 있는 어느 샘에 다다랐을 때, 반대편에서 염소치기인 멜란티오스가 다가왔다. 그는 구혼자들에게 식사로 제공할 살진 염소 몇 마리를 몰면서 왔다.

"어이, 이게 도대체 다 뭔가?" 그는 오디세우스와 에우마이오스를 발견하곤 소리쳤다. "바보가 바보를 데리고 가는 형상이로구먼! 이 멍청한 돼지치기 친구야, 그 더러운 노인을 시내로 데리고 들어가다니, 자네는 도대체 생각이 있는 사람인가? 차라리 그 노인네를 내게 넘겨주게. 마구간을 비질하고 떨어진 낙엽을 긁어모으는 일쯤은 시킬 수 있겠지! 그런데 그러기에도 이 노인네는 분명 너무 게을러 빠졌을 걸세. 일은 하지 않고 주린 배나 채우려고 오히려 내게 구걸할지도 모르겠는걸!" 그는 이렇게 조롱해대며, 바로 자기 옆을 지나가는 오디세우스의 엉덩이를 발로 힘껏 걷어찼다.

오디세우스는 깜짝 놀라 몸을 움츠렸고 그의 얼굴은 이내 분노로 시뻘게졌다. 순간 지팡이를 잡은 손이 높이 올라갔다. 하지만 손은 곧 다시 내려왔다. 아직은 때가 아니었다! 저 염소치기는 후에 자신의 못된 행동에 대한 벌을 결단코 피할 수 없으리라!

그러나 에우마이오스만큼은 염소치기의 조롱을 아무 말 없이 그대로 받아들일 수가 없었다.

"이보게, 멜란티오스." 에우마이오스는 화가 나서 염소치기를 뒤에서 불렀다. "우리 주인님께서 이 자리에 계시기만 했어도 자네의 그 오만무도함을 가만두지 않으셨을 걸세!"

그 말을 들은 멜란티오스가 고개를 돌려 뒤를 돌아다보며 말했다. "오디세우스 말인가?" 그는 웃었다. "내 자네에게 말하지만, 그 인간은 다시 오지 않아! 그리고 그의 아들 텔레마코스, 그 애 역시 자기 아비처럼 곧 하데스로 가게 될 거야. 이미 구혼자들께서 손을 쓰고 계시지!"

멜란티오스는 마치 흥겹게 춤이라도 추는 듯한 걸음걸이로 뒤에서 염소를 몰며 골목길을 지나 궁전을 향해 나아갔다. 궁전에 도착한 그는 염소들을 안뜰에 데려다 놓은 후 구혼자들이 있는 홀로 들어가, 그들 사이에 섞여 앉아 먹고 마시며 함께 어울렸다. 멜란티오스는 이렇듯 온갖 아첨과 아양, 봉사를 다하며 구혼자들의 환심을 샀던 것이다……

잠시 후 오디세우스와 에우마이오스 역시 궁전에 도착했다.

궁전으로 들어가는 문 앞에서 오디세우스가 멈춰 섰다. 홀에서 노랫소리, 악기 연주 소리 등 시끄럽게 잔치를 벌이는 듯한 소리가 들려왔다.

"왕궁에서 결혼식이라도 벌어지고 있는 거요? 이 흥청망청하게 잔치를 벌이는 듯한 소음은 다 뭐란 말이오?" 오디세우스가 이맛살을 찌푸리며 어찌나 단호한 목소리로 물었던지, 깜짝 놀란 에우마이오스는 잠시 아무 말 없이 그를 바라보았다.

"저렇게 술에 취해 시끄럽게 소란을 피우는 자들은 모두 왕비님께 구애를 하는 자들이오." 에우마이오스가 대답했다. "그들은 예전에는 오직 우리 주인님을 위해서 식사 시간에만 노래하던 가수인 페미오스를 협박하여, 지금은 자기들이 벌이는 축제에서 노래하도록 강요하고 있소. 보시오, 구혼자들은 매일 저렇게 흥청망청 왕궁에서 잔치를 벌인다오! 아니, 그런데 왜 그러시오, 노인 양반?"

오디세우스는 그 자리에 발이 그대로 얼어붙기라도 한 것처럼 문 앞에서 꼼짝 않고 서서 정원의 한쪽 구석을 바라보았다. 거기에는 짚으로 된 거름이 한 더미 있었는데, 그 위에 개 한 마리가 누워 있었다. 그 개가 늙었다는 것은 한눈에도 쉽게 알아볼 수 있었다. 너무 늙어서 자기 주변에서 윙윙거리는 파리떼조차 더 이상 쫓을 수 없을 정도였다.

그러나 그 개는 한때 날렵한 몸매와 품위 있게 생긴 두상을 가진 멋진 짐승이었다. 오디세우스는 그 개를 잘 알고 있었다. 그가 트로이로 원정을 떠나기 전까지 직접 길렀던 아르고스라는 이름의 개였다.

하마터면 오디세우스는 개의 이름을 소리 내어 부를 뻔했다. 그의 입은 벌써 크게 벌어져 있었다. 그러나 그는 재빨리 이를 악물었다. 아니다, 지금 신분이 노출되어서는 안 된다! 그래서 오디세우스는 그가 서 있는 곳에서 한 발자국도 움직이지 못하고, 그저 아르고스를 향해 멀리서 안타까운 눈길만 보냈다. 너무나 마음이 아팠다.

그런데 이번에는 그 개가 무슨 냄새를 맡은 듯 코를 씰룩거리며 힘겹게 고개를 들더니, 지친 눈으로 오디세우스 쪽을 바라보았다. 그러더니 꼬리를 흔들며 귀를 바닥으로 낮추었다. 주인을 알아보았던 것이다. 그러나 그 개는 몸을 일으키기에는 너무도 쇠약해져 있었다. 오디세우스는 개를 향해 한 걸음 더 가까이 다가섰다. 에우마이오스가 그 모습을 보고 놀라건 말건, 이제는 오디세우스도 더 이상 참을 수가 없었다. 그러나 바로 그때, 개가 경련을 일으키더니 곧 머리를 옆으로 힘없이 떨구었다. 그러고는 땅바닥에 사지를 길게 쭉 뻗었다…… 오디세우스는 주름진 뺨 위로 한없이 흐르는 눈물을 에우마이오스에게 보이지 않기 위해서 얼른 돌아섰다. 착하고 충직한 아르고스. 그는 20년 동안이나 주인이 돌아오길 기다렸던 것이다! 그리고 이제야 비로소 눈을 감을 수 있었다!

오디세우스는 숨을 한 번 깊게 들이쉬며 정신을 가다듬었다. 지금 그에게는 슬픈 생각을 할 겨를이 없다는 것을 잘 알고 있었다. 곧 전투가 시작될 것이다.

오디세우스는 에우마이오스를 따라 서둘러 홀로 들어갔다.

에우마이오스가 앞장섰고 그 뒤를 오디세우스가 바짝 따랐다.

텔레마코스는 그들이 홀 안에 들어서는 모습을 보고는 에우마이오스에게 손짓해 자기 옆으로 불렀다. 반면 오디세우스는 구걸을 하는 거지들이 언제나 그렇듯, 문간에 자리를 잡고 앉았다. 그는 어깨에 메고 있던 망태기를 앞에다 내려놓고, 누군가가 먹을 것을 갖다 주길 기다렸다.

구혼자들은 호기심 어린 눈초리로 오디세우스를 쳐다봤다. 그들 중에서 아무도 그를 아는 사람이 없었기 때문이다.

그사이 에우마이오스가 다시 오디세우스에게로 왔다. 그는 커다란 고깃덩어리 하나와 밀로 만든 빵 한 덩어리를 손에 들고 와서 오디세우스에게 내밀었다.

"이건 텔레마코스 님이 당신에게 보내는 것이오, 낯선 이 방인 양반." 에우마이오스가 말했다. "부끄러워 말고 구혼자들에게 먹을 것을 달라고 하시오. 부끄러움은 가난한 사람들에게는 전혀 도움이 되지 않는 나쁜 감정이오."

"신들의 축복이 텔레마코스와 함께하길 빌겠소!" 오디세우스는 낮은 목소리로 겸손하게 말하고는, 에우마이오스가 가져다준 음식을 먹기 시작했다.

바로 맞은편에 서 있는 기둥에 기대어 페미오스가 노래를 불렀다. 그의 얼굴에는 언짢은 기색이 역력했고, 그의 손가락은 마지못해 억지로 칠현금의 줄을 타는 것처럼 보였다.

오디세우스는 속으로 남몰래 웃었다. 불쌍한 페미오스, 자존심만은 잃지 않았구나. 예전에 그는 오로지 왕과 왕이 초청한 손님들 앞에서만 노래를 했었는데!

한편 멜란티오스는 돼지치기 에우마이오스가 텔레마코스와 한 식탁에 마주 앉아 있는 것을 시기하며 바라보았다. 곧 그는 구혼자들에게 돼지치기에 대한 험담을 늘어놓으며 투덜대기 시작했다.

"여러분께서는 저 낯선 거지가 누구인지 궁금하지 않으십니까?" 멜란티오스가 말했다. "사실은 저도 잘 모릅니다! 그러나 에우마이오스는 그가 누군지 잘 알 것입니다. 그가 바로 저 거지를 이곳으로 데리고 왔기 때문입니다! 제가 시내로 들어오는 성문 바로 앞에서 저 둘이 함께 길을 가는 것을 보았습니다!"

"자네는 바보인가, 돼지치기여?" 안티노오스가 저 건너편에서 건방진 목소리로 에우마이오스를 불렀다. "왜 자네는 아무짝에도 쓸모없는 식객을 네 주인의 집에 끌어들였는가? 자네가 보기에는 그의 재산을 탕진하는 데 우리만으로는 충분하지 않다고 생각했나 보지?" 그는 조롱하듯 말했고, 그 말을 들은 다른 구혼자들은 크게 웃었다.

"당신은 자신이 고귀한 신분으로 태어났다고 떠벌리고 있습니다!" 에우마이오스가 화가 나서 대답했다. "그러나 솔직히 말하면, 어느 누구도 당신보다 비천하게 행동하는 사람은 없소이다! 우리 주인님의 집에서 일하는 하인들에게 당신보다 더 못되게 구는 사람은 없소! 게다가 당신은 특히 나를 증오로 대하고 있소! 그러나 페넬로페 님과 텔레마코스 님이 살아 계시는 한, 나는 그런 것에 신경 쓰지 않을 것이오!"

"에우마이오스, 저런 하찮은 인간들 때문에 그렇게 힘들게 말을 많이 하면서 기운 뺄 필요 없네!" 텔레마코스가 에우마이오스를 달래며 분노에 찬 그의 말을 중단시키고, 몸을 앞으로 굽혀 안티노오스의 얼굴을 쳐다보았다. "당신은 정말이지 나를 친아버지처럼 걱정해주고 있소!" 텔레마코스가 날카로운 조롱을 섞어 말했다. "당신은 낯선 사람이 찾아와서 빵 한 조각이나 한 입 거리도 안 되는 고기라도 내 집에서 가져가는 것에 대해 어찌나 세심하게 신경 써주시는지요! 그러는 당신과 다른 구혼자들은 이 집에서 벌써 몇 년째 진을 치고 지내면서, 매일 흥청망청 축제를 벌이고 있지 않소!"

"네가 지금 나를 조롱하는 거냐?" 안티노오스가 고함쳤다. 그는 몸을 아래로 숙여 바닥에 놓여 있던 무거운 발판을 들어 올리더니, 텔레마코스를 위협하듯 그것을 흔들며 말했다. "꼬마야, 잘 봐두거라! 내가 저 거지에게 빵 부스러기 하나도 주지 않는 걸 잘 봐두란 말이다! 그래야 저 거지가 앞으로 몇 달 동안은 여기 다시 올 생각을 하지 않는단다!"

그사이 오디세우스는 홀 안의 이 사람 저 사람 사이를 오가며 구걸을 했고, 누구나 그에게 무언가를 던져주었다. 남의 재산을 가지고 인색하게 굴 이유가 없지 않은가?

안티노오스는 너무나 화가 나서 거지가 가까이 다가오는

것도 몰랐다. 거지가 바로 뒤에 와서 말을 걸었을 때, 그는 뭔가에 찔리기라도 한 것처럼 화들짝 놀라 돌아다보았다.

"당신은 왕비님께 구애하는 구혼자들 중에서 가장 부자에다 가장 고귀한 분처럼 보이는군요. 그러니 당신은 내게 특별히 더 관대하게 많은 것들을 주시겠지요." 오디세우스는 이렇게 말하며, 안티노오스의 눈을 똑바로 쳐다봤다. "나 역시 예전에는 엄청난 부를 누리며 화려하게 살았었소." 오디세우스는 계속 말했다. "여기 이 궁전 같은 호화로운 저택을 소유했었고 많은 시종과 시녀 들이 내 명령을 따랐었소. 그러나 지금은 신들께서 나로 하여금 거지의 몸으로 당신 앞에 이렇게 서 있게끔 만들어버리신 것이오!"

"너처럼 무례한 거지는 이제껏 한 번도 본 적이 없다!" 안티노오스는 격분하여 소리쳤다. "여기 있는 모두가 너에게 동냥을 주었는데도 아직도 만족하지 못하겠단 말이냐! 어서 꺼지거라, 나한테서는 아무것도 얻지 못할 테니 말이다!"

오디세우스는 깜짝 놀라 고개를 가로저으며 그 자리에서 벗어나려고 몸을 돌렸다. "오, 이럴 수가!" 그는 투덜댔다. "당신의 그 화려한 겉모습에 비하면, 당신의 마음은 참으로 인색하기 짝이 없구려! 내 단언하건대, 당신은 당신 집에서 굶주리는 자에게 소금 알갱이 하나도 주지 않을 것이오. 이렇게 다른 사람의 재산으로 차려진 식탁에서조차 아주 약간의 음식도 내게 허락하지 않는 것을 보니 말이오!"

"감히 네가 지금 나를 모욕하는 것이냐? 이 불쾌하기 짝이 없는 놈아!" 안티노오스는 화가 나서 으르렁거리며, 바닥에 있던 발판을 집어 들고는 온 힘을 다해 오디세우스를 향해 던졌다.

발판은 휙 하고 날아가 오디세우스의 어깨에 맞았다. 그러나 오디세우스는 끄떡도 않았다.

구혼자들은 깜짝 놀라 그 모습을 지켜보았다. 안티노오스가 던진 발판은 허약한 노인을 단번에 바닥에 쓰러뜨리고도 남을 만큼 무시무시한 무기였기 때문이다. 그들은 이제 두려운 마음으로 그 기이한 방랑자를 쳐다보았다.

"그렇게까지 할 필요는 없지 않소!" 구혼자들은 책망하듯이 안티노오스에게 말했다. "혹시 저 걸인이 신들 중 한 분일지 누가 알겠소! 불사의 신들께서는 때때로 인간의 모습으로 변해, 누가 선하고 악한지 시험하려고 인간 세상에 찾아온다고 하잖소!"

그러나 안티노오스는 두려움에 떨며 말을 하는 동료들을

그저 비웃을 뿐이었다.

그 모습을 본 텔레마코스가 화가 나서 자리에서 벌떡 일어섰다. 그러나 그의 아버지가 그에게 은밀히 신호를 보냈다. 그래서 그는 다시 침묵할 수밖에 없었고, 곧 다가올 복수를 떠올리며 이를 갈았다.

한편 안채에 있던 페넬로페는 시녀들이 전해주는 말을 듣고 홀에서 일어나는 일들을 모두 알고 있었다.

"안티노오스는 모든 구혼자들 가운데에서도 가장 못된 사람이다!" 그녀는 화가 나서 말했다. "자기에게 아무런 해도 끼치지 않는 불쌍한 방랑자를 그토록 학대하다니! 신들께서는 반드시 그에 대한 벌을 내리실 것이다! 그런데 너희들이 보기에 그 거지가 정말로 넓은 세상을 두루 살펴본 것처럼 여겨지더냐?" 페넬로페는 뭔가 생각에 잠긴 듯 잠시 멈췄다가 곧 다시 말을 이었다. "그렇다면 혹시……" 그녀는 또다시 한동안 침묵하더니 에우마이오스를 불러오라고 명령했다.

"에우마이오스." 페넬로페는 앞에 서 있는 에우마이오스에게 말했다. "내가 듣기로 저 아래 홀에 낯선 거지 한 명이 와 있다고 하던데…… 그를 내게로 좀 데려오게! 혹시 그가 내게 오디세우스에 대한 소식을 들려줄 수 있는지 물어보고 싶네!"

"오, 왕비님." 에우마이오스가 기뻐하며 말했다. "그 방랑자는 할 얘기가 너무 많아서, 그의 이야기를 다 들으려면 밤새도록 한숨도 자지 않고 들어야 할 정도랍니다. 그는 또한 오디세우스 님도 알고 있고, 그리고 또⋯⋯"

"그러니 어서 그를 데려오게나!" 왕비는 조바심이 나서 더 이상 참지 못하고 명령했고, 돼지치기 에우마이오스는 서둘러 홀을 향해 계단을 내려갔다. 홀에서는 오디세우스가 이전처럼 문지방에 앉아 있었다.

에우마이오스는 그에게 다가갔다. "방랑자여, 고귀하신 페넬로페 님께서 지금 당신을 만나보길 원하시오!" 그는 흥분에 들떠 말했다. "나는 그분께 당신이 오디세우스 님을 안다고 얘기했소⋯⋯ 그런데 왜 웃으시오?"

"아니오, 웃은 게 아니오." 오디세우스는 재빨리 진지한 목소리로 말했다. "맞소, 당신 말이 맞소. 나는 당신 주인을 이 세상 누구보다도 오랫동안, 그리고 누구보다도 더 잘 알고 있소. 나는 그와 같은 전투에 참전했고 그와 같은 고난을 당했소. 그가 있는 곳이 어디든, 그곳에 나도 항상 함께 있었소. 그 모든 것을 나는 페넬로페 님께 직접 얘기할 것이오. 단, 밤이 되어 구혼자들이 이곳을 떠날 때까지 참고 기다려 주셨으면 하오. 왜냐하면 내가 그들이 보는 앞에서 바로 여자들만 거처하는 페넬로페 님의 방으로 가면, 저 거만한 자들이 또 나를 조롱할까 봐 두렵기 때문이오. 또한 당신의 여주인을 위해서도 나중에 누구의 방해도 받지 않고 함께 얘기하고 듣는 편이 더 좋을 것이오. 게다가 나로서는 이곳 홀에서 왕비님을 영접하는 것이 훨씬 더 예의에 합당한 일이라 생각하오."

"당신은 정말로 사려 깊은 분이시구려." 에우마이오스는 오디세우스를 칭찬했다. "그리고 나의 여주인께서는 당신에게 분명 겉옷과 망토도 선물할 거요! 하지만 당신은 그분께 이전에 다른 여행자들이 그랬던 것처럼 동화같이 지어낸 이야기를 하면 안 되오. 오로지 진실만을 말씀드리시오!"

말을 마친 에우마이오스는 페넬로페에게 그 소식을 전하기 위해 자리에서 일어났다. 도중에 그는 잠깐 텔레마코스 옆으로 가서 그의 귀에 대고 속삭였다.

"저는 이제 그만 목동들과 돼지들을 돌보기 위해 제 오두막으로 가보겠습니다." 그는 구혼자들이 그의 말을 듣지 못하게 낮은 목소리로 말했다. "항상 몸조심하시고 저들이 왕자님의 목숨을 노리고 있다는 것을 잊지 마십시오!"

"그에 대해서는 전혀 걱정할 필요 없네!" 텔레마코스도 나지막이 대답했다. "신들의 도움으로 모든 일이 좋은 결말을 맺게 될 것이네. 내일 아침 일찍 다시 이리로 오게!"

마침내 에우마이오스는 안채로 이어지는 문을 통해 사라졌다.

페넬로페는 에우마이오스가 혼자서 돌아오는 모습을 보고 깜짝 놀라 눈썹을 치켜세웠다.

"아니? 그 방랑자는 도대체 어디 있는 것이오? 그가 여기 오는 것을 부끄러워하기라도 한단 말인가?"

"아닙니다, 왕비님. 그는 구혼자들의 조롱이 두려워 왕비님께 오늘 저녁까지만 참아달라고 부탁을 드렸습니다. 또한 그렇게 하는 편이 왕비님을 위해서도 더 좋을 것이고, 그를 위해서도 아래 홀에서 왕비님을 기다리는 것이 더 예의에 맞는 일이라고 했습니다."

"그는 미련한 사람인 것 같지는 않네." 페넬로페가 말했다. "이제껏 나를 찾아온 여행자들은 그렇게 사려 깊게 행동하지 않았는데 말일세!"

한편 오디세우스는 여전히 아래에 있는 홀의 문지방에 앉아 있었다. 홀에서 술 취한 구혼자들이 소란을 피워댔으나 그는 더 이상 거기에 신경 쓰지 않았다. 그는 이제 곧 만나게 될 페넬로페를 생각하고 있었다. 심장이 몹시도 뛰었다. 아름답고 지혜로운 페넬로페…… 무려 20년 동안이나 그녀를 보지 못했던 것이다! 오디세우스는 그녀가 어떻게 변했을지 상상해보았다. 그러나 아무것도 확신할 수가 없었다. 20년이란 세월은 매우 길고, 그동안 많은 것들이 변하기에 충분한 시간이었다. 또다시 아가멤논의 끔찍한 죽음에 대한 기억이 그를 덮쳐왔고, 오래된 불신이 고개를 들기 시작했다. 그런 상상은 오디세우스를 매우 불행하게 만들었으나, 그렇다고 해서 그런 생각을 하지 않을 수도 없었다.

그 순간, 바로 뒤에 있던 문이 열리는 바람에 그는 깜짝 놀라 자리에서 일어났다. 당황한 오디세우스는 눈을 크게 뜨며 본능적으로 자리를 피해주려고 약간 옆으로 물러났다. 지금 막 문을 밀치고 들어온 남자는 이루 말할 수 없이 뚱뚱한 사람이었기 때문이다! 배는 마치 거대한 공처럼 앞으로 불쑥 튀어나왔고, 목이 거의 없이 몸뚱이에 찰싹 달라붙은 어마어마하게 크고 둥근 머리에는 돼지처럼 작은 눈이 번득이고 있었으며, 턱과 뺨은 두터운 지방층으로 뒤덮여 있었다.

"저기 이로스가 오고 있소!" 구혼자들은 그가 들어오는 모습을 보자 웃으며 소리쳤다. 이타케에 사는 사람이면 누구나 거지 이로스를 잘 알고 있었다. 그는 엄청나게 많이 먹고 마셔대는 것으로 악명이 높았다. 그는 아침부터 저녁까지 온 도시를 돌아다니며 아무 집에나 마구 들어가 주는 대로 먹고 마셔댔다. 마치 밑 빠진 독처럼 모든 것이 그의 배 속으로 한없이 들어갔다.

"안녕하십니까, 왕비님의 고귀하신 구혼자들이여!" 그는 문지방을 넘어서며 큰 소리로 구혼자들에게 아첨하는 인사를 외쳤다.

그러나 곧 그의 뚱뚱한 얼굴에서 비굴하게 아부하던 웃음이 싹 사라졌다. 바로 옆에 서 있던 오디세우스가 눈에 띄었기 때문이다.

돼지를 닮은 그의 작은 눈에 사악한 빛이 번득였다. 아니, 어딘가 낯선 곳에서 그의 자리를 넘보며 그를 밀어낼 다른 거지라도 온 것이란 말인가?

곧 무시무시한 분노가 그를 엄습했다!

"야, 너!" 이로스가 소리쳤다. "도대체 여기서 뭘 하고 있는 거냐? 썩 꺼져라! 내 너에게 말하건대, 어서 꺼지지 않으면 다리몽둥이를 분질러버릴 테다!"

오디세우스는 자신의 집에서 당장 꺼져버리라는 그런 무례한 말을 듣자, 분노가 머리끝까지 치밀어 얼굴이 벌겋게 달아오를 지경이었다. 주먹이 불끈불끈 쥐어졌지만, 그는 잘 참아내며 스스로를 다스렸다.

"어리석은 자여, 도대체 왜 그렇게 소리를 치는 건가?" 오디세우스가 말했다. "내가 당신에게 무슨 잘못이라도 했단 말인가? 보아하니 당신도 나처럼 거지인 것 같은데! 이 문지방은 우리 둘 모두에게 충분히 넓게 열려 있고, 나는 당신에게 주어질 그 어떤 물건에 대해서도 샘을 내지 않았소! 하지만 누군가가 그렇게 무례하게 말을 한다면, 나는 그것만은 참을 수가 없소! 그것은 나를 정말로 화나게 하는 일이며, 비록 늙긴 했지만 당신은 어쩌면 내 따끔한 주먹맛을 보게 될 수도 있을 것이오!"

화가 머리끝까지 난 이로스는 팔을 사방으로 허우적거리며 말했다. "여러분, 모두들 들으셨지요? 저 하찮은 노인네가 나를 위협합니다그려! 그래, 네가 감히 나와 싸울 용기가 있다면 어서 덤비거라!"

그들이 주고받는 말을 안티노오스가 들었다. 그는 이미 포도주를 너무 많이 마셔 완전히 취해 있었다.

"이보게, 친구들!" 그는 술에 취해 혀 꼬부라진 소리로 신난다는 듯이 말했다. "배불뚝이 이로스와 거지 노인네 사이에 결투가 있을 거라고 하네! 세상에나, 나는 지금껏 이렇게 재미있는 싸움을 본 적이 없네! 자, 이로스 그리고 거기 늙어 빠진 노인네! 어서 결투를 시작해라! 너희들의 누더기를 어서 질끈 동여매라! 우리는 오래 기다리고 싶지 않다!"

오디세우스가 앞으로 한 걸음 나왔다. 물론 그는 그런 싸움을 절대로 하고 싶지 않았다. 그러나 그는 이로스에게 매우 화가 나 있어서, 천천히 누더기를 벗기 시작했다.

바로 그때 오디세우스는 자신의 온몸에 흐르는 이상한 전율을 느꼈다. 팔과 다리가 단단해지고 굽었던 어깨가 펴지는 것 같았다. 곧 초췌하던 노인의 가슴이 팽팽하게 부풀어 올랐고, 처진 살들은 단단하고 유연해졌으며, 그와 동시에 예전의 힘이 돌아왔다. 오디세우스는 한없이 기뻤다.

"팔라스 아테나 여신께서 도와주고 계시는구나!"

오디세우스는 넝마를 벗어 엉덩이에 걸치고 끈으로 단단히 묶으면서, 여신께 마음으로 감사를 전했다.

그사이 웃고 떠들며 두 거지를 둘러싸고 모여들던 구혼자들 무리는 갑자기 찬물을 끼얹은 듯 조용해졌다.

그들은 놀랍도록 낯설게 변해버린 방랑자를 믿을 수 없다는 듯한 눈초리로 쳐다보았다.

"저것 좀 보시오! 저 노인은 마치 레슬링 선수 같은 팔과 어깨를 가졌소! 또한 젊은 남자 같은 날씬한 엉덩이를 가졌소이다! 넓적다리는 얼마나 단단하고 근육 사이로 튀어나온 심줄은 또 얼마나 강해 보이는지!" 구혼자들은 도처에서 그렇게 중얼거렸다.

이로스는 넋을 잃고 서서 상대방을 두려운 눈으로 쳐다보았다. 그의 거만함은 순식간에 사라져버렸다. 오, 신들이시여, 저렇게 강한 전사처럼 보이는 남자를 상대로 어떻게 싸움을 할 수 있겠습니까! 온몸이 비곗덩어리인 이로스는 덜덜 떨기 시작했고, 두려움에 식은땀이 줄줄 흘러내렸다.

이로스는 문 쪽을 향해 고개를 돌려보았다. 그러나 구혼자들이 담처럼 둘러서 있었고 도망갈 구멍은 어디에도 없었다.

"거기 있어라! 아무 데도 못 간다!" 구혼자들이 조롱했다. "네가 먼저 뽐냈으니, 이제 너는 결투에 응해야만 한다!"

좋건 싫건 간에 그들의 말에 복종해야 했기 때문에, 이로스는 떨리는 손으로 옷자락을 허리띠 아래로 집어넣고 오디세우스 앞에 섰다.

오디세우스는 자기 앞에서 덜덜 떨고 있는 배불뚝이를 반은 화가 나서, 반은 동정하며 쳐다보았다. '가볍게 한 대만 쳐야겠다. 그렇게만 해도 이자는 곧바로 쓰러질 것이다!' 그는 생각했다.

결투는 아주 짧게 끝났다. 둘은 동시에 서로에게 일격을 가하기 위해 주먹을 높이 쳐들었다. 이로스가 먼저 온 힘을 다해서 내려쳤지만, 그의 손은 살뿐인 데다가 솜방망이처럼 약했다. 다음 순간 오디세우스가 강철 같은 주먹으로 이로스의 귀밑을 후려쳤고, 그는 곧 고통에 찬 비명을 내지르며 바닥에 쓰러졌다.

구혼자들은 흥겹다는 듯이 환호했고, 오디세우스가 쓰러진 이로스를 정원으로 끌고 나가려 하자 그에게 길을 비켜주었다. 오디세우스는 이로스를 끌어다 정원의 담 밑에 앉혀놓고서 손에 지팡이를 하나 쥐어주며 말했다.

"여기 앉아서 개들하고나 놀아라. 그리고 두 번 다시는 거지들과 방랑자들을 조롱하지 마라. 그렇지 않으면 지금보다 더 끔찍한 일이 일어날 테니!"

이로스는 두려움에 가득 찬 눈으로 자기를 이긴 사람을 쳐다보며 보일 듯 말 듯 고개를 끄덕였다. 그러나 말은 한마디

도 할 수가 없었다. 입이 너무 아팠고, 입속에는 이미 몇 개의
이가 빠져 달아나고 없었기 때문이다.

오디세우스가 홀 안으로 다시 돌아왔을 때, 구혼자들은 그
를 큰 환호로 맞이했다.

"당신이 마침내 저 끝도 없이 처먹어대는 대식가의 버릇을
단단히 고쳐놓다니, 대단하오!" 안티노오스가 꼬부라진 혀로
말했다. "그 대가로 당신은 밤참으로 먹으려고 우리가 직접
불 위에 얹어서 굽고 있는, 피와 지방으로 가득 찬 염소의 가
장 큰 내장을 가져도 좋소. 또한 우리는 당신을 앞으로 이 집
에서 구걸할 수 있는 유일한 거지로 허락하는 바이오."

오디세우스의 얼굴에 분노에 찬 쓴웃음이 떠올랐다. "참으
로 후한 선물을 주시는구려!" 그는 누구의 얼굴도 똑바로 쳐
다보지 않고 혼잣말처럼 중얼거렸다. 그러고는 넝마를 바로
고쳐 입었다.

그때 암피노모스가 오디세우스에게로 다가와서, 그에게 밀
로 만든 빵 두 덩어리와 금잔에 가득 담긴 포도주를 권하며
친절하게 말을 걸었다.

"낯선 노인 양반, 당신에게 행운이 있기를 바랍니다! 비록
당신이 지금은 많은 고생을 겪고 있긴 하지만, 훗날 모든 것

이 다 좋아지길 바라겠소!"

그 말을 들은 오디세우스는 내심 감동했다. 그가 보기에 암피노모스는 다른 구혼자들보다는 약간 나은 사람 같았다. 그래서 그는 암피노모스가 곧 다가올 파멸에서 스스로를 구할 기회를 얻을 수 있도록, 그에게 미리 경고해주기로 결심했다.

"당신은 영리하고 사려 깊어 보이는군요, 암피노모스!" 오디세우스는 그의 마음을 돌려보려 애쓰며 말했다. "그러니 지금부터 내가 하는 말을 잘 들어보시오! 이 지상에서 인간보다 더 덧없는 존재는 없소. 오늘 행복하게 살아도 내일이면 곧 멸망이 다가오는 법이오! 그러니 당신들이 지금 여기서 하는 것 같은, 법과 정의를 어기는 못된 짓을 더 이상 하지 마시오! 당신들은 남의 재산을 탕진하고 있으며, 어쩌면 이제 곧 집으로 돌아올지도 모르는 남자의 아내에게 구혼하고 있소! 바라건대, 신들께서 당신으로 하여금 그 남자와 마주치지 않고 당신을 고향으로 무사히 데려다주시길 빌겠소! 왜냐하면 이곳은 곧 붉은 피로 물들 것이며, 그때가 되면 당신 역시도 해를 입을까 봐 두렵기 때문이오!"

오디세우스의 말을 들은 암피노모스는 등줄기를 타고 식은 땀이 흘러내리는 것을 느꼈다. 그리고 곧 다가올 불행에 대한 예감이 그를 엄습했다. 그는 고개를 푹 숙인 채로 다른 구혼자들이 있는 곳으로 갔다. 그러나 그를 얽매고 있는 구혼자라는 운명의 사슬에서 자유로워질 수는 없었다. 인간이란 그런 존재들인 것이다. 너무나 오랫동안 사악함에 젖어 살다 보면, 그 이전으로 되돌아갈 수 있는 길을 발견하기가 쉽지 않은 법이다. 어쩌면 두 번 다시 왔던 길로 되돌아갈 수 없는지도 모른다……

한편 안채에 자리한 왕비의 방에서 페넬로페는 불쾌한 마음을 억누르며 아래층 홀에서 들려오는 시끌벅적한 소리에 귀를 기울이고 있었다. 전에도 자주 그런 소란스러운 소리가 들려올 때마다, 페넬로페는 이제나저제나 구혼자들의 떠들썩한 소동이 제발 끝나기만을 바랐었다. 그런데 바로 그 순간 페넬로페에게 좋은 생각이 하나 떠올랐다. 그 생각을 하자 남몰래 웃음이 다 나올 정도였다. 아, 저 구혼자들이 꼭 이 집에서 축제를 벌이고 남의 재산을 탕진해야만 한다면, 적어도 그들은 그에 대한 대가를 지불해야 할 것이다!

페넬로페는 자리에서 일어나 두 명의 시녀를 불러 옷을 갈아입고 화장하는 것을 돕게 했다. 그러고 나서 그녀는 아래에 있는 홀로 내려갔다.

홀로 들어가는 문 앞에서 그녀는 잠깐 멈춰 서서 당당하고 침착한 동작으로 머리에 베일을 썼다. 양옆으로는 시녀들이 서 있었다.

페넬로페가 홀에 모습을 드러낼 때면 언제나 그랬듯이, 시끄럽던 실내는 찬물을 끼얹은 듯 순식간에 조용해졌으며 모든 구혼자들이 일제히 넋을 잃고 왕비를 쳐다보았다. 왕비는 그 어느 때보다도 한층 더 아름다워 보였다.

어머니의 모습을 본 텔레마코스가 그녀에게 다가갔다. 페넬로페는 텔레마코스와 함께 자리로 가서 그의 옆에 있는 은으로 장식된 의자에 자리를 잡고 앉았다.

"내 아들아." 페넬로페는 목소리를 낮추어 텔레마코스에게 말했다. "네가 혼자서 구혼자들 사이에 있을 때는 각별히 조심하거라! 저들은 네 목숨을 노리는 짓을 그만두지 않을 테니 말이다! 그런데 여기서 좀 전에 무슨 일이 있었는지 나에게 말해주지 않으련?" 페넬로페는 이렇게 말하면서 문지방 앞에 앉아 있는 거지를 향해 눈길을 돌렸다. 거지는 그녀가 자신을 알아볼 수 없게끔 이마에 손을 얹어 얼굴을 가리고 있었다. "시녀들이 와서 내게 전하기를, 음식을 조금 나누어달라고 구걸하는 불쌍한 방랑자를 구혼자들이 모욕하며 학대했다고 하더구나. 왜 너는 그것을 막지 않았느냐? 그건 너와 네 집을 불명예스럽게 만드는 처사니라!"

"저도 그것을 잘 알고 있습니다, 어머니!" 텔레마코스가 대답했다. "그러나 저 혼자서 저 많은 구혼자들에게 대항해 무엇을 할 수 있겠습니까! 저는 제 편에 서서, 함께 그들과 맞서 싸워줄 누군가가 와주기를 바랄 뿐입니다. 그러면 곧 저 구혼자들은 모두 이로스처럼 머리도 제대로 가누지 못한 채 정원 밖 담 밑에 앉아 있게 될 테니까요!"

바로 그때 구혼자들의 무리 가운데 있던 에우리마코스가 앞으로 나왔다. 포도주를 많이 마신 탓에 만용을 부릴 수 있었던 것이다.

"오, 고귀하신 페넬로페여." 그는 아첨하며 페넬로페의 이름을 불렀다. "온 아카이아의 남자들이 당신의 모습을 본다면, 이 큰 궁전도 당신에게 구애하는 구혼자들을 맞이하기에는 너무나 비좁을 것입니다! 당신은 이 세상의 다른 어떤 여인들보다 훨씬 아름답기 때문입니다!"

페넬로페는 그를 향해 천천히 얼굴을 돌렸다. "슬픔은 아름다움을 모두 거두어가는 법입니다, 에우리마코스여!" 그녀는 냉정하게 말했다. "나는 그동안 너무도 큰 슬픔을 겪어왔

지요! 먼저는 내 남편 때문이고, 그다음으로는 당신들이 내
집에서 저지르는 잘못 때문입니다. 당신들은 수년 동안 우리
의 재산을 탕진하고 있고, 그래서 우리는 이제 곧 가난해질
것입니다. 이전에는 이렇게 하는 것이 구혼자들 사이의 풍습
이 아니었지요! 남자들이 한 여인을 얻으려고 할 때는 여인의
부모 집에서 온 친지들과 함께 풍성한 만찬을 열기 위해 남자
들이 직접 자기 소유의 소와 양, 돼지 들을 가져왔어요. 또한
그들은 신부에게 줄 값비싼 선물도 가져왔지요. 왜냐하면 그
에 대한 충분한 대가도 치르지 않은 채 남의 재산을 탕진하는
것은, 그들에게는 정말로 불명예스러운 일이라 여겨졌기 때
문이랍니다."

구혼자들은 모두 그 말을 꺼림칙하게 들었다. 그러나 안티
노오스만큼은 반색을 했다. 왕비를 차지할 수 있는 가능성이
점점 커지는 것 같았다. 아, 단지 선물이 문제라면…… 그는
왕비에게 값비싼 보물을 충분히 선물할 수 있을 정도로 큰 부
자였던 것이다!

"당연히 당신은 우리 모두에게서 많은 선물을 받아야 마땅
합니다, 왕비님이시여!" 안티노오스는 뽐내는 듯한 목소리로
말했다. "물론 제가 드리는 것만으로도 충분히 만족하실 거

라고 생각합니다만. 그러나 당신이 우리 중 한 사람을 남편으로 선택하기 전에는, 결코 우리가 이 집을 떠날 거라고 생각하지 마십시오!"

다른 구혼자들도 하는 수 없이 안티노오스의 말에 동의했고, 곧 그들은 자기들이 살고 있는 집이나 잠시 머물고 있는 숙소로 하인들을 보냈다.

페넬로페를 위해 자기 주인이 준비한 선물을 가지고 하인들이 하나둘씩 다시 궁전으로 되돌아오는 데는 그리 오랜 시간이 걸리지 않았다. 안티노오스는 페넬로페에게 열두 개의 금브로치가 달린 형형색색의 화려한 의복을, 에우리마코스는 금과 호박으로 만든 목걸이를 선사했다. 다른 구혼자들은 금과 은으로 만든 값비싼 항아리들, 귀걸이를 비롯한 여러 가지 보석들, 정교하게 짠 우아한 옷감들 그리고 청동과 철로 만들어진 온갖 그릇들을 선물했다.

페넬로페는 구혼자들이 건넨 그 모든 값진 선물을 아무렇지도 않은 듯 받아 들더니, 거들떠보지도 않고 곧바로 시녀들에게 넘겨주었다.

그리고 나서 그녀는 자리에서 조용히 일어나더니 구혼자들에게 단 한마디 말도 건네지 않은 채, 온갖 선물들을 무겁게 들고 따라나서는 시녀들을 모조리 데리고 안채로 이어지는 문을 통해 사라져버렸다.

오디세우스는 이 모든 상황을 지켜보고 있었다. 그는 문지방 앞에 앉아서 여전히 이마를 손으로 가린 채 남몰래 소리 없이 웃었다. 영리한 페넬로페! 그녀는 그동안 구혼자들이 끼친 손해를 조금이라도 줄이기 위해, 얼마나 재치 있게 그들로부터 선물을 받아냈는지!

바깥은 점차 어두워졌고, 시녀들은 화로와 관솔, 마른 나뭇가지 등을 가지고 와서 횃불을 피워 홀 안을 밝게 비추었다.

그때 오디세우스가 시녀들에게 말했다. "당신들은 이제 이곳 일은 걱정하지 말고 마음 놓고 당신들 방이나 혹은 왕비님의 방으로 가서 길쌈을 하도록 하시오. 내가 여기서 아침이 올 때까지 머물면서 불이 꺼지지 않게 돌보겠소!"

시녀들은 내심 그를 비웃으며, 차라리 대장간의 따뜻한 화덕 옆으로 가서 잠을 자는 편이 좋을 텐데 도대체 왜 여기 있겠다는 것인지 궁금해했다. 그러나 시녀들은 결국 방으로 올라갔고, 오디세우스는 불 속에 나뭇가지들을 충분히 집어넣고 바람을 불어 넣어 불꽃을 일으키는 등의 잡일을 하면서 구혼자들이 하는 얘기를 엿들었다.

얼마간 시간이 흐르고, 그사이 술에 흠뻑 취한 에우리마코스가 또다시 오디세우스를 조롱하기 시작했다. 오디세우스는 날카로운 말로 그에게 응수하다가 마침내 이렇게 말했다. "지금이야 당신이 그렇게 거리낌 없이 난폭하게 행동하지만, 이제 오디세우스 님이 돌아오시면 당신에게는 저쪽에 있는 저 넓은 문도 재빨리 도망가기에는 너무 비좁게 느껴질 것이오!"

그러자 에우리마코스가 성난 수퇘지처럼 화를 벌컥 냈다. "지금 뭐라고 하는 거냐, 이 비열한 놈아! 감히 내게 그런 시건방진 말을 하다니, 네 그 못된 버릇을 단단히 고쳐주고야 말겠다!"

그러고는 바닥에 있던 발판을 식탁 아래서 끌어내더니 오디세우스를 향해 힘껏 던졌다. 그러나 오디세우스는 민첩하게 몸을 숙였고, 발판은 그대로 날아가 마침 항아리를 들고 그곳을 지나가던 술 따르는 시종의 손목에 맞았다. 항아리는 쨍그랑 소리를 내며 바닥에 떨어졌고, 시종은 뒤로 넘어져서 그 자리에 주저앉아 고통스러운 신음 소리를 내며 다친 손목을 문질렀다. 그때 텔레마코스가 자리에서 벌떡 일어났다.

"도대체 당신들 미쳤소?" 그는 화가 나서 큰 소리로 외쳤고, 그의 목소리는 구혼자들을 압도했다. "내가 보기에 당신들은 이미 충분히 마셨고 많이 취했소! 어서 집으로 돌아가 잠이나 청하시오!"

구혼자들은 모두 깜짝 놀라서 텔레마코스를 쳐다봤다. 어리게만 여겼던 텔레마코스가 그렇게 단호하게 말하는 것을 처음 보았기 때문이다. 그들은 감히 불평할 용기도 내지 못했다. 마침내 암피노모스가 말했다. "텔레마코스 말이 옳소! 마지막으로 신들께 제주를 바친 후에 이제 그만 집으로 돌아가도록 합시다! 그러나 방랑자는 이 집에 그냥 머물러 있게 둡시다! 우리에게는 더 이상 그를 돌봐줄 여력이 없소!"

그렇게 해서 구혼자들은 모두들 집으로 돌아갔다. 그들은 술에 취해 비틀거리며 문을 향해 걸어갔는데, 대부분 하인들의 부축을 받아야 했다. 그들은 혼자서는 자기 집도 제대로 찾을 수 없을 정도로 많이 취해 있었다.

마침내 오디세우스와 텔레마코스 단둘만 홀에 남게 되었다. 텔레마코스는 아버지를 바라보며 웃었다. 자기 힘으로 구혼자들을 쫓아내는 데 성공한 것이 기뻤기 때문이다.

그러나 오디세우스는 웃지 않았다. "이제 이 홀 안에 있는 무기들을 무기고로 옮겨야 할 때가 되었다!" 이렇게 진지하게 말할 뿐이었다.

텔레마코스는 아버지 말씀에 순종했다. 그렇다, 이제 정말로 결전의 순간이 눈앞에 닥친 것이다! 그는 아무것도 묻지 않고 조용히 문으로 가서 에우리클레이아를 불렀다.

"유모, 시녀들이 당분간 안채에만 머물고 바깥으로 나오지 않게 신경 써줘요!" 그는 부름을 받고 서둘러 홀 안으로 들어온 나이 든 에우리클레이아에게 부탁했다. "지금부터 난 여기 있는 아버지의 값비싼 무기들을 위층 무기고로 옮길 거예요. 무기들이 여기 있으면 연기에 그을려서 검고 흉하게 변하기 때문이에요." 텔레마코스가 친절하게 덧붙였다.

그 말을 들은 에우리클레이아는 흡족한 표정으로 고개를 끄덕였다. "왕자님이 이제 이런 일들에도 마음을 쓰기 시작했다니 참으로 다행스러운 일이에요. 왕자님은 누가 뭐래도 이 집안의 주인이시니까요! 그건 그렇고 시녀들더러 이곳에 들어오지 말라고 하면, 도대체 누가 왕자님을 위해 불을 밝혀 드리나요?"

"그 일은 저 방랑자가 맡아서 할 거예요! 나는 누구든지 내 집에서 아무 일도 하지 않고 게으름을 피우며 식량만 축내는 건 더 이상 두고 볼 수가 없거든요!" 텔레마코스가 짐짓 엄한 목소리로 대답했다.

에우리클레이아는 안채로 통하는 복도를 느릿느릿 걸어가는 동안, 아무도 몰래 낮은 소리로 킥킥거리며 웃었다. "아, 우리 사랑하는 왕자님께서 이제 남자가 되기 시작하셨구나!" 그녀는 텔레마코스를 칭찬하며 혼잣말로 중얼거렸다.

한편 홀에 있던 오디세우스와 텔레마코스는 신속하고도 차분하게 모든 무기를 위층에 있는 무기고로 옮겨놓은 뒤 철문을 단단히 잠갔다.

"이제 그만 자러 가거라." 무기를 옮기는 일이 모두 끝나자 오디세우스가 말했다. "나는 여기 앉아서 네 어머니를 기다리마."

텔레마코스가 홀에서 나가자, 오디세우스는 다시 전처럼 문지방 앞에 있는 거지의 자리에 앉았다.

조금 있자니 한 무리의 시녀들이 홀을 정돈하기 위해 안채에서 몰려나오기 시작했다. 그들은 곧 오디세우스를 알아봤다. 시녀들은 구혼자들이 먹다 남긴 음식과 술잔, 술 단지 들을 치우고 화로에 새 장작을 더 채워 넣고 식탁을 정리하는 동안, 오디세우스에 대해 온갖 조롱하는 말을 퍼부었다.

"저 거지 좀 봐! 저 나이의 노인네들은 잠을 자야 하는데, 잠은 안 자고 저기 저렇게 앉아서 입을 헤벌쭉 벌리고는 우릴 바라보고 있어! 아마도 너무 취해서 일어날 수가 없나 봐! 아니면 이로스와 싸워 이긴 것이 너무나 자랑스럽다 못해 눈에 뵈는 것이 없어서, 앞으로 이 궁전에 아예 눌러살 생각을 하는지도 모르지!"

그렇게 그들은 조롱했다. 시녀들 중 하나가 나무토막을 집어 들고는 삿대질을 하며 오디세우스에게 달려들었다. 그녀의 이름은 멜란토였고 얼굴은 여신처럼 아름다웠다. 그러나 마음씨는 사악했으며 구혼자들 중 하나인 에우리마코스와 비밀스러운 육체관계를 맺고 있었다.

"이봐요, 더러운 늙은이!" 그녀가 소리쳤다. "당신 끝까지 여기서 사라지지 않을 작정이오? 말로 할 때 썩 꺼져요, 그렇지 않으면 이 나무 장작 맛을 톡톡히 보게 될 테니까!"

그러나 오디세우스는 꼼짝도 하지 않고 그녀를 무섭게 쏘아볼 뿐이었다.

"내가 늙고 누더기를 입은 게 당신 마음에 들지 않소? 하지만 거지는 어쩔 수 없이 이렇게 보일 뿐이니 어쩌겠소! 어느 날 당신의 그 아름다움이 사라지지 않도록 당신이나 조심하시오! 어쩌면 당신은 곧 당신의 무례함을 뼈저리게 후회하게 될 것이오. 당신의 주인인 오디세우스께서 고향으로 돌아오시거나 혹은 왕비님께서 당신이 불쌍한 사람을 얼마나 가혹하게 다루는지 아시게 된다면 말이외다!"

멜란토는 오디세우스의 눈길에서 뭔가 이상한 느낌을 받았다. 그의 눈은 그녀를 쳐다보는 것이 아니라, 그녀를 지나쳐 그녀의 등 뒤에 있는 무언가를 쳐다보고 있었다. 그녀는 재빨

492

리 뒤를 돌아다보았다. 안채로 이어지는 문 앞에 페넬로페가 서 있었다.

"도대체 지금 무슨 짓을 하는 거냐, 건방진 것!" 왕비는 화가 나서 말했다. "너는 내가 그 낯선 손님과 이야기를 나누고 싶다는 말을 내 입에서 직접 들었거늘, 웬 건방을 떠는 거냐! 그리고 이미 오래전부터 네가 에우리마코스와 또 다른 구혼자들에게 자진해서 몸을 바쳐온 사실을 내가 모르고 있을 거라 생각하느냐! 당장 나가거라! 너는 도가 지나쳤고 그에 대한 벌을 면치 못하리라! 그리고 너뿐 아니라 너와 마찬가지로 구혼자들과 놀아난 시녀들은 모두 다 벌을 받을 것이다!"

멜란토는 뻔뻔하게 고개를 홱 돌리고는 그 자리를 박차고 나갔다.

페넬로페는 홀 안으로 내려와 화로 옆에 있던 상아와 은으로 만든 의자에 앉아, 시녀장에게 낯선 이방인을 위해서 의자를 하나 더 가져오라고 명령했다. "푹신한 양털 가죽을 의자에 얹고, 또 발을 올려놓을 수 있는 발판도 가져오너라. 저 노인은 분명 피곤하실 테니!" 그녀는 덧붙였다.

모든 준비가 끝나자 페넬로페는 오디세우스에게 가까이 오라고 손짓하며, 그녀 건너편 의자에 앉으라고 권했다.

그러나 왕비의 명령을 따르는 오디세우스의 동작에는 서두르는 기색이 전혀 없었다. 갑자기 심기가 불편해졌기 때문이다. 그는 이제 곧 무슨 일이 있을지 너무도 잘 알고 있었다. 왕비는 분명 그의 이름과 고향을 물을 것이다. 그러면 뭐라고 대답을 해야 하나?

잠깐 동안 오디세우스는 페넬로페에게 곧바로 진실을 털어놓고 싶은, 걷잡을 수 없는 욕망에 사로잡혔다. 그러나 지금의 행색으로 그녀 앞에 나서서 "여보, 나요! 내가 바로 당신의 남편 오디세우스요!"라고 말할 수는 없었다. 팔라스 아테나 역시도 당장은 그에게 원래의 모습을 돌려줄 계획을 갖고 계신 것 같지 않았다. 분명 아직은 적절한 때가 아니었다. 그러므로 그가 지금 할 수 있는 일이란, 여신께서 자신의 모습을 원래대로 변화시켜줄 마음이 생길 때까지 그녀의 뜻에 순응하고 기다리는 수밖에는 달리 도리가 없었다!

게다가 오디세우스가 내내 떨쳐버릴 수 없었던 것은, 마음 한구석에 단단히 자리 잡고 있는 불신이었다.

그는 자리에서 일어나 화로 옆으로 다가가는 동안 페넬로페를 수상쩍게 관찰했다. 세상에, 그는 지난 20년 동안 그녀가 얼마나 아름다운 여인인지를 거의 잊고 살았다! 물론 그녀의 얼굴이 약간 낯설어 보이기는 했다. 그러나 그것은 예전에 그녀에게서 볼 수 없었던 옅은 슬픔이 지금 그녀의 얼굴에 배어 있었기 때문이다. 페넬로페는 나를 위해 그토록 슬퍼했던 것일까? 그는 그것을 확인해야만 했다.

'다른 모든 사람들처럼 나 역시 그녀를 시험해보아야만 한다.' 오디세우스는 근심에 가득 차서 생각했다. '그렇지 않으면 나도 위험에 처하게 될지 모르기 때문이다! 아가멤논 역시 그의 부인과 아이기스토스가 짜고서, 그가 고향의 해안에 발을 내딛기도 전에 아주 오래전부터 이미 그를 죽이기로 결심했으리라고는 전혀 예상치 못했었다.'

오디세우스는 멋진 장식이 있는 의자에 앉아서 얼굴이 기둥 그림자에 가려지도록 했다. 주름진 피부와 하얗게 센 머리카락, 그리고 너덜너덜한 누더기를 입었음에도 불구하고 페넬로페가 자신을 알아보진 않을까 걱정이 되었기 때문이다.

그러나 다행히도 그녀는 그의 겉모습에 그다지 신경을 쓰는 것 같지 않았다.

"우선 당신은 누구이고 어디서 왔는지 말해보시오, 이방인이여." 페넬로페가 곧 그에게 물었다.

오디세우스는 남몰래 한숨을 내쉬었다. 바로 그 점이 그가 이제껏 걱정하던 바였다! 이제 어떻게 해야 하나? 페넬로페에게만은 거짓말을 하고 싶지 않았지만, 그렇다고 진실을 말할 수도 없었다.

"왕비님." 그는 신중하게 말문을 열기 시작했다. "왕비님께서는 듣기 원하시는 것은 무엇이든 제게 질문하시어 그에 대해 대답하라고 명령하실 수 있습니다. 그러나 제발 부탁드리건대, 제 이름과 고향만은 묻지 말아주십시오! 저는 그동안 많은 고통을 경험했고, 이전에 일어났던 모든 일들에 대한 기억은 어쩌면 제가 이 자리에서 눈물을 참을 수 없을 정도로 새록새록 떠올라 제 마음을 무겁게 만듭니다. 왕비님도 잘 아시다시피 노인들이란 눈물이 많은 법이랍니다. 그런데 제가 지금 왕비님 앞에서 한탄하며 눈물을 흘리는 것은 바람직한 일이 아니라고 생각됩니다. 시녀들은 또다시 절 비웃을 것이고, 술에 취해 그런 것이라고 말할 테지요!"

"나 역시 슬픔과 고통을 잘 알고 있지요." 페넬로페가 말했다. "내 남편은 트로이로 원정을 떠난 이후 아직껏 돌아오지 않고 있고, 어느 누구도 그분이 살았는지 죽었는지 모른답니다. 그럼에도 불구하고 내 의지와는 전혀 상관없이 많은 남자들이 내게 청혼하고, 우리 재산을 탕진하고 있어요. 내 아들은 그 모든 것을 지켜보며 분노를 삭이고 있지요. 게다가 부모님도 이제 그만 새 남편을 선택하라고 내게 강요하고 계십니다. 그런데 나 혼자서는 어떤 결정도 내릴 수가 없어요! 내가 계속 이 집에 머무르길 고집하면서 구혼자들이 저렇게 흥청망청 매일 잔치를 벌이다가 끝내는 텔레마코스를 빈털터리 가난뱅이로 만들어버리는 모습을 지켜보아야 할지, 아니면 이 궁전에서의 끔찍한 상황을 끝내기 위해 새로운 결혼을 받아들여야 할지 나도 잘 모르겠단 말입니다!"

정신없이 말을 하던 페넬로페는 갑자기 깜짝 놀라며 말을 멈췄다. 도대체 무엇이 그녀로 하여금 이 낯선 사람에게, 마치 오랫동안 알고 지낸 친구인 것처럼 그 모든 것을 말하도록 만들었을까? 그녀는 그것을 이해할 수가 없었고, 그런 자신에게 화가 날 정도였다. 그동안의 근심 걱정이 그녀로 하여금 수다쟁이가 되게 만들었다는 생각 때문이었다. 그래서 그녀는 재빨리 말을 바꾸어 재차 되물었다.

"그건 그렇고, 이제 나에게 당신의 이름과 출신을 말씀해 주세요. 어쨌든 당신은 하늘에서 뚝 떨어졌거나 땅에서 우뚝 솟은 사람은 아닐 테니까요!"

"흠⋯⋯ 왕비님께서 정 그렇게 제 간청을 저버리시겠다면,

그렇다면 들어보십시오, 왕비님!" 그는 체념한 듯 슬프게 대답하며, 이미 에우마이오스에게 얘기했던 크레타 출신의 남자에 대한 이야기를 다시 시작했다. 그리고 이번에도 또 한번 사실과 허구를 교묘하게 뒤섞어서 이야기했다. 그는 크레타의 해안에서 어느 날 폭풍에 떠밀려 우연히 그곳까지 오게 된 오디세우스 일행을 직접 만나보았노라고 말했다. 폭풍이 가라앉고 순풍이 불어주어 그들이 다시 항해를 계속할 수 있게 될 때까지, 오디세우스와 그의 동료들을 자기 집으로 초대해서 여러 날 동안 음식을 대접하며 함께 지냈다고도 말했다.

오디세우스는 자기가 꾸며낸 이야기를 말하는 동안, 페넬로페를 쳐다볼 수가 없었다. 이야기를 다 마치고도 한동안 그녀가 무언가 말하기를 기다렸으나, 헛일이었다.

페넬로페는 계속 아무 말이 없었다. 기다리다 못한 오디세우스가 재빨리 그녀의 얼굴을 쳐다보았다. 놀랍게도 그녀는 울고 있었다. 그것을 본 오디세우스는 마음이 너무나 아팠고, 그래서 어떻게 하면 자신을 드러내지 않고 그녀를 위로할 수 있을지를 서둘러 생각했다. 그러나 아무 생각도 떠오르지 않았다. 마침내 페넬로페가 말하기 시작했다.

"당신이 집에 초대했던 사람이 정말로 오디세우스인지 아닌지 내가 알 수 있게 좀더 자세히 얘기해주세요. 그가 어떤 옷을 입고 있었고 그와 동행한 병사는 어떻게 생겼죠?"

그제야 오디세우스는 그녀가 얼마나 긴장을 하며 자신의 말에 귀를 기울이고 있는지 깨달았다.

"그렇게 오랜 세월이 흐른 뒤에 그런 것들을 기억하기란 쉽지가 않습니다." 오디세우스가 말했다. "제 기억으로는 당시에 오디세우스는 아마도 깃털로 정성 들여 안을 채운 자주색 망토에, 반짝이는 흰색의 올이 고운 아마포로 만든 윗저고리를 입고 계셨던 것 같습니다. 그러나 한 가지만큼은 지금도 눈앞에서 보듯 생생하게 기억이 납니다. 그의 망토에 금브로치가 달려 있었는데, 거기에는 사슴을 앞발로 움켜잡고 있는 개의 장식이 새겨져 있었습니다. 또한 그분을 따르던 병사에 대해서도 설명드릴 수 있습니다. 그 병사는 등이 구부정하게 굽은 곱사등이였으며 얼굴은 검고 까만 곱슬머리였습니다."

그러자 페넬로페의 두 눈에서 다시 한 번 눈물이 흘러넘쳤다.

"이제야 나는 당신이 정말로 오디세우스를 만났다는 것을 믿을 수 있을 것 같군요! 그 브로치는 그분이 출정하기 전날 내가 직접 달아드린 것이고, 그 검은 얼굴의 병사는 그와 항상 동행하던 병사였어요. 그러나 그 모든 것은 이미 오래전

일이에요. 내 남편은 다른 아카이아 장수들과 함께 트로이를 정복하기 위해 10년간 전투를 벌였고, 그 후 사라졌죠. 이방인이여, 나는 그분이 언젠가 다시 돌아올 수 있다는 그 어떤 희망도 더 이상 가질 수가 없어요!"

"제발 부탁입니다, 왕비님. 더 이상 울지 마세요!" 오디세우스가 말했다. 너무나 안타까운 마음에 목소리마저 제대로 나오지 않았다. "저는 그밖에도 더 많은 것을 알고 있습니다." 다급해진 그는 재빨리 말했다. "제가 이곳으로 오기 전 테스프로티아인들의 나라에 머물렀는데, 그들의 왕이 제게 전해주기를 오디세우스가 한동안 그곳에 머물렀으며 귀향에 관한 신탁을 듣기 위해서 도도나로 갔다고 했습니다. 그 왕은 또한 저에게 오디세우스가 도도나에서 다시 돌아올 때까지 맡아서 보관해두기로 한 많은 보물도 보여주었습니다. 왕비님, 저는 당신께 맹세할 수 있습니다. 당신의 남편은 지금 살아 있고 저 달이 다 차기 전에 이곳으로 돌아올 것입니다!"

"오, 당신 말이 정말이라면 얼마나 좋을까요!" 페넬로페는 한숨을 내쉬며 마치 기도를 올리듯 떨리는 두 손을 꼭 마주 잡았다. 오디세우스는 그녀의 그런 모습을 측은하게 바라보았다. 그러나 곧 그녀는 격렬하게 머리를 가로저었다. "아니에요, 나는 그 어떤 헛된 희망도 더 이상 가지지 않을 거예요! 그동안 그런 희망들은 너무나 자주 허망하게 깨져버렸어요! 하지만 당신에게 겉옷과 외투를 드리고, 내 남편을 친절하게 맞아주신 데 대한 최대한의 예의를 표하겠어요."

페넬로페는 손뼉을 쳐서 시녀들을 불렀다. "너희들은 어서 서둘러라. 여기 손님을 위해 부드러운 이불과 베개로 편안한 잠자리를 마련하거라! 또한 이분의 발을 씻겨드리고, 내일 아침이 되면 목욕을 시켜드린 후 온몸에 향유를 발라드려라. 그런 다음, 홀에서 텔레마코스와 함께 아침 식사를 하실 수 있게 준비하거라. 그리고 이제부터는 너희들 중 어느 누구도 감히 이분의 마음을 상하게 하는 언행을 해서는 안 된다! 인간의 삶은 짧고, 우리는 서로에게 친절하게 대하며 살아야 한다. 왜냐하면 누군가가 가혹하고 잔인한 행동을 하면 사람들은 그가 재앙을 당하길 바라게 되고, 심지어 그가 죽은 뒤에도 그에 대한 나쁜 기억을 잊지 않을 것이기 때문이다. 그러나 선행을 하는 사람은 그가 살아 있는 동안에도 많은 사람들이 존경하는 것은 물론이요, 그가 죽어서 그림자의 나라인 하데스로 내려간 뒤에도 오랫동안 그를 존경할 것이다!"

"정말 옳은 말씀입니다, 왕비님!" 오디세우스가 진지하게 말했다. "그러나 바라옵건대, 저를 위해 편안한 잠자리를 준비하라는 명령은 거두어주십시오. 그동안의 방랑 생활로 숱한 밤을 초라한 숙소에서 잠도 제대로 못 자고 뜬눈으로 지새우다시피 하며 지내다 보니, 부드러운 이불과 베개는 오히려 제게 불편해졌기 때문입니다. 또한 저는 저 젊고 건방진 시녀들 중 하나가 제 발을 씻겨주는 것도 원치 않습니다. 혹시 왕비님의 시녀들 가운데 저처럼 많은 고통을 겪은, 나이가 지긋하고 이해심이 많은 부인이 있다면, 그녀로 하여금 저를 대접하게 해주십시오."

페넬로페는 약간은 놀란 눈으로 낯선 손님을 바라보았다. "나는 이제껏 당신처럼 그렇게 사려 깊게 말하는 방랑객은 한 번도 보지 못했어요! 그래요, 당신이 원하는 대로 모든 것을 해드리지요. 예전에 오디세우스가 태어났을 때부터 죽 그분을 모셨던 에우리클레이아라는 시녀가 여기 있어요. 그녀는 기꺼이 당신의 시중을 들어드릴 거예요. 에우리클레이아, 이리 오게. 자네의 주인과 거의 비슷한 나이일지도 모르는 이 낯선 손님을 자네의 주인을 시중들듯이 정성껏 돌봐드리게! 이 손님은 나이가 지긋해 보이긴 하지만, 풍상을 많이 겪다 보면 생각보다 더 빨리 늙는 법이라네!"

페넬로페가 도움이 필요할 때면 언제나 가까이에서 수발을 들기 위해 늘 근처에 대기하고 있던 에우리클레이아가 얼른 다가와서는 기꺼운 마음으로 고개를 끄덕였다.

"아, 물론이죠, 저는 이 손님을 정성껏 돌봐드릴 것입니다! 제 주인님께서도 낯선 곳에서 그를 돌봐드릴 누군가를 만나신다면, 제게는 그보다 더 기쁜 일이 없을 것 같습니다! 고귀하신 손님이여, 그런데 당신께 꼭 한마디 드리고 싶은 말씀이 있습니다. 제가 당신을 처음 뵈었을 때, 당신의 모습과 목소리가 우리 오디세우스 님과 어찌나 비슷한지, 저는 깜짝 놀랐습니다. 또한 당신의 손과 발도 그분의 손발과 똑같이 생겼습니다!"

그 말을 들은 오디세우스는 조심스레 화로 옆의 어둡게 그늘진 모서리 쪽으로 의자를 약간 더 깊숙이 당겨 앉았다. 정말이지, 늙은 유모의 눈은 아직도 날카로웠으며 이 세상 어느 누구보다 그를 잘 알고 있었던 것이다!

"아, 그렇소. 그건 사실이오." 오디세우스가 말했다. "우리 둘을 아는 많은 사람들이 오디세우스 님과 제가 서로 쌍둥이처럼 닮았다고 하더군요!"

에우리클레이아는 바삐 움직이며, 양동이의 차가운 물과

화로 위 주전자의 뜨거운 물을 대야에 부어 적당한 온도가 될 때까지 섞었다. 그러고는 그 대야를 오디세우스의 발 앞에 갖다 놓고, 이제 막 자신도 그 옆에 무릎을 꿇고 앉았다.

바로 그 순간, 오디세우스의 머릿속을 번개처럼 스쳐가는 것이 있었다. 그 생각이 떠오르자 온몸이 불에 덴 것처럼 뜨겁게 달아올랐다. 상처 때문이었다! 에우리클레이아는 곧바로 그의 몸에 난 상처를 알아볼 것이고, 그가 오디세우스라는 것을 알아차리고는 놀라움과 기쁨에 들떠 소리칠 것이다! 시녀들은 그것을 듣고는 곧 구혼자들에게 가서 모든 것을 발설할 테고, 그렇게 되면 모든 계획은 수포로 돌아갈 것이다!

어느새 에우리클레이아가 그의 발을 잡고 누더기 자락을 옆으로 젖히고는 아마포 수건을 물속에 담그는 동안, 이러한 생각들이 순식간에 오디세우스의 머릿속을 스쳐 지나갔다.

그 상처는 오디세우스가 채 소년으로 다 자라기도 전인 아주 어렸을 무렵, 집안의 남자들과 파르나스의 숲속으로 사냥을 나갔을 때 사나운 야생 멧돼지가 그의 무릎 바로 옆을 물어 생긴 것이었다!

에우리클레이아는 당시 효험이 있는 약초즙과 고약으로 오랫동안 그 상처를 치료했다. 그러니 어떻게 그녀가 그 상처를 알아보지 못할 수 있단 말인가?

바로 그 순간! 오디세우스는 에우리클레이아가 깜짝 놀라 몸을 움츠리는 것을 보았다. 그녀는 잡고 있던 오디세우스의 발을 그만 놓쳐버렸고, 발은 아래로 떨어지면서 청동 대야의 가장자리를 쳤다. 곧 대야는 뒤집어졌고, 물은 바닥으로 모두 쏟아져버렸다.

에우리클레이아는 상처를 뚫어져라 쳐다보며 떨리는 손가락으로 그 위를 쓰다듬었다. 그러고는 천천히 머리를 들어 오디세우스의 얼굴을 바라보는 그녀의 두 눈에서 눈물이 철철 흘러넘쳤다. "마침내 돌아오셨군요, 오디세우스…… 내 사랑하는 주인님!" 그녀는 목이 메어 낮게 중얼거렸다.

순간 오디세우스는 페넬로페 쪽을 얼른 쳐다보았다. 그러나 다행히도 페넬로페는 반대편 홀을 향해 몸을 돌리고는 시녀들에게 이것저것 지시를 내리고 있었다. 그래서 그녀는 에우리클레이아의 말을 듣지 못했다.

서둘러 오디세우스는 에우리클레이아를 가까이로 끌어당겨 그녀의 입을 손으로 틀어막았다. 그녀는 여주인을 부르기 위해서 벌써 입을 반쯤 열었던 것이다.

"조용히 하게, 유모! 자네는 나를 망칠 셈인가?" 오디세우스가 그녀의 귀에다 대고 속삭였다. "그래, 날세, 내가 돌아왔네! 그러나 아직은 이 집에 있는 어느 누구도 내가 돌아왔다는 사실을 알아서는 안 되네. 만일 누군가가 알게 되면, 그것은 곧 나와 텔레마코스를 죽이려고 하는 구혼자들의 귀에 들어가고 말 것이야. 시녀들은 입이 가벼운 데다가, 그들 중 대부분이 이미 구혼자들과 정을 통하고 있으니 말일세! 그러니 자네의 혀를 함부로 놀리지 말게!"

"그 무슨 섭섭한 말씀이십니까, 주인님?" 에우리클레이아가 원망하듯 속삭였다. "제가 어떻게 주인님을 배반하겠어요! 제 마음이 한결같고 제 의지가 돌이나 무쇠보다도 더 단단하다는 걸 주인님께서 누구보다도 잘 알고 계시잖아요." 그녀는 이렇게 말하고 물을 새로 가져오기 위해 밖으로 나갔다. 기쁨에 넘쳐 걸어가는 그녀의 발걸음은 이제 더 이상 힘겨운 노인의 발걸음이 아니었다. 아주 오래전 어린 오디세우스를 친자식처럼 돌보았던 젊은 시절로 돌아간 것처럼, 그렇게 가벼운 발걸음이었다.

물을 가지고 다시 돌아온 에우리클레이아는 이번에는 단 한마디의 말도 없이 조용히 주인의 발을 씻기고 그 위에 기름을 발랐다. 그러고 나서 그의 의자를 다시 난로 가까이로 밀

506

어주었다. 오디세우스는 의자에 앉아서 다리의 상처를 조심스레 누더기로 덮었다.

페넬로페는 한동안 말없이 깊은 생각에 잠겨 오디세우스를 쳐다보았다. 아니다, 이 낯선 사람에게 조언을 구하는 것은 온당한 처사가 아니다. 그럼에도 불구하고 그녀는 자신도 알 수 없는 이상한 힘에 이끌려 그에게 모든 것을 털어놓게 되었다.

"내 말 좀 들어보세요!" 페넬로페는 머뭇거리며 말했다. "당신은 현명하고 경험이 많은 분처럼 보이세요. 그래서 나는 당신에게 조언을 구하고 싶어요. 아시다시피 나는 오래전부터 오디세우스가 돌아오리라는 희망을 더 이상 품지 못하게 되었어요. 그리고 구혼자들의 못된 행동은 내 아들을 위해서라도 이제 그만 끝을 내야 해요. 그렇지 않으면 그들은 내 아들의 재산을 모두 다 탕진해버리고 말 거예요. 그런데 내가 그들 중 한 사람을 배우자로 택하기 전에는 그들은 절대로 이 집을 떠나지 않을 작정입니다. 그러니 그들 중 한 사람을 새 남편감으로 선택하는 것 외에는 내가 할 수 있는 일이 더 이상 아무것도 없어요. 하지만 그들 중 어느 누구도 오디세우스의 자리를 대신할 사람이 없기에, 나는 그들 중 한 사람을 내기를 통해서 뽑기로 결심했어요. 오디세우스는 다른 사람들

507

은 시위를 당길 엄두조차 내지 못하는 거대한 활을 가지고 있지요. 내 남편은 열두 개의 도끼를 한 줄로 차례대로 세워놓고, 그 활로 화살을 쏘아 도낏자루를 묶기 위해 도끼에 뚫어놓은 구멍을 전부 관통시킬 수 있었어요. 나는 그와 똑같은 것을 구혼자들에게 하라고 할 것이고, 그 시합에서 이긴 자를 따라 그의 집으로 가기로 마음먹었어요. 물론 만약에 정말 그렇게 된다면, 내 마음은 너무 슬퍼서 차라리 죽고 싶을 거예요." 그녀는 계속 말했다. "그럼에도 불구하고 나는 내일 그 경기를 치를 거예요. 그런데 그사이 당신을 만났고, 오디세우스가 살아 있고 저 달이 다 차기 전에 집으로 돌아올 거라고 맹세까지 해가며 말씀해주셨어요. 자, 이제 내가 어떻게 하는 게 좋을지 조언해주세요. 활쏘기 경기를 뒤로 미루고 당신의 예언대로 이루어질 때까지 기다려야 할까요?"

대답 대신 오디세우스는 자리에서 일어나 몸을 한 번 쫙 폈다. 페넬로페는 깜짝 놀라서 그를 쳐다보며, 그렇게 약해 보이던 노인이 일순간에 갑자기 덩치가 전보다 훨씬 커지고 힘도 세어진 것 같다고 남몰래 생각했다.

"아닙니다, 왕비님." 마침내 오디세우스가 페넬로페의 물음에 답을 했는데, 어쩐지 그의 목소리에 웃음기가 배어 있는 것처럼 들렸다. "아무 걱정 마시고 약속하신 경기를 거행하십시오! 분명히 말씀드리지만, 구혼자들 중 하나가 활의 시위를 당기기도 전에 오디세우스 님이 내일이면 이미 돌아와 계실 테니까요!"

그의 말을 들은 페넬로페는 신기하리만치 마음이 안정되며 위로를 받은 듯한 느낌이었다. 그녀는 마침내 잠을 자기 위해 방으로 올라갔다.

오디세우스는 사방이 뚫린 회랑으로 나가 한쪽 구석에 소가죽 한 장과 몇 장의 양가죽을 깔고는 그 위에 누웠다. 나중에 에우리클레이아가 모직 망토를 가지고 와서 조용히 오디세우스를 덮어주었다. 그래서 그는 부드럽고 따뜻한 잠자리에서 잠을 청할 수가 있었다.

그러나 그의 눈에는 잠이 한숨도 찾아와 주지 않았다. 그는 근심 걱정에 가득 차서 다음 날 있을 구혼자들과의 전투를 생각했다. 물론 다른 한편으로는 페넬로페가 그동안 정절을 지켜왔다는 사실을 확인할 수 있어서 마음이 매우 흡족하고 기쁘기도 했다. 또한 에우리클레이아와 에우마이오스도 할 수 있는 한 최선을 다하여 그의 편이 되어줄 것이다. 그리고 어쩌면 소 치는 목동인 필로이티오스도 그를 도와줄 것이다.

그러나 그렇게 많은 수의 구혼자들을 상대로 전투를 하려면, 네 명의 남자들이 모두 다 강하고 용맹스러우며 싸움에 능하다 할지라도 이기기 힘든 상황이었다. 그런데 텔레마코스는 전투를 하기에는 아직 너무 어렸고, 에우마이오스와 필로이티오스는 전투에 능숙하지 않았다.

오디세우스가 근심에 가득 차서 잠들지 못하고 있던 차에, 갑자기 머리맡에서 누군가의 기척을 느꼈다.

오디세우스는 깜짝 놀라 사방을 휘휘 둘러보았다. 밤은 어둡고 달도 없었지만, 키가 훤칠하게 큰 여인의 형상과 얼굴을 분명히 알아볼 수 있었다. 그 여인의 빛나는 눈을 보았을 때, 오디세우스는 그녀가 누군지 금세 알았다.

"어찌하여 너는 아직도 잠들지 못하고 깨어 있느냐, 많은 시험을 이겨낸 자여?" 그는 곧 그것이 팔라스 아테나의 목소리라는 것도 알아챌 수 있었다. "그리고 어찌하여 너는 그렇게 소심하게 구는 것이냐? 내가 너를 고향으로 데려다주어, 마침내 집으로 돌아올 수 있게 해주지 않았더냐? 너는 네 부인이 정절을 지켜왔다는 것을 확인하고, 너의 아들이 강하고 영리하며 너의 귀향을 뛸 듯이 기뻐하고 있다는 것을 확인하지 않았더냐? 진정으로 많은 사람들이 너를 부러워할 것이다! 그런데 너는 걱정만 하고 있구나!"

"오, 여신이시여, 당신 말씀이 모두 맞습니다!" 오디세우스는 인정했다. "하지만 우리가 내일 어떻게 그 많은 구혼자들에게 대항하여 싸워야 합니까? 텔레마코스와 저, 이렇게 단둘이서 말입니다! 그리고 비록 우리가 그들을 이긴다고 할지라도, 후에 그들의 가족들이 전부 우리에게 복수하기 위해 무기를 든다면……"

"오, 이 구제 불능의 의심 많은 자여!" 여신은 노여워하며 오디세우스의 말을 중단시켰다. "너는 정말로 네가 곤궁에 처해 멸망하는 것을 그대로 두고 보기 위해, 내가 그동안 그렇게도 여러 번 너를 위험에서 구해주었다고 생각하는 것이냐? 이제 그만 자거라! 곧 너의 고통은 완전히 끝나게 될 것이다!"

아테나 여신은 오디세우스의 눈꺼풀을 부드럽게 쓰다듬고는 그 자리를 떠났다.

오디세우스는 곧 잠이 들었다……

첫새벽의 여명이 하늘로 번지기가 무섭게 에우리클레이아가 시녀들을 방에서 내몰았다.

"어서 일을 시작하거라!" 그녀는 명령했다. "샘으로 가서 물을 길어 오너라! 물을 긷다 말고 게으름을 피우거나 성 밖을 서성이며 돌아다니지 말고, 물을 다 긷는 대로 빨리 돌아오너라! 빗자루로 홀을 쓸기 전에 먼저 바닥에 물을 뿌려라! 술잔과 항아리, 그리고 고기와 빵을 담을 그릇들은 모두 깨끗이 씻어놓았느냐? 행주로 식탁을 한 번 더 닦고, 모피와 양탄자들을 의자 위에 걸쳐놓아라! 모든 일이 평소보다 더 빨리 끝나야 하고, 식사 또한 평소보다 훨씬 더 풍성하게 준비되어야 한다. 왜냐하면 오늘은 새 달이 뜨는 날이고, 아폴론 신의 축제일이기 때문이다!"

에우리클레이아가 그렇게 시녀들 사이를 분주하게 오가며 이런저런 일들을 시키고 있을 때, 어깨에 칼을 메고 오른손에는 창을 든 텔레마코스가 두 마리의 날쌘 개를 데리고 홀 안으로 들어왔다.

"유모, 그 낯선 손님을 잘 돌봐드렸나요?" 그가 지나가며 물었다.

에우리클레이아는 재빠른 눈길로 텔레마코스를 훑어보며 뭔가 알아내려고 애썼다. 왕자님은 그 낯선 이방인이 자기 아버지라는 것을 알까? 그녀는 알아낼 수가 없었다. 그의 얼굴은 언제나처럼 아주 평온하고 진지해 보였다. 그래서 그녀는 일단은 침묵하기로 결심했다.

"우리는 기꺼이 그분께 잘 대접해드리려고 했었지요." 에우리클레이아가 마침내 대답했다. "그런데 그분께서는 부드러운 침대에서 주무시는 것을 원치 않으시고, 저 바깥 회랑에서 모피를 깔고 주무셨어요!"

"그럼 됐어요!" 텔레마코스가 고개를 끄덕이고는 광장으로 가기 위해 집을 나섰다. 그는 바깥으로 나와 구혼자의 하인들이 화로와 아궁이에 땔 장작을 패고 있는 정원을 통과했다.

정문 앞에서 마침 세 마리의 살진 돼지를 몰고 오는 에우마이오스와 마주쳤다. 시녀들은 물이 든 단지를 이고 샘에서 돌아오고 있었다. 멜란티오스는 몇 마리의 염소를 정원 안으로 몰고 들어와 매애매애 처량 맞게 울어대는 염소들을 현관 앞에 단단히 묶어두었다. 맨 마지막으로 소 치는 목동인 필로이티오스가 살진 암소 한 마리를 줄에 묶어 느릿느릿 몰고 들어와서는, 현관 앞 기둥들 중 하나에 묶어놓았다.

그 모든 소음 속에서 단잠을 자던 오디세우스가 마침내 깨어났다. 그는 재빨리 자리에서 일어나서 거지가 집 안을 어지럽혀 놓았다고 아무도 꾸짖지 않게끔 서둘러 모피를 정돈했다.

에우마이오스가 다가와서 그에게 친절하게 인사했다. 그러나 염소치기 멜란티오스는 오디세우스를 사악한 눈빛으로 째려보았다. "아직도 여기 있었느냐, 이 낮도둑 놈아?" 그는 으르렁댔다. "너는 오늘도 여기서 구걸하면서 우리를 귀찮게 할 셈이냐? 썩 꺼져라, 다른 집들도 충분히 많다!"

오디세우스는 그에게서 등을 돌리고는 아무런 대답도 하지 않았다. 그러나 그가 한 못된 말은 잊지 않고 가슴에 새겨두었다.

이번에는 소 치는 목동인 필로이티오스가 호기심에 가득 차서 다가왔다. "저 이방인은 누구예요, 에우마이오스? 내가 보기에 저분은 평범한 거지 같지는 않고, 신들의 결정에 따라 불행에 빠지게 된 고귀한 분 같아요!" 그러고는 오디세우스에게 다가가서 그에게 악수를 하자고 손을 내밀었다. "낯선 분이시여, 인사드립니다. 앞으로는 당신께 지금보다 더 좋은 일들만 있기를 바랍니다. 당신은 그동안 많은 고난을 겪으셨을 테니까요! 당신을 보니 내 주인이신 오디세우스 님이 생각나서 마음이 많이 슬프군요. 그분께서도 어쩌면 당신처럼 가난하고 불행해져서 낯선 곳을 헤매고 계실는지도 모르거든요. 우리는 이렇게 주인님의 재산을 충실히 관리하고 그분

소유의 가축들을 열심히 돌보고 있는데, 벌써 여러 해 전부터 한 떼의 무례한 남자들이 매일매일 그것을 탕진하고 먹어치우고 있답니다. 그러니 우리 주인님께 도움 될 일이 뭐가 있겠어요? 당신께 분명히 말씀드리지만, 만약 텔레마코스 님이 안 계셨더라면 나는 이미 오래전에 소들을 모조리 이끌고 이곳에서 멀리 떨어진 다른 나라로 떠나버렸을 거예요. 그곳에서는 아무도 내게 저렇게 매일 쓸데없이 낭비만 일삼는 잔치를 위해서 제일 살지고 좋은 소들을 잡아오라고 강요하지는 않을 테니까요! 그리고 만약 오디세우스 님께서 돌아오시면, 나는 자랑스럽게 그분 앞으로 걸어 나가 그동안 그분의 가축들이 얼마나 많아졌는지 보여드릴 거예요! 나는 아직도 언젠가 주인님을 다시 만나 뵐 수 있으리라는 희망을 버리지 못하고 있거든요."

오디세우스는 필로이티오스가 하는 말을 아주 기쁘게 들었다. 그렇다, 필로이티오스도 에우마이오스처럼 올바르고 충직한 하인이었다. 오디세우스는 그의 어깨 위에 손을 올려 다정히 감싸주었다.

"잘 들어보시오, 소 치는 목동이여!" 그는 진지하게 말했다. "내 맹세하건대, 오디세우스 님은 이제 곧 돌아오실 것이오! 오늘 아폴론 신을 기리는 달의 축제가 벌어지는 동안 이 궁전에 머물러 있으시게. 그러면 오디세우스 님이 구혼자들이 행한 그동안의 악행에 대해 어떤 최후를 준비하셨는지를 직접 보게 될 것이오!"

필로이티오스는 믿지 못하겠다는 듯한 표정으로 오디세우스를 쳐다봤다. "그 모든 것을 그렇게 정확하게 알고 계신 걸 보니, 혹시 당신은 예언자십니까? 어쨌든 한 가지만은 확실합니다. 만약 구혼자들에게 그런 일이 일어난다면, 당신 역시 내 이 두 주먹이 무엇을 할 수 있는지 보게 될 것입니다!"

한편 그사이 텔레마코스는 사람들이 회의를 하기 위해 모여 있는 광장에 도착했다. 그는 한쪽 구석에서 머리를 맞대고 열심히 토론하는 구혼자들을 보았다. 텔레마코스가 그들 옆을 지나가자, 그들은 서로를 툭 치면서 말을 뚝 멈추고 조용해졌다. 그들은 텔레마코스에게 인사도 하지 않고, 마치 그를 전혀 알아보지 못한 것처럼 행동했다.

"그는 아직도 저렇게 버젓이 살아 있소." 안티노오스는 화가 나서 이를 갈며 낮은 목소리로 말했다. "신들께서 그의 죽음을 원하지 않는 것 같소. 이때까지도 우리 모두가 저 꼬마 하나를 손아귀에 넣지 못하고 있는 것을 보면 말이오!"

바로 그 순간, 매가 내지르는 날카로운 소리가 하늘에서 들려왔다. 매는 발톱으로 비둘기 한 마리를 움켜쥔 채로 구혼자들의 머리 위를 빙빙 돌며 날고 있었다.

구혼자들은 숨도 제대로 쉬지 못하고 위를 쳐다보았다. 그것은 분명 신들께서 보내는 신호였기 때문이다! 매가 그들의 오른쪽을 지나서 날아가면 그들은 텔레마코스를 죽이는 일에 성공할 것이다. 그러나 만약 왼쪽으로 날아가면……

매는 이제 아무런 움직임 없이 하늘 한자리에 떠 있었다. 그러더니……

구혼자들은 매가 다시 날개를 퍼덕이며 쏜살같이 그들의 왼쪽으로 날아가자, 깜짝 놀라 머리를 움츠렸다. 그러자 암피노모스가 한숨을 내쉬며 말했다.

"안 되겠소, 친구들이여. 텔레마코스를 해치려는 우리의 계획은 좋은 생각이 아닌 것 같소! 차라리 궁전으로 돌아가 잔치나 벌이며 즐기도록 합시다!"

암피노모스는 내심 기뻤다. 그는 텔레마코스를 죽이려는 계획이 그다지 마음에 들지 않았기 때문이다.

그러나 다른 구혼자들은 성난 얼굴로 암피노모스를 따라 궁전으로 가는 동안, 어떻게 해야 자신들이 화를 입지 않으면서 신들의 결정을 피해갈 수 있을지에 대해 곰곰이 생각했다.

궁전 홀에서는 축제의 만찬을 벌이기 위한 모든 준비가 끝나 있었다. 꼬챙이에 끼운 고기는 불 위에서 이미 노릇노릇하게 구워져 있었고, 에우마이오스는 불만이 가득한 얼굴로 구혼자들의 잔에 포도주를 따랐고, 필로이티오스는 빵 바구니를 들고 심드렁한 표정으로 식탁 사이를 오갔으며, 멜란티오스는 물과 포도주를 적절히 혼합하고 있었고, 구혼자의 하인들은 고기를 자르고 구워진 내장을 나눠놓았다.

이제 텔레마코스도 광장에서 돌아왔다. 그는 곧 홀 안을 둘러보며 아버지를 찾았다. 오디세우스는 사람들의 눈을 피해 문지방 옆의 벽에 조용히 기대서 있었다.

"문 옆에 있는 작은 식탁에 앉으시죠." 텔레마코스는 오디세우스에게 이렇게 말하고는, 시종들에게 손짓해서 구혼자들에게 대접하는 것과 똑같이 빵과 고기를 갖다 드리라고 했다. 그리고 직접 포도주가 든 황금 술잔을 그에게 가져다주었다.

"여기 홀에서 편안하게 우리와 함께 먹고 마시도록 하세요." 텔레마코스는 다른 사람들이 모두 들을 수 있을 정도로 크게 말했다. "누구도 당신을 괴롭히거나 학대할 수 없습니다! 나는 싸움이나 폭력은 참을 수가 없어요. 이건 여기 있는

518

모든 구혼자들에게 똑똑히 들으라고 하는 말입니다. 이곳은 지나가는 어중이떠중이가 머무르는 여인숙이 아니라 왕의 거처입니다! 그리고 지금은 내가 이곳의 통솔자고요!"

구혼자들은 입술을 깨물며 눈썹을 잔뜩 찌푸리고, 적의에 가득 찬 눈을 번득이며 텔레마코스를 노려보았다. 안티노오스가 낮은 목소리로 말했다.

"마음대로 지껄이게 내버려 둡시다! 언젠가는 우리가 저 입을 영원히 다물게 할 날이 올 거요!"

그런데 이상한 것은, 구혼자들이 갑자기 난폭해지기 시작한 것이었다. 그들은 마음이 불안해져 왔고, 왜 그런지 그 이유를 정확히 알 수 없었다. 그래서 그들은 계속 술잔을 비워 댔으며, 그럴수록 난폭함과 불안함은 더욱더 커져만 갔다. 어떤 구혼자는 기이한 두려움에 사로잡혀 아무 말 없이 자기 앞을 응시하기도 했다. 그러면서도 자기가 도대체 무엇을 두려워하는지 알지 못했다. 또 다른 구혼자는 갑자기 누군가에게 뭔가 아주 못된 짓을 하고 싶은 엄청난 충동에 사로잡혔다. 그래서 사나운 눈으로 홀 안을 휘휘 둘러보았고, 마침내 한쪽 구석에 앉아 있는 오디세우스를 발견했다. 그는 사람들이 먹고 버린 뼈다귀를 던져놓은 바구니에서 소 다리뼈 하나를 집어 들었다.

"친구들이여!" 그는 큰 소리로 외쳤다. "저 거지는 사람들로부터 이미 받을 만큼의 대접을 다 받았소이다! 하지만 나는 그에게 특별한 선물을 하나 더 주고 싶소!"

이 말과 함께 그는 소 다리뼈를 오디세우스를 향해 힘껏 던졌다. 오디세우스는 재빨리 몸을 피했고, 뼈는 날아가 우지끈 소리를 내며 벽에 부딪쳤다.

화가 나서 얼굴이 시뻘게진 텔레마코스가 자리에서 벌떡 일어나 큰 소리로 외쳤다. "세상에, 당신이 소 뼈다귀로 저 이방인을 맞히지 못한 것을 정말 다행이라고 생각하시오! 만약 그랬더라면 내 창이 당장에 당신을 꿰뚫고 나가, 당신 아버지는 아들의 결혼식 대신 장례식을 치러야 했을 것이오! 구혼자들이여, 이것이 나의 마지막 경고임을 명심하시오! 당신들이 나를 죽이려고 혈안이 되어 있다는 사실을 내가 모를 거라 생각하시오? 정말이지, 어쩌면 이렇게 살아서 계속 당신들의 그 흉악한 짓거리를 보는 것보다 차라리 죽는 편이 더 나을지도 모르겠소!"

텔레마코스의 분노에 찬 외침이 끝나자, 구혼자들은 한동안 아무 말 없이 조용히 앉아 있었다. 그러다 마침내 한 사람이 일어나 입에 발린 간교한 말을 늘어놓았다.

"자, 모두들 진정하시오, 친구들이여! 텔레마코스가 저렇게 노여워하는 것을 그의 탓으로 돌릴 수만은 없지 않소. 저 이방인을 그만 괴롭히고 가만둡시다. 그도 텔레마코스의 손님이잖소. 그러나 텔레마코스와 페넬로페 왕비님께는 내 진심 어린 충고를 하나 해야겠네. 내 충고를 따르기만 한다면, 자네가 표현한 바대로 우리의 모든 흉악한 짓거리는 곧 끝이 날 걸세. 즉, 자네 어머니에게 가서 어서 우리 중 한 사람을 남편감으로 선택하라고 말하게! 물론 자네 어머니는 오디세우스가 언젠가는 돌아올 것이라는 희망을 버리지 않는 한, 결정을 최대한 뒤로 미루며 우리를 멀리하고 싶을 걸세. 그러나 그런 희망은 이미 오래전에 사라졌네. 그러니 자네가 나서서 재혼을 종용하란 말일세! 그러면 우리는 그 즉시 자네 집을 떠날 것이고, 자네는 앞으로 누구의 방해도 받지 않고 재산을 마음대로 쓸 수 있을 걸세!"

"싫소, 내 아버지의 고통을 걸고 그리하지 않을 것이오!" 텔레마코스가 외쳤다. "나는 어머니께 아무것도 강요하지 않을 거요! 재혼을 하는 것이 진정 어머니의 뜻이라면, 어머니는 그렇게 하실 것이오! 그러나 나는 어머니를 이 집에서 추

방하는 일 따위는 절대로 하지 않을 것이오!"

그러자 구혼자들 사이에서 다시 한 번 거친 고함 소리가 터져 나왔다. 그들은 이제 완전히 제정신이 아닌 것 같았다. 갈증이 나서 미치겠다는 듯 포도주를 마구 목구멍으로 쏟아부었다. 날고기를 들어 바닥으로 내동댕이치며 재미있어 죽겠다는 듯 머리를 한껏 뒤로 젖히는가 하면, 얼굴을 일그러뜨리며 웃어대기도 했다. 그들의 끔찍한 웃음소리는 사방의 벽에 부딪쳐 다시 홀 안에 가득 울려 퍼졌다.

한편 어느 누구도 예언자 테오클리메노스가 그 순간 홀 안으로 들어오는 것에 신경을 쓰지 않았다. 그의 얼굴은 창백했고 수심에 가득 차 있었으며, 두 눈에는 끝을 알 수 없이 깊게 가라앉은 슬픔이 담겨 있었다. 그는 천천히 식탁을 따라 걸어 들어오며 술 취한 구혼자들을 둘러보았다.

구혼자들은 그가 들어온 것을 알아채고는 깜짝 놀라 침묵했다.

"오, 애통하구나, 불행한 자들이여!" 그 예언자는 침묵하고 있는 구혼자들을 향해 마치 꿈속에서처럼 몽롱하게 말했다. "너희들을 애도하노라! 밤이 너희들의 머리와 얼굴을 둘러쌌도다! 나는 너희들의 한탄 소리를 들으며, 너희들의 뺨 위로 흘러내리는 눈물을 보노라! 사방의 벽에서는 피가 뚝뚝 듣는구나. 수많은 죽은 영혼들이 궁전의 정원과 회랑을 가득 채우는구나. 태양은 빛을 잃고 끔찍한 어둠만이 사방을 뒤덮는구나!"

구혼자들은 꼼짝 않고 자리에 앉아 예언자를 응시했고, 두려움이 그들의 목을 죄어오는 것을 느꼈다. 마침내 더 이상 두려움을 견딜 수 없게 되었을 때 그들은 마구 웃기 시작했다.

"저자는 텔레마코스가 필로스에서 데리고 온 이방인이다!" 에우리마코스가 소리쳤다. "저 불쌍한 놈이 미쳐도 단단히 미쳤구나! 저자에게는 여기 홀 안이 너무 어두운 것 같으니, 누가 저자를 문 앞까지 좀 데리고 가주게!"

"나는 혼자서도 얼마든지 갈 수 있소, 에우리마코스!" 테오클리메노스가 싸늘하게 말했다. "나도 눈과 귀와 발이 있는 사람이오. 게다가 나는 당신들과는 달리 이성이라는 것도 가지고 있소. 그러나 당신 말이 옳소. 당신들과 함께 있다 무리에 휩쓸려 화를 당할까 무서워, 나는 여기서 되도록 빨리 나갈 것이오!"

말을 마친 테오클리메노스는 문 쪽으로 돌아서더니, 홀 밖으로 나가 그길로 아예 궁전을 떠나버렸다.

구혼자들은 뒤에서 그를 비웃었다. 그러나 그들의 웃음은 비참했고 억지로 꾸민 것처럼 들렸다.

"이봐, 텔레마코스!" 구혼자들 중 한 명이 외쳤다. "자네처럼 끔찍한 손님들이 많이 찾아오는 사람도 드물 것 같네! 한 사람은 일도 하지 않으면서 식충이처럼 먹고 마시느라 남에게 빌붙어서 구걸이나 일삼는 거지에다가, 또 한 사람은 예언자인 척하면서 끔찍한 말들을 예언이랍시고 떠들어대는 뜨내기 사기꾼이 아닌가!"

텔레마코스는 조롱하는 자의 말에 전혀 신경 쓰지 않았다. 그는 아버지가 혹시 그에게 무슨 신호라도 보내지는 않을지, 그것에만 마음을 쓰며 아버지 쪽을 건너다보았다.

그러나 오디세우스는 아무 말이 없었고, 그저 가만히 때를 기다리며 앉아 있었다. 텔레마코스는 이제 곧 머지않아 무슨 일인가가 일어나리라는 것을 느낄 수 있었다.

10

한편 그 시각 페넬로페는 시녀들을 데리고 안채에서 나와, 궁전의 가장 바깥쪽에 있는 계단을 통해 왕의 보물 창고로 갔다.

그녀는 마음이 무거웠고 다시 안채로 되돌아가고 싶은 마음이 굴뚝같았다. 그러나 한번 결심한 일이니 끝을 내야만 했다. 만약 일이 잘못되기라도 한다면 그녀는 저 구혼자들 중 한 사람을 따라서 그의 집으로 함께 가야만 했고, 이타케의 왕궁에서 지냈던 시절의 기억은 단지 꿈속에서나 더듬어볼 수 있을 터였다.

그러나 페넬로페는 낯선 거지가 해준 말을 떠올릴 때마다 알 수 없는 희망이 마음속에 샘솟는 느낌이었다. "구혼자들 중 하나가 활의 시위를 당기기도 전에 오디세우스 님이 내일이면 이미 돌아와 계실 겁니다!"

페넬로페는 한숨을 내쉬며 철문 앞에 한동안 가만히 서 있었다. 그러고는 상아 손잡이가 달린 보물 창고의 열쇠를 자물쇠 안에 꽂았다.

"그래, 앞으로 반드시 일어나야 할 일이라면, 받아들이는 수밖에 없겠지!" 그녀는 결심한 듯 혼잣말을 했다. "어떤 쪽으로든 결정은 내려져야 한다!"

페넬로페는 창고로 들어가 그곳에 보관된 여러 가지 함들과, 청동과 쇠로 만든 갖가지 값진 물건들 사이를 걸어갔다.

맞은편 벽에 오디세우스의 활이 가죽 주머니 안에 담겨 걸려 있었다. 페넬로페는 그것을 내려서 가죽 주머니를 벗기고 활을 유심히 들여다보았다. 그것은 오디세우스처럼 힘이 센 남자만이 다룰 수 있는 어마어마하게 강력한 무기였다. 구혼자들 중에서 오디세우스만큼 강한 남자가 있을까? 아니다, 페넬로페는 그런 생각은 꿈에도 하고 싶지 않았다! 그녀는 황급히 긴 화살들이 가득 들어 있는 화살통을 들고는, 시녀들에게 열두 자루의 도끼가 들어 있는 함을 들고 따라오라고 명령했다.

곧 페넬로페는 홀이 있는 아래층으로 내려갔다.

왕비가 홀에 나타나자, 구혼자들은 다시 한 번 포도주의 취기가 확 가시는 것 같았다. 소란을 피우며 이리저리 날뛰던 그들은 조용해졌고, 왕비 앞에서 고상하게 행동하려 노력했다.

페넬로페는 재빨리 저 건너 문지방 앞에 있는 낯선 이방인에게 눈길을 보냈다. 그러나 그는 또다시 손을 이마 위에 얹어 얼굴을 가리고는 그곳에서 꼼짝도 않고 앉아 있었다. 페넬로페는 그의 얼굴을 볼 수가 없었다. 내심 실망한 그녀는 고개를 돌렸다. 그렇다, 그녀는 실망했다…… 그러나 그 불쌍한 노인에게서 도대체 무엇을 기대했기에 그리도 실망스러운지, 그녀 자신도 도무지 알 수가 없었다.

깊은 한숨을 지으며 페넬로페는 마침내 자리에서 일어났다. "구혼자 여러분, 제 말을 들어보십시오!" 그녀는 말문을 열었다. "여러분은 말로는 모두 나와 결혼하기 위해 이곳으로 왔다고 했습니다. 그런데 그동안 당신들은 내 아들의 재산을 낭비하면서 우리 집에서 매일 난잡한 잔치를 벌이는가 하면, 내 시녀들과 밤마다 놀아나며 내 집을 찾아온 다른 손님들을 학대했어요. 이제 그 모든 악행은 이쯤에서 끝이 나야 합니다! 그래서 저는 시합을 통해서 당신들 중 한 사람을 새

로운 남편감으로 정하기로 했습니다. 여기를 보세요! 오디세
우스는 이 활로 화살을 쏘아 열두 개의 도끼에 난 구멍에 관
통시키곤 했지요. 당신들도 그와 똑같이 할 수 있어야 합니
다! 활을 가장 날렵하고 손쉽게 당겨서 화살로 도끼 구멍을
관통시킨 사람을 저는 남편으로 맞을 것이며, 그분의 배우자
로서 그를 따라갈 것입니다. 에우마이오스! 이 활을 가지고
가서 보여드리게!"

에우마이오스는 페넬로페의 말에 복종했다. 그가 그 값진
무기를 들고 천천히 식탁을 따라 걷는 동안, 풍상에 시달린
그의 주름진 얼굴에서 자꾸만 웃음이 흘러나왔다. 아니, 어떻
게 저런 인간들이 이 거대한 활을 당길 수 있단 말인가?

구혼자들은 그 유명한 무기를 긴장한 눈으로 관찰했고 마
음이 자꾸만 불편해지는 것을 느꼈다. 그때 안티노오스가 말
했다. "친구들이여, 나는 이 시합이 우리에게 그리 쉽지 않을
거라 생각하오! 우리 중 어느 누구도 오디세우스만큼 강하지
못하기 때문이오. 나는 어린 소년이었을 때부터 그를 보아왔
기 때문에 그에 대해 잘 알고 있소!"

"하지만 그 시합의 대가는 충분히 크다고 생각합니다!" 그
말을 들은 텔레마코스가 외쳤다. "그건 당신들이 더 잘 알고

있지 않습니까? 내가 내 어머니를 이 자리에서 더 이상 길게 칭찬할 필요가 뭐 있겠습니까! 솔직히 말씀드리자면, 나 역시도 그 활을 한번 당겨보고 싶습니다! 내가 활을 당길 수만 있다면 어머니는 이 집을 떠나지 않아도 될 것이고, 나 또한 어머니와 헤어지는 슬픔에 눈물짓지 않아도 될 테니 말입니다!"

이렇게 말한 텔레마코스는 입고 있던 진홍색 망토를 재빨리 벗어 던지고 어깨에서 칼집을 내려놓았다.

그는 활로 바닥에 긴 고랑을 파고는 열두 자루의 도끼를 그 안에 한 줄로 나란히 세웠다. 정확히 한 줄로 세워졌는지 끈을 이용해서 확인한 후 흙으로 단단히 고정시켰다.

그러고 나서 그는 활을 집어 들고 화살통에서 화살을 하나 꺼내서는 문지방 쪽으로 걸어갔다.

그동안 청년으로 성장한 텔레마코스는 힘이 많이 세지기는 했으나, 아버지의 활을 당기기에는 역부족이었다. 세 번을 계속해서 활을 당기려고 시도했으나 항상 마지막 순간에 힘이 모자랐다. 네번째 시도에서는 어쩌면 성공했을는지도 모른다. 그러나 네번째로 시도하려는 순간 아버지가 몰래 신호를 보냈고, 그는 하는 수 없이 무기를 바닥에 내려놓았다.

"나는 아직은 너무 어리고, 그래서 힘도 충분히 세지 못한 것 같습니다." 그가 말했다. "자, 이제 당신들이 행운을 얻기 위한 시합을 할 차례입니다!" 이렇게 말한 텔레마코스는 구혼자들의 시합을 지켜보기 위해서 페넬로페 옆에 있는 의자로 가서 앉았다.

"홀의 맨 오른쪽 끝에 앉은 사람부터 시작하도록 합시다." 안티노오스가 제안했고, 다른 사람들도 모두 그 의견에 동의했다.

첫번째로 활을 당기기 위해 자리에서 일어난 사람은 구혼자들이 늘 데리고 다니는 제사장이었다. 구혼자들이 그들의 파렴치한 소원을 이루어달라고 신들께 빌며 제사를 지낼 때 꼭 필요한 사람이었다. 그는 몸이 허약했고 손은 여자 손처럼 부드러웠다.

제사장은 온 힘을 다해 활을 당기려고 시도했지만, 활은 꿈쩍도 하지 않았다. 의기소침해진 그는 시무룩하게 활을 벽에다 세워두었다. "당신들이나 실컷 이 활을 당겨보시오. 난 이런 짓은 더 이상 하지 않겠소! 내 생각에는 당신들 중 대부분이 나처럼 활을 제대로 당겨보지도 못하고 시합에서 지고 말 것이오. 당신들에게 말하지만, 이 오디세우스의 활은 우리에게 큰 재앙을 가져올 것이오! 오디세우스는 여기 있는 많은 남자들의 목숨을 빼앗을 것이오! 솔직히 말하면, 아카이아의 다른 딸들에게 구혼을 하는 것이 우리에게 훨씬 더 나을 뻔했소!" 그는 이 말을 남기고 침통한 표정으로 자기 자리로 다시 돌아가 앉았다.

그러자 안티노오스가 그를 비난했다. "무슨 그런 멍청한 말을 하시오?" 그가 소리쳤다. "당신 어머니는 확실히 무기를 가지고 영광을 얻으라고 당신을 낳지는 않은 것 같소! 단지 당신이 활을 당기지 못했다는 이유로 그 활이 우리의 목숨을 빼앗을 거라니, 그게 말이 되오? 두고 보시오, 곧 다른 사람이 그 활을 당길 테니!"

그러고는 염소치기인 멜란티오스를 불렀다. "어서 관솔에 불을 지피고 비계 한 덩어리를 가져오너라. 너무 오랜 세월 동안 활을 사용하지 않아서 온통 뻣뻣해졌구나!"

멜란티오스는 서둘러 달려 나갔다. 곧 화로에 불이 지펴졌고, 구혼자들은 활을 부드럽게 만들기 위해서 불에 녹인 비곗살을 활에 골고루 발랐다.

그런 다음 그들은 다시 한 사람씩 차례로 행운을 잡기 위한 시합에 참가했다. 그러나 여전히 아무도 활을 당기지 못했고, 그들은 하나둘씩 아름다운 페넬로페와 많은 재산을 한꺼번에 얻으리라는 달콤한 희망을 포기해야만 했다.

마침내 안티노오스와 에우리마코스, 이렇게 둘만 남게 되었다. 그들은 망설이며 서로를 바라보기만 할 뿐, 어느 누구도 지독하게 말을 듣지 않는 무기를 먼저 잡지 못했다.

바로 그 순간, 지루해진 에우마이오스와 필로이티오스가 집으로 돌아가기 위해 함께 홀을 나가버렸다.

그 모습을 본 오디세우스는 재빨리 정원으로 그들을 따라 나갔다. "내 말 좀 들어보시오!" 그는 서둘러 말했다. "지금 막 당신들의 주인이 낯선 나라에서 돌아와 저기 안에 있는 남자들과 싸운다면, 당신들은 누구 편에 서겠소? 오디세우스요 아니면 구혼자들이오? 나는 당신들이 진심에서 우러나오는 대로 대답해주기를 바라오!"

그들은 고개를 절레절레 저으며 오디세우스를 쳐다보았다.

"구혼자들이 내 주먹맛을 보게 될 거라고 내가 당신에게 이미 말하지 않았나요?" 소 치는 목동이 거의 화를 내며 재빨리 대답했다. 에우마이오스 역시 다시 주인을 만나 무례한 구혼자들을 궁전에서 쫓아낼 수만 있다면, 그 이상 더 바랄 것이 없겠노라고 대답했다.

"이제야 비로소 너희들을 확실히 믿을 수 있을 것 같구나!" 오디세우스는 진지하게 말했다. "지금 너희들의 눈에 난 불쌍한 노인으로밖에는 보이지 않을 것이다. 그러나 좀더 자세히 본다면 너희들은 아마도 나를 알아볼 수 있을 것이다!"

오디세우스는 무릎을 덮고 있던 누더기를 위로 들췄다. "이 상처를 기억하느냐?" 그가 물었다. "내가 어렸을 적, 파르나스에서 사냥을 할 때 멧돼지가 송곳니로 다리를 깊이 물어 생긴 상처다!"

그들은 눈을 크게 떴다. 그러고는 몸을 숙여 굳은살이 박인 손으로 오디세우스의 다리에 난 상처를 더듬었다. 그러고는 천천히 자리에서 일어섰다.

"오, 주인님…… 당신이 정말로 주인님이 맞습니까?" 에우마이오스는 목이 메어 제대로 말을 잇지 못했다. 그의 두 눈에서는 눈물이 철철 넘쳐흘렀다.

필로이티오스는 빨리 자기 귀를 꼬집어보았다. 지금 이 상황이 꿈인지 생시인지 알 수가 없었기 때문이다.

에우마이오스보다 훨씬 더 날쌘 필로이티오스는 기쁨에 겨워, 마침내 고향으로 돌아온 주인에게 돌진하여 두 팔로 감싸안으며 주인의 어깨와 빰에 입을 맞추었다.

오디세우스는 그들이 기뻐서 어쩔 줄 몰라 하는 모습을 감격스럽게 쳐다보았다. 그러나 그는 곧 조심할 것을 당부했다. "여기는 바깥이라 누군가가 우리를 보고 홀에 알릴 수 있는 위험이 크다. 그러니 우리는 아주 조심해야 한다. 내가 지금부터 하는 말을 잘 듣고 그대로 실행에 옮기도록 해라! 나는 내 활과 화살을 손에 넣어야 한다. 그것만이 우리를 구원할 수 있는 길이다! 물론 구혼자들은 내가 그 활을 당기게 내버려 두지 않을 것이다. 그러나 에우마이오스, 그럼에도 불구하고 자네는 반드시 그것을 손에 넣어 다시 나에게 건네주어야 한다. 그런 뒤에는 곧바로 에우리클레이아를 불러서 안채의 문을 모두 잠그고, 시녀들을 방에서 나오지 못하게 하라고 지시해라. 홀에서 남자들이 싸움을 하는 소란스러운 소리가 들릴지언정, 시녀들이 절대로 방 밖으로 나와서는 안 된다고 일러라. 필로이티오스, 너는 정원 문을 잠그고 굵은 밧줄로 다시 한 번 빗장을 튼튼히 감아 아무도 밖에서 홀 안으로 들어오는 사람이 없도록 단단히 단속해야 한다. 자, 이제 홀로 들어가자꾸나. 맨 먼저 내가 들어가고 다음으로 너희들이 들어오너라. 아무도 의심하지 않도록 너희는 각각 한 사람씩 들어와야 한다!"

말을 마친 오디세우스는 곧장 몸을 돌려 궁전 문을 통해 다시 홀 안으로 들어갔다. "결전의 순간이 다가왔다." 그는 이렇게 중얼거리며 빠른 눈길로 활이 어디 있는지 둘러보았다.

활은 에우리마코스의 손에 들려 있었다. 그는 활을 화롯불 위에다 대고 구석구석 열기가 전달될 수 있게 천천히 돌렸다. 그러나 그것은 시간을 벌기 위한 치졸한 속임수에 불과했다. 그는 절망적인 심정으로 어떻게 하면 그 시합을 피할 수 있을지에 대해서만 생각했다. 활을 당기는 시합은 그에게 애초부터 아무런 가망이 없어 보였다.

그러나 어떤 해결책도 떠오르지 않았고, 그는 결국 좋든 싫든 활시위에 화살을 얹고 온 힘을 다해 당겼다. 그는 절대로 약한 사람은 아니었으나, 그 엄청난 활은 그의 모든 노력을 무색하게 만들었다.

그는 마침내 시합을 포기하고 화가 나서 활을 바닥으로 던져버렸다.

"빌어먹을!" 에우리마코스는 소리쳤다. "페넬로페와의 결혼이 무산된 것이 나를 이토록 고통스럽게 만드는 것이 아니오. 이타케에는 페넬로페 말고도 다른 여인들이 많기 때문이오. 오디세우스가 너무도 쉽게 화살을 쏘아 열두 자루의 도끼를 관통하는 데 사용한 이 활을 우리 중 어느 누구도 팽팽하게 당길 수조차 없다니, 바로 그 사실이 나를 괴롭게 하는 거요. 이러한 수치에 대해서 훗날 우리의 자손들까지도 우리를 조롱하면서 얘기하게 될 것이오!"

"아니오, 에우리마코스!" 그사이에 간교한 생각을 하나 떠올린 안티노오스가 말했다. "우리는 모두 세상 물정 모르는 바보들이오! 어느 누구도 오늘이 궁수의 신인 아폴론을 기리는 성스러운 날이라는 것을 몰랐소. 그러니 오늘 같은 날 도대체 어떤 인간이 활을 당길 수 있겠소! 자, 오늘은 더 이상 활쏘기 시합을 하지 말고 그냥 쉬기로 합시다! 내일 아침 일찍 아폴론 신께 풍성한 제물을 바친 다음, 경기를 처음부터 다시 시작합시다!"

그 말을 들은 구혼자들은 안도의 한숨을 내쉬며 안티노오스에게 환호를 보냈다. 그렇게 해서 그들은 자기들이 승리할 수 있으리라는 희망을 다시 한 번 가질 수 있게 되었다!

그때 오디세우스가 자리에서 일어섰다.

"왕비의 구혼자들이여, 내 말을 들어보시오!" 오디세우스가 큰 소리로 외치자, 구혼자들은 일제히 그를 향해 고개를 돌렸다. 그의 목소리는 이제 더 이상 거지 노인의 목소리가 아니었다. 그의 목소리는 갑자기 낯설고도 우렁차게 변해 있었다.

"안티노오스가 방금 매우 설득력 있는 말을 했소. 만일 신들께서 그리되도록 결정하신다면, 내일 당신들 중 한 명은 신들께서 허락하신 승리를 맛보게 될 것이오! 그러나 그대들에게 간청드리건대, 나에게도 오늘 한번 활을 당길 수 있는 기회를 허락해주었으면 좋겠소! 내게 아직도 예전의 힘이 남아 있는지, 아니면 그동안의 오랜 고생으로 인해 기운이 다 빠져버렸는지 확인해보고 싶소이다!"

그러나 구혼자들은 오디세우스가 말을 모두 마치도록 가만히 내버려 두지 않았다. 그들은 격분해서 저마다 한마디씩 뭐라고 소리쳤다. 그들은 그 늙은 방랑자와 이로스 사이에 있었던 싸움을 기억해내고는, 그가 혹시 활쏘기 시합에서도 이기게 될까 봐 겁이 났던 것이다.

"이런 뻔뻔스러운 방랑자 같으니!" 안티노오스가 화를 벌컥 내며 소리쳤다. "너는 이제 이성을 완전히 잃은 것 같구나! 우리와 한자리에 앉아서 먹고 마시며 즐기도록 허락받은 것만으로는 만족하지 못하겠단 말이냐? 조용히 구석에 앉아 포도주나 마실 일이지, 젊은 남자들과 겨룰 생각일랑 꿈도 꾸지 마라!"

페넬로페는 화로 옆의 상아로 만든 의자에 앉아서 아무 말 없이 구혼자들이 소란을 피우는 모습을 지켜보았다. 그녀는 마치 자신의 운명과는 전혀 상관없는 일들이 눈앞에서 벌어지고 있는 것처럼, 그렇게 태연하고 차분한 모습으로 앉아 있었다. 그러나 그녀의 가슴은 마구 두방망이질 쳤고, 두 손은 의자 손잡이를 꽉 움켜쥐고 있었다. 어딘가 그렇게 붙잡고 있지 않으면 금방이라도 쓰러질 것만 같았다.

페넬로페는 천천히 안티노오스 쪽으로 고개를 돌려 그를 향해 방긋 웃어주었다. 페넬로페의 웃는 모습을 본 안티노오스의 얼굴에 부끄러운 듯 홍조가 피어올랐다.

"안티노오스여, 저 노인이 활을 당기기라도 한다면 그가 저를 아내로 데려갈까 봐 두려우신 건가요?" 페넬로페가 물었다. "분명 저분은 그런 것은 바라지도 않을 거예요! 하지만 저는 저분에게도 당신들 모두에게처럼 똑같은 권리를 드려야 한다고 생각해요. 저분도 우리의 손님이니까요!"

순간 안티노오스는 적절한 대답이 떠오르지 않아 머뭇거렸다. 바로 그때, 언제나 그랬던 것처럼 에우리마코스가 한발 앞서 대답했다.

"오 아닙니다, 왕비님." 그는 외쳤다. "당연히 우리 중에 어느 누구도 당신이 거지를 배우자로 맞이하게 될 거라고 생각하는 사람은 없습니다! 그러나 한번 생각해보십시오. 만약 저 노인이 정말로 활을 당기게 된다면, 그것은 우리에게 견디기 힘든 불명예가 될 것입니다. 모든 사람들이 이렇게 말하겠지요. '저것 좀 봐, 구혼자들 중에는 활을 당기는 데 성공한 사람이 아무도 없어! 그런데 그때 한 늙은 거지가 나타나서 오디세우스의 활을 쉽게 당겼어!' 안 됩니다, 우리는 그런 모욕은 절대로 참을 수가 없습니다!"

"아무리 그렇다 해도 이미 당신들 스스로가 저질렀던 수치스러운 행동들보다 더 큰 불명예를 가져오지는 않을 겁니다, 에우리마코스." 페넬로페가 냉정하게 대답했다. "저 이방인에게 활을 주어라! 그가 그것을 당기면 나는 그에게 아름다운 의복을 선물할 것이며, 또한 그가 사람들 앞에서 명예롭게 보이도록 창과 칼도 선물할 것이다!"

바로 그 순간 오디세우스는 또다시 남몰래 텔레마코스를 향해 신호를 보냈고, 그것을 본 텔레마코스는 이제야 결전의 순간이 왔다는 것을 감지했다.

"어머니." 텔레마코스가 말했다. "이제 활쏘기 시합에 대해서는 더 이상 신경 쓰지 마십시오. 그것은 남자들의 일입니다! 그에 대한 결정은 저 외에는 아무도 내릴 수 없습니다. 심지어 제가 아버지의 활을 저 이방인에게 선물로 주어버리겠다고 해도 아무도 저를 막을 수 없습니다! 그러니 이제 어머니께서는 안채로 들어가셔서 시녀들이 할 일을 부지런히 할 수 있도록 돌보시기 바랍니다. 그렇지 않으면 시녀들은 그저 여기저기 어슬렁거리며 게으름만 피우고, 쓸데없는 생각에 빠져들기 때문입니다!"

페넬로페는 텔레마코스의 말을 듣고 순간 깜짝 놀랐다. 그러나 그녀는 곧 아무 말 없이 자리에서 일어나 홀을 떠났다. 텔레마코스의 말이 모두 옳다는 것을 잘 알고 있었기 때문이다.

안채로 들어가는 작은 문이 페넬로페의 등 뒤에서 닫히기가 무섭게, 오디세우스는 다시 아무도 몰래 돼지치기 에우마이오스를 향해 손짓으로 신호를 보냈다.

오디세우스의 신호를 받은 에우마이오스는 안티노오스와 에우리마코스가 앉아 있는 식탁 쪽으로 걸어갔다. 활은 그들 바로 옆벽에 기대어져 있었다.

에우마이오스는 아무 말도 하지 않고 벽에 기대어진 활을 조용히 집어 들고는, 오디세우스 쪽으로 몸을 돌려 걸어가기 시작했다. 그 모습을 본 구혼자들은 너무도 깜짝 놀라 한동안 홀 안은 갑자기 찬물을 끼얹은 듯 조용해졌다. 그들은 곧 돼지치기가 무슨 행동을 하려는지 알아차렸고 사방에서 고함 소리가 터져 나왔다.

"이봐, 건방진 돼지치기야! 네가 지금 제정신이냐? 활을 가져다가 무엇을 하려고 하느냐? 그 활을 지금 당장 제자리에 갖다 놓거라! 그렇지 않으면 네게 큰 화가 있을 것이다! 만약 네가 그 활을 저 거지 노인에게 갖다 주기라도 한다면, 사나운 개들을 불러 너를 갈기갈기 찢어놓을 것이다!"

그렇게 그들은 소리치며 에우마이오스를 위협했다. 그 말을 들은 에우마이오스는 갑자기 겁이 나서 그 자리에 서서 머뭇거렸다. 그것을 본 텔레마코스가 화가 나서 그에게 소리쳤다. "그 활을 어서 저 낯선 손님에게 갖다 드리게, 에우마이오스! 자네는 내가 명령하는 바를 따라야지, 저 구혼자들의 말을 들어서는 안 되네! 자네의 주인은 바로 날세!"

곧 다시 정신을 차린 에우마이오스는 활을 오디세우스의 손에 건네주었다.

손끝에 차갑고도 매끄러운 나무의 익숙한 감촉이 느껴지자, 오디세우스는 자신도 모르게 안도의 한숨을 내쉬었다. 그렇다, 이제 구혼자들의 수가 아무리 많고 그들의 병력이 우세하다 하더라도, 그들은 이미 죽은 목숨이나 다름없었다.

그사이 에우마이오스는 안채로 이어지는 작은 문 앞으로 가서 에우리클레이아를 불렀다. "이 문을 걸어 잠그고, 홀에서 싸움을 하는 소란스러운 소리가 들리더라도 시녀들이 방에서 나오지 못하도록 단단히 단속하시오!" 그가 당부했다.

그녀는 아무것도 묻지 않고 에우마이오스가 당부한 대로 문을 잠갔다.

한편 필로이티오스는 몰래 홀을 빠져나가 정원 문을 잠그고 다시 굵은 밧줄로 빗장을 여러 번 묶었다.

홀 안으로 되돌아온 필로이티오스는 에우마이오스와 함께 문지방 옆에 기대서서, 오디세우스가 보내는 신호를 놓치지 않기 위해 주인에게서 잠시도 눈을 떼지 않았다.

오디세우스는 벌레가 활의 나무를 갉아 먹지는 않았는지, 혹은 그 값진 무기가 어딘가 손상되지는 않았는지 살펴보려고 활을 이리저리 돌렸다.

구혼자들은 그런 그의 모습을 불안하게 쳐다보았다.

"저 거지를 보시오!" 구혼자 중 한 명이 말했다. "그는 활을 아주 잘 아는 전문가 같아 보이는군요! 아마도 그는 저 활과 비슷한 활을 가지고 있거나 그런 활을 만드는 사람인 것 같소! 저것 좀 보시오, 얼마나 활을 이리저리 잘 돌리는지! 음흉한 늙은이 같으니!"

오디세우스는 마치 음유시인이 칠현금을 타듯이, 그렇게 경쾌한 손동작으로 줄을 당겼다.

당겨진 줄이 제자리로 돌아오면서 흡사 제비의 지저귐 같은 맑은 소리가 울려 퍼졌다.

그 모습을 본 구혼자들은 몹시 당황했으며 얼굴빛이 창백해졌다.

오디세우스는 옆에 있는 식탁 위에 놓여 있던 화살을 집어들어 활시위에 얹었다. 그는 심지어 앉은 자리에서 일어나지도 않았다. 앉은 채로 목표물을 겨누더니 곧 화살을 쏘았다.

화살은 낮은 진동 소리를 내며 날아갔다. 시위를 떠난 화살은 곧 열두 자루의 도끼를 관통했고, 도끼가 서 있는 반대편 바닥으로 날아가 떨어졌다.

구혼자들은 깜짝 놀라 자리에서 벌떡 일어났고, 그 바람에 의자들이 쿵 소리를 내며 옆으로 넘어졌다.

그러자 오디세우스가 외쳤다. "텔레마코스! 당신 손님인 낯선 이방인은 당신 궁전에서 당신의 얼굴에 먹칠을 하는 불명예를 끼치지는 않은 것 같소! 보시오, 시합은 끝이 났소! 이제 다른 시합을 할 때가 왔소!"

그 말을 들은 텔레마코스는 어깨에 칼을 두르고 손에는 창을 쥐고서 문지방 앞에 서 있는 아버지 옆으로 뛰어갔다.

오디세우스는 재빠른 동작으로 화살통에 들어 있던 화살을 모두 바닥에 쏟아놓고는, 그중에 하나를 집어 다시 시위에 얹었다. 그런 다음 당황한 구혼자들이 어찌할 바를 모르고 서로의 얼굴을 무기력하게 쳐다보는 사이, 다시 한 번 활을 쐈다.

낮게 윙윙거리는 소리와 함께 화살은 곧장 안티노오스를 향해 날아갔다. 바로 그때 안티노오스는 손잡이가 두 개 달린 황금 술잔을 막 입에 갖다 대려는 참이었다. 화살은 안티노오스의 목에 정통으로 날아가 꽂혔다.

술잔이 그의 손에서 떨어져 식탁 위를 굴렀다. 안티노오스는 옆으로 쓰러졌고 코에서 피가 폭포처럼 쏟아져 나왔다. 그의 하얀 겉옷이 핏빛으로 물들었다.

그것을 본 구혼자들은 비명을 지르며 사방으로 흩어져 평소에 벽에 걸어두었던 무기를 찾았다. 그러나 벽에는 무기가 하나도 없었다!

분노에 찬 고함을 지르며 모든 구혼자들이 한꺼번에 오디세우스에게 달려들었다. "너는 지금 무서운 짓을 저질렀다! 이제 더 이상 화살을 쏘지 마라! 너는 이타케의 귀족 중 한 명을 죽였다! 그 대가로 너는 독수리 밥이 되고 말 것이다!"

그들은 아직도 오디세우스가 안티노오스를 쏜 것이 실수였다고 믿고 있었다. 혼자서 그렇게 많은 수의 구혼자들을 상대로 의도적인 전투를 하리라고는 꿈에도 생각지 못했다.

그러나 그들은 낯선 이방인이 다시 한 번 화살을 시위에 얹어 끔찍한 죽음을 부르는 화살촉을 자기들에게 겨누자 겁에 질려 뒷걸음질 쳤다.

"너희 개자식들아!" 오디세우스는 무시무시한 목소리로 소리쳤다. "너희들은 내가 트로이에서 다시는 돌아오지 못할 거라고 생각했느냐! 너희는 내가 죽었는지 살았는지도 알지 못하면서 내 아내에게 구혼했다! 게다가 뻔뻔스럽게도 내 재산을 탕진하고 시녀들과 놀아났다. 또한 너희들은 내 아들을 죽이려고 했다! 신과 인간 들 앞에서 아무런 두려움도 없이 너희들은 죄에 죄를 더해 악행을 일삼았다! 이제 너희들이 그 모든 것에 대한 대가를 치러야 할 때가 온 것이다!"

오디세우스가 하는 말이 무슨 뜻인지 알아들은 구혼자들은 공포에 질려 온몸이 뻣뻣해진 듯 한동안 그 자리에 그대로 서

545

있었다. 절망에 빠진 그들은 탈출구를 찾아 두리번거리기 시작했다.

그러나 탈출구는 어디에도 없었다.

그때 구혼자들의 무리 가운데서 에우리마코스가 목소리를 높여 외치기 시작했다. "오, 당신은 정말 오디세우스가 맞군요." 그는 가식적인 목소리로 엄살을 떨며 말했다. "그렇다면 당연히 화가 많이 났을 겁니다. 우리도 얼마든지 인정합니다! 우리는 정말로 못된 짓을 많이 했습니다. 그러나 그 모든 죄의 원인을 제공한 자는 이미 그에 대한 벌을 받았습니다! 바로 안티노오스가 언제나 우리로 하여금 나쁜 짓을 하도록 선동했던 것입니다. 그리고 그 외에도 한 가지 더 당신께 말씀드리지요. 안티노오스는 페넬로페와 결혼하기를 원했을 뿐만 아니라 이타케의 왕이 되기 위해 텔레마코스를 몰래 죽이려고 했습니다! 하지만 그는 이미 죽었고, 우리 남은 구혼자들은 당신이 그동안 입은 재산의 손실을 보상해드리기 위해 충분한 재물을 갖다 드리겠습니다!" 이렇게 그는 자기 자신과 나머지 구혼자들의 목숨을 구걸하기 위해서 간교하게 말했다.

"네가 지금 이미 죽은 자에게 너희들 모두의 잘못을 뒤집어씌우려고 애를 쓰고 있다만, 그래 봐야 아무런 소용이 없다, 에우리마코스!" 오디세우스가 싸늘하게 대답했다. "모두가 각자 지은 죄에 대한 대가를 치러야 한다! 너희들이 원하는 것을 하거라. 선택하도록 해주겠다. 목숨을 걸고 나와 맞서 싸우거나, 아니면 재주껏 도망쳐보아라!"

구혼자들은 그 말을 듣고 마치 심장이 멎는 것 같았다.

그러나 에우리마코스는 아직도 살 수 있으리라는 희망을 버리지 못했다. "친구들이여." 그는 구혼자들을 향해 외쳤다. "저자는 우리 모두를 죽이기 전에는 화살을 쏘아대는 일을 멈추지 않을 것이 분명하오! 그러나 저자의 계획이 절대로 성공해서는 안 되오! 우리 모두 칼을 뽑아들고 식탁을 방패 삼아 날아오는 화살을 막으며 앞으로 나아갑시다! 우리가 한꺼번에 달려들어 그를 문지방 앞에서 몰아냅시다. 그러면 우리는 바깥으로 나갈 수 있을 테고, 그길로 시내로 달려 나가 사람들에게 도움을 청하도록 합시다."

말을 마친 에우리마코스는 제일 먼저 칼을 뽑아 들고 오디세우스를 향해 돌진했다. 그러나 그가 오디세우스 근처로 가기도 전에 화살이 날아들어 가슴 한복판을 꿰뚫었고, 그는 곧 그 자리에 쓰러졌다.

그러자 암피노모스가 사납게 고함을 지르며 쓰러진 동료를 넘어 앞으로 뛰어나왔다. 그러나 그가 손에 들고 있던 칼은 이미 공중으로 날아가 버린 뒤였다. 텔레마코스의 창이 그의 등을 관통했기 때문이다.

텔레마코스는 아버지에게로 서둘러 달려갔다. "저는 이제 무기고로 가서 무기를 좀더 가져오겠습니다." 그는 숨을 헐떡이며 말했다. "우리 둘과 에우마이오스와 필로이티오스가 쓸 무기가 더 필요합니다!"

"그래, 그렇게 하거라. 이 화살들이 다 떨어지기 전에 얼른 가지고 오너라! 그렇지 않으면 저들의 칼 앞에서 우리는 더 이상 살아남기 힘들 것이다!" 오디세우스는 구혼자들에게서 눈을 떼지 않은 채 대답했다.

곧 텔레마코스는 그 자리를 떠났다. 그는 홀 뒤쪽에 있는 작은 문으로 들어가서 좁은 복도를 따라 끝까지 달려간 뒤, 무기고가 있는 위층으로 이어진 계단을 올라갔다. 그는 서둘러 투구 네 개와 청동을 덧입힌 가죽으로 된 방패 네 벌, 그리고 창 여덟 자루를 집어 들었다. 그것들을 가지고 그는 다시 아래로 내려왔다.

에우마이오스와 필로이티오스는 그제야 마음이 놓이는 듯 투구를 쓰고 어깨에 방패를 두르고 창을 잡았다. 그렇다, 맨 몸으로 싸우는 것보다 무장을 하고 싸우는 것이 훨씬 더 안전했다! 그동안에도 오디세우스는 쉬지 않고 구혼자들에게 대항해 싸웠다. 화살이 끊임없이 홀 안 구석구석을 향해 쐭쐭 소리를 내며 날아갔고, 시위를 떠난 화살은 무서울 정도로 정확하게 목표물을 맞혔다.

드디어 마지막 화살이 날아갔다. 이제 오디세우스는 활을 벽에 기대어놓고, 휘날리는 말총 장식이 달린 투구를 머리에 쓰고 네 겹의 가죽으로 된 방패를 어깨에 둘렀다. 그리고 마지막으로 청동 촉이 박힌 창을 양손에 들고 구혼자들이 공격해오기를 기다렸다.

그러나 구혼자들은 더 이상 공격해 오지 않았고, 오디세우스는 영문을 몰라 어리둥절했다. 그들은 분명 오디세우스에게 더 이상 쏠 화살이 없다는 것을 알고 있을 텐데, 어째서 공격을 개시하지 않는 것일까? 그들 역시 기둥 뒤나 엎어진 탁자 뒤 혹은 죽어서 바닥에 겹겹이 쌓인 동료들의 시신 뒤에 몸을 웅크리고 숨어서, 오디세우스의 공격을 기다리고 있는 것 같았다.

그런데 저기…… 저건 도대체 뭐란 말인가?

순간 오디세우스는 경악을 금치 못하고 고함을 내질렀다.

저 건너편에 있는 구혼자들에게 갑자기 무기가 생겼기 때문이다! 그들 역시 투구를 쓰고 어깨에 방패를 두르고 손에는 창을 들고 있었다! 도대체 어디서 무기를 구했단 말인가?

텔레마코스는 얼굴이 백지장처럼 창백해졌다. "아버지." 그가 낮게 속삭였다. "제 실수입니다. 좀 전에 무기고의 문을 잠그는 것을 깜박 잊었고, 누군가가 그것을 알아챘나 봅니다! 아마도 멜란티오스의 짓인 것 같습니다. 그는 그동안 구혼자들이 필요로 하는 것은 무엇이든 이 집을 모두 뒤져 가져다주곤 했기 때문입니다. 에우마이오스, 어서 위층으로 가서 무기고의 문을 잠그게!"

곧 에우마이오스는 홀 뒤쪽의 작은 문을 향해 달려갔다. 그러나 그는 다시 되돌아오며 소리쳤다. "저기 멜란티오스가 또 복도를 통해 들어가 계단을 올라가고 있습니다!" 그는 다급하게 말했다. "분명 그는 더 많은 무기를 가지고 올 겁니다! 어떻게 할까요, 주인님? 필로이티오스와 제가 지금 곧장 따라 올라가서 저 사악한 놈을 바로 쳐 죽일까요?"

오디세우스는 머리를 가로저었다. "그는 우리를 배신했으니 그 죄에 대한 벌을 피할 수 없다! 그러나 우리는 우선 구혼자들과의 전투를 끝내야만 한다! 그의 손과 발을 묶어서 무기고의 기둥에 묶어놓아라. 그사이에 자기 잘못에 대해 생각할 시간을 가질 수 있게 말이다. 그가 구혼자들에게 무기를 가져다주지만 않았어도, 우리는 이 싸움을 쉽게 끝낼 수 있었을 텐데…… 그러나 앞으로 전투는 길고도 격렬하게 진행될 것 같구나. 게다가 이제는 신들께서도 우리가 이길 수 있을지 확신할 수 없는 상황이 되어버렸다!"

그사이 에우마이오스와 필로이티오스는 이미 좁은 복도의 어둠 속으로 사라진 뒤였다. 그들은 발소리가 들리지 않게 맨발로 살금살금 조심스럽게 계단을 올라갔다. 올라가면서 낮은 목소리로 배신자 염소치기에게 저주를 퍼부었는데, 그 저주는 곧 현실로 드러났다.

그들은 무기고 문 앞 양쪽 문설주 뒤에 몸을 숨기고 서서 기다렸다. 무기고 안에서 멜란티오스가 무기들을 챙기는 소리가 들려왔다.

곧 멜란티오스는 또다시 투구, 방패, 창 등을 들고 밖으로 나왔다. 에우마이오스와 필로이티오스는 분노에 가득 차서 그를 덮쳤다. 멜란티오스는 공포에 질려 한 아름 들고 있던 무기들을 바닥에 떨어뜨렸고, 이렇다 할 저항 한번 제대로 해보지 못하고 꼼짝없이 붙들렸다. 에우마이오스와 필로이티오스는 멜란티오스의 손과 발을 튼튼한 밧줄로 꽁꽁 묶어 무기고 안 기둥에 매달았다. 몹시 화가 난 두 하인은 배신자 멜란티오스를 거칠게 다루었고, 그에게 그동안의 수치스러운 배신에 대한 가장 끔찍한 형벌이 내려질 거라고 으름장을 놓았다. 그런 다음 그들은 두려움에 온몸을 덜덜 떠는 그를 혼자 내버려 둔 채 밖으로 나가, 무기고의 문을 단단히 잠갔다.

그들은 서둘러 다시 아래층으로 내려왔다. 홀에서는 여전히 오디세우스와 텔레마코스가 구혼자들 무리에 대항하여 단둘이서 힘겨운 싸움을 계속하고 있었다. 이제 모두 합해 네 사람이 되었지만, 그래도 상황은 그다지 유리해 보이지 않았다. 구혼자들 중 여전히 많은 수가 아직 살아 있었기 때문이다. 게다가 이제 그들 중 대부분은 무장까지 했고, 절망적인 심정에서 마지막 용기를 끌어모아 필사적으로 투쟁했다.

그런 구혼자들의 모습을 본 오디세우스는 걱정에 가득 차서, 어떻게 해야 이 수적으로 열세한 싸움을 승리로 끝낼 것인가를 고심했다. 오디세우스와 나머지 세 남자들은 줄지어 달려드는 적들을 향해 계속 투창을 던졌지만, 그렇게 한번 던진 투창을 다시 거두어올 수는 없었다. 그래서 결국에는 칼을 가지고 싸우는 수밖에 없었다. 그러나 네 명의 남자들이 다수의 구혼자들을 상대로 어떻게 칼만 가지고 싸울 수 있겠는가?

그 순간 오디세우스는 갑자기 누군가가 자기 옆에 와 서 있는 것을 알아차렸다. 그는 텔레마코스도 아니었고 두 명의 하인도 아니었다.

"멘토르!" 오디세우스는 안도의 한숨을 내쉬며 외쳤다. "자네는 우리를 도와주기 위해서 온 건가?"

멘토르의 신기할 정도로 밝게 빛나는 두 눈에서 책망하는 듯한 기색이 떠올랐다. "자네는 10년 동안이나 트로이에서 전투를 하는 동안 단 한 순간도 용기를 잃은 적이 없지 않나? 그런데 어째서 지금 절망하는가?"

멘토르의 꾸지람을 들은 오디세우스는 한없이 부끄러운 마음이 드는 것과 동시에, 그가 멘토르가 아니라 팔라스 아테나 여신이라는 것을 금방 알아챌 수 있었다. 곧 그에게 새로운 자신감이 생겨났다.

구혼자들 역시 멘토르의 모습을 알아보고는 그에게 성난 목소리로 외쳤다. "멘토르, 우리에게 대항해 싸우라는 오디세우스의 말에 현혹되지 마시오! 당신은 그 대가를 죽음으로 지불하게 될 거요! 우리가 일단 저 아비와 그 자식을 죽이면,

당신도 똑같은 운명을 겪게 될 것이오! 당신이 죽고 나면 우리는 당신의 재산을 나눠 가질 것이며, 당신의 부인과 딸들을 이 나라에서 쫓아낼 것이오!"

그렇게 그들은 멘토르를 위협했다. 그러나 멘토르는 더 이상 그 자리에 없었다. 멘토르가 연기처럼 사라진 대신, 제비의 모습으로 날렵하고 날씬하게 변한 여신이 검게 그을린 지붕 아래 대들보 위에 걸터앉아 소동이 벌어지고 있는 홀을 내려다보고 있었다.

"이보시오들!" 구혼자들은 기뻐했다. "멘토르는 다시 사라졌소! 이제 되도록 빨리 오디세우스를 죽이는 일만 남았소. 우리 모두 힘을 합하면, 마치 손쉬운 놀이를 하듯 저자를 처치할 수 있을 것이오. 이제부터 우리는 모두 한꺼번에 창을 던질 것이 아니라, 여섯 명씩 짝을 지어 차례로 창을 던지기로 합시다. 단, 매번 신중하게 겨냥하시오!"

곧 제일 앞줄에 서 있던 구혼자들이 여섯 개의 창을 오디세우스에게 던졌다. 그러나 여섯 개의 창 중 단 한 개도 목표물을 맞히지 못했다. 마치 눈에 보이지 않는 어떤 힘이 창의 방향을 모두 틀어놓는 것만 같았다. 창은 문으로, 문설주의 나무 기둥으로, 혹은 벽으로 날아가 꽂혔다.

구혼자들은 믿을 수 없다는 듯이 눈을 크게 떴다. 아니, 이게 도대체 어찌 된 일이란 말인가?

그들은 자기들이 그렇게 창을 서툴게 겨눈다는 것을 도저히 믿을 수가 없었다!

그것은 바로 팔라스 아테나 때문이었다. 작고 날렵한 제비로 모습을 바꾼 팔라스 아테나 여신이 높이 솟은 천장 아래 대들보 위에 걸터앉아 아래를 유심히 내려다보며, 구혼자들이 창을 던질 때마다 날아가는 창의 방향을 틀었던 것이다.

"이제 우리가 창을 던질 차례다!" 오디세우스가 외쳤다. 네 명의 용사들이 문설주와 벽에 꽂힌 창을 뽑아서 던지기 시작했다. 곧 네 명의 구혼자들이 쓰러졌다. 그러자 살아남은 몇몇 구혼자들은 홀 구석으로 몸을 피했다. 다시 한 번 더 구혼자들이 던진 여섯 개의 창이 오디세우스에게 날아왔으나, 이번에도 모두 빗나갔다. 단지 날아든 창 하나에 텔레마코스가 손목 부분의 살갗을 살짝 긁히고, 다른 창 하나는 돼지치기 에우마이오스의 어깨를 스쳐 지나가며 상처를 입혀 피를 조금 흘리게 했을 뿐이었다.

다시 네 남자가 한꺼번에 달려들어 벽과 문설주, 그리고 죽은 구혼자들의 시신에 꽂힌 투창을 재빨리 뽑아 적들이 몰려 있는 한가운데를 향해 던졌다.

그와 동시에 홀 위의 천장에서 엄청난 빛을 발하는 무시무
시한 아테나의 방패가 나타났다. 그 방패는 곧 구혼자들의 죽
음과 멸망을 의미했다.

그것을 본 구혼자들은 마치 피에 굶주린 등에떼에 쫓기는
한 무리의 소처럼 허겁지겁 사방으로 흩어졌다.

그러나 그들이 아무리 이리저리 뛰어다니며 숨을 곳을 찾
아도 아무 소용이 없었다. 어딘가에서 허공을 가르며 창이 날
아들었고, 무서울 정도로 정확하게 구혼자들을 맞혔다. 가까
스로 창을 피한 자들은 곧 누군가가 휘두르는 칼에 맞아 죽음
의 공포에 떨던 마지막 순간을 마감했다……

오디세우스가 홀 중앙에 꼼짝 않고 서서 무시무시한 악몽
에서 깨어난 것처럼 주위를 둘러보았다. 격렬했던 전투의 흥
분이 채 가라앉지 않은 그의 두 눈에서는 아직도 분노의 불꽃
이 이글거렸다.

그는 칼을 높이 쳐들었던 팔을 천천히 아래로 내려뜨렸다.
그렇다, 이제 모든 것이 끝났다. 구혼자들 중 살아남은 자는
아무도 없었다.

지칠 대로 지쳐 다리를 절뚝거리며 그에게로 다가오는 텔

레마코스가 보였다. 또한 어깨에 입은 상처에서 흘러나온 피로 허리춤까지 온통 피범벅이 된 에우마이오스도 있었다. 그리고 저 건너편에서는 필로이티오스가 부서진 의자 위에 쪼그리고 앉아, 떨리는 손으로 얼굴에 묻은 땀과 먼지를 닦아내고 있었다.

홀의 가장 구석진 곳에서 가수 페미오스가 칠현금을 가슴에 꼭 부여안고 서서 두려움에 덜덜 떨며 주인을 바라보았다. "오, 두렵구나. 나는 이제 어떻게 되는 것일까?" 그는 혼잣말을 했다. "나는 비록 아무런 죄가 없지만, 오디세우스 님께서 나를 발견하신다면 엄청난 분노를 이기지 못해 아마도 나까지 죽일 것이 분명하다. 그러니 어서 가서 그분의 발 앞에 무릎을 꿇고, 일단 살려달라고 빌어야 한다!"

이렇게 결심을 한 페미오스는 조심스럽게 칠현금을 벽에 기대어놓고 바닥에 널린 시신들과 부서진 식탁들 사이를 지나 오디세우스 앞에 가 엎드렸다. "오, 주인님." 그가 외쳤다. "제발 살려주십시오! 만약 주인님께서 저를 죽이신다면, 주인님은 분명 나중에 후회하실 것입니다. 왜냐하면 앞으로 식사하실 때 더 이상 제가 부르는 노래를 들으실 수 없게 될 테니까요! 제가 원해서 그동안 구혼자들을 위해 노래를 부른 게 아니라는 것은 텔레마코스 님이 누구보다도 잘 알고 계십니다. 그분이 그것을 증명해주실 것입니다! 절대로 아닙니다, 제가 좋아서 노래를 한 것이 아니라 그들이 항상 저를 불러다 놓고 노래를 부르라고 강요했습니다. 그런 상황에서 어떻게 제가 혼자 힘으로 그들의 명령을 거부할 수가 있었겠습니까?"

"페미오스의 말은 사실입니다!" 텔레마코스가 재빨리 말했다. 아버지가 가수 페미오스를 의심스러운 눈초리로 날카롭게 쏘아보고 있었기 때문이다. "가수 페미오스와 시종 메돈만은 살려주셔야 합니다. 메돈 역시 그동안 결코 나쁜 짓을 하지 않았기 때문입니다. 메돈이 구혼자들의 시중을 들었던 것은, 단지 신들께서 그 불쌍한 친구에게 그다지 많은 용기를 내려주시지 않았기 때문입니다." 텔레마코스가 웃으면서 덧붙였다.

말을 마친 텔레마코스는 홀을 둘러보며 메돈을 찾았으나 어디에서도 발견할 수가 없었다. 그는 이상하다는 듯이 머리를 갸우뚱했다.

"도대체 메돈이 어디로 갔는지 알 수가 없구나." 텔레마코스는 혼잣말을 했다. "싸움이 시작되기 바로 전까지만 해도 그를 봤었는데! 바라건대 우리 중 한 명이 혼란 속에서 실수로 그를 죽이지 않았으면 좋겠는데…… 여기서 밖으로 나가는 것은 도저히 불가능한 일이야!"

텔레마코스가 서 있는 바로 뒤 기둥 옆에 등받이가 높은 육중한 안락의자가 하나 있었다. 그 밑에는 벗겨낸 지 얼마 되지 않은 듯한 소가죽이 있었다. 누군가가 소를 잡아 가죽을 벗긴 다음 부주의하게 거기에 던져놓은 것 같았다.

바로 그 순간, 소가죽이 갑자기 심하게 꿈틀거리며 움직이더니, 곧 그 아래에서 머리 하나가 불쑥 튀어나오며 다급하게 외치는 메돈의 목소리가 들려왔다.

"저 여기 있습니다, 왕자님! 제발 주인님께 간청드려 엄청난 분노 속에서 저를 저 죄인들처럼 끔찍하게 죽이는 것만은 하지 말아달라고 해주십시오!" 시종 메돈은 이렇게 말하고 난 뒤 용기를 내어 이제까지 자신을 죽음으로부터 보호해주었던 소가죽 밑에서 완전히 기어 나왔다.

그 모습을 보자 오디세우스마저도 웃음이 터져 나왔다.

"내 너에게 아무런 벌도 내리지 않도록 하겠다!" 오디세우스가 약속했다. "페미오스와 함께 정원으로 나가 있거라. 거기 앉아서 쉬면서, 우리가 여기 있는 모든 것을 깨끗이 정리

할 때까지 기다려라. 지금 이곳은 너희 같은 사람들이 있을 곳이 못 되기 때문이다!" 두 사람은 오디세우스의 말이 떨어지기가 무섭게 다행스러운 마음으로 재빨리 그 자리를 벗어나 바깥으로 나갔다.

"이제 에우리클레이아를 불러와라. 그녀가 해야 할 일들이 많다!" 오디세우스가 텔레마코스에게 말했다.

텔레마코스가 곧 여자들 방이 있는 안채의 문을 두드렸다. 그러자 안에서 나이 든 유모가 서둘러 문 쪽으로 걸어오는 발걸음 소리가 들렸다.

에우리클레이아가 문을 열고 나왔다. 그녀는 그 자리에 얼어붙은 것처럼 한동안 꼼짝 않고 서 있었다. 겁에 질린 그녀의 눈길이 홀에 널려 있는 구혼자들의 시신 위를 훑고 지나갔다. 그러나 그녀는 소리치지 않았다. 마치 당연히 일어나야 할 일이 일어났다는 표정이었다.

마침내 에우리클레이아가 오디세우스를 발견했다. 그녀의 얼굴은 기쁨으로 환해졌고, 곧장 그에게로 한걸음에 달려갔다.

"오, 주인님." 그녀는 환호하며 외쳤다. "드디어 승리하셨군요. 그리고……"

그러나 오디세우스는 손을 들어 에우리클레이아의 말을 막

왔다. "유모는 마음속으로만 기뻐하게!" 그가 진지하게 말했다. "시신 앞에서 큰 소리를 내며 기뻐하는 것은 옳지 않은 일이네! 그들은 신들의 심판을 받은 것이고, 그들 자신의 악행이 스스로를 파멸시킨 것일세. 자, 이제 안채로 가서 구혼자들과 놀아나며 풍습을 해치고 자신의 의무를 망각했던 시녀들을 하나도 빠짐없이 모조리 이리로 데려오게!"

에우리클레이아는 아무 말 없이 오디세우스의 말에 따랐다.

곧 한 무리의 시녀들이 때늦은 후회로 한탄하며 홀 안으로 들어왔다. 그녀들은 홀 안의 끔찍한 광경을 보고는 겁에 질린 표정으로 얼굴을 두 손으로 감싸고 벽 쪽으로 몰려가 구석에 서 있거나, 아니면 어디론가 도망치려고 했다.

오디세우스가 텔레마코스와 에우마이오스, 필로이티오스에게 손짓했다. "그녀들에게 시신을 바깥으로 옮기고 홀을 깨끗이 치우라고 해라! 피 묻은 식탁과 의자들을 말끔히 닦고, 바닥에 있는 오물들을 모두 치운 뒤 다시 전처럼 정돈하라고 해라! 그 일이 모두 끝나고 나면 집 뒤로 전부 끌고 가서 그동안 한 짓에 대한 대가를 죽음으로 치르게 하라. 또한 무기고에 있는 멜란티오스도 끌어내려라. 그 역시 배신자로서의 죄과를 죽음으로 치르도록 하라……"

모든 것이 명령대로 이루어지고 나자 에우리클레이아가 다시 오디세우스 앞으로 왔다.

"이제 홀과 회랑에 유황불을 피울 수 있도록 불과 유황을 가져오게." 오디세우스가 명령했다.

"좋은 생각이십니다. 유황은 집 안의 저주를 없애주니까요." 에우리클레이아가 칭찬하듯이 대답했다. "그러나 그 전에 주인님께서 더 이상 그런 누더기를 입고 돌아다니시지 않도록 먼저 새 옷을 가져오겠습니다!"

"내가 유모한테 명령한 것부터 먼저 하시게!" 오디세우스가 엄하게 말했다.

그러자 에우리클레이아는 더 이상 아무런 대꾸도 하지 못하고 곧바로 불과 유황을 가져왔고, 오디세우스는 시신들이 놓여 있던 홀의 바닥과 회랑 주변을 오랫동안 꼼꼼하게 유황불로 정화했다. 그러고 나서 그는 또다시 에우리클레이아를 불렀다.

"페넬로페에게 가서 시녀들과 함께 아래로 내려오시라고 전하게!" 오디세우스는 이렇게 명령한 뒤 자신은 화롯불 옆에 놓인 등받이가 높은 의자로 가서 앉았다. 그리고 페넬로페가 내려오기를 기다렸다.

곧 여인들의 거처가 있는 안채에서 그동안 충직하게 자신을 지키며 살아온 시녀들이 몰려나왔다. 그녀들은 오디세우스에게 달려가 그를 둘러싸고 어깨와 뺨에 입을 맞추며 기쁨의 눈물을 흘렸다. 그제야 비로소 오디세우스는 다시 고향으로 돌아온 것이 얼마나 좋은 일인가를 느낄 수 있었다. 그렇다, 이제 모두가 오디세우스가 고향으로 돌아왔다는 사실을 알았다! 오직 그의 부인인 페넬로페만이 아직 그 사실을 까맣게 모르고 있었다.

11

에우리클레이아는 서둘러 왕비의 방으로 올라갔다. 그녀
는 아까부터 무릎이 아프고 숨이 가빠왔지만, 그것도 잊었다.

그녀가 왕비의 방으로 들어갔을 때 페넬로페는 자고 있었다.

에우리클레이아는 페넬로페를 살며시 흔들었다.

"일어나세요, 왕비님." 그녀가 말했다. "오디세우스 님이
돌아오셨습니다! 그리고 구혼자들을 모두 죽였어요! 그동안
의 불행이 모두 끝났단 말입니다!"

페넬로페가 자리에서 일어났다. 잠에 취한 그녀는 충직한
유모를 쳐다보았다.

"지금 뭐라고 했는가? 마침내 신들께서 자네를 미치게 한
모양이로구면. 아니면 자네가 지금 나를 놀리는 건가?" 페넬

로페가 말했다. "설령 내가 오디세우스 님이 돌아오셨다는 것을 믿는다손 치더라도, 어떻게 그분 혼자서 그 많은 구혼자들 무리와 싸워 이길 수 있단 말인가? 제발 그러지 말게, 에우리클레이아. 만일 다른 시녀가 내게 그런 말도 안 되는 소식을 전했다면, 나는 그 아이에게 큰 벌을 내렸을 것이네. 자네는 그나마 나이가 지긋하게 들었으니 내 용서해주는 걸세! 자, 그러니 이제 날 더 이상 방해하지 말고 방에서 나가주게. 그분이 트로이로 떠나신 후로 나는 이렇게 달게 자본 적이 없었네!"

그러나 에우리클레이아는 물러서지 않았다. "제 말을 믿으세요, 모든 것이 사실입니다! 거지 행색을 하고 우리에게 왔던 그 이방인이 바로 오디세우스 님이셨습니다! 저는 그분이 어렸을 적 사냥터에서 성난 멧돼지에게 물려 입은 상처를 제 눈으로 직접 봤어요! 기억하십니까? 또한 이미 시녀들이 바깥 회랑으로 내다 놓은 구혼자들의 시신도 봤습니다. 만약 제가 거짓말을 한 것이라면, 저를 죽이셔도 좋습니다!"

그 말을 들은 페넬로페에게 엄청난 혼돈이 밀려왔다. 분명이 충직한 늙은 시녀는 그녀를 속일 리가 없었다. 그러나 많은 남자들이 사냥이나 전쟁에서 상처를 입기 마련 아닌가. 그런데 그 이방인은 어떤가? 그를 처음 본 순간부터 페넬로페는 뭔가 석연치 않은 기이한 느낌을 받은 것이 사실이었다! 그것이…… 그것이 도대체 가능한 일일 수 있단 말인가? 페넬로페는 갑자기 자리에서 벌떡 일어났다.

"내가 직접 내려가서 모든 것을 두 눈으로 확인해보아야겠다!" 그녀는 가쁜 숨을 몰아쉬며 말했다. "모든 걸 확실하게 알아야겠단 말이다!"

한편 사나운 싸움이 한차례 소란스럽게 휩쓸고 지나간 홀은 텅 비고 사방은 조용했다. 오디세우스와 텔레마코스만이 홀 기둥 옆에 앉아서, 앞으로 해야 할 일들에 대해 함께 의논하고 있었다.

"아들아, 너는 누군가가 단 한 사람의 목숨이라도 앗아갔다면, 그 가족의 복수를 피하기 위해 멀리 도망가야만 한다는 사실을 잘 알고 있을 것이다." 오디세우스가 말했다. "그런데 우리는 이타케의 수많은 고귀한 신분의 남자들을 죽였다. 물론 그들은 스스로가 저지른 잘못에 대한 합당한 벌을 받은 것이다. 그럼에도 그들의 친족들은 우리에게 복수를 시도할 것이 분명하다. 따라서 우리는 당분간 숨어 지내야만 한다. 네 할아버지 라에르테스께서 계신 시골 농가로 가자. 그곳으로 가면 우리는 당분간은 추격자들로부터 안전하게 몸을 숨기고 지낼 수 있을 것이다. 그러나 우리가 무사히 그곳에 도착하기 전까지는 구혼자들의 죽음이 바깥에 알려져서는 안 된다. 그래서 우리는 오늘도 이 궁전에서 구혼자들의 성대한 잔치가 벌어지고 있는 것처럼 꾸며야 한다. 페미오스는 노래를 하고 그에 맞춰 여자들은 윤무를 추어야 한다. 혹시라도 누군가가 우연히 궁전 앞을 지나가더라도, 안에서 흥청망청 잔치를 벌이는 소리를 듣고는 모든 것이 평소와 같다고 생각할 것이기 때문이다. 그사이 우리는 궁전과 도시를 벗어나 멀리 시골로 갈 시간을 벌 수 있다. 우리의 계획을 모두 에우마이오스와 필로이티오스에게 말해주고 무기고에서 무기를 꺼내 그들에게 주어라. 앞으로 또 무슨 일이 일어날지 아직 잘 모르기 때문이다!"

그 순간 페넬로페가 홀 안으로 들어왔다. 그녀는 두 남자가 앉아 있는 곳으로 가지 않고, 화롯불 옆에 있는 자신의 상아 의자에 조용히 앉았다.

오디세우스는 자리에 그대로 앉아 눈길을 떨구고 바닥만 쳐다보았다. 페넬로페를 쳐다보지 않기란 몹시 힘든 일이었다. 에우리클레이아는 분명히 그녀에게 자신이 돌아왔다는 소식을 전했을 것이다. 그러나 페넬로페가 그녀의 말을 믿었는지는 알 수 없는 일이었다. 20년 동안 그녀는 너무도 자주 속아왔기 때문이다. 오디세우스는 페넬로페가 가여워졌다. 이제 와서 남편이 돌아왔다는 사실을 믿기란 그녀에게 정말 쉽지 않은 일일 터였다.

페넬로페는 오디세우스를 몰래 관찰하면서, 도대체 이 상황을 어떻게 받아들여야 할지 마음을 잡을 수가 없었다. 어떻게 보면 그는 많이 늙기는 했지만, 정말로 자기 남편을 닮은 것도 같았다. 그러나 또 어떻게 보면 너무도 낯설어 이전에 한 번도 만나본 적이 없는 사람처럼 보였다. 아니다, 그는 확실히 지금까지 그녀의 집을 찾아왔던 다른 많은 사람들처럼 떠돌이 거지에 불과했다. 어째서 하필 저 남자가 오디세우스여야만 하는가?

'나는 신중하게 생각해야 한다.' 그녀는 다시 한 번 생각을 가다듬었다. '그런데 도대체 어떻게 진실을 가려낼 수 있을까? 신들이시여, 제가 어떻게 해야 합니까?' 슬픔과 무기력에 눈물이 솟구쳤다.

그러다 갑자기 이방인이 자리에서 벌떡 일어섰고, 페넬로페는 깜짝 놀랐다.

이방인은 그녀에게 눈길 한 번 주지 않고 한마디 말도 없이 궁전의 내실로 이어지는 문으로 성큼성큼 가더니, 문을 벌컥 열고 안으로 들어가 버렸다.

페넬로페는 낯선 이방인이 감히 궁전 내실로 아무런 거리낌 없이 들어가는 것이 못내 못마땅했다. 도대체 저 이방인이 궁전의 내실에서 뭘 하려는 걸까. 그때 텔레마코스가 그녀에게 다가왔다.

"어째서 그렇게 냉혹하신 건가요, 어머니?" 그는 마음이 언짢아서 물었다. "아버지는 20년을 낯선 곳을 헤매시다가 이제야 고향으로 돌아오셨어요. 그런데 어머니는 그분께 말한마디 건네지 않으시고, 마치 사기꾼을 쳐다보듯이 그렇게 의심에 가득 찬 눈으로 쳐다보시기만 하는군요."

"오, 내 아들아." 페넬로페는 슬픈 목소리로 말했다. "나는 내가 도무지 무엇을 믿어야 할지 모르겠구나! 그렇다고 내가 그 이방인에게 '당신이 오디세우스가 맞나요?'라고 물을 수도 없지 않느냐! 그게 무슨 소용이 있겠니? 그럼 그는 나를 속일 것 아니냐. '그렇소, 내가 오디세우스요!'라고 말이다. 게다가 저 이방인은 네 아버지를 정말로 만난 적이 있기 때문에, 내게 마치 자기가 진짜 오디세우스인 것처럼 행세하며 이야기를 꾸며낼 수도 있을 것이다. 아니다, 나는 기필코 저 이방인이 정말로 네 아버지란 것을 증명해줄 그와 나만의 비밀을 찾아내야 한다! 텔레마코스, 그러니 나를 좀 조용히 내버려 두거라. 그 비밀이 무엇인지 곰곰이 생각해봐야겠구나!"

한편 내실로 들어간 오디세우스는 그곳에서 나이 든 시녀 하나를 만났고, 그녀를 따라 곧장 욕실로 갔다.

"나를 목욕시킨 후에 몸에 향유를 바른 다음 새 옷을 내주구려!"

오디세우스는 나이 든 시녀에게 이렇게 명령하며, 마음이 상한 듯 너덜너덜한 누더기를 벗어 던졌다.

페넬로페가 끝끝내 그를 알아보지 못한다면, 이제 앞으로 어떻게 해야 하나? 예전에 트로이로 출정할 당시 그는 젊은 남자였고 화려한 옷을 입었었다! 그러나 지금은 팔라스 아테나가 그를 불쌍한 노인으로 바꿔놓았다! 그런데 페넬로페가 어떻게 그런 그를 알아볼 수 있단 말인가?

목욕을 하고 향유를 바르고 깨끗한 겉옷과 진홍색 외투를 입자, 오디세우스는 기분이 조금 나아졌다. 확실히 좀 전에 누더기를 입었을 때보다는 훨씬 이타케의 왕 같아 보였다. 적어도 오디세우스는 그렇게 보이기를 바랐다.

그가 욕실을 나와 다시 홀로 가려고 했을 때, 팔라스 아테나가 몰래 그의 옆을 지나가며 손에 들고 있던 지팡이로 그를 건드렸다. 그러자 곧 성긴 흰머리와 듬성듬성하게 자란 잿빛 수염, 얼굴 주름이 말끔히 사라지고 처진 살이 팽팽해졌으며 피부는 매끄럽고 부드러워졌다. 오디세우스는 자신의 본모습이 다시 돌아온 것을 알고는 더없이 기뻤다.

오디세우스를 목욕시킨 늙은 시녀는 일순간에 변한 오디세우스를 놀란 눈으로 쳐다보았다. 시녀는 주인을 따라 복도를 걸어가는 동안, 오디세우스가 마치 불사의 신과도 같이 아름다우며 그런 남자를 남편으로 둔 페넬로페는 세상에서 가장 행복한 여자일 거라고 남몰래 생각했다.

그러나 정작 페넬로페는 그런 오디세우스를 보며 결코 행복해하지 않았다.

그녀는 무슨 끔찍한 괴물이라도 쳐다보는 듯한 눈길로 이방인을 쳐다보았다. 물론 그의 모습은 이제 완전히 오디세우스와 닮아서 더 이상 의심의 여지가 없었다. 그러나 어떻게 그것이 가능했을까? 바로 좀 전까지만 해도 그는 비참하고 불쌍한 거지였는데!

페넬로페는 오디세우스가 그녀의 건너편에 놓인 등받이가

높은 안락의자들 중 하나에 자리를 잡고 앉자, 마음이 극도로 혼란스러워져 그 어떤 말도 할 수가 없었다.

한참을 기다리던 오디세우스는 여전히 침묵을 지키고 있는 페넬로페를 보다 못해 먼저 입을 열어 말하기 시작했다.

"진정 당신의 심장은 돌로 된 것이 아닌가 싶소!" 화가 난 오디세우스가 말했다. "그렇지 않고서야 20년 만에 고향으로 돌아온 나를 이런 식으로 맞이할 수는 없을 것이오! 앞으로 당신 마음대로 하시오! 에우리클레이아, 나는 이제 그만 자러 갈 테니 이 집에 있는 아무 방에나 잠자리를 마련하게나. 당신의 여주인은 내게 따뜻한 말 한마디 허락하지 않는구려!"

순간 페넬로페에게 좋은 생각이 하나 떠올랐다. "유모." 그녀가 말했다. "시녀들에게 명하여 오디세우스의 침실에 있는 그의 침대를 다른 방으로 옮기고, 그 위에 이불과 양모를 얹고 고운 아마포를 덮도록 하게!"

그러나 그것은 페넬로페가 오디세우스를 시험하기 위해 한 말이었다. 그 침대에는 남모르는 특별한 사연이 숨겨져 있었고, 어느 누구도 그에 대해 아는 사람이 없었다.

그 말을 들은 오디세우스는 이맛살을 찌푸리더니 곧 노여움과 조롱의 기색을 감추지 않고 큰 소리로 웃기 시작했다.

"당신 지금 시녀들에게 내 침대를 옮기라고 말했소? 세상에 맙소사, 그들은 당신의 명령을 절대로 실행에 옮길 수 없을 것이오! 당신은 내가 그 침대와 침실을 어떻게 만들었는지 벌써 잊어버렸소? 예전에 이 집의 벽 바로 옆에 올리브나무 한 그루가 딱 달라붙어서 자란 적이 있었지. 그런데 그 줄기가 가늘고 곧은 것이, 마치 천장을 받치고 있는 기둥 같았소. 그래서 나는 그 나무 둘레에 깎은 돌을 쌓아 담을 세웠고, 그렇게 해서 문과 둥근 천장을 가진 크고 멋진 방이 생겨나게 되었지. 그런 다음 방 한가운데 서 있는 올리브나무의 잔가지들을 모두 잘라내고 줄기를 반들반들하게 갈았소. 그 올리브나무 줄기를 내가 사용할 침대를 받치는 네 기둥 중 하나로 사용하기 위해서였소. 그래서 나는 그 나무줄기에다 튼튼한 송판을 붙인 다음, 그것과 똑같은 모양으로 세 개의 기둥을 더 만들어 거기에 연결했소. 그러니 어떤 인간도 그 방에 있는 침대를 바깥으로 옮길 수는 없소. 왜냐하면 침대의 기둥 중 하나가 땅속 깊숙이 뿌리를 내리고 있으니 말이오!"

그 말을 들은 페넬로페는 자리에서 벌떡 일어나 오디세우스에게로 달려가 두 팔로 그의 목을 감싸 안으며 입을 맞추었다.

"맞아요, 이제 저는 당신이 오디세우스란 걸 확실히 알겠어요!" 페넬로페가 말했다. "그 비밀은 당신과 나 말고는 아무도 모르기 때문이지요! 제가 당신을 곧바로 환영하지 않았다고 화내지 마세요. 저는 누군가가 제게 와서 간사한 말로 절 현혹시킬까 봐 그것이 항상 두려웠어요!"

그 말을 들은 오디세우스는 기쁨에 가득 차서 일편단심 정조를 지키며 자기를 기다려준 아내를 끌어안았다. 그리고 다시는 그녀를 두고 멀리 떠나지 않으리라 결심했다.

"그동안 당신이 어떤 일들을 겪었는지 모두 이야기해주세요." 페넬로페가 말했다. 오디세우스는 그동안의 일들을 이야기하기 시작했다. 시간은 하염없이 흘러갔고, 두 사람은 시간의 흐름을 조금도 의식하지 못했다……

밤이 깊었다. 칠흑 같은 어둠 속에서 눈에 보이는 것은 아무것도 없었다.

궁전 밖의 회랑에는 죽은 구혼자들의 시신이 어지럽게 널려 있었고, 육신을 빠져나온 영혼들은 정처 없이 어둠 속을 이리저리 헤매 다니고 있었다. 그때 황금 지팡이를 든 헤르메스가 올림포스 산에서 내려와 떠다니는 영혼들을 모두 모아 하데스로 데려갔다.

그들은 어두운 밤하늘을 가르고 날아가 오케아노스의 끝을 건너 레우카스의 바위를 지나 헬리오스의 성문과 꿈의 나라까지 모두 지난 뒤, 마침내 죽은 자들의 영혼이 무리를 지어 영원히 머무른다는 아스포델로스 들판에 도착했다……

첫새벽의 여명이 하늘로 번지기 시작했을 때, 오디세우스는 잠에서 깨어났다.

"이제 그만 나가봐야겠소!" 오디세우스가 페넬로페에게 말했다. "날이 밝기가 무섭게 구혼자들이 모두 죽임을 당했다는 소문이 강한 바람에 번지는 들불처럼 퍼질 거요. 그 전에 우리는 시골에 계신 아버지의 집으로 피신해 있어야 하오. 물론 내가 우려하는 바대로 복수하려는 사람들이 그곳까지 찾아와 다시 한 번 큰 싸움이 일어날 가능성도 있소. 그러나 팔라스 아테나께서 우리 편이 되어주실 것이오. 또한 아버지 집에서 일하는 하인인 돌리오스는 아들을 많이 두었는데, 그들은 모두 무기를 잘 다룰 줄 아는 청년들이오. 그러니 당신은 아무 걱정도 할 필요가 없소. 내가 여길 떠나면 궁전의 모든 문을 단단히 잠그고, 내가 다시 돌아올 때까지 안채에서 나오지 말고 시녀들과 함께 있으시오!"

그렇게 그는 페넬로페에게 작별 인사를 한 뒤 텔레마코스와 에우마이오스, 필로이티오스를 깨우러 갔다.

그들은 재빨리 무장을 하고는 궁전을 떠났다.

그들이 가는 좁은 골목길에는 바다에서 피어오른 잿빛 새벽안개가 자욱했다. 그래서 그들은 누구의 눈에도 띄지 않고 도시를 무사히 빠져나갈 수 있었다.

들판과 숲을 지나고 평평한 언덕을 넘어 그들은 계속 길을 따라 올라갔다. 마침내 라에르테스의 농장에 다다르자 농가를 둘러싸고 온갖 종류의 과일나무와 포도 넝쿨이 가득한, 잘 손질된 과수원이 눈앞에 펼쳐졌다. 나무마다 잘 익은 사과, 배, 무화과, 포도 등이 주렁주렁 탐스럽게 열려 있었다.

농가에는 라에르테스와 다른 남자들의 시중을 드는 노파 한 사람만이 있었다.

"라에르테스 님은 과수원 어딘가에서 과실수를 돌보고 계실 거예요." 노파가 말했다. "그리고 돌리오스는 아들들을 데리고 울타리를 만들 가시덤불을 베러 아침 일찍 나갔고요."

노파의 말을 들은 오디세우스는 손에 들고 있던 무기를 맡긴 다음, 아버지를 찾아 농가를 나섰다.

그는 곧 과수원에서 어린 나무를 옮겨 심고 있는 아버지를 발견했다. 오디세우스는 한동안 배나무 뒤에 숨어서 아버지의 모습을 바라보았다.

라에르테스는 지치고 슬퍼 보였다. 그는 다 해진 누더기를 입고 있었다. 다리에는 가죽끈이 칭칭 감겨 있었고, 손에는 엉겅퀴와 나무 가시에 찔리는 것을 막기 위해서 장갑을 끼고 있었다. 머리에 쓴 가죽 모자가 얼굴을 뒤덮었다.

'아버지도 많이 늙으셨구나.' 오디세우스는 이렇게 생각하며 가슴 아파했다. '그동안 나 때문에 얼마나 많은 고통을 겪으셨을까! 분명 아버지는 이미 오래전에 내가 죽었다고 믿고 계실 것이다! 그런데 지금 갑자기 아버지께 달려가 당신의 아들이 이렇게 살아 돌아왔노라고 단도직입적으로 말씀드리면, 고령이신 아버지는 너무 기쁘고 놀라워하시다 못해 그것이 오히려 해가 될지도 모른다! 그러니 처음부터 진실을 말씀드릴 것이 아니라 조심스럽게 다가가 말을 돌려서 해야겠다!'

이렇게 마음을 먹은 오디세우스는 몸을 숨기고 있던 나무 뒤에서 나와 아버지 쪽으로 다가갔다. 라에르테스는 고개를 숙인 채 어린 나무의 주변 땅을 열심히 파고 있었다. 오디세우스가 옆에 가까이 가서 섰을 때에야, 비로소 누군가가 다가온 것을 알아차리고는 그를 올려다봤다.

강한 태양 빛이 노인의 약한 눈을 아프게 찌른 탓에 라에르테스는 가늘게 실눈을 뜨며 오디세우스를 쳐다보았다.

오디세우스는 곧 아버지가 자신을 알아보지 못한다는 것을 알아챘다. 그래서 반갑게 인사하며 그에게 말을 건넸다.

"고귀하신 노인이여, 당신께서는 과수원을 돌보는 데 일가견이 있으신 것 같군요! 모든 나무에 열매들이 탐스럽게 열려 있는 걸 보니 말입니다. 올리브, 무화과, 사과, 배, 게다가 먹음직스러운 포도까지, 없는 게 없군요! 그런데…… 제가 당신께 외람된 말씀을 드린다고 해서 제발 언짢게 생각하지는 말아주십시오. 제가 보기에 노인장께서는 스스로를 돌보는 일에 그다지 마음을 쓰시는 것 같지 않습니다! 노인장께서는 분명 비천한 종의 신분이 아니라 고귀한 신분을 가지신 분일 텐데 말입니다. 제 눈은 속일 수 없습니다! 그럼에도 그렇게 누추한 옷을 입으시고, 게다가 심신이 몹시 지쳐 보입니다. 노인장의 연세에 걸맞게 식사 전에 목욕을 하고 이후에는 휴식을 취하는 일 등이 노인장께는 허락되지 않은 일이라도 되는 것처럼 전혀 하지 않으시는 것 같습니다! 그건 그렇고, 저는 이방인이기 때문에 이곳 사정을 잘 몰라 여쭙는 것이니 말씀을 좀 해주십시오. 이 나라가 이타케이며, 이곳에 한때는 제 손님이기도 했던 라에르테스의 아들 오디세우스가 살고 있습니까? 그분은 예전에 손님으로 오랫동안 우리 집에 머무른

적이 있었고, 그분이 다시 고향을 향해 항해를 시작할 때 제가 많은 선물을 드리기도 했습니다!"

라에르테스는 갑자기 땅 파는 일을 멈추었다. 그는 땅을 파던 삽에 의지해서 몸을 일으켰다. 그의 눈에는 눈물이 가득 고여 있었고 손은 떨리고 있었다. 그 모습을 본 오디세우스는 마음이 너무도 아팠다.

"그렇소." 라에르테스가 힘겹게 입을 열었다. "이곳은 이타케이고, 내 아들 오디세우스는 예전에 이곳 궁전에서 살았소. 그러나 그는 이미 오래전에 낯선 땅에서 종적을 감추었고 지금은 바다에 빠져 물고기 밥이 되었는지, 육지의 들짐승에게 잡아먹혔는지 아무도 모른다오! 그런데 요즘 그의 집에 무례한 남자들이 몰려와서 행패를 부리고 그의 재산을 탕진하고 있소. 한데 내 아들을 손님 대접했다는 당신은 대체 누구시오?"

오디세우스는 언제나 그랬던 것처럼 또다시 자신이 꾸며낸 이야기를 버릇처럼 늘어놓기 시작했다. 사람들은 좋은 습관이든 나쁜 습관이든 한번 익숙해지고 나면 금세 그 습관에서 벗어나기가 어려운 법이다.

한참 꾸며낸 이야기를 늘어놓던 오디세우스는 갑자기 목이 메고 말았다. 그의 이야기를 듣는 라에르테스의 두 눈에서 끊임없이 눈물이 솟구쳤고, 낯선 이방인 앞에서 고통에 겨운 모습을 보이지 않으려고 억누르는 기색이 역력했기 때문이다. 늙으신 아버지의 주름진 뺨 위로 흘러내리는 눈물을 더 이상 두고 볼 수 없었던 오디세우스는 하던 말을 멈추고 아버지 품으로 달려들었다.

"아버지, 제가 바로 20년 만에 고향으로 돌아온 아버지의 아들 오디세우스입니다." 오디세우스는 라에르테스를 감격스레 끌어안으며 그 뺨과 어깨에 입을 맞추었다.

라에르테스는 한동안 아무 말 없이 그대로 서 있었다. 그러더니 품에 안긴 오디세우스를 가만히 밀어내고, 겁에 질린 듯 그의 얼굴을 찬찬히 들여다봤다. "너무 오래전 일인 데다가 그사이 나는 많이 늙었소." 라에르테스가 중얼거리듯 말했다. "당신이 정말로 내 아들 오디세우스라면, 내가 믿을 수 있게 증거를 보여주시오!"

"제가 어렸을 적에 파르나스에서 멧돼지에게 물려 깊은 상처를 입은 것을 기억하십니까, 아버지? 여기를 보십시오! 여기 그 상처가 있습니다! 그리고 또 다른 것도 말씀드릴 수 있습니다. 제가 아주 어린아이였을 때 저는 항상 아버지 뒤를 따라 과수원을 뛰어다녔습니다. 그때 제가 아버지께 조르자 사과나무 열 그루, 배나무 열세 그루, 무화과나무 마흔 그루를 제게 선물로 주시겠다고 약속하셨죠⋯⋯"

"정말로, 네가 내 아들 오디세우스가 맞구나!" 라에르테스는 기쁨에 가득 차 오디세우스의 말을 끊고 그를 얼싸안으려 했다. 그러나 그 순간 그는 그만 정신을 잃고 말았다. 다행히 바닥으로 쓰러지기 직전에 오디세우스가 그를 붙잡았다.

라에르테스는 곧 다시 정신을 차렸다.

"네가 마침내 고향으로 돌아왔구나, 내 아들아." 라에르테스가 떨리는 음성으로 말했다. "그러나 지금 네 집에서는 재앙이 일어나고 있다." 그는 슬프게 말했다. "많은 남자들이 페넬로페에게 구혼하고 있단다⋯⋯"

그때 오디세우스가 진지한 표정으로 고개를 저었다. "제가 이미 그 구혼자들을 모두 죽였습니다, 아버지."

라에르테스는 그를 뚫어져라 쳐다봤다. "그렇다면 그들은 마침내 자기들이 저지른 악행에 대한 죗값을 치른 것이로구나. 그나저나 이제 그들의 가족들이 네게 복수할 것이 두렵다."

오디세우스는 어깨를 한번 으쓱했다. "그럴 수도 있겠지요! 그러나 아버지께서는 그런 걱정일랑 마십시오! 이제 집으로 가는 것이 좋겠습니다. 다른 사람들이 벌써 식사 준비를 끝내고 우리를 기다리고 있을 겁니다!"

그들은 농가의 문 앞에서 지금 막 일터에서 아들들과 다른 하인들과 함께 돌아온 집사 돌리오스를 만났다.

돌리오스는 눈을 크게 떴다. 어찌나 당황한 표정이던지, 오디세우스는 그만 웃음이 터져 나올 뻔했다. 나이가 지긋한 돌리오스는 뻣뻣해진 다리로 서둘러 오디세우스에게로 달려왔다. "세상에, 오디세우스 님 아니십니까! 하마터면 못 알아볼 뻔했습니다! 주인님이 돌아오시리라고는 감히 생각지도 못했습니다. 그런데 이렇게 다시 돌아오셨군요!"

돌리오스의 아들들도 오디세우스에게 인사하기 위해 그에게 다가갔다. 그들은 오디세우스가 트로이로 원정을 떠날 당시 어린 소년이었음에도 불구하고, 오디세우스를 다시 본 순간 곧바로 알아볼 수 있었노라고 활짝 웃으면서 말했다. 오디세우스는 그들의 기억 속에 가장 훌륭한 영웅의 모습으로 항상 자리하고 있었기 때문이다.

마침내 그들은 모두 집 안으로 들어가 시중드는 노파가 준비한 식사를 하기 위해 한자리에 둘러앉았다……

한편 구혼자들이 죽었다는 소식이 바람에 번지는 들불처럼 온 도시에 퍼져갔다.

수많은 집에서 죽은 아들과 형제 들에 대한 애끓는 애도의 소리가 터져 나왔다. 죽은 구혼자들의 친척과 친구들이 무리를 지어 왕궁으로 몰려갔다. 그러나 왕궁은 텅 빈 듯 조용했고 안으로 들어가는 모든 문은 굳게 잠겨 있었다.

회랑의 기둥 밑에 시신들이 쌓여 있었다. 사람들은 시신들을 집으로 싣고 가서 장례를 치른 뒤 땅에 묻어주었고, 다른 섬에서 온 구혼자들의 시신은 배에 실어 고향으로 데려다주었다. 예로부터 전해져 내려오는 관습과 전통에 따라 모든 장례 절차가 끝난 후, 남자들은 다시 광장으로 모였다.

안티노오스의 아버지인 나이가 지긋한 에우페이테스가 앞에 나서서 연설을 시작했다. "친구들이여." 그의 목소리는 고통과 분노로 낮게 가라앉아 있었다. "친구들이여, 오디세우스는 우리에게 두 번이나 크나큰 악행을 저질렀소! 먼저 그는 우리 이타케의 젊은이들과 수많은 함선을 이끌고 트로이로 갔소. 그러나 함께 간 젊은이들도, 그 많던 함선도 우리는 두 번 다시 보지 못했소. 그런데 그는 이제야 혼자 몸으로 돌아와 또다시 우리의 형제들과 아들들을 죽였소. 이에 대해 우리는 그에게 복수해야 합니다. 우리가 만약 그 살인자에게 아무런 형벌도 내리지 않는다면, 후에 우리 자손들까지 우리를 욕할 것이기 때문이오! 그리고 솔직히 말하자면 나는 그런 수모를 당하고는 더 이상 살고 싶은 마음이 없소! 우리는 오디세우스와 그의 일행이 배를 타고 필로스나 엘리스로 달아나지 못하게 서둘러야 하오! 그들이 궁전에 없다면 어디서 그들을 찾아야 하는지 나는 알고 있소. 분명 그들은 도망갈 방도를 구하기 위해 시골에 있는 라에르테스의 집으로 갔을 거요. 자, 이제 여러분의 무기를 가져오시오, 동지들! 살인자들은 우리 손아귀를 절대로 벗어날 수 없소!"

에우페이테스가 연설을 마치자 많은 사람들이 그의 말에 동의했다. 그러나 바로 그때 왕의 시종인 메돈이 자리에서 일어났다. "이타케의 여러 고귀하신 분들이여, 제 말씀을 좀 들어보십시오!" 그는 진지하게 말했다. "여러분은 여러분이 옳다고 생각하는 것을 얼마든지 하실 수 있습니다! 그러나 제가 한 말씀 올리고 싶습니다. 바로 오디세우스 님은 구혼자들을 죽이는 일을 신들의 의지에 따라 행한 것일 뿐이며, 신들께서 도와주셨기 때문에 성공할 수 있었다는 사실입니다. 무례한 자들의 악행은 반드시 응징을 받도록 처음부터 그렇게 정해

584

져 있었기 때문입니다! 그러니 여러분도 그 점을 주의하시기 바랍니다!"

메돈의 말을 들은 이타케의 남자들은 다시 한 번 이제까지의 모든 상황을 곰곰이 따져보기 시작했고, 마침내 대다수가 그의 말이 사실이라고 생각하게 되었다.

다음으로 늙은 예언자인 할리테르세스가 연설을 시작했다. "지금까지 일어난 모든 일의 원인은 바로 여러분 자신에게 있소! 이미 나는 오래전 당신들에게 아들들과 형제들의 못된 행동을 말리라고 경고했었소. 그리고 멘토르 역시 같은 것을 당신들에게 경고했었소. 그러나 당신들은 우리 말을 들으려 하지 않았소! 이제는 당신들이 죽임을 당하지 않도록, 최소한 지금이라도 내 말을 따르고 복수를 멈추시오!"

한동안 그들은 찬성과 반대를 오가며 설전을 벌인 끝에 절반이 넘는 남자들이 에우페이테스를 따라 구혼자들의 죽음에 대한 복수를 감행하기로 결정했다.

그들은 무장을 하기 위해서 일단 집으로 돌아갔다가, 곧 다시 모여 라에르테스의 농가를 향해 함께 길을 떠났……

한편 높은 올림포스 산 위에서는 제우스와 팔라스 아테나가 저 아래 이타케에서 일어나는 일들을 유심히 지켜보고 있었다.

"나의 아버지이자 모든 신의 주인이신 제우스시여." 아테나 여신이 불만스럽다는 듯이 말했다. "저 가련하고 우매하기 짝이 없는 인간들이 또다시 서로에게 창을 겨누며 죽이기 시작하는 것을 이렇게 지켜보고 있어야만 합니까?"

"아니다." 제우스가 대답했다. "저들 사이에서의 증오와 불화는 이제 어떻게든 끝이 나야 한다! 죽은 사람들은 자기들이 저지른 악행에 대한 대가를 이미 지불했고, 그것으로 불의는 응징되었다. 이제 모든 일이 올바른 질서를 되찾게 되었으니, 앞으로 어느 누구도 지나간 일 때문에 오디세우스에게 복수를 해서는 안 된다. 오디세우스는 예전처럼 다시 이타케의 왕으로 군림할 것이며, 과거의 행복과 번영이 되돌아올 수 있게 왕과 백성들 사이에 평화가 깃들어야 할 것이다! 그렇게 될 수 있도록 네가 손을 쓰거라!"

제우스의 명령을 받은 팔라스 아테나는 서둘러 라에르테스의 농장으로 내려갔다. 그녀는 다시 한 번 멘토르의 모습으로 변장을 한 뒤 투구와 방패 그리고 창으로 무장하고는, 복수를 하려고 달려오는 남자들의 행렬이 점점 다가오는 길목에 몸을 숨기고 있었다.

바로 그 순간 오디세우스는 돌리오스의 아들 중 한 명을 농가의 정원 문 앞으로 내보내며 바깥 동정을 살피고 오라고 명령했다. 그는 얼른 다시 돌아왔다. "주인님, 한 무리의 무장한 남자들이 이곳을 향해 언덕을 올라오고 있습니다!"

"그렇다면 우리도 어서 무장을 하도록 하자!" 오디세우스가 차분하게 명령했다. 곧 텔레마코스가 그에게 투구와 방패 그리고 창을 건네주었다. 또한 돌리오스와 그의 아들들, 그리고 다른 하인들도 무장을 했고, 심지어 늙은 라에르테스까지도 갑옷을 입고 긴 창을 들었다. 무장을 모두 마친 오디세우스 일행은 농가에서 나왔다.

농가 밖으로 나온 오디세우스 일행을 본 구혼자들의 가족들은 깜짝 놀라 여기저기서 분노의 함성을 질러댔다. 그렇게 많은 남자들이 무장을 하고 나타나리라고는 생각지도 못했기 때문이다.

선두에 있던 에우페이테스가 먼저 격분하여 창을 던졌다. 그러나 그와 동시에 라에르테스가 던진 창이 먼저 에우페이테스에게 날아가 그의 투구를 맞혔고, 그는 쨍그랑 소리와 함께 무기를 떨어뜨리며 바닥으로 쓰러졌다.

곧 그들은 서로를 향해 돌진했다.

창과 칼 들이 번쩍이며 부딪쳤다.

갑자기 오디세우스는 바로 옆에 서 있는 멘토르를 보았다. 곧 그가 멘토르가 아니라는 것을 알아챌 수 있었다.

그 순간, 여신의 목소리가 사방에 울려 퍼졌다. "전투를 멈추거라, 이타케의 남자들이여. 더 이상 너희들은 형제의 피를 흘리게 하지 마라!"

전투에 몰두하고 있던 사람들은 여신의 목소리를 듣자 공포에 질려, 손에서 무기를 떨어뜨리고 바닥에 납작 엎드렸다. 여신의 목소리가 크고 무시무시하게 울렸기 때문이다.

곧 구혼자들의 가족들이 정신을 차리고 자리에서 일어나, 잔뜩 겁에 질린 표정으로 도시를 향해 언덕 아래로 도망치기 시작했다.

그 모습을 본 오디세우스는 전투를 계속하고 싶은 욕망에 사로잡혀 크게 고함을 지르며 도망치는 남자들을 따라갔다.

신의 명령에 불복종하는 오디세우스를 본 크로노스의 아들 제우스는 크게 노하여 그의 발 앞에 번갯불을 던졌다. 오디세우스는 깜짝 놀라 뒷걸음질 쳤다. 순간 그는 자신이 전투의 광기에 사로잡혀 그만 신의 말씀에 불복종하고 말았다는 것을 분명하게 깨달았다.

그러자 한 번 더 여신의 목소리가 들려왔다. "오디세우스여, 이제 가서 너의 적인 저 남자들과 동맹을 맺어라! 그리고 앞으로는 오직 평화만을 유지하라!"

호메로스의 서사시 『오디세이아』

호메로스의 양대 서사시 『일리아스』와 『오디세이아』는 그리스 문학을 넘어서 현존하는 서구 문학 최고 최대最古 最大의 서사시로 손꼽히며, 성서와 더불어 서양 문학의 2대 원류로 자리매김하고 있다. 이 두 편의 서사시는 "각각 1만 5,000행과 1만 2,000행 정도의 방대한 분량이지만, 이른바 서사시권 epikoskyklos이라는 큰 전체 중에서 '트로이아 서사시권'이라는 한 부분의 일부"이다.* 이 '트로이아 서사시권'은 모두 여덟 편의 서사시들로 구성되어 있는데, 그중 두번째가 『일리아스』이고 일곱번째가 바로 『오디세이아』이다. 이 두 작품만이 "고대 그리스의 수많은 영웅 서사시 가운데 지금까지 온전히

---

* 호메로스, 천병희 옮김, 『오뒷세이아』(숲, 2015), 621쪽.

남아 있는 것"들이며, 질적으로나 양적으로 가장 뛰어나다고 평가받고 있다.*

『오디세이아』는 트로이 전쟁을 승리로 이끄는 데 큰 역할을 한 지혜로운 영웅 오디세우스가 전쟁이 끝난 후 고향 이타케로 향해 가는 10여 년간의 긴 여정을 그리고 있다. 약 1만 2,000행에 달하는 방대한 분량의 이 장편 서사시는『일리아스』와 마찬가지로 전 24권으로 구성되어 있지만, 그보다 내용이 훨씬 더 복잡하고 기교적이다.

호메로스의 원작을 살펴보면, 이 작품의 주인공인 오디세우스는 5권에 가서야 등장한다. 1~4권까지는 고향 이타케의 왕궁에서 그가 없는 동안 벌어지는 일들이 현재 시점으로 그려지고, 어느덧 청년이 된 텔레마코스가 아테나 여신의 계획대로 아버지 오디세우스의 행방을 물으러 떠나는 이야기가 주를 이룬다. 그즈음 7년째 요정 칼립소의 섬에 머물고 있던 오디세우스의 이야기가 5권에서부터 펼쳐지는데, 마침내 오디세우스는 귀향을 결정한 신들의 도움으로 뗏목 하나에 의지한 채 고향을 향한 항해를 다시 시작하게 된다. 6권에서 오디세우스는 스케리아 섬에 표류하게 되고, 귀향에 결정적 도

* 같은 곳 참조.

움을 주는 파이아케스인들의 왕 알키노오스의 딸 나우시카를 만난다. 7, 8권에서 오디세우스는 알키노오스 왕의 궁전으로 인도되어 환대를 받는다. 그때까지 현재 시점으로 진행되던 이야기는 잠시 호흡을 멈추고, 9권에서 알키노오스 왕의 질문에 응하는 오디세우스의 입을 통해 그가 겪은 일련의 사건들이 회상하는 형식으로 서술되기 시작한다. 그리하여 9~12권까지는 키클롭스, 키르케, 지하 세계, 스킬라와 카립디스를 거쳐 마침내 칼립소에 이르기까지 오디세우스의 긴 방랑의 여정이 펼쳐지는데, 이 부분은 거의가 현실 세계가 아닌 환상의 세계에 대한 이야기로 이루어져 있다.

13권에서 마지막 24권까지는 파이아케스인들의 배를 타고 고향 이타케의 해안에 상륙한 오디세우스가 구혼자들을 처단하고 사랑하는 가족과 만나게 되는 이야기가 생생하고도 극적으로 그려진다. 따라서 작품의 처음 절반은 트로이를 떠나 고향에 당도하기 전까지 오디세우스의 방랑과 모험이, 나머지 절반은 고향 땅에 도착한 후 불온한 세력을 제거하고 가정의 평화와 왕위를 되찾는 이야기가 중심을 이루며 구성의 균형을 이룬다.

이 작품에서 아들인 텔레마코스의 여행과 그를 통한 성장도 비중 있게 그려지지만,『오디세이아』에서 가장 중요하게 다루어지는 것은 '오디세우스'라는 한 영웅의 모험과 생존, 그리고 오랜 방랑 끝에 결국은 고향으로 무사 귀환해 무례한 구혼자들을 응징하는 데 있다. 그의 여정을 따라가며 우리는 인간의 굳은 의지와 인내뿐 아니라, 고난의 순간들을 헤쳐 나가게 하는 유연한 자세와 지혜의 힘을 되새길 수 있다. 이러한 그의 일련의 모험들은 바로 우리 인간의 전반적인 삶에 대한 비유로 이해되어야 할 것이다.

『오디세이아』가 유럽 문학사에 끼친 영향은 지대하다. 단테는『신곡』의「지옥편」에서 세상의 끝을 향해 모험을 떠난 오디세우스를 등장시켰고, 아일랜드 작가 제임스 조이스는『오디세이아』의 인물과 구성을 빌려 '현대판 오디세이아'인『율리시스』를 창작했다.『그리스인 조르바』를 지은 니코스 카잔차키스 또한 오디세우스의 귀향 뒤의 이야기를 풍부한 상상력을 발휘하여 새롭게 써낸『오디세이아』를 펴냈다. 이처럼 호메로스의『오디세이아』에 등장하는 인물과 사건들, 모험의 여정은 후대에 의해 끊임없이 재해석되어왔고, 현재까지도 영화나 소설 등에서 활발하게 활용되고 있다. '오디세이'라는 용어가 오늘날 현대 사회에서 '방랑' 혹은 '경험이 가득한 긴 여정' 등을 의미하는 보통명사로 통용되고 있다는 사실은 『오디세이아』라는 작품이 오늘날 현대인들에게 미치는 영향력을 잘 보여주는 예라고 할 수 있다.

호메로스는 누구인가

『일리아스』와 『오디세이아』를 쓴 것으로 우리에게 알려진 호메로스는 소아시아의 이오니아 지방 출신으로 기원전 8세기경에 활동했다고 전해진다. 그러나 이 두 서사시가 호메로스의 작품인가에 대해서는 오늘날까지도 학자들 사이에서 논란이 되고 있다. 호메로스는 실재한 인물인가? 아니면 고대 그리스의 서사시인들 전체를 가리키는 말인가? 만일 호메로스가 실재한 인물이라면 『일리아스』와 『오디세이아』는 동일한 작가의 작품인가? 그를 둘러싼 질문들은 오늘날까지도 정확한 답을 찾지 못하고 끝없는 논쟁의 대상으로 남아 있다.

그러나 분명한 사실은 지은이가 누구이든 간에 『일리아스』와 『오디세이아』는 완전한 예술적 구성으로 보편적 인간의 위엄과 정서를 그리며, 서구 문학사 전반에 가장 큰 영향을 끼쳤다는 점이다. 따라서 오늘날 서양 문학 전공자들은 물론이거니와, 일반 독자들에게도 이 작품들을 권하지 않을 수 없다. 그럼에도 불구하고 앞서 언급한 바와 같이 방대한 분량과 헤아릴 수 없이 많은 등장인물들과 신들, 그들이 만들어내는 얽히고설킨 이야기들, 시간의 흐름을 따르지 않는 서술 방식, 반복적이고도 틀에 박힌 서사시 특유의 묘사 등이 독자들로 하여금 원전을 쉽게 접할 수 없게 만드는 요인으로 작용하고 있는 것도 사실이다.

이와 같은 특성을 지닌 호메로스의 원작을 오스트리아 작가 아우구스테 레히너가 독일어로 읽기 쉽게 평역하여 펴낸 것이 바로 이 책이다. 총 24권에 달하는 레히너의 작품들은 원작의 진가를 훼손하지 않으면서, 오히려 원작보다 더 생생한 감동을 준다는 평가를 받으며 반세기 넘게 꾸준한 인기를 누리고 있다.

아우구스테 레히너를 말하다

내가 레히너의 작품들을 처음 접하게 된 것은 독일에서의 오랜 유학 생활을 마치고 귀국할 당시, 내게 적지 않은 학문적 영향을 끼친 한 교수님을 통해서였다. 귀국을 준비하던 내게 마인츠 대학의 고전어 전공 교수 슈피라Andreas Spira 선생은 레히너의 작품 세 권을 직접 사서, 다음 말과 함께 귀국 선물이라며 내 손에 들려주었다.

"내가 고전어 전공 교수이고 수업 시간에 고전어로 된 원전들을 학생들과 함께 강독하지만, 작품 전체를 모두 다 읽혀야 할 때는 학생들에게 레히너의 책들을 추천한다. 한국 독자들에게도 꼭 소개가 되었으면 하니, 네가 이 책들을 번역했으면 좋겠다. 원작의 내용이나 뉘앙스를 해치지 않으면서도 적절한 분량과 문체로 원작 이상의 감동과 교훈을 주기 때문이다. 유일한 단점은 한번 손에 잡으면 마지막 장을 덮을 때까지 손에서 놓기가 힘들다는 것이다."

먼 나라 한국에서 온 제자가 번역한 책을 꼭 보고 싶다던 슈피라 선생은 이제 고인이 되었지만, 그분 덕분에 레히너와 그녀의 작품들을 한국 독자들에게 소개하게 되었다.

아우구스테 레히너(1905~2000)는 오스트리아의 대표적인 청소년 문학 작가이다. 인스부르크에서 태어나 인스부르크 대학에서 철학과 역사학을 전공했고, 제2차 세계대전이 끝난 후 본격적으로 청소년 문학을 집필하여 책으로 펴냈다. 레히너는 고대와 중세의 신화와 영웅 설화를 새롭게 작업하여 총 24권의 작품을 발표하였는데, 그를 통해 가치 있는 고전들을 청소년과 일반 대중들에게 확산 및 전달하는 데 큰 역할을 했다.

레히너의 작품들은 1950년대에 대중적으로 큰 성공을 거
둔 이래로 독일어권에서만 발행부수가 수백만 부가 넘는 것
으로 집계되고 있으며, 현재까지도 유럽에서 가장 많이 팔리
는 청소년 도서로 손꼽히고 있다. 이는 레히너의 작품들이 읽
는 재미는 물론이요, 원전이 지니고 있는 문학적 가치와 의의
를 오롯이 담아내어 청소년뿐 아니라 성인에 이르는 폭넓은
독자층을 아우르며 큰 공감대를 불러일으켰기 때문이라고 할
수 있다.

아우구스테 레히너가 새로 쓴 『오디세이아』

앞서 언급한 대로 호메로스의 『오디세이아』에서는 10년에
걸친 트로이 전쟁에 참전한 오디세우스가 전쟁이 끝난 후 고
향 이타케로 돌아가기까지, 다시 10년에 걸친 긴 여정이 과거
와 현재를 넘나들며 서술되어 있다. 시점에 있어서도 현재 벌
어지는 일들은 3인칭 시점으로, 과거의 사건들을 이야기할 때
는 1인칭 시점의 회상 형식으로 되어 있어, 전체적인 흐름을
한눈에 파악하기에 다소 복잡하고 혼란스러운 면이 있다. 레
히너는 이 점을 고려하여, 독자들이 작품을 좀더 쉽게 이해할

수 있도록 사건들을 순차적으로 재구성하고, 3인칭 시점으로 일관되게 서술하였다. 즉, 원작은 오디세우스가 트로이를 떠난 지 약 10년이 지난 시점에서 신들이 회의를 통해 그의 귀향을 결정하는 장면으로 시작된다. 이후 아테나 여신이 구혼자들의 횡포로 괴로워하는 오디세우스의 아들 텔레마코스에게 아버지 소식을 알아보게 만드는데, 작품 중반까지 텔레마코스 이야기가 주를 이룬다. 이와 달리 레히너는 독자들로 하여금 먼저 전체적인 구도를 파악할 수 있도록 트로이 전쟁의 전말을 간략히 언급한 후, 전쟁을 승리로 이끌고 귀향길에 오른 오디세우스 일행을 등장시키는 것으로 작품의 서두를 연다.

레히너 특유의 긴장감 넘치는 묘사와 생생한 대화들 역시 이 작품에서도 빛을 발한다. 초반부터 귀향 시기와 방법을 놓고 다투는 아가멤논과 메넬라오스 형제의 싸움, 항해를 시작하자마자 연달아 휘몰아친 폭풍우와 이에 당황한 병사들의 모습 등 고향 이타케를 향한 오디세우스의 길고도 험난한 모험이 흥미진진하게 그려지며 독자들의 눈을 사로잡는다.

오디세우스 일행은 이후 원수지간인 키코네스족, 로토스 열매를 먹는 사람들, 외눈박이 거인 폴리페모스, 요부 키르케 등을 만나게 된다. 이렇듯 레히너의 『오디세이아』는 원작에서는 오디세우스의 입을 통해 과거 회상으로 묘사되는 긴 여정을 사건이 벌어진 순서대로 구성하여, 독자들이 작품의 줄거리를 빠르게 파악하는 동시에 마치 그와 여정을 함께하는 듯한 생동감을 불어넣는다. 이로써 읽는 재미를 배가시키는 한편, 고전을 보다 쉽게 접할 수 있다는 이점을 누리면서도 원전이 전하는 묘미와 진한 감동까지도 놓치지 않게 된다.

이 작품은 오디세우스의 방랑과 귀환에 초점이 맞춰져 있긴 하지만, 트로이 전쟁의 후일담으로 읽히기도 한다. 아카이아군이 마지막에 트로이 전쟁에서 어떻게 승리했는지 그 세세한 과정과, 패배한 후의 트로이인들에 관한 이야기는 훗날 호메로스의 영향을 받은 로마의 시인 베르길리우스가 저술한 『아이네이스』에 자세히 언급되어 있다. 따라서 『일리아스』와 『오디세이아』와 『아이네이스』 이 세 작품을 함께 비교해가며 읽는다면, 각 작품에 대한 이해도를 더욱 높일 수 있을 뿐 아니라 고대 그리스와 로마 세계를 전체적으로 조망해볼 수 있다. 레히너는 이 세 작품 모두를 평역하여 펴냈는데, 원전을 접하기 부담스러운 독자들에게 좀더 쉽게 접근할 수 있도록 도움을 줄 것이다.

아우구스테 레히너의 작품 세계

레히너의 작품을 논할 때면 언제나 영웅 설화를 소재로 한 작품을 통해, 작가가 청소년들에게 역사적 지식을 전달하고 자 한다는 점이 강조되곤 했다. 하지만 이 점은 그다지 중요 하지 않다. 레히너는 전설과 신화 속의 소재들을 흥미진진하 면서도 극적으로 표현하는 데 탁월한 작가로, 독자들이 너무 나 흥미롭게 그녀의 작품 속에 빠져든 나머지 그것이 역사적 사실인지 아닌지조차 잊게끔 만들기 때문이다. 레히너만의 생생한 서술 방식을 통해 독자들은 작품 속에서 자기 자신과 동일시할 수 있는 인물을 만나는 이상적인 기회를 얻게 된다. 바로 이 점이 레히너의 작품들이 오늘날까지도 엄청난 인기 를 누리며 꾸준히 읽히는 주된 이유이자, 독일어권의 중·고 등학교에서 읽기 교재로 각광받고 있는 데 대한 설명이 될 것 이다.

레히너의 가장 큰 관심사는 전해 내려오는 옛날이야기들을 놀랍도록 생생하게 다시금 불러내어, 우리 안에 있는 자아를 일깨우고 발전시키는 것이었다. 레히너는 고대와 중세의 신 화와 서사시들을 재구성한 작품들을 통해 독자들에게 시대를 초월한 진정한 인간의 정신, 신의 섭리나 운명에 굴복하지 않고 고난을 적극적으로 극복하는 영웅들의 면모를 전달하고자 했다.

또한 레히너의 작품들은 독자들에게 문학적인 소양을 길러 주려 한다거나, 지식을 전달하려고 애쓰지 않는다. 작품 어디에서도 현학적인 표현들은 찾아볼 수 없으며, 역사적인 사건들이 등장인물과 아무 연관성도 없이 단순하고 건조하게 나열되어 있지 않은 것만 보아도 잘 알 수 있다.

레히너는 작품을 통해서 독자들을 감동시키고 변화시키는 데 관심을 가졌다. 일례로 레히너의 작품에는 독자들이 자신과 동일시할 수 있는 좋은 모델들이 많이 등장하는데, 훌륭한 장수나 훌륭한 보초병, 훌륭한 전령은 어떠해야 하는지 등이 잘 그려져 있다. 바로 그러한 점들이 레히너가 과거의 전설이나 신화들을 단순히 반복하여 서술하지 않고, 완전히 새롭게 재구성했다고 평가할 수 있는 근거이다. 원작에 나타난 지나치게 폭력적이거나 선정적인 장면들은 되도록 줄이고, 인간 정신의 위대함과 어려운 상황을 극복해내는 용기 등이 그려진 부분은 더욱 세밀하게 서술했다. 레히너는 원작이 다루었던 소재와 시대적 배경의 특징을 훼손하지 않으면서도 수천 년이 지나도 퇴색되지 않는, 오히려 현대를 살아가는 우리에게 더욱 절실한 미덕들을 쉽고도 생생한 언어로 전달해준다.

　이러한 레히너의 작품들이 우리나라 독자들에게도 널리 읽히길 기대하며, 특히 고전의 위대함과 필요성을 절감하면서도 원전을 접하기 힘들었던 이들에게 도움이 되었으면 한다.